Barbara Hambly

Das Dämonentor

Barbara Hambly

DAS DÄMONENTOR

Fantasy-Roman

Ins Deutsche übertragen
von Eva Bauche-Eppers

Die Chroniken von Windrose

Bechtermünz Verlag

Originatitel:
Dog Wizard

Lizenzausgabe mit Genehmigung der
Bastei-Verlag Gustav H. Lübbe GmbH & Co
für Weltbild Verlag GmbH, Augsburg 1999

Umschlaggestaltung: DYADEsign, Düsseldorf
Umschlagmotiv: Composing aus Landschaft (Premium, Düsseldorf),
Tor und Frau (Agentur Thomas Schlück, Garbsen)
Gesamtherstellung: Presse-Druck Augsburg
Printed in Germany
ISBN 3-8289-6637-3

Für J, P, G & R

Die mich seinerzeit davon abgehalten haben, meinem Leben ein Ende zu setzen.

Meinen Dank und meine Liebe.

Und was die Zauberkundigen angeht, die ihre Macht benutzen, um Ziele der Menschen zu fördern, selbst Ziele, die ihnen löblich erscheinen, oder die ihre magischen Kräfte feilbieten, auch solche Kräfte, die sie selbst für minder ansehen – sie sind nichts mehr als Hunde, die ihr Brot aus eines jeden Herren Hand nehmen. Diese Mirabiliten wird das Kollegium der Nigromanten niemals anerkennen, noch in den arkanen Künsten unterweisen noch vor den Hassern der Magie beschützen.

ISAR CHELLADIN
Erzmagus des Kollegiums
Gebote der Nigromantie

1. KAPITEL

»Ist dein Freund wirklich, was er zu sein behauptet?«

Da war ein angestrengt beiläufiger Ton in Ruth Kleinfelds Stimme, und Joanna zögerte eine Weile, bevor sie antwortete.

»Was hat er dir erzählt?« fragte sie schließlich zurück und klemmte den Telefonhörer zwischen Ohr und Schulter, um das bisher Geleistete im Computer zu speichern. Dann seufzte sie lautlos, trat den geordneten Rückzug aus allen Programmen an und machte den Laden dicht – eine Ahnung sagte ihr, Ruths Anruf könnte sich zu einer komplizierteren Angelegenheit auswachsen. »Und warum willst du das wissen?«

Pause. Joanna konnte sich ausmalen, wie Ruth in dem tristen grauen Büro der Bauunternehmung ihres alten Herrn im Zementdschungel von South Central Los Angeles saß, sich die Fingernägel lackierte und versuchte, die Summe der Schecks zu raten, mit denen ihr Vater letzte Woche das Firmenkonto belastet hatte. Die Temperatur in ihrer Ecke – Venice Boulevard und Hoover Avenue – hatte sich wahrscheinlich bei zweiunddreißig Grad Celsius eingependelt.

Hier oben, in Van Nuys, war es noch schlimmer, und Joanna, bekleidet mit ihren ältesten Jeans und einem schwarzen *Enyart's Bar & Grill*-T-Shirt, fragte sich, ob die Klimaanlage noch bis zum Abend durchhielt, ganz zu schweigen von Thanksgiving, wenn die Hölle ihre Dependance im San Fernando Valley für die Wintersaison zu schließen pflegte.

Es bestand kein Zweifel daran, auf welchen Freund Ruth anspielte. Typisch Antryg Windrose, dachte Joanna leidgeprüft, daß er sich keine Alternative zu der ungeschminkten Wahrheit einfallen ließ.

»Er sagt«, berichtete Ruth sachlich, »er wäre ein vertriebener Zauberer aus einem anderen Universum.«

Warum nicht? Wieder seufzte Joanna. In seinem alten Leben wurde Antryg von allen, die ihn kannten, für hoffnungslos verrückt gehalten. Weshalb jetzt sein Image ändern?

Wieder herrschte Stille in der Leitung, etwas, woran die Freundinnen sich im Lauf der Jahre gewöhnt hatten. Am anderen Ende des Tisches, an dem früher Tante Rachel gesessen hatte, gähnte Brummkreisel und räkelte sich in eine bequemere Schlafhaltung (auf dem Rücken, alle vier Pfoten in der Luft), ausgerechnet auf dem Packen Computerausdrucke, aus dem Joanna – vergeblich bisher – herauszufinden versuchte, weshalb das Kalkulationsprogramm von Galaxsongs Records nicht funktionierte. Brummkreisel und Spock hatten den Einzug des neuen Mitbewohners Antryg Windrose im Januar akzeptiert, zumal oder *weil* er mit Joannas Entschluß zusammenfiel, ihren Job zu kündigen und fürderhin als freischaffende Computerberaterin sowie Rund-um-die-Uhr-Austeilerin von Sahne und Kitbits tätig zu sein. Es war lustig und interessant zu beobachten, daß die Katzen das meiste von Antrygs Kram in Ruhe ließen, obwohl das Wohnzimmer sich in ein Chaos aus Papieren, Zeichnungen, Physikbüchern, Tarotdecks, benutzten Teetassen, Tierschädeln, getrockneten Kräutersträußen, ausgeweideten Computern, zerlegten Uhren, Windrädchen und Aufziehspielzeug verwandelt hatte.

Nach einem Moment fuhr Ruth fort: »Also, ich meine, Antryg ist definitiv nicht von dieser Welt ...« Joanna konnte beinahe sehen, wie sie sich gegen die Stirn tippte, hinweisend auf ihren häufig geäußerten Verdacht, daß Joannas Untermieter von jenseits der *Twilight Zone* stammte. »Hat er parapsychologische Fähigkeiten?«

»J-ja«, antwortete Joanna gedehnt. Nicht ganz richtig, genaugenommen, aber eine der leichter verdaulichen Erklärungen.

Sie hörte Ruth tief atmen. »Ich habe nie an so was geglaubt, aber nach deinem Verschwinden letzten Herbst ... Und Antryg hat etwas an sich ... Vielleicht hält man es auch nur für wahr, weil er selbst davon überzeugt ist.«

»Könnte sein«, stimmte Joanna zu. Sie erinnerte sich an Antrygs Bewerbung für den Job hinter der Bar von Enyart's. Er hatte sich nichts dabei gedacht ›Magier‹ als früheren Beruf einzutragen. »Nicht, daß ich je dafür bezahlt worden wäre«, hatte er sich beeilt dem Manager zu versichern, der abgeklärt nickte und ihm den Job gab. Jim lebte schon lange in L.A.

»Die Sache ist«, sprach Ruth weiter, »Jim sagt, er kann die Aura von Leuten sehen, du weißt schon, die persönliche Aura, von der angeblich alle Menschen umgeben sind. Und Antryg hätte die irrsinnigste, die ihm je untergekommen ist. Deshalb habe ich mich gefragt ...«

Sie verstummte wieder, und Joanna ahnte – so deutlich, als wäre jemand, etwas, von hinten an sie herangetreten und hätte ihr die Krallenhand auf die Schulter gelegt –, was Ruth gleich sagen würde.

Die kalte Angst krampfte ihr den Magen zusammen, wie an dem Abend vor zwei Jahren, als sie in die verschlossene Wohnung zurückkam und einen Zigarettenstummel auf dem Rand des Waschbeckens fand.

»Das Flußbett ...« Sie hörte, wie Ruth einen erschreckten Laut ausstieß.

»Du bist da gewesen?«

Joanna schloß die Augen. Also wußte Ruth davon. Das hieß, es war real.

Sie begann zu frieren.

Es war nicht direkt ein Traum gewesen. Die Bilder überfielen sie wachend und am hellen Tag, wie die plötzliche *Erinnerung* an einen Traum, nur daß sie überzeugt war, nie etwas auch nur Ähnliches geträumt zu haben. In dieser Vision sah sie sich in einem der berüchtigten, mit Beton ausgegossenen Flußbetten von Los Angeles entlanggehen, was sie nie getan hatte, nie tun *würde*. Aber die Erinnerung war so lebendig, daß sie sich wie benommen fühlte: die Glut der Maisonne auf ihrem zerzausten, krausgelockten blonden Haar, das Knirschen ihrer Schuhe in der dünnen, graugelben Staubschicht, die Graffitis auf den Betonböschungen links und rechts, das pastellene Pink und Grün der Wohnblocks aus den 60ern darüber. Ein trotzig purpurrotes Haus stach zwischen ihnen hervor.

Was sie in dem Augenblick in der Realität angehabt hatte – die etwas neuere Jeans und das weiße Frackhemd, beides lag jetzt halb gefaltet auf dem Bett – trug sie das auch in dem Traum? Der Vision? *Bitte laß es keine Vorahnung sein* …

Und lebendiger noch als alles andere war die Erinnerung an die Angst, die wie Hitzeflimmern von dem Zement aufstieg.

Sie konnte sich nicht entsinnen, wovor sie Angst gehabt hatte, ahnte nur, es war etwas auf dem Boden: Spuren, Schriftzeichen, Muster auf dem von den Rissen und Sprüngen kleinerer und größerer Erdbeben durchzogenen Pflaster der Rinne.

Doch es war die Angst, die sie jetzt am deutlichsten wieder spürte, fünf Stunden später, am Telefon in ihrem Arbeitszimmer, während vor den halb zugezogenen Vorhängen die Sonne schien und der Basso ostinato der beginnenden Rush hour vom Victoria Boulevard hereindrang.

»Joanna?« Ruth schien wegen des langen Schweigens besorgt zu sein.

Joanna straffte die Schultern und ermahnte sich streng,

daß es nichts zu fürchten gab an diesem zusammenhanglosen Kurzfilm ihres Gehirns, der nicht einmal ein ordentlicher Traum gewesen war. »Ich bin nicht da gewesen«, sagte sie langsam. Und dann: »Du willst sagen, du weißt, wo das ist?«

»Klar.« Ruths Stimme, ungewöhnlich tief für eine Frau, mit einem kehligen, erotischen Timbre, selbst wenn sie nicht darauf aus war, einen Mann zu becircen, klang jetzt rauh und verängstigt. »Deshalb hat mir der Traum so einen Schreck eingejagt. Es ist der Tujunga Wash, nördlich vom Ventura Freeway. Meine Eltern wohnen dahinter, in Whitsett; mein Bruder und ich haben als Kinder jede Menge Ärger gehabt, weil wir es nicht lassen konnten, da unten zu spielen. Und alles stimmt, sogar das komische rote Haus am Ufer. Auf dem Weg ins Büro heute morgen bin ich dran vorbeigefahren.«

Wenn dein Traum von der Sorte war wie meiner, dachte Joanna schaudernd, *hast du mehr Mumm als ich, Schwester.*

Oder vielleicht hatte sie nur keine Ahnung, was passieren konnte.

Die lange Pause verriet, daß Ruth mit sich kämpfte, ob sie aussprechen sollte, weswegen sie eigentlich angerufen hatte, ein peinliches Bekenntnis, nicht für beliebige Ohren bestimmt. »Joanna, da unten ist etwas Unheimliches im Gange. Es war nichts zu sehen, aber ich habe gefühlt ...«

Sie verstummte, aber Joanna wußte auch so, was sie meinte.

Wenn ich jetzt stehenbleibe und lausche, werde ich jemanden atmen hören, ganz nah. Und es wird etwas geschehen, bald, etwas Unvorstellbares, das nicht geschehen darf in dieser normalen Welt und am hellichten Tag.

Mit brüchiger Stimme sprach Ruth weiter. »Ich habe den ganzen Nachmittag hier gesessen und mich gefragt, ob ich übergeschnappt bin.«

»Nein.« Joanna bemühte sich, nicht auf ihre innere Stimme zu hören, die flüsterte: wenn sie die Ereignisse ignorierte und einfach weitermachte wie bisher, würde sich alles in Wohlgefallen auflösen. »Nein, du bist nicht übergeschnappt, außer wir sind es beide. Aber ich rede mit Antryg. Er weiß unter Garantie, was los ist, und vielleicht weiß er auch, was man tun kann.«

Und obwohl es sich so anhörte, dachte Joanna, während sie auflegte, war das keineswegs eine beruhigende Aussicht.

Um diese Zeit an einem Freitagnachmittag war Antryg Windrose ›unten im Laden‹ zu finden – einem schäbigen Zweifamilienhaus an der Saticoy Avenue mit einem Schild draußen, das verkündete: HANDLESEN – TAROT – ZUKUNFTSDEUTUNG.

Die Frau, der das Haus gehörte, hatte kürzlich, nach dem Tod ihrer Schwester, deren zwei Kinder zu sich genommen und ihre Zukunftsdeutung auf die Vormittage beschränkt; sie freute sich, jemanden zu finden, der einverstanden war, für die Nachmittage und Wochenenden Miete zu zahlen. Ein Mazda Miata in dem Rot, von dem man behauptete, es fordere Strafzettel geradezu heraus, stand auf einem der zwei Parkplätze im ehemaligen Vorhof; Antrygs Fahrrad, unverschlossen wie üblich, lehnte an einem der morschen Stützpfosten der Verandaüberdachung.

Das Fahrrad war weder das älteste noch das schlechteste, erstanden mit einem Teil der von Suraklin, dem Dunklen Magus, auf geheimen Konten deponierten Gelder, kurz nachdem Joanna versucht hatte, Antryg das Autofahren beizubringen. Die Kriminalstatistik der Gegend wies im Durchschnitt fünf schwere Diebstähle pro Woche aus, doch was immer es war, das Spock und Brummkreisel davon abhielt, sich mit Antrygs Windrädchen zu verlustieren, wirkte auch bei den örtlichen Junkies. Außerdem war ein Parkplatz frei, direkt vor dem Haus, und das in einer Straße, deren Nähe zu einem Industriebetrieb noch aus der Zeit vor dem Aussiedlungsgesetz längere Fußmärsche zwischen Auto und Wohnung obligatorisch machte.

Als Joanna die bröckelnden Ziegelstufen zum Dschungel der Veranda hinaufstieg, hörte sie durch die Jalousien vor den geöffneten Fenstern Antrygs Stimme, ein braunsamtener Bariton, wie man ihn sich bei einem wahnsinnigen Shakespeare-Mimen vorstellen konnte. Das Auf und Ab der Intonation gemahnte an den wallenden Umhang des Bühnenschurken. Er sprach natürlich zu einem Klienten.

Joanna grinste. Ein gemeinsamer Freund in Antrygs Heimatwelt, der Sasenna Caris, ehemals geschworener Kämpfer des Kollegiums der Nigromanten, hatte einmal schokkiert über Antryg geäußert: »Er ist weiter nichts als ein Mirabilit!« Erzogen in der lautersten Atmosphäre akademischer Magie, galt das für Caris als grobe Beleidigung, denn im Kaiserreich Ferryth waren Mirabiliten die halbgelehrten, freischaffenden Magier, die sich weigerten, das Gelübde abzulegen, das von dem Kollegium der Nigromanten als Vorbedingung zur Ausbildung in der reinen Lehre gefordert wurde. In dieselbe Kategorie steckte man die echten Scharlatane, die mittels Taschenspielertricks ihren Klienten magische Kräfte vorgaukelten, die sie nicht besaßen, und sich für ihre Dienste bezahlen ließen.

Die Akademiker standen natürlich über solchen Dingen, auch wenn es ihnen nicht durch Reichsgesetz und ihre eigenen Gelübde untersagt gewesen wäre, mit ihren Kräften in die Belange der Menschen einzugreifen.

In gewisser Weise hatten Caris und die Akademiker – die Antryg, als er kaum Dreißig war, aus ihrem illustren Kreis verbannten – durchaus recht. Antryg Windrose *war* ein Mirabilit.

Und in dieser Welt – in dieser Stadt mit ihren lächerlichen Palmen und lauwarmen Swimming-pools, dem ewigen Gestank nach Abgasen und den schimmernden Wolkenkratzern aus Glas – flüchtig und heimatlos und unfähig, von der Magie Gebrauch zu machen, die ihm in seinem eigenen Universum zu Gebote stand, verdiente er sich mit den geschmähten Taschenspielertricks seinen Lebensunterhalt.

Von der ausgeleierten Hollywoodschaukel im streifigen Schatten der Veranda konnte Joanna durch die Fliegentür ins Zimmer sehen, wo Antryg seine Klienten empfing. Mrs. Pittman hätte nur blutenden Herzens einem fremden Swami erlaubt, die Räume zu benutzen, in denen sie wirkte, und

Antryg wäre auch nicht auf die Idee gekommen, ein solches Ansinnen zu stellen – eine Synchronität ihrer beider Schwingungen, die erheblich dazu beitrug, die Dame des Hauses mit dem ganzen Handel zu versöhnen. Statt dessen hatten sie das über Jahre hinweg als Abstellkammer mißbrauchte vordere Schlafzimmer entrümpelt, mit geheimnisvoll wirkenden Vorhängen (Sonderposten aus dem Stoffemarkt) dekoriert und Antrygs privates Sanktuarium eingerichtet. Der schlichte Holztisch mit den Küchenstühlen ließ die mondäne Eleganz vermissen, die das Haus des Magisters Magus auszeichnete, des berühmtesten Mirabiliten von Engelshand – Joanna erinnerte sich noch gut an die kostbaren Teppiche, die schwarzen Samtvorhänge und den Ebenholzthron –, aber schließlich, Antryg versuchte ja erst seit kurzem, sich in der Branche zu etablieren.

Der Tonfall seiner Stimme verriet ihr, daß er mit den formellen Kommentaren, die das Auslegen der Karten begleiteten, zu Ende war. Das gedämpfte Murmeln seiner Worte wurde unterbrochen von der halblauten, fragenden Stimme einer Frau und ihrem gelegentlichen Lachen. Kurz darauf kam sie heraus, wunderschön in demselben langbeinigen, modischen, lässig-gepflegten Stil, den auch Ruth kultivierte und angesichts dessen Joanna sich unweigerlich deprimiert ihrer Minuspunkte bewußt wurde: Sie war zu klein, und diese Nase! Und im Alter von sechsundzwanzig Jahren hatte sie immer noch keine Ahnung, wie man ein Make-up zustande bringt. Und als Gipfel der Perfidie fühlte sie auf ihrer Stirn, für alle sichtbar, in großen Lettern die Worte brennen: KANN AUCH NICHT KOCHEN. Die Absurdität dieses Bildes nötigte ihr trotz allem ein Lächeln ab, als sie die Fliegentür aufstieß und in die Klause des Zauberers trat.

»Joanna, Traum meiner schlaflosen Nächte!« Er hob den Blick von den Karten, die er auf dem fleckigen und vielfach gestopften Brokattischtuch auslegte, sein Gesicht verzog sich zu dem für ihn typischen koboldhaften Grinsen. »Erzähl mir nicht, Galaxsongs Programmierer sind kompetenter als ihre Toningenieure und es ist dir tatsächlich gelungen, den Kuddelmuddel, den sie angerichtet haben, zu entwirren? Oder willst du mit mir über dieses Ding in dem Kanal sprechen?«

Joanna blieb stehen wie gegen eine Wand gelaufen. *Natürlich*, dachte sie, *Antryg weiß Bescheid*.

Er schaute sie an, und hinter dem verschmitzten Funkeln in seinen Augen erkannte sie verhaltene Sorge, als er ihr Gesicht studierte. Wie üblich trug er ein verwaschenes und wenig repräsentatives T-Shirt mit abgeschnittenen Ärmeln – dieses war grün, und nur noch kümmerliche Reste ließen erkennen, daß einst das Logo irgendeines Rockkonzerts es geziert hatte – und eine altersschwache Levis. Über der verblaßten Narbe am linken Arm leuchtete auf dem Bizeps frisch und blau der eintätowierte Anheuser-Busch Adler, das Ergebnis eines Austauschs von Dienstleistungen mit einem Künstler in Long Beach. Sie wußte, beides tat noch weh. Seine Hände, die auf den Karten lagen, waren groß, knochig, geschickt und bestechend ausdrucksvoll trotz der verkrümmten Finger und knotigen Gelenke.

Was den Rest anging, konnte Antryg Windrose altersmäßig alles mögliche sein, von Mitte Dreißig bis Mitte Fünfzig, tatsächlich war er dreiundvierzig. Man konnte es schwer einordnen, das hagere, bewegliche Gesicht, dessen feine Knochenstruktur durch die scharfgratige Adlernase und die Extravaganz des breiten Mundes aus dem Gleichgewicht gebracht wurde. Die runden Gläser der Nickelbrille waren dick wie Flaschenböden, die grauen Augen, ohnehin sehr groß, wirkten dahinter eulenhaft. Manche Leute führten seine verschrobene Intensität unter anderem auch auf die Brille zurück, doch Joanna wußte es besser. Die Brille hatte nichts damit zu tun, Antryg war eben so.

Eine wilde Lockenmähne im letzten Stadium des Wechsels von Braun zu Grau, zwei verschiedene Ohrringe aus gelblichem Kristall, dazu ein halbes Dutzend grellbunter Glasperlenketten vervollständigten den Eindruck von einem aus den Sechziger Jahren übriggebliebenen Blumenkind, schiffbrüchig im aller Romantik entkleideten, computerisierten Los Angeles von heute – ein nicht ganz unzutreffender Eindruck, fand Joanna. Antryg vermittelte definitiv den Eindruck, sich am falschen Ort und in der falschen Zeit zu befinden, auch wenn die meisten Leute nicht ahnten, *wie* falsch. In seinem eigenen Universum war er seit seinem zehnten Lebensjahr ein praktizierender Magier gewesen.

Er legte die Karten hin – Joanna erkannte die Schwerter Zwei und die chaotische Fünf der Stäbe – und angelte mit einem Fuß nach einem Stuhl für sie.

Sie sagte: »Ruth hat mir gesagt, wo die Stelle ist.«

»Aha.« In seinen Augen ging eine Veränderung vor.

Dann bückte er sich nach zwei Cokes in der Kühlbox unter dem Tisch und schwadronierte dabei munter weiter. »Ich bin erfreut, das zu hören – ich sah mich schon per Fahrrad das gesamte Bewässerungssystem von Los Angeles erforschen, und das könnte Wochen dauern, vorausgesetzt ich sterbe nicht vorher an Durst – obwohl ich vermutlich schneller ans Ziel käme, wenn ich mir vom Computer die Lage sämtlicher roten Häuser in der Stadt ausspucken ließe ...«

Sie schnitt ihm das Wort ab. »Was braut sich da zusammen?« Wenn er Angst hatte, das wußte sie inzwischen, versteckte er sich hinter einem Wall von Persiflage.

Er schaute sie mit großen Augen an wie ein verwirrter Harpo Marx. »Nichts«, beteuerte er, und es wäre ihm schleierhaft, wie sie auf diese Frage kam. Dann reichte er ihr die eiskalte Flasche, drehte die letzte Karte um – Schwerter Neun – und schob das ganze Deck wieder zusammen. »Aber der Ort liegt östlich von hier, nicht wahr? Südöstlich?« Beim Sprechen drehte er den Kopf, wie jemand, der Rauch wittert, den der Wind heranträgt.

»Hast du den gleichen Traum gehabt?« Allein bei der Erinnerung begann ihr Herz schneller zu schlagen, und sie bemühte sich, nicht allzu genau daran zu denken.

»Nun«, meinte Antryg behutsam, »nicht genau den gleichen, nehme ich an.« Er hüllte die Karten in ein Seidentuch und legte sie in den Kasten aus geschnitztem Holz zurück. »Welche Richtung ist es genau?«

»Ich fahre dich.«

Er wich ihrem Blick aus. »Das ist wirklich sehr lieb von dir, aber ...«

Stürmisches Klopfen an der Tür unterbrach ihn, augenblicklich gefolgt von einer Stampede von Füßen in Turnschuhen. Antryg erhob sich mit einer unerwarteten, schlaksigen Grazie von seinem Stuhl, als vier kleine Kinder ins Zimmer drängelten. Sie trugen einen sehr schmutzigen Pappkarton mit der Aufschrift CHUN KING SLICED WATER CHESTNUTS an der Seite. Einer der Jungen verkündete: »Wir haben noch eine für dich, Antryg. Zylimas Mama sagt, sie hat sie vor fünf Jahren in einer Zoohandlung unten in San Diego gekauft.«

»Ihr Name ist Ripley«, fügte eins der kleinen Mädchen hinzu. Joanna reckte den Hals und sah, daß der Karton eine riesige, ziemlich vergrämte Landschildkröte barg. »Meine Mama sagt, sie ist ein Mädchen, aber ich weiß nicht, woran sie das merkt.«

»Soso.« Antryg hob die Schildkröte sanft aus dem Karton und setzte sie auf den Tisch. »Fragen wir sie.« Er legte seine Hände auf den grau und braun geflecken Panzer und schloß wie lauschend halb die Augen. »Unzweifelhaft eine Dame.« Aus einer Schublade in der Kommode nahm er ein Blatt hauchdünnes Papier – Reispapier, dachte Joanna versonnen, wie frühere Bildungsreisende oder schweifende Studiosi in England es benutzten, um Reibekopien von alten Grabplatten anzufertigen.

Das war genau, was Antryg sich anschickte zu tun. Er breitete das Blatt sehr behutsam über den Rückenschild und rieb unendlich zart mit roter Kreide darüber, während alle vier Kinder fasziniert zuschauten, Ripley jedoch in angewiderter Resignation Kopf und Gliedmaßen einzog. »Man muß ganz vorsichtig sein«, erzählte er ihnen dabei. »Wenn man nicht aufpaßt, tut man der Schildkröte weh – sie sind sehr empfindsame Wesen und mögen es nicht, wenn man sie aufhebt. Schön, daß ihr sie in einem Karton hergebracht und nicht in den Händen getragen habt.«

»Mama hat uns gesagt, wir sollen es so machen«, warf der ältere Junge ein. »Wir dürfen Ripley auch zu Hause nicht herumtragen.« Nach kurzem Zögern: »Antryg? Mama sagt, sie hat letzte Nacht einen komischen Traum gehabt. Von diesem Ort – diesem Ort, wo du hingehen mußt.«

»Wahrhaftig?« Antryg hielt das Blatt ins Licht und studierte kritisch das Muster höckeriger, unregelmäßiger Quadrate.

»Ja. Sie sagt, es hätte ausgesehen wie unten in einem Fluß – nicht ein richtiger Fluß mit Wasser drin, sondern einer wie hier, und es wäre echt gruselig gewesen. Sie macht sich Sorgen, weil sie sonst nie so Zeug träumt, nur vom Einkaufengehen und so. Haben solche Träume was zu bedeuten, Antryg?«

»Natürlich.« Antryg lächelte und setzte Ripley sorgsam wieder in ihren Karton. Sie strafte ihn mit Verachtung und ließ sich nicht blicken, auch nicht, als er über den Panzer streichelte und sagte: »Vielen Dank, Ripley. Du hast einen unschätzbaren Beitrag zur Summe des menschlichen Wissens geleistet. Wenn deine Mutter das geträumt hat, Jemal, werde ich wohl hingehen müssen. Danke ihr von mir und danke auch euch. Und Ripley natürlich ebenfalls.«

Die Kinder nahmen ernsthaft die Münzen entgegen, die er verteilte, und gingen hinaus. Zylima blieb an der Tür stehen und schaute aus zusammengekniffenen, kastanienbraunen Augen zu ihm auf. »Du weißt, wo dieser Platz ist, von dem Mama geträumt hat?«

Antrygs Koboldgrinsen wurde breiter. »Selbstverständlich.«

»Na klar weiß er's, Zylima«, triumphierte das andere Mädchen. »Er ist ein Zauberer, oder etwa nicht?«

Weg waren sie.

Ein seltsam verlegenes Schweigen entstand, während Antryg seine neueste Errungenschaft in der Schublade der alten Kommode verstaute, aus der er das Papier genommen hatte. Mindestens zwei Dutzend weitere solcher Kopien trieben sich in dem Wust fliegender Blätter zu Hause herum. »Es ist wirklich nicht notwendig, daß du mitkommst«, meinte er endlich, als ginge es um eine Kneipentour. »Wenn du mir den Weg beschreibst, nehme ich das Fahrrad.« Dank Joanna war Antryg imstande, ein Auto zu fahren, trotzdem hatten die übrigen Verkehrsteilnehmer Grund, dankbar zu sein, daß er eine alternative Art der Fortbewegung bevorzugte.

Die Erinnerung an die Vision war wie das trockene Schaben eines Messers über ihre bloßliegenden Knochen, und es lag ihr auf der Zunge zu sagen: *Können wir nicht einfach zum Abendessen gehen und die ganze Sache vergessen?*

Keine Chance.

Sie holte tief Atem. »Ich denke, es wäre besser, wir sind zu zweit.«

Denn ein ungutes Gefühl sagte ihr, daß etwas Böses in dem Flußbett lauerte, und weder Antryg noch irgend jemand sonst hatte alleine dort etwas zu suchen.

Joannas Herz tat einige unregelmäßige Schläge, als sie ihren alten blauen Mustang auf dem Zufahrtsweg zum Stehen brachte. Der aufgewirbelte Staub sank gemächlich wieder zu Boden, getränkt von dem schrägen, messingfarbenen Abendlicht. Die Sommerzeit war kürzlich in Kraft getreten und verlängerte die laue südkalifornische Dämmerung bis weit in die Hauptsendezeit, dazu herrschte, wie jedes Jahr im Mai, eine wahre Glutofenhitze, ein falscher Sommer, der ganz Los Angeles veranlaßte, Shorts und Bikinis aus dem Schrank zu kramen und eine Völkerwanderung zum Strand zu veranstalten, ohne daran zu denken – auch das wie jedes Jahr –, daß es in ein paar Tagen bis zum 4. Juli wieder kalt und neblig sein würde. Irgendwo in der Ferne übertönte das schneidende Heulen von Flugzeugtriebwerken das stete Dröhnen der auf dem Höhepunkt befindlichen Rush-hour auf dem Ventura, doch sie befanden sich hier in einer anderen, stillen Welt. Überall in dem Gebiet von Los Angeles gab es diese winzigen Enklaven der Wildnis, Minidomänen von Eidechse und Koyote, wie um die Angelenos gelegentlich daran zu gemahnen, daß sie in einer Stadt der Träume lebten, einer grandiosen Phantasmagorie mitten im Nichts.

»Ich möchte dich bitten, hier oben zu warten, Liebes«, sagte Antryg, während er in das trostlose Flußbett schaute, wo der ausgeblichene Zementboden in der Sonne dörrte. »Wenn du siehst, daß mir etwas passiert, warte nicht ab, verlier keine Zeit, sondern setz dich hinters Steuer und fahr los. In Ordnung?«

»Wenn dir was zum Beispiel passiert?«

Eine Falte bildete sich zwischen seinen schütteren rötlichen Brauen, dann stieg er aus, förderte aus verschiedenen Taschen seiner Jeans eine alte Eisenbahneruhr und einen Kompaß zutage und verglich ihre Anzeigen.

»Falls ich mich in eine Kröte verwandle oder von Riesenameisen angegriffen werde ...« Man merkte, daß Antryg begeistert war von den Science fiction-Filmen aus den Fünfzigern, die im Spätprogramm liefen. Joanna verdrehte die Augen.

»Obwohl ich es vorziehen würde, in eine Schildkröte transformiert zu werden, wenn es schon ein Mitglied der Reptilfamilie sein muß. Dann könnte man viel ungezwungener andere Schildkröten um Reibekopien bitten. Vielleicht wissen sie sogar etwas darüber, wie es kommt, daß die gesamte Weisheit des Universums in den Mustern auf ihren Panzern verschlüsselt ist, auch wenn ich das nicht für sehr wahrscheinlich halte.«

Joanna seufzte ergeben. »Nun, wenn's dich erwischt hat, komm nicht her, damit ich dich küsse und alles wieder gut ist.«

»Mein Herzblatt ...« Er bückte sich und streifte ihre Lippen mit den seinen. Als er sich aufrichten wollte, grub sie die Finger in seine grauen Locken und zog ihn wieder zu sich herab, voller Angst um ihn, trotz seiner Heiterkeit – voller Angst vor der Stille dort unten, der erschreckend genauen Übereinstimmung der Realität des Tujunga Wash mit dem Bild ihrer Vision.

Verflucht, sogar die Grafftitis sind genau gleich ...

Und Ruth hatte nicht übertrieben mit dem Gefühl namenloser Angst, das über dem Ort hing, der beklemmenden Gewißheit, daß gleich etwas geschehen wird, etwas Ungeheuerliches.

Antryg richtete sich auf, um wieder einen Blick in den

Kanal zu werfen, und sie konnte an dem Ausdruck auf seinem halb abgewandten Gesicht ablesen, daß auch er wußte oder ahnte, was dort unten lauerte.

Doch alles, was er sagte, war: »Also, in Elbertring glaubte man, die gesamte Weisheit des Universums wäre in den Rillen von Pfirsichkernen enthalten, aber die Magier, die dafür verantwortlich waren, sie zu sammeln, starben sämtlich an Beriberi. Interessant.« Er steckte Uhr und Kompaß wieder ein. »Bienen sind hier auch nicht. Ich bin gleich zurück, Liebes.«

Die Glasperlenschnüre um seinen Hals sprühten bunte Funken, als er sich Schritt für Schritt den steilen Hang hinuntertastete.

Joanna beobachtete ihn, überwältigt von einem Gefühl verzweifelten Beschützenwollens, und mit jeder Minute wuchs die nagende Angst in ihr, paradox im smoggefilterten Schein der tiefstehenden Sonne. Fast wäre Dunkelheit ihr lieber gewesen, denn in der Nacht hätte diese kalte Ahnung einer gesichtslosen Bedrohung wenigstens Berechtigung gehabt. Unten bei Antryg staute sich das trübe Tageslicht zwischen den Betonwänden, heiß und still und vergiftet von dieser bedrohlichen Stephen-King-Atmosphäre.

Was stimmt nicht an diesem Bild?

Hier oben spielte der Wind mit ihrem Haar und drückte ihr das schwarze T-Shirt gegen die Rippen, während sie neben dem Auto stand, eine kleine, zierliche junge Frau, hübsch erst auf den zweiten Blick. Gemeinhin firmierte sie als ›graue Maus‹ – bei Leuten, die weder von ihr noch von Mäusen irgendwelche Ahnung hatten. Sie schaute zu Antryg hinunter, der sehr verwundbar und einsam aussah, wie er mitten in der gewundenen Schlucht aus hitzewaberndem Beton kniete und mit den Fingerspitzen über den Boden strich, als versuchte er, eine Botschaft in Braille zu lesen. Auch wenn es im nachhinein müßig war, sie fragte sich, ob sie nicht den Abstecher zur Wohnung hätte machen sollen, um das Gewehr zu holen, das seit Februar zu ihren Besitztümern gehörte. (Sie hätte nie geglaubt, daß es ihr Spaß machen könnte, schießen zu lernen. Noch erstaunlicher war, daß sie ihr neues Hobby beibehielt, trotz der Mißbilligung der wenigen Kollegen – fast alles Hacker –, die davon wußten, und ihrer Mutter, die entsetzt die Hände über dem Kopf zusammenschlug und von den armen Menschen predigte, die durch ihre eigenen Feuerwaffen ins Jenseits befördert worden waren.) Doch im selben Atemzug ließ ihr Verstand das obligate halbe Dutzend Gründe aufmarschieren, weshalb es unvernünftig gewesen wäre, Artillerie auf diesen Ausflug mitzunehmen, komplett mit Szenarios, wie sie von der Highway Patrol angehalten wurden und die Nacht im Gefängnis verbringen mußten, oder wie sie Antryg erschoß, während sie versuchte, die Riesenameisen zu treffen, oder womit, zum Teufel, sie es zu tun bekamen ...

Und, schloß sie nüchtern die Gegenargumentation, was hätte sie mit dem Gewehr anfangen sollen – da unten war *nichts*.

Oder?

Joanna war ganz sicher, daß Antryg an exakt derselben Stelle kniete, wo sie in ihrer Vision gestanden hatte; sie schloß die Augen und versuchte sich vorzustellen, wie die Skyline über der Betonböschung an diesem Punkt aussah. Pastellfarbene Häuser, Telefondrähte wie unbenutzte Notenlinien vor dem schmutzigen Weiß des Himmels, ein trotzig roter Giebel über einem Bretterzaun und SANTOS RULES in verschnörkelten Lettern zwischen weniger anspruchsvollen Spraydosenilluminationen ...

Sein gebeugter Kopf berührte fast den Zement, auf seinen bloßen Armen, überzogen von einem leichten Sonnenbrand, hoben die Narbe und die Tätowierung sich ab wie eine Schramme und ein Bluterguß.

Was sah er auf dem geborstenen Pflaster? fragte sie sich. Was hatte sie denn gesehen? Oder zu sehen geglaubt? Doch schon der Versuch, sich das Bild ins Gedächtnis zurückzurufen, verursachte ihr eine Gänsehaut, und sie hatte nur noch den einzigen Wunsch, daß er Schluß machte da unten und heraufkam, damit sie von hier verschwinden konnten.

Seine Brillengläser funkelten, als er aufstand und sich,

ganz langsam zuerst, rückwärtsgehend von der Stelle entfernte, bis er sich nach ein paar Metern herumdrehte und jetzt sehr eilig die Böschung hinaufstieg. Joanna saß hinter dem Steuer und wartete mit laufendem Motor; Antryg warf sich atemlos auf den Beifahrersitz, und der Wagen rollte schon, bevor er die Tür zugeschlagen hatte. Sonnengoldener Staub wölkte auf.

»Was ist da unten?« Der Feldweg zurück zur Straße war steil und erforderte konzentriertes Fahren.

»Nichts«, log er.

Sie warf ihm einen kurzen Blick zu, er zögerte, dann wandte er rasch den Kopf zur Seite.

Beinahe entschuldigend fügte er hinzu: »Da unten ist wirklich nichts.«

Aber Joanna merkte, daß er den Rückspiegel nicht aus den Augen ließ, bis sie den Tujunga Wash fast eine Meile hinter sich gelassen hatten.

»Können wir jetzt vielleicht offen miteinander reden?«

Antryg blickte auf. Er hatte sich auf dem Boden niedergelassen, um die ekstatische Begrüßung von Joannas Stubentigern entgegenzunehmen. Nach der irritierenden Manier von Katzen waren Spock und Brummkreisel Antryg auf den ersten Blick verfallen und verließen bei jeder Gelegenheit die Frau, die sie fütterte und seit fünf Jahren ihre Miete und Tierarztrechnungen bezahlte, um diesem verhältnismäßig Fremden zu huldigen.

Joanna verstaute die Reste des Abendessens im Kühlschrank und lehnte sich mit verschränkten Armen an den quadratischen Pfeiler, den der Architekt am Ende des Tresens zwischen Küche und Wohnzimmer plaziert hatte. In der schieferblauen Dämmerung hatten die Zimmer mehr denn je Ähnlichkeit mit einer unterseeischen Grotte, angefüllt mit einem Dschungel fremdartigen Lebens: Computerkabel und Radioteile tummelten sich oktopusgleich zwischen den Ausdrucken auf Joannas Tisch und den bizarren Riffen aus Magazinen, Textbüchern und Ausgaben des

National Enquirer, die sich auf der über zwei Sägeböcke gelegten und so zur Arbeitsfläche zweckentfremdeten Tür in Antrygs Zimmerhälfte stapelten; dazwischen die kleinen aufziehbaren Frankensteins und Godzillas, die Schweine und Gebisse und hüpfenden Frösche sahen aus wie seltsames Getier, das gerade aus Löchern in Steinen zum Vorschein gekommen war. Auf dem Weg zum chinesischen Schnellimbiß hatten Antryg und Joanna Ruth aufgelesen; jetzt hörte man ihre hohen Absätze die Außentreppe des Chateau Burbank hinunterklappern, zur Wohnung im zweiten Stock, genau unter Joannas.

Antryg entledigte sich rücksichtsvoll der Katzen auf seinem Schoß und stand auf. Fast einsneunzig groß, wirkte er aufgrund seiner stelzbeinigen Schlaksigkeit irgendwie zerbrechlich im gelben Licht, das aus der Küche hereinfiel. »Ich habe befürchtet, daß das kommt.«

Sie schwieg und blickte zu ihm auf, hin- und hergerissen zwischen ihrem morbiden Horror, eine Nervensäge zu sein wie ihre Mutter, und der Überzeugung, daß Antryg – und womöglich auch sie – in ernsten Schwierigkeiten steckten.

»In dem Flußbett ist nichts«, wiederholte er leise. »Bis jetzt. Aber in jedem Fall ist es nichts, was dich noch betrifft. Sie haben mich in der Kristallkugel nicht finden können und auch nicht durch Träume, deshalb haben sie einen allgemeinen Ruf ausgesandt an jeden, der mich kennt, in dem Wissen, daß er mich auf diesem Weg früher oder später erreicht.«

Er hörte sich an, als ginge es darum, einen physikalischen Sachverhalt zu erklären. Wie der alte Witz mit *Oh, was Sie gesehen haben, war nur ein UFO.*

»›Sie‹ wer?« fragte Joanna. »Und was hast du da unten gesehen?«

Antryg blickte auf seine Stiefelspitzen und schob sich die Brille etwas höher auf die Nase. Dann seufzte er. »Magierrunen auf dem Boden. Runen der Zitation. Lady Rosamunds … Von Daurannon dem Schönen … Anderen Mitgliedern des Kollegiums. Und eins von meinen.«

»Von deinen?«

»Um mich anzulocken.« Er schaute sie von unten herauf an, die grauen Auge waren müde und resigniert hinter den schützenden Gläsern. »Was bedeutet, sie wissen, daß ich noch lebe.« Er richtete den Blick in eine unbestimmte Ferne und rieb sich die Hände, ein mechanischer Versuch, die Schmerzen aus den schlecht verheilten Brüchen und Verrenkungen zu massieren, die auf das Konto der Inqusitoren von Ferryth gingen. An seiner Kehle, unter dem bunten Perlentinnef, konnte Joanna das runde Mal des Siegels der Finsternis sehen, das sich wie Säure in die dünne Haut gefressen hatte. Er hatte Gift getrunken, fiel ihr ein, um dem Todesurteil des Regenten zu entgehen.

»Werden die Runen dich dorthin ziehen?«

»Heute nachmittag haben sie es schon getan.« Er ging mit nervöser Ungeduld zur Balkontür und schob sie auf. Die Nachtluft strömte herein, warm wie Badewasser und in ihrem Gefolge das pulsierende Dröhnen vom Victoria Boulevard und dem Freeway dahinter. »In diesem Universum dürften sie nicht soviel Macht haben, aber es gibt solche und solche Magie. Das Kollegium muß gewußt haben, daß ich aus meinem Versteck kommen würde, wenn sie dir diese Träume schicken, allein deshalb, um sicherzustellen, daß ...«

Er unterbrach sich, als wäre er im Begriff gewesen, etwas preiszugeben, was er lieber für sich behalten wollte, dann schüttelte er den Kopf.

»Und weißt du, das Schlimme ist, ich bin neugierig. Es erfordert eine erhebliche Kraftanstrengung, um ein Tor durch den Abyssus zu öffnen. Sehr wenige Magier wären allein dazu imstande. Nachdem ich ihnen einmal zwischen den Fingern hindurchgeschlüpft bin, hat ihr Haß sie nicht ruhen lassen, daß sie einen solchen Aufwand treiben, um mich aufzuspüren. Oder gibt es einen anderen Grund?«

»Lady Rosamund brauchte keinen anderen Grund«, warf Joanna ein. »Du hast gestanden, den Erzmagus getötet zu haben. Das wäre für sie Grund genug.«

Er fröstelte leicht, obwohl er in der offenen Tür stand, umspült von lauer Dunkelheit.

»Antryg«, Joannas Stimme klang leise und verzagt, »geh nicht zurück.«

Sein Schweigen verriet ihr, daß er während des ganzen Abendessens darüber nachgedacht hatte.

»Sie warten nur darauf, daß du kommst. Diesmal wird es dir nicht gelingen zu fliehen.«

Und ich könnte es nicht ertragen, dich zu verlieren, dachte sie. Nicht wieder. Nicht so bald. Nicht für immer.

Zwing mich nicht, wieder so zu sein wie früher.

Ihr war klar, daß sie nie wieder so sein würde wie früher, auch wenn er verschwand. In gewisser Weise waren die letzten vier Monate eine Achterbahn neuer Erfahrungen gewesen, andererseits haftete ihnen die merkwürdige Selbstverständlichkeit von etwas an, das sie ihr ganzes Leben lang getan hatte. Wie viele schüchterne Frauen hatte sie Männer stets als eine unberechenbare und bedrohliche fremde Spezies betrachtet, vielleicht ganz nett, um abends auszugehen, aber weshalb ein vernünftiger Mensch darauf erpicht sein sollte, mit einem zusammenzuleben, war ihr schleierhaft gewesen. Sie hätte die Begründung nicht in Worte fassen können, aber inzwischen konnte sie es begreifen, wenigstens in diesem speziellen Fall. Ermutigt von Antrygs weltoffener Freundlichkeit im Umgang mit anderen, war sie aus ihrem Schneckenhaus hervorgekommen und hatte staunend festgestellt, sie konnte tatsächlich mit Leuten reden, ohne das Gefühl, daß man, sobald sie den Rücken kehrte, die Augen verdrehte und murmelte *Jesses Maria!*

Sie wollte nicht wieder sein, wie sie früher gewesen war, aber der Gedanke an eine Zukunft ohne ihn öffnete einen geheimen Quell betäubender Schmerzen tief in ihrem Innern; Schmerzen, von denen sie nicht ahnte, daß sie fähig war, sie zu fühlen – oder wenn sie es geahnt hatte, irgendwann in ihrer Kindheit, war sie seither penibel allen Situationen aus dem Weg gegangen, die möglicherweise dazu führten, diese Tiefen auszuloten.

Und von all dem abgesehen, sie wollte nicht, daß er litt.

Und er würde leiden, unvorstellbare Qualen, bevor sie ihn

gnädig sterben ließen. »Ich weiß.« Seine Stimme war kaum mehr als ein Flüstern. »Aber es ist nicht nur das.«

Nein, dachte sie. *Es war nicht nur das*.

Ein Windstoß fuhr in den Vorhang, der sich um ihn bauschte wie ein fahler, hafermehlfarbener Umhang und dann wieder schlaff niedersank, als hätte die Anstrengung ihn aller Kräfte beraubt; draußen in der Dunkelheit blinzelten gelbe Lichter – Straßenlampen, Reklametafeln, Scheinwerfer, Neonanzeigen. Teer und Kohlenwasserstoffe, der stechende Chlorgeruch des Swimming-pools im Innenhof und das nostalgische Aroma von Holzkohlenrauch und Chemikalien, als jemand auf dem Balkon seinen Grill entzündete, vermischten sich zum typischen Bouquet des Sommers. Irgendwo im Haus dudelte ›Sergeant Pepper's Lonely Hearts Club Band‹.

Während sie die Silhouette der hochgewachsenen hageren Gestalt vor dem Jahrmarktsglamour der Stadt der Lichter – Stadt der Träume – beobachtete, kam Joanna schmerzlich zu Bewußtsein, was sie von Anfang an geahnt hatte, daß sie sein Leiden nur erträglich machen konnte, ihn aber nie davon heilen.

Denn er war mehr als nur ein Verbannter. Nach der Natur der Dinge war er ein Maler ohne Augen – ein Sensualist, seiner Sinne beraubt – ein Sänger, dem man die Zunge herausgerissen hatte. Seine Schnurrpfeifereien, seine Beschäftigung mit Physik, Optik, Computern und allen möglichen Aspekten der stofflichen Welt, auch wenn sie ihn amüsierten und faszinierten, waren keine Entschädigung und würden es nie sein.

Ihre Kehle war wie zugeschnürt, als sie sagte: »Du wirst ihnen nie entkommen, Antryg. Selbst in deiner eigenen Welt könntest du nicht von deiner Magie Gebrauch machen. Du würdest dich dadurch verraten.«

Sie sah, wie er sich gegen den Türrahmen lehnte, als wäre mit seinem Atem die Spannung aus seinen Muskeln entwichen, alle Kraft aus seinem Körper, und hätte nur Trauer zurückgelassen. »Ich weiß.«

Sie spürte die Furcht und Verzweiflung in ihm, später, als

sie sich liebten und in der schwerelosen Losgelöstheit des Nachher an seine Schulter geschmiegt, sah sie im Schein der Straßenlampen unter dem Fenster den Ausdruck verstörter Hoffnungslosigkeit in seinen nackten Augen.

»Antryg«, murmelte sie schläfrig, als er um neun Uhr aufstand, um die Spätschicht im *Enyart's* anzutreten. »Du wirst doch nichts Dummes tun, oder?«

Er seufzte, tat aber nicht so, als wüßte er nicht, was sie meinte. »Es wäre vielleicht besser, wenn ich's täte.«

»Du kannst sie nicht abschütteln.« Sie schlüpfte in einen zerknitterten Pyjama, während er seine Jeans anzog. Die Glasperlen um seinen Hals funkelten auf der hellen, feinporigen Haut der Kehle. Seine Arme waren vom Ellenbogen bis zum Handgelenk entlang der Venen von einem verblaßten Ogham-Alphabet aus weißen Narben gezeichnet. Sie hatten keine Ähnlichkeit mit den charakteristischen Einstichen eines Junkies: es waren Schnitte, Kratzer, Bisse und nicht nur am Arm, einige befanden sich auch an Hals und Brust. Er hatte ihr eine lange und phantastische Geschichte über seine Teilnahme an einem Kongress der Vampire erzählt, als sie ihn fragte, woher sie stammten.

»Du verstehst dich vielleicht besser darauf, zwischen den Welten des Abyssus' zu navigieren, aber du weißt, am Ende werden sie dich finden.«

Und du wirst einsam sein, sagte sie nicht.

Und ich werde einsam sein.

Ein Winkel seines Mundes zuckte ironisch, er bückte sich und drückte ihr einen Kuß aufs Haar. »Also gut, ich verspreche, ich werde dich fragen, bevor ich etwas Dummes tue.« Sie hörte die Tür ins Schloß fallen und spürte die Vibration seiner Schritte, als er das Fahrrad die Außentreppe hinuntertrug. Ihr letzter Gedanke vorm Einschlafen war, bei dem freitagabendlichen Chaos in der Kneipe bestand wenigstens nicht die Gefahr, daß ihm Zauberer aus fremden Universen über den Weg liefen, egal, was sich sonst für seltsame Gestalten dort herumtrieben.

Joanna träumte vom Abyssus.

Träumte, daß sie alleine darin herumirrte und versuchte,

den Weg zur anderen Seite zu finden. Sie spürte keinen Boden unter den Füßen, unbeschreibliche Kälte durchdrang sie bis ins Mark, und die Finsternis, die sie von allen Seiten bedrängte, sprach zu ihr mit den Stimmen der gräßlichen Ungeheuer, die durch die Risse schlüpften, wenn die Tore zwischen den Welten sich öffneten. Ihr Atem ging keuchend, ihre Beine taten weh, ihre Lungen brannten – der Lichtpunkt, dem sie verzweifelt folgte, wich immer weiter vor ihr zurück. Sie stolperte, mobilisierte ihre letzten Kräfte, denn das Licht aus den Augen zu verlieren bedeutete, auf ewig in diesem Limbus verloren zu sein ...

Und vor allem anderen erfüllte der Abyssus selbst sie mit unsäglichem Grauen: Dunkelheit, bodenloser Abgrund, das Gefühl einer amorphen Bedrohung wie vorhin am Tujunga Wash, zusehen müssen, wie in dem Gewebe von Raum und Zeit ein Riß klaffte, ein lippenloser Mund sich auftat, dem ölige Schwärze entströmte ...

... die herankroch, um sie zu verschlingen, während ein sengender kosmischer Wind über ihren Körper strich und ihr Fleisch verzehrte.

Sie erwachte nach Atem ringend und starrte aus weitaufgerissenen Augen in das Halbdunkel des Schlafzimmers. Antryg war fort. Irgendwo im Haus hämmerte immer noch ein rhythmischer Baß, die Straßenlaternen unten warfen immer noch ihren gelblichen Widerschein an die Zimmerdecke.

Aber sie vermochten nicht die pulsierende Schwärze zu durchdringen, die in ihr Zimmer sickerte und wie ein sich ausbreitender Tintenfleck alles auslöschte – Wände, Reflektionen, Möbelstücke, das gesamte Inventar der normalen, alltäglichen Welt ...

Man sagt, in den Tagen der Zwanzig Könige habe der Zauberer Treegart Galsek ein Haus in den nördlichen Wäldern gehabt, auf einem hohen Berg, genannt Magiers Kulm. Er versammelte um sich andere Zauberer und Priester fremder Religionen, und sie pflegten arglose Reisende zu rauben und verwirrten ihre Sinne, so daß sie in dem Glauben, Maulwürfe zu sein oder Esel oder Lasttiere, für sie arbeiteten, hohe Mauern errichteten und tiefe Schächte in den Fels trieben ...

FIRTEK BRENNAN
Gespräche über die Natur der Nigromantie

2. KAPITEL

»Antryg ...« Jim Hasselart winkte am anderen Ende des Tresens. Antryg ließ Maraschinokirschen in die beiden Bananendaiquiris plumpsen, die er gemixt hatte, übergab sie dem ›schönen Kevin‹, damit er sie den Tischgästen servierte, und drückte sich an dem in quietschenge Hosen gezwängten und viel bewunderten Allerwertesten des jungen Kellners vorbei, um zu seinem Chef in dem schmalen Durchgang zwischen aufgestapelten Getränkekisten zu gelangen. »Telefon.«

Das konnte nur Ruth sein, dachte Antryg mit einem Blick zur Uhr. Es war kurz vor Feierabend, die sechste oder siebente Stunde der Nacht – er hatte gerade angefangen, sich mit der Zeiteinteilung in dieser Welt zu befreunden, da wurde, um Tageslicht zu ›sparen‹, alles auf Sommerzeit umgestellt. Selbstverständlich gab es Talismane, mit denen sich tatsächlich Tageslicht sparen ließ, aber das schien nicht zu sein, was diese Leute meinten.

»Ja, ich bin's«, meldete er sich.

»Antryg?« Es war Ruth, aufgeregt und verängstigt und den Tränen nahe. Der Verständigungszauber, der es Magiern ermöglichte, ohne Sprachbarrieren miteinander zu kommunizieren und den er schon vor langem auch auf Joanna ausgeweitet hatte, wurde durch elektronische Medien neutralisiert, doch in vier Monaten hatte er sich genug Englisch angeeignet, um Telefongespräche und das meiste von Dialogen in Filmen verstehen zu können. »Joanna – sie ist verschwunden!«

Antryg schloß die Augen, als Wut ihn durchströmte wie eine Glutwoge, jeden Gedanken erstickte und nur Kälte zurückließ.

Einen Moment lang war alles andere wie ausgelöscht, das Stimmengewirr, das Klirren der Gläser und der schmachtende Gesang einer Eunuchenstimme im Hintergrund. Sie hatten es gewagt. *Sie hatten es gewagt* ...

Seit Jahren war er nicht so zornig gewesen, zornig genug, um sämtliche Mitglieder des Inneren Zirkels des Kollegiums der Nigromanten am Hals zu packen und ...

Die Ernüchterung kam ebenso schnell, ein Absturz in eiskalte Angst.

Was hatten sie ihr angetan?

Ruths Stimme an seinem Ohr sprudelte Einzelheiten hervor, berichtete von einem Schrei, Schatten in einer Ecke des Zimmers, einem schwarzen Umhang ...

Oder, dachte er, mit einer merkwürdigen, furchtbaren Gelassenheit, die schwarze Robe eines Nigromanten.

Sie hatten Joanna geholt.

Es war keine wirkliche Überraschung. Er hatte darauf gewartet, das zu hören, von dem Moment an, als er niedergekniet war, um die Runen der Magier auf dem Betonboden des Kanals zu betrachten. In gewisser Weise wartete er schon, seit Joanna und er in der ersten Nacht zusammen in ihrer Wohnung im Bett gelegen hatten; sie überglücklich, daß er nicht tot war, daß er allen Widerständen zum Trotz den Weg zu ihr gefunden hatte, in diese bizarre Stadt der Träume. Und er? Ein wenig fassungslos, daß er in Anbetracht der Umstände tatsächlich noch am Leben war.

Doch in all den Monaten, die er hier lebte, hatte er ein

Auge auf den Abyssus gehabt. Und vor ungefähr vierundzwanzig Stunden hatte ihn das Öffnen eines Tores zu dieser Welt aus dem Schlaf geschreckt, zu einem kurzen, lichten Moment des Begreifens zwischen Traum und Realität, der sofort wieder verging; erst später, gegen Mittag, erinnerte er sich an die Vision von Joanna, die in dem trockenen Flußbett entlangging, gesehen wie aus großer Ferne.

Ruth hatte diese Vision gehabt. Und Joanna. Und Zylimas und Jemals Mutter, Luann. Und Antryg war absolut sicher, daß diese Visionen, diese Träume, ihm nicht nur sagen sollten: *Komm zu diesem Ort ...*

Wir können dich nicht rufen, doch über deine Freunde haben wir Macht.

»Es hängt mit diesem – diesem Traum vom Tujunga Wash zusammen, nicht wahr?« fragte Ruth gerade, die bange Hartnäckigkeit in ihrer Stimme holte ihn zurück aus dem Tumult von Zorn, Spekulationen, Erinnerungen. »Weißt du, was passiert ist? Wo sie ist und was man tun kann?«

»Alles in Ordnung«, versuchte Antryg sie zu beschwichtigen. »Ich gehe hin.«

»Brauchst du ...« Sie zögerte, hin- und hergerissen zwischen ihrer Freundschaft zu Joanna und der absolut verständlichen Angst vor dem Traum. »Brauchst du Hilfe? Ich könnte mitkommen, und da sind noch diese zwei Typen aus der Wohnung neben Joanna ...«

»Nein.« Genug Menschen, dachte Antryg, hatten seinetwegen gelitten in seinen Konflikten mit dem Kollegium – ihn quälten immer noch Alpträume über das tragische Ende der Mellidane-Revolten, ausgelöst durch seine Einmischungen, und nach deren Niederschlagung er von seinen ehemaligen Kollegen ins Gefängnis geworfen wurde. »Aber trotzdem vielen Dank«, fügte er hinzu, weil ihm zu Bewußtsein kam, wie schroff das eine bittere Wort geklungen haben mußte. »Ich weiß, worum es geht, und ich denke, ich komme zurecht.«

»Ärger?«

Nachdem er eingehängt hatte, drehte er sich herum und

sah Jim Hasselart am skarifizierten Türrahmen der Herrentoilette gegenüber lehnen. Er war leicht übergewichtig und sah fast immer ungepflegt aus, selbst in Hemd und Krawatte seines Managerpostens. Trotzdem offenbarten Jims kaffeebraune Augen eine gewisse Wachsamkeit, ein Wissen um die Wechselfälle des Lebens.

Antryg zögerte, dann sagte er: »Ich fürchte ja.« Er nahm die schwarze Schürze ab, die sein verwaschenes T-Shirt und die hochbetagte Jeans verdeckte. »Entschuldige mich bei Kevin, weil ich ihm nicht helfe aufzuräumen – gib ihm meinen Anteil vom Trinkgeld.«

»Blödsinn. Ich habe noch nie jemanden in Schwierigkeiten gesehen, der nicht ein paar Scheine extra gebrauchen konnte. Steck ein, was im Topf ist, ich mach's mit ihm glatt. Brauchst du sonst noch was?«

Antryg schüttelte den Kopf. »Eigentlich nicht einmal das Geld. Sollte ich morgen abend nicht kommen ...«

»... rufst du mich an, wenn du wieder in der Stadt bist«, beendete Jim den Satz.

Er schwieg einen Moment und betrachtete den unberechenbaren Barkeeper, während sich in der Stille zwischen zwei Songs überlaut eine Frauenstimme vernehmen ließ: »Alles gut und schön, aber es waren nicht meine Unterhöschen, die er in der Jackentasche hatte ...«

»Paß auf dich auf«, sagte Jim und entließ Antryg durch die Hintertür in die warme Dunkelheit der Seitengasse.

Als er sich auf sein Fahrrad schwang, dachte er daran, daß nicht viel gefehlt hätte und Joanna wäre als seine Komplizin verurteilt worden, damals, während ihrer kurzen gemeinsamen Haft im Turm des Schweigens, dem Gefängnis, dessen Mauern gegen jegliche Magie immun waren. Er hatte sein zweites und für ihn vernichtendes Geständnis nur unter der Bedingung unterschrieben, daß das Kollegium der Nigromanten sie freiließ und ihr sicheres Geleit nach Hause gewährte. Er wußte, er hatte seine Magie mißbraucht, hatte sich wieder und wieder gegen jede Regel und jedes Gesetz von Kollegium, Kirche und Staat in die Belange der Menschen eingemischt. Aber daß sie Joanna für seine Missetaten büßen lassen wollten …

Und indem er hierher kam, Zuflucht in ihrer Welt suchte, hatte er sie wieder dem Zorn des Kollegiums ausgesetzt.

Aber – dabei rollte er langsam über das schadhafte Pflaster, zwischen stinkenden Mülltonnen und widerrechtlich geparkten Porsches entlang – er hätte nie für möglich gehalten, daß das Kollegium sich so weit erniedrigen könnte, Geiseln zu nehmen.

An der Mündung der Gasse in die Matilija Street, zwischen dunklen Apartementhäusern, über deren Mauern geisterhaft der türkise Lichtschein der hinter Mauern verborgenen Swimming-pools flimmerte, wandte er sich nach rechts und radelte in nördlicher Richtung in die milde, selbst zu dieser späten Stunde von huschenden Autoscheinwerfern zerrissene Nacht hinein.

Er erreichte den Tujunga Wash, als eben ein erstes, zaghaftes Grau am Himmel erschien. Auf dem Freeway herrschte tatsächlich noch Leben, ein paar Autos fuhren vorbei, sehr schnell, in den hellen Tunnel ihres Fernlichts hinein; Antryg staunte, daß immer noch Leute unterwegs waren, so spät – oder so früh. Eine Suche in der Wohnung hatte keine Erkenntnisse gebracht, außer, daß Ruth so fürsorglich gewesen war, die Katzen zu füttern, bevor sie wieder nach unten ins Bett ging – er verzichtete darauf, sie zu wecken. Nun, er hatte auch nicht damit gerechnet, irgendwelche Spuren zu finden.

Er zeichnete sein Signum auf den Boden des Flußbetts, zwischen die unsichtbaren Runen des Kollegiums, dann trat er einen Schritt zurück und wartete.

Die Straßenlampen über dem Kanal breiteten ihr galliges Licht über den Zement, und ein Kojote, der oben am Rand entlangtrabte, machte Anstalten herunterzukommen, schien sich aber plötzlich anders zu besinnen. Antryg hatte bemerkt, daß sich keine frischen Spuren von Katze, Opossum oder auch nur Eidechse an der Stelle befanden, wo die magischen Zeichen eingeritzt waren.

Und sie halten Tiere für ›dumm‹.

Er grübelte darüber nach, ob das Kollegium seinen Tod wollte oder etwas anderes.

Während er wartete und der Wind mit seinem Haar spielte, dachte er zurück an diese sonderbaren Bewegungen in der Tiefe des Abyssus'.

Er war sich stets im Unterbewußtsein der Aktivitäten im Abyssus bewußt, wie er unbewußt das Wetter registrierte, die Wanderung der Sterne und ein halbes Dutzend anderer Einzelheiten, die mit den Kräften von Erde und Himmel zusammenhingen. Es gärte immer in dem bizarren Chaos, das sich zwischen den Parallelrealitäten des Kosmos' ausbreitete. Soweit ihm bekannt war, besaß keiner der anderen Nigromanten des Kollegiums – genaugenommen niemand, dem er je begegnet war – diese Fähigkeit, eingeschlossen sein alter Meister Suraklin, der ihn in die Geheimnisse des Abyssus' eingeweiht hatte.

Seit Monaten spürte er, daß in großer Ferne etwas Merkwürdiges im Gange war, manifestiert in seiner Vorstellung als ein Kräuseln oder Hakeln, wie der Widerstand bei einem Stich durch Haut, doch er hatte gezögert, der Sache nachzugehen, weil er wußte, daß die Magier seiner eigenen Welt seit den Ereignissen des letzten Winters dem Abyssus größere Aufmerksamkeit schenkten.

Es war mehr als wahrscheinlich, daß, wenn Schwierigkeiten auftraten – wenn zum Beispiel eine Intelligenz aus einem dritten Universum seiner Welt einen Besuch abstattete und in ihrem Kielwasser jene Abominationen mitzog, die häufig von einer Welt zur anderen wechselten, sobald die Materie des Abyssus' in der Nähe der Tore durchlässig wurde –, das Kollegium ihm, Antryg, die Schuld anlastete, weil sie die Natur und die Ausmaße des Abyssus' nicht begriffen.

Wenn das der Fall war, dachte er sarkastisch, würde er einiges zu erklären haben. Und gesetzt den unwahrscheinlichen Fall, man schenkte ihm Glauben, nahm man ihn vielleicht trotzdem in Gewahrsam, einfach zur Sicherheit.

Aber die Überlegungen waren müßig. Die Tatsache, daß man nicht davor zurückschreckte, Joanna als Geisel zu nehmen, sagte ihm unmißverständlich, daß es ein Fehler gewesen war, herzukommen, ein selbstsüchtiger Akt, der sie in höchstem Maß gefährdete.

Er hätte wissen müssen, sagte er sich müde, daß es nicht gutgehen würde.

Vor sich, in der blasser werdenden Luft, sah er Dunkelheit schweben wie eine Blüte.

Etwas in seiner Brust zog sich zusammen wie eine zu straff gespannte Gitarrensaite und löste sich in einem Gefühl schmerzlichen Bedauerns. Die Nachtkühle hatte den Smog ein wenig vermindert – obwohl der metallische Geruch noch in der Luft hing, vermischt mit den Ausdünstungen von Staub, Zement und Abwässern, wehte doch eine Ahnung der kristallklaren Morgenluft zu ihm hin. Alles ringsumher – die Welt der Lebenden – wirkte einen Augenblick lang frisch und wie verzaubert; jeder Riß im Beton, jede Linie der pastellenen Häuser, deren jedes sein eigenes Geheimnis bewahrte, erschien in einer lichten, scharfumrissenen Klarheit, die atemberaubend schön war.

Er wußte, was Magier ihresgleichen antaten, die so unbekümmert gegen ihre Gebote verstoßen hatten wie er; für die letzten Momente seines Lebens, die frei waren von unerträglichen Schmerzen, hätte er sich einen besseren Platz gewünscht als ein betoniertes Flußbett im Herzen des San Fernando Valley.

Doch wenigstens konnte er Joanna aus der Schußlinie bringen.

Die Kuppel der Welt spaltete sich. Dunkelheit quoll hindurch und breitete sich aus wie eine Wolke.

Weit entfernt, unendlich tief im Herzen der Finsternis, sah er schwarze Umhänge, schwarze Roben im Sturm des Chaos' flattern, blitzte geschliffener Stahl. Als er sich umschaute, bemerkte er kleinere Fehlstellen und Risse, Schatten derselben Dunkelheit, die kamen und vergingen –

Schwachstellen im Gewebe des Universums, wo es durch das geöffnete Tor über Gebühr belastet wurde.

Wir sollten die Sache schnell hinter uns bringen, dachte er unbehaglich. Gott weiß, was alles den Weg zu uns findet.

Und dann waren sie da.

Eingerahmt vom Bogen des Tores, die Gesichter blaß und starr vom Schock der Durchquerung, standen sie vor ihm, seine ehemaligen Lehrer und Kollegen. Einige von ihnen waren seine Freunde gewesen.

Lady Rosamund gehörte selbstverständlich nicht zu letzteren. Im Sog des Abyssus' flatterte ihr rabenschwarzes Haar, die ebenmäßigen Züge waren von marmorner Kälte, die grünen Augen beinahe durchsichtig im Zwielicht der Morgendämmerung. Um ihre Schultern lag die purpurne Stola des Inneren Zirkels des Kollegiums, den Stab der Magie, der Macht, hielt sie in einer weißen, manikürten Hand.

Neben und hinter ihr erkannte er Nandiharrow den Uhrmacher – Nandiharrow mit den Neun Fingern nannte man ihn neuerdings, nach einem besonders unerquicklichen Zusammenstoß mit der Inquisition letztes Jahr –, groß und untersetzt und grauhaarig; ihm zur Seite den feingliedrigen, androgynen Physikus Issay Bel-Caire. Auch sie trugen die Stola des Inneren Zirkels. *Sie müssen Issay nach Salteris' Tod hineingewählt haben,* dachte Antryg. Nandiharrow wich als einziger seinem Blick aus.

Hinter ihnen reihten sich die Sasenna, der kleine Trupp von Elitekriegern, die dem Kollegium Gefolgschaft bis in den Tod gelobt hatten. Es waren fast ein Dutzend, einige mit dem Geburtsrecht – Novizen im ersten Jahr –, andere nicht. Sie umschlossen Antryg mit einem Kreis aus Armbrüsten, Pistolenläufen und Schwertern.

»Nun gut, hier bin ich«, sagte Antryg ruhig. »Ihr habt den Beweis geführt. Ich kann meine Freunde nicht vor euch schützen – ich kann euch nur bitten, sie unbehelligt zu lassen. Joanna hatte nichts zu tun mit ...«

»So steht es in deinem Geständnis.« Lady Rosamunds Stimme klang wie poliertes Silber, ebenso schön und ebenso kalt. »Aber wir wissen inzwischen, daß sie eine Komplizin war, nicht ein Opfer.«

»Ich will nicht, daß man sie als Geisel mißbraucht.« Bei dem Anblick ihrer erhabenen Perfektion empfand er Zorn – Zorn, daß diese Frau ihre Macht gegen jemanden wie Joanna gebraucht hatte, die sich nicht wehren konnte. »Sie steht mir – nahe. Und sie hat nichts von dem hier gewollt.« Der Hauptmann der Sasenna, ein vierschrötiger, harter, rotgesichtiger Mann namens Implek, stand neben Lady Rosamund; er hielt eine Kette mit Handschellen bereit, graviert mit den Runen des *na'ar* – immun gegen die Einwirkung von Magie – und durchflochten mit roter Zauberschnur, die ebenfalls einen Magier seiner Kräfte beraubte. Antryg streckte ihm die Hände entgegen und bemühte sich, nicht daran zu denken, was ihn erwartete, wenn sie in die Zitadelle zurückkehrten. »Laßt sie frei, mehr verlange ich nicht.«

Nandiharrow und Issay tauschten einen erstaunten Blick, doch die Gräfin gebot mit einem Wink Schweigen. Implek trat vor und legte Antryg die Handschellen um. Die Berührung des Metalls war ekelerregend und kalt, wie ein plötzlicher Anfall von Übelkeit. Er mußte sich beherrschen, um nicht zurückzuzucken.

»Bringt ihn her«, befahl sie.

Impleks Hand schloß sich um Antrygs Arm, er stieß ihn vorwärts, doch an der Schwelle der Dunkelheit weigerte sein Gefangener sich weiterzugehen. Der Frosthauch des Abyssus' wehte ihn an und strich kalt über den Schweiß auf seinem Gesicht. »Rosamund, hör mich an«, sagte er mit erzwungener Ruhe. »Ich kann hier keinen Schaden anrichten. In dieser Welt besitze ich keine magischen Kräfte, und ich habe nicht die Absicht zurückzukehren. Soweit es unsere Welt betrifft, *bin* ich tot. Ja, ich habe – Böses getan ...« Er schluckte und bemühte sich, die Bilder zu verdrängen, die in ihm aufstiegen. »Alles, was mir übrigbleibt, ist, auf mildernde Umstände zu plädieren.«

Ihre Augen waren kalt wie die grünen Eisschollen auf den nördlichen Fjorden im Winter. »Das ist die Entschuldigung aller Mirabiliten«, antwortete sie. »Und aller Huren. Gehen wir.«

Sie drehte sich herum, und die Sasenna schlossen den Kreis enger. Antryg konnte fühlen, wie das Feld des Tores sich aufzulösen begann – es erforderte ungeheure Kraft, ein Tor zu öffnen, und noch mehr, es aufrechtzuerhalten – aber trotzdem stemmte er die Füße ein und fühlte sogleich den Stich von zwei Schwertspitzen durch den fadenscheinigen Baumwollstoff des T-Shirts. »Werdet ihr Joanna freilassen?«

Lady Rosamund blieb stehen, das fahle Licht der Straßenlampen neben dem Kanal überflutete ihr Gesicht, als sie sich gebieterisch aufrichtete. »Richtest du uns nach den Maßstäben deiner eigenen Erbärmlichkeit?« fragte sie schneidend. »Wir haben keine Geisel genommen.«

Die Kälte erfüllte seine Seele wie schwarzes Eis. »Wie?«

Ihre feinen Nasenflügel bebten verächtlich. »Wir haben keine Geisel genommen. Dachtest du, wir würden unsere Gelübde so gründlich vergessen, wie du es getan hast? Und nun dürfen wir keine Zeit mehr verlieren – das Tor beginnt auseinanderzubrechen.«

»Nein!« Mit einer geschmeidigen Drehung befreite Antryg seinen Arm aus Impleks Griff – einer der Sasenna hob seine Pistole, doch Antryg schlug ihm mit der schweren Kette die Hand zur Seite. Wenn das Kollegium Joanna nicht entführt hatte, dann war es jemand anderes gewesen – jemand, der stark genug war, ein Tor zu öffnen.

Er warf sich gegen ein Dutzend Hände, die nach ihm krallten, brachte einen Sasenna mit einem Sicheltritt zu Fall und schmetterte einem anderen die geballten Fäuste ins Gesicht. Rosamund rief irgend etwas – wahrscheinlich eine Warnung wegen des Tores –, als er sich losriß und lief ... Wenn es ihm nur gelang, ein Stück weit zu kommen, sie würden nie wagen, sich vom Tor zu entfernen ...

Ein Gewicht prallte gegen seinen Rücken, stieß ihn auf die Knie; er stemmte sich wieder hoch, als ein harter Gegenstand seinen Kopf traf. Später erinnerte er sich, daß er gedacht hatte, *die Arme hochnehmen und den Sturz abfangen*, doch ob es ihm noch gelungen war, wußte er nicht.

Schmerz war Antrygs zweite Wahrnehmung, als er langsam wieder zu Bewußtsein kam.

Einen alptraumhaften, endlos langen Augenblick spürte er den unerbittlichen, mechanischen Zug der Streckbank an den Gelenken, ein Schmerz, der sogar die Qual seiner zermalmten Hände auslöschte; hörte das drängende Flüstern des Hexenjägers, roch Schweiß, Tinte, heißes Eisen und den stechenden Dunst des Essigs, mit dem sie ihn aus dem Refugium der Ohnmacht zurückgeholt hatten.

Joanna hatte ihn verraten. Suraklin, der Dunkle Magus, untot seit fünfundzwanzig Jahren, würde das Leben und die Magie der ganzen Welt verschlingen, wie er bereits den Verstand und die Seele von drei Männern verschlungen hatte; er würde durch die Zeiten gehen als ein kalter, stiller Vampir, unsichtbar, unangreifbar, triumphierend in seiner selbstgewählten Dunkelheit. Und es gab nichts, was er tun konnte, um ihn aufzuhalten.

Er versuchte zu schreien, und der Schmerz veränderte sich. Seine vom rauhen Beton zerschrammten Arme brannten, eine eiförmige Schwellung am Hinterkopf sandte ein dumpfes Pochen durch seinen Schädel. Nur eins blieb gleich – in der Morgenkühle taten seine Hände bitter weh, bleibende Erinnerung an die Verhörmethoden der Hexenjäger, mit denen man ihn vor sieben Monaten bekanntgemacht hatte.

Joanna ...

Zorn überfiel ihn, Zorn und Furcht.

Irgend jemand hatte Joanna in seiner Gewalt, allein und verängstigt.

Das erste, dessen er sich bewußt wurde, als er wieder zu sich kam, war natürlich gewesen, daß man seine magischen Kräfte lahmgelegt hatte.

Er bewegte prüfend die Hand, halb in der Erwartung, Ketten klirren zu hören, aber nur die geflochtenen Seidenbänder der Zauberschnur schlangen sich – je eins – um seine Gelenke. Seine Fingerspitzen berührten die verschlissene Weichheit alter Decken, und er roch die unverkennbare muffige Staubigkeit einer Strohbettfüllung unter seiner Wange.

Irgendwo sang ein Vogel, schmeichelnd und süß und herzzerreißend vertraut.

Feldlerchen.

Er drehte sich ein wenig, jede Bewegung wurde untermalt vom Knarren ausgeleierter Spanngurte.

Die Luft war eine Kanzone aus Frühlingsgrün, Wasser, Fichtenduft und dem säuerlichen Modergeruch der Sümpfe; aus unberührter Weite bis zum Saum eines vom Wind rein gefegten Himmels und fernem Eis.

Sykerst.

Er war daheim.

Die Freude schnürte ihm die Kehle zu und degradierte alles andere zur Nebensächlichkeit.

Ein Schatten verdunkelte die Perlmutthelligkeit des Morgens, die auf sein Gesicht fiel.

»Daurannon?« Er blinzelte nach oben und erkannte den Mann, der sich über ihn beugte. Die weit auseinanderstehenden haselnußbraunen Augen, der Amorbogen des Mundes, die klassische Nase und der kohlschwarze Haarschopf – Daurannon Stapler war einer von jenen Männern, die bis zu ihrem Tod wie siebzehn aussehen.

»Trink das.« Der melodische Tenor hatte immer noch den singenden Tonfall der unteren Mittelschicht von St. Cyr. Wie viele Nächte, fragte sich Antryg, hatte er bei endlosen Diskussionen und gegenseitigem Abhören des Lehrstoffs diesem Akzent gelauscht, in den Jahren, die er und Daur gemeinsam unter der Obhut des Erzmagus' Salteris ihren Studien nachgegangen waren? Und danach, als er selbst in den Inneren Zirkel aufgenommen wurde – der jüngste Magier, dem diese Ehre je zuteil geworden war – und nominell als Daurs Tutor fungierte. Er fragte sich, wie sehr diese Tatsache den Freund gekränkt haben mochte, der immerhin nur drei Jahre jünger gewesen war als er.

Bei Daurannon wußte man nie so recht.

Die Spanngurte knarrten, als Daur sich auf die Bettkante setzte und ihm half, sich aufzurichten; der kalte Stiel eines Kelchs aus Metall wurde ihm in die Hand gedrückt. Als seine Lippen den Rand des Gefäßes berührten, roch er das bittere Aroma von Phylaxwurzel im Wasser und wandte angewidert den Kopf zur Seite.

»Wenn du nicht trinkst, werde ich die Wachen rufen müssen, fürchte ich«, sagte Daurs Stimme hinter seinem Kopf. »Ich tu's nicht gerne, aber wir haben keine Zeit. Sie werden in einer Minute hier sein.«

Nach dem Geruch zu urteilen, war der Auszug sehr stark, ausreichend, um ihn für die nächsten vierundzwanzig Stunden so gut wie aller magischen Fähigkeiten zu berauben. Andererseits, dachte Antryg durch den hämmernden Schmerz in seinem Kopf, hatte er keinen Zweifel, daß man ihn niederhalten und ihm das Zeug in den Hals schütten würde, wenn er sich nicht freiwillig zu trinken bequemte. Und mit der Zauberschnur um die Handgelenke konnte er nicht kämpfen.

Jedenfalls nicht gegen Daurannon.

Noch in diesem Sekundenbruchteil des Zögerns hörte er, wie die Tür sich öffnete. Hastig setzte er sich auf und leerte den Kelch auf einen Zug, aber von der abrupten Bewegung schmerzte ihm der Kopf zum Zerspringen und fast wäre ihm der Trunk wieder hochgekommen. »Verdammt«, flüsterte er und krümmte sich zusammen. Daurannons Hände, sicher, warm und kundig, gruben sich in sein wirres Haar und suchten auf der Kopfhaut die Energiebahnen und Pressurpunkte; er fühlte den Schmerz abfließen wie Eiter aus einer geöffneten Wunde und mit ihm den ärgsten Nachgeschmack seiner Träume.

Nach ein paar tiefen Atemzügen gelang es ihm, sich aufzusetzen. Links und rechts neben der niedrigen, sargförmigen Türöffnung der kleinen Kammer sah er die verschwommenen schwarzen Schatten, die alles waren, was er von den Wachen erkennen konnte.

Doch er brauchte seine Brille nicht, um zu wissen, wo er sich befand. In dem größeren der beiden Räume im oberen Stock des runden Baus, den man die Pfeffermühle nannte, eins der etlichen Wohngebäude in der Zitadelle der Nigromanten, in denen man traditionell die Novizen und Adepten unterbrachte. Das höckerige, schiefe Fenster, aus Feldsteinen gemauert, war halb überwuchert von Efeu und Unkraut – offenbar hatte Bentick, der Majordomus, seine üblichen Schwierigkeiten, im Dorf genügend junge Leute zu finden, die willens waren, bei der Gartenarbeit zu helfen.

Die Fensterläden standen offen. Die Luft atmete ein Delirium von Tau.

»Ist der alte Fred immer noch Gärtner hier?« Er blickte aus zusammengekniffenen Augen zu Daur auf. Die meisten Magier waren fähig, das Nachlassen ihrer Sehkraft zu steuern oder aufzuhalten; seine Augen hatten sich binnen eines Jahres um fünfzig Prozent verschlechtert, nachdem das Kollegium ihn in den Turm des Schweigens gesperrt hatte. »Er muß Siebzig gewesen sein, als ich ging, und das ist neun Jahre her.«

Eine mißbilligende Unruhe lief durch die Reihen an der Tür. Antryg drehte den Kelch um, ein letzter Tropfen fiel auf die abgetretenen Bodendielen. »Alles weg«, versicherte er den Wachen. »Ich muß sagen«, mit der freien Hand massierte er sich behutsam den Nacken, »daß ihr mich für einen so gefährlichen Burschen haltet, schmeichelt mir ungemein, aber ich wünschte wirklich, ihr hättet euch aus einer realistischeren Quelle über meine Fähigkeiten im Kampf Mann gegen Mann informiert. Zum Beispiel hätten sie sich an dich wenden können, alter Freund.«

»Ich war nicht hier.«

Antryg schaute in die sanften, trügerischen Augen zwischen den langen dichten Wimpern. Ungeachtet seines Chorknabencharmes war Daurannon immer schwer zu durchschauen gewesen, und jetzt umgab ihn eine Aura der Wachsamkeit, die verschleierte, was in seinem Innern vorging.

»Eine Abomination hat sich gezeigt, wurde erzählt, ein gräßliches Ungeheuer, in der Kapelle des Grünen Königs hinter dem Dorf.«

»Aha.« Antryg zupfte angelegentlich an den Knoten der Zauberschnur um seine Handgelenke. »Und ist eine dagewesen? Ihr dürft euch übrigens entfernen«, fügte er hinzu, an die Wachen gewandt, die noch bei der Tür standen. Sie schickten sich tatsächlich an zu gehorchen, dann zögerten sie unschlüssig. Daurannon, die Lippen kaum merklich zusammengepreßt, bekundete sein Einverständnis, bevor er sich wieder seinem früheren Kommilitonen zuwendete.

»Ich habe nichts gesehen.« Er trug die purpurne Stola des Inneren Zirkels der Nigromanten, bemerkte Antryg – während seiner Haft im Turm war ihm die Nachricht von Daurannons Ernennung zu Ohren gekommen. Ein Stoßschwert stak in seinem Gürtel. Wie Antryg – wie alle Novizen – hatte Daurannon während des ersten Jahres seiner Schulung in den magischen Künsten die Grundausbildung eines Sasenna durchlaufen. Bis vor neun Jahren, als Antryg endgültig aus dem Inneren Zirkel verstoßen und ihm untersagt wurde, je wieder den Fuß in die Zitadelle zu setzen, hatte Daurannon sein Trainung fortgeführt. In Hunderten freundschaftlicher Duelle hatten sie gegeneinander gefochten, mit Übungsschwertern aus Bambus, hin und her in dem langen schmalen Raum im oberen Stock des Hauses *Die Kokotte*. Antryg erinnerte sich, daß die exzellente Technik seines Freundes, seine Flinkheit und Koordination, beinahe vergessen ließen, daß Daurannon im Ernstfall ein Hasenfuß war.

Doch im Gegensatz zu den meisten Feiglingen hatte er kein Hehl daraus gemacht und seine Schwäche nicht hinter der Fassade eines Raufbolds und Maulhelden verborgen. In späteren Jahren allerdings überlegte Antryg gelegentlich, ob diese Haltung einem aufrichtigen Charakter entstammte oder dem Wissen, daß man sich auf dem Übungsboden nicht verstellen kann.

Nach den breiten Schultern zu urteilen, die sich unter dem feinen dunklen Wollstoff abzeichneten, hatte er sein Training seither nicht vernachlässigt.

»Wenn ihr mich sehen wolltet«, fuhr Antryg nach einer Weile in vernünftigem Ton fort, »hättet ihr mir eine Einladung schicken können.« Er knotete die Enden der Zauberschnur zusammen und begann die ersten Schlingen eines Fadenspiels mit den langen, knorrigen Fingern aufzunehmen. »Das Postsystem in dem Universum ist fantastisch, wirklich fast so gut wie die Pfennigpost in Engelshand.«

»Und wärst du der Einladung gefolgt?«

»Nun ...« Er nahm eine neue Schlinge auf, aber statt eine neue, gefällige Form anzunehmen, verhedderte sich das Fadengebilde zu einem traurigen Knäuel. Antryg begann von neuem. »Käme darauf an, wie nett man bittet. Lady Rosamund hatte als junge Dame jahrelang Anstandsunterricht. Irgendwann müßte sie gelernt haben, wirklich unwiderstehliche Billetts abzufassen.«

Daur streckte widerstrebend die Hand aus, pflückte die Zauberschnur von Antrygs Fingern, als wäre sie glühendheiß, und legte sie neben dem Bett auf den Boden. »Manche im Kollegium«, bemerkte er, »scheinen zu denken, daß du hinter allem steckst.« Er griff in die Tasche und brachte Antrygs Brille zum Vorschein. Der Metallrahmen war vom Sturz verbogen, Antryg richtete ihn sorgfältig, bevor er sie aufsetzte.

»Hinter diesen Abominationen, meinst du?«

Zwischen Daurs schwarzen Brauen bildete sich eine steile Falte. »Dann weißt du davon?«

»Erstens«, zählte Antryg an den Fingern ab, »du hast mir eben von einer berichtet, und zweitens, da es in letzter Zeit im Abyssus ziemlich hoch hergegangen ist, steht zu vermuten, daß noch andere aufgetaucht sind.« Er fröstelte – die Zitadelle der Nigromanten lag auf einem viel weiter nördlichen Breitengrad als Los Angeles – und massierte seine schmerzenden Finger. »Und es ist wohl schon zur lieben Gewohnheit geworden, mir für solche Dinge die Schuld zu geben. Ist das der Grund, weshalb ihr mich so dringend sprechen wolltet?«

»Sozusagen.« Daur stand auf. »Bist du bereit? Man wartet auf uns.«

»Um diese Stunde?« Antryg rückte die Brille zurecht und folgte seinem Beispiel. »Welche Ehre, daß mich zum Tode zu verurteilen höher auf der Liste der Prioritäten steht als Benticks Frühstück. Da wir von Frühstück sprechen, glaubst du, Pothatch könnte uns einen Kaffee bringen, wenn wir dort sind? Pothatch *ist* doch noch der Koch hier, oder? Und Muffins – das Abendessen ist schon eine ziemliche Weile her …«

»Bilde dir nichts ein«, unterbrach ihn Daurannon scharf. »Du wurdest bereits vor Monaten zum Tode verurteilt.«

Antryg seufzte. »Wieder ein Schlag gegen mein Selbstwertgefühl.«

»Und in jedem Fall«, sagte der jüngere Magier nach kurzem Schweigen, »das ist *nicht* der Grund, weshalb du hier bist.«

Die Wachen nahmen sie in die Mitte, als sie auf die kleine Galerie hinaustraten, die in halber Höhe den Innenraum der Pfeffermühle umlief. Eine eiserne Wendeltreppe führte ins untere Stockwerk, in dessen einer Hälfte sich das übliche Schulzeug türmte: Bücher, Kristallkugeln, getrocknete Kräuter und die endlosen Listen, die man als Novize auswendig lernen mußte, während die andere Hälfte leergeräumt war, um das Zeichnen von Kreisen der Macht zu üben. Zweit- oder Drittsemester, erkannte Antryg auf den ersten Blick, eine mindere Zitation, ausgeführt von einer großen jungen Frau aus Engelshand, die noch nie verliebt gewesen war. Drei Stufen führten zu der kleinen Tür, Antryg zog den Kopf ein, um nicht gegen den Schlußstein mit dem plumpen Wasserspeier zu stoßen. Die Wachen folgten ihm auf den Fersen.

Ein Maimorgen auf dem Magiers Kulm. Nostalgische Verklärung. »Ist Fred noch der Gärtner?« Er ließ den Blick über den Urwald aus wildem Wein und winterhartem Taigalorbeer wandern, der – wie schon zu seiner Zeit – das Dutzend kleiner Häuser zu verschlingen drohte, in denen der hoffnungsvolle Nachwuchs sich eingerichtet hatte. Gegen das grau verwitterte Holz und den dunklen Stein des Mauerwerks hob das junge Frühlingsgrün von Eberesche und Birke sich ab wie frische Farbe, in scharfem Kontrast zum verschworenen Dunkel der Fichten.

»Nein«, antwortete Daurannon. »Er hat sich vor vier Jahren zur Ruhe gesetzt, sein Neffe Tom hat das Amt übernommen. Und wie gewöhnlich hat Bentick nicht viel Erfolg mit seinen Bemühungen, ihm Hilfe zu verschaffen.«

Antrygs Stiefel und die getreulich folgenden Schritte der Sasenna dröhnten hohl auf einem kurzen Brettersteg über einen schmalen Einschnitt in den Felsen zu einem halben Dutzend hölzerner Stufen; oben stand man auf der schmalen, kopfsteingepflasterten Straße, die sich durch das Labyrinth der Häuser und Bäume schlängelte.

Zwischen den Katen – vom Keller zum Dach, wo der Hang steil war – spannten sich ein Dutzend kleine, überdachte Brücken, Galerien und Treppen, alle baufällig, eng und eines neuen Anstrichs bedürftig. Fast alle Teile der Zitadelle waren miteinander verbunden. Wer Zeit hatte, konnte von der säulenbestandenen Feierlichkeit des Auditoriums bis zu der runden, marmornen Observatoriumsplattform, die den massigen Komplex der Bibliothek krönte, gelangen, ohne einmal den Fuß ins Freie zu setzen, allerdings auf großzügigen Umwegen treppauf, treppab durch Küchen, Waschhaus, Refektorium, Speicher. Und wirklich, in den harten Sykerstwintern machte man gerne von dieser Annehmlichkeit Gebrauch, doch im Frühling, trotz der gläsernen Schärfe in der Luft und erst recht während der kurzen, betörenden Magie des üppigen Sommers in Sykerst, beraubte sich niemand der Gelegenheit zu einem Spaziergang draußen.

Die schmale Straße zwischen den bröckelnden Balustraden aus Feldsteinen führte unter den Bäumen hervor, unmittelbar hinter dem Haus *Insel der Schmetterlinge* (nach einem Ort in einem Märchen benannt), und Antryg blieb stehen, trotz Daurannons Hand an seinem Ellenbogen, die ihn weiterschob.

An diesem Punkt fiel die Bergflanke schroff ab, bis zu den Kiefern unten. Man konnte geradewegs in die oberen Fenster des Polygons sehen, des Hauptgebäudes der Zitadelle, das sich in stattlicher Pracht auf dem sanften Südhang erhob: ein fantastisches Bauwerk, dessen untere Ebenen und massive Stützpfeiler aus dem lebenden Fels des Berges herausgebildet waren. Die oberen Stockwerke über dem

Hypostilon waren ein faszinierendes Konglomerat späterer Stile und Materialien, aufeinandergestapelt wie die Schichten eines bäuerlichen Hochzeitskuchens – der monolithische Unterbau aus einer sechshundert Jahre zurückliegenden Vergangenheit stützte markante gotische Säulen und Wandelgänge, Galerien aus geschnitztem Holz, zinngrau gebeizt von den Unbilden der nordischen Witterung, kunstvoll gestaltetes Fachwerk, Klinkerornamente und verspielte Rokokoerker, hinzugefügt von Pippin dem Kurzen, Salteris' Vorgänger im Amt.

Antryg drehte sich um und legte den Kopf in den Nacken, um über die Mauern und die Gruppen von Erlen und Fichten zu der steilen Klippe unmittelbar über ihnen hinaufzuschauen, wo die Bibliothek, der älteste Teil der Zitadelle, wie eine düstere Festung in den lichter werdenden Himmel ragte. Die ursprünglichen Schießscharten waren zu großen Bogenfenstern umgebaut worden und an der Ostfassade, über der lotrechten Felswand, hatte irgendein Adliger, um sich die Nigromanten geneigt zu machen, ein Tepidarium anbauen lassen, ein verschnörkeltes Schwalbennest, gestützt von Pfeilern und Säulen, das im Licht des neuen Tages funkelte und blitzte.

Antryg lächelte. Als ein Treibhaus für Obstbäume eignete das Tepidarium sich nicht, denn es war nur durch die Bibliothek zugänglich und stand seit fünfundsiebzig Jahren leer, aber der Anblick dieser facettierten Absurdidtät bereitete ihm jedesmal ein stilles Vergnügen.

Während er und Daurannon ihren Weg fortsetzten, erkundigte er sich: »Hängt Sedes Katne immer noch ihre Strümpfe dort zum Trocknen auf? Sedes Katne ist doch noch Bibliothekarin, oder nicht?«

Die Erwähnung der untersetzten, älteren Frau, die Ort und Inhalt jeder Schriftrolle, jedes Syntagmas und Paregons in Regalen und Schränken kannte, nötigte Daurannon trotz allem ein Lächeln ab. »Ich bin überzeugt, sie wird noch im Amt sein, wenn wir alle tot und vergessen sind.«

»Es gibt schlimmere Schicksale.« Antryg ging ihm voran über einen Plankenpfad zum Seitenportal der *Kokotte:* ein sehr hohes und schmales Gebäude mit einer extravaganten Verkleidung aus farbigen, glasierten Ziegeln. »Für das Kollegium Abominationen jagen und im Abyssus herumstochern, zum Beispiel, ohne zu wissen, was für mich dabei herausspringt.«

Daurannon blieb abrupt stehen, seine Finger gruben sich wie Stahlklammern in Antrygs Oberarm. Sie standen oben an der langen Treppe des Hauses – Sandsteinstufen, Galerien und Säulen aus poliertem Marmor, durchflutet vom ersten goldenen Fanal der Morgensonne. Hoch über ihnen signalisierten Füßestampfen und Klirren von Metall, daß das Frühtraining für Sasenna und Novizen unter Sergeantin Hathens bellender Kritik noch in vollem Gange war.

»Darüber hat dich keiner unterrichtet.«

»Mein lieber Daur, es ist offensichtlich, daß man nicht die Absicht hat, mich heute morgen noch zu köpfen«, sagte Antryg augenzwinkernd. »Wenn das Kollegium nicht dringend meiner bescheidenen Dienste bedürfte, wäre ich in einer Zelle im tiefsten Verlies aufgewacht, nicht in einem der Gästezimmer, und du hättest mir etwas Übleres eingeflößt als Phylaxwurzel. Ich weiß, daß seit Monaten Ungewöhnliches im Abyssus vorgeht ...«

»Und woher?«

»Ich weiß es eben. Teils, weil du mir erzählt hast, daß Abominationen gesehen worden sind. Seit wann? Nur hier? Nein, selbstverständlich auch in Engelshand, Parchasten und Kymil, weil die Zitadelle auf einem Nodus der Energieadern steht, und was hier geschieht, setzte sich entlang der ganzen Trasse fort. Kein Wunder, daß Bentick die Dörfler nicht dazu bringen kann, das Gras zu schneiden oder die Treppen zu wischen.« Er deutete mit einem Kopfnicken auf die Spuren lehmiger Schuhe auf den ausgetretenen Stufen, manche Tage alt.

»Und da mein Wissensgebiet nun einmal der Abyssus ist, wird Lady Rosamund gedacht haben ...« Er brach ab und schaute stirnrunzelnd in die Ferne, eine schlaksige, absonderliche Gestalt in Jeans und T-Shirt, erst recht auffallend neben des jüngeren Mannes würdig gewandeter Seriosität.

»Was mir auffällt«, bemerkte Daurannon langsam, »ist, daß du erheblich mehr weißt, als du wissen dürftest.«

»Oh, das tue ich immer«, bestätigte Antryg fröhlich. »Mehr zu wissen als andere, ist das nicht die Aufgabe von uns Magiern?« Er drehte sich um und trabte die Stufen hinunter, Daurannon und seine Männer mußten sich sputen, um mit seinen langen Beinen Schritt zu halten.

»Nichtsdestoweniger«, meinte Daurannon, »das Beschwören von Abominationen war in deinem Geständnis enthalten.«

»Wahrhaftig?« Beim Umrunden des marmornen Geländerpfostens blickte Antryg über die Schulter zurück. »Ich habe den Schrieb nicht gelesen, mußt du wissen. Aber du enttäuschst mich, Daur – hat niemand dich gewarnt, daß man nicht alles glauben soll, was die Inquisition aus ihren Klienten herauskitzelt?«

»Nicht alles, vielleicht«, stimmte Daurannon zu. Am Fuß der Treppe blieben sie stehen. Vor ihnen erstreckte sich die überdachte Holzbrücke zum Tambour des Polygons. »Du hast ebenfalls gestanden, meinen Mentor ermordet zu haben, Salteris Solaris, den Erzmagus. Haben sich das auch die Hexenjäger ausgedacht?«

Antryg war betroffen von der plötzlichen unverhüllten Wut, der Trauer und dem Schmerz in diesen normalerweise sanften braunen Augen.

»Es gab einen Grund für die Tat.«

»Den kenne ich.«

Antryg setzte den Fuß auf die Brücke. Die Hand, die Daur, ihm auf den Arm legte, bebte vor zorniger Erregung. »Salteris war mein Mentor, mein Lehrer und mein Freund. Er lehrte mich alles, was ich weiß und machte mich zu dem, der ich heute bin. Ich habe ihn geliebt. Und du hast auch einmal behauptet, ihn zu lieben.«

Die dicken Eichenbohlen der Brücke hallten dumpf unter ihren Schritten. Die Kalmäuserklause war verlassen, noch von grauen Schatten durchgeistert – die Fenster gingen nach Nordwesten –, und erfüllt vom Geruch kalter Herdasche. In den gekreuzten, mit Drachen bemalten Deckenbalken schienen all die Gespräche zu raunen, die er und Daurannon im Lauf der Jahre geführt hatten, wenn sie bis zum Morgen über Magie und Philosophie und die Vielfalt von Pflanzen und Insekten diskutierten; die Töne von Salteris' Porzellanflöte schienen eben erst verklungen zu sein.

»Du weißt also, weshalb ich ihn getötet habe.«

»Ich glaube mich zu erinnern«, antwortete sein ehemaliger Kommilitone, halblaut, damit die Sasenna hinter ihnen es nicht hören konnten, »daß du behauptet hast, dein früherer Meister, der Dunkle Magus Suraklin, hätte die geheime Kunst gelernt, sein Bewußtsein und seine Seele in den Körper eines anderen zu transferieren – in diesem Fall Salteris. Deshalb hast du ihn getötet. Doch wenn Suraklin dazu fähig war, stellte es für ihn auch keine Schwierigkeit dar, in deinen Körper zu schlüpfen – ein weiterer guter Grund, Salteris zu ermorden. Und ein guter Grund, Abominationen zu beschwören, um die Magier zu strafen, die deine – wenn du Suraklin bist – Zitadelle in Kymil geschleift und deine Macht gebrochen haben.«

Antryg blieb auf der obersten Stufe der letzten kurzen Treppe stehen, die zu dem kleinen runden Gemach hinunterführte, in dem der Innere Zirkel zu tagen pflegte. »Das ist, was du glaubst?«

»Sagen wir, es ist mir durch den Kopf gegangen. Die meisten von den anderen glauben nicht, daß Suraklin diese Macht hatte.«

»Oh, er hatte sie.« Antryg schauderte bei der Erinnerung. »Er hatte sie. Noch eine letzte Frage ...«

Die Wachen hatten zu ihnen aufgeschlossen und drängten ihn weiter, durch den Türbogen fühlte er die langsam aufsteigende Wärme des Polygons unter ihnen; die gemischten Gerüche brachten ihm die Erinnerung an all die Jahre zurück, in denen er selbst Mitglied des Kollegiums und des Inneren Zirkels gewesen war und zur Linken von Salteris in jener Kammer gesessen hatte – Kerzenwachs und Myrrhe, die schalen Ausdünstungen von altem Holz und ins Mauerwerk eingezogenem Rauch. Selbst jetzt, obwohl er Salteris – die seelenlose Hülle, die nach Suraklins Verbrechen von seinem Mentor übriggeblieben war – mit eigenen Händen erwürgt hatte, rechnete er halb damit, den alten Mann auf seinem geschnitzten Ebenholzstuhl am Kopf des Ratstisches sitzen zu sehen, eine Tasse Zinnamontee neben sich und einen Scherz über Antrygs Zuspätkommen auf den Lippen.

»Wo ist Joanna?«

Daurannon zögerte, er krauste die Stirn. »Das Mädchen aus der Stadt der Träume?«

»Eben die.« Antryg nickte. »Sie ist irgendwann nach Mitternacht aus ihrer Wohnung entführt worden – nach Zeugenaussagen wahrscheinlich von einem Magier. Und wegen der Kraft, die nötig ist, um ein Tor zu öffnen, muß es ein Mitglied des Kollegiums gewesen sein.« Die Augen hinter den dicken Brillengläsern, die gewöhnlich mit einem Ausdruck liebenswerter Verrücktheit in die Welt schauten, waren hart geworden.

»Damit hatten wir nichts zu tun«, meinte Daurannon nach einem Moment. »Mit dir als unserem Gefangenen braucht das Kollegium keine Geisel. Wenn ihr etwas zugestoßen ist, war es keiner von uns.«

Er schaute seinen Freund von damals an, auf den jungenhaften Zügen einen Ausdruck leicht verwirrter Unschuld.

Aber, dachte Antryg, als er die letzte Spirale der Wendeltreppe hinunterstieg, ein Ausdruck leicht verwirrter Unschuld war von jeher Daurannons Stärke gewesen.

Von dem Machtwort, dem Meisterzauber, vermittels dessen der Erzmagus sich alle anderen mit dem Geburtsrecht zu unterwerfen vermag, ist bei ihnen verboten zu sprechen.

FIRTEK BRENNAN
Gespräche über die Natur der Nigromantie

3. KAPITEL

»Nun«, sagte Antryg und trat mit Aplomb durch die Flügeltüren aus Bronze und in das Gemach des Inneren Zirkels, »ihr fragt euch vermutlich, weshalb ich euch alle hergerufen habe.«

Ein halbes Dutzend Augenpaare richteten sich auf ihn, keins davon freundlich. Nur Issay Bel-Caire, jüngstes Mitglied des Kollegiums, unterdrückte hastig ein unwillkürliches Lächeln. Von den übrigen sah einzig Nandiharrow ihm aufmerksam entgegen; Bentick, Majordomus der Zitadelle, zuckte leicht und schloß die Augen, wie bei einem vertrauten inneren Schmerz, während Lady Rosamunds aristokratische Lippen sich mißbilligend zusammenpreßten. Unten, am Ende des alten, rissigen Eichentisches, neben Issay, knetete Pharmion Sternenfrau unablässig ihre Hände im Schutz der weiten Ärmel, während auf dem Ehrenplatz Tante Min – Minhyrdin die Schöne, Erzmagierin des Kollegiums und älteste der Nigromanten – aus ihrem Nickerchen aufschrak, ihr Strickzeug auf dem Schoß zusammensuchte und dann fragend zu der hochgewachsenen, linkischen Gestalt in den mit Farbe bespritzten Jeans blickte, die sich so nonchalant auf den Stuhl zwischen Issay und Pharmion fallengelassen hatte.

Auf ein Zeichen von Daurannon zogen die Sasenna sich zurück und schlossen die Tür. Als hätte er nur darauf gewartet, sprang Antryg wieder auf, schritt durchs Zimmer und kniete vor dem Stuhl der Erzmagierin nieder. Ihre kleinen Füße in den schmucklosen, abgetretenen Pantoffeln reichten nicht bis zum Boden, deshalb hatte man ihr einen Schemel hingestellt.

»Sieh an«, sagte sie mit brüchiger Greisenstimme, und eine welke Krallenhand berührte seinen Kopf. »Suraklins Junge, der soviel Aufregung verursacht hat.«

Ein schockiertes Murmeln lief bei der Erwähnung des verfemten Namens um den Tisch.

»Sei nicht ungerecht, Tantchen«, verteidigte sich Antryg lächelnd. Er sah zu ihr auf, seine Brillengläser funkelten in der kühlen, schattenlosen Helligkeit, die den runden, weißen, marmorvertäfelten Raum ausleuchtete. »Auch Salteris war mein Lehrer, und ihn habe ich mir selbst erwählt. Ihr könnt mir also kaum meine Erziehung zum Vorwurf machen.«

»Schlechter Einfluß.« Sie schüttelte den Kopf. »Schlechter Einfluß in jungen Jahren ... Du trägst das Abzeichen deines Ranges nicht, die Stola des Inneren Zirkels.« Ihre blaßblauen Augen musterten ihn schärfer.

»Ich gehöre nicht länger dem Inneren Zirkel an, Tante Min«, rief Antryg ihr ins Gedächtnis und stand auf. Im Vergleich mit seiner Länge wirkte das schmächtige Bündel aus schwarzen Gewändern und Strickzeug zwergenhaft. »Ich wurde ausgeschlossen, vor – oh – acht oder neun Jahren, wegen meiner Einmischung in den Streit zwischen Lord Surges und den kaiserlichen Statthaltern – überdies tragt Ihr Eure auch nicht.«

»Das«, schnappte Lady Rosamund von ihrem Sitz zur Rechten der alten Dame, »hast du nicht zu kritisieren.«

»Ich weiß nie, wo sich das vermaledeite Ding versteckt.« Die Erzmagierin wühlte ziellos in ihrem Handarbeitskorb, Wolle und Nadeln trudelten auf den altersgelben Marmorfußboden. Antryg bückte sich und brachte aus dem buntscheckigen Wirrwarr ein arg zerknittertes Band aus purpurnem Satin zum Vorschein, das er liebevoll um die knochigen, gebeugten Schultern der Greisin legte.

»So«, er lächelte, »jetzt ist dem Zeremoniell Genüge getan, und wir können beginnen.«

Die wäßrigen aquamarinblauen Augen fixierten ihn plötzlich hellwach. »Und du warst tot.«

»Das ist eine andere Geschichte und stimmt nur zum Teil. Besteht übrigens eine Aussicht, hier eine Tasse Tee zu bekommen? Ich würde selbst gehen, nur daß dieser Rattenschwanz von Bewachern nicht mit in die Küche paßt. Und glaubst du«, fügte er hinzu, als der Majordomus mit versteinerter Miene Implek – dem einizigen ohne Geburtsrecht im Raum – bedeutete, einen seiner Sasenna nach dem Gewünschten zu schicken, »daß sich in der Lumpenkiste der Zitadelle eine Jacke oder etwas ähnliches für mich finden ließe? Es ist abscheulich kalt hier.«

Lady Rosamund beugte sich vor, wahrscheinlich in der Absicht, ihrer Meinung über Mirabiliten Ausdruck zu verleihen, die zu ihrem eigenen Prozeß erscheinen, als gehörte ihnen der Gerichtssaal, aber Tante Min brabbelte etwas von Herumlaufen wie ein heidnischer Barbar und kramte aus ihrem Korb einen breiten Schal, aus Wolle und Seide halb gestrickt, halb gehäkelt, halb geknüpft. Antryg legte sich das Gebilde um die Schultern und ließ sich auf Daurannons Stuhl zur Linken der Erzmagierin nieder, gerade als der jüngere Magier eine Bewegung machte, seinen angestammten Platz einzunehmen.

»Nun«, kam er dann ohne weitere Umschweife zum Thema, »wie lange nach euren ersten Experimenten mit dem Abyssus sind die Abominationen aufgetaucht?«

Hätte er seine Kandidatur für das Amt des Erzmagus' verkündet, wäre der Eindruck auf die Versammelten nicht größer gewesen. Es herrschte ein pikiertes Schweigen. In Daurannons Augen schwelte Argwohn, Bentick und Nandiharrow tauschten besorgte Blicke, doch es war die Sternenfrau, die das Wort ergriff. Sie sprach in heiserem Flüsterton und starrte vor sich auf die Tischplatte, als hätte sie nicht gehört, was er sagte.

»Da war ein Tor«, wisperte sie. »Stimmen ...«

»Wann?« fragte Antryg und schaute zu der strengen, ältlichen Frau hinüber, deren Physiognomie ihn schon früher an einen Falken erinnert hatte. »Wo?«

Die Bibliothekarin, Seldes Katne, antwortete für sie: »Drunten in den Kavernen. Im siebenten oder achten Untergeschoß.« Sie saß bei den fünf Nichtmitgliedern des Inneren Zirkels, für die man einfache Stühle aus gelaugtem Kiefernholz in den Kreis des inneren Säulenrings gestellt hatte. Von ihr und Implek abgesehen, waren es die sehr mächtigen Seniormagier, die für die Aufnahme in den Inneren Zirkel anstanden: Otaro der Sänger, in dessen rundem Gesicht sich Lebensfreude und Askese aufs Sonderbarste vermischten; die schwarzhäutige, schwergewichtige Kräuterfrau Q'iin und der sanfte, alte Whitwell Simm. »Aber das geschah erst Monate nach dem Beginn der Experimente.«

»Im Februar sammelten wir zum ersten Mal unsere Kräfte, um Tore im Abyssus zu öffnen«, erläuterte Lady Rosamund. »Die Abominationen tauchten erst Anfang letzten Monats auf, ohne daß wir etwas anderes getan hätten als zuvor.«

»Was hat sie hergelockt?« fragte Antryg, stützte das Kinn in die Hand und betrachtete sie erwartungsvoll.

Die stellvertretende Erzmagierin reckte das Kinn vor. »Das Wissen, daß andere Welten existieren, hinter dem Schleier einer nur gedachten Realität. Du hast mit deinem Herumpfuschen ihre Aufmerksamkeit auf uns gelenkt.«

»Ich verstehe.« Am unteren Ende des Tisches rückten Issay und Nandiharrow einen Stuhl weiter, um für Dauranon Platz neben Antryg zu machen. Der jüngere Magier setzte sich, er ließ seinen ehemaligen Kommilitonen und Freund nicht eine Sekunde aus den Augen. »Ich glaube, es kommt nicht darauf an, wo in der Zitadelle ihr die Experimente vorgenommen habt, in Anbetracht der vielen Energieadern, die sich hier kreuzen. Es ließ sich nicht vermeiden, die Macht hierhin und dorthin zu rangieren.«

»Meistens sind wir in der Nordhalle über der Loggia zusammengekommen«, warf Bentick ein. »Ich besitze die kompletten Protokolle dieser Sitzungen.«

»Wunderbar. Nur aus Neugier – wann haben Beauftragte

des Regenten bei euch angefragt, auf welche Art mit meinen sterblichen Überresten verfahren wurde? Was«, beeilte er sich mit seiner Erklärung Daurannon zuvorzukommen, der bereits tief Luft geholt hatte, »die einzig logische Möglichkeit ist, wie ihr erfahren haben könnt, daß es nicht die Männer des Regenten waren, die mich wegschafften und verscharrten, wie es für euch den Anschein hatte.«

Wieder entstand ein kurzes, angespanntes Schweigen, das von Tante Min unterbrochen wurde. »Ende Nachwinter war es, wenn die Murmeltiere aus ihrem Bau kommen – nicht, daß ich in den letzten dreißig Jahren irgendein Murmeltier die Nase aus seinem Bau stecken gesehen hätte.«

»In anderen Worten«, sagte Antryg, »ungefähr in der ersten Februarwoche. War das Stochern im Abyssus dein Geistesblitz, Daur?«

Der Angesprochene meinte kühl: »Es wurde im Zirkel darüber abgestimmt.«

»Und wenn es unsere Absicht war, dich zur Rechenschaft zu ziehen für das, was du getan hattest«, fügte die Gräfin hinzu, »kannst du uns daraus Vorwürfe machen?«

Er betrachtete sie aus weit geöffneten Augen hinter seinen dicken Brillengläsern. »Aber nein. Nicht annähernd so viele, als ihr euch selber macht, möchte ich wetten. Schließlich, es war nicht *meine* Schuld, daß die Abominationen aufgetaucht sind.«

»Unsere ebensowenig«, fuhr Lady Rosamund auf.

»Nun, einer von uns hat mit den Toren herumgepfuscht und ich für meine Person hätte dabei nichts zu gewinnen gehabt.«

»Nein?« fragte Daurannon leise.

»Die Methode der Öffnung war beim letzten Mal exakt die gleiche wie beim ersten«, warf Bentick verärgert ein, »und es gab keinerlei unerwünschte Nebenwirkungen. Wir haben mit größter Sorgfalt die Energieadern überwacht, um absolut sicher zu sein. Es steht alles in meinem Protokoll.« Er schob das dicke, ledergebundene Notizbuch, das er unter den Arm geklemmt hatte, über den Tisch – mit der Gebärde eines Mannes, der kategorisch jeden möglichen Einwand von vornherein zurückweist. Aber natürlich, dachte Antryg nicht ohne Belustigung, oblag Bentick allen Verrichtungen, vom Unterricht in sublunarer Physik bis zum Zubinden seiner Schuhe, in der Haltung eines Mannes, der Einwände nicht gelten läßt.

»Wann sind also die Nebenwirkungen aufgetreten?« erkundigte er sich.

»Nach sechs, sieben Wochen«, bequemte Lady Rosamund sich, Auskunft zu geben. »Dann wurde das Erscheinen von Abominationen berichtet, fremdartigen Wesen und gefährlich. Sie wurden in Kymil gesichtet, in Engelshand, in den Wäldern um das Dorf Wychstanes und hier. In den Kavernen – unbekannte Moose, Ungeziefer aus fremden Welten. Wir begannen alles abzusuchen, um herauszufinden, was der Ursprung der Erscheinungen sein könnte.«

»Und da war ein Tor.« Phormions große Augen, kastanienbraun und sonst klar und ruhig, blickten unstet, während sie redete; er hatte den Eindruck, daß sie sich gewaltsam daran hinderte, über die Schulter zu sehen, wie in Erinnerung an irgendeine schreckliche Bedrohung. »Ein Tor in der Finsternis.«

Sie sprach weiter, mit dieser verblüffend tiefen, beinahe maskulinen Stimme, die sich gar nicht mit dem feingezeichneten Oval ihres Gesicht in Einklang bringen ließ. »Wo genau, kann ich jetzt nicht mehr sagen. Ich war unten und suchte, wie die anderen. Es gab Lebewesen dort, sowohl sichtbare wie unsichtbare, die Dunkelheit war erfüllt von ihrem Huschen und Raunen. Ich erschlug eine Kreatur, die mich anfiel.«

Sie schüttelte den Kopf, ihre Brauen, die das Rotbraun der seit langem ergrauten Haare bewahrten, zogen sich zusammen, vor Schmerz oder dem Bemühen, bruchstückhafte Erinnerungen zu einem anschaulichen Bild zu ergänzen.

»Ich hörte – Stimmen.« Sie hob eine kleine, schmale Hand an die Schläfe und schüttelte wieder den Kopf. »Eine gewaltige Stimme rief etwas, das ich vergessen habe. Dann kam ein Geräusch wie das Schlagen von Flügeln, wie ein Wind in den Schilffeldern am Ufer eines Flusses. Ich drehte mich um und da war ein Tor; ein Tor, wie wir es im Abyssus geöffnet hatten, als wir in jene andere Welt hinübergingen, um dich für deine Sünden gefangenzunehmen, Antryg Windrose.

Aber dieses Tor wanderte.«

»Wanderte?« fragte Antryg verdutzt. »Aber sie wandern nicht. Sie öffnen und schließen sich und dabei sieht es aus, als kämen sie dichter heran oder rückten in unermeßliche Ferne.«

»Nein«, widersprach sie bestimmt, »so war es nicht.« Die Hände in den weiten Ärmeln hielten nicht eine Sekunde still, scharrten, suchten, wie Mäuse in einem Sack. »Ich habe inzwischen genügend Tore gesehen, um den Unterschied zu kennen, unten in den Gewölben. Manche sind winzig klein, bloße Löcher. Dieses aber – es raste auf mich zu wie ein führerloser Karren auf einer abschüssigen Straße. In dem schwarzen Schlund sah ich Lichter, Umrisse von Gestalten ... Da waren Stimmen. Es bäumte sich über mir auf wie eine Meereswoge, klaffte wie ein Rachen, der alles verschlingt ...«

Sie kniff die Augen zu und wandte das Gesicht ab. Benticks fahrige weiße Hand berührte ihren Arm, sie zuckte zusammen wie unter einem Schlag.

»Ich habe in den Schriften nach Informationen über den Abyssus gesucht«, äußerte Seldes Katne nach längerem Schweigen. Die weiße, gleichmäßige magische Helligkeit in dem fensterlosen Gemach tat nichts, um dem runden, derben Gesicht zu schmeicheln; der straffe Zopf auf dem Schwarz der Kutte hatte die Farbe von stumpfem Eisen. »Ich war in Engelshand, als die Manifestationen sich bemerkbar machten. Es kam zu Unruhen auf den Docks. Ich glaube, wenn der Regent nicht sämtliche Magier aus allen Städten im Reich verbannt hätte, wäre ihnen vom Mob der rote Hahn aufs Dach gesetzt worden.«

»Verbannt?« Antrygs Brauen hoben sich in komischer Überraschung.

»Aus jeder Stadt im Reich«, bestätigte Nandiharrow mit

einem Anflug von Bitterkeit in der tiefen Stimme. »Jeden der Zauberei Kundigen, sogar einige der Mirabiliten.«

»Liebe Güte, Pharos wird langsam weich! Vor ein paar Jahren hätten er jeden greifbaren Magier in Ketten legen lassen und sie miteinander der Inquisition zum Fraß vorgeworfen. Ein kleines Wunder, daß alle ungeschoren davongekommen sind.«

»Er würde es nicht *wagen* ...« begann Lady Roamund indigniert.

»Nein? Ich kann mir nicht vorstellen, daß du ihn besser kennst als ich, aber ... Ah, vielen Dank.« Eine große, grobknochige, rothaarige junge Frau, ungefähr in Joannas Alter, brachte ein Lacktablett mit Teekanne und Tasse, die sie fast auf seinen Schoß rutschen gelassen hätte. Er hielt geistesgegenwärtig das Tablett an einer Ecke fest, betrachtete den Kreidestaub an ihren weichen Fingern, Schnitt und Qualität des gekräuselten weißen Hemdkragens, der aus dem Halsausschnitt ihrer grauen Adeptenrobe lugte, und die getrockneten Blätter im Lehm an ihren Schuhen. »Kyra, habe ich recht? Meine zeitweilige Zimmergenossin in der Pfeffermühle?«

Er goß etwas Tee in die Tasse und schnupperte genießerisch. »Kamille – Pothatch hat es nicht vergessen, gepriesen sei sein rundes kleines Herz. Q'iin, ist es dir je gelungen, eine Wundsalbe aus Kamille und Malerpinsel herzustellen? Ich habe Malerpinsel in Los Angeles für dich gesammelt, er wächst dort unter anderem Namen, aber ...«

»*Falls* wir wieder zum Thema kommen könnten!« Benticks ziemlich helle Stimme schnitt durch den Monolog wie eine Obsidianklinge, und ein Muskel zuckte an dem langen, glattrasierten Kinn.

»Entschuldige vielmals.« Antryg bedachte ihn mit seinem seraphischen Lächeln. »Noch jemand Tee? Kyra, meine Liebe, wir scheinen nicht genug Tassen zu haben.«

»Hier.« Die Erzmagierin erwachte blinzelnd zum Leben und brachte aus ihrem Wollkorb eine zerbrechliche Teeschale aus hauchdünnem Porzellan zum Vorschein, blaßgrün, verziert mit Rosen und einem abgenutzten Goldrand.

»Das ist außerordentlich liebenswürdig. Stammt die aus der Werkstatt von Voort aus Kymil?« Er drehte die Tasse um und suchte nach der Signatur auf dem Boden, wobei Tante Min ihm über die Schulter lugte, als Lady Rosamund nicht mehr an sich halten konnte und mit der flachen Hand auf die Tischplatte schlug. Es klang wie ein Gewehrschuß.

»Genug!« Ihre Stimme war scharf. Ruhiger fuhr sie fort: »Seldes Katne hat Salteris' Bücher und Aufzeichnungen aus Engelshand geholt. Zwei Tage sucht sie nun schon und hat keinen Hinweis auf den Abyssus entdeckt oder darüber, warum die Tore sich auf diese Art öffnen und schließen, nichts über ein bewegliches Tor. Wir alle haben die Kavernen durchforscht, aber nichts gefunden, das in eine andere Richtung als die des Chaos' weist. Und nirgends auch nur eine Marginalie, die Bezug auf den Abyssus nimmt ...«

»Nun, es ist nie besonders viel über den Abyssus zu Papier gebracht worden.« Antryg befreite einen Arm aus den Falten des Schals, um sich und Tante Min einzuschenken, dann wärmte er seine verkrüppelten Finger in dem aufsteigenden Dampf. »Salteris lernte, was er darüber wußte, von einem Mirabiliten namens Wilbron, der von Parchasten aus operierte und sein Geld mit Schmuggel verdiente. Habt ihr gewußt, daß man vorübergehend die internen Kraftfelder von Edelsteinen verändern kann, so daß sie einen Magneten anziehen und unter einem Illusionszauber nicht nur aussehen wie Eisen, sondern auch dieselben Eigenschaften besitzen? Meines Wissens sind alle Bücher, die Suraklin über das Thema besaß – und er war derjenige, der mich alles gelehrt hat –, in dem Freudenfeuer verbrannt, mit dem ihr die Schleifung seiner Zitadelle in Kymil gefeiert habt. Eigentlich schade.«

»Der Reichtum an Wissen in den Büchern des Dunklen Magus'«, entgegnete Lady Rosamund beherrscht, »war besudelt durch die Berührung seines verderbten Geistes.«

»Oh, ich mache dir keinen Vorwurf«, beeilte Antryg sich zu beteuern. »Gewiß nicht dir persönlich, weil du zu der Zeit noch Kreuz- und Stielstich unter den Adleraugen deiner Gouvernante geübt hast. Trotzdem, es *ist* ein bedauerlicher

Verlust. Ich vermute – und mehr als eine Vermutung ist es nicht, weil ich von dem Phänomen eines Tores, das tatsächlich wandert, noch nie gehört habe –, also ich vermute, das Tor hat sich entlang einer Energieader bewegt. Unter der Zitadelle kreuzen sich vier solcher Adern. Es wäre hilfreich, Pharmion, wenn du dich erinnern könntest, wo du es gesehen hast.«

Die Sternenfrau schüttelte den Kopf. »Ich bin geflohen.« Ihre Stimme zitterte, und feine Schweißtröpfchen glitzerten wie Silberstaub auf ihrer Oberlippe. »Irgendwann muß ich die Besinnung verloren haben. Als ich zu mir kam, lag ich auf dem Boden, neben dem kleinen Treppenschacht im fünften Untergeschoß, obwohl ich schwören könnte, schon einige Stockwerke tiefer gewesen zu sein.« Sie wich seinem Blick aus.

Dafür schaute Bentick ihm kämpferisch in die Augen. »Es dauerte Stunden, bis sie sich erholt hatte. Das war vorgestern, und am selben Tag ist auch dein Name in der Diskussion aufgetaucht.«

»In welchem Zusammenhang, kann man nur raten«, brummte Antryg, stand auf und zog sich den langen, formlosen Schal enger um die Schultern. »Nun, das erste, was ich tun muß, ist, selbst einen Blick in die Kavernen zu werfen.«

»Nein.« Lady Rosamund gab ein Zeichen. Antryg hörte vor der Tür das gedämpfte Klirren von Wehrgehenken, die Bewegungen der Sasenna, die draußen Aufstellung nahmen. »In Anbetracht der alten Legenden über die Artefakte der Macht, die in den Kavernen verborgen sein sollen, ist es deine erste Pflicht, Antryg Windrose, deine Kräfte dem Inneren Zirkel auszuliefern.«

Antrygs graue Augen wurden groß vor Bestürzung. Er schaute zu Tante Min, die eingeschlummert zu sein schien, dann wieder zu der schlanken, wunderschönen Frau neben dem Stuhl der hochbetagten Erzmagierin. Seine Stimme klang nüchtern, mit einem kaum merklichen gepreßten Unterton. »Genügt es nicht, daß ihr mir genug Phylax eingeflößt habt, um nicht einmal die Aufnahmeprüfung als Novize in der Zitadelle zu bestehen?«

»Nein«, antwortete die Gräfin kalt. »Es genügt nicht. Einige im Zirkel haben dagegen gestimmt, daß wir dich zurückholen, mit dem Argument, daß man dir nicht trauen kann – wie du durch den Mißbrauch deiner Kräfte oft genug bewiesen hast. Phylax verliert nach kurzer Zeit seine Wirkung. Du brauchtest nur über die Mauer der Zitadelle zu klettern – und glaub mir, wir haben alle von deinen Ausbrüchen aus dem Turm des Schweigens gehört –, und wieder wärst du ein Mirabilit, der sich in Belange einmischt, die ihn nichts angehen und nichts angehen sollten, und den Zorn der Hexenjäger auf jeden Zauberer im ganzen Land herabbeschwört.«

»Und wenn ich nicht ein Mirabilit in *euren* Diensten sein will«, bemerkte Antryg milde, »dann auch nicht der eines anderen Herrn.«

Flammende Röte stieg in die marmorweißen Wangen. Bevor Lady Rosamund etwas erwidern konnte, warf Nandiharrow vermittelnd ein: »Der Regent haßt uns einzig für das, was wir sind, Antryg. Du hast recht – wir können uns glücklich schätzen, mit Verbannung davonzukommen. Wir sind auf seine Duldung angewiesen, um in Frieden studieren zu können, Wissen zu vermitteln, andere im rechten Gebrauch ihrer Kräfte zu unterrichten. Auch dich hat das Kollegium in der reinen Lehre unterwiesen, im Austausch für deinen Eid der Nichteinmischung, der von dir gebrochen wurde, nicht einmal, sondern wieder und wieder. Du kannst nicht leugnen, daß es sich so verhält.«

»Ich leugne nicht.« Antryg sank auf Daurannons Stuhl zurück und schaute von dem freundlichen Gesicht des untersetzten, grauhaarigen Mannes auf seine mißhandelten Finger. Geistesabwesend begann er die knotigen Gelenke zu massieren. »Und ich habe mich in dieser fremden Stadt um meine eigenen Angelegenheiten gekümmert – na ja, im großen und ganzen. Aber ihr verlangt von mir, daß ich mich für euch in Gefahr begebe, und wenn sich im Abyssus tatsächlich etwas Bedrohliches zusammenbraut – wofür Abominationen im Keller unseres eigenen Hauses ein ziemlich sicheres Zeichen sind –, könnte es sein, daß ich von einer Sekunde zur anderen meine Kräfte bitter nötig habe.«

Während er sprach, wanderte sein Blick über die Gesichter, auf der Suche nach Verbündeten: Phormion, die – von Bentick sorgenvoll beobachtet – immer noch ihre Hände knetete; Nandiharrow, solide und unerschütterlich wie eine Eiche, und Issay Bel-Caire. In Daurannons Augen begegneten ihm nur Undurchdringlichkeit und Mißtrauen. Tante Min am Kopf des Tisches schnarchte leise. »Es würde mir gar nicht gefallen, umzingelt von feuerspeienden Lindwürmern, mitten in der Nacht erst die anwesenden Honoratioren aus den Federn trommeln zu müssen.«

»Er hat recht.« Seldes Katne erhob sich, auf ihrem runden, kartoffelähnlichen Gesicht malte sich ein Ausdruck der Konsternation. »Auch ich denke, es wäre ein großer Fehler, ihm die Kräfte zu entziehen, derentwegen er hergebracht wurde.«

»Er wurde hergebracht wegen seines Wissens und seiner Erfahrung.« Der Blick der Gräfin ruhte einen Moment lang unpersönlich auf der kräftigen Bibliothekarin und richtete sich schließlich wieder auf Antryg. »Du kannst dich jederzeit an jedes Mitglied des Kollegiums um Hilfe wenden.«

»Oh, aber sicher.« Antryg trank seinen Tee aus und studierte die aufgeweichten Blätter am Boden der Tasse. Ein Haus – Ehrgeiz; Feuer – Chaos und Veränderung; die Rose als Vorbotin eines Todes und vorherrschend die winzige, dreibeinige Fährte der Gefahr. »Das Dumme ist, ich habe so meine Zweifel, ob nicht ein Mitglied dieses hochlöblichen Zirkels für die jüngsten Ereignisse verantwortlich zeichnet.«

Wäre sie noch die Tochter des Earl Maritime gewesen und nicht eine Nigromantin, Gleiche unter Gleichen (oder doch vielleicht etwas gleicher?), hätte Lady Rosamund gezischt: »*Wie könnt Ihr es wagen?!*« und nach den Lakaien geklingelt, um ihn hinauspeitschen zu lassen. So preßte sie lediglich die Lippen zusammen, aber die unausgesprochenen Worte spiegelten sich in ihren Augen wie Wetterleuchten am nachtschwarzen Horizont.

»Es gibt unter uns einige, die ihre Zweifel hegen, ob nicht du in irgendeiner Weise für die jüngsten Ereignisse verantwortlich zeichnest, Antryg Windrose«, konterte sie bedeutungsvoll. »Und darf ich dich daran erinnern«, sie senkte ihre Stimme noch weiter, als wären sie und er allein in dem fensterlosen, lichtdurchfluteten Gemach, »daß du keine Wahl hast?«

»Antryg ...«

Er zuckte zusammen bei dem brüchigen Murmeln der Greisenstimme und hielt das Gesicht abgewendet. Doch er fühlte Minhyrdins blaßblauen Blick auf sich ruhen und spürte in seinem Bewußtsein den unerbittlichen Druck ihres Willens, der ihn gepackt hielt, ihn zwang, sich herumzudrehen: eine uralte Macht wie ein Baum, aber ein Baum, dessen Wurzeln mit den Wurzeln des Gebirges verschmolzen sind und Kraft aus dem Feuer tief im Inneren beziehen. Sie befahl ihm, sie anzusehen.

Er sträubte sich, solange es ging, aber der Meisterzauber, die Dominanz, die der Erzmagus über jeden mit dem Geburtsrecht auszuüben vermag, war übermächtig, und sein Geist vermochte dagegen so wenig auszurichten wie die Kraft seiner Muskeln gegen das verzahnte Räderwerk der Streckbank. Ihm brach der Schweiß aus, während er sich darauf konzentrierte, in seine Tasse zu schauen, überallhin, nur nicht in ihre Augen.

Dann, ohne eigenes Zutun, blickte er plötzlich in diese zwei stillen, aquamarinblauen Teiche. In ihnen glaubte er, nicht eine alte Frau, sondern ein Mädchen zu erblicken, im Flitterkleidchen, kaum größer als ein Kind, mit den muskulösen Beinen einer Tänzerin und safrangelbem, mit glitzernden Kämmen aufgestecktem Haar. Und dahinter sah er wieder das Bild eines knorrigen Baumes, die Wurzeln in das lebende Gebein der Erde gekrallt, aus denen sie Eisen tranken, so daß das Mark des Baumes zu Stahl geworden war.

Phylax war eine Droge, die die Fähigkeit lähmte, von Magie Gebrauch zu machen, ähnlich wie die Zauberschnur, aber der Kern der Macht in ihm blieb davon unberührt. Diese Macht bot er jetzt auf, beschwor seine eigenen Kräfte aus dem chaotischen, trüben Brunnen seines Wesens, stemmte sich gegen das Eindringen des fremden Willens. Er versuchte an etwas anderes zu denken – an die Kapriolen von Joannas Katzen, an Joanna selbst, gefangen und in Gefahr ... Szenen aus Filmen, Werbespots, Songtexte ...

Man durfte ihm seine Fähigkeiten nicht nehmen, er brauchte jedes Quentchen davon, um sie zu finden ...

Aber die stählerne Kraft dieses uralten Baums ließ sich nicht brechen. Es war die unerschöpfliche Kraft der Erde, und gegen die tiefe Weisheit, die Antryg in Minhyrdins Augen sah, vermochte er sich nicht mit Zorn zu wappnen.

Ich werde nicht nachgeben ... Ich werde dir nicht gestatten, mich zu beherrschen.

Sein Atem ging schwer, und obwohl er keinen Schmerz fühlte – noch nicht –, kam es ihm vor, als wäre jeder Muskel in seinem Körper überdehnt und gezerrt.

Joanna, dachte er und versuchte sich Ruths Stimme ins Gedächtnis zu rufen, die verstörte Beschreibung dessen, was sie gesehen hatte, als sie nach Joannas Aufschrei ins Zimmer stürzte. Eine schwarze Robe, die in einem Tunnel aus Finsternis verschwand. *Einer von ihnen hat sie in seiner Gewalt – oder sie alle stecken unter einer Decke. Sie lügen mich an ... Ich darf nicht ...*

Er klammerte sich an den Gedanken mit der Verzweiflung eines Mannes, der an einem letzten Halt über dem Abgrund hängt und nicht nur gegen die Schwerkraft kämpft, sondern gegen den Sog eines Strudels, der ihn hinabziehen will. Doch wie ein silberner Keil, der unter seine Finger getrieben wurde, löste der Meisterzauber seinen schwächer werdenden Griff.

Tu mir das nicht an ...

Wenn er nur den Blick losreißen könnte, sein Bewußtsein in Dunkelheit stürzen.

Aber Minhyrdin die Schöne würde dort auf ihn warten. Und hier, wenn er zurückkehrte. Es gab kein Entrinnen.

»Antryg ...« Die Stimme in seinem Kopf war nicht das Krächzen der alten Frau, sondern der glockenklare Ruf einer wilden Tänzerin in einem aufgeputzten Kleid, wie man es seit hundert Jahren nicht mehr trug – die Stimme von Minhyrdin der Schönen, später Erzmagierin des Kollegiums, die älteste und mächtigste der Nigromanten. Sie beugte sich über ihn, während er sich auf dem Stuhl so weit zurücklehnte wie möglich; er spürte seinen Körper kaum noch, außer daß er fror und den Kopf nicht drehen konnte. Jetzt empfand er auch Schmerz oder etwas, das als Schmerz gedeutet wurde.

»Antryg, du weißt, daß wir dir deine Kräfte mit Gewalt entreißen können. Ich befinde mich in deinem Bewußtsein, gleich werde ich die anderen holen. Sie werden dich entblößen, zerbrechen ...«

»Nein ...« Er atmete schluchzend, rang um Dunkelheit, um Stille, um Zuflucht vor der schrecklichen, gleißenden Macht, die sein Gehirn zerteilte wie ein Laser. Er wußte nicht, ob er das Wort aus Joannas Welt aussprach oder nur dachte.

»Ergib dich, Kind. Das macht es leichter.«

Sein Verstand war nicht mehr fähig, auch nur eine Weigerung zu äußern. Er lag nackt vor ihr, waffenlos und gelähmt, überwunden und zerstückelt. Verschwommen erinnerte er sich, daß er in der Gefahr schwebte, Joanna zu verlieren, auf ewig dieser schüchternen, zaghaften Liebe beraubt zu sein und steuerlos im Dunkeln zu treiben; erinnerte sich, daß einer von ihnen – oder alle – sie aus ihrer Welt entführt hatten.

Aber die dunklen Schemen der anderen warteten am Rand seiner Wahrnehmung, um die zarte Lichtgestalt der Erzmagierin geschart. Er fühlte ihre Gedanken, Wölfe auf einer blutigen Fährte – Schatten von Feindseligkeit, Haß, Furcht, Geheimnissen – und ein flüchtiger Blick auf etwas undurchdringlich Dunkles, fremd und gleich ihm von Verzweiflung erfüllt ...

Selbst diese kurze Ablenkung schwächte seinen Halt, und der Kreis schloß sich enger. Diese blauen Augen, durchbohrend jetzt und von der Farbe des erbarmungslosen Himmels über der Wüste, brannten sich wie die eines lauernden Tigers in seine Seele.

»Ich werde dich beschützen, vor den Abominationen und vor ihnen.«

Er war nicht fähig zu antworten, nicht fähig zu atmen, schwindelig und benommen, durchkältet bis ins Mark, obwohl ihm der Schweiß in Strömen über das Gesicht lief.

»Unterwirf dich dem Geist des Kollegiums, Antryg, unterwirf dich seinem Gebot. Ich werde dafür sorgen, daß du deine Kräfte später zurückerhältst.«

Hände berührten ihn, strichen über seine Schultern, seine Kehle, seinen Kopf, entrissen ihm Teile seiner Macht, wie man einem besiegten Krieger die nutzlosen Waffen entrissen haben würde. Er war ihnen ausgeliefert, gebannt von der Macht des Meisterzaubers, eine wehrlose Beute, die sie zerfleischen konnten.

Joanna …

Er fand die Kraft zu flüstern: »Nun gut.«

Lange Zeit lag Antryg auf dem Felsen, den man Melligas Thron nannte, nach einer früheren Erzmagierin oder aber, wie manche Sagen behaupteten, nach einer örtlichen Göttin aus grauer Vergangenheit – niemand wußte mehr, was nun stimmte. Wer immer sie gewesen waren, dachte Antryg müßig, sie hatten sich einen guten Platz ausgesucht, um je nachdem Bittsteller zu empfangen oder unerwünschten Besuchern den Weg in das Tal der Schatten zu versperren – oder einfach nur dazuliegen wie er jetzt. Der Wind bewegte sein Haar, hob den dünnen Baumwollstoff seines T-Shirts und drückte ihn wieder an seine Rippen; das fahle Sonnenlicht erwärmte allmählichen seinen Körper, ohne auch nur annähernd den Kern aus Eis und Schmerz aufzutauen, der sich in seine Knochen eingefressen hatte.

Seine Macht war verloren. Man hatte ihn verstümmelt, mit Feuer und glühendem Eisen. Er war nicht ohnmächtig geworden – sie ließen es nicht zu –, und nachdem alles vorbei war, hatte er es fertiggebracht, sich schwankend zu verbeugen und zu sagen: »Ich hoffe, man entschuldigt mich«, bevor er ging. An das Verlassen der Zitadelle erinnerte er sich nicht mehr, nur an Lady Rosamunds klare Stimme, die hinter ihm sagte: »Laßt ihn gehen. Er muß früher oder später zurückkommen.«

Ja. Er mußte früher oder später zurückkommen.

Hier auf dem Felsvorsprung – dem Thron – hatte der Schmerz ihn überfallen; zwei lange, qualvolle Attacken, im Abstand von ungefähr einer Stunde, als ob ihm Lunge und Rückgrat und Nerven in blutigen Batzen aus dem Leib gerissen würden: gierige Silbermesser und lange, kundige Finger gruben sich durch seinen Schädel, um Teile seines Gehirns zu extrahieren. Beim zweiten Anfall hatte er die Besinnung verloren und erwachte matt, wie zerschlagen, den warmen Stein unter der Wange, während die Schatten der langen Grashalme sich über seinem Gesicht wiegten.

Anschließend hatte er ruhig dagelegen, wie ein vergessenes Handtuch am Strand, dem Seufzen des Windes in dem uferlosen Meer der Fichten und gespenstischen Espen gelauscht, das sich hinter ihm erstreckte, und dem leisen Murmeln des Wendelflusses in seinem steinigen Bett unterhalb des hohen Felsenaltans. Er dämmerte vor sich hin und wußte, wenn er nicht aus eigenem Entschluß nachgegeben hätte, wäre es ihm noch viel übler ergangen.

Unter sich hörte er das jubelnde Lied einer Feldlerche, die in den Himel stieg. Er nahm einen tiefen Atemzug, die Luft strömte in seine Lungen mit der kalten Schärfe, die weder Geschmack noch Geruch ist, sondern reine Erquickung, dabei fühlte er einen schmerzhaften Stich tief im Inneren, als hätte er sich versehentlich auf einen spitzen Stein gerollt, aber nicht annähernd so schlimm wie die Male zuvor. Nach einer Weile stützte er sich mühsam auf die Ellenbogen und betrachtete das Panorama, das sich vor ihm ausbreitete.

Er lag dicht am Rand des Throns, genaugenommen einer Art natürlicher Aussichtsplattform, ein schrundiger, abgeschliffener Granitklotz, der die kleine Bresche in dem Kreis der bergigen Erhebungen um das Tal der Schatten überblickte. Das Tal selbst, eine unregelmäßige Senke, zwei bis drei Meilen lang und etwa zwei Meilen breit, bestand hauptsächlich aus offenem Grasland und war überhaupt nicht schattig, obwohl die ausgedehnten Taigawälder bis an das nördliche Ende reichten und längs des Wendelflusses in die Ebene vordrangen, der sich an der Ostseite ein abenteuerlich gewundenes Bett gegraben hatte. Felsblöcke lagen im kurzen Gras verstreut. Antryg konnte große Flecken zarter Nordlandblumen erkennen, Lupinen, Anemonen und die Seidenpapierblüten des Klatschmohns, als wäre ein Zigeunermädchen vorbeigegangen und hätte achtlos bunte Tücher fallen lassen.

Es gab Geschichten, die von einem Großherzog aus der Gegend berichteten – in früheren Tagen, bevor Nigromanten respektabel wurden –, der mit seiner Armee gegen die Zitadelle marschiert war, um für eine wirkliche oder eingebildete Kränkung Rache zu nehmen. Seine Männer kampierten zwei Nächte lang vor den Mauern der Zitadelle, und in der dritten Nacht (in Benticks Version der Sage hieß es, die Nigromanten in der Zitadelle hätten die Belagerer mehrmals gewarnt und sie aufgefordert, sich hinwegzuheben; Suraklin, von dem Antryg sie zuerst hörte, hatte gesagt: *ohne Warnung* ...), erhoben sich die Wasser des Flusses in brausender Wut und geheimnisvoll daran gehindert, durch den Einschnitt zwischen dem Thron und der Klippe gegenüber abzufließen, füllten sie das Tal, so daß der Großherzog und seine Mannen jämmerlich ertranken.

Die Örtlichkeit ließ die Geschichte durchaus glaubhaft erscheinen. Der lange Fächer aus Geröll unter der Bresche in den Hügeln kündete von früheren Überschwemmungen – nicht einmal, sondern alljährlich wieder. Der Hauptwall der Zitadelle auf dem hohen, schroffen Felskegel in der Mitte der Senke umlief die Kuppe knapp oberhalb der Kammlinie des Hügelrings, obwohl dieser Tage die neueren Anlagen – Stallungen und Molkerei inmitten der weitläufigen Koppeln, die Speicher und Gemüsegärten – sich wie die Schleppe eines Ballkleids über die untersten Hänge und zwischen den Fichten und Erlenhainen auf dem Talgrund ausbreiteten.

Die Zitadelle selbst, mit ihren Baumriesen, den bemoosten Brunnen und lauschigen Gärtchen, zog sich den Bergkegel hinauf, Gebäude jeden Alters und jeder Periode klebten wie Schwalbennester an den jähen Flanken. An der lotrechten Nordostwand ragte der facettierte Edelstein des Tepidariums über dem Abgrund, und hoch oben schimmerte der weiße Marmor des Observatoriums.

»Studieren um des Studierens willen – *pah.*« Er konnte immer noch Suraklins leise, hypnotische Stimme hören, wie er das sagte und dabei ein Rosinenbrötchen mit Butter bestrich. Antryg stand das Bild so lebhaft vor Augen, als wäre es heute gewesen – in den schrägen Lichtbahnen der Morgensonne, die durch das Fenster im Frühstückszimmer fiel, hatte sein Haar fast die gleiche Farbe wie die Butter, der Honig und der Bisquit in seiner Hand. »Sie gefallen sich darin, so zu tun, als hätten sie der vulgären Welt des Geldes und der Politik und des kleinlichen Strebens nach Macht den Rücken gekehrt. Doch laß den Kaiser die Subsidien, die er ihnen zahlt, nur um einen Heller kürzen, oder den Versuch unternehmen, die Steuer für eine der Immobilien, die sie in jeder Stadt des Reiches besitzen, dem ortsüblichen Niveau anzugleichen, und du wirst sehen, was sie all die Jahre in ihrem stillen Kämmerlein studiert haben. Weshalb sollten sie kämpfen, wenn sie den Kaiser am Nasenring führen können? Weshalb sich die Mühe machen, gegen Konkurrenten vorzugehen, wenn die Inquisition ihnen die schmutzige Arbeit abnimmt und sie ihre Hände in Unschuld waschen können?«

Seine eigenen Hände, sehr schmal, mit scharfen Fingernägeln, führten das silberne Buttermesser, als sezierte er eine Eidechse im Labor; als er fertig war, gab er das Rosinenbrötchen Antryg, der ihm an dem kleinen Frühstückstisch gegenübersaß – ein linkischer, versponnener Junge von fünfzehn Jahren. Es war eine Geste seltsamer Freundlichkeit, neben der der ätzende Sarkasmus, die scheußlichen Riten, an denen er seinen Schüler teilnehmen hieß, sich auflösten wie Nebel in der Sonne. Selbst jetzt, älter und klüger geworden, erinnerte Antryg sich am deutlichsten daran, wie wohltuend diese Illusion von Fürsorge gewesen war.

Antryg schüttelte über sich selbst den Kopf. Was für ein unersättlicher Vampir dieser Mann gewesen war.

Ein Schatten fiel über ihn. Er rollte sich herum, schützte die Augen mit seiner Hand und sah nach oben. Seldes Katne, die Bibliothekarin, stand vor ihm in dem hohen Gras, das aus einem Spalt im verwitterten Gestein des Throns wuchs.

»Ich habe dir einen Rock gebracht.« Sie hielt ihm das Kleidungsstück hin – ein lächerliches Etwas aus der Lumpenkiste der Zitadelle, auf den ersten Blick erkennbar als das frühere Eigentum irgendeines Schauspielers oder Marktschreiers: breite Streifen aus verblaßtem roten und goldenen Flitter durchzogen den abgeschabten Samt der imposanten Schöße, die sich um auffrischenden Wind bauschten. »Es wird kühl.«

»Vielen Dank.« Er stand schwerfällig auf. Tante Mins asymmetrischer Schal rutschte von seinen Schultern, als er das solidere Kleidungsstück entgegennahm und dabei merkte, daß seine Hände immer noch zitterten. Aber die erste Welle der Übelkeit war verebbt, statt dessen plagte ihn nagender Hunger. Nach den länger werdenden Schatten zu urteilen, ging es auf den Abend zu, und er fühlte sich leer und ausgebrannt. »Und danke, daß du für mich gesprochen hast. Es war freundlich von dir und bestimmt nicht leicht, sich gegen den Zirkel zu stellen.«

Ihr rundes, unscheinbares Gesicht bekam rote Flecken. »Ich mag keine große Macht haben«, murmelte sie, »aber ich lebe lange genug in der Zitadelle, hoffe ich, um eine Stimme zu haben.«

Sie hörte sich verärgert und aufgebracht an und vermied es, ihn anzusehen. So lange Antryg sie kannte – und das waren mehr als zwanzig Jahre –, hatte Seldes Katne sich gelassen mit der Tatsache abgefunden, daß sie nur das absolute Minimum an magischen Fähigkeiten besaß. Die Bibliothek war ihr Reich und ihr Heim, und obwohl sie zu schwach war für die meisten der Zauber und Beschwörungen, der Transformationen, Zitationen und Bannsprüche in den Schriften und Büchern, reichte ihre Macht aus, um zu begreifen, was sie bedeuteten und wie sie angewendet werden sollten, von denen, die es konnten. Antryg fragte sich, ob er möglicherweise dieser Mittelmäßigkeit ihre Fürsprache verdankte: selbst zu kurz gekommen, hatte sie gegen die achtlose Grausamkeit protestiert, mit der man ihn seiner magischen Kräfte berauben wollte.

Oder vielleicht, dachte er, lag der Grund darin, daß sie Freunde gewesen waren, Gourmands an der Tafel des Wissens. Aber – Daurannon war auch sein Freund gewesen.

Mürrisch fuhr sie fort: »Ich nehme an, das hat nicht viel Gewicht bei jemandem wie Lady Rosamund Kentacre oder Daurannon dem Schönen.«

»Nun«, gab Antryg zu bedenken und zog sich wieder den Schal um die Schultern, »ich mußte ihnen zu einem Teil recht geben, Kitty.« Sie lächelte bei dem privaten Spitznamen, den er ihr in seinen Novizentagen gegeben hatte. »Ich *habe* mein Gelübde gebrochen, und ich *habe* meine Kräfte mißbraucht, und vielleicht liegt darin das ganze Geheimnis des Meisterzaubers. Daß er den Erzmagus befähigt zu erkennen, was in einem anderen Magier vorgeht, und sich sein – unbewußtes – Einverständnis zunutze zu machen. Suraklin pflegte nach der gleichen Methode zu verfahren.« Er fröstelte, und nicht nur wegen der Abendkühle. Ungeachtet der verschossenen Pracht war der Rock, den sie ihm gegeben hatte, für Mellidane und südliche Gefilde kreiert gewesen.

Der Blick ihrer dunklen Augen ruhte besorgt auf seinem Gesicht, und er konnte sehen, daß sie nicht wirklich verstand, was er meinte. »Trotzdem wäre das nicht nötig gewesen«, meinte sie nach einer Weile. »Du wirst deine Kräfte nötig haben.« Sie trat dicht an ihn heran und senkte die Stimme zu einem angstvollen Flüstern.

»Antryg, ich habe es gesehen. In den Kavernen, das Tor.«

»Tatsächlich?« Antryg legte den Kopf schräg, wodurch er aussah wie ein bebrillter Storch.

Sie nickte. »Ich – ich bin hinuntergestiegen, nachdem – nachdem du die Zitadelle verlassen hattest. Der Schacht neben dem Bildersaal führt geradewegs zum achten Untergeschoß. Ich dachte, wenn es mir gelingt, das Tor zu finden, kann ich die anderen davon überzeugen, daß die Gefahr wirklich existiert und daß es unverantwortlich wäre, dich wehrlos in die Höhle des Löwen zu schicken.«

»Nun, ich bin sicher, sie wissen, daß die Gefahr existiert, sind aber in diesem – in meinem – Fall Vernunftgründen nicht zugänglich. Und bewegte sich das Tor?«

Die Bibliothekarin schaute an ihm vorbei und verschränkte die Arme vor der Brust. Der Wind strich durch die Fichten am Ufer wie eine gigantische Hand, er trug den schneidenden Hauch der zugefrorenen Fjorde heran. Mit dem Licht wandelte sich auch die Atmosphäre im Tal der Schatten, als das Leuchten von Lupinen und Mohn erlosch und die ersten Schleier des langen Frühlingsabends sich über das Gras breiteten.

»Ja«, bestätigte sie langsam. »Ja, es bewegt sich. Ich habe es nur – von weitem gesehen. Der lange Gang, im achten Untergeschoß, du erinnerst dich vielleicht. Ich – ich hörte Stimmen, die etwas riefen, ich weiß nicht, was ... Ich sah Lichter, weit weg. Doch es kam alles auf mich zu, Phormion hat es richtig beschrieben: wie ein führerloser Karren auf einer abschüssigen Straße. Ich lief in den nächsten Seitengang, voller Angst, die Erscheinung könnte mich verfolgen, aber das tat sie nicht.«

»Dann hast du das Tor von der Seite gesehen, als es an der Einmündung des Ganges, in dem du warst, vorbeiglitt?«

Sie nickte widerstrebend. »Nicht sehr deutlich.« Ihr Gesicht rötete sich. »Ich drückte mich an die Mauer. Als ich aufblickte, sah ich nur etwas wie eine dunkle Wolke vorüberziehen. Ich wagte nicht, mich von der Stelle zu rühren, bis die Geräusche, die es begleiteten, wie von schlagenden Flügeln oder Wind, nicht mehr zu hören waren. Nachher fühlte ich mich benommen, aber ich kann dir die Stelle zeigen, wenn du willst.«

»Seltsam, seltsam«, brummte Antryg, »und es wird immer seltsamer. Ich lege großen Wert darauf, die Stelle zu sehen, doch zuerst sollten wir auskundschaften, was Pothatch zum Abendessen auf dem Feuer hat. Ich schätze, daß uns eine lange Nacht bevorsteht.«

In den Tagen der Sechs Königreiche verurteilte Lord Caeline einen Magier zum Tode, weil er mit Dämonen Umgang gepflegt hatte und sie von seinem Körper Gebrauch machen ließ. Da aber der Magier von einem Dämon besessen war, als man ihn hinrichtete, blieb selbiger auch seinem Geist verbunden, der fortan ein grausiges Unwesen trieb und alles aufzehrte, was er berührte. Niemand vermochte diesen tsaeati zu vernichten, denn mit welchem Bann man ihn auch auszutreiben suchte, der Geist nahm ihn in sich auf, und der Dämon konnte ihn so gegen die Beschwörer wenden. Endlich lockte Berengis der Schwarze, ehedem der größte Hofzauberer des Reiches, den Heimsucher, indem er seinen eigenen Leib als Köder anbot, in einen Kristall von der Größe seiner Hand, so daß er sich darin verirrte und dort für alle Zeit gefangen ist.*

FIRTEK BRENNAN
Gespräche über die Natur der Nigromantie

4. KAPITEL

Dunkelheit und Dunkelheit und Dunkelheit. Joanna konnte nicht sagen, wie lange sie in der Ecke kauerte, in der sie sich von einem Augenblick zum anderen wiedergefunden hatte, den Kopf in den Armen vergraben, zitternd vor Angst und mit zusammengebissenen Zähnen, um nicht in Tränen auszubrechen, zu schreien oder hysterisch zu werden vor Entsetzen über das, was passiert war …

Nein, sie konnte nicht sagen, wie lange. Aber lange genug, daß sie, statt Angst zu haben, wartete und schließlich ungeduldig wartete, darauf, daß endlich *irgendwas* passierte, egal was.

Zu guter Letzt fing sie an, sich zu langweilen.

Weil sich überhaupt nichts tat. Alles blieb wie gehabt –

* *tsaeati* – archaisch: Seelenesser, auch Vielfraß, Schmarotzer; Anm. d. Übers.

Dunkelheit und Stille, absolute Dunkelheit und Stille, blutwarme Luft an ihrer Haut, Schweigen wie ein dämpfendes Tuch über der polierten Glätte der Wand, an der sie lehnte, und dem unsichtbaren Boden.

Insgesamt ein akustisches Vakuum, das Fallen der berühmten Stecknadel hätte sich ausgewirkt wie ein Erdbeben.

Sie war noch nicht soweit zu rufen – Gott weiß, was ihr vielleicht antwortete –, aber sie löste sich aus der Fetalhaltung, die sie unwillkürlich eingenommen hatte, als – als ... Es störte sie, daß sie nicht imstande war, sich den exakten Ablauf des Vorgangs zu vergegenwärtigen, der sie hergebracht hatte.

Sie erinnerte sich, in ihrem eigenen Bett aus dem Schlaf geschreckt zu sein und zu sehen, wie die Schwärze des Abyssus sich in einer Ecke ihres Zimmers materialisierte. Sie hatte geschrien. Etwas sagte ihr, daß sie einen flüchtigen Moment lang ahnte, was mit ihr geschehen würde, und deshalb hatte sie geschrien.

Und dann hatte sie hier gesessen, elend und verängstigt und in Tränen aufgelöst.

Und dann hatte sie immer noch hier gesessen, entschieden gelangweilt.

Nun ja, nicht wirklich gelangweilt, korrigierte sie sich und tastete blind nach dem Gegenstand, den zu greifen ihr in Fleisch und Blut übergegangen war, auch oder erst recht, unter extremen Umständen ...

Und fand das Gesuchte wie einen knubbeligen Teddybären aus Makrami und Kaninchenfell auf ihrem Schoß – ihre unergründliche Beuteltasche, die unter anderem ihr Schweizer Armeemesser barg und eine kleine Dose Mace. Was sie im Moment aber wirklich brauchte, war eine Taschenlampe. Sie wühlte sich zielstrebig durch den kunterbunten Inhalt, bis ihre Hand sich um den kurzen, glatten Zylinder schloß.

Sie zog ihn heraus und knipste den Schalter.

Nichts.

»Verdammter Mist.« Sie warf die Taschenlampe zurück und kramte eine ihrer sechs Streichholzschachteln heraus.

Erst als auch die Streichhölzer den Dienst versagten, meldete sich die Panik zurück, ein Knoten eisiger Kälte in ihrem Leib, als hätte sie einen Neutronenstern verschluckt, der ihr nun nihilistisch, schwer und tot im Magen lag. Sie drückte sich in ihre Ecke, das Gesicht dem Ungewissen zugewandt, in dem wer weiß was lauerte, und schlang die Arme um den Körper, obwohl es gar nicht besonders kalt war.

Sehr günstig, dachte sie mit dem logischen Teil ihres Verstandes, der nicht mit Beschlag belegt war von Schreck, Verwirrung und der ratlosen Frage: *Was, zum Teufel, soll das alles bedeuten?!*

Dieser Pyjama ist nicht unbedingt der wärmste.

Aber die Verwirrung und der Schreck der Entdeckung, daß weder Batterien noch die Reibefläche der Streichholzschachtel hier funktionierten – wo immer *hier* sein mochte –, ebbten ebenfalls ab.

Wie lautete Onkel Morris' Lieblingssprichwort? *Gott beschütze uns vor dem, woran wir uns eines Tages gewöhnen könnten.*

Irgend jemand wird irgendwann nach mir suchen.

Und dann, Stunden später, wie es ihr vorkam: *Oder?*

Nein.

Nach einiger Zeit – *aber wieviel Zeit?* – stand sie auf und tastete an der Wand in die Höhe, ohne daß ihre Fingerspitzen die Decke berührten. Das wollte natürlich nicht viel besagen, mit ihren Einsfünfzig reichte sie nicht einmal an die oberen Regale ihrer eigenen Küchenschränke – *im Gegensatz zu Antryg, dem Angeber.* Nach dem Vorstoß in die höheren Regionen kniete sie sich hin und rutschte langsam vorwärts, dabei strich sie mit den Händen über den glatten Boden, bis sie wieder zu einer Mauerecke gelangte, diesmal ein Außenwinkel, also befand sie sich in einem L-förmigen Zimmer oder Gang.

Wenn du nicht die ganze Aufgabe lösen kannst, dann geh der Reihe nach vor.

So weit, so gut.

Sie hatte sich einhundertzwanzig Schritte weit von ihrer Basis entfernt, als sie unter ihren Händen eine nächste Ecke fühlte; mit dem seitlich weggestreckten Arm vergewisserte sie sich, daß die gegenüberliegende Wand noch weiterlief. Entweder ein Korridor oder eine verflixt lange, schmale Zelle.

Und immer noch kein Licht, kein Laut, kein Hinweis auf entweder Rettung oder Bedrohung. Keine Veränderung der Temperatur, keine Bewegung in der Luft – nicht einmal Gerüche. Keine Veränderung der glatten Fläche unter ihren bloßen Füßen. Ihre tastenden Finger erfühlten keine Fuge, keine Unregelmäßigkeit, aus denen sie schließen konnte, ob Wände oder Boden aus Stein oder Holz bestanden – oder Fiberglas. Ihre Mundwinkel zuckten unter einem Anflug von Galgenhumor: Gefangen im Epoxidverlies.

Wenn man mich nicht holen kommt, werde ich mich selbst etwas umsehen, dachte sie. An Proviant hatte sie in ihrer Tasche einige Müsliriegel, obwohl sie im Moment keinen Hunger verspürte. Der Gedanke an Wasser bereitete ihr Unbehagen, aber sie verdrängte ihn. Zeit genug, sich deswegen Sorgen zu machen, wenn sie Durst bekam. Nach kurzem Überlegen fischte sie aus ihrem Beutel eine Rolle Garn und Isolierband.

Nennen Sie mich Theseus.

Die Tasche geschultert und im Vertrauen darauf, daß sie einen Minotaurus hörte oder roch, bevor sie im Dunkeln über ihn stolperte, begab sie sich auf ihre Expedition.

Suraklins, des Dunklen Magus', größte Macht lag in der Tatsache, daß Jahre vergingen, bevor irgend jemand, auch seine Opfer, erkannten, daß er ihnen Böses tat. Es wäre gut, dies im Umgang mit allen Magiern zu bedenken.

SERGIUS PEELBONE
Hexenjäger Extraordinarius von Engelshand

5. KAPITEL

»Es stimmt, daß ich als Junge schlechten Einflüssen ausgesetzt war.« Antryg stand in der Pfeffermühle an einem der Fenster und lehnte die Schulter gegen die gerundeten, unebenen Steine, das schwindende Tageslicht blitzte in dem Kristallanhänger an seinem Ohrläppchen. Er hatte sich ein Paar ausgeblichene, fingerlose Skriptorenhandschuhe beschafft, um in der silbrigen Schärfe des Sykerstfrühlings seine Hände warmzuhalten. Mit seinem Lumpensammlerschal und dem altmodischen Schoßrock sah er aus wie ein Keilschwanzsittich in der Mauser.

»Und, wie Tante Min richtig sagt, man hat mir lauter falsche Sachen beigebracht. Aber es war nicht allein meine Schuld. Übrigens, es ist lieb von dir, das für mich zu tun, Kitty.«

»Bis jetzt habe ich noch nichts erreicht. Und du stehst mir im Licht.«

Antryg trat vom Fenster zurück, seine Brillengläser schimmerten wie die Augen eines erschreckten Kobolds. Am Tisch, inmitten eines Schlachtfelds leergegessener Teller und Schüsseln, drehte Seldes Katne die Hauptfacette ihres Seherkristalls in die Bahn der Helligkeit. Durch das Fenster sah man den Schatten des Kulms, ein weitgespannter Umhang aus schieferblauer Seide, der die Konturen des Tals milderte und sich verhüllend über die dunklen Fichten unter ihrem Gazeschleier aus weißem Flußnebel breitete. Der Himmel bewahrte noch eine frostige Brillanz, und trotz der gläsernen Klarheit der Luft atmete die Welt bereits die eigenartige Wildheit des grenzenlosen Steppensommers – alles Leben sog sich voll mit Wärme, im Bewußtsein des unausweichlichen, langen Winters.

»Vielleicht, wenn ich von einem Nigromanten des Kollegiums als Schüler aufgenommen worden wäre, statt von Suraklin«, philosophierte Antryg gedankenvoll, »wäre es mir nicht so leicht gefallen, meine Magie zu gebrauchen, um in Mellidane das zu korrigieren, was nach Meinung aller ein großes Unrecht gewesen ist. Und nachdem ich einmal angefangen hatte ...« Er schüttelte den Kopf.

»Es gibt Leute, die der Meinung sind«, äußerte die Bibliothekarin, ohne ihre Aufmerksamkeit von dem Kristall abzuwenden, »es wäre ein großes Unrecht, magische Kräfte gegen jemanden zu gebrauchen, der keine Magie besitzt, um sich zu verteidigen, aus welchem Grund auch immer. Manchmal glaube ich, deshalb ziehen wir es vor, unter uns zu bleiben und die Welt zu meiden.«

»Nun«, entegnete Antryg mit einem schwachen Lächeln, »die Steine, die man nach uns wirft, und unsere Freunde von der Inquisition haben auch einiges damit zu tun.«

Sie blickte stirnrunzelnd zu ihm auf. »Ja, natürlich. Aber es ist zu einfach, Partei zu ergreifen. Und wenn ein Magier anfängt, Partei zu ergreifen, im Glauben an die Richtigkeit seiner oder ihrer Sache, wie groß ist der Schritt zur Partei nahme für Geld?«

»Ebenso groß, nehme ich an, wie der Schritt dazu, die eigene Partei zu ergreifen, im Glauben an den absoluten Vorrang der eigenen Wünsche über die der anderen.« Er kam zum Tisch zurück und wählte eine Erdbeere aus der bemalten Keramikschüssel, die Pothatch, der Koch, zusammen mit Brot und Eintopf aus der Küche heraufgeschickt hatte. »Zuerst die Wünsche«, fügte er halblaut hinzu, »und später die Launen. ›Ja‹ heißt ›ja‹ unter allen Umständen, ›nein‹ heißt ›nein‹ unter allen Umständen – und das große Problem mit Erdbeeren ist, daß man den Kelch nicht mit

Anstand entfernen kann. Hat eigentlich Q'iin je ihre Formeln zum Reifen von Pfirsichen im Winter perfektioniert? Nyellin die Weiße soll imstande gewesen sein, zu jeder Jahreszeit jede Frucht hervorzubringen, sogar Bananen und Mangos – sie hätte ein Vermögen machen können auf dem Delikatessenmarkt in Engelshand, wären ihre Gelübde nicht gewesen, die ihr verboten, in das Geschäft einzusteigen. Und ich würde das Urteil anerkennen, welches das Kollegium über mich zu fällen beliebte«, – er kehrte mit einer derart rapiden Volte zum früheren Thema zurück, daß Seldes Katne unwillkürlich blinzelte – »wäre nicht die Tatsache, daß einer von ihnen lügt.«

Die stämmige Bibliothekarin hob verwundert die Augenbrauen. »Einer vom Inneren Zirkel?«

Antryg nickte, setzte sich auf einen der Stühle und nahm eine weitere Erdbeere aus der Schüssel. »Ich fühlte es, als sie«, nach kaum merklichem Stocken sprach er weiter, »als sie mir das Geis auferlegten. Ein Geheimnis – ein Schatten, verborgen vor den anderen und vor mir. Einer von ihnen hat Joanna entführt, das weiß ich – nur ein Mitglied des Inneren Zirkels besitzt die Kraft, den Abyssus zu durchqueren.«

Er hob das weiße Kärtchen auf, das Seldes Katne unter den Fingern gehalten hatte, während sie den Kristall zu lesen versuchte – eine von Joannas Visitenkarten, auf deren Rückseite die Anfangszeiten von ›Karate Master Versus the Invaders from Outer Space‹ im Van Nuys Cineplex 24 gekritzelt waren. »Wenn man vor einem anderen Magier ein Geheimnis bewahren will, ist es nicht unbedingt klug, sich an einer theurgischen Gemeinschaftsvergewaltigung zu beteiligen – das Opfer ist sich des Eindringlings ebenso bewußt wie umgekehrt. Und vielleicht ist das der Grund, weshalb nur äußerst selten ein solches Geis verhängt wird, abgesehen von der offensichtlichen Schwierigkeit, einen Konsens zu erzielen und einen Angeklagten zu haben, bei dem der gesamte Zirkel zusammenwirken kann – etwas, das seit Hunderten von Jahren nicht mehr vorgekommen ist.«

Seldes Katne krauste die Stirn und drehte den Kristall zwischen den Fingern. »Aber du hast keine Ahnung, wer?«

»Nicht die leiseste.«

Durch das offene Fenster drangen die Stimmen der Studenten zu ihnen herauf, die vom Abendessen im Refektorium zurückkehrten. Mit Ausnahme des Maulwurfshügels – der geduckten, schäbigen Kate, in der Issay Bel-Caire hauste, bis auf die niedrige Tür vergraben unter einem undurchdringlichen Gewucher von Jelängerjelieber und Taigalorbeer – waren in den Häusern auf diesem Rist des Kulms die weniger privilegierten Angehörigen der Gemeinschaft einquartiert. Die Pfeffermühle, die Katzenkuhle, die Grotte, das Verlies, die Insel der Schmetterlinge und das Gelbe Haus, alle waren verbunden durch ein verschachteltes Labyrinth von Kellern, Galerien, überdachten Brücken und Treppen; im Winter, erinnerte sich Antryg, wunderte es niemanden, seinen Nachbarn durch den Flur im Erdgeschoß oder über den Dachboden traben zu hören, auf dem Rückweg vom Refektorium oder vom Unterricht.

Aber jetzt hallten die Schritte gedämpft auf den hölzernen Stufen, die von den Pfaden zu den Türen abzweigten, oder knarrten auf den Plankenstegen, die über unkrautbewachsene Spalten und Schroffen führten. Seine rothaarige Hausgenossein Kyra würde beim abendlichen Waffengang sein – ›Tanzen mit Miss Maggie‹, nannten es die Studenten; Miss Maggie war ihr Spitzname für die bunt verklinkerte *Kokotte* – oder in der Kalmäuserklause, um Kakao zu trinken und bis spät in die Nacht weltbewegende Belanglosigkeiten zu diskutieren. Antryg schmunzelte und fragte sich, ob man sich immer noch mit ›Praktizieren von Beschwörungen in Extremsituationen‹ beschäftigte (im Zustand der Volltrunkenheit), wie er und Daurannon in ihrer wildbewegten Jugend. Bis auf ein gelegentliches Murmeln draußen und das weiche Klingen geduldig wiederholter Anfängertonleitern auf der Harfe, das aus der Katzenkuhle herübertönte, war das runde Gebäude still.

»Es tut mir leid«, meinte Seldes Katne resigniert, als das Tageslicht zu verdämmern begann. »Ich dachte, weil dieses

Haus auf der starken Vorplekenergieader steht, wären die Chancen größer, aber das scheint nicht der Fall zu sein.« Sie legte den Kristall hin, ohne den Blick zu heben. Antryg beugte sich über den Tisch und legte seine große knochige Hand über ihre altersfleckige.

»Wahrscheinlicher ist, daß sie an einem Ort gefangengehalten wird, der gegen Beobachtung abgeschirmt ist.« Seldes Katnes Kristall, erinnerte er sich, irgendwo gehört zu haben, hatte vor zweihundert Jahren dem Magier Gantre Silvas gehört – das Schild aus runenbeschriftetem Silber am Fuß war von ihm hinzugefügt worden, um die rezeptiven Kräfte zu verstärken. »Gott weiß, es gibt in der Zitadelle unzählige Verstecke, wo man sie unbemerkt gefangenhalten könnte – zum Beispiel die Gästeunterkünfte über dem Auditorium Maximum oder die Mansarden darüber, der Glockenturm oder die alte Südhalle. Es muß hundert Stellen geben, wo nie jemand hinkommt, und das«, er senkte die Stimme, während sein Blick aus dem Fenster ging, zum Tepidarium, das wie ein ausgewaschener Diamant an der Granitwand unterhalb der Bibliothek funkelte, »schließt die Kavernen nicht ein. Aber ich fürchte sehr, das ist der Ort, an dem sie sich befindet.«

»Durchaus möglich«, stimmte die Bibliothekarin zu. Dann runzelte sie die Stirn, ihre dicken Brauen trafen sich über der Nasenwurzel. »Aber – dort ist das Zentrum der Erscheinungen. Dort ist das Wandernde Tor.«

»Es geht um mehr als das«, sagte Antryg. Er sprang unruhig auf und begann, auf und ab zu gehen. »Die meisten Leute glauben, das Labyrinth in den Kavernen wäre als Verteidigungsanlage gebaut worden, als ein letzter Rückzugsort in Zeiten der Gefahr. Aber die Zitadelle liegt auf dem Nodus von vier Energieadern, wenigstens eine davon – der Vorplex, der durch die Bibliothek verläuft, wie du weißt – extrem stark. Und während man im Westen Tumuli am Kreuzungspunkt solcher Linien errichtete, mit unterirdischen Kammern, um die fließende Energie der Leyen zu sammeln und zu kanalisieren, waren es im Osten und Norden Labyrinthe.«

»Ich habe von dieser Theorie gehört.« Seldes Katne nickte, setzte sich gerade hin und schob den Zopf nach hinten, der über ihre Schulter geglitten war. »Doch es gibt keinen Beweis, daß die Labyrinthe funktionieren.«

»Vielleicht, weil wir keine Vorstellung davon haben, wie das aussehen soll.« Antryg lehnte sich wieder an die Fensterscheibe und schaute in das Gewirr der Weinranken an der Mauer. Man hörte murmelnde Stimmen aus dem offenen Fenster der Katzenkuhle, ein anderer nahm die Harfe und berauschte die großen schwarzorangenen Schmetterlinge, die an den sternenförmigen Blüten des Jelängerjelieber genascht hatten, zu einem gaukelnden Tanz.

Antryg schwieg einen Moment, gefangen von der reinen, glitzernden Meisterschaft des Spiels. Seldes Katne sagte leise: »Das wird Goldhand sein – Zake Thwacker, Otaros Schüler. Er besitzt – großes Talent.«

Bei einem Blick über die Schulter sah er ihre niedergeschlagenen Augen und die zu einem schmalen Strich zusammengepreßten Lippen. Nach ihrem gescheiterten Versuch, mittels des Seherkristalls Joannas Aufenthaltsort festzustellen, konnte sie sich nicht überwinden zu sagen: *Er besitzt wahre Magie*. Aber die perlende Leichtigkeit, die grazile Kraft der Musik, entflammte die Luft über dem Schmetterlingsdschungel zwischen den beiden Häusern; wäre nicht die Sorge gewesen, was sich in den Kavernen zusammenbraute; die Angst, Joanna könnte dort gefangen sein – Antryg hätte sich gern von dem Zauber einspinnen lassen und den Rest des Abends träumend am Fenster verbracht, bis der letzte Schimmer Tageslicht am Himmel verlöschte.

»In jedem Fall«, sagte er und kehrte der verlockenden Märchenwelt draußen den Rücken, »ich vermute, deshalb wurden die Kavernen angelegt – es besteht eine auffallende Ähnlichkeit mit den Irrgärten im Osten, und ich weiß zufällig, daß Glas, Wasser und Knochen von bestimmten Sekten benutzt wurden, um Energie zu leiten – alles Dinge, die man in den Mauern dort unten gefunden hat. Besonders deshalb beunruhigt mich die Vorstellung von einem sperrangelweit offenen Tor in den Gewölben.«

Seldes Katne erschrak so heftig, daß sie den Kristall fallenließ. »Sperrangelweit offen?«

Antryg warf ihr unter hochgezogenen Brauen einen erstaunten Blick zu. »Aber ja. Daran besteht doch gar kein Zweifel.«

Sie sagte nichts, starrte ihn nur an, die dunklen Augen groß vor Schreck.

»Ist dir der Gedanke nicht gekommen?«

»Ich – ich dachte, die Tore blieben nicht länger offen als ein paar Minuten.«

»Tun sie auch nicht. Und selbst diese kurze Zeitspanne erfodert einen immensen Kraftaufwand, was ganz richtig ist, wenn man bedenkt, wie das Gewebe des Universums in der Umgebung eines Tores geschwächt wird. Würde eines offengehalten, selbst unter normalen Umständen, bin ich nicht sicher, welche Folgen das hätte. In Anbetracht der Natur des Labyrinths und des Vorhandenseins der Energieadern, ist die Tatsache, daß das Tor sich bewegt, eigentlich keine allzugroße Überraschung, obwohl es verflixt schwer sein wird, ihm auf der Spur zu bleiben.«

Er massierte sich geistesabwesend die Hände. »Im Moment scheint es seine Ausflüge auf die Kavernen zu beschränken, was noch akzeptabel wäre. Aber das Problem ist, ich kann fühlen, daß die Situation sich verschlimmert. Mehr Tore und Wurmlöcher erscheinen und verschwinden, fremde Strömungen beeinflussen die Energien, die bereits durch die Kavernen fließen, und mir behagt die Vorstellung nicht, daß Joanna irgendwo da unten stecken könnte, mitten in dem ganzen Schlamassel.«

Sie murmelte zustimmend und suchte nach ihrem Kristall, der unter den Rand eines blau und gelb glasierten Tellers gerutscht war, dann kehrte ihr Blick zu Antryg zurück. »Ich könnte versuchen, mit einem Teles zu arbeiten«, schlug sie nach kurzem Zögern vor. »Oder du könntest es probieren, obgleich ich nicht weiß, ob das Geis es zuließe. Aber Teles können als Kollektoren benutzt werden, wie du weißt, und hier in der Zitadelle haben wir einige sehr starke.«

»Nein.«

Sie stutzte bei der kategorischen Entschiedenheit in seiner Stimme. »Was hast du gegen den Teles?«

Antryg zuckte die Schultern; während er redete, stöberte er angelegentlich nach seinem rätselhaft verschwundenen Schal. »Ich habe sie nie gemocht. Ich weiß, man benutzt sie für alle möglichen Zauber, von der Beschwörung bis zum Vermitteln von Nachrichten – aber ich habe ihnen nie getraut.«

Sie konnte ihn nur anstarren, verblüfft – ungefähr so, dachte Antryg, wie Joanna verblüfft wäre, wenn jemand sich weigerte, das Telefon zu benutzen, weil diese Teufelsapparate den Menschen die Seele raubten.

»Sie sind nur Glas und Quecksilber ...«

»Glas, durch das Magie geleitet wurde, in dem sich Macht angesammelt hat, Jahr um Jahr, jahrhundertelang.« Antryg entdeckte seinen Schal, als Teewärmer um die Kanne gewikkelt. Der obere Raum der Pfeffermühle, obwohl er ihn erst seit ein paar Stunden bewohnte, begann sich bereits in ein Kuriositätenkabinett seiner ganz persönlichen Prägung zu verwandeln, mit Büchern, wissenschaftlichen Journalen, gepreßten Blumen und vorerst zwei prachtvollen bunten Windrädern in einer Vase neben dem Fenster, die sich wie riesige exotische Blüten im Luftzug drehten.

»Ich weiß, die meisten der Puristen halten es für dummes Zeug, aber Brynnart aus Pleth hat geschrieben, daß Glas und Quecksilber zusammen eigene Kräfte entwickeln, und ich bin geneigt, ihm zu glauben.«

»Brynnart von Pleth war verrückt«, wandte Seldes Katne ein.

»Bin ich auch. Deshalb kann er trotzdem recht gehabt haben. Und für meinen Teil hege ich ein gewisses Mißtrauen gegenüber Dingen, die über einen so langen Zeitraum hinweg mit so viel Magie getränkt worden sind.«

Die Bibliothekarin stieß ein unsicheres Lachen aus. »Wenn du plötzlich eine Scheu entwickelst vor Dingen, die mit Magie getränkt sind, dann müßte dir jeder Stein der Zitadelle suspekt sein.«

Er blickte sie an. »Wer weiß.« Er nahm eins der Windräder

aus der Vase und blies sanft über die gebogenen Schaufeln. »Daurannon dürfte im Refugium sein und seinen Abendtee trinken, und ich denke, für dich und mich wird es höchste Zeit, einen Blick in die Kavernen zu werfen.«

»Als Theorie ist es absurd«, hatte Daurannon gesagt. »Die unterirdischen Irrgänge wurden angelegt, um die Schätze der alten Magierfürsten vor Eroberern zu schützen sowie ihre brisanteren Geheimnisse vor Neugierigen, genau wie in früheren Zeiten die großen Herren Labyrinthe in ihre Burgen einbauten. Als Vorbild nahm man die Anlagen in den Gärten. Und wahr oder nicht«, fügte er hinzu, als Antryg den Mund aufmachte, um zu antworten, »das Kollegium hat beschlossen, dir nicht zu gestatten, die Kavernen zu betreten, ohne einen von uns als Begleitung.«

Antryg, der rittlings auf dem Eichenstuhl neben dem Kamin saß, empfand ein merkwürdiges, schmerzliches Gefühl von Déjà-vu und erlebte es jetzt wieder verstärkt, als die Szene aus dem chaotischen Abgrund der Träume in sein Bewußtsein stieg.

Das Refugium, der scherzhaft so genannte Aufenthaltsraum der Dozenten, im dritten Stock des Polygons gelegen, war vor langer Zeit eine Art Zuhause für ihn gewesen. Während er schlafend und träumend in seinem Gästebett in der Pfeffermühle lag, verquickte sein Gehirn die Ereignisse des Tages mit den Erinnerungen an jene vergangenen Abende, an denen er in der gleichen Haltung mit hochgezogenen Knien auf diesem Stuhl gesessen hatte, Daurannon gegenüber, der sich gemütlich in dem Sessel aus geschnitzter, alterdunkler Eiche flegelte und Milch in den Tee rührte, wie es bei den einfachen Leuten an der Westküste gebräuchlich war.

Selbst die übrigen Anwesenden waren dieselben gewesen, ebenso unveränderlicher Teil des kleinen, heimeligen Zimmers wie die Holzvertäfelung, die Kamineinfassung aus Feldsteinen und der Geruch nach Kräutern und Kerzenwachs. Bentick spielte Pikett, meistens mit Phormion, aber bei dieser Gelegenheit war sein Gegner Nandiharrow; Otaro der Sänger begleitete die gelöste, halblaut geführte Unterhaltung mit leisen Arpeggios und Improvisationen auf seiner großen, alten Harfe, während Zake Thwacker – Goldhand –, der siebzehnjährige Sohn eines Dockarbeiters aus dem Elendsviertel von Engelshand, in der grauen Robe der Adepten zu seinen Füßen saß. Pentilla Riverwych hockte mit untergeschlagenen Beinen in einem Lehnsessel an dem langen Tisch unter den Westfenstern und zwirbelte selbstvergessen des Ende ihres braunen Zopfes, versunken in irgendeinen dicken Folianten, den Seldes Katne ihr aus der Bibliothek mitgebracht hatte.

Bis auf Pentilla waren es seine Lehrer gewesen, bis er selbst Lehrer wurde; sie – inzwischen Dozentin geworden – hatte seine Vorlesungen besucht.

Und er war ein Verbannter.

Selbst im Schlaf, tief im Traum befangen, schmerzte dieses Wissen.

»Doch wenn die Theorie, daß die Kavernen ein Energieleitungssystem sind, absurd ist, was ich selbstverständlich nicht abstreiten will«, argumentierte Antryg diplomatisch, »was kann es schaden, wenn ich alleine hinuntergehe? Ich meine, ich hätte gar nicht erst gefragt, sondern den Weg durch die Küche genommen. Es gibt eine Verbindung mit den Gewölben und dem Raum, in dem Pothatch das Mehl lagert, nur daß ich feststellen mußte, daß sie neuerdings abends abgeschlossen wird; ziemlich hart, Bentick, für die armen Studenten, die sich einen Becher Kakao machen wollen.«

»Im Hinblick auf die derzeitigen Vorgänge in den Kavernen«, bemerkte Nandiharrow und sortierte seine Karten, »könnte dieser Becher Kakao teuer erkauft sein.«

»Es ist nicht die Kraft in den Energieadern, die mir Sorgen macht, und ich glaube, das weißt du sehr gut.« Daurannon stellte die Teetasse hin – Weichporzellan, weiß und gelb, aus der feinsten Manufaktur in Engelshand und somit charakteristisch für die Gebrauchsgegenstände in der Zitadelle – entweder waren es exquisite Stücke, Geschenke ehemaliger Gönner oder rustikale Arbeiten aus Wolle, Terrakotta und

Holz. »Die Aufzeichnungen wimmeln von Hinweisen auf Relikte aus dem Besitz der alten Magier, Artefakte der Macht, von denen man nicht weiß, was daraus geworden ist. Du weißt und ich weiß, daß einiges in den Kavernen verborgen sein dürfte. Dort hast du schließlich auch Nyellins Seelenspiegel aufgestöbert, der Jahrhunderte verschollen war.«

»Seiner Macht beraubt ...« wollte Seldes Katne einwenden.

»Einige Historien berichten von Dingen, zu deren Gebrauch es nicht der Macht eines Zauberers bedarf«, entgegnete Daurannon. »Von anderen ist nicht überliefert, worin ihre Wirkung besteht und wie man sie handhabt. Du kennst die Kavernen besser als jeder andere, Freund Antryg, und ich traue dir zu, in irgendeinem Grimoire einen Fingerzeig auf einen solchen Gegenstand gefunden zu haben und danach zu suchen, um das Geis aufzuheben.«

Er stand auf und griff nach seinem Schwert, das am Stuhl lehnte. »Laß dir gesagt sein, Geis oder kein Geis, du gehst mir nicht alleine dort hinunter. Für dich ist es vermutlich besser, hier oben zu bleiben, Kitty«, wandte er sich an die Bibliothekarin, die Miene machte, sich ihnen anzuschließen. »Phormion hat sich immer noch nicht von ihrem Erlebnis erholt, und das ist zwei Tage her; ich will dir nicht zumuten, es mit den Abominationen aufzunehmen, die in den Kavernen ihr Unwesen treiben.«

Sein Tonfall verriet, daß er nicht gesonnen war, mit sich reden zu lassen. Seldes Katne warf Antryg einen verzweifelten Blick zu, dann sagte sie tapfer: »Ich bin dem Tor nicht so nahe gewesen wie – wie Phormion.«

»Außerdem, je mehr, desto lustiger«, sprang Antryg ihr bei, dem absolut nichts daran lag, nur von seinem ehemaligen Freund begleitet in das unterirdische Reich hinunterzusteigen. »Nandiharrow kann mitkommen, um Kitty zu beschützen, nicht wahr, Ticktack?«

Der Gebrauch seines alten Spitznamens entlockte Nandiharrow ein Lächeln; Bentick zuckte, als wäre der Stuhl unter ihm unversehens lebendig geworden. »Sei nicht töricht. Außerdem sind wir mitten im Spiel.«

»Nun, wir haben ihn hergebracht wegen seiner Kenntnis des Abyssus' ...«

»In dem Daurannon sich sehr gut alleine zurechtfinden kann. Davon abgesehen, es ist spät.« Die Finger des Majordomus' spielten mit der goldenen Uhr, die er an einer Kette um den Hals trug.

»Eine ausgezeichnete Gelegenheit, den zunehmenden Einfluß des Mondes auf die Energieadern zu beobachten.« Antryg blies auf sein Windrad, das flirrend zu kreiseln begann.

»Also wahrhaftig.« Bentick warf erneut einen Blick auf die Uhr, legte die Karten hin und tastete fahrig nach dem Schlüsselbund an seinem Gürtel. »Soviel Aufwand, um einen armseligen Mirabiliten zu eskortieren ...«

»Sie schimpfen uns Mirabiliten ...«

Wie eine goldene Schnur fädelte sich die wohlbekannte Stimme durch das Geflecht von Antrygs Traum. Im tiefen Schlaf runzelte er die Stirn und versuchte ihr zu entkommen, wie er schon seit Jahren versuchte, die Erinnerung an seine Vergangenheit abzuschütteln.

Doch er sah in seinem Traum – während in dem ebenfalls geträumten Refugium Daurannon Seldes Katne zuredete, nicht mitzukommen, und Nandiharrow die Karten zusammenschob, umständlich wie jemand, der noch nicht gewöhnt ist, mit weniger Fingern auszukommen, als die Natur ihm zugemessen hat – Suraklin am Kaminsims lehnen, das hagere Gesicht von seinem langen, lichtbraunen Haar umrahmt und ein maliziöses Glimmen in den topasfarbenen Augen.

Und für einen kurzen Moment, als hätte der Dunkle Magus die Tür zu einem inneren Korridor der Wahrnehmung geöffnet, konnte Antryg den ganzen Weg bis zum Ende des Traums überblicken und wußte, was ihn erwartete.

Er versuchte zu schreien, aufzuwachen, sich aus der Umklammerung des Schlafs zu lösen.

Zum Polygon gehörte ein kreisrunder Turm, die Rotunde, mindestens siebenhundert Jahre älter als das größere Bauwerk. Ehemals ein Tempel, sagten die Schriften, doch welchem Gott geweiht, darauf fand sich kein Hinweis. Er lag auf dem Kreuzungspunkt dreier Hauptenergieadern – Vorplek, Brehon, Pensyk –, und folglich machte die beklemmende Ausstrahlung des Abyssus sich fast unerträglich intensiv bemerkbar. Im fahlen Mondlicht, das durch die sieben eigenartig geformten Fenster strömte, wanderte Antryg auf und ab, während Bentick niederkniete, um die quadratische, eisenbeschlagene Falltür im Boden zu entriegeln. Ihn bedrängte das Gefühl, daß ein Tor sich ganz in seiner Nähe befand, wie schon in der Bibliothek; auf dem Weg die Treppe hinunter hatte er von Seldes Katne erfahren, daß sich dieses Phänomen offenbar überall in der Zitadelle bemerkbar machte.

Daurannon und Nandiharrow bückten sich und wuchteten die eisenbeschlagenen Flügel der Falltür aus ihrem Bett im gewachsenen Fels des Bodens. Bentick spielte ungeduldig mit seiner Uhr, seinen Schlüsseln, seinem Stab, an dessen Spitze ein Feenlicht brannte. Antryg verließ den Kreis der Helligkeit und strich mit den Fingerspitzen über den bemalten Verputz der Mauern, dann, nicht fündig geworden, legte er sein Windrad hin und kniete nieder, um den von zahllosen Füßen glattgewetzten Steinboden abzutasten.

Mit seinen magischen Sinnen konnte er den silbernen Energiestrom des Vorplek fühlen, der das Polygon mit der Bibliothek verband; wie kalte und warme Strömungen in Wasser spürte er auch die aggressive Ausstrahlung des Abyssus'. Daneben existierten noch andere Kräfte, launisch, heikel, aber vorhanden, wie Ameisen, die aufgescheucht über seine Hand krabbelten.

»Kommst du, alter Knabe?«

»Wenn man bedenkt, wie versessen du darauf warst, zu dieser unheiligen Stunde in die Kavernen hinunterzusteigen ...«

»Antryg ...?«

Er sprang auf, nahm sein Windrad und gesellte sich zu

den anderen neben der schwarzen Öffnung, die jetzt im Boden gähnte wie ein offenes Grab.

In der wirklichen Welt – im Gegensatz zu der geträumten Erinnerung, die ihn enger und enger einschnürte, wie Tentakel aus farbigem Rauch – war der Besuch in den unterirdischen Gewölben an jenem Abend nur eine Stippvisite. Antryg wußte es und bemühte sich nach Kräften, gefangen in den Nebelschwaden des Traums, die Erinnerung der Wirklichkeit anzupassen. Die Kavernen erstreckten sich unter der Zitadelle in die Tiefe, Treppe, Schacht, Spirale und Kammer, in einer geheimnisvollen, rhythmischen Gesetzmäßigkeit, die sich bei genauerem Hinsehen als Illusion entpuppte. Sämtliche Mitglieder des Kollegiums wußten sich in den Irrgängen zurechtzufinden, doch Antryg war einer der wenigen, die die Kavernen zum Objekt ihrer Studien gemacht hatten, nach Erklärungen für jede zugemauerte Tür suchten, Theorien aufstellten über Sinn und Zweck der rätselhaften Brunnen und Bassins, der Räume mit den Skeletten unter dem Fußboden oder den in die Wände eingemauerten Totenschädeln, in Glas konserviert. So wenig auch an Informationen selbst in den frühesten Aufzeichnungen zu finden war, allein seine Exkursionen hatten ihm einen Eindruck von den Kavernen als Ganzem vermittelt. Jetzt, von Seldes Katne zum Ort ihres unheimlichen Abenteuers geführt, quälte ihn die Ahnung eines Zusammenhangs zwischen diesen vage erkannten Mustern, den zugemauerten Türen, mysteriösen, bemalten Räumen und den Stellen, wo das Schnurren des Windrads Veränderungen im Luftdruck anzeigte oder lokale Magnetfelder die Kompaßnadel irritierten.

Und allgegenwärtig spürte er die Aura des Abyssus', ein träges, bedrohliches Prickeln unter seiner Haut, als wäre der Stoff der Wirklichkeit nur einen Atemzug davon entfernt zu reißen und ein Grauen hindurchzulassen, das sich jeglicher Vorstellungskraft entzog.

«Was natürlich genau den Tatsachen entspricht», bemerkte er halblaut zu Nandiharrow, in Beantwortung der Frage des älteren Magiers. «Die Adern transportieren die

Aura an gewisse Stellen der Zitadelle, aber hier unten ist sie fast greifbar.»

»Dann besteht die Möglichkeit, daß das Problem irgendwo gänzlich außerhalb der Zitadelle liegt? Die Energien könnten durch etwas, das sich in den Kavernen befindet, hergeleitet worden sein? Vielleicht von einem dieser ›unbekannten Artefakte der Macht‹, von denen Daurannon auf keinen Fall will, daß du sie findest?« Der Magier mit den neun Fingern griff sein Schwert fester; an der Art, wie er das Heft umfaßt hielt, konnte Antryg erkennen, daß er sich der Mühe unterzogen hatte, die präzise Klingenführung mit der verstümmelten Hand neu zu erlernen. Seldes Katne, dicht neben Antryg, blickte sich furchtsam nach allen Seiten um; im bläulichen Schimmer des Feenlichts glänzte der Schweiß auf ihrem Gesicht.

»Eine Theorie«, stimmte Antryg zu. »Andererseits, wenn *meine* Hühner gestohlen würden, wäre die erste Person, mit der ich ein Wörtchen reden wollte, der Nachbar, der Füchse als Schoßtiere hält.« Daurannon, der mit dem blanken Schwert in der Faust nur wenige Schritte vor ihnen ging, versteifte sich etwas, sagte aber nichts.

Nur einmal waren sie von einer Abomination bedroht worden. Ein pelziges Geschöpf, augenlos, dafür mit Zähnen und Krallen bewehrt, stürzte aus einem dunklen Seitengang hervor, ohne jedoch näher heranzukommen als bis auf ein Dutzend Schritte – Nandiharrow streckte den Arm aus, Blitzstrahlen schossen aus seinen Fingerspitzen und durchbohrten die Kreatur wie funkensprühende, blauweiße Schlangen. Die Abomination – Kreischer, sagte Nandiharrow, nannten die Studenten diese Varietät – wurde gegen die Mauer geschleudert, krümmte und wand sich und verströmte eine klebrige, grünliche Flüssigkeit aus mindestens einem halben Dutzend Körperöffnungen. Als sie auf demselben Weg zurückkehrten, nach einem sehr kurzen Ortstermin des Ganges auf der achten Ebene – der, wie Antryg vermutet hatte, mehr oder weniger dem Verlauf der Brehonlinie folgte –, störten sie drei, vier blaßorangefarbene, schnekkenähnliche Wesen auf, die sich an dem Kadaver gütlich taten. Beim Schein des Feenlichts verschwanden sie hastig in der Dunkelheit.

Antryg hatte früher schon Abominationen gesehen, schlimmere als diese – das schreckte ihn nicht. Als er die Szene wieder und wieder träumte, versuchte er, Nandiharrow und Seldes Katne zur Treppe zu folgen, wie er es im Wachen getan hatte.

Doch hinter sich, in der zweiten Realität des Traums, hörte er diese leise Stimme, wie flüssiges Gold und flüssiger Stahl.

»Sie schimpfen uns Mirabiliten ...«

Im Alter von siebzehn Jahren war er eines Nachts davongelaufen, weil er wußte, sollte diese Stimme ihn bitten zu bleiben, seine Seele, sein Leben hinzugeben, er hätte es getan. Doch jetzt, als wäre die Zeit zwischen damals und heute nie gewesen, drehte er sich herum. Suraklin stand in dem tintenschwarzen Bogen eines Ganges, der, wie Antryg genau wußte, in diesem Teil der Kavernen nicht existierte.

Der Schmerz des Geis', die erlittene Qual dieser psychischen Kastration brach über ihn herein, Einsamkeit, das Grauen einer trostlosen Kindheit, das ihn getrieben hatte, sich im Alter von neun Jahren die Pulsadern aufzuschneiden, die heimtückische Illusion von Liebe, Anteilnahme, die ihm das Leben rettete.

»Sie schimpfen uns Mirabiliten – sie schimpfen *mich* einen Mirabiliten ...

Lieber den Schmerz. Lieber die Leere, die Finsternis, die Verlassenheit – lieber einsam bis in alle Ewigkeit, als zu dir zurückzukehren ...

Aber natürlich konnte er gar nicht anders, als den Weg in die Vergangenheit zu gehen, bis zum bitteren Ende.

»Der Lohn der kleinen Geister für jene, die nicht nach ihrer Pfeife tanzen mögen.« Sie befanden sich jetzt in dem untersten Raum von Suraklins Festung, wohin Joanna und er vor Monaten gegangen waren, um den letzten Zufluchtsort des verderbten Zauberers zu zerstören.

Aber noch war der düstere Tempel unangetastet. Der grünliche Schimmer von Suraklins Feenlicht huschte über die Wasserfläche des Brunnens in der Mitte der Felsenkammer, säumte wie dünner Reif Kanten und Ecken des schwarzen Altarsteins am hinteren Ende des Raums. An einem der in die Mauer eingelassenen Ringe war ein kleines Mädchen angekettet, vielleicht zehn Jahre alt, gekauft von einer der bitterarmen Familien, die rund um Kymil in Binsenhütten hausten. Antryg wußte es, weil er dabei gewesen war, als Suraklin der Mutter versicherte, das Kind werde einen leichten Dienst haben und nach Sitte und Anstand in seinem Haushalt aufwachsen.

Das Gesicht der Kleinen war verhärmt und eingefallen, schon jetzt gezeichnet von einem Leben in Not. Während er neben Suraklin stand – sechzehn Jahre alt, linkisch, hochaufgeschossen – konnte Antryg in den Augen der Mutter lesen, daß sie den Versprechungen nicht glaubte, sich aber verzweifelt wünschte, sie möchten wahr sein. In der kümmerlichen Behausung warteten noch acht weitere Mäuler darauf, gestopft zu werden. Antryg war selbst der fünfte von zwölfen und wußte aus eigener Erfahrung, wie es in solchen Familien zuging, auch wenn er sich damals bemühte, nicht mehr daran zu denken.

Doch es war damals. Er war sechzehn und stand, wie immer, an der Seite seines Meisters.

»Komm«, sagte der Dunkle Magus leise. »Es gibt noch eine andere Magie als die des Kollegiums. Es gibt Möglichkeiten jenseits der Barrieren, die sie errichten – andere Feuer, die ihre Definition von Wasser nicht zu ersticken vermag. Aber die Gewalt dieser Feuer ist zu groß, um alleine dagegen zu bestehen. Mein Sohn, ich werde deinen Beistand brauchen.«

Suraklin verschmähte die Gewänder eines Magiers und gefiel sich statt dessen in Rock und Kniehosen, dem gestärkten Leinen und den Spangenschuhen eines altväterlichen Bourgeois'. Jetzt legte er den Rock ab – die Reihen der Metallknöpfe klapperten, als er ihn zu Boden fallen ließ – und zog die Schuhe aus. Seine Finger, lang und geschickt, krempelten die weitgebauschten Hemdärmel nach oben und taten das gleiche bei dem Jungen, während das kleine

Mädchen aus großen, grünblauen Augen zusah, vor Angst stumm.

Mit einem geweihten Silbermesser brachte Suraklin Antryg einen blutenden Schnitt bei, dann sich selbst, anschließend mischte er das Blut auf dem Glas eines Spiegels und zeichnete Muster in die roten Schlieren über seinem Gesicht und dem seines Schülers. Dann preßte er die Wunden gegeneinander, um das Ritual des Bundes zu besiegeln und sicherzustellen, daß, sollte seine eigene Magie, seine eigene Stärke, die Kraft seines eigenen Lebens sich als unzulänglich erweisen, er auf Antrygs zurückgreifen konnte. Er tat es nicht zum ersten Mal.

Das Ritual selbst gehörte zu den Dingen, die Antryg jahrelang mit geringem Erfolg zu vergessen bemüht gewesen war.

Er hatte ein gutes Gedächtnis für Formeln und Riten, seine natürlichen Anlagen waren von Suraklin durch ein ausgeklügeltes System von Drill und Einschüchterung geschult worden. Noch jetzt, fast dreißig Jahre später, hätte er aus dem Stegreif nachvollziehen können, was sein Meister ihn in jener Nacht lehrte, wäre er pervertiert genug gewesen, das zu wollen.

Als der träumende Mann, bewandert in orthodoxer Nigromantie, erkannte er, was der Junge im Traum nicht beurteilen konnte: wie grundlegend verschieden die Zeichen auf dem Steinboden von allem waren, was der Erzmagus Salteris oder jeder andere Magier des Kollegiums lehrte. Jeder Bogen, jede Linie beschwor das Chaos, die Finsternis, andere Kräfte als die von Erde und Feuer, Wasser, Sternen und Himmel. Und der spätere Student der Physik und insbesondere der Theorie von den Elementarteilchen sah, was nie eines Nigromanten Auge erblickt hatte: Materie aus einer Realität jenseits der Grenzen des Universums koalgieren, zu einer Form von Leben, einer Wesenheit, dem metaphysischen Äquivalent eines Androiden, dem Simulakrum eines Dämonen, in der Gestalt der einzigen Seele, die Suraklin kannte oder sich vorzustellen vermochte. Der Aufwand an Kraft war ungeheuer, der Verlust an Magie, die nötig war, einen solchen Akt des Willens zu vollbringen, größer, als selbst der mächtigste aller Magier hätte ertragen können. Während der leuchtende, bräunliche Nebel von den symbolischen Pfaden aufstieg, konnte Antryg spüren, wie Suraklin all seine Stärke in die Beschwörung strömen ließ und von der seinen zu zehren begann. Als die Flamme auf dem Altar flackerte, fühlte er ihren Sog in seinem eigenen Blut und Mark; tanzende Funken bildeten einen Homunkulus aus Licht, groß wie eine Hand, der vor seinen Augen heranwuchs.

Braune Tropfen bildeten sich an den Mauern, sammelten sich zu Lachen auf dem Boden.

Als Junge hatte er es nicht geahnt. Als Mann wußte er und wandte das Gesicht ab. Suraklin hatte ihn wie stets an eine der schwarzen Säulen neben dem Eingang gekettet, nicht aus Zweifel an seinem Mut, sondern an seiner Loyalität angesichts von Unmenschlichkeit.

Die Stärke des Wesens auf dem Altar, als es sich seiner eigenen Existenz bewußt wurde, war ungeheuer, wie auch seine Gier zu zerstören, nicht auf jemandes Befehl, sondern zur eigenen Lust. Es wehrte sich gegen die Ketten der Domination, mit denen Suraklin es fesselte, schleuderte seine Auflehnung wie eine Wolke von Messern gegen den Willen des Mannes, der es zu unterwerfen versuchte – des Mannes, der nicht begriff, daß der Haß dieser von ihm geschaffenen Kreatur, ihr wütendes Streben nach Macht, ein Spiegelbild seiner eigenen Seele waren.

Und der Junge Antryg hatte seine Kraft in diese schmale, eherne Gestalt in Weiß und Gold fließen lassen, die Kraft seines Blutes, die Kraft seiner Magie, die Kraft der Liebe, die er empfand. Alleine wäre Suraklin nie und nimmer imstande gewesen, dorthin zu gehen, wo die Kleine schreiend wie ein sterbender Vogel an ihren Ketten zerrte. Nie wäre er imstande gewesen, sie zu dem jetzt in geisterhaftes Leuchten gehüllten Altar zu schleifen, ohne die Kraft, die Antryg ihm bereitwillig schenkte.

Der Dämon hatte jetzt Augen und Zähne, er wurde beherrscht von Suraklins Magie und Willen. Einen Sekundenbruchteil, bevor er sich auf das nur noch leise wimmernde Kind stürzte, sah Antryg das Gesicht des Mädchens, tränenüberströmt und verzerrt von unbeschreiblichem Grauen. Im Traum verwandelte es sich zu dem Gesicht einer Frau ...

Joanna ...

Er brachte keinen Ton heraus, war zu schwach, um mehr tun zu können, als sich vergeblich gegen die Ketten sträuben, die ihn an den unerbittlichen Stein fesselten. Die Augen des Dämonen waren gelb, Suraklins Augen. Die Augen des Mädchens waren braun.

Seine Magie hatte sie hierher gebracht.

»JOANNA!«

Dunkelheit zersprang wie eine Schale aus schwarzem Glas. Er hörte etwas Metallisches mit gedämpftem Klirren zu Boden fallen.

Schlaftrunken fuhr er aus den schweißfeuchten Decken empor; milchblaues Mondlicht spülte über die Laken und beleuchtete eine unförmige Gestalt am Fußende seines Bettes im oberen Stock der Pfeffermühle.

Antryg stieß einen Schrei aus und schleuderte das erstbeste Kissen nach dem nächtlichen Besucher, aber die schwarze Gestalt wandte sich bereits zur Flucht. Todesmutig wollte er über das Fußbrett hechten, verhedderte sich jedoch in den Laken und prallte gegen den Bettpfosten. Trotz der hochgradigen Kurzsichtigkeit – seine Brille lag werweißwo – konnte er mit seiner magischen Sicht das dunkle Rechteck links vom Kamin erkennen, die schmale Öffnung zu einer der etlichen Geheimtreppen des Hauses; der erfolglose Meuchelmörder stürzte hinein und schlug die Tür zu, als Antryg sich endlich aufgerappelt hatte.

Der Öffnungsmechanismus, fiel ihm ein, war ein Hebel auf der anderen Seite des Kamins – ein Fluch auf das Haupt dessen, der sich beim Bau dieses Hauses von historischen Trivialromanen hatte inspirieren lassen.

Er wirbelte herum, sprang zum Fenster, wo er seine Brille auf den Sims gelegt hatte und tastete nach ihr. Bis er die Geheimtür aufriß, war der Eindringling unwiderruflich verschwunden. Der Treppenschacht war kaum mehr als schulterbreit und führte in die Kellergewölbe, wo zwei weitere Gänge Zutritt zum Untergeschoß der Katzenkuhle und dem oberen Flur der Grotte gewährten.

Von dort konnte der Unhold überallhin geflüchtet sein.

»Ist alles in Ordnung?«

Die kehlige, heisere Stimme, wie Reibeisen und Honig, ließ ihn herumfahren; Kyra stand in der Tür, elegant in einem Morgenmantel aus Brokat – ein Anblick, bei dem sich Antryg beschämt seiner eigenen höckerigen Knie unter dem Saum des oft geflickten, geborgten Nachthemds bewußt wurde.

»Alles in bester Ordnung, vielen Dank, meine Liebe.« Antryg klemmte sich die Bügel des Brillengestells hinter die Ohren. »Nur daß ich glaube, jemand ist hiergewesen und hat versucht, mich umzubringen, und ich frage mich, ob du wohl so gut sein könntest und probieren, ob dieser Türrahmen irgendwelche Informationen preisgibt. Ich fürchte, das Messer hat er aufgehoben und mitgenommen. Oder sie, was das angeht.«

»Gütiger Himmel.« Sie trat rasch ins Zimmer, wobei sie über den Saum des Bademantels stolperte, was Antryg einen Teil seiner Befangenheit nahm, und strich suchend über Rahmen und Schwelle der geheimen Tür. »Ich nehme an, es wäre dumm zu fragen, wer es gewesen sein könnte?«

»Vielen Dank für dein Verständnis.« Antryg nickte ihr ernsthaft zu.

»Nun, ich habe nicht umsonst seit Jahren die Greuelgeschichten gehört, dir über Euch im Umlauf sind. Ich kann nichts finden.«

»Natürlich nicht.« Er seufzte. »Wenn mein Gast ein Magier war. Verflixt und zugenäht.« Er fuhr sich mit einer müden Bewegung über das wirre Haar. »Ich hatte vor, mir von Q'iin einen Schlaftrunk zu erbitten, um diese schrecklichen Träume loszuwerden, aber ich denke, alles halbwegs Wirksame ist tabu, nachdem anscheinend jemand sehr erpicht darauf ist, mich ins Jenseits zu befördern.«

Er legte den Schal um und tappte die Treppe hinunter,

während Kyra in ihr Bett zurückkehrte. Im Studierzimmer machte er Feuer und entdeckte in den Bücherstapeln auf dem Tisch eine Abhandlung über den Einfluß astrologischer Aspekte auf Zauberformeln, das bei seinem Weggang vor neun Jahren noch nicht in der Bibliothek gewesen war.

»Und kein Spätfilm«, seufzte er, schob den Ohrensessel zum Kamin und setzte sich. »Ich muß wirklich mit Bentick über Kabelfernsehen sprechen.«

In der Stadt, woher ich bin,
gibt's Mädchen hübsch und fein,
wie Rosen in den Straßen,
beim Tanze und beim Wein.
Doch von all den Liebchen
feit nur eine dir den Sinn,
entflammt das Blut und schürt die Glut,
die Hexe namens Min.

Eine Hexe mit güldenem Haar,
ein Engel, zur Sünde gemacht;
Dämonenkind, ein Wirbelwind,
die Tänzerin namens Min.

Volkslied aus den Straßen von Engelshand

6. KAPITEL

Die Kate konnte tatsächlich als einziges Gebäude auf dem Magiers Kulm für sich in Anspruch nehmen, nicht durch einen unterirdischen Tunnel oder einen gemeinsamen Schornstein mit Geheimgang oder auch nur einen überdachten Wandelgang mit einem anderen Haus verbunden zu sein. Sie thronte auf dem einzigen mehr oder weniger ebenen Fleck am schroffen Südwesthang des Bergkegels, unterhalb der türmchenbewehrten Horste der Dozentenunterkünfte, die sich an die nordwestliche Flanke klammerten. Antryg hatte gehört, daß sie ursprünglich als Gewächshaus gedient hatte, mitten in dem Kräutergarten gelegen, der diesen Steilhang vereinnahmte. Ein kleines Tor stand einst zwischen bemoosten Pfeilern an der Biegung der kopfsteingepflasterten Straße, aber das war ein letzter Versuch gewesen, den Garten vor unbefugtem Betreten zu schützen. Die

Pfade, die sich anscheinend beliebig zwischen Fenchelholzbäumen und winzigen Beeten mit Liebstöckl, Bilsenkraut, Ringelblumen und Beifuß hindurchschlängelten, waren ungepflastert, und nur hie und da hatte man Bohlen über die halsbrecherischsten Stellen gelegt. Im unteren Teil balancierte eine Feldsteinmauer am Rand der letzten Schroffe zum oberen Hof des Polygons, und dort konnte Antryg Tante Min sehen, die sich in der Vormittagssonne wärmte. Lady Rosamund saß neben ihr auf dem Mäuerchen.

Zwischen den Torpfosten zögerte Antryg einen Moment. Durch seine Fingerspitzen, die aus den Skribentenhandschuhen lugten, fühlte er, wenn er die Augen schloß und sich konzentrierte, den eigenartigen, kriechenden Energiestrom tief im Inneren des Steins. Die Schwelle zwischen den Pfeilern war gelber Sandstein, übriggeblieben vom Bau der großen Arkade im zweiten Stock des Polygons und von zahllosen Füßen beinahe mittendurch gewetzt. Er kniete sich hin und lauschte mit seinen magischen Sinnen, aber die Energie dort war schwächer, weniger prägnant; einer Eingebung folgend, bahnte er sich einen Weg durch den hüfthohen Dschungel aus Sauerampfer, Rainfarn und Knoblauch, um erst die Hände, dann die Lippen und die Wange gegen die hölzerne Verandabrüstung der Kate zu legen.

Im Holz machten sich keinerlei Vibrationen dieser speziellen Energie bemerkbar, dafür sprach es mit anderen Stimmen zu ihm. Die Tür der Kate stand offen, wie den ganzen Sommer über; unter dem kleinen Tisch im vorderen der beiden Innenräume sah er einen der Fußschemel, die in Tante Mins Behausung an jedem ihrer Lieblingsplätze zu finden waren. Ihre große graue Katze Fysshe hatte es sich darauf bequem gemacht; Paddywinkle, der stahlblaue Kater, döste auf dem Stuhl daneben. Zwei oder drei weitere der zur Zitadelle gehörenden Katzen sonnten sich auf der Veranda, geborgen in einem wahrhaftigen Urwald aus eingetopftem Mohn, Geranien und Grünlilien.

Antryg wanderte an der Seite der Veranda entlang zu einer Stelle, wo das Gestein des Kulms sichtbar war und drückte die Hand darauf – der Strom der Energien fühlte sich an wie das Nagen winziger Raubfische an seinen Fingern.

»Merkwürdig.« Endlich wandte er sich ab und bog auf den gewundenen, abschüssigen Pfad ein, eingehüllt in die aromatischen Düfte von Borretsch, Rosmarin, Dost, Augentrost und Muskatellerkraut.

»Falls du es darauf anlegst, mich zu überzeugen, daß du zu verrückt bist, um uns gefährlich zu sein«, begrüßte ihn Lady Rosamunds kühle, silberhelle Stimme, »ist es verlorene Liebesmüh'.«

»Muß einer verrückt sein, wenn er das Bedürfnis verspürt, behauenen Stein und Holz und den gewachsenen Fels des Berges zu berühren?«

Sie klappte das kleine schwarze Buch zu, in dem sie gelesen hatte, und legte es in den Schoß, bevor sie die Augen mit der Hand beschattete und zu ihm aufsah. Tante Min neben ihr schlief, das Strickzeug in einem wirren Knäuel auf dem Schoß. »In Anbetracht der Umstände magst du recht haben«, lenkte die Gräfin ein. »Oder du verfügst über Informationen, von denen wir nichts wissen.«

»Oh, ich bin ziemlich sicher, das ist der Fall«, erwiderte Antryg aufgeräumt und ließ sich neben ihr auf der kleinen Brüstung nieder. »Ich weiß, daß das, was ihr nicht wißt, der Grund ist, weshalb man mich hergeholt hat – oder nicht?«

Der Blick ihrer grünen Augen begegneten dem seinen. Hauchfeine Linien in der zarten Haut um die Lider hätten einem genauen – oder übelwollenden – Betrachter Aufschluß über ihr Alter gegeben; das Haar, aus dem Gesicht frisiert und im Nacken zu einem losen Knoten geschlungen, war immer noch tiefschwarz, ohne eine Spur von Grau. Antryg erinnerte sich, daß Daurannon ihm einmal schadenfroh erzählt hatte, Lady Rosamund pflegte sich aus Schafsfett und Rosenwasser ihre eigenen Salben herzustellen, mit denen sie zur Nacht die Haut einrieb, obwohl er persönlich keinen Grund sah, ihr daraus einen Vorwurf zu machen, im Gegensatz zu seinem feixenden Kommilitonen.

»Selbstverständlich.«

»Keine Rachegelüste?« forschte er augenzwinkernd.

»Oder der Wunsch, bei dem Regenten gut Wetter zu machen, indem man ihm einen Flüchtling vor seiner Gerichtsbarkeit auf dem Silbertablett präsentiert?«

»Magie«, versetzte Rosamund in ihrem eisigsten Tonfall, »bedarf nicht der Gnade des Regenten und auch nicht seines Wohlwollens, und es ist unser Gesetz, nicht das seine, nachdem über dich die Todesstrafe verhängt wurde. Wir sind unabhängig von den Städten im Westen.«

»Na, na«, bemerkte Antryg zweifelnd. »Die meisten Gelder, die in unsere Kassen fließen, stammen aus Pachtverträgen, und was ist mit den Subsidiarien?«

Sie schüttelte eigensinnig den Kopf. »Wir können ohne diese Zuwendungen auskommen, es wäre nicht das erste Mal. Man hat uns vertrieben – schwerlich eine Überraschung, wenn man bedenkt, daß ein Versuch gemacht wurde, den Regenten durch Magie zu ermorden –, aber auch das geschieht nicht zum ersten Mal. Wir weichen zurück, Antryg Windrose, aber wir kommen wieder.«

»Als ihr den Entschluß gefaßt habt, mich aufzuspüren.«

»Ein Monat, glaube ich, hat Naudtharrow gesagt«, nahm Antryg einen der abrupten Themenwechsel vor, für die er berüchtig war, »seit die Abominationen aufgetaucht sind.« Er pflückte einen Bergmohn aus den Büscheln, die am Fuß der Mauer wucherten; der Widerschein der zarten, blaßgelben Blütenblätter färbte seine knotigen Finger. »Ich weiß, es gibt welche im Kollegium, die mich verdächtigen, aber welchen denkbaren Grund hätte ich, mit dem Abyssus herumzuexperimentieren?«

»Wieder über Magie verfügen zu können.«

Er hob den Blick von der Blume, schob die Brille hoch und lächelte. »Du warst es also?«

Ein rosiger Schimmer stieg in ihre Wangen, ihre Stimme klang gepreßt. »Es war eine Möglichkeit, die ich in Betracht gezogen habe. Und nicht nur ich. In dem übelriechenden Höllenloch, das du zu deinem Exil erwählt hast, existiert keine Magie, und jeder von uns mit dem Geburtsrecht braucht Magie wie die Luft zum Atmen.«

Wir sind, was wir sind, mein Sohn, hatte Suaklin einst zu

ihm gesagt. *Du weißt in deinem Herzen, es gibt nichts, das wir nicht tun würden, um unsere Macht auszuüben. Wir geben alles dafür auf – unsere Liebe, unsere Eltern, unser Heim –, die Kinder, die wir haben, die Menschen, die wir sein könnten.* In den bernsteinfarbenen Tiefen seiner Augen glomm ein sarkastischer Funke, ironische Belustigung über die über die Anwandlung von Sentimentalität, und der Tonfall seiner Stimme erweckte den Eindruck, daß er Antryg vergessen hatte und zu sich selber sprach. *Und wir halten uns für Günstlinge der Götter, weil uns die Gnade zuteil wurde, diesen Tausch zu machen.* Als er zehn oder elf Jahre alt war, durchbohrten diese Worte Antryg wie ein Speer und eröffneten ihm einen unvermuteten Einblick in die Gedankenwelt dieses mächtigsten und einsamsten aller Nigromanten. Zu wissen, daß auch Suraklin Bedauern und Reue kannte, selbst er ...

Später fragte er sich oft, ob der Schauer von verehrungsvollem Mitgefühl und Liebe, der ihn damals überlief, von seinem Meister geplant gewesen war.

In die Gegenwart zurückgekehrt, zuckte er die Schultern und kratzte sich an der Nase. »Und wenn, war es für mich keine gänzlich neue Erfahrung. Ich habe sieben Jahre meiner Magie beraubt im Turm des Schweigens zugebracht, und jetzt muß ich wieder ohne sie auskommen, also könnte man sagen, welche Anstrengungen ich auch in dieser Richtung unternommen haben mag, viel ist nicht daraus geworden.«

»Aber du bist ein Mann, der die Hoffnung nicht aufgibt, selbst in noch so aussichtslosen Situationen. Es sind hier Stimmen laut geworden, die mit einem erstaunlichen Nachdruck die Meinung vertraten, du seist schuld an den jüngsten Ereignissen, weil sie ein Interesse daran hatten, daß wir dich holen und dir Zutritt zu den Kavernen und ihren Geheimnissen gewähren.« Ihr herrischer Blick wanderte von ihm zu dem kleinen schwarzen Bündel aus Strickzeug und schütterem weißen Haar auf dem Korbstuhl an der Mauer. In dem langen Schweigen stürzten sich drei Finken unter lautem Gezwitscher von den Zweigen des ganz in der Nähe stehenden Pflaumenbaums in den durchsonnten Abgrund zwischen Himmel und Erde. Rosamunds Stimme durchschnitt wie die zierliche Klinge eines Seziermessers die friedvolle Atmosphäre. »Weißt du, was es sie gekostet hat, dich zu unterwerfen?«

»Nun«, erwiderte Antryg milde, »ich weiß, was es *mich* gekostet hat.« Doch gleichzeitig beugte er sich vor, um fürsorglich das Schultertuch zu richten, in das die Erzmagierin sich gehüllt hatte.

Rosamund schlug seine Hand zur Seite. Verblüfft über die beherrschte Wut der Gebärde, richtete Antryg sich auf – sie hielt seinem Blick einen Moment lang stand, dann wandte sie das Gesicht ab. »Es tut mir leid«, sagte sie tonlos, »das hätte ich nicht tun sollen. Aber mit ihrer Gesundheit steht es in letzter Zeit nicht zum Besten.« Ihre Stimme klang ungewöhnlich sanft und ein wenig traurig. »Sie ist sehr alt, über hundert Jahre. Diese Aufregungen hätten ihr erspart bleiben sollen. Wäre sie nicht die Erzmagierin – lebte sie nicht in dieser Zitadelle –, wäre sie Ende des Winters gestorben, als ich sie von Engelshand herbrachte.«

»Es war nicht der einzige Grund für unsere Experimente, und ich glaube, du bist dir im klaren darüber. Einerseits hofften wir, diese Entwicklung vermeiden zu können, indem wir mit unseren eigenen Mitteln den Abyssus erforschten.« Sie streckte selbst die Hand aus, um Tante Mins Schultertuch zu richten, dabei sprach sie weiter, ohne Groll oder Zorn oder Erregung in der melodischen Stimme. »Sie überfordert ihren Körper, als wäre er noch dasselbe Gefäß für ihre magischen Kräfte wie in ihrer Jugend. Man kann ihr nicht begreiflich machen, daß es ihr schadet, dir ein Geis aufzuerlegen oder mit den ungezähmten Mächten des Abyssus zu ringen. Glaub mir, Antryg«, sie schaute durch ihn hindurch, »falls sie stirbt und der Meisterzauber auf mich übergeht, werde ich dich zur Rechenschaft ziehen.«

Antryg schwieg und wickelte seine von der Inquisition geschundenen Hände in die freien Enden des Schals. Obwohl man im Kollegium geteilter Meinung war, ob Lady Rosamund oder Daurannon Tante Mins Nachfolge antreten würde, hätte Antryg unbesehen sein Geld auf erstere gesetzt. Sein Geist und sein Körper schmerzten immer noch von der Tortur des Geis' – er fühlte sich, als müßten die Spuren an seinem Körper erkennbar sein: Schnitte, Striemen, Brandmale. Aber die Macht, die sein Gehirn in ein Trümmerfeld verwandelt hatte, war von keinerlei Bosheit gezeichnet gewesen. Tante Min hatte getan, was nach ihrer Meinung getan werden mußte, zum Besten der Gemeinschaft, und dabei ganz ernsthaft versucht, ihm so wenig Schmerzen zuzufügen wie möglich.

Nach seiner Einschätzung verfügte er über größere Macht als Lady Rosamund und auch Tante Min, wäre sie nicht die gewesen, die sie war. Die Meisterzauber, die von Ermagus an Erzmagus weitergegeben wurden, richteten sich nicht nach der Größe der magischen Fähigkeiten. Nur wenige Nigromanten wußten, *welche* Gesichtspunkte maßgeblich waren.

Wie dem auch sei, sollte Tante Min plötzlich sterben und er immer noch unter dem Geis des Kollegiums stehen oder sich auch nur innerhalb der Mauern der Zitadelle aufhalten, würde ihm möglicherweise nicht gefallen, was als nächstes geschah.

»Du liebst sie sehr«, meinte er sanft, und sie schaute ihn an, mit einer frostigen Bitterkeit in ihrem meergrünen Blick.

»Ich liebe sie«, antwortete Rosamund, »wie – eine Mutter, sollte ich wohl sagen, doch in meinem Fall wäre das der blanke Hohn.« Sie wandte ihm ihr Profil zu, wie aus Stein gemeißelt. »Vielleicht wie die Mutter, die ich mir erträumte, während beim Sticken meine Finger vor Hunger zitterten, weil ich eine Näharbeit verdorben hatte oder ungezogen gewesen war und deshalb am Abend zuvor ohne Essen ins Bett gehen mußte. Die Mutter, die ich mir erträumte, wenn ich gezwungen wurde, stundenlang in mein Korsett eingeschnürt, kerzengerade auf einem Stuhl zu sitzen und *gar nichts zu tun*, weil Töchter von Grafen lernen müssen, mit untadeliger Anmut müßig zu sein; währenddessen hörte ich meine Mutter im Salon mit ihren Freundinnen plaudern. Obwohl ich nicht weiß, weshalb ich sie Freundinnen nenne. Sie hatten nicht die geringsten Skrupel, die intimsten Geheimnisse der jeweils anderen zu verraten, wenn sie glaubten, eine höhergestellte Persönlichkeit damit amüsieren zu können.«

Sie reckte das Kinn vor, blickte über die Dächer und Türmchen der Zitadelle hinweg zum dunstverhangenen Horizont. In den Augen widergespiegelt sah Antryg ein junges Mädchen, vornehm und schön wie eine Kindkaiserin und innerlich erstarrt unter einem Kummer wie gefrorene Tränen und Quecksilber.

»Ich haßte das alles«, flüsterte sie. »Ich stahl mich weg und traf sie an der Hintertür, sie verkaufte Kräuter an unseren Koch. Schon damals war sie hochbetagt, nur ein verhutzeltes altes Kräuterweiblein wie ein kleiner schwarzer Sperling und immer mit ihrem Strickzeug beschäftigt. Später zog ich mir dann die Kleider meiner Zofe an und kletterte nachts aus dem Fenster, um zu ihr zu laufen und zu lernen. Einer der ersten Zauber, den sie mich lehrte, war ein Schlafzauber, weil die Zofe das Zimmer mit mir teilte – eine Dame ist niemals allein, *niemals*. Und sie ...«

Lady Rosamund sah auf Tante Min nieder, die in der Sonne schlummerte, die blaugeäderten Hände über dem Strickzeug im Schoß gefaltet.

»Ich war ein junger Falke in einem goldenen Käfig, der nur mit Körnern und Früchten gefüttert wurde. Sie reichte mir meine wahre Atzung durch die Stäbe des Gefängnisses, bis ich stark genug war, es zu sprengen.«

Der grüne Blick kehrte zu ihm zurück. »Du hättest es ihr leichter machen können.«

Etwas Graues, Pfeilschnelles flitzte an ihnen vorbei – Fysshe, die Katze, dichtauf gefolgt von Paddywinkle und Issays großem roten Tiger Rufus. Im selben Augenblick ertönte ein plötzliches wildes Kreischen vom Hof her. Als Antryg sich über die Brüstung beugte, entdeckte er Imp, Lady Rosamunds stattlichen schwarzen Kater, wie er mit wütend gesträubtem Fell Spooky Bob angiftete, den schwanzlosen, schwarzweiß gescheckten Herrscher der Küche. Ein halbes Dutzend anderer Katzen der Zitadelle – Otaros geriatrische Lady Dyna, Benticks Silver, vier von Issays Stubentigern und noch welche, die verschiedenen

Novizen gehörten – stelzten steifbeinig am Rand des Geschehens hin und her, zischten sich gegenseitig an, und manchmal drückte sich eine beiseite, aber nie weiter als ein paar Schritte. Spooky Bob, nicht der Mutigsten einer, entschloß sich, sein Heil in der Flucht zu suchen, doch nach wenigen Sprüngen schien er von einer unsichtbaren Mauer aufgehalten zu werden, schnellte herum und maunzte aufgebracht, mit einer Miene grämlicher Verzweiflung.

»Was auf Erden ...?« Lady Rosamund hatte sich erhoben und schaute nach unten, Unmut umwölkte ihre Stirn. Von überallher strömten immer noch mehr Katzen herbei. Einige Novizen in ihren mehlfarbenen Roben hatten sich unter den Arkaden der Loggia versammelt, und nervöses Gelächter stieg in die klare Luft.

»Wenn einer dieser Tunichtgute das ausgeheckt hat, werde ich ihm die Haut abziehen!« Rosamund fuhr auf dem Absatz herum und schritt wie ein rächender Dämon zu der schiefen kleinen Treppe, die zur Loggia und damit in den Hof führte.

Antryg blieb zurück, zog den ausgeleierten Schal enger um die Schultern und beobachtete das Mêlée der Katzen unten. Automatisch zog sein Blick die Linie vom Marmorbau der Rotunde zu einer kleinen Kapelle am Fuß eines der runden Türme gegenüber. Obwohl sie hinter den silbergrauen Stämmen der Kiefern verborgen waren, sah er vor seinem inneren Auge deutlich, wo eine schnurgerade Reihe von geborstenen und verwitterten Monolithen den Wald durchzog.

»Ach, die armen Dinger.« Eine Hand wie eine Vogelkralle legte sich auf seinen Arm.

Antryg richtete den Blick auf den weißen Scheitel neben sich. »Die Zitadelle steht hier seit beinahe eintausend Jahren«, bemerkte er nachdenklich. »Ganz im Unterschied zu dem Abrakadabra, wie Novizen es sich von jeher zum Spaß ausgedacht haben, steckt eine gewaltige Menge sehr alter Zauberkraft in diesen Steinen und nicht unbedingt ein Erbe von den Rechtschaffenen unter uns, die es ablehnten, sich in die Belange der Menschen einzumischen.«

»Und sie haben Leid über uns alle gebracht, jene anderen«, krächzte die Stimme der Greisin. »Und werden es wieder tun. Nyellin verstand sich darauf, mit Katzen zu zaubern.« Sie sprach von einer Erzmagierin, die vor sechshundert Jahren gelebt hatte, eine Frau, von der die Sage behauptete, es sei ihre Gewohnheit gewesen, selbst die Gestalt einer Katze anzunehmen. »Und Feldchibbe ließ Dämonen erstehen, aus dem Echo, wenn er gegen eine silberne Kugel schlug. Hat Rosi meinen Tee gebracht? Tee mit Honig, meine alten Knochen schmerzen ...«

»Ich werde ihn holen.« Unten im Hof waren die Novizen auseinandergestoben wie ein Vogelschwarm. Lady Rosamund stand zwischen den fauchenden Katzen und erlöste sie von dem Bann, der sie gezwungen hatte zu kommen und zu bleiben. Ein Windstoß ließ ihr schwarzes Gewand flattern und bauschte ihr Haar zu einer seidigen Wolke. Die Aura des Zorns, die sie umhüllte, auf jeden, der keine Skrupel hatte, einem wehrlosen Tier Gewalt anzutun, war fast ebenso greifbar und wenigstens ebenso düster.

Antryg überlief ein Frösteln.

»Hast du gut geschlafen?« Tante Min setzte sich zurecht und griff nach seiner Hand, als er sich auf den Weg zur Küche machen wollte.

»Nicht besonders.«

Sie machte ein eigenartiges Geräusch mit den wenigen Zähnen, die ihr geblieben waren, als wäre er ein Novize, der eine simple Illusion vermasselt hatte. Nach kurzem Zögern kniete er vor ihr nieder, wie in der Ratskammer, so daß sie ihm mit den gichtigen Fingern die Locken aus der Stirn streichen konnte.

»Alte Sorgen und alter Schmerz«, murmelte sie. »Wie die Magie, die an diesem Ort haftet, an den Teleskugeln, den Kavernen, an jedem Stein und Kochtopf. Warum nur sind die mit dem Geburtsrecht zu immerwährender Pein verurteilt? Warum nur können sie die Gabe nicht loslassen?«

Antryg dachte an Lady Rosamund Kentacre, die sich in den vornehmen Künsten damenhaften Benehmens und artiger Konversation übte; an seine eigenen Alpträume; an das goldhaarige, fünfzehn Jahre alte Tanzmädchen, über das man nach fast hundert Jahren noch Lieder in den Straßen sang, ohne zu ahnen, was aus ihr geworden war.

»Vielleicht, weil die Gabe sie nicht losläßt?«

Doch bei der Berührung ihrer Hand fühlte er die Erinnerung an die Schrecken der letzten Nacht verblassen.

»Eine Blume schläft in der Erde«, sagte sie, »und träumt von Farben und Sonne. Doch wenn sie blüht, hinterläßt die Erde keine Spuren an ihr. Vielleicht mußt du nur etwas länger schlafen, in der Stadt der Träume.«

Dann schüttelte sie erneut den Kopf und seufzte. »Diese Wesen in den Kavernen.« Sie sprach, als wäre das Ungeheuer, das Nandiharrow getötet hatte, nur eine Art Maus, der es irgendwie gelungen war, durch die Maschen des magischen Netzes zu schlüpfen, das Ungeziefer von der Zitadelle fernhalten sollte. »Veirrte Kreaturen und nicht schuldiger als die armen Kätzchen. Du mußt wirklich etwas dagegen unternehmen.«

Damit sank ihr das Kinn auf die Brust, und sie war eingeschlummert.

»Und was wirst du tun«, fragte Seldes Katne, während sie, der Macht der Gewohnheit folgend, die Kanten der aufeinandergeschichteten Bücher begradigte, die Antryg sortierte, »wenn Tante Min stirbt?«

»Fersengeld geben, nehme ich an.« Er las mit schiefgelegtem Kopf den Titel auf dem Rücken eines brüchigen Folianten in dem größten Stapel. »Gib das an Nandiharrows Gruppe weiter – es enthält einiges über die Anfänge der Nigromantie, aber keine Ahnung, inwieweit die Informationen für unsere augenblickliche Situation relevant sind. Das Problem ist, auch wenn sie mich durch einen Seherkristall nicht aufspüren könnte – Geis oder nicht, ich bin immer noch im Besitz meiner magischen Kräfte –, Rosamund weiß, daß ich mich nicht weit entfernen würde, solange ich glauben muß, daß Joanna hier irgendwo gefangen ist.«

Die Bibliothekarin warf ihm über den mit Büchern belagerten Tisch einen raschen Blick zu und schien etwas sagen zu wollen, besann sich anders und meinte statt dessen: »Du glaubst also, die Meisterzauber werden an Lady Rosamund fallen und nicht an Daurannon? Ich weiß, Tante Min favorisiert ihren Schützling.«

Antryg ließ sich Zeit mit der Antwort. Mit Salteris' Büchern zu hantieren – Seldes Katne beim Durchforsten des stockfleckigen Sammelsuriums aus Dämonarien, Verzeichnissen, thaumaturgischen Kochbüchern und dokumentierten Experimenten von lange vergessenen Zauberern nach Hinweisen auf magische Besonderheiten der Kavernen zu helfen – brachte Erinnerungen zurück, schmerzliche und schöne. Der furchtbare Moment vor nicht ganz einem Jahr, als er erkannte, daß Salteris nicht mehr Salteris war, und dann, vor ungefähr sechs Monaten, als er mit eigenen Händen die leere Hülle erdrosselte, die Suraklin als einziges von ihm übrig gelassen hatte. Es ließ sich nicht immer vermeiden, daß die Sprache auf den alten Erzmagus kam; Antryg wappnete sich, indem er von ihm als jemandem dachte, der irgendwo noch am Leben war, den er eines Tages wiedersehen würde – auf dieselbe Art hatte er sich auch über die Jahre der Gefangenschaft im Turm des Schweigens hinweggeholfen.

»Es hat nichts mit Favorisieren zu tun«, meinte er endlich, »auch ist es nicht immer der Stärkste, auf den sie übergehen. Oder vielleicht doch, nach einer anderen als der uns geläufigen Definition von Stärke. Und natürlich, sobald die Meisterzauber an den neuen Erzmagus gefallen sind, ist die Frage der magischen Fähigkeiten rein akademisch.«

»Aber es ist immer jemand aus dem Inneren Zirkel«, gab Seldes Katne zu bedenken.

»Nun, ich denke, das muß man andersherum sehen«, erwiderte Antryg, blätterte durch ein Heft mit Notizen in Salteris' eleganter Handschrift und identifizierte die zugrundeliegenden Formeln. »Sie gehen gewöhnlich auf jemanden mit einem bestimmten Potential über, und Mitgliedschaft im Inneren Zirkel garantiert lediglich, daß jene mit diesem Potential die Politik ihres Vorgängers fortführen.

Und es scheint, daß sie immer an die geeignetste Person fallen, obwohl der Erzmagus sie nicht willentlich an einen Nachfolger weitergibt. Richtiger könnte man sagen, daß für den Erzmagus wenigstens der Nachfolger offensichtlich ist. Und wenn ich mir vorstelle, ich drücke mich in den Wäldern herum, während Joanna in Gefahr schwebt ...«

»Ach ja.« Seldes Katne verfrachtete einen zerlesenen alten Band über Schlangenverehrung mit größter Sorgfalt auf die Kommode hinter ihr, um ihn später ins Skriptorium zum Kopieren bringen zu lassen. »Auf deine Bitte hin habe ich sämtliche Dachkammern hier oben untersucht und die Gelasse unter den eigentlichen Kellerräumen, obwohl man nach meiner Ansicht dort ebensowenig jemanden verstekken könnte wie im Tepidarium. Ich wohne da unten und würde es merken.«

Sie drehte sich wieder zu ihm herum, wischte sich den Staub von den Händen und musterte die Bücher, die sich noch auf der Tischplatte häuften.

Jeder Zentimeter Wandfläche im Lesesaal der Bibliothek, sofern nicht von Fenstern in Anspruch genommen, war zugebaut mit Regalen, vom Boden bis zu der Galerie, die den Raum in einer Höhe von vier Metern umlief und dann wieder über der Galerie bis zur Decke. Irgendwann einmal, in früheren Zeiten, hatten die drei Nischen in der oberen Hälfte als Klausen gedient, wo die Novizen sich ihrer endlosen Pflichten widmen konnten, die darin bestanden, Listen, Regeln und Gesänge auswendig zu lernen – Lehrstoff eines jeden Studenten in den ersten fünf Jahren. Mittlerweile waren auch sie von Büchern überwuchert und die Novizen studierten in ihren eigenen Zimmern oder bei ihren Kommilitonen.

Seldes Katne kämpfte derzeit darum zu verhindern, daß das Skriptorium ein Stockwerk tiefer sich in eine Dependance der Bibliothek verwandelte, mit dem Argument, die Adpeten, die dort arbeiteten, sollten nicht gestört werden durch Wissensdurstige auf der Suche nach dem, was Tiamat der Weiße über Nekromantie geschrieben hatte oder nach Simons des Lahmen ophthalmologischen Formeln, und bis jetzt hatte sie die Übergriffe auf eine Wand beschränken können. Unter dem Skriptorium diente eine Hälfte der Kellerräume der Aufbewahrung von Papier, Tinte, Pergament und anderen Utensilien, während in den übrigen, erbaut aus Granitquadern, Seldes Katne ihr Domizil eingerichtet hatte.

»Vielen Dank, das war lieb von dir. Und ich habe heute morgen zwei Stunden lang das Auditorium vom Keller bis zum Dach durchstöbert, eingeschlossen die Schatzkammern und den Uhrturm. Ich habe nichts gefunden außer ein paar Hinweisen, daß einige unserer Neophyten die Gästequartiere im oberen Stock dazu mißbrauchen, sich ein paar schöne Stunden mit den Milchmädchen zu machen.«

Seldes Katne wirkte dermaßen schockiert, daß er sich nicht verkneifen konnte hinzuzufügen: »Ich nehme an, es waren die Novizen, weil die Adepten keine Beweise hinterlassen haben würden – und ich weiß aus gewöhnlich gut unterrichteter Quelle, daß man es nach bestandenem Examen für unter seiner Würde hält, mit Milchmädchen zu poussieren. Wenigstens hat Bentick mir das immer eingetrichtert. Dieses Bündel Notizen enthält vermutlich das einzige, was Salteris je über den Abyssus niedergeschrieben hat, und das handelt nur davon, wie man es öffnet, nach den Informationen von Wilbron von Parchasten – nichts über seine Beschaffenheit oder weshalb manche Leute spüren können, was darin vorgeht, und andere nicht. Soweit ich weiß, hatte auch Wilbron davon keine Ahnung.«

»Du bist sicher, das ist alles?«

Er nickte, und sie stieß einen Seufzer aus. »Salteris' Haus in Engelshand war bereits geplündert, als ich hinkam«, erklärte sie und legte das Heft zu den anderen Schriften, die kopiert werden sollten. »Nicht verwüstet, wie die Hexenjäger es hinterlassen haben würden. Aber es fehlten Dinge. Bücher und einige magische Werkzeuge, von denen die anderen Nigromanten im Winkel sagten, sie müßten da sein. Und natürlich erging zu der Zeit auch der Befehl des Regenten an alle mit dem Geburtsrecht, die Stadt zu verlassen. Ich selbst bin erst seit ein paar Tagen wieder hier.«

Antryg runzelte die Stirn und dachte an das hohe, schmalbrüstige Haus in dem stillen Winkel des Viertels der Alten Gläubigen – Teil der zahlreichen städtischen Liegenschaften, deren Pachteinnahmen sowohl die Nigromanten unterhielten, die dort lebten, als auch in die Kassen der Zitadelle flossen. All die Jahre, die er mit Salteris und Daurannon dort gewohnt hatte ...

»Ich hoffe bei Gott, sie vermieten es nicht an einen Idioten, der versucht, dort seine magischen Talente auszutoben«, brummte er. »Es reicht, wenn *hier* alles in die Brüche geht. Übrigens, wer von denen im Inneren Zirkel war daran beteiligt, das Tor zu öffnen? Ich weiß, Daurannon war unterwegs auf der Jagd nach Abominationen.«

»Issay und Nandiharrow begleiteten Lady Rosamund durch den Abyssus, wie du weißt.« Die Bibliothekarin dämpfte ihre Stimme und warf einen vorsichtigen Blick durchs Zimmer zu dem Tisch, wo einige ältere Magier in ihre Studien vertieft waren. »Whitwell Simm und Q'iin und Otaro ... Ja, Brunus?« Sie blickte auf, als ein großer, feister, dümmlich aussehender junger Mann Anfang Zwanzig und trotzdem noch in der mehlfarbenen Robe eines Novizen, zu ihr trat. »Entschuldige mich ...« Sie ging mit ihm zu den Regalen unter der Nordgalerie, wo die Bände mit den grundlegenden Listen und Formeln standen. Eine Weile unterhielten sie sich ernsthaft. Antryg, der ihr Gespräch mit Blicken verfolgte, bemerkte die drängende Verzweiflung in den Gesten des jungen Mannes, und das im Zusammenhang mit der Farbe seiner Gewänder – Novizen graduierten normalerweise mit achtzehn Jahren zum Adepten – brachte ihn zu der Schlußfolgerung, daß hier noch jemand war, den das Schicksal nur mit geringen Kräften ausgestattet hatte. Hemdkragen und Schuhwerk wiesen ihn als Angehörigen der Mittelschicht aus und die Art, wie er stand – selbst wenn man die leicht zurückgebeugte Haltung dicker Menschen in Betracht zog – als ein Stadtkind. Landleute gaben sich in der Regel lässiger. Der Verlust eines Sohnes, besonders eines einzigen oder ältesten Sohnes in einem kleinen

Geschäft, hatte bestimmt zu familiären Zerwürfnissen geführt ...

Diese Überlegung zog andere nach sich, eine wenig erfreuliche Spirale freier Assoziationen, die ihn unentrinnbar, wie die Träume der vergangenen Nacht, zurück in die Finsternis der Kavernen führten.

Zu der tröpfelnden Stille, wo phosphorüberzogene Steinblöcke nun stellenweise von wuchernden Moosen bedeckt waren – rot, schwarz oder die orangefarbene, pulsierende Spielart, deren fadendünne Tentakel der Wärmeausstrahlung des Körpers folgten; zu dem fremdartigen Ungeziefer mit den blinden, farblosen Augäpfeln und der vibrierenden, erstickenden Dunkelheit; zu dem kalten Ozongeruch und dem allgegenwärtigen Druck der Nähe des Abyssus'.

Er fühlte es auch hier, durch die Energieadern unter der Zitadelle. Sein Instinkt, die Emanationen der Steine der Zitadelle verrieten ihm, daß die Situation sich stetig verschlechterte, doch gleichzeitig beschwor ihn eine innere Stimme, er habe dort unten nichts zu suchen, wenigstens nicht ohne massiven physischen und theurgischen Schutz. Geheime Artefakte der Macht waren nicht das einzige, den Gerüchten nach, was in den lichtlosen Irrgängen verborgen wurde. Es gab versiegelte Türen, hinter denen Wesen gefangen waren, die nicht sterben konnten und nie zum Leben hätten erweckt werden dürfen. Nach den Aufzeichnungen in alten Schriften vermutete er, daß es sich um Kreaturen handelte, deren Schöpfer sich wohlweislich gehütet hatten, dem Kollegium von ihren Experimenten zu berichten, um nicht in Ungnade zu fallen.

Alter Kummer und alter Schmerz ...

Was war dort unten eingemottet worden, fragte er sich, von den leichtfertigen Pfuschern, die anschließend so taten, als sei nichts gewesen und ihre Aufzeichnungen verbrannten? Welche Energien wurden freigesetzt, nun, da die Realität entlang der Adern zu bröckeln begann?

Doch er wußte, ein Mitglied des Inneren Zirkels konnte er nicht mitnehmen auf seiner Expedition in die Unterwelt, um Joanna zu suchen. Selbst Nandiharrow und Issay Bel-Caire,

Organisatoren der Gruppe von Adepten, die in den ältesten schriftlichen Zeugnissen der Zitadelle nach Hinweisen auf den Abyssus suchten oder das Auftreten vergleichbarer Phänomene, hegten möglicherweise ihre eigenen privaten Geheimnisse oder waren Mitverschworene in einem stillschweigenden Doppelspiel.

Seldes Katne kam mit bekümmerter Miene zu ihm zurück. »Armer Brunus«, seufzte sie. »Er ist schon zweimal durchs Examen gefallen. Dabei hat er ein wirklich gutes Gefühl für die Theorie, besonders auf dem Gebiet der Heilungszauber, nur leider sehr wenig magisches Potential.«

»Du hast sie beim dritten Anlauf bestanden, nicht wahr?«

Sie nickte. »Ich weiß noch heute nicht genau, wie. Vielleicht, weil ich mir ein Leben an einem anderen Ort als diesem nicht vorstellen konnte. Ein anderes Leben als das eines Magiers.« Ihr rundes Gesicht wirkte traurig, und für einen kurzen Moment erhaschte er in ihren Augen einen Blick auf das Mädchen von damals, klein und vierschrötig und unansehnlich, das grimmig entschlossen an seinen Träumen festhielt.

»Nun, wie dem auch sei.« Sie seufzte wieder. »Er hat eine Galgenfrist bekommen, weil Phormion seine Prüferin gewesen wäre.«

»Ach ja. Phormion.« Antryg erinnerte sich an den verstörten Blick der Sternenfrau bei der Besprechung am Tag zuvor. »Wenn Issay und Nandiharrow Rosamund begleitet haben, und man brauchte drei von den besten Leuten, um das Tür offenzuhalten, um den alten Turkild im Dorf zu beruhigen …«

»Woher weißt du das?« Bei der Erwähnung des Dorfoberhaupts zog Seldes Katne die dichten Brauen zusammen.

»Nun, wenn jemand in der Kapelle des Grünen Königs eine Abomination gesehen hat, die eindrucksvoll genug war, daß einer der Recken des Inneren Zirkels sich berufen fühlte, dagegen ins Feld zu ziehen, versteht sich von selbst, daß vorher der alte Turkild hier oben gewesen ist, Bentick mit seinem Krückstock vor dem Gesicht herumgefuchtelt und geschworen hat, keiner seiner Leute werde mehr sein Leben aufs Spiel setzen und herkommen, um in diesem Sündenpfuhl zu arbeiten – obwohl, wenn er es verbietet, möchte ich wissen, woher sie zum Julfest das Geld haben wollen, um Eisen und Salz und Zucker zu kaufen.«

»Du«, meinte Seldes Katne betont, »wirst dich eines Tages in ernsthafte Schwierigkeiten bringen.«

»Wie schön, daß deine Vorstellungskraft groß genug ist, um jahrelange Versklavung und Gefangenschaft als Bagatelle zu betrachten – ganz zu schweigen von den Abominationen im Weinkeller. Wo war Phormion?«

»Ich weiß nicht. Vielleicht im Bett, um sich von ihrem Zusammentreffen mit dem Tor in den Kavernen zu erholen. Gott weiß, das war, was ich getan habe.« Sie zog fröstelnd die Schultern hoch und wandte das Gesicht ab.

»Interessant«, murmelte Antryg. »Also wissen wir nichts Genaues über Phormion, Daur und vielleicht auch Bentick – und über Min selbst. Nur aus reiner Neugier, wo war Goldhand?«

Die Bibliothekarin warf ihm aus den Augenwinkeln einen Blick zu, sagte jedoch nichts; er sah an ihrer Miene, daß auch sie die verborgene Macht des Jungen gespürt hatte.

»Er wird eines Tages Erzmagus sein, darauf gebe ich Brief und Siegel.« Antryg zog einen Stuhl heran, schwang sich auf die Lehne und stellte die Füße auf den Sitz. »Nicht bald, aber eines Tages. Er ist so still, daß ihn wahrscheinlich noch keiner zur Kenntnis genommen hat, aber die Macht ist da. Ich weiß nicht, wann ich das letztemal einen Studenten mit dieser Aura gesehen habe.«

Seldes Katne gab keine Antwort. Während er auf das derbe, teigige Gesicht niedersah, über das plötzlich ein Schatten gefallen war, erinnerte Antryg sich, daß Magie niemals eines Frage des Lernens, des Fleißes, der Hingabe gewesen war. Ohne das und unermüdliche geistige Arbeit konnte auch das größte magische Talent nicht gedeihen, über die Jahre hinweg hatte er Dutzende vielversprechender Novizen scheitern sehen, durch Faulheit oder Hochmut.

Doch ohne ein ausreichendes angeborenes Talent führten aller Fleiß und alles Streben zu nichts.

Die Bibliothekarin lebte seit fünfzig Jahren in der Zitadelle, arbeitete, lernte und strebte – und war immer noch eine von denen mit der geringsten Macht.

Ausgenommen, überlegte er betrübt, die ohne Magie geborenen Sasenna, Pothatch der Koch, Tom der Gärtner und er selbst.

»Nun«, meinte Seldes Katne nach einer Weile, »ich bin nicht erpicht darauf, entweder eine steife Aristokratin oder einen gelackten Parvenü wie Daurannon Stapler mit den Meisterzaubern belehnt zu sehen, auch wenn kaum die Gefahr besteht, daß ich je in eine Lage komme, wo ich selbst damit Bekanntschaft mache. Aber du ...«

»Oh, ich weiß nicht.« Antryg lächelte versonnen und stützte die Ellenbogen auf seine Knie. »Stell dir vor, was es für einen Aufstand gäbe, wenn Tante Min stirbt und Hokuspokus, dreimal schwarzer Kater – neuer Erzmagus ist Zake Thwacker. Nein, nicht lachen«, er hob den Zeigefinger, »genau das geschah in der Regierungszeit von Tyron dem Zweiten. Der alte Erzmagus starb, und die Meisterzauber fielen an einen Burschen, der als Mirabilit in Kymil wirkte – nun, genaugenommen war er Hofmagier, weil in den Tagen die Aristokratie sich noch etwas darauf zugutehielt, einen eigenen Magier in Lohn und Brot zu haben, aber im Kollegium müssen trotzdem die Wogen der Entrüstung ziemlich hoch gegangen sein ...«

»Beldock der Sänger!« Katne lachte über dieses weniger respektable Stück der Geschichte der Zitadelle. »Beldock der Ungebärdige – und er hat einen sehr guten Erzmagus abgegeben, wenn man den Aufzeichnungen Glauben schenken kann.«

Ihre dunklen Augen blitzten vergnügt bei dem Gedanken an das Unbehagen des damaligen Kollegiums, als hätten Lady Rosamund und Daurannon der Schöne dazugehört, nebst all den jüngeren Magiern, die aufgrund größerer Fähigkeiten fast mühelos an ihr vorbei die Leiter hinaufgestiegen waren.

Auch Antryg lächelte ein wenig. Es war nicht gerade ein sehr wahrscheinliches Szenario, aber auf jeden Fall erfreulicher als die anderen, in denen er sich in einer zwei mal zwei Meter großen Nische aus Dunkelheit in den Kavernen eingemauert fand, mit seinem Geis und einer Horde stumpfsinniger, fleischfressender Dämonen zur Gesellschaft.

Er griff aufs Geratewohl nach einem der herumliegenden Bücher – unbekannt, Salteris mußte es nach ihrer Trennung angeschafft haben. »Lieber Himmel!« stieß er in ungläubigem Entzücken hervor. »Es handelt von den verschlüsselten Geheimnissen auf Schildkrötenpanzern. Hör zu! ›Es ist allgemein bekannt unter den Scholaren des Südens, daß alle Weisheit und alles Wissen dieser Welt aus den Mustern auf den Panzern von Schildkröten herauszulesen sind, Geschöpfe, deren Alter und Abgeklärtheit Zeugnis von dieser göttlichen Gabe ablegen. Munden Myndrex hat während der fünfundsiebzig Jahre seiner Wanderschaft Zeichnungen von diesen Mustern angefertigt ...‹ Kitty, wir haben doch die Schriften von Munden Myndrex? Er ist hier in der Zitadelle gestorben, oder nicht?«

Mit fliegenden Rockschößen wirbelte er zu dem Pult herum, auf dem der massive, handgeschrieben Codex mit den Bestandlisten aufgeschlagen lag; Seldes Katne hielt ihn zurück. »Antryg, welchen Grund sollten Goldhand – oder Daurannon – haben, deine Freundin Joanna zu entführen?«

»Nun«, er schaute sich um, »das ist *die* Frage der Stunde.« Sein Mund verhärtete sich, und für einen Moment bekamen die versponnenen grauen Augen hinter den dicken Brillengläsern einen fremden Ausdruck. »Und auch wenn ich zugeben muß, daß wir noch nicht alle Ecken und Winkel hier durchsucht haben, möchte ich wetten, daß sie in den Kavernen steckt. Das bringt mich zu zwei Gefallen, um die ich dich bitten möchte, und bezähme deine Entrüstung, weil es nicht die Sorte Gefallen ist.«

»Und welche Sorte dann?« erkundigte sich Seldes Katne vorsichtig.

»Ganz leicht zu erfüllende, versichere ich dir.« Er führte sie zu einem mit Büchern vollgestopften Alkoven zwischen zwei der großen, halbrunden Fenster. »Bist du vertraut mit der Konstruktion eines Talismans der Luft?«

Sie nickte. Hinter den offenen Fensterflügeln sah man die Bergflanke steil abfallen, zu dichten Wolken dunkler Fichten und frühlingsgrüner Lärchen und Espen, aufgelockert von winzigen ummauerten Gärtchen mit Pfennigkraut, Frauenfarn, Butterblumen und Mohn. Schiefer- und Ziegeldächer durchsetzten das Dunkel der Bäume, interpunktiert von Erkern und zusammengeheftet von maroden Brückchen und Treppen. Antryg kannte jedes Haus und seine Bewohner – der rosa getünchte Pavillon, der kunstvoll verklinkerte Komplex der Vier Brüder, das üppig berankte Haus der Rosen – und über diesen die grauen Türme und vergoldeten Firste der Burg, wo Phormion Sternenfrau residierte.

Seldes Katnes' Stimme holte ihn zurück. »Opal, Silber, der Flügel eines Schmetterlings, besprochen, um Luft an sich zu binden, werde es auch in Wasser und Feuer getaucht ...«

»Könntest du einen für mich anfertigen? Heute nachmittag, meine ich?«

Sie zögerte, als fragte sie sich, wozu er einen solchen Talisman brauchte und ob Lady Rosamund damit einverstanden wäre, ihm selbst einen Gegenstand minderer Magie in die verantwortungslosen Hände zu geben. »Meine haben nie viel getaugt«, bemerkte sie unbeholfen.

»Immer noch besser als zur Zeit sämtliche Bemühungen meinerseits in dieser Richtung.« Er sank auf die Knie und griff nach dem Saum ihrer schwarzen Robe. »Würdest du einen für mich herstellen, wenn ich dich anflehe?« Er drückte die Lippen auf den Stoff, sie riß sich los und versuchte erfolglos, ein Lachen zu unterdrücken.

»Du bist übergeschnappt.«

»Wenn ich verspreche, für dich die schönsten Windräder weit und breit zu bauen, so daß alle anderen Besitzer von Windrädern gelb werden vor Neid? Wenn ich schwöre, dir Blumen zu bringen, im ersten Morgenlicht ...«

»Ich kann mir selbst Blumen pflücken.«

»Aber nicht so gut wie ich. Und ich könnte auch für dich

singen.« Damit warf er den Kopf zurück und schmetterte: *»In der Stadt, woher ich bin ...«*

»Genug!« stöhnte sie und trat zurück. Antryg warf sich der Länge nach vor ihr auf die dichtgewebten Strohmatten, mit denen der Boden ausgelegt war. Zwei Adepten, die von draußen hereinkamen, streiften ihn nur mit einem flüchtigen Blick, bevor sie zu der Nische gingen, wo Nandiharrow und Whitwell Simm hinter einem Berg vergilbter Schriftrollen saßen, um eine Frage zu stellen. Sie kannten die Geschichten über Antryg Windrose.

Er stützte hoffnungsvoll die Ellenbogen auf. »Heißt das, du tust es?«

»Bis Mitternacht sollte ich damit fertig sein.« Sie schüttelte den Kopf, als er seine langen Arme und Beine sammelte und sich in die Höhe schraubte. »Und worum handelt es sich bei dem zweiten Gefallen?«

Schlagartig war sein Übermut verflogen, er wurde ernst. »Könntest du für mich herausfinden, welche Teleskugeln sich jetzt hier in der Zitadelle befinden und früher schon befunden haben? Wer sie hatte und wofür sie benutzt wurden und was aus ihnen geworden ist? Ich fürchte, es wird eine mühsame Arbeit sein«, meinte er entschuldigend, als er den Ausdruck des Erschreckens auf ihrem Gesicht bemerkte.

»Zu welchem Zweck? Ich meine, die Forschungen auf diesem Gebiet gehen tausend Jahre zurück ...«

»Ja, und unglücklicherweise sind es die, an denen ich hauptsächlich interessiert bin – die ganz alten Teles, die sagenumwobenen. Ich werde dir zur Hand gehen, sobald ich kann, aber vorerst ist von größter Wichtigkeit, daß ich mich in den Kavernen umsehe, und dafür benötige ich einen Talisman der Luft – unter anderem. Hilfst du mir?«

Die Bibliothekarin zögerte, blickte ihn skeptisch an. Sie war, das wußte Antryg, eine Frau, die ihr Leben in dieser Bastion orthodoxer Nigromantie zugebracht hatte, eine perfekte und ergebene Dienerin des Kollegiums seit fünfzig Jahren.

Aber sie schluckte tapfer und stammelte: »Wenn – wenn ich kann.«

Das gibt es nicht, einen Magier, der sich nur um seine eigenen Angelegenheiten kümmert.

BERENGIS DER SCHWARZE
Hofmagier der Grafen Caeline

7. KAPITEL

Antryg machte im Lauf des Abends noch einige andere Besuche in der Zitadelle. Von der Bibliothek begab er sich über Plankenstege und lange, morsche Holztreppen zu dem schmucklosen kleinen Haus – der Brotkasten –, wo Q'iin, die Kräuterfrau, mit dem Kandieren von Zitronenschalen beschäftigt war. Von dieser stattlichen, schönen, schwarzhäutigen Frau erbat er sich einen Vorrat an Jelgethblättern, und ihre Augen verengten sich bei der Erwähnung des starken Stimulans'.

»Kurz vor dem Examen noch den Lehrstoff pauken?«

»Etwas in der Richtung.«

Ihre Miene wurde gnädiger, als sie die Spuren der Schlaflosigkeit bemerkte, die die vergangene Nacht in die Haut um seine Augen eingekerbt hatte. »Brauchst du Hilfe?«

Er schüttelte lächelnd den Kopf. »Nur etwas, um mich wachzuhalten – und das Träume verjagt, wenn ich schlafe.«

Nachdem er mit zwei Päckchen getrockneter Kräuter in einer Tasche und einer Tüte kandierter Zitronenschale sowie einem halben Dutzend Haselnüsse in der anderen aus dem Gartentor getreten war, stieg er durch die wachsenden Teiche kobaltblauer Schatten zu der Stelle hinauf, wo Tom, der Gärtner, geduldig Unkraut jätete, ein nahezu hoffnungsloses Unterfangen in der kurzen, üppigen Wachstumsperiode der Region. Schon jetzt lag der Garten größtenteils im Zwielicht der Abenddämmerung, obwohl hoch oben der Himmel genügend Licht eingesogen zu haben schien, um noch eine ganze Weile Helligkeit zu spenden. Tom und Antryg saßen fast eine Stunde zusammen, teilten sich die Zitronenschale und plauderten müßig über dies und das: Antrygs Jahre im Turm des Schweigens und wie es ihm gelungen war zu fliehen; den jüngsten Sprößling von Toms Schwester und den Aufruhr in seiner Familie wegen des Namens, den sie ihm gegeben hatte; die Gerüchte über Abominationen, die seit einem Monat überall herumschwirrten, und die Vertreibung der Nigromanten aus allen Städten des Reiches.

»Aber das wird keine weiteren Folgen haben«, meinte Tom, brannte seine Pfeife an und folgte mit großen, melancholischen blauen Augen dem hurtigen Flug der Schwalben an einem Schäfchenwolkenhimmel. »Die Statthalter und die Konstabler werden es schon bald müde sein, jeder Anzeige nachzugehen, diese oder jene Person sei der Zauberei schuldig; wie jedesmal werden Issay und Whitwell und Pharne und die anderen noch vor dem Jul wieder ihre Häuser beziehen.«

»Wer hat eigentlich die Nachricht von der Abomination in der Kapelle des Grünen Königs gebracht?« erkundigte sich Antryg, zog einen Grashalm aus Toms Kiepe und zerspleißte ihn mit dem Fingernagel, während er sprach.

»Henit der Schweinehirt hat sie gesehen – Gru Gwidion und ein Trupp seiner Jäger brachten die Kunde hierher. Aus dem Dorf läßt sich nicht mehr oft einer blicken.«

»Dann handelt es sich also um eine Kreatur, deren Existenz verbürgt ist?«

»Oh – nun – tja ...« Tom kratzte sich am Kinn. »Henit schwört hoch und heilig, da wäre was gewesen, aber wenn er Mondkraut geraucht hat, wer weiß? Doch eigentlich wollte ich Euch etwas anderes erzählen.« Er senkte die Stimme und beugte sich auf dem höckerigen Baumstamm verschwörerisch zur Seite.

»In der Küche wurde heute nachmittag gemunkelt, der Clairvoyant im Turm hätte die Inquisition auf dem Weg hierher gesehen – die Hexenjäger.«

»Oh, wahrhaftig?« Antryg verschränkte die Finger vor den Knien.

»Aber ja. Und Ihre Durchlaucht ist fuchsteufelswild deswegen, gibt dem jungen Herrn Daur die Schuld, und er streitet ab, er hätte irgend etwas mit ihrem Kommen zu tun. Also seid auf der Hut, guter Herr.«

»Das bin ich immer.« Antryg stand seufzend auf und schüttelte die Grasschnipsel aus der Kutte. »Genau, was mir gefehlt hat.«

Im obersten Stock der Kokotte, wo die sechs Sasenna auf Nachtwache sich mit furiosen Scheingefechten unter Impleks geblafften Befehlen die Zeit vertrieben, fand er Sergeantin Hathen, die Segunda der Truppe. Die große, stämmige Frau hatte immer ein Faible für Antryg gehabt. Sie war in Novizentagen seine Ausbilderin gewesen und etwas mehr, bevor sie den Dorfschlachter kennenlernte, den sie heute noch immer am Bändel hatte. Hathen erklärte sich bereit, obwohl an alle Sasenna ausdrückliche Order ergangen war, ihm keine Waffe zu geben, irgendwann am nächsten Nachmittag im Keller der Kokotte einfach ein Schwert zu – vergessen.

Leichteren Herzens ging er in die Küche, um sich von Pothatch, dem Herren der Töpfe, ein Abendbrot geben zu lassen.

In die Pfeffermühle zurückgekehrt, braute er sich eine Tasse Jelgeth-Tee, um den Schlaf und das Grauen seiner Träume fernzuhalten, setzte sich ans offene Fenster und atmete tief die reine, kalte Würze der Nachtluft ein. Musik tönte aus den erleuchteten Fenstern der Katzenkuhle, jemand – Zake Goldhand – begleitete auf einer alten Kithara den Gesang einer jugendlichen Frauenstimme, die eine durch und durch anstößige Ballade über ein Einhorn und eine Sau vortrug.

Im Schein seiner eigenen Kerzen mischte Antryg die Karten und lächelte ein wenig über die kecke Stimme nebenan, als er als Signifikator die Königin der Stäbe aufdeckte. Die konservativen Magier, die in der Zitadelle Zuflucht gesucht hatten, um fern der Vorurteile und Beeinflussung der Städte ihren Studien zu frönen, betrachteten die Karten als Werkzeug der Mirabiliten, ein Mittel, um Klienten mit Augenwischerei und Halbwahrheiten das Geld aus der Tasche zu ziehen. »Sie sind selten präzise«, hatte Salteris ihm einst gesagt, in der niedrigen Dachstube irgendeines Wirtshauses im Hügelland – nicht lange, nachdem der alte Mann ihn gefunden und von seiner schlimmsten Verstörtheit geheilt hatte. »Und das Problem ist, wenn man einmal eine brauchbare Antwort erhält, weiß man es nicht immer.«

Doch in jener Nacht und in vielen Nächten seither hatte Antryg mit verbissener Besessenheit Karte auf Karte gelegt, erhielt manchmal Ja, manchmal Nein auf die Frage, die ihn damals jede wache Stunde peinigte und wie ein höhnisches Gespenst seine Träume heimsuchte; legte Karten, bis sein Kopf auf die Tischplatte sank und er einschlief, immer noch ohne eine Antwort.

Es war eine schlechte Angewohnheit, natürlich, und höchst selten fand er die Aussage der Karten hilfreich, selbst wenn sie zutraf.

Mit den flinken, geübten Bewegungen eines Pharaospielers legte er vier Karten um den Signifikator: die Fünf der Schwerter, die Fünf des Pentagramms, die Zwei des Pentagrams und der Magier kopfunter.

Der Magier kopfunter? Er drehte das Deck grübelnd in den Händen und musterte die geheimnisvollen Rechtecke aus Pappe, inmitten des Chaos' aus Blättern, Windrädern und halbleeren Teetassen.

Ein Verweis auf das Geis, das seine eigenen Kräfte bannte? Auf den Zauberer, der, aus welchen Gründen auch immer, beschlossen hatte, Joanna zu entführen? Einen Angehörigen des Kollegiums? Jemanden, der einen Teles als Energiekollektor benutzte? Oder etwas anderes, jemand anderes – jemand, der das Gegenteil eines Magiers war? Oder lautete die Botschaft *Weisheit verkehrt?*

Fünf bedeutete Kampf, Konflikt, war auch der Scheidepunkt, an dem das Spirituelle zuviel des Materiellen absorbiert hatte, um je wieder sein zu können wie früher. Und das Pentagramm symbolisierte Geld – oder Talent. Magisches Talent? Musikalisches? Die Töne von Goldhands Kithara gaukelten durch sein Bewußtsein wie aufgefädelte kristallene Schmetterlinge.

Das Pentagramm war das Zeichen der Erde und der Dinge im Schoß der Erde: Stein, Ton, Kristall – eingeschlossen in Dunkelheit, in die nie ein Lichtstrahl dringt.

Die Kavernen.

Er sammelte die Karten ein.

Joanna, dachte er. Joanna würde ihm nie verzeihen.

Nachdem er der Vergeltung des Kollegiums und dem Todesurteil des Regenten entkommen war, hatte er lange gezögert, bis er Joanna in ihrer fremdartigen, lärmenden, magielosen Heimatwelt aufsuchte. Oft genug hatten Freunde leiden müssen um seinetwillen, und sie war eine Frau mit einem eigenen Leben, eigenen Prioritäten, eigenen Bedürfnissen, die ihn nicht betrafen. Er wußte, daß die emotionale Öde ihrer Kindheit ein Bedürfnis nach Stabilität, Bequemlichkeit und Ordnung erzeugt hatte, das ebenso ein Teil von ihr war wie ihr trockener Humor, die seltsame Mischung aus Offenheit und Scheu und die zurückhaltende Intelligenz in den braunen Augen. Er wollte sie nicht in Schwierigkeiten bringen.

Doch als er vor der Entscheidung stand, konnte er den Gedanken nicht ertragen, sie niemals besser kennenzulernen – sie niemals wiederzusehen.

Wie ein selbstsüchtiger Narr hatte er gehofft, es werde schon alles gutgehen.

Natürlich war es nicht gutgegangen, dachte er, bekam diesmal als Signifikator die Priesterin und mischte erneut. Die Königin der Schwerter, der König der Stäbe, der Tänzer im Herzen der Welt – und der Narr. Draußen intonierte die Stimme der Novizin mit anzüglichem Timbre: » ...schlinge meine Bänder um deinen Schwanz, meine Strümpfe um dein Horn ...«, während Antryg die Karten anknurrte: »Erzählt mir was, das ich noch nicht weiß«, sie wieder einsammelte und gedankenverloren mischte.

Und gut möglich, dachte er, daß er sie ein- für allemal verloren hatte, ob er sie nun fand oder nicht. Wenn sie in den Kavernen war ...

Er fröstelte bei dem Gedanken an das, was er dort gesehen hatte. In dieser Finsternis gab es keinen Zufluchtsort mehr, keine Nische der Stabilität, und es wurde schlimmer, im selben Maß, wie der Druck auf das Gewebe, das den Abyssus von den Myriaden Welten trennte, sich verstärkte. War ihr Entführer sich dessen bewußt? Bekam er – oder sie – es mit der Angst zu tun? Und warum hatte man sich nicht mit ihm in Verbindung gesetzt, warum keine Forderung gestellt? Warum statt dessen versucht, ihn im Schlaf zu ermorden?

Oder hatte das eine nichts mit dem anderen zu tun?

Der Signifikator Königin der Schwerter zog die Vier der Becher nach sich, die Fünf der Schwerter, die Zwei der Stäbe und die Kette: das Geis, dachte er; das Geis, das wie eine Fessel aus Eisen seinen Verstand lähmte, seine Träume vergiftete. Oder stand die kalte Königin der Schwerter, die dunkelhaarige Frauengestalt, die all ihre alten Schmerzen gefroren in ihrem Herzen bewahrte, unter einem selbstgeschaffenen Bann?

»Teeblätter wären wahrscheinlich hilfreicher«, brummte er, schob die Karten zusammen und warf einen unschlüssigen Blick zur Feuerstelle, wo ein Wasserkessel leise brodelte. Ein Tee schenkte zudem Wohlbehagen, und er konnte sich am Becher die schmerzenden Hände wärmen – die Abendluft war ungemütlich frisch geworden.

Vermaledeite Hexenjäger ...

Und die waren auch im Anmarsch.

Und wenn es im Inneren Zirkel soziale Emporkömmlinge gibt, die versuchen, Nigromantie wieder salonfähig zu machen, in den Kreisen, in denen sie Eingang zu finden hoffen, laß dir gesagt sein, daß der Rest des Kollegiums solchen Bestrebungen höchst ablehnend gegenübersteht ...

Hätte Daurannon einen anderen Magier verraten, um sich bei dem Regenten einzuschmeicheln? Einen Magier, der Salteris ermordet hatte, vielleicht, aber dennoch ein Magier?

Anderthalb Wochen zu Pferd bis Engelshand – so weit im voraus hätte Daur wissen müssen, daß das Kollegium beabsichtigte, das schwarze Schaf zur Herde zurückzuholen. Lady Rosamund behauptete, die Abstimmung erfolgte höchstens einen Tag, bevor Ruth und Joanna und die Kinder anfingen, Visionen vom Tujunga Wash zu haben. Aber von wem stammte eigentlich der *Vorschlag*, ihn aufzuspüren?

Andererseits – um den König der Stäbe herum legte er die Fünf der Stäbe, die verkehrte Vier der Becher, die Acht der Pentagramme und die wackere Sieben der Stäbe – da die Zitadelle auf einem Hauptnodus der Energieadern lag, konnten Störungen sich trotz der großen Entfernung bis Engelshand bemerkbar gemacht haben. Vielleicht hatten die Inquisitoren sich auf den Weg gemacht, um den Nigromanten ein paar hochnotpeinliche Fragen über das plötzliche Auftauchen von Abominationen in den Straßen der Hauptstadt zu stellen. Sinnend starrte er auf das ausgeteilte Blatt. »Was bloß«, sagte er vor sich hin, während er die Karten wieder einsammelte, »glaubt Freund Daur so eifersüchtig verteidigen zu müssen? Sein Recht, die Meisterzauber zu erben, wenn Tante Min stirbt? Oder etwas anderes, das sich in den Kavernen befindet?«

Er legte die Karten weg. Weit vorgebeugt, suchte er in dem Chaos auf der Tischplatte nach der kleinen lackierten Teedose, die Pothatch ihm zugesteckt hatte. Lediglich vierundzwanzig Stunden seiner Persönlichkeitsentfaltung hatten ausgereicht, daß sich auf dem dunkel gemaserten Holz Bücher häuften, fliegende Blätter, flüchtig skizzierte Pläne der Kavernen (um sich die tieferen Ebenen ins Gedächtnis zu rufen), Bleistiftzeichnungen von Bentick und Lady Rosamund, dazwischen lagen Schreibfedern, Tintenfässer, Pistille, Windräder in verschiedenen Stadien der Entstehung, Flaschen, Prismen, Kreidestummel und Magnete. Auf einem freigeräumten Fleck hatte er vorhin mit roter Kreide eine Kompaßrose gezeichnet und sein Glück mit dem Pendel versucht, aber der Stein bewegte sich nicht, was bedeuten konnte, daß Joanna tot war oder daß sie weder im Norden, noch Süden, noch Osten, noch Westen, sondern direkt unter ihm, also in den Kavernen befand. Oder daß das Pendeln als Methode der Hellseherei unbrauchbar war. Weder das rituelle Ausstreuen der Haselnüsse, die er von Q'iin bekommen hatte, noch die Konstruktion eines Federkreises, wie er es von einer Weisen Frau aus den Marschen von Kymil gelernt hatte, brachten ihm neue Erkenntnisse über Joannas Schicksal. Pfirsichkerne sollten aufschlußreicher sein, aber Pfirsichzeit war erst im Juli.

Mit der Teedose in der Hand griff er noch einmal nach den Karten, sortierte seinen eigenen Signifikator, den Magier, aus dem Packen, legte ihn hin und zog blind eine zweite Karte.

Einen Atemzug lang stand er da und betrachtete das Gerippe auf dem Pferd mit dem schwarzen Rosenbanner. Natürlich, sagte er zu sich selbst, die Todeskarte hatte viele Bedeutungen – Wechsel, Veränderung, Transmutation, Reise, Übergang in eine andere Welt sogar.

»Ich sollte wirklich aufhören, mir das anzutun.« Er schob das Deck endgültig zusammen und ging zum Feuer, um sich einen Tee aufzuschütten.

Als er ausgetrunken hatte, war es beinahe Mitternacht. Goldhands Spiel war verklungen, doch gegenüber saßen noch die Novizen und Adepten und ein paar von den jüngeren Sasenna, redeten, schleuderten sich gegenseitig Verwünschungen entgegen, johlten und lachten. Die Katzen, nach denen das Haus benannt war, jagten Motten und Feuerfliegen in dem Dschungel aus wildem Wein, Fichtennadeln und Farn. Er zog den weitmaschigen Schal vor der Brust zusammen und ging nach unten in den großen Raum, wo Kyra von Rechts wegen über den Büchern hätte sitzen müssen, aber ausgeflogen war; von dort gelangte er über die Kellertreppe und mit eingezogenem Kopf durch einen niedrigen Gang, in den Unterkeller der Katzenkuhle.

Durch Mansarden, über Hintertreppen, wieder durch Keller, auf einem kaum benutzten Pfad zwischen dem Pavillon und einem winzigen Birnenhain auf halber Höhe des Kulms erreichte er schließlich das Skriptorium im Turm der Bibliothek.

Vom Pfad aus hatte er hinter den Glasscheiben des Tepidariums einen Lichtschimmer gesehen, wie die Reflektion einer Kerzenflamme in einem riesigen, trüben Diamanten. Das Licht kam aus Seldes Katnes Wohnung hinter dieser architektionischen Aberwitzigkeit. Es gab eine halsbrecherische Holztreppe, die vom Dachgeschoß des Pavillons im Zickzack an der Felswand unterhalb der Mauern der Bibliothek hinaufführte, zu einer Tür, durch die man ins Skriptorium gelangte. Als Antryg sich unter dem niedrigen Sturz duckte, entdeckte er schwach leuchtende Zeichen an den steinernen Türpfosten – Seldes Katnes persönliches Signet. In der Dunkelheit des Zimmers konnte er sehen, daß sie die Tür zum Lesesaal oben und Teile des Bodens ebenso markiert hatte.

Eindeutig, dachte er, ging Kitty Katne kein Risiko ein, daß Daurannon oder Lady Rosamund vorbeikamen und sich wunderten, weshalb die ehrsame Bibliothekarin mitten in der Nacht von dem unstillbaren Verlangen gepackt wurde, einen Talisman der Luft herzustellen.

Gedämpftes Lampenlicht schimmerte plötzlich auf Goldschnitt und Leder, hob ein Pardelauge aus dem Dunkel, eine Knochenhand auf einem Säulenkapitell. Die stämmige kleine Gestalt im hellen Rechteck der Tür, wandte sich kurz zurück, um sie zu schließen; Antryg blieb, wo er war, ein dünner, langer Schatten mit den Händen in den Taschen, der ihr entgegensah.

»Hier ist es.« Sie reichte ihm einen Ring aus Silber an einer Schnur. Selbst im Dunkeln schienen die beiden daran befestigten Opale von innen heraus zu leuchten.

»Vielen Dank. Vielen tausend Dank.« Er nahm die Schnur und band sie um den Kopf, den Talisman rückte er mitten in die Stirn. »Ich werde morgen früh auf deiner Schwelle stehen, mit einem Bouquet aus Maßliebchen und den schönsten, buntesten Windrädchen im ganzen Land.«

Sie verkniff sich ein unangemessenes Grienen und sagte brummig: »Nun fort mit dir – sei nicht albern.«

Er fixierte sie erstaunt, der Talisman auf seiner Stirn funkelte im Sternenschein vom Fenster her wie ein drittes Brillenglas. »Warum nicht?«

Der Talisman war nicht besonders stark und verschaffte ihm höchstens fünfzehn oder zwanzig Minuten zusätzliche Atemluft, aber daran ließ sich nichts ändern.

»Gehst du noch heute nacht in die Kavernen?« Ihre

Stimme sank zu einem Flüstern herab, und sie blickte nervös über die Schulter, obwohl nicht einmal ein Angehöriger des Kollegiums einen anderen Magier ohne dessen Zustimmung in einem Seherkristall beobachten konnte. Aber dieser Teil der Bibliothek lag über der Vorpleklinie, der hauptsächlichen Energieader, die Antryg das Gefühl von der Instabilität des Abyssus' vermittelte, und hier im unteren Teil der Bibliothek machte es sich besonders deutlich bemerkbar. »Wirst du – wirst du Hilfe brauchen?«

»Meine liebe Kitty, ich wäre entzückt über deine Begleitung«, erwiderte Antryg ernsthaft. »Aber tatsächlich habe ich nicht die leiseste Ahnung, wie und wann es mir gelingen wird, in die Kavernen zu schleichen, und wenn ich erst unten bin, sehe ich mich wahrscheinlich als nächstes gezwungen, vor irgend etwas schleunigst Reißaus zu nehmen, und es wäre mir schrecklich, Kavalier sein zu müssen und langsamer zu laufen, damit du Schritt halten kannst.«

»Reißaus nehmen wovor? Und wie ...«

Antryg wirbelte herum und riß sich den Talisman vom Kopf; fast im selben Moment flog die Tür zur Galerie auf, und vor dem Hintergrund des Sternenlichts draußen erschien die Silhouette eines schmächtigen, hochaufgeschossenen Jungen – des Jungen, dessen Harfenspiel Schmetterlinge zum Tanzen brachte.

»Meister Antryg?« Seine Stimme war tiefer als die der meisten seiner Altersgenossen, ein sonorer Bariton mit dem weichen, verwaschenen Tonfall der Elendsviertel von Engelshand. Er keuchte, als hätte er die lange Treppe vom Pavillon im Laufschritt bewältigt. »Kyra sagte, sie hätte Euch auf dem Weg hierher gesehen. Es ist mein Meister – Otaro. Er hat dieses Ding in den Kavernen gesehen, das Wandernde Tor. Die Lady und die anderen, sie sagen, Ihr sollt kommen.«

Das große Problem bei der Erschaffung unsterblicher Dämonen zur Übung, zum Vergnügen oder für Handlangerdienste liegt darin, einen Ort zu finden, um sie anschließend sicher zu verwahren.

PIPIN DER KURZE

Erzmagus des Kollegiums der Nigromanten

8. KAPITEL

Ich werde Antryg Windrose umbringen. Ich schwör's.

Joanna sank gegen die Mauer und schlang wie frierend die Arme um den Leib, obwohl die stickige, feuchte Wärme sich nicht verändert hatte. Auch das Zittern kam weder von der Kälte noch vom Hunger. Ihr war zum Heulen, aber sie würgte die Tränen hinunter. Sinnlos, mit hysterischen Ausbrüchen ihre letzten Kräfte zu vergeuden, zumal sie das scheußliche Gefühl hatte, wenn sie einmal damit anfing, würde sie nicht mehr aufhören können.

Niemals wieder.

Erst recht sinnlos, weil die nüchterne Logik ihr sagte, sie konnte weinen, schreien und toben, wenn sie irgendwann erschöpft aufgab, würde sie immer noch hier auf dem fugenlos glatten Boden im Dunkeln sitzen, ohne eine Vorstellung davon, wo sie sich befand oder weshalb.

Verschwommen ging ihr durch den Kopf, daß sie genaugenommen selbst schuld war. Hätte sie sich nicht in Antryg verliebt, hätte sie ihn nicht bei sich aufgenommen, wohl wissend, daß er ein Flüchtling vor rachsüchtigen Zauberern aus einer anderen Welt war, die ihn früher oder später aufspüren würden, säße sie jetzt nicht in diesem Loch.

Inzwischen hatte sie furchtbare Angst, nicht vor dem, was sie hergebracht hatte oder was ihr bevorstand, sondern wie lange es dauerte, bis irgend etwas passierte.

Falls etwas passierte.

Dreimal hatte sie das Garn wieder auf die Spule gewickelt

und sich an den Ausgangspunkt zurückgetastet, in der uneingestandenen Hoffnung, einen Beweis zu finden, daß jemand dagewesen war – Wasser und Brot, Folterdruiden, den Fußabdruck eines Menschen im Sand, einen Zettel von ihrer Mutter, einen Trupp bewaffneter Crks, die ihrem Ariadnefaden folgten – *irgendwas*.

Beim dritten Mal mußte sie alle Beherrschung aufwenden, wie jetzt auch, um sich nicht auf den Boden zu setzen und zu weinen vor Enttäuschung, Verlassenheit und Angst.

Wenn nun überhaupt niemand kam?

Auch Antryg nicht?

Leider wußte sie genau, daß der größte Unterschied zwischen Hollywood und dem wirklichen Leben darin bestand, daß der Held *nicht* am Ende die Heldin rettete.

Es lag im Bereich des Möglichen, daß Antryg, trotz seiner Aura pfiffiger Unverwüstlichkeit, tot war.

Oder wieder eingekerkert im Turm des Schweigens.

Hör auf damit, ermahnte sie sich streng. *Man hat dich aus einem bestimmten Grund gekidnapped, und der einzige logische Grund ist, ein Druckmittel gegen Antryg in der Hand zu haben. Daß noch eine Partei im Spiel ist, fremde Wesen aus einem fremden Universum, und man dich wahllos herausgegriffen hat wie einen Goldfisch aus einem Aquarium – das hieße die Grenzen des Wahrscheinlichen überstrapazieren.*

Nur, die Grenzen der Wahrscheinlichkeit schienen ihr im Hinblick auf das, was sie in letzter Zeit erlebt hatte, ohnehin nicht mehr so klar definiert zu sein wie ehedem.

Müde stand sie auf und mit der unendlichen Geduld, die sie sich im Dialog mit widerspenstigen DOS-Programmen erworben hatte, schulterte sie ihre Beuteltasche und machte sich erneut daran, das Garn aufzuwickeln. Obwohl ihre Hände zitterten, war sie nicht besonders hungrig oder durstig, dabei sagte ihr der gesunde Menschenverstand, daß sie bereits seit Stunden hier sein mußte. Einige Male war sie versucht gewesen, eine Hälfte des Müsliriegels zu essen, den sie bei sich hatte, mehr aus Langeweile als aus sonst einem Grund. Doch jedesmal, wenn sie an ihren Ausgangspunkt zurückkehrte und feststellte, daß sich nichts verändert hatte, verschob sie es auf später.

Außerdem macht essen durstig, und ich habe noch kein Wasser gefunden.

Als sie den Leuchtzifferknopf an ihrer Digitaluhr drückte und nichts geschah, überfiel sie wieder Panik, sie könnte erblindet sein. Aber auch die Streichhölzer zündeten immer noch nicht – das Problem hatte andere Ursachen.

Antryg, dachte sie und verdrängte die Aufwallung ratloser Verzweiflung, *wenn ich nichts mit Antryg zu tun hätte ...*

Wenn ich mich aus allem herausgehalten hätte, wäre ich nicht so glücklich gewesen, aber ich könnte ein ruhiges Leben führen.

Ihn zu kennen, ihn zu lieben, lohnt es sich ...?

Sie erschrak vor dem, was ihr spontan in den Sinn kam: *... lohnt es sich, dafür zu sterben?* Hastig veränderte sie es zu: *... lohnt es sich, dafür so gequält zu werden?*

Sterben kam nicht in Frage. Das sagte sie beim Gehen mehrmals vor sich hin. Im Traum wäre ihr früher nicht eingefallen, sich mit einem Drogendealer einzulassen oder mit einem Hell's Angel oder einem Terroristen oder sonst jemandem, dessen Lebensstil eine wandelnde Herausforderung an das Chaos war und dessen Feinde auf die Idee kommen konnten, sich ›seine kleine Freundin zu schnappen‹. Doch mit Antryg verhielt es sich anders. Sie hörte in Gedanken seine Stimme, diesen tiefen, ausdrucksvollen Bariton; erinnerte sich an sein aufrichtiges Interesse an allem, was sie tat, die Gewißheit, daß er ihr bei allen Unternehmungen den Rücken stärken würde, und wie sanft, fürsorglich und rücksichtsvoll er war, auch wenn er sich schon frühmorgens im Fernsehen Cartoons ansah und im Bett zu singen pflegte.

Etwas Bewegliches, Kaltes, wie ein Insektenflügel, streifte ihr Gesicht; dicht neben ihrem Ohr ertönte ein Heulen wie von einer Dampfpfeife, und Krallen verfingen sich in ihrem Haar. Mit einem entsetzten Aufschrei schlug Joanna nach dem Ding, sprang zurück und prallte gegen die Mauer.

In der Finsternis berührten ihre Hände Chitin – das einzige, was ihr in den Sinn kam, waren die grauslichen Palmenkäfer, die in Sommernächten um die Verandalampe des

Hauses ihrer Tante in Miami schwirrten. Nur war dieser gigantisch, groß wie ein Hund, sie spürte die kratzenden Beine und die tastenden Fühler.

Schreiend lief sie weg und das Ding verfolgte sie, kekkernd, trippelnd, raschelnd wie Popcorn in einer Tüte. Sie lief und lief, stieß gegen Vorsprünge und Ecken, stolperte blind von einem Gang in den nächsten, bis es plötzlich verschwunden war und sie sich in der plötzlichen Stille auf den Boden fallen ließ und weinte, weinte, weinte …

Zauberei liegt darin, den wahren Namen der Dinge zu kennen – zu wissen, was sie sind und was sie waren. Manchmal, wenn man den Namen der Kreatur erfährt, die man zu beschwören versucht, hat man nicht mehr den Wunsch, ihr von Angesicht zu Angesicht zu begegnen.

GANTRE SILVAS
Annalen der Nigromanten

9. KAPITEL

»Ich weiß nicht – ich weiß nicht einmal, wie ich dort hinunter gekommen bin.« Otaro aus der Stadt der Kraniche rieb sich das runde, braune Gesicht mit einer kleinen, aber breiten und sehnigen Hand: Antryg wußte, diese Finger verstanden die goldenen und silbernen Harfensaiten zu schlagen, daß die Töne perlten wie Frühlingsregen und das Herz zu sehnsüchtigen Visionen verführten oder die Seele zum Frieden des Schlafs. Als Reminiszenz an seine ferne Heimat trug der Sänger das Haar lang, in geölten Locken, mit Bändern durchflochten; in den Ohrläppchen staken Pflöcke aus rosiger Jade.

Er saß auf einer Bank in einer Ecke der großen Küche der Zitadelle. Um ihn herum standen im Kreis fast sämtliche Mitglieder des Inneren Zirkels: Nandiharrow ratlos, Daurannon mit ernster Miene und Lady Rosamund mit einem Anflug von Ergrimmtheit um die zarten Nasenflügel. Benticks Gesichtsausdruck verriet eine nervöse Fahrigkeit, sein Blick irrte umher, die weißen Finger spielten unaufhörlich mit der Uhr um seinen Hals. Während Otaro sprach, trat Issay Bel-Caire durch die Tür der Speisekammer herein – eine Geheimtreppe verband den Vorratsraum mit dem Lager hinter den Bädern, das wiederum über eine bedachte Galerie und eine Treppe an der Außenmauer der Insel der

Schmetterlinge mit dem Labyrinth verschachtelter Keller verbunden war.

»Nandiharrow erzählte von der Abomination, die er vergangene Nacht in den Kavernen getötet hatte«, berichtete Otaro langsam und rieb sich benommen die Stirn. »Ich wollte den Kadaver sezieren, um zu sehen, wie Gewebe und Skelett beschaffen sind. Er sagte, es wäre auf der zweiten Ebene gewesen. Ich habe den Weg durch die Gewölbe genommen, unter der Küche.«

»Welche hätten verschlossen sein sollen!« sagte Bentick strafend.

»Waren sie auch. Pothatch – ich habe Pothatch um den Schlüssel gebeten.«

Der Koch, ein runder kleiner Mann mit dem blassen, sommersprossigen Gesicht der Rothaarigen, kam von dem kleinsten der drei großen Herde herüber, einem patentierten Eisenungetüm, Spende einer ausnahmsweise praktisch orientierten Gräfin am Hof. Er reichte dem orientalischen Magier eine Schale Tee; Otaros Hand zitterte so, daß er sie kaum halten konnte.

»Ich dachte nicht, daß es schaden könnte, Herr.« Der Koch warf einen ängstlichen Blick auf Bentick, der seit zwanzig Jahren mindestens einmal jeden Monat drohte, ihn in einen Lurch oder sonst ein niederes Tier zu verwandeln. Während seiner eigenen Zeit in der Zitadelle hatte Antryg den unglücklichen Koch häufig mit Gläsern voller Fliegen oder Käfer aus dem Garten beschenkt, *nur für den Fall* ... »Es herrschte doch ein ständiges Kommen und Gehen.«

Nach einem Moment schüttelte Bentick den Kopf und seufzte resigniert. »Nein, schon gut ...«

»Ich verstehe immer noch kaum, was geschehen ist.« Otaro stellte die Schale ab – der Tee schwappte über – und fuhr mit den stumpfen Fingern durch seine bebänderten Zöpfe. Aus den Schatten bei den Herden beobachtete ihn Goldhand mit Sorge in den kaffeebraunen Augen. »Ich bin von der zweiten Ebene auf irgendeine Weise zur sechsten teleportiert worden, in der Nähe der Verschlungenen Wege. Ich weiß, daß ich nicht das Bewußtsein verloren habe.«

Antryg, der an der Westwand der Küche entlangwanderte und mit den Händen über den rußigen Verputz strich, wirbelte euphorisch herum. »Realitätsfalten!«

Bentick funkelte ihn unter gesenkten Brauen hervor an. Seldes Katne, die ihm gefolgt war und nun auf einem Hocker neben der gähnenden Feuerstelle saß, schaute verständnislos drein.

Otaro schüttelte den Kopf. »Ich weiß nicht – wenn du es sagst. Ich erinnere mich nur, daß etwas Schwarzes auf mich zukam. Ein Korridor schien es zu sein oder ein Tor, aber ein Tor, das sich näherte, angefüllt mit rufenden Stimmen, mit Geräuschen wie von Wind oder dem Meer. Ich sah – ich weiß nicht, was ich sah. Die Stimmen ...« Er schloß die Augen, sein Gesicht verzerrte sich. »Ich drehte mich um, ich wollte fliehen, doch wohin ich auch lief, es blieb mir auf den Fersen. Jedesmal, wenn ich über die Schulter blickte, war es da, und die Stimmen riefen nach mir.«

»Ich fand ihn auf der dritten Ebene.« Goldhand trat vor. »Ich machte mir Sorgen, als er nicht wiederkam. Er saß auf dem Boden, an eine Mauer gelehnt, und er war totenblaß.«

»Ist dir ein Geruch aufgefallen?« erkundigte sich Antryg und legte den Kopf schief.

»Rosen«, antwortete Otaro nachdenklich. »Süß und schwer ...«

Lady Rosamund setzte zum Sprechen an, dann blickte sie ungeduldig in die Gesichter ringsum. »Wo ist Phormion? Sie sollte hier sein.«

»Die Stimmen, die du gehört hast«, Nandiharrow setzte sich neben den Sänger, »waren sie menschlich? Konntest du verstehen, was sie sagten?«

Während alle Otaros Antwort lauschten, schob Antryg sich an Pothatch heran und fragte halblaut: »Kann ich den Schlüssel zum Vorratskeller einen Moment borgen?«

Gebannt von der Szene am Tisch, zog der dicke kleine Mann ihn automatisch aus der Tasche. Antryg schlüpfte in die Speisekammer, schloß die Tür zum Vorratsraum auf und kehrte in die Küche zurück, überraschend unauffällig für einen Mann seiner Größe und bekleidet mit einem Rock wie eine psychedelische Orchidee. »Vielen Dank. Kann ich das hier haben?«

Pothatch nickte, ohne auch nur einen Blick auf das riesige Fleischerbeil zu werfen, das Antryg vom Hackklotz genommen hatte.

Der Vorratsraum, fünf, sechs Stufen tiefer gelegen als die Küche, gehörte zu dem Komplex kleiner Fachwerkkaten weiter unten am Hang; von dort führte eine lange, sehr schmale Treppe geradewegs in das steinerne Herz des Kulms. Antryg hatte das große, niedrige Gewölbe immer für die oberste Kammer des Felsenlabyrinths darunter gehalten. Er suchte sich einen Weg zwischen Körben voller Kartoffeln und Zwiebeln, vorbei an versiegelten Krügen mit Hirse, Roggen und Weizen; der muffige Geruch der Knollen und Knoblauchzöpfe überdeckte nicht ganz den feuchtkalten Atem der Tiefe, der aus einem schwarzen Türbogen wehte.

Hier, wie im Untergeschoß der Bibliothek, fühlte er das drückende Gewicht, die furchteinflößende Nähe, das wuchernde Chaos des Abyssus'.

Noch eine kurze Treppe, ein Weinkeller, ein gewundener Gang …

Dann betrat er die Kavernen.

Der Kreischer, rief Antryg sich ins Gedächtnis, war gleich hinter der dreifachen Gabelung aufgetaucht, dicht bei der Einmündung mit der Schwelle aus Ziegelsteinen – sämtliche alten Orientierungspunkte standen ihm wieder deutlich vor Augen. Er zog den Talisman der Luft aus der Tasche und band ihn sich um den Kopf, dann packte er das Beil fester und machte sich auf den Weg, spähend, lauschend und witternd, unter Anspannung all seiner überscharfen Sinne. Er nahm sich nicht die Zeit stehenzubleiben, um Luftdruck oder Magnetismus zu prüfen; seine Zeit hier unten war knapp bemessen, und er mußte alles daran setzen, eine Spur von Joanna zu finden, einen Hinweis darauf, wo in den Kavernen man sie gefangenhielt.

Und es gab noch etwas, das er finden mußte.

Wenig mehr als vierundzwanzig Stunden waren vergangen seit seinem ersten Besuch in den Kavernen, doch schon konnte er die Veränderungen spüren. Die Atmosphäre war von einer fast greifbaren Spannung erfüllt, der unerklärliche, vibrierende Fluß fremder Kräfte in den Steinen, der sich selbst in den Felsen oben mehr und mehr bemerkbar machte, war hier unten kaum zu ertragen. Er beschleunigte seine Schritte, um zu der Stelle zu gelangen, wo die Abomination sich auf sie gestürzt hatte.

Wie von Otaro geschildert, erlebte er einen Augenblick der Orientierungslosigkeit, das plötzliche Gefühl, nicht zu wissen, wo er war ...

Aber doch!

Er befand sich auf der sechsten Ebene, an der runden Öffnung eines Stollens, der in ein Gewirr isolierter Windungen führte, die Verschlungenen Wege.

Antryg breitete die Arme aus und lachte befreit.

Das Echo fing sich zwischen den feuchten Felswänden und hallte als vages, an- und abschwellendes Brüllen durch die Irrgänge. Weit weg und verfälscht durch die Entfernung und den regellosen Verlauf der Stollen, antwortete ihm ein dünner, schneidender, raubtierhafter Schrei.

Antryg verstummte; das Herz schlug ihm bis zum Hals, und sein detektivischer Übermut verflog, als er sich daran erinnerte, welche unbekannten Gefahren hier unten auf ihn lauerten.

Kniehoher Bodennebel wallte giftig um seine Stiefel, die Luft darüber hatte einen schwefligen Beigeschmack. Man konnte sich leicht den Hals brechen: es gab Stellen, wo man plötzlich ins Leere trat, oder es ging fünf, sechs Stufen nach unten und ein paar Meter weiter ohne ersichtlichen Grund ebenso viele wieder nach oben; brodelnde Dämpfe sammelten sich dort zu gespenstischen Teichen, die im Dunkeln ein unheimliches Leuchten verströmten. Antryg drückte sich an ihnen vorbei, durch stockfinstere Seitengänge, wo Salpeter von den Wänden troff. An manchen Stellen war der Stein dick mit einem Moos bewachsen, das zu berühren er sich hütete; in anderen Gängen krochen leichenweiße Kreaturen beim Geräusch seiner Schritte schwerfällig davon oder beobachteten ihn aus Ritzen und Spalten. Einmal machte er einen weiten Umweg, um einen Gang zu vermeiden – mit tiefhängender Decke, erinnerte er sich, bemalt mit geflügelten Schlangen zwischen Rosen und Dornen –, der jetzt ganz mit grünlichem Dunst angefüllt war; wenig später sah er sich erneut gezwungen auszuweichen, obwohl der vor ihm liegende Raum mit dem seltsamen Muster in den Boden eingelassener Glasblöcke völlig leer zu sein schien.

Er besaß keine Möglichkeit, sich zu verteidigen, außer dem minimalen Schutz des Talismans und des Fleischerbeils, deshalb schaute er immer wieder über die Schulter und versuchte, die Finsternis mit Blicken zu durchbohren.

In einem Gang, der dem Verlauf der Vorpleklinie folgte, fand er Otaros Lederranzen, der einen Satz Seziermesser enthielt, Dosen aus Schildpatt, Ölpapier und ein Vergrößerungsglas an einem Band, das er sich um den Hals hängte, zu seinen bunten Glasperlenketten. Als er wieder aufstand, den Ranzen über der Schulter, erregte eine Bewegung seine Aufmerksamkeit.

Es war eine Bewegung hoch oben, dicht unter dem spitzen Bogen einer schmalen, versiegelten Tür. Er drückte sich an die Wand, als eine Kugel aus glimmendem blauen Licht durch die bröckelnden Ziegel und in den Gang hinaus schwebte. Sie bewegte sich langsam, wie von einem unspürbaren Wind getrieben, auf und ab, vergleichbar einem entflogenen Ballon. Antryg hielt den Atem an, Schweiß trat ihm auf die Stirn, als die Kugel ihm gegenüber in Höhe seiner Brust hängenblieb und drei oder vier neue Lichter, teils faust-, teils walnußgroß, wie eine Schule Elritzen von der anderen Seite heranglitten. Er rührte sich nicht von der Stelle, auch nachdem sie außer Sicht waren. Er ahnte, was seinen Weg gekreuzt hatte …

»Joanna«, flüsterte er tonlos und bemühte sich, nicht daran zu denken, was ihr alles zugestoßen sein könnte, hier unten gefangen mit all diesen Erscheinungen aus unauslotbaren Bereichen zwischen Leben und Tod, stofflich und immateriell.

Lieber Gott, Joanna!

Er folgte seinen alten Erinnerungen tiefer in das Labyrinth: Gänge, die immer nur wieder in sich selbst mündeten; winzige Kammern mit verspiegelten Wänden und Decken; gläserne Altäre in Nischen; Treppen, die vor nackten Mauern endeten; Gruben und blinde Stollen und geheimnisvolle artesische Brunnen. Er passierte Kreuzwege mit Pfeilern aus Glas oder Marmor oder Eisen, kam durch Säle mit schattenverhangenen Deckengemälden, durch Zimmer mit Mosaikfußböden aus Schildpatt und Elfenbein. Es gab kleine Türöffnungen, seit langem zugemauert und mit Runen der Abwehr und des Vergessens beschrieben. Antryg fröstelte, weil ihm einfiel, was Suraklin erzählt hatte: in alter Zeit bestrafte das Kollegium rebellische Magier, indem man sie in solchen Zellen einschloß, zusammen mit ruhelosen Geistern, Wesen, die einem Menschen das Fleisch von den Knochen zehrten – aber nicht zu schnell.

Sie brüsten sich mit ihrer berühmten Rechtschaffenheit, hatte Suraklin gesagt, verächtlich, während er mit der ihm eigenen, femininen Delikatesse seine Chemikalien abmaß und das Sonnenlicht von den nach Westen gerichteten Fenstern des Laboratoriums sein staubfarbenes Haar in Glut verwandelte. *Sie sind wie Maler, die ein altes Bild mit neuen Farben überpinseln. Es waren keine weltfremden Einsiedler, die in der Abgeschiedenheit dem rein geistigen Aspekt der Magie frönten, die ihre kostbare Zitadelle gebaut haben, und solltest du diesem Hort der reinen Lehre je einen Besuch abstatten, mein junger Freund, laß dir von ihnen die Listen ihrer Erzmagier von früher zeigen. Du wirst Lücken in den biographischen Aufzeichnungen finden, zu denen man bedauert, dir nichts sagen zu können.*

Wie beim Betreten der Kavernen wogte auch hier Bodennebel um seine Füße. Aus einem Schacht stieg ihm ein warmer Luftstrom ins Gesicht, und er nahm einen eigenartigen Geruch wahr, wie von metallischen Blumen. Huschendes Kratzen und Schaben in lichtlosen engen Stollen, und unter Antrygs Fingerspitzen wisperte die silberne, konzentrierte Stärke der Brehonlinie, tief darunter spürte er die prikkelnde, diffuse Energie des Felsens. Suraklin gekannt zu haben, fand er, machte es einem schwer, sich noch irgendwelche Illusionen zu bewahren.

Keine Spur von dem Wandernden Tor. Keine Spur von Joanna.

Keine Spur von dem anderen Ding, das er suchte, das er finden mußte, wenn er in diesem Puzzle endlich Fortschritte machen wollte.

In einem langen Raum, so niedrig, daß sein Scheitel die Decke streifte, wurde er angegriffen, von einer Art Ungeziefer, klein und rot, das einen bitteren, zuckrigen Gestank verbreitete, als er es von seinem Stiefel abstreifte und unter dem Absatz zertrat. Die Wände hier, stellte er fest, waren mit Flechten bewachsen; am Boden der Mulde in der Mitte des Bodens wimmelten weiße und gelbe Maden über einem unidentifizierbaren Kadaver.

Ganz eindeutig handelte es sich um eine Häufung undichter Stellen, Tore öffneten und schlossen sich, einmal hier, einmal dort. *Verflucht*, dachte er, *ich könnte wochenlang herumirren und das Wandernde Tor nicht zu Gesicht bekommen. Es wird offengehalten, aber wer oder was verfügt über die enorme Kraft, die dazu nötig ist …*

Aus weiter Ferne hörte er wieder einen tierhaften Schrei und wünschte sich, er hätte Hathen überreden können, ihm gleich ein Schwert zu überlassen. In den vier Monaten seines neuen Lebens in Los Angeles hatte er Gelegenheit gefunden, sein Fechttraining fortzuführen, in einem Studio in Burbank, geführt von einem schwarzen Kendo *sandan* und einem alten japanischen Gentleman, der Judo unterrichtete. Sensei Jones hatte ihn ein wenig schräg angesehen, gelinde irritiert von seiner Erklärung, als verbannter Zauberer aus einem anderen Universum wäre er in einem etwas anderen Stil unterrichtet worden, aber vor einigen Wochen hatte Antryg zufällig gehört, wie Sensei Jones zu Sensei Shigeta bemerkte: »Weißt du, daß ich anfange, dem Typ seine Geschichte abzukaufen?«

Er blieb vor einer weiteren zugemauerten Tür stehen, strich über die Steine und schauderte bei dem, was er dahinter spürte.

Phormion hatte nicht solche Schwierigkeiten, das Wandernde Tor zu finden, dachte er verdrossen, als er weiterging. *Und Kitty auch nicht. Otaro ist praktisch über das Ding gestolpert. Vielleicht sollte ich so tun, als wäre ich hier unten, um Pilze zu suchen.*

Phormion ... Er erinnerte sich an ihren flackernden Blick und die tiefen Linien der Anspannung in ihrem grauen, müden Gesicht. Seither hatte er sie nicht mehr gesehen, und nach Kyras Angaben war sie auch nicht zum Unterricht erschienen. Bentick sagte, sie wäre krank, aber schließlich, der fahrige kleine Majordomus hatte Phormion in ihrem langen Kampf mit dem Leben schon immer treulich zur Seite gestanden.

Und weder Bentick noch Phormion waren dabei gewesen, als die Kreise der Macht gezeichnet wurden, um ihn von der anderen Seite des Abyssus' zurückzuholen. Was bedeutete, sie hätten irgendwoanders sein und Kreise zeichnen können für eine kleine Privatexpedition.

Daurannon ...

Mitten in dem dunklen Gang blieb er stehen und dachte an den hübschen Jungen mit dem frischen Gesicht, der neben ihm auf der Marmorterrasse von Salteris' Haus saß und ehrfürchtig den Worten des alten Mannes lauschte.

Immer derjenige, der das letzte Stück Kuchen vom Teller nahm und das Kunststück fertigbrachte, nicht unbescheiden auszusehen, während er es verputzte.

Er fragte sich, wie Daurannon wohl die Aussicht verkraftete, womöglich hinter Lady Rosamund in die zweite Reihe treten zu müssen und die Macht des Meisterzaubers drohend über seinem Haupt schweben zu fühlen. Die beiden waren sich auf den ersten Blick abhold gewesen. *Was kann man schon erwarten von jemandem, der seinen Tee mit Milch trinkt?* hatte ihr bündiges Urteil gelautet, und dabei war es geblieben.

Ach ja, und wie verkraftete Lady Rosamund ...?

Ein Rieseln und Glitzern in der Dunkelheit zog seinen Blick an, etwas wie ein Faden gleitender Seide auf der kurzen Treppe, die ohne einen ersichtlichen Grund das Niveau des Bodens absenkte. Er machte kehrt und lief die flachen, ausgetretenen Stufen hinauf.

Und stand da und starrte auf seine Entdeckung hinunter, und eine kalte Hand griff nach seinem Herzen.

Was er von Anfang an befürchtet hatte ...

Ein Wasserrinnsal.

»Meine Güte«, murmelte er, bückte sich, tauchte die Finger ein und schnupperte erst an der Flüssigkeit, bevor er mit der Zungespitze vorsichtig kostete.

Schwach salzig, fremder Geruch, fremder Geschmack. Ein Schauder überlief ihn, als wäre es der Fluß Aa, den die Seelen der Verstorbenen überschritten.

Auf der siebenten Ebene fand er wieder ein fließendes Wasser, ein größeres Rinnsal, mit dem gleichen Geschmack und Geruch. Dort war es auch, wo er angegriffen wurde, von einem Wesen, das er selbst mit seiner magischen Sicht, die es ihm ermöglichte, trotz Dunkelheit seinen Weg zu finden, nicht wahrnehmen konnte: ein kalter Lufthauch war die einzige Vorwarnung, und gleich darauf hing sein Rockärmel in Fetzen, wie von einem Rasiermesser aufgeschlitzt. Ein zimtähnliches Aroma hüllte ihn ein; er fragte sich, ob er das dünne, zwitschernde Geräusch wirklich hörte oder seine Sinne ihm einen Streich spielten.

Ein blutender Schnitt öffnete sich auf seiner Stirn, von einem so raschen Hieb, das er ihn kaum spürte. Er floh, und nachdem er dem mysteriösen Angreifer entkommen war, stellte sich heraus, daß die langen Rockschöße an der rechten Seite durch hübsch akkurate Risse zu Fransen zerschnitten worden waren.

Auf der achten Ebene konnte er es endlich wittern. Die flimmernde Vibration des geöffneten Abyssus', in diesen finsteren Tiefen allgegenwärtig, wurde deutlicher, und ein seltsamer, bitterer Geruch, metallisch und dumpf, drang ätzend in seine Nase und Lunge. Er berührte den Talisman der Luft auf seiner Stirn und fühlte das Silber warm auf der Haut. Der Geruch verschwand, er beschleunigte seine Schritte, denn er wußte, wenn er nicht innerhalb von zehn Minuten fand, was er suchte, reichte die Zeit vielleicht nicht mehr, um aus dieser Giftwolke herauszukommen, bevor der Talisman seine schützende Kraft verlor. *Lieber Gott, laß Joannas Zelle nicht hier in der Nähe sein.*

Eine kurze Treppe mit einer scharfen Biegung auf halber Höhe; ein langer Saal, an dessen gewölbte Decke ein Sternenhimmel gemalt war, den weder er, noch sonst ein Magier je erblickt hatte.

Noch fünf Minuten.

Eine Gabelung. Links ging es in eine Säulenhalle mit einem Wasserbecken, erinnerte er sich, die rechte Abzweigung war eine Sackgasse. Aber der Atem des Abyssus' schien dort am stärksten zu sein. Zwei Minuten. Er hatte sich geirrt, es war eine Sackgasse, also umkehren. Sein Atem ging flach, eine leichte Benommenheit legte sich wie ein Schleier über seine Gedanken.

An der nächsten Gabelung blieb er stehen und schlug mit dem Rücken der Beilklinge gegen die felsige Wand.

Dreimal, Pause. Einmal, Pause; viermal, Pause; noch einmal und wieder Pause. Nur Schweigen in dem von treibenden gelblichen Nebelschwaden erfüllten Gang, das gleiche Schweigen, das in einer verwunschenen Kirche geherrscht hatte, wo Joanna zum ersten Mal mit diesem Signal versucht hatte, das Wesen zu erreichen, von dem er wußte, es war gekommen. Schweigen und die Angst, die von dem Talisman gewährte Frist überschritten zu haben. Schweiß brannte in dem Schnitt an seiner Stirn, der ihm als Andenken an die unsichtbaren Wesen geblieben war, vermischte sich mit dem Blut.

Fünf Schläge, neun, zwei, Pause ...

Und dann, hohl, aus großer Entfernung, ein antwortendes Pochen.

Sechsmal.

Antryg klopfte fünfmal.

Dreimal. Das Pochen kam näher, begleitet von einem Schaben und Knarren, wie dickes, geschmeidiges Leder. Antryg mußte um jeden Atemzug kämpfen, der Geruch des Giftes war schwer und durchdringend. Die gelben Schwaden verdichteten sich – der Talisman der Luft, der sich warm angefühlt hatte, wurde kalt.

Fünf, beeilte er sich zu signalisieren und sah weit hinten im Gang einen unsteten, fahlen Lichtpunkt auftauchen.

Acht.

Eine monströse Silhouette löste sich aus den Schatten, eine riesige, trotz der über zwei Meter hohen Decke gebückte Gestalt. Der bleiche Schein des Leuchtbulbus', der wie ein drittes, gestieltes Auge vor dem platyzephalischen Schädel baumelte, huschte über glatte, moosig-grüne Haut. Arachnide, Drache und Nachtmahr; meißelförmige Zähne in dem lippenlosen Maul; vier lange Arme, vier riesige Hände, mit Krallen bewehrt, zwischen denen sich Büschel weißer Tentakel wanden. Antryg wußte, diese Tatzen konnten mühelos den Kopf eines Menschen zerquetschen, und eine davon hob die Kreatur, als sie näherkam.

»Hast du eine Ahnung«, röchelte Antryg und lehnte sich haltsuchend an die Wand, »was zum Teufel eigentlich los ist?«

»Nicht den Hauch einer solchen«, antwortete das Ungeheuer. »Aber ich kann mit einer Sauerstofflasche und einer Gasmaske dienen.«

»Ah.« Antryg griff mit zitternden Händen nach dem Atemgerät. »Sei bedankt.« Mit der Großartigkeit eines Wochenendaufreißers im *Enyart's* deutete er den Gang hinunter. »Meine Atmosphäre oder deine?«

Limitationen für Zauber des Vergessens:
- *Die räumlichen Grenzen der Wirksamkeit, also Fläche, Höhe, Tiefe.*
- *Die Dauer der Wirksamkeit, denn obwohl solche Zauber mit der Zeit eine Abschwächung erfahren, bleibt dennoch ein Residuum erhalten, außer der Verursacher kehrt zurück, um rückgängig zu machen, was er bewirkt hat.*
- *Ob der Zauber berührt wird von Tageslicht, Wind, Regen, den Phasen des Mondes sowie dem Auf- und Untergang der Sterne Wega, Aldebaran und Spica, die über den Verstand und das Gedächtnis herrschen.*
- *Das Ausmaß dessen, was vergessen werden soll, denn wenn der Beschwörer stark genug ist, werden Vorübergehende ihren Namen und ihre Familie vergessen, das Lesen und Sprechen; manche werden sogar vergessen, Nahrung zu sich zu nehmen und deshalb verhungern.*
- *Wem bestimmt sein soll zu vergessen, ob nur eine Person oder alle Personen oder alles, was da lebt.*
- *Die Dauer des Vergessens und ob etwas, das vergessen wurde, wieder erinnert werden soll.*
- *Ob der Beschwörer selbst sich erinnern will, was er getan hat.*

Alle diese Dinge müssen in das Gerüst eines Zaubers eingefügt sein, bevor man ihn etabliert.

ISAR CHELLADIN
Über das Wirken von Zaubern

10. KAPITEL

»Dann hast du also nichts zu tun mit diesen – Insuffizienzen?«

»Insuffizienzen, das klingt gut.« LTRX2-449-9102-CF60913 – Antryg vor einigen Monaten vorgestellt als der Tote Gott, von Dörflern, die glaubten, der damals auf dieser Seite des Abyssus' gefangene Transdimensionsphysiker wäre tatsächlich jene entropische Gottheit – faltete seine grotesken Gliedmaßen zu einem kompakten Bündel aus Muskeln und Knochen zusammen, ringelte den langen, schuppigen Peitschenschwanz um einen der quadratischen Basaltpfeiler und produzierte einen tiefen, summenden Laut der Belustigung. »Hat deine Magie dir verraten, daß du mich hier finden wirst, Menschlein?« Weil die Kommunikationsorgane des Toten Gottes nicht mit seinem Atmungsystem verbunden waren, hatten sie beschlossen, die Unterhaltung in einem nicht von der Atmosphäre seiner Welt verseuchten Teil der Kavernen fortzusetzen.

»Magie war es genaugenommen nicht.« Antryg verstaute die Sauerstofflasche hinter einem lockeren Stein und ließ sich neben seinem monströsen Freund nieder. »Es war eine begründete Vermutung, daß du dich hier unten irgendwo herumtreibst, in Anbetracht der Tatsache, daß die physikalische Beschaffenheit des Abyssus' dein Spezialgebiet ist. Wenigstens war es unbezwinglicher Forscherdrang – von Laien auch ›Neugier‹ genannt –, der dich das letzte Mal in diesem Universum in Schwierigkeiten gebracht hat.«

»Das stimmt.« Die Spitze des Reptilschweifs wischte über den glatten Steinboden wie eine Hand auf der Suche nach einem Halt für irgendeinen unaussprechlichen Zweck. »Meine Instrumente verzeichneten heftige Fluktuationen von Xchipartikeln in Sektor Acht-Achtzig; ich ahnte, dort könnte sich ein Tor geöffnet haben. Wenig später kamen Berichte herein von – merkwürdigen Vorfällen. Es wurde nicht nur das Auftauchen seltsamer Kreaturen gemeldet, sondern auch andere unerklärliche Phänomene, wie unmotiviert auftretende, isolierte Felder von Hitze oder Kälte oder Magnetismus; an anderen Stellen geschahen rätselhafte Dinge – man hörte Stimmen, Leute wurden spontan teleportiert, manchmal Tausende Meter weit, oder verschwanden ganz. Das konnte nur der Effekt von Toren sein, die sich ohne jedes System öffneten und schlossen, in manchen Fällen hundert und mehr Kilometer vom Sektor Acht-Achtzig entfernt.«

In seinem Kopf – sie unterhielten sich telepathisch, durch

den Verständigungszauber – vernahm Antryg die Maße und wußte, es waren nur grobe Umrechnungen in die Meter und Kilometer, in denen er dachte, und die wiederum waren nur über den Daumen gepeilte Annäherungen an die Entfernungen, wie Joanna sie verstand. Manchmal, dachte er resigniert, war der Verständigungszauber doch sehr unzulänglich.

»Meine erste Handlung, als ich hier eintraf, bestand darin, die Komponenten des experimentellen Xchi-Flux Generators herzuholen, an dem ich seit langem arbeite.«

»Das Ungetüm?« Antryg zog überrascht die Augenbrauen hoch. »Er nahm drei größere Zimmer in Anspruch, als ich das letzte Mal einen Blick darauf geworfen habe.«

»Sehr habe ich ihn nicht verkleinern können«, meinte der Tote Gott kleinlaut. »Ich habe nie ein großes Tor damit geöffnet, lediglich Wurmlöcher, aber das meiste von dem, was du gesehen hast, waren Alignementatoren. Der Generator auf dieser Seite ist mit dem Hauptrelais in meinem Universum verbunden, so daß ich mit etwas Glück nicht wieder in der Falle sitzen werde. Ich habe Batterien mitgebracht – das Gerät verbraucht immens viel Energie – und Reserveatemluft. Die Behälter sind in drei verschiedenen Kammern deponiert, immer dort, wo das Tor sich zu öffnen beliebte. Ich habe keine Ahnung, wo.«

»Wie kannst du wissen, ob sie auch nur im selben Universum gelandet sind, wenn das Tor zu deinem Laboratorium sich zwei- oder drei Mal geöffnet hat?«

Der Tote Gott neigte das schmale, schimmernde Haupt zur Seite, die irisierenden, ockerfarbenen Linsen seiner Augen hatten im Schein seiner Stirnampel den kalten, starren Blick eines Insekts. »Der optische Eindruck ist der gleiche, wie auch die Zusammensetzung und Struktur der Wände. Das Luftgemisch ist absolut identisch.« Er griff nach einem der Instrumente, das an einem Bandelier über der gerippten, knochigen Brust hing. »Daran konnte ich überhaupt feststellen, daß ich in deiner Welt herausgekommen war. Überdies war das Ausmaß des Xchipartikel-Flux' jedesmal gleich. Seit meiner Ankunft suche ich nach einem Weg aus diesem Labyrinth.«

»Es gibt einen, doch er ist ein wenig kompliziert.« Antryg beugte sich vor, um das kastenförmige Sensorgerät zu betrachten. »Wir befinden uns unter der Zitadelle der Nigromanten. Wenn du mir eine Beschreibung der Räume geben kannst, in denen du deine Ausrüstung zurückgelassen hast, würde ich versuchen, sie zu finden.«

»Das wäre hilfreich. Ich könnte sie mit dem Multiscanner aufspüren, aber das würde einige Zeit in Anspruch nehmen, besonders über große Entfernung. Ich habe einen Reservevorrat an Luft bei mir, aber mit der Waffe ...« Er verdrehte einen langen Arm nach hinten, vorbei an den vier Girlanden seiner Atemschläuche, und griff nach einem Gerät wie eine kleine Bazooka auf seinem Rücken, links neben der doppelten Spina. »Zusammen ergibt das ein erhebliches Gewicht, hinderlich in Situationen, wenn ich mich schnell bewegen muß. Aber du, Menschlein ...« Die Stirnampel zuckte ein wenig und ließ skurrile Schatten über Pfeiler und Wände huschen. »Wie kommt es, daß ich dich hier antreffe? Du sagtest, du gingest ins Exil, in die Welt deiner Gefährtin.«

»Das tat ich auch«, antwortete Antryg grimmig, »und lebte dort den Umständen entsprechend glücklich und zufrieden. Es ist eine ziemlich lange Geschichte. Hast du bei deinen Erkundungen noch weitere Tore gefunden?«

»Vier«, erwiderte der Tote Gott. »Und fünf Felder unidentifizierbarer Energien. Keins davon statisch – sie erscheinen und verschwinden völlig regellos. Überall stieß ich auf Organismen, deren Physiologie nicht mit dem kompatibel ist, was ich von eurem Biosystem weiß. Davon abgesehen, registrieren meine Instrumente die Aktivität von Xchipartikeln, die bezeichnend ist für Tore.« Antryg wußte, daß dem Toten Gott die Fähigkeit abging, das Grauen zu empfinden, daß der Abyssus den Menschen einflößte. »Darüber hinaus zeigen sie an, daß diese Aktivitäten zunehmen und eine Steigerung dieser Zunahme.«

»Ich bin mir dessen bewußt«, meinte Antryg. »Etwas muß

geschehen, um die Situation zu stabilisieren, und das bald, damit nicht die ganze Zitadelle von dem Malstrom all der Flüche, Zauber und Beschwörungen verschlungen wird, die sich im Lauf der vielen Jahre hier unten angesammelt haben. Deine Instrumente haben nicht zufällig ein Tor registriert, das sich bewegt? Nicht auftaucht und verschwindet, sondern wandert ...?«

Der Tote Gott verneinte mit einer Bewegung der unförmigen Tatze, der Eidechsenschwanz wickelte sich um den quadratischen Pfeiler. »Meine Instrumente messen in bestimmten Zeitabständen – sie sind nicht imstande, ein bestimmtes Tor von Punkt zu Punkt zu verfolgen oder anzugeben, ob ein Tor sich erst an einem Ort und dann an einem anderen geöffnet hat oder von Ort zu Ort gewandert ist, ohne sich zu schließen.«

»Verflixt ...« Antryg verschränkte die Hände um die angezogenen Knie und kratzte geistesabwesend an dem getrockneten Blut an seiner Schläfe. Sein rechter Arm tat weh, als er den Blick senkte, entdeckte er Blut am Ärmel, von den Hieben der unsichtbaren Angreifer vorhin. Irgendwo in den Tiefen des Labyrinth ertönte ein Heulen, von den engen Stollen zu einem wimmernden Schrei verzerrt, der Entsetzen ausdrückte und Haß und Hunger; ein Luftzug trug einen Hauch von Ammoniak heran und von Wasser, das sich in dunklen Klüften sammelte.

»Etwas anderes«, sagte er, inspiriert von unzähligen Fernsehshows, »kann dein Sensor ein menschliches Wesen orten? Oder wenigstens die Anwesenheit eines solchen bestätigen, gefangen hier unten in den Kavernen?«

Der Tote Gott legte wieder den Kopf schräg, und der Schimmer der wippenden Stirnampel wanderte über die ledrigen Atemschläuche, die im Bogen von seinem Rücken zu den flachen kleinen Kiemen an seiner Brust führten. »Wie groß ist die Ausdehnung dieser Kavernen? Seitlich und nach unten?«

»Annähernd hundert Meter vom Keller bis zum Dach – bildlich gesprochen; vielleicht eine Meile im Durchmesser.«

»Also kein großes Areal ...«

»Relativ gesehen, nein. Aber fünf Minuten sind auch keine sehr lange Zeit, außer man befindet sich unter Wasser – übrigens«, fügte er hinzu, »auch noch ein Punkt, auf den ich zu sprechen kommen möchte.«

Der Tote Gott hielt bereits den schwarzen Kasten des Multiscanners in der Armbeuge, während die Tentakel seiner Handfläche sich heranschlängelten wie phosphorköpfige Würmer, um die winzigen Knöpfe zu bedienen. Auf dem runden Schirm erschienen mehrere Zeilen fremdartiger Zeichen, gefolgt von mehreren Rastern, leuchtend grüne Gitterlinien auf schwarzem Hintergrund. In einem davon materialisierten sich fünf flimmernde Punkt, die langsam über das Gitter schwammen.

»Da. Fünf Menschen deiner Art, die sich bewegen …«

»Ein Suchtrupp.« Antryg winkte ab. »Man hat mich wohl vermißt. Wir brauchen eine einzelne, ortsfeste Anzeige.«

Ein Summen des Toten Gottes, irgendwo in den Regionen seines Hinterkopfes, begleitete die erneute Überprüfung der Raster. »Nichts.« Die Spitze seines Schwanzes zuckte nachdenklich – trotz des eher reptilhaften oder amphibischen Aussehen seines Freundes fühlte Antryg sich an die ausdrucksvolle Körpersprache von Katzen erinnert. »Außer, die Person befindet sich in einem gegen einen Submesonscan abgeschirmten Raum, was unwahrscheinlich ist, in Anbetracht der Tatsache, daß dazu Elektrophasenpolarisation notwendig ist.«

»Oder Magie«, murmelte Antryg grübelnd. »Aber weshalb sollte ein Magier auf die Idee kommen, einen Zauber zu entwickeln, der Entdeckung durch Mikroscanning verhindert – komisch.« Er lehnte sich gegen den Basaltpfeiler, in Gedanken versunken. Er fühlte Erleichterung, so ungeheuer, daß er sich wie ausgelaugt fühlte – alles war getan, er konnte sich in einer Ecke zusammenrollen und *schlafen*, ein Wunschtraum, aus vielerlei Gründen.

Aber wenn Joanna nicht in den Kavernen war, wo dann?

In der Zitadelle selbst? Das Pendel schien darauf hinzuweisen, wenn es denn funktionierte.

Wie dem auch sei, seine schlimmste Angst war erst einmal beruhigt.

»Hör mal«, meinte er nach kurzem Schweigen, »diese Xchipartikel ...«

Ein Flackern, eine Bewegung in der Dunkelheit. Der massige Schädel des Toten Gottes schwang herum; Antrygs Hand, in dem fingerlosen Handschuh einer großen Spinne ähnlich, legte sich warnend auf den muskelstarken Arm, aber dem Physiker war bereits zu Bewußtsein gekommen, daß er seine Waffe in der Enge des Brunnensaals nicht abfeuern durfte. Licht schimmerte zwischen der Doppelreihe quadratischer Pfeiler, die den Raum der Länge nach teilte, aber es war auf geheimnisvolle Weise dort gefangen, und der Rest der Halle lag im Dunkeln. Einen Augenblick lang waren die einzigen Geräusche das leise summende Ticken der Ausrüstung des Toten Gottes und Antrygs zischende Atemzüge.

Scheinbar aus dem Nichts aufgetaucht, schwebte eine Kugel aus rotem Licht etwa eine Handbreit über dem Boden dahin. Antryg drückte sich an den Pfeiler, der Tote Gott duckte sich wie zum Sprung zusammen, das Licht an seiner Stirn erlosch, und Antryg kam es vor, als verdichteten sich die Schatten um die Drachengestalt.

Die leuchtende Kugel hatte in etwa die Größe einer Grapefruit und glich den anderen von vorhin. Sie verharrte über dem Wasser des kleinen Beckens in der Mitte des Raums, umhüllt von einer szintillierenden Aura – und ein zweites Mal vor der Säule, wo Antryg und der Tote Gott regungslos saßen. Das pulsierende, blutrote Leuchten spiegelte sich in den gewölbten, orangefarbenen Augen des Toten Gottes, in Antrygs Brillengläsern und Ohrringen. Die Hand des Toten Gottes bewegte sich zu dem Detektor auf seiner Brust, und wieder hielt Antryg ihn zurück, bis die Kugel durch einen niedrigen Türbogen in der Mitte der gegenüberliegenden Wand rollte und von der Dunkelheit verschluckt wurde.

»Was war das?« Die Stimme des Toten Gottes war leise, ein kaum hörbares Summen in den Höhlungen des merkwürdig geformten Schädels.

»Ich bin nicht hundertprozentig sicher«, murmelte Antryg. »Nach meiner Meinung handelt es sich um die aus Residualenergien gewachsene Anima einer Teleskugel – ein Gegenstand, den Zauberer benutzen, um magische Kräfte zu speichern oder umzuwandeln. Von Teles wird behauptet, sie würden stärker – besser – mit den Jahren; die Magie, die man mit ihnen als Mittler gebraucht, wird klarer, präziser. Aber es ist vorgekommen, daß Zauberer ganz plötzlich den Wunsch hatten, ihre Teles loszuwerden. In zwei Fällen, von denen ich weiß, verfiel man auf das Mittel, sie hier unten einzumauern, was, falls die Kavernen tatsächlich eine Art Energiekollektor darstellen, vermutlich nicht die klügste Lösung gewesen ist. Es hat früher schon Gerüchte gegeben, hin und wieder wären Teles 'von Geistern in Besitz genommen worden', von denen keiner weiß, wie man ihrer Herr werden kann – dann müssen sie vergraben werden oder im Meer versenkt oder so etwas, aber meine Theorie ist, daß die Teles selbst die Geister erschaffen haben. Eine ganze Anzahl von Teles sind im Lauf der Jahrhunderte spurlos verschwunden, oder ihre Namen sind geändert worden, was die Nachforschungen erschwert.«

»Und du glaubst, der Xchipartikel-Flux aktiviert diese Energien?«

»Ja«, bestätigte Antryg leise. »Ja, das glaube ich. Und andere Kräfte hier unten ebenfalls. Energien, die gebunden waren, aber nun freigesetzt werden, durch das Öffnen und Schließen der Tore. Diese Xchipartikel – versteht man darunter eine Art freier Energie, die am stärksten ist in Stein – besonders Eruptivgestein –, schwächer in Metall und in Holz nichtexistent?«

Der Tote Gott nickte.

»Gibt es eine Methode, sie zu manipulieren? Einzufrieren oder zu kristallisieren, damit wir zumindest das Feld stabilisieren können und dafür sorgen, daß die Situation sich nicht weiter verschlimmert? Das Wandernde Tor nicht zu vergessen ...«

»Wenn ich wüßte, was sie sind. Oder wie sie funktionieren.« Die Stirnampel wippte, das Licht verlieh seinen Augen einen schillernden Glanz. »Aber da sie nicht polarisiert werden können ...«

»Und wenn es möglich wäre?« Antryg stützte die Ellenbogen auf die Knie, seine Hände gestikulierten lebhaft. »Wenn die Energie, die in jedem Stein der Zitadelle aktiv zu sein scheint, realigniert werden könnte, damit sie sich verhält wie gewöhnliche elektromagnetische Energie ...«

»Energie *realignieren?*«

»Vorübergehend.« Antrygs graue Augen verloren sich in den Gefilden der Spekulation. »Natürlich wäre die Tendenz vorhanden, sich wieder zu lösen, aber bis dahin hätten wir die Ursache des Problems gefunden, hoffentlich. Wärst du in der Lage, unter solchen Bedinungen ein Stabilisierungsfeld zu erschaffen?«

»Bist du verrückt?«

»In der Tat. Schon seit Jahren, um genau zu sein.« Er schob sich mit einer energischen Bewegung die Brille auf die Nase. »Also?«

Der Tote Gott stieß einen hohen, surrenden Pfiff aus, das Äquivalent eines ergebenen Seufzers. »Ich denke schon«, sagte er nach einem Moment. »Mit einem Oszillator und einer Anzahl von Transmissionsschirmen, vorausgesetzt, das Areal ist nicht zu groß.«

»Wie groß ist groß? Groß genug, um die Kavernen abzudecken, sollte es sein – könntest du das Feld innerhalb der äußersten Grenzen zwischen Materie und Luft etablieren? Das müßte die untersten Tunnel mit einschließen und gibt mir zudem einen Perimeter für den Energiepolarisationszauber. Ich muß den Schwerpunkt exakt über deiner Apparatur plazieren – soweit ich weiß, liegt dieser Raum genau unter dem Seminar im Hypostilon des Polygons, aber wie auch immer, beide sind auf der Vorpleklinie situiert. Und der Zauber muß zu wirken beginnen, sobald das Energiefeld aktiviert ist, oder es entsteht eine Asynchronität, und wir müssen ganz von vorne anfangen. Wichtig ist, daß wir unsere Uhren abstimmen, oder wenigstens du kannst deine abstimmen – Joanna hat mir eine Uhr geschenkt, aber ich konnte der Versuchung nicht widerstehen, sie auseinanderzunehmen, und war noch nicht dazu gekommen, sie wieder zusammenzusetzen, bevor ich entführt wurde.«

»Ich leihe dir eine.«

»Vielen Dank.« Ein sonniges Lächeln überstrahlte Antrygs Züge. »Das ist sehr großzügig von dir.«

Der Tote Gott vollführte eine Geste, die in etwa dasselbe ausdrückte wie Augenrollen bei Menschen, indem er kurz die untere linke Hand ausstreckte, als Anrufung des Wurms, an den sein Volk nicht länger glaubte.

»Ich komme mit den Einzelheiten und einem Plan der Kavernen zurück, um dir zu helfen, deine Ausrüstung zu finden.«

Der Tote Gott schüttelte den Kopf. »Ich kann einen Mikroscan durchführen, zur Erstellung einer digitalen Karte«, meinte er. »Was du für mich tun mußt, ist, die Bezugspunkte einzuzeichnen. Es wird einige Stunden in Anspruch nehmen.«

»Dann langweilst du dich wenigstens nicht, während ich in der Oberwelt die notwendigen Vorbereitungen treffe.« Antryg gähnte ausgiebig. Der Jelgeth-Tee, den er getrunken hatte, verlor seine Wirkung; Müdigkeit senkte sich wie ein bleierner Umhang auf seine Schultern. Er stand auf, strich die Rockschöße glatt und zuckte unwillkürlich, als der verletzte Arm sich bemerkbar machte. »Wenn ich zurückkomme, gebe ich Klopfzeichen. Übrigens, kannst du mir einen Zerstäuber mit einer Silberchloridlösung besorgen? Und zwei weitere Sauerstofflaschen? Und eine wirklich gute Schutzbrille?«

»Sonst noch einen Wunsch?« Der Tote Gott erhob sich ebenfalls, er überragte Antrygs Einsneunzig wie eine gigantische Gottesanbeterin, die lidlosen Augen glitzerten im wippenden Licht des Bulbus' an seiner Stirn.

»Nun – ich nehme nicht an, es gibt einen guten chinesischen Imbiß in Sektor Acht-Achtzig? Nein? Wäre auch zu schön gewesen, aber trotzdem vielen Dank. Ich werde so schnell wiederkommen, wie ich kann.«

Nachdem der huschende Lichtschein sich in der Schwärze des Ganges verloren hatte, richtete Antryg sich auf eine ungewisse Wartezeit ein. Er fühlte sich, als wäre alle Kraft aus seinem Körper gewichen. Aus obskuren Bereichen der Kavernen drangen Laute zu ihm: das gläserne Zirpen der unsichtbaren Wegelagerer mit den messerscharfen Krallen; aus einer anderen Richtung ein blasiges Schaben, wie ein tonnenschwerer Sack, der über den Boden geschleift wurde. Die bildlichen Assoziationen, die ihm sein Vorstellungsvermögen zu diesem Geräusch lieferte, waren nicht sehr erquicklich. Aus noch größerer Entfernung stahl sich das gedämpfte Tröpfeln und Gluckern von Wasser heran, das in den untersten Gängen und Kammern zusammenströmte.

Gnädige Götter der Finsternis und der Erde, ich hoffe, der Mikroscan hat gestimmt.

Überall um ihn herum ein Raunen und Knistern, als der Druck des Abyssus' sich verstärkte – ein Vortex aus Dunkelheit zerrte an dem Gewebe des Lichts.

Joanna, betete er, *ich hoffe, du bist nicht hier unten.*

In Teilen der unteren Kavernen, erinnerte er sich, hausten angeblich geheimnisvolle Wesenheiten. Die schwebenden Lichter fielen ihm ein. Belebte Magie ohne Verstand. Flüche, Verwünschungen, Beschwörungen, von ihren Limitationen befreit ...

Drei Magier hatten ein Tor gesehen, das sich verhielt wie kein anderes Tor, von dem er wußte. Irgendwo mußten Kreise existieren, Kreise der Macht, die das Tor offenhielten. Wenn er sie nur finden konnte ...

Rufende Stimmen. Ein Geräusch wie von schlagenden Flügeln. Der schwere Duft von Rosen. Ein bedrückendes Gefühl heimlicher Verzweiflung, als sein Bewußtsein in einer Flutwelle eisiger Qual versank.

Warum?

Dazu die Last der Müdigkeit, der lange Weg durch die Stollen, die bösen Träume und fehlender Schlaf. Sein Geist fühlte sich ausgedörrt und mürbe an, zerschlissen wie das Gewebe des Universums, wo der Abyssus hindurchbrach. *Ich brauche Schlaf. Schließlich sind es nur Träume.*

Er legte das Gesicht an den Stein des Pfeilers, während ein konvulsivisches Frösteln seinen Körper schüttelte.

Nur Träume.

»Leg das Beil hin.« Eine ruhige Stimme ertönte aus der Türöffnung hinter ihm. »Wenn du versuchst zu fliehen, töte ich dich auf der Stelle.«

Er hatte sie kommen gehört, so leise sie gewesen waren – erst recht nach der Vorwarnung durch den Scanner des Toten Gottes.

»Ohne Tante Mins Erlaubnis? Mein lieber Daur!« Er zog das Fleischerbeil aus dem Gürtel, legte es auf den Boden und schob es mit dem Fuß hinter sich, dann wartete er mit erhobenen Händen ab. »Geh behutsam damit um. Es ist Pothatchs bester Knochenhacker, und er bringt mich um, wenn er beschädigt wird.«

Rasche Schritte hinter ihm. Eine Sasenna, dachte er. Jung.

»Um diese Zeit frühmorgens ist das einzige, woran ich aufrichtig interessiert bin, eine heiße Tasse Tee und ein paar Muffins«, fuhr er ernsthaft fort. »Ihr hättet einfach in der Küche auf mich warten können, auch wenn es nett ist, daß ihr kommt, um nach mir zu sehen.«

Die Schritte entfernten sich, er drehte sich herum, immer noch die Hände in Schulterhöhe. Neben Daurannon stand Bentick, der Majordomus, unter dem Bogen, begleitet von drei Sasenna – zwei Männer, eine Frau – mit blankem Schwert, die Frau hatte außerdem das Beil im Gürtel stekken. Keiner trug eine Fackel, woraus Antryg folgerte, daß alle drei Novizen im ersten Jahr waren – Milchgesichter. Bentick war mit einem Stab gerüstet, eine weit tödlichere Waffe als ein Schwert in der Hand eines erfahrenen Magiers; Daurannon trug unter dem Arm einen flachen Kasten aus Blei, mit eingravierten Runen der Macht, worin Nigromanten Zauberschnur zu transportieren pflegten oder Handschellen, die *na'ar* waren, immun gegen Magie.

»Ich habe sie gewarnt«, sagte der Schöne leise. »Ich habe sie gewarnt, daß du an allem schuld bist, obwohl ich es, Gott ist mein Zeuge, selbst nicht glauben konnte.«

»Was ist meine Schuld?« verlangte Antryg pikiert zu wissen. »Nur weil ich zufällig mit einer Abomination per du bin, heißt das nicht, ich hätte den Riß im Abyssus verursacht.« Blitzschnell wischte er sich den jetzt nutzlosen Talisman der Luft vom Kopf und warf ihn in das Wasserbekken in der Mitte des Raums. Daur machte eine unwillkürliche Bewegung, dann aber hielt er inne – herauszufinden, wer den Talisman angefertigt hatte, war ihm nicht die Mühe wert, in den fünf Meter tiefen trüben Fluten danach zu suchen.

Trotzdem funkelten seine Augen gereizt. »Streck die Hände aus.«

»Das ist wirklich nicht notwendig«, versicherte ihm Antryg treuherzig. »Ich bin ohnehin auf dem Rückweg, um zu sehen, was es zum Frühstück gibt.«

Einer der Novizen – mit seiner Miene aufrichtiger moralischer Entrüstung und dem hellblondem Haar, hatte er Ähnlichkeit mit dem jungen Caris – trat vor und hielt ihm die Schwertspitze vor die Brust.

»Sei nicht melodramatisch, Gyrik, du kannst mich nicht festnehmen, ohne daß Tante Min es erlaubt hat, und noch bin ich keines Verbrechens überführt worden.«

»Nicht überführt?« schnappte Daurannon, während Gyrik unschlüssig die Waffe sinken ließ. »Wir finden dich im vertrauten Gespräch mit einer grauenhaften Kreatur aus den tiefsten Abgründen der Hölle ...«

»LTRX2-449-9102 ist ein absolut respektabler Partikelphysiker, und ich bin bestürzt über deine kleinbürgerliche Reaktion auf seine äußere Erscheinung!«

»Wer immer und was immer er ist, du hast dir insgeheim Waffen und Geräte beschafft und damit wohl kaum Vertrauenswürdigkeit oder Unschuld bewiesen. Was du auch hier suchst, für mich besteht kein Zweifel daran, daß dir lieber wäre, das Kollegium wüßte nichts davon. Nun streck die Hände aus.« Die haselnußbraunen Augen des Magiers hatten einen stahlharten Glanz, im krassen Gegensatz zu ihrem üblichen unverbindlichen Charme. »Wie du weißt, bin ich durchaus imstande, dir die Luft abzuschnüren, um dich gefügig zu machen, solltest du dich widersetzen.«

Antryg musterte ihn zwinkernd hinter den dicken Brillengläsern hervor. »Es ist ein langer Weg zurück, mit einem

Gefangenen, der nicht schnaufen kann und getragen werden muß«, gab er zu bedenken. »Und falls ich hier unten eine vergessene, geheime Macht ausgegraben habe, könntest du deine Drohung ohnehin nicht in die Tat umsetzen, oder was meinst du?«

Daurannon machte den Mund auf, um zu antworten, dann überlegte er es sich anders und schloß ihn wieder.

»Friede.« Antryg schob Gyriks immer noch halb erhobene Klinge zur Seite, legte Daurannon freundschaftlich den Arm um die Schultern und bugsierte ihn zur Tür. »Es ist zu feucht und kalt hier unten, um herumzustehen und zu reden, und, wie schon gesagt, mir knurrt der Magen.«

Trotz Antrygs Einwand, der Realitätsknick würde sie um vieles schneller und bequemer zur zweiten Ebene bringen, bestanden Bentick und Daurannon darauf, die Treppe zu nehmen. Bentick ging voran. Er verzichtete darauf, an der Spitze seines Stabes ein Feenlicht zu entzünden – Antryg fragte sich, ob er es sein ließ, weil sie als Magier alle die Fähigkeit besaßen, im Dunkeln zu sehen, oder um nicht ungebetene Gäste anzulocken. Die drei jungen Sasenna bildeten die Nachhut.

»Und hast du bei deiner Suche etwas gefunden?« erkundigte sich Daurannon nach einiger Zeit. Das Echo ihrer Schritte folgte ihnen wispernd einige Stufen hinauf und einen Gang entlang, von dessen Wänden gelber Schleim troff; es stank süßlich nach Verwesung. »Dieses Wandernde Tor oder einen Hinweis auf die Kräfte, die ein solches Phänomen erklären könnten?«

Antryg zögerte. Er dachte an die schwebenden Kugeln aus rotem und purpurnem Licht und wie sie vor ihm in der Luft gehangen hatten; dachte an Daurannons vorgebliche Abwesenheit zum Zeitpunkt von Joannas Verschwinden.

»Oder ist das der Grund, weshalb du alleine dieses Tor suchen und deinen .... Freund rufen wolltest?« Trotz der Dunkelheit konnte er sehen, daß sein ehemaliger Kommilitone argwöhnisch die Augen zusammenkniff, und registrierte, daß er den Bleikasten mit den Handschellen unter dem rechten Arm trug, um den linken – den Schwertarm, in Daurannons Fall – freizuhaben.

»Soll ich dir das abnehmen? Wirklich nicht? Liegt es daran, daß du fürchtest, ich könnte ein Mittel finden, das mir erlaubt, Magie zu praktizieren, trotz des Geis', oder verdächtigst du mich immer noch, Suraklin zu sein?«

»Ich habe die Möglichkeit nicht ganz ausgeschlossen.«

»Nicht einmal, nachdem du einen Blick in mein Bewußtsein werfen konntest, als mir das Geis auferlegt wurde?«

»Suraklin hatte große Macht«, antwortete Daurannon halblaut. »Wer konnte ermessen, wozu er fähig war? Wer kann ermessen, wozu du fähig bist? Nandiharrow und Issay sind der Ansicht, daß man dich, wie die Dinge liegen, ruhig unbeaufsichtigt in den Kavernen Nachforschungen anstellen lassen soll, aber selbst wenn sie recht hätten, bin ich mir nicht so sicher, daß du uns alle Ergebnisse mitteilen würdest oder daß es die Wahrheit wäre.«

Antryg seufzte, vergrub die Hände tief in den Taschen seiner Jeans und musterte die Wände der Kammer, durch die sie gingen, von Moderflecken überzogen, aber darunter erkennbar auf den Fels gemalte Schlangen, deren Anordnung beunruhigend an den halb erahnten Plan des Labyrinths gemahnte. »Und ich bin nicht so sicher, daß die Informationen, die ich dem Zirkel gebe, nicht dem zugute kommen, der hinter den jüngsten Ereignissen steckt – wer immer es war, der Joanna entführt hat.«

»Eine plausible Ausrede, um Dinge nicht preisgeben zu müssen«, warf Bentick spitz ein. »Weshalb um alles in der Welt, sollte ein Mitglied des Kollegiums sich so weit herablassen, eine Geisel zu nehmen?«

»Vielleicht, weil er oder sie fürchtet, ich könnte jemanden beschwatzen – Tante Min, zum Beispiel, wenn man glaubt, sie wäre auf ihre alten Tage ein wenig schusselig geworden –, das Geis von mir zu nehmen und mir freie Hand zu lassen? Oder vielleicht, um mich auf ihre Seite zu ziehen, gegen andere Mitglieder des Kollegiums?«

»Lächerlich!« fauchte Daur.

»Auch nicht lächerlicher als die Vorstellung, daß ich –

wäre ich Suraklin, wohlgemerkt – mitten in der Festung meiner Feinde einen Riß im Abyssus kreieren würde, nur um ihnen den Spaß ein wenig zu vergällen.«

»Deine frivole Ausdrucksweise ist fehl am Platz«, wies Daurannon ihn schroff zurecht. »Die Zitadelle liegt auf der Hauptader nach Engelshand und ist verbunden mit fast allen Städten des Reiches. Ich nehme an, daß die Hexenjäger kommen, ist eine Folge von Abominationen, die in der Hauptstadt aufgetaucht sind.«

»Oh, das glaube ich auch. Sie machen schwerlich den langen Weg, um über die Subsidiarien aus der kaiserlichen Schatulle an die Zitadelle zu plaudern.«

Daurannon versteifte sich vor Zorn über die beiläufige Erwähnung – vor den Ohren von Novizen! – von Verbindungen, die nur Eingeweihten bekannt waren.

» ...oder damit der Innere Zirkel sie auf einen Mirabiliten hetzen kann, der zu mächtig geworden ist.«

»Das ist eine ...«

»Wie dem auch sei, Daur, die Tatsache bleibt, daß etwas – oder jemand – bewirkt hat, daß die Experimente des Kollegiums mit dem Abyssus in verhängnisvollem Ausmaß fehlgeschlagen sind, daß die Situation sich stetig verschlimmert ...«

»Behauptest *du*«, fiel Bentick ihm vielsagend ins Wort.

»... und daß sich irgendwo in den Kavernen ein Wurmloch geöffnet hat, zu einer Welt, deren Atmosphäre aus Wasser besteht.« Sie standen unter dem Schacht nach oben, einem steinernen Kamin, der drei Geschosse in die Höhe führte. Zugang gewährte jeweils eine kleine, schiefe Türöffnung. Obwohl sie leise sprachen, hallten ihr Stimmen zwischen den Wänden.

Antryg drehte sich zu Daurannon herum, er sprach mit großer Eindringlichkeit. »Daur, wenn du es bist – oder du, Bentick –, der Joanna aus irgendeinem Grund entführt hat ...«

»Wie kannst du es wagen!« rief der Majordomus, und die jungen Sasenna sahen empört aus.

»... bitte, *bitte*, schafft sie von hier fort, falls es die Kavernen sind, wo sie gefangengehalten wird. Selbst ohne die ... Wesen, die ich hier unten gesehen habe, ist es nur eine Frage der Zeit, bis die unteren Ebenen überschwemmt sind.« In dem graumelierten Gewirr der Haare war sein Gesicht hager und eingefallen, er hatte dunkle Ringe unter den Augen, an seiner Schläfe klebte Blut.

»NeunZehnZwei – mein Freund – sagte, er bekäme keine Meldung von ihrer Anwesenheit in den Kavernen, aber es besteht immer die Möglichkeit eines Schildes um ihre Zelle, eines Zaubers, der vor jeder Art von Entdeckung schützt. Mir geht es nicht anders als euch, es gibt Aspekte dieser Situation, die ich mir nicht erklären kann. Wenn sie hier unten ist, Daur, bring sie woanders hin – oder veranlasse, daß man nach ihr sucht.«

»Damit alle Meistermagier in der Zitadelle – diejenigen, die sich in den Kavernen gut genug auskennen, um an der Suche teilzunehmen – beschäftigt sind?» Der junge Zauberer lehnte sich mit einer Schulter gegen die rostige Eisenleiter und schaute Antryg ins Gesicht; der Argwohn in seinen Augen verschleierte alles, was in ihren Tiefen vorgehen mochte. »Wir haben bereits gesucht – nach dem Wandernden Tor, nach Hinweisen – und nichts Brauchbares gefunden. Was bringt dich auf den Gedanken ...«

Shreb, die größte der drei Novizen, schrie: *»Paßt auf!«*

Antryg und Daurannon wirbelten herum, und gleichzeitig fiel ihr Blick auf etwas Riesiges, Schwammiges und Abscheuliches, das aus der Tür rechterhand in den Schacht platzte; etwas, das sich mit der entsetzlichen Schnelligkeit einer Wolfsspinne bewegte, aber der weiche, formlose Körper öffnete sich schmatzend und ließ ein Gewimmel schleimiger, dornenbesetzter Zungen sehen. Daurannon stieß die Hand darauf zu ...

Nichts geschah.

Kein Blitz, keine Magie, keine Hilfe.

Antryg riß der Novizin das Schwert aus der Hand, gerade als die Abomination sich auf Gyrik stürzte und den Jungen in eine obszöne Masse aus triefendem Gallert einhüllte. Der Junge schrie und schlug verzweifelt um sich, während

Daurannon noch immer fassungslos auf seine Hand starrte. Bentick hob seinen Stab, um dem Wesen einen Energiestrahl entgegenzuschleudern , dessen zerstörerische Aura unzweifelhaft auch Antryg ergriffen hätte, hätte es einen Energiestrahl gegeben. Aber wie bei Daurannon geschah nichts. Der dritte Novize, ein Junge namens Nye, war vorgesprungen und hieb neben Antryg mit dem Schwert auf die milchige Haut des Ungeheuers ein.

Aber das Ding war zäher, als es aussah, und die ganze Zeit schrie Gyrik, erst vor Schmerz und Grauen, dann mit überschnappender, kaum noch menschlicher Stimme, ekelerregend gedämpft von den qualligen Massen. Blut lief in Strömen an seinen Beinen hinunter, einen Moment später fiel er auf die Knie. Antryg und die beiden Sasenna hackten und stachen verbissen auf den nachgiebigen Körper ein, während Daurannon und Bentick in ratloser Hast Zeichen in die Luft schrieben, die keine magische Energie aus der Luft herbeizauberten, und Worte sprachen, die wirkungslos verhallten – pathetischer Hokuspokus angesichts des furchtbaren Geschehens.

Gyriks Schreie brachen mit einem röchelnden Gurgeln ab. Die Kreatur, von den Schwerthieben gezeichnet, löste sich von ihrem Opfer und kroch davon, ihre fransenartigen Tentakel bewegten sich unabhängig voneinander wie flache, aufgedunsene Würmer; zurück blieb etwas, bei dessen Anblick Bentick plötzlich kreidebleich wurde und Shreb sich in einer Ecke würgend übergab. Antryg kniete neben dem blutroten Klumpen von Gyriks Kopf und Oberkörper nieder und berührte das rohe Fleisch des Gesichts. Nach einem letzten Aufbäumen hörte der Junge auf zu atmen.

»Kümmere dich um Shreb, Bentick«, sagte Antryg tonlos über die Schulter, als Daurannon neben ihm auf die Knie sank.

»Ich konnte nicht einmal Feuer rufen.« Daurannons Lippen waren grau. »Ich kann nicht ...«

»Dann schlage ich vor, daß wir alle schleunigst dieser ungastlichen Stätte den Rücken kehren.« Antryg stand auf. Seine Hände, wo er Gyriks Stirn berührt hatte, brannten ein wenig; schnell zog er die Handschuhe aus und wischte die Finger an seinen ohnehin arg mitgenommenen Rockschößen ab. »Und hoffen wir, dies ist nur ein begrenzter Feldeffekt, wie der Katzenbann oder der Kältefleck auf der Treppe zwischen dem Oberen Torhaus und der Bibliothek, von dem Tom mir erzählt hat, andernfalls stecken wir alle in verflucht viel größeren Schwierigkeiten, als ich Lust habe mir auszumalen, wenn die Handlanger der Inquisition uns beehren.«

Erst nachdem sie zwei Drittel des Schachts hinaufgestiegen waren, gelang es sowohl Daurannon als auch Bentick, über ihren Köpfen die kleinen blauen Flammen der Feenlichter entstehen zu lassen; in dem geisterhaften Schimmer glänzte die hohe Stirn des älteren Mannes feucht, und das von ersten silbernen Fäden durchzogene Haar des jüngeren war schweißverklebt. Später färbte der Stoff von Antrygs Rockschößen sich braun und zerfiel an den Stellen, wo er sich die Hände abgewischt hatte; tags darauf waren seine Finger übersät von kleinen Blasen.

Doch zu dem Zeitpunkt war die Erkenntnis, daß Nischen existierten, wo die Zauberkraft neutralisiert oder ins Gegenteil verkehrt wurde, die geringste Sorge der Bewohner der Zitadelle.

Ein junger Magier namens Truvas verfiel auf den Gedanken, seinem Meister einen Streich zu spielen, indem er einen Zauber etablierte, der bewirken sollte, daß er sich in seinem eigenen Haus verirrte. Der Meister trat durch die Tür, und nach einer Woche folgte ihm sein Schüler Truvas ins Innere des Hauses, um nach ihm zu suchen. Keiner von beiden ward je wieder gesehen.

DAS BUCH VON TETHYS DEM BRAUNEN

11. KAPITEL

»Schande über ihn, Schande über sein Haupt! Verflucht soll er sein – tausendmal verflucht ... Oh, lieber Gott, erlöse mich, laß mich nicht hier verderben ...«

Je näher Joanna der Stimme kam, desto verständlicher wurde das monotone Flüstern. Eine Frauenstimme, leiernd wie in Trance, verzagt – als kauerte die Sprecherin in einer Ecke und wiegte sich wie ein geschlagenes Kind zu dieser abgenutzten Litanei der Verzweiflung. Joanna hörte seit fast einer Stunde diese Stimme, während sie in der undurchdringlichen Finsternis versuchte, sich daran zu orientieren. Manchmal versiegte der Strom der Worte, setzte aber stets wieder ein, nicht einmal verzweifelt oder leiderfüllt – vollkommen ausdruckslos. Sie vermutete, daß die Frau irgendwo vor ihr in einem ähnlichen Korridor wie diesem hockte und den Verstand verloren hatte.

Wie auch immer, es war eine menschliche Stimme, die erste, die sie an diesem schrecklichen Ort vernahm. Und so sehr ihr das Gemurmel schon bald an den Nerven zerrte, sie tastete sich darauf zu.

Ihr waren andere, sehr viel weniger erfreuliche Dinge während ihres Herumirrens in der Dunkelheit begegnet.

Nach der Flucht vor dem riesigen, unsichtbaren Insektenwesen hatte sie auf dem Boden gelegen und geweint, bis sie nicht mehr weinen konnte, dann war sie erschöpft eingeschlafen. Beim Erwachen fand sie alles unverändert vor, keine gütige Fee hatte ihren Zauberstab geschwungen und sie wieder nach Hause in ihr Bett versetzt. Nach wie vor herrschte undurchdringliche Dunkelheit, weder die Taschenlampe noch die Beleuchtung ihrer Digitaluhr noch die Streichhölzer in ihrer Tasche funktionierten; sie hatte keinen Hunger und keinen Durst. Angst, schon vertraut, durchströmte sie wie eine lähmende Woge – Angst vor dem, was die Finsternis vielleicht noch an Schrecken bereithielt; Angst, den Weg zurück nicht mehr zu finden; Angst, daß all diese Ängste ohne Bedeutung waren.

Nach einiger Zeit – gab es *Zeit* an einem Ort wie diesem? – war sie aufgestanden und weitergegangen.

Die Angst hatte sie seither nicht mehr losgelassen.

Zum Teil war es Furcht, wieder dem Insektendämon zu begegnen oder ähnlichen Wesen: Kreaturen, die sich kreischend auf sie stürzten, sie verfolgten. Tatsächlich stieß ihr genau das noch ein weiteres Mal zu, und jetzt bewegte sie sich mit schmerzhaft angespannten Sinnen durch die Gänge.

Einmal, hinter einer Biegung, war sie einer anderen Gefahr begegnet, etwas – sie konnte es nicht beschreiben. Nichts Greifbares, eine ungeheure, lauernde Aura des Schweigens, eines lauernden, lebendigen Schweigens, das sie gegen ihren Willen anzog.

Als sie dort stand und sich fragte, ob es nun soweit war, daß sie anfing, Gespenster zu sehen, beschlich sie ein merkwürdiges Gefühl, als ob ihr die Kraft, der Wille, sogar die elektromagnetische Wärmestrahlung ihrer Körperchemie entzogen würde, mit einer schleichenden Unerbittlichkeit, die danach strebte, alles in sich aufzusaugen, bis auf den letzten Funken Leben. Es war die Ahnung einer obszönen Unersättlichkeit, eines imaginären Schlundes, der alles und jedes verschlang, das in den Sog geriet.

Mit weichen Knien war sie zurückgewichen, und obwohl sie noch immer kein Geräusch hörte, glaubte sie in der Dunkelheit eine Bewegung wahrzunehmen.

In panischem Entsetzen lief sie davon, blindlings durch die gewundenen Gänge, dabei pochte hinter ihrer Stirn der Gedanke: *Wenn ich mich nun im Kreis bewege und von der anderen Seite in die Falle hineinstolpere? Oder in eine noch viel schlimmere?*

Und dann hatte sie das Flüstern gehört, das eintönige Murmeln einer anderen menschlichen Stimme, und hielt darauf zu, so gut es ging, während ihre Phantasie ein Horrorszenario nach dem anderen aus dem reichen Schatz einschlägiger Hollywoodproduktionen heraufbeschwor.

– Das Etwas, der körperlose Vampir, besaß die Fähigkeit, menschliche Stimmen nachzuahmen.

– Wer immer sie hier eingesperrt hatte, hatte auch einen Cassettenrecorder installiert, mit einem Endlosband – vielleicht aus keinem anderen Grund als dem, sich an ihrer Verzweiflung zu weiden, wenn sie entdeckte, daß sie getäuscht worden war.

– Die Stimme gehörte einer ausgemergelten Vettel in Lumpen, die seit neunzig Jahren brabbelnd in ihrer Ecke saß.

»Verflucht soll er sein, verflucht sein Name ... O Gott, hab' Erbarmen, errette mich ... In ewiger Verdammnis soll er schmachten ...«

»Wer ist da?« Ihre eigene Stimme tönte ihr laut, fremd, unwirklich in den Ohren.

»Wer ruft? Sind meine Gebete erhört worden?« kam schluchzend die Antwort – *also kein Endlosband* –, gefolgt von dem Rascheln steifer, schwerer Stoffe, dem Froufrou von Taft und eine Wolke Parfum- und Puderduft. Eine Hand berührte ihre, forschend und tastend in der Dunkelheit – *Gut. Es ist dunkel. Ich bin nicht blind*. Eine Frauenhand, weich und gepflegt, mit langen Nägeln und einem Armband aus Perlen, wie es sich anfühlte.

»Mein Name ist Joanna Sheraton.«

»Seid Ihr auch seine Gefangene?« flüsterte die Fremde. »Ist Euer Gemahl auch einer seiner Feinde? Ich weiß, mein Gatte wird ihm geben, was er verlangt.« Die Hände ergriffen von ihr Besitz, penetrant, fingernd, tätschelnd, wie die eines schlechterzogenen Kindes, grapschten nach ihrem Haar, fummelten an ihrem Mund, bis Joanna sie wegschob. Es gab keinen Widerstand, und auch das erinnerte an ein Kind.

»Wenn er mit meinem Gemahl spricht – meinem Gwimat – wird Gwimat auf seine Bedingungen eingehen. Seine Bedingungen sind nicht so unerfüllbar – nur das Warten ertrage ich nicht. Endlos, endlos – mir kommt es vor wie eine Ewigkeit ... Verflucht soll er sein ...«

»Wer bist du?« Joanna tastete ihrerseits nach ihrer Leidensgefährtin, aber behutsam, um nicht erneute Zudringlichkeiten herauszufordern, die sie an ihre Mutter erinnerten, an das verhaßte, betuliche Herumzupfen und -ziehen an ihren Haaren und Kleidern. Sie fühlte runde Arme, umhüllt von glattem, seidigem Stoff, kratzige Spitzen an den Ellenbogen. Diese Art von Kleidern hatte sie auch getragen, bei ihren Aufenthalten in Antrygs Welt. Die Frau schlang die Arme um Joanna und legte den Kopf an ihre Schulter – sie war etwas größer als sie, die Frisur in Auflösung begriffen und durchsetzt mit spitzen Haarnadeln.

»Oh, er soll in der Hölle braten! Ich weiß, er ist schuld. Ich weiß, er hat mich entführt. Nur er kann es sein.« Joanna wandte das Gesicht ab, zwang sich jedoch, die Umarmung zu dulden. Erst neuerdings hatte sie begriffen, wie sehr die meisten Menschen – sie selbst eingeschlossen – sich danach sehnten, umarmt und festgehalten zu werden. Gelernt hatte sie es durch die unselbstsüchtige Körperlichkeit von Antrygs Umarmungen und ihre eigene spontane Freude daran, ihn an sich zu drücken.

»Er wußte, daß mein Gemahl gegen ihn arbeitete; er hat mich entführt und hält mich gefangen, um Gwimat zu erpressen. Sobald Gwimat seine Bedingungen hört, wird er tun, was er verlangt, um mich zurückzubekommen. Er würde alles tun, um mich zurückzubekommen. Nur das Warten ist so schwer, ich war immer ungeduldig, immer. Gott hat Euch geschickt, meine Freundin. Gott hat Euch gesandt, um mir zu helfen, diese Prüfung geduldig zu ertragen ...«

»Wer bist du?« fragte Joanna wieder und machte sich behutsam frei. »Und wer hat dich hergebracht? Und wo sind wir?«

Als hätte sie nichts gehört, sank die Frau in einer Wolke aus Satin und Tüll zu Boden und versuchte, Joanna mit sich zu ziehen, dabei verfiel sie wieder in ihren einförmigen Monolog. Es war kein vernünftiges Wort aus ihr herauszubringen, nur endloses Jammern und Wiederholungen der immer gleichen Sätze: ihr Gemahl werde kommen und sie befreien; ihr Gemahl werde nicht zulassen, daß man sie gefangenhielt; das Warten fiele ihr so schwer.

Nach einer Ewigkeit befreite Joanna sich nicht ohne Schwierigkeiten aus dem krampfhaften Griff und setzte ihren Weg in das dunkle Labyrinth fort. An ihrem Schlafanzug haftete der süßliche Parfumduft der Frau, eine Erinnerung daran, daß sie existierte, wie auch das Murmeln, das allmählich hinter ihr verklang. Noch in Hörweite nahm sie eine zweite Garnspule aus der Tasche und klebte sie mit einem Stück Isolierband an der Wand fest. Irgendwann, und vielleicht schon in absehbarer Zeit, war sie vielleicht verzweifelt genug, um sich nach jeder Art von Gesellschaft zu sehnen und wollte den Rückweg finden.

Doch während sie den Faden abspulte, diesen tröstlichen Führer durch die Dunkelheit von Nirgendwo, fragte sie sich, wie lange es wohl dauerte, bis sie selbst in einer Ecke hockte und monotone Selbstgespräche führte.

»Joanna!«

Vor Schreck blieb ihr fast das Herz stehen, sie suchte Rükkendeckung an der Wand, dabei überschlugen sich ihre Gedanken: *Was für ein Dämon ist das? Wie kann er meinen Namen wissen? Wieso kommt mir die Stimme bekannt vor?*

»Joanna Sheraton?« Die Stimme aus der Dunkelheit war vertraut, aber nicht unterzubringen; männlich, ein angenehmer, geschulter Bariton. Weshalb mußte sie an einen Schauspieler denken?

»Ich bin es, Magister Magus. Ist da Joanna Sheraton?«

»Magus!« stieß sie schluchzend hervor. »Hier ... Ich bin hier ...«

Eine zaghafte Hand berührte ihre Schulter, sie griff danach und fühlte sich von der Heftigkeit der Gebärde bestürzend an die geistig umnachtete Frau erinnert, die sie eben erst verlassen hatte. Über dem Gelenk ertastete sie den Ärmel eines exquisit gesteppten Hausmantels aus geripptem Samt. *Zur Hölle mit mädchenhafter Scheu,* dachte sie und warf sich dem Mirabiliten an die Brust. Er erwiderte die Umarmung, nicht weniger dankbar als sie für menschliche Gesellschaft, trotz der Tatsache, daß er bei der letzten Begegnung dank ihrer Intervention einen gehörigen Schlag auf den Kopf hatte hinnehmen müssen. Sein parfümierter schwarzer, silbern melierter Bart kratzte.

»Mein liebes, liebes Kind ...«

»Magus, was hat das alles zu bedeuten?« Die Worte sprudelten aus ihr heraus. »Wo sind wir, wer, zum Teufel, ist diese Frau, und was tun wir hier?«

Sie konnte fühlen, wie sein Körper in sich zusammensank; er ließ die Schultern hängen und seufzte. »Oh«, sagte er niedergeschlagen, »du weißt es nicht?«

Verflucht, dachte sie, denn es konnte keinen Zweifel daran geben, was er gleich sagen würde. *Verflucht, verflucht, verflucht* ... »Soll das heißen, du hast auch keine Ahnung?«

»Nun«, meinte er nach einem Augenblick. »Ich weiß, wo wir sind, und ich glaube sagen zu können, wer diese bedauernswerte Frau ist. Aber was das Warum angeht ...«

»Jede Information ist besser, als im Dunkeln herumzuirren und Angst zu haben, daß man in die Fänge von diesem – diesem Ding gerät ...«

»Was für ein Ding?« Aber sein unbehaglicher Tonfall verriet ihr, daß er genau wußte, was sie meinte. Er war einen Schritt zurückgetreten, hielt aber immer noch ihre Hand fest.

»Das – ich weiß nicht. Etwas in der Dunkelheit. Es – es war ein Gefühl, als ob etwas danach gierte, mit das Leben auszusaugen, restlos, bis zum letzten Funken Wärme in meinem Blut.«

»Ah«, hauchte der Magus erleichtert, »also war es kein Hirngespinst. Ich hatte schon Angst ...«

Auch wenn dieser Freund Antrygs nicht unbedingt der ideale Helfer in einer Bredouille war, an ihrer Freude, ihn zu treffen, änderte diese Tatsache nichts. Der Magister Magus mochte ein Mirabilit sein, ein Scharlatan, der sein Geld – viel Geld! – mit Wahrsagerei verdiente, mit Liebestränken, phantasievollen Apotropäen und Binsenweisheiten für die abergläubischen Herren und Damen der oberen Klassen von Engelshand, doch schon zweimal hatte er ihr und Antryg in der Vergangenheit beigestanden, als sie in Not waren. Und selbst wenn es nicht so gewesen wäre, selbst wenn es sich bei dem Magus um einen völlig Fremden gehandelt hätte, wenigstens konnte man mit ihm reden. Und er wußte mehr als sie.

»Was glaubst du, was das gewesen ist?« fragte sie.

Er ließ sich Zeit mit der Antwort. »Ich glaube«, meinte er schließlich, »es muß der *tsaeati* gewesen sein ...« Der Verständigungszauber, der aufgrund ihres langen Zusammenseins mit Antryg noch wirkte, übersetzte das Wort in ihrem Bewußtsein aus einer archaischen Variante der Sprache Ferryths als *Seelenesser.*

»Man sagte, er wäre unzerstörbar. Er verschlang alles, was ihm in den Weg kam, und kehrte die Waffen der Magier, die ihn zu überwinden trachteten – Feuer, Blitz, Zauberei – gegen sie, bis Berengis der Schwarze ihn in einen Kristall bannte, den Braunen Stern, worin es offenbar unmöglich ist, etwas zu verzehren.«

»Und in diesem Braunen Stern befinden wir uns?« fragte Joanna. »Ich meine, vielleicht ist es nicht unmöglich, etwas zu verzehren, aber tatsächlich habe ich weder Hunger noch Durst, dabei muß ich schon seit Tagen hier sein. Und«, fügte sie hinzu, »die Streichhölzer in meiner Tasche zünden nicht, also scheint irgendeine Kraft die Transformation von Energie zu verhindern – mit anderen Worten, der Schwefel am Zündholzkopf oxidiert nicht.«

»Exakt«, stimmte der Magus ihr zu. Sein Tonfall drückte

eine wissenschaftliche Genugtuung aus, die Joanna nicht teilen konnte.

»Das beantwortet immer noch nicht die Frage, weshalb auch wir in diesem Kristall eingesperrt sind.«

Sie hörte nicht nur, sondern spürte auch, wie er seufzend den Atem ausstieß.

»Nun – Berengis der Schwarze war Hofmagier der Grafen Caeline, und der Braune Stern muß im Laufe der Zeit aus dem Familienbesitz in die Hände von Suraklin, dem Dunklen Magus, gefallen sein. Leute verschwanden, um niemals wieder aufzutauchen, oder, in den wenigen Fällen, wenn jemand zurückkehrte, konnte der Betreffende weder erklären, wo er gewesen war, noch wieviel Zeit er an dem geheimnisvollen Ort verbracht hatte. Diese Frau, von der ich annehme, daß es sich um Irina Siltrayne handelt, die Gemahlin eines seiner Widersacher, scheint mir ein Beweis für meine Vermutung zu sein. Sie verschwand nur wenige Tage, bevor die Nigromanten des Kollegiums und die Truppen des Kaisers gegen Suraklins Zitadelle marschierten. Man hat nie wieder eine Spur von ihr gefunden.«

»Jesus Christus«, flüsterte Joanna bestürzt. »Du willst behaupten, die arme Frau wartet seit *fünfundzwanzig* Jahren darauf, daß man sie befreit? Zusammengepfercht mit diesen Dämonen und dem – dem *tsaeati* ...?«

»So scheint es«, antwortete der Magister Magus düster. »Seit ich hier bin, habe ich etliche Male versucht, mit ihr zu reden, aber ich fürchte, für sie gibt es keine wirkliche Rettung mehr.«

»Wie schrecklich.« Joanna schüttelte sich. »So lange ...« Sie schwieg und versuchte, sich dieses Schicksal auszumalen, doch ihr Verstand scheute davor zurück. »Aber wie bist *du* hierhergekommen? Und wer hat *mir* das angetan?«

»Nun«, antwortete der kleine Mirabilit bedächtig, »das ist eine ziemlich lange Geschichte. Du weißt, daß Salteris, der Erzmagus, verschwunden war, und später erreichte die Nigromanten in Engelshand die Nachricht von seinem Tod. Es wurde gemunkelt, Antryg hätte ihn ermordet, aber das ist absurd. Er verehrte Salteris.«

»Nein.« Joanna schüttelte den Kopf, ohne daran zu denken, daß man es im Dunkeln nicht sehen konnte. »Ich meine, ja, er liebte Salteris wie einen Vater, trotzdem ist wahr, daß er ihn getötet hat. Ich erkläre dir den Zusammenhang später.«

Der Magus schwieg eine Weile. Joanna ging zur Wand und setzte sich auf den Boden, der Mirabilit folgte ihrem Beispiel. Dabei streifte sie der Saum seines Hausmantels – aller Wahrscheinlichkeit nach war es der aus schwarzem Samt, den er morgens zu tragen pflegte (seit den Tagen als Gast in seinem Haus in Engelshand kannte sie einige seiner Gewohnheiten): flauschig, luxuriös, mit Aufschlägen und Revers aus grünem Atlas, der seinen Augen wie heller Smaragd einen faszinierenden Schimmer verlieh.

Endlich sagte er: »Nun, jedenfalls erfuhr auch ich von Salteris' Tod. Ich war eben erst wieder in Engelshand eingetroffen, nach – hm – einem Aufenthalt auf Prinz Cerdics Gütern.« Er räusperte sich unbehaglich bei der Erinnerung an die Zeit als unfreiwilliger Handlanger des Magiers Gaire – von dem Joanna und einige wenige Eingeweihte glaubten, er sei in Wirklichkeit Suraklin gewesen.

»Verständlicherweise herrschte bei den Nigromanten große Aufregung, sie verließen den Winkel der Magier und eines Nachts ... Nun, um es kurz zu machen, Wißbegierde trieb mich, in Salteris' Haus einzudringen. Mein Interesse galt hauptsächlich Büchern. Ich mag ein Mirabilit sein, aber ich verfüge über einige Macht ...«

»Ich weiß«, bemerkte Joanna. »Antryg hat immer gesagt, du wärst befähigt, einer der besten Nigromanten zu sein, wenn du dich überwinden könntest, die Gelübde abzulegen.«

»Na, das hätte mir vielleicht was genützt!« brummte der Zauberer. »Schwören, von dem einzigen wirklichen Talent, das einem in die Wiege gelegt wurde, nie für Geld Gebrauch zu machen, im Austausch dafür, daß sie einem ihre reine Lehre aufoktroyieren, als wäre es eine unermeßliche Gnade. Nun gut. Ich – ich wollte mehr. Ich wollte lernen, und ich wollte – Zaubermittel. Insbesondere Teleskugeln, von denen Salteris angeblich drei besaß. Dinge, die mir soviel Macht verliehen, daß ich mir nicht wieder gefallen lassen mußte, von dreisten jungen Sasenna auf den Kopf geschlagen zu werden, die mehr Respekt vor älteren Leuten haben sollten.«

»Hast du Caris gesehen?« unterbrach ihn Joanna, um von diesem letzten, unerquicklichen Zusammentreffen in Devilsgate Manor abzulenken. »Geht es ihm gut?«

»So gut, wie es einem Sasenna gehen kann, dessen eine Hand verkrüppelt ist.« Ungeachtet seiner leichten Verschnupftheit hörte Joanna das aufrichtige Mitgefühl aus seiner Stimme heraus. »Wie ich hörte, macht er dieser Tage eine Ausbildung zum Heiler. In Abständen kursieren Gerüchte über ihn und die Gemahlin des Regenten, Pellicida, aber er ist so ungeheuer phlegmatisch, und sie ist so unübersehbar schwanger, daß ich vermute, sie sind kein besonders ergiebiges Thema, um sich beim Nachmittagstee die Zungen zu wetzen; außerdem scheint Pellicida die einzige Frau zu sein, die der Regent schätzt oder respektiert. Wo war ich stehengeblieben? Ach ja, der Braune Stern ...«

Er seufzte. »Der Braune Stern war eins der Artefakte, die ich unter Salteris' Besitztümern fand, versteckt in einem Wandschrank mit Geheimschloß – und vermutlich mit einem Zauber getarnt, solange Salteris lebte. Aller Wahrscheinlichkeit nach hat er ihn gefunden und an sich genommen, als Suraklins Zitadelle fiel ...«

»Nein«, unterbrach ihn Joanna, »nein, ich glaube ... Die ganze Sache ist zu kompliziert, um sie jetzt zu erklären. Aber wenn Antryg recht hatte – wenn Suraklin erst in den Körper des Kaisers und dann, Jahre später, in den von Salteris geschlüpft ist, glaube ich, daß er den Braunen Stern selbst aus den Trümmern seiner Festung gerettet hat. Aber wie dem auch sei ...«

»Wie dem auch sei«, sprach der Magister Magus weiter, »er fiel in meine Hände.«

Es entstand ein längeres Schweigen, endlich von Joanna gebrochen. »Ich ahne nichts Gutes.«

»Zu Recht.« Seine Stimme klang bedrückt. »Ich weiß

nicht, wie lange es her ist, Wochen, Monate – Jahre vielleicht, wie soll man das beurteilen in dieser ewig gleichen Finsternis. Mitten in der Nacht weckte mich ein Geräusch. Ich ging leise die Treppe hinunter in mein Arbeitszimmer, wo ich den Stern gelassen hatte, sicher verwahrt in einem Geheimfach meines Schreibtischs. Und – ich kann mich nicht mehr genau erinnern, was geschah. Manchmal bin ich ganz sicher, eine schwarze Gestalt gesehen zu haben, die neben dem Schreibtisch stand und sich zu mir herumdrehte. Dann wieder denke ich, mein Verstand gaukelt mir nur vor, was sich abgespielt haben *könnte*. Ob nun Wahrheit oder Einbildung, hier fand ich mich wieder.«

Joanna drückte mitfühlend seine Hand und berichtete ihm in kurzen Worten von den Ereignissen, die zu ihrem eigenen alptraumhaften Erwachen geführt hatten. »Du siehst also, mein Hiersein muß etwas mit Antryg zu tun haben. Was dich angeht – ich weiß nicht. Vermutlich warst du einfach zur falschen Zeit am falschen Ort, und laß dir das eine Lehre sein, künftig kein begehrliches Auge auf magische Artefakte zu werfen, die dir nicht gehören.«

»Du hörst dich schon an wie dein neunmalkluger Freund«, sagte der Magus verdrossen. Wieder entstand ein Schweigen, publikumswirksam untermalt von kreischendem Gelächter aus nichtmenschlichen Kehlen irgendwo in der Dunkelheit – wer weiß was für Geschöpfe, dachte Joanna, die ein Zauberer, unfähig, sie auf andere Art loszuwerden, kurzerhand hier deponiert hatte, ohne sich Gedanken darüber zu machen, wie viele vor ihm schon auf den gleichen Ausweg verfallen waren. Sie fragte sich, ob der *tsaeati* Lady Irina den Verstand geraubt hatte, so daß sie jetzt murmelnd von den wenigen Erinnerungen zehrte, die ihr geblieben waren, und wie viele Unglückliche es gab, in den Kristall gebannt und vergessen, die nur noch stumm ins Leere starrten und warteten.

»Das einzig Positive, was ich dieser Situation abgewinnen kann«, bemerkte der Magister Magus nach einer Weile, »abgesehen von der reinen Freude deiner Gesellschaft, obwohl ich mir natürlich wünschte, das Wiedersehen hätte unter erfreulicheren Umständen stattgefunden, und selbstverständlich tut es mir leid, dich in dieser scheußlichen Lage zu sehen …«

»Nicht so leid, wie es mir tut!«

Er lachte freudlos in sich hinein. »Das einzig Positive, wie gesagt, besteht darin, daß ich nie erlebt habe, daß Antryg einen Freund im Stich gelassen hätte. Er liebt dich, Joanna – und er ist ein sehr mächtiger Zauberer. Ich kenne ihn seit Jahren, und ich weiß, er wird alles daransetzen, dich zu befreien, und wenn es ihn das Leben kostet.«

»Schön, das zu wissen.« Joanna seufzte. »Aber *wenn* er versucht, uns zu retten, und *wenn* es ihn das Leben kostet, bevor er herausfindet, wo wir sind – was dann?«

»Ich wünschte, du würdest deine Unkerei für dich behalten«, murmelte ihr Leidensgefährte, dann versanken beide in stumme Kontemplation ihrer wenig rosigen Zukunftsaussichten.

Alle Magie ist Ausgewogenheit. Die Macht, die Wind und Regen herbeiruft, die Feuer beschwört, die den Lauf der Dinge verändert, muß einen Ursprung haben: die Energie der Sterne, der Erde, Blut und Knochen und Leben des Zauberers. In gleicher Wiese hat alles, was geschieht, Auswirkungen auf irgend etwas oder irgend jemanden – der Regen, welcher die Erde nährt, Flüsse über die Ufer treten läßt und verhindert, daß Nachrichten beizeiten übermittelt werden; das Feuer, das Wärme spendet, verzehrt das Holz; der geringste Anstoß setzt eine Kette von Ereignissen in Gang, die andere Ereignisse bewirken, die nicht vorhersehbar sind. All dies muß von dem Magier in Erwägung gezogen werden.

ISAR CHELLADIN
Über das Wirken von Zaubern

12. KAPITEL

Obwohl es höchstens fünf Uhr früh sein konnte, als zwei sehr erschütterte Sasenna Antryg zurück zur Pfeffermühle eskortierten, war es bereits taghell. Er dankte Shreb und Nye und bot ihnen Tee an, was sie nach einem Augenblick der Verwirrung ablehnten – es war nicht üblich, diensttuenden Sasenna etwas zu essen oder zu trinken anzubieten, ebensowenig, wie man einen Diensboten oder ein Schwert zu Tisch gebeten hätte: Sasenna galten – nach ihrer eigenen Auffassung und auch nach Ansicht derer, denen sie Gefolgschaft schworen – als eine Kombination aus beidem. Nachdem sie gegangen waren, nahm Antryg seine zwei schönsten Windräder – ein rotes und eine erstaunliche Doppelkonstruktion, die sich in beide Richtungen gleichzeitig drehte – pflückte einen Armvoll Gilbweiderich und Mohn, durchflochten von duftendem Jelängerejelieber, und machte sich auf den Weg zum morgenstillen Komplex der Bibliothek, um alles im Skriptorium niederzulegen, vor Seldes Katnes verschlossener Tür.

Danach holte er sich ein frisches Hemd und stieg auf einer schmalen, hölzernen Zickzacktreppe, durch Efeu und Himbeergesträusch hinunter zum Badehaus, einem länglichen Fachwerkbau, wie ein ausgestreckter Arm an der Ostseite des Polygons.

Frisch gebadet und rasiert fühlte er sich besser, wenn auch hundemüde. In der Küche bat er Pothatch um Tee und Muffins, setzte sich mit seinem Tablett an den Tisch der Adepten im großen, halbleeren Saal des Refektoriums und lauschte den Geprächen. Gyriks Tod hatte große Aufregung und Bestürzung verursacht, es kursierten die wildesten Spekulationen, deshalb hielt Antryg es für richtig, das halbe Dutzend junger Leute an seinem Tisch über den wahren Sachverhalt aufzuklären. Gyrik war beliebt gewesen, aber daran lag es nicht allein: man warf sich unbehagliche Blicke zu bei dem Gedanken, daß Magie fehlbar sein könnte.

»Bestimmt ist Phormion deshalb nicht hier«, bemerkte Gilda und blickte zu dem kleinen Grüppchen Meistermagier am oberen Tisch. »Er war einer ihrer besten Schüler.«

»Ich weiß nicht, ob das der Grund ist«, wandte Brunus ein und hob den Blick von den Schriften, die er studierte, selbst während er imposante Mengen Speck, Hafergrütze und Obst vertilgte. »Seit zwei Tagen hat sie keinen Unterricht mehr gehalten.«

»Und sie sah furchtbar aus am letzten Tag, als sie noch in die Klasse kam«, fügte Cylin hinzu, ein sehr großer, sehr ernster Adept aus Senterwing.

Brunus nickte. »Nicht krank, sondern verstört«, erklärte er auf Antrygs fragenden Blick hin. »Sie schaute dauernd über die Schulter, dabei waren wir oben auf der Plattform der Sternenwarte, zu der nur die Treppe von der Bibliothek hinaufführt. Ich glaube, sie ist einen Meter hochgesprungen, als Goldhand sie von hinten ansprach.«

Mit nachdenklich gekrauster Stirn goß er Milch in seinen Tee und rührte um. Antryg schmunzelte verstohlen. Hier war noch einer vom, wie Lady Rosamund es in ihren eigenen Novizentagen nur halb im Scherz genannt hatte, ›Milchgeschwader‹. Die Aristokratie und jene des gehobenen Bürgertums, die sich besonders vornehm geben wollten, tranken hellen orientalischen Tee oder starken, bitteren Kaffee schwarz – *pur*, nannten es die Wächter des guten Tons – oder höchstens mit winzigen Prisen weißen Zuckers; auf dem Land verleibte man sich humpenweise mit Honig gesüßten Tee ein und kaute hinterher Kandis, falls man welchen ergattern konnte, wie Antryg es eben genüßlich tat. Tee oder Kaffee mit Milch zu versetzen galt als unfein, üblich höchstens bei Angehörigen der Unterschicht.

Ein Rundblick zeigte Antryg, daß weder Otaro noch Goldhand anwesend waren.

Übrigens auch nicht Q'iin oder Whitwell Simm, Seldes Katne oder Issay Bel-Caire oder einer von den anderen, die sonst im Refektorium zu frühstücken pflegten. Oder die Erzmagierin selbst. Aber trotzdem ...

Kyra die Rote und Cylins leichtfertiger Freund Mick kamen an den Tisch, um ihr Scherflein zur Unterhaltung beizutragen: sehr früh an diesem Morgen hatten sich alle drei Milchmädchen samt Tom dem Gärtner in dem zwanzig Quadratmeter großen Areal zwischen den Kuhställen und der Treppe zum Hintereingang der Küche verlaufen. Hilflos irrten sie zwischen den verwitterten Koppelzäunen und Scheunen mit Winterfutter herum, bis es Tom mit Hilfe eines Bindfadens aus seiner Tasche gelang, einen Weg aus dem Wirkungsbereich des Zaubers zu finden und Nandiharrow zu rufen, um das Feld magischer Verwirrung aufzulösen, das über der Stelle hing. Zwei der Mädchen hatten die Zitadelle verlassen, ohne auch nur die Milch in die Setzpfannen gegossen zu haben.

»Nun, das könnte einer der Grünschnäbel aus dem ersten Jahr bewerkstelligt haben«, meinte Gilda, aber Kyra wischte die Bemerkung mit einer Armbewegung beiseite, wobei sie um ein Haar die Teekanne hinuntergestoßen hätte.

»Ich kann mir nicht vorstellen, daß selbst der jüngste denen ohne das Geburtsrecht einen so gemeinen Streich spielen würde«, sagte sie, während ihre Kommilitonen das

Geschirr vor dem Schlimmsten zu bewahren suchten. »Außerdem wäre es viel zu einfach. Wirklich, Mick, selbst du könntest das mit links. Aber ein Feld zu etablieren, in dem ein *Meister* sich verirrt ...«

Ein spannungsgeladenes Schweigen senkte sich herab.

»Wie schützt man sich davor, selbst hineinzugeraten?« fragte Mick. Seine blauen Augen funkelten.

»Man braucht einen Vier-Ecken Talisman ...«

»Und eine externe Energiequelle ...«

»Ich schlage vor«, mischte Antryg sich bedauernd ein, »daß derlei Gespräche rein theoretisch bleiben sollten, wenigstens vorläufig.«

Sie sahen enttäuscht aus, nickten aber – Antryg ahnte jedoch, daß es, sobald die gegenwärtige Krise ausgestanden war, in der Zitadelle mehr als die üblichen Navigationsprobleme geben würde. Ihm fielen die extrem begrenzten Platzregen ein, die seinen und Daurs zweiten Sommer hier belebt hatten. Kein Wunder, daß überall auf dem Kulm dank der günstigen Bedingungen ein bunter Reigen alter magischer Possen fröhliche Urständ feierte.

Er machte sich auf den Rückweg zur Pfeffermühle, das Bedürfnis nach Schlaf drückte wie ein dreifach verstärktes Kettenhemd auf seine Schultern. Die Wirkung des Jelgeth war längst verflogen, auf dem winzigen Herd braute er sich einen Trunk aus dem zweiten Kräuterpäckchen, das Q'iin ihm mitgegeben hatte, und goß ihn mit Todesverachtung hinunter. Dann nahm er ein Kissen vom Bett und ging über die Geheimtreppe neben dem Kamin in den Unterkeller. Von dort gelangte er durch einen niedrigen Durchschlupf und einen Gang ins Dachgeschoß der Insel der Schmetterlinge, wo er sich aus dem Inhalt einer Truhe voll alter Kleider unter einem der winzigen Mansardenfenster eine Lagerstatt zurechtmachte.

Der Kräutertrunk tat seine Wirkung, mehr oder weniger; bis gegen Ende waren seine Träume lediglich beunruhigend, angefüllt mit tröpfelnder Dunkelheit, Unrat und Insekten und einer vertrauten Stimme, die seinen Namen flüsterte. Einmal, schmerzhaft deutlich, sah er sich selbst und Joanna

Hand in Hand die Melrose Avenue entlangschlendern, durch eine grelle Neondämmerung und umspielt von dem elektrisch aufgeladenen Santa Ana Wind; sie erklärte ihm die bizarren Inhalte der Schaufenster, und sie kicherten so heftig, daß sie sich gegenseitig stützen mußten. Aber dieser Traum verblaßte, und aus den zerfließenden Umrissen modellierte sich das Gesicht einer Frau – Rheatha, mit der er während der Mellidane Revolte zusammengelebt hatte. Sie war von den Soldaten des Kaisers getötet worden, weil sie ihm Unterschlupf gewährt hatte. Er sah sich in den Kavernen der Zitadelle einer Blutspur folgen, wie damals in dem geplünderten Haus im Süden; da lag ein abgeschlagener Fuß, da eine Hand, an deren Fingern noch die Ringe steckten – und da ein Kopf in einer roten Lache, das gelockte Haar blutverklebt. Verzweifelt sträubte er sich gegen den Zwang, ihn aufzuheben, in das Gesicht zu sehen ... Es gelang ihm aufzuwachen, schweißgebadet und an allen Gliedern zitternd, bevor er die Züge erkannte.

Oder es gelang ihm, beim Erwachen die letzte Sekunde aus seinem Bewußtsein zu streichen.

Ein schmaler Streifen primelgelbes Licht fiel schräg durch das Mansardenfenster. Die Sonne war bereits nach Westen gewandert, über den Gipfel des Kulms.

»Gut, gut«, sagte Antryg vor sich hin und sank ächzend auf sein Lager aus Samt, Brokat und Seide zurück, »das nächste Mal nehmen wir die berühmte Prise mehr.«

In die Pfeffermühle zurückgekehrt, suchte er die Bücher zusammen, die er von Seldes Katne geliehen hatte, und ging damit in den kleineren, fast leeren der beiden Räume im oberen Stock. Er nahm ein Stück Kreide zur Hand und überzog erst den Boden und nach und nach drei der vier Wände mit den Formeln und Extrapolationen für einen Zauber, der geeignet war, endliche Mengen von Energie dahingehend zu beeinflussen, daß sie sich entgegen ihrer Natur in einer gewünschten Weise verhielten. Wenigstens verminderte das Geis nicht seine Fähigkeiten in Bezug auf theoretische Magie, und seine Studien auf dem Gebiet der Optik und Physik in Joannas Welt kamen ihm zugute. Trotzdem fühlte er sich am Ende des langen Frühlingsnachmittags, als er die ausgearbeiteten Prozeduren, Schemata und Kreise der Macht auf Papier übertrug, als hätte er den größten Teil des Tages damit verbracht, sich auf dem Paukboden bis zur Erschöpfung zu verausgaben.

Und er war seinem Ziel, Joanna zu befreien, noch keinen Schritt näher gekommen.

»Ich habe vorhin schon einmal nach dir gesehen«, sagte Seldes Katne, die hereinkam, als er gerade den letzten Federstrich tat, am Arm einen Henkelkorb mit Tee und Honig, Brot und Quark. Sie saßen auf dem Boden der Galerie, von der aus man den unteren Raum überblicken konnte. Kyra hatte am Vormittag dort ihren Lehrstoff memoriert, dann war sie weggegangen, zu einer Vorlesung über Astronomie, die während der Krankheit Phormions von Pharne Pordanches gehalten wurde. »Es geht voran mit der Liste, aber langsam. Bei einzelnen Magiern finden sich Hinweise auf Teleskugeln, aber niemand hat einen Katalog angelegt, ebensowenig wie man auf die Idee kommen würde, die Teller im Refektorium zu katalogisieren.«

»Mit dem Unterschied, daß man die Teller im Refektorium nicht benutzt, um damit zu zaubern«, meinte Antryg, während er umständlich Quark auf ein knuspriges Brötchen strich und eine reichliche Portion auch auf seinen abgewetzten Ärmelaufschlägen verteilte. »Wenigstens im allgemeinen nicht, obwohl Daur und ich ganz nette Effekte erzielten mit, laß mich nachdenken, Hirschhorn, Salpeter und pulverisierten Veilchen in diesen kleinen Schalen, in denen Pothatch seine Marmeladenpuddinge kocht. In den Salattellern hat es aus unerfindlichen Gründen nie so gut geklappt. Bedauerlich übrigens, daß noch keiner hier Erdnußbutter erfunden hat. Wenn ich Zeit finde zwischen dem Katz- und Mausspiel mit der Inquisition, der Suche nach Joanna und den Energiekreisen, die das Wandernde Tor offenhalten – *falls* das Wandernde Tor wirklich die Quelle allen Übels ist und nicht nur ein Symptom –, muß ich mit Pothatch darüber reden.«

»Was meinst du damit«, fragte Seldes Katne langsam, »*falls* das Wandernde Tor die Quelle allen Übels ist?«

Antryg schaute sie überrascht an. »Nun, es gibt keinen Beweis dafür. Es könnte sich schlicht um eine weitere Anomalie handeln. Ich werde mehr sagen können, sobald das Feld stabilisiert ist und ich das Ding gefunden habe.«

Er leckte sich einen Tropfen Honig vom Finger. Pothatch, der auch für die Bäder verantwortlich war, hatte seinen Arm bandagiert und die Risse in seinem Rock ausgebessert; die Flicken aus grüngeblümtem Kaliko stachen grell von dem pflaumenfarbenen Samt ab.

»Schade, daß du nicht – daß du nicht Kraft aus einer dieser anderen Welten gebrauchen kannst, um das Geis außer Kraft zu setzen.«

Antryg zögerte mit der Antwort, sein Blick verlor sich in den Schatten zwischen den Deckenbalken gegenüber der Galerie. »Ich habe mit dem Gedanken gespielt«, gab er schließlich zu und schaute aus den Augenwinkeln auf die stämmige kleine Frau neben ihm, deren kurze Finger nervös mit der Quaste ihres langen, grauen Zopfes spielten. Er sah in ihrem Gesicht, was ihm beim Rasieren sein Spiegel auch gezeigt hatte – die müden Linien um die Augen, die geröteten Lider, Spuren von wenig oder überhaupt keinem Schlaf. Ihr üblicher Gleichmut war einem Ausdruck von Anspannung und Nervosität gewichen, aber damit stand sie in der Zitadelle momentan nicht alleine da. Zudem lag ihr Quartier genau über der Vorpleklinie, und sie war einer ständigen Berieselung durch die Emanationen des Abyssus' ausgesetzt.

Ihm war aufgefallen, daß sie keine der Blumen aus seinem Strauß angesteckt trug, aber eigentlich hatte er das auch nicht erwartet.

»Es würde nicht funktionieren.« Er legte das Honigbrot hin und blickte in die mahagonifarbenen Tiefen seines Tees. »Ich nehme an, es wäre *möglich*, Magie aus einem anderen Universum in unseres zu transferieren, wenn ich auch bezweifle, daß diese fremde Kraft das Geis in meinem Bewußtsein auslöschen könnte. Doch selbst wenn ich nicht fürchten müßte, eine extrem prekäre Situation weiter zu verschlimmern, würde ich dieses Experiment nicht durchführen.«

»Ich dachte, ausgerechnet du ...«

Er schüttelte den Kopf. »Früher, Kitty, früher einmal. Zur Zeit treiben wir hilflos in einem Strudel der Auswirkungen unserer eigenen Magie, die wir nicht verstehen. Magie aus einem fremden Universum, eine Magie mit anderen Regeln, anderen Gesetzen ... Es gibt Beschwörungen in *dieser* Welt, die den Benutzer zum Wahnsinn treiben oder sonderbare Nebeneffekte haben, wie zum Beispiel Katzen herbeirufen oder weiß der Teufel. Was würde Magie aus einem anderen Universum erst anrichten?«

Er trank den Tee – fast so bitter, wie der Jelgeth gewesen war, aber belebend – und verschränkte die Arme um seine Knie in der schäbigen Jeans: eine zusammengeklappte Vogelscheuche, die Augen hinter funkelnden Brillengläsern verborgen und blitzende Diamantohrringe im wirren grauen Schopf. »Wäre nicht die Tatsache, daß Joanna meine Hilfe braucht, hätte ich den Beschluß des Zirkels, mir ein Geis aufzuerlegen, fast gutgeheißen. Ich habe sechs Männer und zwei Frauen durch Magie getötet – Soldaten«, erklärte er, als er den entsetzten Ausdruck auf ihrem Gesicht bemerkte. »Sie hatten Befehl, uns aufzuhalten, mit allen Mitteln, und wir durften kein Risiko eingehen. Zuviel hing von uns ab – wenigstens, wenn meine Einschätzung der Situation richtig war, obwohl ich mich natürlich auch geirrt haben könnte. Wie dem auch sei, ich habe meine magischen Kräfte benutzt, um Menschen zu töten, die vielleicht nicht einmal an Magie glaubten und keinen Schutz dagegen besaßen. Ich war verzweifelt, aber das ist keine akzeptable Entschuldigung. Manche Leute verzweifeln wegen jeder Kleinigkeit.«

Sein Blick kehrte zu den Schatten unter dem Dach zurück; über die Pfeffermühle, an der Ostflanke des Kulms gelegen, breitete sich schon ein erster bläulicher Schleier der Abenddämmerung, obwohl draußen noch das Sonnenlicht die Wipfel der Kiefern vergoldete und wie Diamanten auf den eiligen Wellen des Wendelflusses glitzerte.

Er seufzte, es fiel ihm schwer, die Wahrheit einzugestehen. »Das Schlimme ist, je mehr ich mit Magie zu tun habe, desto mehr komme ich zu dem Schluß, daß das Kollegium vermutlich im Recht war.«

Seldes Katne äußerte sich nicht, doch er glaubte hören zu können, was sie dachte: *Du hast gut reden – dir stand immer Magie zu Gebote*. Und was sollte er dazu sagen?

Die Taschen vollgestopft mit hingekritzelten Notizen, stöberten Antryg und Seldes Katne Tante Min im Ratsgemach auf. Als sie aus dem Halbdunkel des Treppenhauses in das runde Zimmer mit den weißen Marmorsäulen traten, hörte Antryg die Stimme von Trukild, dem Ältesten des Dorfes Wychstanes: »Wie dem auch sei, Mylady, ich weiß nur, wenn das weitergeht, bin ich nicht mehr verantwortlich für das, was geschieht.«

Mittelgroß, untersetzt, das quadratische Gesicht übersät von Sommersprossen unter einem wilden Bartgestrüpp, war Trukild eine massigere Version seines zweiten Vetters Pothatch, in Braun ausgeführt, statt in Rot. Der unauslöschliche Geruch der Landbevölkerung, zusammengesetzt aus Holzrauch und Kuhmist, entströmte seiner Kleidung und seiner Person und schien den ganzen Raum zu erfüllen. Wenn man bedachte, daß die langen *Ibeks* – die scheunenähnlichen Häuser, bewohnt von drei oder vier Generationen einer Familie und den Weisen Männern, Knechten und entfernten Verwandten – im Erdgeschoß auch das Vieh beherbergten und während sieben langer Wintermonate erfüllt waren vom Rauch der Feuer in den riesigen Kachelöfen, wunderte man sich darüber nicht mehr. Rauch galt als gesund, deshalb wurde nur selten gelüftet, und Antryg überfiel immer noch leise Wehmut bei dieser besonders würzigen Kombination rustikaler Düfte.

»Es ist nicht nur, daß die jungen Leute Angst haben vor dem Weg durch die Wälder, Mylady.« Trukild drehte seine speckige Filzkappe zwischen den schwieligen Händen, während Antryg und Seldes Katne unauffällig neben der

Tür Aufstellung nahmen. Wie zuvor, war das Gemach durchflossen von einem weichen, kühlen, schattenlosen Licht, das jede feine Maserung des eichenen Ratstisches hervorhob, jede fadenscheinige Stelle in der abgetragenen Robe der Erzmagierin und jede Runzel in ihrem Gesicht, das an einen verschrumpelten Apfel erinnerte.

»Wegen der Teufel bei der Kapelle des Grünen Königs und der unheiligen, widernatürlichen Kreatur, die Gru und seine Jäger in den Wäldern beim Koboldstein erschossen haben«, er deutete mit einer Kopfbewegung zur Seite, wo Gru Gwidion, der schwarzbärtige Hauptjäger des Dorfes und zwei seiner Männer neben einer marmornen Säule standen. »Ich kann ihnen das nicht vorwerfen, aber da ist noch mehr. Sie sagen, daß Eure Zauberei daran schuld ist.«

»Das ist in höchstem Maße lächerlich«, äußerte Bentick schroff. Er stand auf seinem Platz links neben Tante Mins geschnitztem Lehnstuhl.

»Die Logik von euch guten Leuten überwältigt mich.« Lady Rosamund, rechts von Tante Min, verschränkte die Arme vor der Brust, der feine Wollstoff ihrer Robe schimmerte zinngrau. Antryg fiel auf, nicht zum ersten Mal, daß der Kragen des Hemdes, der aus dem Halsausschnitt ragte, aus schmucklosem, naturfarbenen Baumwollstoff bestand, Daurannons hingegen war schneeweiß und mit einer modischen Rüsche versehen. »Dieselben Menschen, die seit undenklichen Zeiten unsere Nachbarn sind, die in der Zitadelle ein- und ausgehen, denen wir Eier und Milch und Fleisch abkaufen und ihnen dadurch ein gutes Zubrot zu verdienen geben; dieselben Menschen, deren Söhne und Töchter hier bei uns gearbeitet haben, die bezeugen können, daß wir uns nie, unter keinen Umständen in menschliche Belange einmischen, obwohl uns im Lauf der Jahre Scharen von Halbwüchsigen aus dem Dorf bedrängt haben, ihnen einen Liebeszauber zu verkaufen – sie denken, wir hätten plötzlich sechshundert Jahre unserer Lehre und Gesetze über Bord geworfen, einzig, um ihnen einen Schabernack zu spielen!« In dem vor Zorn weißen Gesicht wirkten die feingeschwungenen Augenbrauen und dichten Wimpern wie mit schwarzer Tusche gezeichnet.

Daurannon neben ihr sagte nichts, aber seine großen, haselnußbraunen Augen, vordergründig so ausdrucksvoll und in Wahrheit eine perfekte Maske, blickten wachsam von einem Gesicht zum anderen.

Trukild hielt dem Blick der Gräfin stand. »Ich sage nicht, sie haben recht ...«

»Sagst du, sie wären im Unrecht? Sagst du ihnen das ins Gesicht, wenn sie – ja, was hecken sie denn aus, im Geheimen?« Rosamunds Stimme klang trügerisch süß, wie giftiger Honig. »Wollen sie mit Fackeln zu uns heraufkommen? Ich hoffe, sie mögen lange Fußmärsche durch nebelverhangene Wälder. Oder haben sie beschlossen, sich von nun an gegenseitig ihren Überschuß an Eiern und Butter zu verhökern? Ich zittere!«

»Rosie, Rosie«, schalt Tante Min liebevoll, legte den Kopf schief und hob den Blick der verblaßten, porzellanblauen Augen zum Gesicht ihrer Schülerin. »Kannst du ihnen vorwerfen, daß sie sich fürchten, wenn gefährliche Kreaturen die Wälder unsicher machen? Sie sagen, Wesen, die man nicht sehen konnte, wären in der Dämmerung beim Gruddle Bog über eine Gruppe von Kindern hergefallen, und sie finden ihr Vieh auf der Weise, blutleer und halb aufgefressen. Kannst du ihnen zum Vorwurf machen, daß ihr Argwohn sich gegen das richtet, was ihnen unverständlich ist?«

»Ich kann ihnen zum Vorwurf machen, daß sie die Vorfälle unserer Boshaftigkeit zuschreiben, nach all den Jahren, in denen wir ihnen nichts als guten Willen und Freundlichkeit entgegengebracht haben«, entgegnete die Gräfin frostig. »Wie der Regent, der alle mit dem Geburtsrecht aus seinen Städten verjagte, nur wegen der Taten eines abtrünnigen Mirabiliten.« Ihr Blick traf Antryg, der – die Hände in den Taschen – an der Tür stand. »Was *müssen* wir tun, um nicht für all die Mißhelligkeiten verantwortlich gemacht zu werden, die das Schicksal den Menschen auferlegt oder die sie sich selbst zuzuschreiben haben? Unserer Macht entsagen? Fortgehen, an einen noch einsameren Ort, falls es den gibt?«

Tante Min gebot mit der erhobenen Hand dem eisigen Zornesausbruch der jüngeren Frau Einhalt. Dann wandte sie sich dem vierschrötigen Mann zu, der in seinem mit Pflanzenfarben bemalten Schaffellmantel vor ihr stand. Obwohl die Stricknadeln und einige Knäuel Wolle auf ihrem Schoß lagen, hatte sie nicht gearbeitet, während Trukild sprach; jetzt schenkte sie ihm ein Lächeln, und darin lag ein Abglanz der Wärme, die Grafen und Herzöge vom kaiserlichen Hof in die Tavernen des Algoswive-Viertels gelockt hatte, wo man – vor langer Zeit, in einem anderen Jahrhundert, in einer anderen Welt – Minhyrdin die Schöne tanzen sehen konnte.

»Es ist freundlich von dir«, sagte sie mit ihrer krächzenden Greisinnenstimme, »herzukommen und uns wissen zu lassen, wie es in dem Herzen deines Volkes aussieht. Ich verspreche dir, wir werden alles tun, was in unserer Macht steht, um zu helfen. Daur, mein Junge ...«

Der jüngere Magier trat vor.

»Würdest du Sorge tragen, daß einige von den Novizen und Adepten sich bewaffnen und in die Wälder gehen, um nach Abominationen zu suchen? Entlang der Brehonlinie, bei den Koboldsteinen und in der Umgebung von Gruddle Bog. Die Linie bis zur Kapelle des Grünen Königs und darüber hinaus.«

»Wir danken Euch, Mylady.« Trukild verbeugte sich unbeholfen. »Ich werde mein Bestes tun, um im Dorf Ruhe zu halten.« Gru Gwidion und seine zwei Jäger traten zu ihm, um dem Ältesten aus dem Zimmer zu folgen. Aus schmalen, argwöhnischen Augen musterten sie die Gesichter der vier Magier, die im weißen Licht des Ratsgemachs vor ihnen standen.

»Ihr müßt ihnen vergeben.« An der Tür drehte der Älteste sich noch einmal herum. »Es ist schwer, keine Angst zu haben. Ja, wir leben seit Generationen in der Nachbarschaft der Zitadelle, wir kennen Euch und die Geschichten unserer Eltern und Großeltern von früher. Aber Ihr wißt selbst, es ist nicht etwas, das man verstehen kann, außer, man ist damit geboren und damit aufgewachsen – als wollte eine Dame aus der Stadt – Vergebung, Lady Rosamund – versuchen, uns auf dem Lande zu verstehen. Wir sind wie Kühe, die am Ufer weiden und die Delphine im Meer springen sehen.«

»Klugschwätzer«, bemerkte Lady Rosamund, nachdem der Älteste und seine bärtigen Jäger ihre Armbrüste und Donnerbüchsen geschultert hatten und gegangen waren. Sie strich mit den Fingerspitzen über die Flechten an ihren Schläfen, die mit goldenen Haarnadeln – einzige Erinnerung an ihre Mädchenzeit – festgesteckt waren. »Kühe mögen am Ufer weiden, aber sie erdreisten sich nicht, über Delphine zu urteilen.«

»Oh, ich weiß nicht.« Antryg gab seine abwartende Haltung auf und kam näher. »Hast du dir je die Mühe gemacht, eine Kuh nach ihrer Meinung über Delphine zu fragen? Oder über sonst etwas? Ich kannte eine Wisperin in Pretty Creek, die behauptete, sich mit Kühen unterhalten zu können, aber zugab, ihre Konversation wäre im großen und ganzen außerordentlich langweilig und moralisch unergiebig – wenn auch nicht, meinte sie, so unergiebig wie die von Katzen. Tante Min ...«

Er verbeugte sich vor ihr, sie hörte auf in ihrem Korb zu kramen und sah ihn an.

»Antreges.« Sie gebrauchte die weiche, gedehnte Koseform seines Namens, wie Suraklin es getan hatte. »Die Abominationen draußen in den Wäldern – du mußt darüber Bescheid wissen.«

»Wie es sich trifft«, meinte er und verbeugte sich nochmals, mit schwungvoller Grandezza, »habe ich an einer Methode gearbeitet, das Feld zu stabilisieren, damit die Situation nicht immer weiter außer Kontrolle gerät und wir die Möglichkeit haben, eine gründliche Durchsuchung vorzunehmen, nicht nur der Kavernen, sondern auch der Zitadelle selbst und der Umgebung. Der Nexus des Problems mag in den Kavernen zu finden sein, aber da Energie unverzüglich durch alle Adern weitergeleitet wird – nach Trukilds

Aussage wurden Abominationen in den Wäldern nördlich des Dorfes gesichtet, also ...«

»Nein«, unterbrach ihn Lady Rosamund schneidend.

»Das ist bloßer Schwachsinn«, verkündete Daurannon nach kurzem Überfliegen der Papiere, die er Antryg aus der Hand gerissen hatte. »Dies sind nicht einmal richtige Formeln, die Energie wird nicht geerdet ...«

»Was genau hoffst du zu finden?« Benticks Stimme klang schrill, seine langen Finger zitterten, als sie nach der Uhr um seinen Hals tasteten. Der Majordomus war schon immer ein Nervenbündel gewesen, aber seit gestern hatten seine dunklen Augen einen gehetzten Blick, und ständig schaute er sich nach allen Seiten um. Reaktion auf das furchtbare Erlebnis in den Kavernen, als er mitansehen mußte, wie ein Junge, einer seiner Schüler, vor seinen Augen eines gräßlichen Todes starb und er nicht helfen konnte, weil unerklärlich seine magischen Kräfte versagten? Oder war der Grund ein anderer?

»Nun«, gab Antryg sorglos zur Antwort, »ich fürchte, das weiß ich erst, wenn ich es sehe.«

»Da wette ich.« Daurannon studierte sein Gesicht, er hielt das Bündel Papiere so, daß die eingerissenen Ränder den schöngeschwungenen Amorbogen seiner Oberlippe berührten. Tante Min streckte die Hand danach aus, und beinahe widerwillig überließ der jüngere Zauberer ihr die Blätter, ohne dabei den Blick von Antryg abzuwenden. »Und gehe ich recht in der Annahme, daß du vorhast, die Suche anzuführen und alles einzuheimsen, was gefunden wird?«

Lady Rosamund, die über Tante Mins Schulter hinweg auf die Notizen schaute, sagte ruhig: »Ich kann es nicht zulassen, das ist viel zu gefährlich. In meinem ganzen Leben habe ich keine solchen Energiekreise gesehen. Wer weiß, was sie bewirken.«

Antryg blickte sie treuherzig an. »*Ich* weiß es.« Und zu Daurannon gewandt, bemerkte er: »Aber das ist der Grund, weshalb ihr mich hergeholt habt.«

»Du bist als Berater hier«, belehrte ihn sein ehemaliger Freund und Kommilitone, »nicht, um die Geheimnisse in den Kavernen der Zitadelle für deine obskuren Zwecke auszuschlachten. Da unten haben Relikte überdauert, deren Nutzen und Funktion selbst der Erzmagierin verborgen sind, die aber Suraklin – oder sein Schüler – vielleicht schon lange zu finden gehofft haben.«

»Dann komm mit«, forderte Antryg ihn fröhlich auf. »Kommt alle mit.«

»Wenn ich recht verstehe«, warf Lady Rosamund ein und blickte ihn an wie eine Königin, die in ihrem eroberten Palast von einem Barbaren bedrängt wird, »bist du gekommen, um die Erzmagierin zu bitten, deine grotesken Formeln in die Praxis umzusetzen?«

»Nun«, Antryg breitete bedauernd die Hände aus, »ich würde es gerne selbst tun, aber das Geis steht dem im Wege.«

»Ich bin der Ansicht«, meinte Daurannon, »daß ein Mitglied des Inneren Zirkels die Aktion leiten sollte und daß das, was immer gefunden wird, erst nach eingehender Begutachtung in deine Hände gelangt.«

»Ein ausgezeichneter Vorschlag!« lobte Bentick, nach Antrygs Meinung etwas zu enthusiastisch, aber schließlich, der Majordomus hatte ihn nie leiden gemocht und wahrscheinlich dagegen gestimmt, als es darum ging, ihn aus dem Exil zurückzuholen. »Auf diese Weise können die Störungen auf ein Minimum reduziert werden.«

»Störungen?« Antryg hob die Augenbrauen. »Daß Novizen im Keller von scheußlichen Ungeheuern aufgefressen werden, reicht dir nicht an Störungen, ganz zu schweigen davon, daß wir jetzt selbst die Kühe melken und das Unkraut zupfen müssen? Wirklich eine prachtvolle Idee, Daur und deiner würdig, nur leider unbrauchbar. Ich muß selbst in den Kavernen sein, und ich muß alles untersuchen dürfen – *alles*, was gefunden wird.«

»Weil wir nur dein Wort dafür haben, welche der Funde wichtig sind und welche nicht?«

»Ganz recht«, bestätigte Antryg mit plötzlichem Ernst. »Mein Wort – oder gar nichts. Und ich persönlich möchte, daß wir die Sache so bald wie möglich in Angriff nehmen, denn nicht nur verschlimmert sich die Lage in den Kavernen stetig, sondern mit einem Geis lebt es sich auch nicht besonders angenehm ...«

»Du redest, als hättest du ein Recht, anschließend davon befreit zu werden«, sagte Bentick. Seine Augen blickten kalt und mißtrauisch. »Als glaubtest du, es wäre dein Recht, einfach wieder deiner Wege zu gehen ...«

»DANN TÖTET MICH!« rief Antryg leidenschaftlich aus. Erschöpfung, Mangel an Schlaf und die seelische Anspannung forderten ihren Tribut. Die drei Magier schwiegen; ohne sich vom Fleck zu rühren, schlossen sie die Reihen gegen ihn, argwöhnisch, feindselig, abweisend. Tante Min raschelte derweil mit den Papieren, suchte darin herum und ließ einzelne Blätter wie gelbes Herbstlaub zu Boden schweben, als ginge sie das Gezänk nichts an. Antryg kannte sie allerdings gut genug, um zu wissen, daß sie genau auf jedes Wort achtete, das gesprochen wurde.

Nach einem Moment holte er tief Atem und fuhr fort: »Aber erst, nachdem das Feld stabilisert und die gesamte Zitadelle vom höchsten Turm bis in den tiefsten Keller durchsucht worden ist. Wenn es uns nicht gelingt, das zentrale Tor, sei es das Wandernde Tor oder ein anderes, von dem wir noch nichts wissen, zu orten und zu schließen, wird die Situation sich verschärfen, bis – ich habe keine Ahnung. Ihr wißt das. Ich weiß, daß ihr es wißt. Wenn ihr mir nachher das Lebenslicht ausblasen wollt, nur zu – um ehrlich zu sein, wenn ich mit dem Geis weiterleben soll, würde ich es vielleicht sogar begrüßen –, aber hindert mich nicht daran, erst zu tun, was getan werden muß. Und bitte«, der sonore, ausdrucksvolle Bariton senkte sich zu einem Flüstern herab, »bitte laßt Joanna frei.«

»Sie ist nicht hier«, erwiderte Daurannon ebenso leise. Sein Gesicht sah aus wie die Maske eines Gottes der Poesie und Schönheit aus alten Tagen.

In das lastetende Schweigen hinein murmelte Tante Mins brüchige Stimme: »Hm, ja – Macht.« Sie ließ das Bündel Papiere in den Schoß sinken, die Hälfte der Blätter rutschte auf den Boden, während sie zu Antryg hinaufblinzelte.

»Kanalisiert ... Illusion ... gut, gut. War es Suraklin, der dich gelehrt hat, Magie auf diese Art zu sehen?«

»Nein.« Antryg bückte sich hastig, um die zu Boden gefallenen Blätter aufzusammeln. »Tatsächlich waren es Wilbron von Parchastens Studien über Optik und Refraktion und eine verrückte Küchenhexe in Pretty Creek, die sich mit den Steinen ihres Herdes zu unterhalten pflegte.«

Tante Min nickte interessiert, während Lady Rosamund hochmütig und abschätzig die Lippen zusammenpreßte, um ihre tiefe Sorge zu überspielen. »Es wird den ganzen Tag in Anspruch nehmen«, fuhr die greise Erzmagierin fort. »Ja, die Fertigstellung muß genau um Mitternacht erfolgen, damit die Kraft des neuen Tages hineinwirken kann. Die Nordhalle über der Loggia liegt auf der Vorpleklinie.«

»Unmittelbar über dem Brunnengemach auf der siebenten Ebene«, präzisierte Antryg. »Die magischen Kreise müssen mit den Maschinen des To – meines Freundes NeunZehnZwei in den Kavernen aligniert werden, um das Feld zu etablieren. Ich muß mit ihm reden und die Zeiten absprechen. Die Alignierung muß perfekt sein. Alles hängt von der Ausgewogenheit des Zaubers ab, oder die Arbeit war vergebens.«

»Ja«, murmelte sie und wiegte sich auf ihrem Stuhl vor und zurück. »Ja, das verstehe ich.« Hinter ihr formte Daurannon mit den Lippen *Blödsinn,* und Bentick drehte seine Uhr zwischen den Fingern. In der klaren weißen Helligkeit des Zimmers bemerkte Antryg interessiert, daß sich auf der hohen Stirn des älteren Mannes ein Schweißfilm gebildet hatte.

»Ich kann es nicht dulden«, sagte Lady Rosamund und legte eine beschützende Hand auf die knochige Schulter der alten Frau. »Diesen Zauber zu erstellen übersteigt deine Kraft. Laß mich deine Stelle einnehmen. Gott weiß, ich begreife, was seiner Meinung nach die Prinzipien sind ...«

»Du bist bereit, so viel deiner Macht in ein Experiment zu investieren, das du nicht einmal verstehst?« Daurannon schüttelte den Kopf, dann warf er einen vielsagenden Blick auf Antryg. »Einer von Suraklins Tricks, höchstwahrscheinlich?«

»Na.« Tante Min versetzte ihrer Schülerin einen leichten Schlag auf die Hand, dann, um der Zurechtweisung den Stachel zu nehmen, tätschelte sie sie großmütterlich. »Es ist lange her, Kindchen, daß ich mich an einer wirklich großen Aufgabe versuchen durfte. Nein, keine Widerrede!« Sie schnalzte mit der Zunge und sah sich fahrig nach ihrem Handarbeitskorb und dem Krückstock um. Antryg reichte ihr den Korb, der neben ihrem Stuhl gestanden hatte. Sie steckte das Bündel Papiere hinein und verursachte dadurch eine Eruption von Wolle, Strick- und Häkelnadeln, die auf den Marmorfußboden klapperten.

Während Antryg die Utensilien zusammensuchte, gab Lady Rosamund Tante Min ihren Stock und führte sie zur Tür. Die alte Frau ging mit kleinen, schlurfenden Schritten und stützte sich schwer auf den Arm ihrer Begleiterin, dabei diskutierten beide weiter darüber, wer Antrygs Experiment realisieren sollte.

Vor nahezu einem Jahrhundert, wußte der Volksmund zu vermelden, hatte Minhyrdin die Schöne einen Nachttopf nach dem Ersten Minister des Kaisers geworfen, der gekommen war, um ihr Geld anzubieten, damit sie den damaligen Kronprinzen aus ihren zarten Netzen entließ. Wie eine zügellose Elfe sei sie gewesen, hieß es, löste Prügeleien in Tavernen aus, die sich über die halben Docks ausbreiteten, hatte im Alter von neunzehn Jahren bereits ein Vermögen angehäuft und eins verschwendet.

Und dann begegnete sie eines Tages Tiamat der Weisen, Erzmagierin der Nigromanten des Westens.

Antryg angelte unter dem geschnitzten Eichenstuhl nach der letzten Häkelnadel, als er sich aufrichtete, beladen mit Garn und Wollknäueln, stand Daurannon vor ihm, die Hände in die Hüften gestützt, das Gesicht glatt und undeutbar wie immer. »Ich nehme an«, sagte er, »während wir die Kavernen durchforsten und die Zitadelle und die ganze Umgebung, wäre es dir genehm, wenn wir in einem Aufwaschen auch noch Schildkröten für dich sammelten, habe ich recht?«

»Würdet ihr das tun?« Antryg strahlte. »Ich bezweifle, daß man in dieser Höhe viele Schildkröten findet, aber es wäre das erste Mal, daß ich genügend Exemplare aus einem bestimmten geographischen Gebiet zusammenbekomme, um mir eine Vorstellung davon machen zu können, nach welchem System die verschiedenen Abschnitte verschlüsselter Weisheit aufgeteilt werden – wenn ich sie erst entschlüsselt habe, selbstverständlich. Vielen Dank. Wirklich, ich weiß das zu schätzen.«

Er wandte sich von seinem ehemaligen Freund ab und sah, wie Seldes Katne, die die ganze Zeit neben der Tür gewartet hatte, beinahe von Bentick zur Seite gestoßen wurde, der in großer Hast den Raum verließ. Seine schwarze Robe wehte hinter ihm her, als er sich fast im Laufschritt an den beiden Frauen vorbeidrückte und im Halbdunkel des Ganges verschwand.

Einst brach ein Dieb in das Haus von Pippin dem Kurzen ein, Erzmagus des Kollegiums, und stahl einen Talisman, mit Granaten besetzt, eine goldene Kette und eine Kugel aus Glas. Doch in der selbigen Nacht erkrankten die Frau des Diebes und einige der Gäste in dem Wirtshaus, das ihr gehörte, auf den Tod, und als der Dieb die Edelsteine aus dem Talisman herauslösen wollte, rutschte der Meißel ab und drang bis auf den Knochen in seine Hand, und als er versuchte, die Kette zu schmelzen, zerbrach der Tigel und verbrannte ihn, und über kurzem stand das Wirtshaus in Flammen. Er brachte alles Gestohlene zu Pippin zurück, legte die Gegenstände auf der Schwelle nieder und lief davon, und noch lange danach wagte kein Dieb in Engelshand, dort seinem Gewerbe nachzugehen, wo die Magier wohnten.

GANTRE SILVAS
Annalen der Nigromanten

13. KAPITEL

Der Tote Gott erwartete ihn im Brunnengemach, eine monströse, kauernde Gestalt, die sich bei seinem Eintritt wie eine skeletthafte Blume aus dem Fels und den Schatten emporreckte.

»Es gibt furchteinflößende Dinge hier unten«, sagte NeunZehnZwei und winkte mit dem oberen Paar seiner riesigen Tatzen zu der Türöffnung am anderen Ende des Raums. Aus der Schwärze dahinter wehte der Atem feuchter Steine herauf, von giftigen Moosen und befremdlicher, unidentifizierbarer, ozongetränkter Wildheit. Eine weitere krallenbewehrte Hand berührte den schwarzen Kasten des Multiscanners. »Wasser strömt in die unteren Ebenen, scheinbar sickert es an manchen Stellen aus dem Fels. Meine Messungen zeigen eine krasse Zunahme der Anzahl von Wurmlöchern, Energiefeldern und Toren. Ich fürchte, die Randominisierung potenziert sich.«

»Der Sache werden wir einen Riegel vorschieben«, erklärte Antryg munter. »Hast du eine Digitaluhr? Um Schlag Zwölf heute nacht wird Tante Min einen Zauber aktivieren, der die Xchipartikel in den Steinen der Zitadelle dazu bringt, sich vorübergehend so zu benehmen wie elektromagnetische Energie, so daß man sie in ein stabiles Feld polarisieren kann, damit wir endlich Klarheit darüber gewinnen, womit wir es zu tun haben.«

Der Tote Gott produzierte ein rumpelndes Geräusch des Unmuts tief in seinem enormen Brustkasten, fand jedoch offenbar die Argumentation zu sonderbar, um sich auf eine Diskussion einzulassen.

»Ich nehme nicht an, daß dein Multiscanner auch in der Lage ist, Energiefelder zu orten, ebenso wie Tore im Abyssus, oder? Es würde uns eine Menge Zeit sparen.«

»Manche Arten ja, manche Arten nein.« NeunZehnZwei nahm den Riemen des Sensors von der Schulter, und der kleine Schirm glänzte stumpf im bleichen Schein seiner Stirnampel. »Ich für meinen Teil würde zögern, mein Leben von einer Information abhängig zu machen, die dieses Gerät mir gibt, sobald in den Kavernen ein Polarisierungsfeld gleich welcher Art existiert. Ich habe meine Ausrüstung durch das Tor in diese Welt geschafft und – ich hoffe – genügend Batterien, um ihr Weiterarbeiten zu gewährleisten, sollte das Tor sich wieder schließen. Doch es gibt Nischen, worin weder die Batterien noch die Apparate noch dies«, er tippte an die schwere Waffe auf seinem Rücken, »funktionieren. Sollte sich ein derartiges Feld während der Phase der Überprüfung um mich manifestieren ...«

»Ja, das könnte unangenehm werden.« Antryg kratzte sich an der Seite seiner langen Nase und betrachtete die Stapel exotischer Elektronik, die gleich den Basaltblöcken der historischen Mauer von Ygron im hinteren Teil des Raumes aufragten. Als Dreingabe zu dem versprochenen Schwert hatte er im Keller der Kokotte eine Fackel gefunden, die er mehr als Waffe, denn zwecks Beleuchtung trug; der gelbe Lichtschein spielte flackernd über die scharfen Kanten, die toten Augen der Anzeiger und die leeren, stumpfsinnigen

Gesichter dunkler Monitorschirme. Ein Drachenschwanz von Kabeln schlängelte sich aus der Tür und weiter in die undurchdringliche Dunkelheit des Labyrinths.

Über einer Schulter trug er das Atemgerät und den Pumpzerstäuber mit dem Silberchlorid, das, wie er vermutet hatte, die Kreaturen auf der vierten Ebene, von denen er auch diesmal angegriffen wurde, nicht nur sichtbar, sondern auch kampfunfähig machte. Er ließ die Geschöpfe zurück, die wie plumpe, mißgestaltete Wespen auf dem Boden herumflatterten, und stieg die Treppen hinunter, begleitet von einem dünnen Wasserrinnsal auf den Stufen.

»Schade wegen des Multiscanners«, fuhr er fort, während er die Fackel in eine der Halterungen in der Mauer steckte. »Wir müssen schnell handeln, sobald das Feld aktiviert ist, wenn die Zeit reichen soll, um die Verbindung zwischen den Energiekreisen und den Oszillatoren zu demontieren, statt sie dem Zufall zu überlassen. Im Hinblick auf die Kräfte, die in der Zitadelle herumschwirren, bin ich nicht ganz sicher, womit wir zu rechnen hätten, aber nach dem Gesetz der Wahrscheinlichkeit wäre es nichts Angenehmes. Sobald wir unsere Apparatur aufgebaut haben, müssen wir eine Schutzzone um den Raum errichten.«

»Dieser Raum ist nicht geeignet.« Die Spinnenaugen glitzerten, als der Tote Gott seinen mächtigen Schädel bewegte und zur Tür deutete. »Das Wasser steigt: falls die Wurmlöcher, durch die es kommt, offen sind, wenn das Feld sich stabilisiert, liegt er zu tief, um sicher zu sein.«

»Stimmt.« Antryg krampfte sich der Magen zusammen bei dem plötzlichen Bild von Joanna, eingesperrt in einer stockfinsteren Zelle, wie sie plötzlich merkte, daß Wasser hereinströmte und unerbittlich höher stieg ... Er biß die Zähne zusammen. *Der Multiscanner hätte etwas registriert.*

»Dann die Kammer der Gläsernen Säule«, schlug er rasch vor. »Sie befindet sich auf der vierten Ebene, direkt über uns, damit sind wir immer noch unmittelbar unter der Nordhalle. Wie lange wirst du brauchen, um alles vorzubereiten?«

»Drei Stunden, vier Stunden.«

»Ausgezeichnet! Beide Felder synchron mit den Energieadern ...«

Anscheinend klang seine Stimme gezwungen, oder der Tote Gott, normalerweise eher phlegmatisch, besaß größere Sensitivität, als er ihm zugetraut hätte. Dann nach kurzem Schweigen legte das Ungeheuer seine grotesk segmentierte Hand auf Antrygs Arm und meinte: »Ich habe noch zwei Multiscans auf verschiedenen Frequenzen vorgenommen und von verschiedenen Punkten aus. Keine menschliche Gegenwart wurde angezeigt, die nicht mit einem von denen korrespondierte, die nach dir auf der Suche waren.«

Antryg holte tief Atem und stieß ihn schnaufend aus, als könnte er sich damit auch von der Vision steigender schwarzer Wasser befreien und den vergifteten Bildern seiner Träume. »Die werden unter Garantie wieder auftauchen, sobald Freund Daur merkt, daß ich verschwunden bin.«

»Hier.« Das scharfe Reißen eines Klettverschlusses, als der Tote Gott einen Zeitmesser von einem seiner vier Arme abnahm und Antryg reichte. Die madenähnlichen Tentakel in seiner Handfläche wanden sich feuchtglänzend um das rechteckige, schwarzgraue Gehäuse. »Ich hatte den Gedanken, wir könnten die Synchronisation auf elektronischem Wege vornehmen, doch bei der Verlagerung der Energiefelder habe ich festgstellt, daß Radiowellen nicht immer passieren können.«

»Phantastisches Zeug, Klettband.« Nicht ohne gewisse Schwierigkeiten befestigte Antryg die Uhr an seinem erheblich dünneren Handgelenk; das Hantieren kaschierte die Tatsache, daß seine Finger zitterten. Der Tote Gott beobachtete ihn, das mächtige, drachenähnliche Haupt ein wenig zur Seite geneigt; die opaken Augen gaben nichts von seinen Gedanken oder seiner Gemütsverfassung preis.

»Wenn ich eine Methode entwickeln könnte, es hier zu produzieren, könnte ich mich ganz aus dem Zaubergeschäft zurückziehen – nicht, daß ich nicht schon mehrere Male zwangsweise pensioniert worden wäre, vorübergehend. Nur würde das Kollegium mir nie die Genehmigung erteilen. Auch nicht für Erdnußbutter.« Antryg klopfte seine

Taschen ab, um sich zu vergewissern, daß seine Reserveflasche Sauerstoff sicher verstaut war, und schob die Atemschläuche nach oben auf die Schulter, wo er sie leichter erreichen konnte.

»Morgen, um die Mitternachtsstunde dieser Welt, werden die Apparate vorbereitet sein und an die Batterien angeschlossen«, versprach der Tote Gott. »Auch wenn ich nicht im mindesten glaube, daß es dir möglich ist zu tun, was du sagst, was du tun wirst, aber ich werde tun, worum du mich bittest, als *wäre* es möglich.«

»Ich danke dir.« Antryg nahm die Fackel und hob sie hoch, der groteske Schatten des Toten Gottes wanderte riesenhaft über die Pfeiler und Mauern. »Wenn das alle täten.«

Nachdem er den Toten Gott zurück zu dem schwarzen Spalt begleitet hatte, der das Tor zu seinem Universum bildete, durchsuchte Antryg noch bis Mitternacht die untersten Ebenen der Kavernen.

Sein Gefühl sagte ihm, daß der außerweltliche Physiker recht hatte und Joanna woanders gefangengehalten wurde, trotzdem ließ ihn die Angst nicht los, er könnte sich irren. Es wäre nicht das erste Mal gewesen.

An manchen Stellen stand in den finsteren Tunneln das Wasser kniehoch, an anderen reichte er ihm bis zum Bauch, wo drei, vier Stufen erst nach unten und dann wieder nach oben führte oder der Boden sich unvermutet senkte.

In einem breiten Gang, schulterhoch überflutet und angefüllt mit erstickendem Dunst, rief er ihren Namen vor einer verschlossenen, mit Runen beschrifteten Tür. Die Fackel blakte, seine dunkle Stimme hallte dumpf über die gekräuselten gelben Reflektionen auf der Wasseroberfläche. Wenn sich bei ihr in der Zelle ein Tor öffnete, dachte er, war damit zu rechnen, daß sie die Gelegenheit nutzte, um zu fliehen, in irgendein fremdes Universum, und dann war sie endgültig verloren.

Die Moose, die orange und purpurn den Fels überwucherten, schienen sich beim Klang seiner Stimme zusammenzuziehen und zu bewegen, gleich darauf schob sich eine flache Bugwelle über das Wasser auf ihn zu, und er fühlte etwas an seinem Bein vorbeigleiten, etwas Großes, das einen blasigen Schaumstreifen hinter sich herzog. Er schauderte und wünschte sich, einige von Joannas Lieblingsfilmen nicht gesehen zu haben.

Schließlich mußte er sich damit zufriedengeben, daß Joanna sich weder auf der neunten noch auf der achten Ebene befand. Er holte seinen Rock, den Schal und die Stiefel und kletterte, tropfnaß und müde, in den spiralförmigen Luftschächten zu den Vorratsräumen hinauf. Es gab ein Gelaß unterhalb der Speisekammer, wo er die Nacht verbringen wollte, in den Fels der Ostflanke des Kulms hineingetrieben, doch an einer Seite nur von einem hölzernen Rankgitter verschlossen.

Im selben Moment, als er den Fuß auf die unterste Stufe der schmalen Treppe setzte, die zu seinem Unterschlupf führte, kam ihm ein anderer Gedanke.

Es war Mitternacht vorbei – wie die meisten Zauberer hatte er dafür einen sechsten Sinn. Nachdem er sein Schwert, den Pumpzerstäuber, die gelöschte Fackel und das Atemgerät sorgfältig hinter einigen Ölkrügen versteckt hatte, stieg er auf leisen Sohlen zur Küche hinauf und machte sich das verschlungene Netz der Schleichpfade zunutze, um zur *Burg* zu gelangen, auf der Nordseite des Kulms, wo Phormion, die Sternenfrau, residierte.

Die Klapptür zwischen dem Keller der Burg und dem des Hauses der Meermaid – die winzige Kate, die Pentilla Riverwych und der alte Idrix aus Thray sich teilten – war kaum dreißig Zentimeter breit und dreißig Zentimeter hoch, ein kräftigerer Mann als Antryg hätte kapitulieren müssen. Der Keller der Burg erstreckte sich weit in den Berg hinein und beherbergte hauptsächlich Lattenkisten mit Brennholz und Kohle, dementsprechend viel Staub hing in der Luft. Antryg kam an dem riesigen gemauerten Ofen vorbei, mit dem in den bitterkalten Wintern das Hypokaustum betrieben wurde, und wenn er sich recht erinnerte, führte an einer Wand eine lange Steintreppe ohne Geländer in eine Art Diele zwischen Phormions Wohnung, Benticks Zimmer und dem der zwei anderen Magier, die ebenfalls dort lebten.

Nach Antrygs Wissen gab es in der Burg ein halbes Dutzend unbenutzter Räume in Erkern und Türmchen.

Das Problem bestand darin, ungesehen hinzukommen. Er spürte die Magie, die den Keller ausfüllte, Schutz- und Warnzauber. Soweit er feststellen konnte, war die Klapptür nicht mit Zeichen versehen, wahrscheinlich, weil nur wenige von ihrer Existenz wußten, die meisten Bewohner der Zitadelle benutzten den Weg durch das Untergeschoß von Benticks Zimmer im Nordturm. Und wenn schon, dachte er fatalistisch, was konnte ihm passieren, außer vielleicht für den Rest der Nacht eingesperrt zu werden und sich am Morgen von Daur eine Standpauke anhören zu müssen.

Indem er über die Holzstapel kletterte, gelang es ihm, den Fuß der Treppe zu erreichen, ohne einen der Schutzzauber auf dem mit Steinplatten ausgelegten Boden zu berühren. Der geisterhafte, graue Schatten einer Katze huschte an ihm vorbei die Stufen hinauf – eine von Benticks, vermutlich. Selbst unbemerkt nach oben zu kommen würde sich weniger leicht bewerkstelligen lassen.

Ein leises Klicken des eisernen Riegels verriet ihm, daß die Tür oben geöffnet wurde. Einen Moment später trieb ein Raunen von Magie zu ihm hinunter.

Antryg rang nach Luft, als wäre er beim Stockfechten mit dem stumpfen Ende unter den Rippen getroffen worden. Er suchte Halt an der Mauer, aber seine Knie gaben nach. Ein Stich wie von einem Messer durchfuhr seine Lungen, als er versuchte einzuatmen.

Dunkelheit senkte sich über seine Augen, sein Blickfeld verengte sich bis auf die wenigen Quadratzentimeter von der Oberfläche der Treppenstufe unmittelbar vor seinem Gesicht, doch er hörte Schritte am Kopf der Treppe, roch schmutzige Wolle, Myrrhe und Holzrauch. Eine heisere Stimme flüsterte Todeszauber.

Nadelspitze Schmerzen durchzuckten seine Hände und Füße, als er versuchte, sich die Treppe hinaufzuziehen. Die Macht in seinem Inneren, gefesselt und geknebelt von dem übermächtigen Geis, hätte diesen Zaubern widerstehen können, hätte den Strom aus glühend heißem Sand einzudämmen vermocht, der in seine Lungen rieselte, hätte mit Gegenzaubern von Licht und Leben gekontert. Sein Herzschlag dröhnte ihm in den Ohren wie der Schmiedehammer eines Riesen. Die Treppe hinauf, dachte er benommen. Nicht ganz zwanzig Meter, lächerliche zwanzig Meter, das mußte doch zu schaffen sein.

Die Arme knickten unter ihm ein, er fühlte kaum das Brennen der aufgeschürften Haut, als seine Wange auf die rauhe Stufe schlug. Eine Hand baumelte über den Rand der Treppe, überdeutlich spürte er die kalte Luft, die um seine kraftlosen Finger strömte. Obwohl das Flüstern der Todeszauber zu einem kaum hörbaren Wispern verklungen war, schien es sein ganzes Bewußtsein auszufüllen.

»Hör auf!« Eine zweite Stimme, ebenfalls flüsternd, unwirklich wie das Zirpen von Fledermäusen. Der Druck auf seiner Brust verringerte sich ein wenig, wie ein Alp, der sein Gewicht verlagert. Ein dünner Faden Luft sickerte in seine Lungen.

»Laß ihn gehen!«

»Sie hat ihn geschickt. Er ist ihr Handlanger. Sie hat ihn hergeholt, um ihre schmutzige Arbeit zu tun, damit er für sie schnüffelt und spioniert ...«

Die Klammer des Zaubers schloß sich wieder, Antryg konnte ein gequältes Stöhnen nicht unterdrücken. Die weißglühenden Funken, die vor seinen Augen schwammen, verschmolzen zu einer Wand aus gleißendem Licht.

»Dann wird sie wissen, wenn er hier stirbt! Laß ihn gehen. Ich kümmere mich um ihn ...«

Luft in seinen Lungen, neugeschenktes Leben. Nie wieder würde er sich über den Geruch von Kohlen und Moder beschweren, er war köstlich. Kalter Stein unter seinem Gesicht – die reine Wonne.

Die Stimmen waren fort, es herrschte tiefe Dunkelheit. Er mußte die Besinunng verloren haben, dachte er und stützte mühsam den Oberkörper auf. Wenn ja, dann nur kurz, und einer von den beiden mußte bald zurückkommen. *Ich werde mich um ihn kümmern* ... Tante Mins Protektion schützte ihn nur vor jenen, die ihrem Befehl gehorchten, die ihren Zorn fürchteten. Offensichtlich gab es in der Zitadelle einige, die das nicht taten.

Seine angespannten Sinne fingen das Geräusch sich nähernder Schritte auf, eine Stimme flüsterte verzweifelt: »O Gott, o Gott ...« Seine Beine weigerten sich, ihn zu tragen, aber darauf konnte er keine Rücksicht nehmen. Mit zusammengebissenen Zähnen wankte er torkelnd wie eine trunkene Gliederpuppe durch den Kellerraum bis zu dem verborgenen Schlupfloch und zwängte sich hindurch, bevor die Tür am Kopf der langen Treppe sich öffnete. Auf dem Rückweg durch die geheimen Gänge fiel er mehrmals hin und mußte sich unter Schmerzen wieder aufraffen – er wußte kaum, wie er schließlich in die kleine Felsenkammer gelangte, in der er die Nacht verbringen wollte.

Geraume Zeit konnte er nur stilliegen, während Krämpfe seinen Körper schüttelten und sein Atem allmählich ruhiger ging. Nicht zum ersten Mal war er Opfer solcher Zauber geworden – Suraklin pflegte ihn für Experimente zu benutzen, einmal bis zum dem Punkt, wo der Todeskampf einsetzte –, aber noch nie hatte er sich so hilflos gefühlt.

Mindestens eine Stunde ruhte er sich aus und schaute durch das Holzgitter in die klare, blaugraue Nacht hinaus. Weiße Nebelschwaden trieben über dem Fluß, der Taigawald breitete sich schwarz auf dem Talgrund aus, durchzogen von den glitzernden Adern verzweigter Bäche; Tümpel und Teich reflektierten den seltsam lichten Himmel wie silberne Teller. Hinter den Bäumen schlummerten die abgeernteten Felder von Wychstanes, Rauch aus den langen Ibeks zeigte die Lage des Dorfes an. Und dahinter, tief in den Forsten der Tannen und Fichten, lag die Kapelle des Grünen Königs, alter Schrein des Fürsten der Tiere, des Fürsten der Bäume, noch aus der Zeit, als dieses ganze Gebiet Teil der Marken der Grafen Boreal gewesen war. Daurannon hatte Berichte über Abominationen dort nachgeprüft – angeblich –, als Rosamund die Macht beschwor, um den Abyssus zu öffnen.

Antryg zog den Rock aus, deckte sich damit zu und bettete den Kopf auf Tante Mins Schal. Während seines Aufenthalts in den Kavernen hatte es ein paar Tropfen geregnet, in der Luft hing die schwere Süße des feuchten, warmen Bodens. Wolken türmten sich am Horizont.

Wahrscheinlich wäre es das Klügste, sofort zu Tante Min zu gehen. Wenn er raten sollte, war es Phormion gewesen, die versucht hatte, ihn zu töten, und Bentick, der sie aufhielt ... Aber wenn Bentick mit Phormion unter einer Decke steckte, weshalb sie nicht gewähren lassen? *Hatte* Rosamund eigene Gründe gehabt, ihn aus dem Exil zurückzuholen? Nicht sehr glaubhaft, wenn man bedachte, wie wenig sie ihm traute, aber es erklärte vielleicht, weshalb sie Daurannon weggeschickt hatte, während sie den entscheidenden Schritt vorbereitete.

Oder war mit ›*sie*‹ Tante Min gemeint gewesen?

Ein neuer Gedanke und kein sehr angenehmer und, dachte er, ein plausibler Grund für Rosamunds Feindseligkeit ihm gegenüber – nicht, daß sie einen Grund brauchte. Doch weshalb sollte Tante Min ihn als Handlanger gegen Phormion benutzen, *wenn* es Phormion war?

Hoch über ihm, in der schwarzen Masse der Bibliothek, fiel gelber Lichtschein durch die Glasfenster des Tepidariums und zeigte an, wo Seldes Katne noch über den Bücherstapeln saß, um nach Informationen über die Teleskugeln zu forschen, während Nandiharrow und Issay Hinweise auf andere magische Erscheinungen in den Kavernen zusammentrugen.

Und irgendwo war Joanna, gefangen in diesem Netz tödlicher Geheimnisse. Sämtliche Instinkte warnten ihn, daß die Gefahr, in der sie schwebte, immer größer wurde, je länger ihre Gefangenschaft währte.

Er fragte sich, ob es empfehlenswert war, um diese Stunde an Tante Mins Tür zu klopfen. Rosamund würde ihm die Haut abziehen, wenn er die alte Dame aufweckte.

Davon abgesehen fühlte er sich, als wären seine Knochen von Blei umhüllt, und die Vorstellung, aufzustehen und etwas zu unternehmen, war vorläufig mehr, als er ertragen konnte. Er legte den Kopf auf dem behelfsmäßigen Kissen bequemer zurecht und blickte über den schwarzen Pelz der Wälder zur Kapelle des Grünen Königs. Endlich schlief er ein, und obwohl er sich an keine Träume erinnern konnte, erwachte er tränenüberströmt und mit dem Gefühl, etwas Unersetzliches für immer verloren zu haben.

Tom, der Gärtner, fand ihn beim Frühstück, kurz nachdem im Refektorium ein Tumult ausgebrochen war. Nach den Erfahrungen der vergangenen Nacht legte Antryg vorerst keinen gesteigerten Wert auf die Gesellschaft anderer Mitglieder des Kollegiums, wenigstens nicht ohne die gleichzeitige Anwesenheit mehrer vertrauenswürdiger Personen. Er verleibte sich in einem Winkel der Küche Tee und Muffins ein, nachdem er Pothatch geholfen hatte, die Hafergrütze umzurühren und Speck zu schneiden. Zornige Stimmen lockten sie beide die Treppe hinauf zur Anrichte, hinter den Durchreichen.

Durch die breiten Fenster zum Saal des Refektoriums sahen Antryg und der Koch Brunus, normalerweise der sanftmütigste Mensch überhaupt, am anderen Ende des großen Raums stehen und Zake Goldhand beschimpfen, der eben hereingekommen war. Goldhand konterte mit einem erstaunlichen Wortschwall in der kaum verständlichen Gossensprache der Docks, sein schmales Gesicht war wutverzerrt. Andere – nicht alles Studenten – erhoben sich von ihren Stühlen an den langen Tischen, strömten auf den freien Platz vor der Tür, und bald war das schönste Gezänk im Gange. Daurannon, der an dem großen Fenster saß, durch das man auf den Vorderhof des Polygons hinuntersehen konnte, nahte als Schlichter, doch ganz entgegen seiner guten Absicht brüllte er die Streithähne an, und das Erscheinen von Lady Rosamund auf der Szene trug nichts zur Entspannung der Lage bei.

»Eins von den Relikten, ein Furor.« Antryg grinste den Koch und Tom an, der gerade hereingekommen war. Das Geschimpfe wurde heftiger, die zornig erhobenen Stimmen hallten unter der rotbemalten Balkendecke des Speisesaals. »In dem Bereich vor der Tür, seht ihr ...«

Er zeigte mit seiner Teetasse auf die Stelle. Lady Rosamund, ansonsten von eisiger Höflichkeit gegenüber ihrem Kollegen, ereiferte sich keifend wie ein Fischweib über ›miese kleine Emporkömmlinge aus der Gosse‹ und ›speichelleckende Sykophanten, die uns alle an den Regenten verkaufen würden, für die Ehre, beim Laver den Rasierspiegel halten zu dürfen‹. Daurannon seinerseits ließ die Maske des arglosen Unschuldsengels fallen und äußerte sich in erstaunlich bildhafter Sprache über ›moralinsaure Säulenheilige, die sich was einbilden auf ihr blaues Blut und keinen ausstehen können, der nicht vor ihnen kuscht‹. Beide Meinungen, das wußte Antryg, waren in gemäßigterer Form und *privatim* schon früher geäußert worden.

»Ich würde sagen, er fängt ungefähr drei Schritte hinter der Tür an und reicht bis zur Schmalseite von dem Tisch, an dem Kyra steht. Ah! Da kommt Bentick. Warten wir ab, ob er sich ins Getümmel stürzt oder versucht, sie alle hinauszuscheuchen, damit der Bann aufgelöst werden kann.«

»Aber werden sie sich scheuchen lassen?« fragte Tom interessiert, verschränkte die Arme und neigte den Kopf ein wenig zur Seite.

Magier, Koch und Gärtner ergötzten sich an dem Schauspiel, wie der Majordomus der Zitadelle, unterstützt von Iassy Bel-Caire und Sergeantin Hathen, mit gutem Zureden, Rufen und Winken die Streitenden von der gefährlichen Stelle weg und zwischen die Tische lockte, wohin das Wirkungsfeld des Zaubers nicht reichte.

»Sieht aus, als hätte Meister Bentick eine schwere Nacht gehabt«, bemerkte Tom, als der Spaß vorbei zu sein schien und Pothatch zu seinen Samowaren und Schüsseln mit Eierteig zurückgekehrt war. Er hatte recht: obwohl er tadellos rasiert und adrett wie immer war, sah der Majordomus noch elender aus als gestern im Ratsgemach und schien mit unsteten Blicken jeden Winkel des Refektoriums nach etwas oder jemandem abzusuchen, vermutlich, dachte Antryg, nach meiner bescheidenen Person.

»Sollte mich nicht wundern«, brummte er und fragte dann: »Hast du zufällig gesehen, ob Tante Min schon auf den Beinen ist?« Min war eine Frühaufsteherin und pflegte oft auf der Terrasse ihrer Kate zu sitzen, um den Sonnenaufgang zu beobachten. Solange Bentick hier damit beschäftigt war, den Zauber aufzulösen – was er sich eben anschickte zu tun, zusammen mit Daurannon und Lady Rosamund, die peinlich vermieden, sich anzusehen –, konnte er riskieren, auf einen Sprung hinüberzugehen, um mit Hilfe der Erzmagierin herauszufinden, welchen möglichen Grund die Sternenfrau haben könnte, harmlosen Besuchern ihrer Burg den Lebensfaden abzuschneiden.

Tom schüttelte den Kopf. »Ich habe sie nicht gesehen. Aber mir ist etwas zu Ohren gekommen, das Ihr wissen solltet.«

Antryg stellte die Teetasse hin und musterte den melancholisch aussehenden schmächtigen Mann in seinen derben Kleidern und den schweren Stiefeln.

»Einer von Gru Gwidions Jägern erzählt mir gestern, er hätte in der Kapelle des Grünen Königs eine Frau rufen gehört. Er geht hin, aber dann wagt er sich nicht hinein. Sein Instinkt hätte ihn gewarnt, sagte er, daß etwas Widernatürliches dort im Gange sei, aber ich weiß, ihr Magier habt eure Mittel und Wege, uns von bestimmten Orten fernzuhalten, mich und die Milchmädchen und Pothatchs Küchenhilfen, wenn er welche hat. Und ich weiß, Ihr sucht nach Eurer Liebsten.«

»Das tue ich.« Antryg nickte stirnrunzelnd. »Die Kapelle des Grünen Königs, soso.« Er dachte an die bläuliche Dämmerung über den Wäldern, den Schimmer knochenweißer Mauern zwischen den Bäumen.

Weitere Bewohner der Zitadelle strömten zum Frühstück ins Refektorium. Sergeantin Hathen, neben der Tür postiert wie die Zeremonienmeisterin bei einer Hochzeit, warnte jeden, dicht an der Wand entlangzugehen, um die Magier nicht bei ihrer Arbeit zu stören.

Die große Bronzeuhr des Auditoriums schlug sieben. Falls Tante Min mit der Konstruktion des Zaubers gegen Mittag anfing, überlegte Antryg, konnte er immer noch rechtzeitig zurück sein, um ihr am Nachmittag zu helfen – nicht, daß sie wirklich Hilfe brauchte. Ungeachtet ihrer zur Schau getragenen senilen Zerstreutheit bezweifelte er keine Sekunde, daß sie genau wußte, was sie tat, und nicht die geringste Mühe haben würde, seinen Notizen zu folgen.

Außerdem, nach den Vorfällen der letzten Nacht, hatte der Gedanke, für ein paar Stunden der Zitadelle den Rücken zu kehren, etwas von Urlaub.

»Kitty wird mich umbringen. Ich habe versprochen, ihr bei den Recherchen wegen der Teleskugeln zu helfen und sie schnöde im Stich gelassen. Bestellst du ihr, daß ich weggerufen wurde?«

Tom zögerte einen Moment, als wäre ihm bei diesen Worten etwas eingefallen, dann nickte er langsam. »Ja. Das heißt ...«

Bentick, Daur und Rosamund ließen mit einem Anschein von Endgültigkeit die Arme sinken. Die beiden letzteren wandten sich prompt ab, einer nach links, der andere nach rechts, um sich Plätze an möglichst weit voneinander entfernten Tischen zu suchen. Bentick fixierte mit Feldherrenblick noch einmal die neugierigen Gesichter der Dazugekommenen, dann schritt er, umwallt von seiner schwarzen Robe, zur Durchreiche, um sich seinen Morgenkaffee zu holen. Hastig trank Antryg seinen letzten Schluck Tee, ließ zwei Brötchen von einem der Serviertabletts in seiner Rocktasche verschwinden und sagte: »Dank' dir, Tom. Du hast mich nicht gesehen.«

Im selben Moment, als der Majordomus an der Durchreiche anlangte, verschwand der letzte Zipfel der langen purpurnen Rockschöße durch die Tür zur Speisekammer.

Die Straße vom Magiers Kulm nach Wychstanes folgte schnurgerade der Brehonlinie: zu beiden Seiten war sie gesäumt von verwitterten, moosbewachsenen Menhiren, wie sie in zivilisierteren Gegenden des Reiches umgestürzt oder vergraben worden waren. Für den größten Teil der Strecke lag der Weg unter dem Niveau des Geländes ringsum, tief gefurcht von den für Sykerst typischen, morastigen Karrenspuren. Obwohl ein Wind die Wipfel der

Bäume streifte, war unten die Luft stickig und unbewegt, schwer vom brackigen Geruch der Tümpel und dem grünen, plüschigen Aroma des Moospelzes an den Stämmen der Erlen und Birken. Federn aus goldenem Licht spielten über Antrygs Schultern und Kopf, als er sich zwischen Räderfurchen und Moderpfützen den gangbarsten Weg suchte; der vertraute Wechsel von Warm und Kalt auf der Haut erinnerte ihn an Zuhause. Selbst das Schmatzen seiner Stiefel im Schlamm war Teil dieser Kindheitsträume.

Nach all den Jahren.

Er hatte seine Jugend in einem Dorf wie Wychstanes verbracht. Es gab viele davon, eingebettet in die endlosen Wälder, verstreut auf den steinigen, rostroten Hügeln – wo immer winzige Taschen fruchtbarer Erde eine bescheidene Ernte ermöglichten, und sie ähnelten sich wie ein Ei dem anderen. Das Leben in den *Ibeks* konnte unglaublich primitiv sein; er erinnerte sich genau, wie er seinen Brüdern geholfen hatte, Heu durch die Falltür im Boden zu den Kühen unten hinunterzuforken, und nachts lauschte er dem Murmeln, Husten, Lustgestöhn und trunkenem Lallen der ungefähr sechzig Onkel, Tanten, Stiefkinder und Knechte, mit denen er die Wohnstatt teilte – doch selbst als ein Paria war es faszinierend und beglückend gewesen, das komplexe Leben im Dorf zu beobachten und in bescheidenem Maße Teil dessen zu sein.

Die Hände tief in den Taschen vergraben, lächelte er vor sich hin. Suraklin hatte versucht, ihm mit der Wurzelbürste den Gestank von Kuhdung und Rauch aus den Poren zu scheuern (damals hätte er sich liebend gerne eigenhändig die Haut abgezogen, wäre es möglich gewesen, weil er wußte, der Geruch mißfiel dem alten Mann.). Selbst später, wenn sein Meister unzufrieden mit ihm war, bildete er sich ein, daß der Geruch unauslöschlich an ihm haftete und Suraklin immer noch verärgerte: das erste von all den vielen Dingen, die Antryg nie ausreichend zu ändern vermochte, um den Ansprüchen des Dunklen Magus' zu genügen. Selbst als unter Suraklins Anleitung – Zuckerbrot und Peitsche – seine Kräfte wuchsen, so daß er Sanddämonen wie Spatzen auf seiner Hand sitzen lassen konnte oder imstande war, von der anderen Seite des Zimmers Brot auf einem Teller in Nachtschatten zu verwandeln oder mit einem Wort einen Mann blind oder stumm oder atemlos zu machen – nie wurde er den Erwartungen des schrecklichen alten Mannes gerecht.

Er schüttelte den Kopf. Die Rückkehr nach Sykerst war wie eine Rückkehr nach Hause. Doch wie Joanna einmal weise bemerkt hatte, bei ihrem einzigen Ausflug nach Pasadena, um ihre Mutter zu besuchen: an den Stätten der Kindheit spukten die Geister all der früheren Metamorphosen, und es war deprimierend, hinter jeder Ecke einem davon zu begegnen.

Davon abgesehen, dachte er, blieb stehen und schaute zum Ende des Tunnels aus Menhiren, Taigalorbeer und überhängenden Baumkronen, wo der Weg in die offene Feldflur hinausführte, im Hinblick auf Trukilds Warnungen war es vermutlich keine gute Idee, frischweg die Hauptstraße hinunterzumarschieren. Wenn das Dorf an der seit altersher gebräuchlichen Fruchtfolge festhielt, hatten sie die Felder im Süden für die Frühlingsaussaat gepflügt, und die im Norden lagen brach. Also empfahl es sich für ihn, in nördlicher Richtung weiterzugehen und am äußeren Rand der Brache durch die Wälder, statt zu diesem Zeitpunkt eine Begegnung mit möglicherweise ergrimmten Dorfbewohnern zu riskieren.

Unter normalen Umständen wäre er von einem Tarnzauber geschützt in die Höhle des Löwen spaziert, und die ehrsamen Hausfrauen, die am Waschzuber standen oder auf der Bank vor dem Haus ein Hühnchen rupften, hätten ihn für die Frau des Bäckers gehalten, mit einem Korb voller Brote am Arm. Doch mit dem Geis …

Auf der Böschung neben ihm sprang ein Hase aus dem hohen Gras, setzte durch die Brombeerhecken und verschwand in dem Weidendickicht auf der anderen Straßenseite. Ein Buchfink flog schimpfend auf und zugleich hörte Antryg das unverwechselbare verstohlene Knarren von Stiefelleder und das Klirren eines Dolchgriffs gegen eine Gürtelschnalle. Ein Schatten bewegte sich hinter dem Schirm dicker, bemooster Erlen – zwei Schatten. Ein verirrter Sonnenstrahl blinkte auf dem Lauf einer Muskete.

Mechanisch formte Antryg die Worte einer Illusion in seinem Bewußtsein, das Trugbild eines mageren braunen Katers – er mußte Gru und seinen Jägern in die Quere gekommen sein, sie kannten diese Gegend wie das Innere ihres Kugelbeutels und würden Verdacht schöpfen, wenn plötzlich ein Baum oder Strauch auftauchte, wo vorher keiner gewesen war.

Er überquerte vor ihnen die Straße, als ihm siedendheiß einfiel, daß unter dem Geis seine magischen Kräfte nicht wirkten.

Doch keiner von ihnen – es waren sechs Mann, vier mit Armbrüsten bewaffnet, zwei mit altertümlichen Musketen – gönnte ihm mehr als einen flüchtigen Blick, und an der Blickrichtung erkannte er, daß sie tatsächlich nur eine Katze sahen. Sogar seine Stiefelabdrücke im feuchten Boden waren für sie die leichten, runden Trittsiegel von Katzenpfoten.

Dann waren sie fort.

Antryg stieß den angehaltenen Atem aus, fassungslos vor Staunen.

Einen langen Moment zögerte er unschlüssig, dann streckte er eine Hand aus und rief in die Innenfläche seines tintenfleckigen Skribentenhandschuhs eine kleine Kugel aus blauem Licht, die geringfügigste Form manifestierter Magie, die ihm in den Sinn kam, an der keine potentiell gefährlichen Elemente wie Feuer oder Wind beteiligt waren. Als sie Gestalt annahm, warf er sie übermütig in die Luft, ließ sie auf der Spitze des Zeigefingers kreiseln und schnippte sie dann zwischen die Bäume. Er wußte genau, was passiert war.

Er befand sich in einem der kleinen Nester, wie sie auch in der Zitadelle existierten, wo durch den Abyssus magische Energie aus anderen Universen hereinsickerte; Magie, die anderen Regeln, anderen Gesetzmäßigkeiten unterlag.

Der Wunsch, etwas Größeres zu vollbringen, ein ungezügeltes Feuerwerk der Freude, war beinahe überwältigend, und der Versuch, ihn zu unterdrücken, glich dem Versuch, nach fünf Minuten unter Wasser *nicht* nach Luft zu schnappen. Aber der Versuchung nachzugeben barg zu große Gefahren, besonders hier auf der Brehonlinie – er konnte nur hoffen, der kleine Ball aus Licht verursachte nicht anderswo ein Feld der Dunkelheit oder die spontane Teleportation gänzlich unbeteiligter Personen. Indem er sich auf die niedrigstmögliche magische Stufe beschränkte, rief er einen weiteren kleinen kalten Stern in seine Hand und ging rückwärts, bis das Licht flackerte und verschwand; ging wieder vorwärts, bis es sich erneut materialisierte, um dann zischend und knisternd zu verlöschen.

Immer noch keine unerwünschten Nebenwirkungen, wenigstens nicht in seiner unmittelbaren Umgebung. Diese Nische wurde offenbar aus einer Welt beschickt, in der eine ganz ähnliche Form von Magie existierte. Er schlug eine andere Richtung ein, kletterte auf der Spur von Gru und seinen Jägern die gegenüberliegende Böschung hinauf und watete ungefähr dreißig Schritte weit durch Schwertfarn und Ginster, bis das Glühwürmchenlicht wieder erstarb. Er stand still und lauschte, doch er hörte nichts außer dem Rauschen der Tannen und dem Schlagen seines Herzens.

Es war ein Fußmarsch von anderthalb Stunden zur Kapelle des Grünen Königs, genauso lange brauchte er für den Rückweg zur Zitadelle und um einen herrenlosen Seherkristall zu finden, der stark genug war, um die magischen Barrieren zu überwinden, mit denen Joannas Gefängnis aller Wahrscheinlichkeit nach gesichert war. Vorausgesetzt natürlich, der Zauber des Weitsehens resultierte nicht in Feuer oder Überschwemmung oder Blitz und Donner – obwohl, wenn die Magie dieses Feldes kompatibel war, durfte von Rechts wegen keine Gefahr bestehen. Und vorausgesetzt, Daurannon oder Bentick setzten sich nicht in den Kopf, ihn entweder festzuhalten oder zu begleiten.

Und wenn Joanna einfach in der Kapelle saß und darauf wartete, daß er endlich kam, um sie zu retten?

»Verflucht«, brummte er, »dieser Fleck kann sich morgen schon in Wohlgefallen aufgelöst haben.« Er blickte sich um und prägte sich die Begrenzungspunkte ein – Haselnußhekken, ein vom Blitz gespaltener Stamm, eine Gruppe von drei Findlingen, die er noch von früher kannte. In seinem Wanderführer standen sie verzeichnet als *Tante Tilly, Milly und Dilly beim Tee*. Während er sich auf den Weg zu den brachliegenden Äckern machte, über denen sich ein wolkenloser Frühlingshimmel spannte, streckte er nochmals die Hand aus, in einem letzten schüchternen Versuch, den Sternenglanz in seine Hand zu beschwören. Aber nichts erschien, nur der unstete, illusorische Fleck windgetriebenen Sonnenlichts.

»Nun ja, wie gewonnen, so zerronnen.«

Er hörte die Stimmen der Jäger wieder, in dem Dickicht aus Holunder, Heckenrosen und Schachtelhalm am Waldsaum: »Er hat sein Lager hier irgendwo – wir haben alle die Spuren gesehen!«

»Wundervoll«, murmelte Antryg vor sich hin, schob die Brille hoch, die ihm ständig auf die Nasenspitze rutschte, und wünschte sich, er besäße wenigstens genug Magie, um die Moskitos fernzuhalten.

In der nächsten halben Stunde arbeitete er sich vorsichtig durch das üppige Buschwerk an der Grenze zwischen den Wäldern und der krumigen braunen Erde unter dem samtenen Tuch aus hellem Frühlingsgrün. Der Weg über die Äcker kam nicht in Frage, im tiefen, feuchten Boden hinterließ er deutliche Spuren, außerdem erinnerte er sich, daß Suraklin manchmal seine eigene Wahrnehmung in die Augen von Vögeln transferiert hatte, um nach Leuten Ausschau zu halten – in den meisten Fällen andere Magier –, die er mit seinem Kristall nicht aufzuspüren vermochte.

Joanna in der Kapelle des Grünen Königs.

Das Pentagramm auf den Karten: das Symbol der Erde.

Eine rufende Frauenstimme.

Angstzauber.

Wer ihr das angetan hat ...

Die Kapelle lag schweigend und verlassen in der getupften Helligkeit des Spätvormittags. Der alte Gott, dem sie geweiht war, hatte zu den populärsten des ehemaligen Pantheons gehört, und sein Kult hatte lange überdauert – tatsächlich gab es Gegenden in Sykerst, wo in bestimmten Nächten die Dörfler immer noch ihr Vieh im Licht des Mondes den langen Hexenpfad zwischen den Menhiren entlangtrieben und ein Idol des geopferten Grünen Königs auf einem Wagen mitführten. Die Mauern der Kapelle standen noch, allerdings seit langem des Daches beraubt und bekleidet von Efeu, der auch die acht hohen Fenster überwucherte. Inmitten des düsteren Laubs vom Vorjahr leuchteten die neuen Triebe papageiengrün, manche der alten, ledrigen Blätter hätte Antryg nicht mit der flachen Hand zudecken können, und die gedrehten Stämme waren dicker als sein Unterarm.

Kein Geräusch durchbrach die Stille, nur das leise Gurren einer Taube und der prägnante Ruf eines Kuckucks aus dem Wald.

Antryg ging einmal um die Ruine herum, in Abständen blieb er stehen, um mit geschlossenen Augen zu lauschen. Kein menschlicher Atemzug, kein Geruch nach menschlicher Nahrung oder menschlichen Exkrementen, keine Andeutung der gespannten Atmosphäre, die in der Natur entsteht, sobald ein menschliches Wesens in der Nähe ist. Also ja, dachte er, Joannas Gefängnis ist gegen magische Einsicht geschützt, und es gab Mittel, auch konventionellere Nachforschungen zu unterbinden.

Er ging näher heran. Seine knorrigen Finger strichen über den Efeu, wühlten sich durch die Ranken bis zum Mauerwerk darunter. Die einzigen Zauber, die er wahrnehmen konnte, waren Jahrzehnte alt und verblaßten, abgenutzt von eisigen Wintern und glutheißen Sommern, dem Vorbeistreichen der Tiere des Waldes, dem emsigen Schwirren der Insekten: das Wetzen des materiellen Lebens am Anachronismus alter Magie.

Und es hatte sich von Anfang an nicht um Angstzauber gehandelt.

Auch der Eingang war von einem Efeuvorhang berankt. Dahinter fand Antryg sich in dem offenen Mauerring wieder. Vom Fußboden waren nur einige Grabplatten übriggeblieben, Lachsbeere und Feuerkraut standen hüfthoch im gedämpften Sonnenlicht. Der Steinaltar hatte seit mindestens dreihundert Jahren kein Opfer mehr gesehen, daneben gähnte der Einstieg zur Krypta.

»Ausgesprochen merkwürdig«, murmelte er und tastete sich die schmalen, ausgetretenen Stufen hinunter.

Füchse zogen sich wachsam ins feuchte Dunkel des unterirdischen Raums zurück, ein Opossum suchte Deckung zwischen Efeuwurzeln und starrte aus großen verstörten Augen in dem weißen, spitzen Gesicht zu ihm hin. Nach dem Modergeruch zu urteilen, enthielt der Heilige Brunnen noch Wasser, eine ideale Brutstätte für Mücken.

Doch Joanna war niemals hiergewesen. Und auch sonst niemand, seit Jahren nicht.

Antryg stand ein paar Augenblicke still, die Hände auf die bröckelnde Einfassung des Brunnens gestützt. Er atmete den erdigen Geruch ein und lauschte mit allen Sinnen auf die tiefe Stille, die ihn umgab, und auf das schrille Läuten der Warnglocke in seinem Hinterkopf.

Tom hatte gelogen.

Oder jemand hatte Tom belogen.

Oder jemand hatte die Illusion von Angstzaubern erschaffen, die Illusion einer Frauenstimme ... Oder jemand hatte Tom heute morgen auf der Straße angehalten, seine Hand berührt, ihm in die Augen gesehen und in sein Bewußtsein die Überzeugung eingepflanzt, er habe tags zuvor mit einem von Gru Gwidions Jägern gesprochen und von ihm die Geschichte erfahren.

Suraklin hatte oft zu diesem Mittel gegriffen, Antryg auch, und nicht nur im Dienst des Dunklen Magus'.

Um ihn aus der Zitadelle zu locken?

Was sonst. Damit er weiter entfernt von Tante Mins Einflußbereich war und man nicht gleich merkte, wenn ihm etwas zustieß? Oder wollte man erreichen, daß er für einen bestimmten Zeitraum keinen Nachweis über sein Tun und Treiben führen konnte?

»Verflixt und zugenäht!« sagte er laut, und seine Stimme

hallte im Brunnenschacht wider. »Ich hab's allmählich satt, daß …«

»Was hast du satt?« fragte eine kalte, melodische Stimme von der Treppe hinter ihm. Mit fliegenden Rockschößen fuhr er herum – Lady Rosamund stand in dem Streifen Sonnenlicht wie eine Lilie aus Obsidian, die Hände über der Schnalle ihres Gürtels gefaltet. Unter dem hochgeschürzten Saum der langen Robe wurden ungefähr zwanzig Zentimeter ihrer weichen Stiefel sichtbar und ein Stück von dem dunkelblauen Untergewand. Das schwarze Haar war für die Wanderung geflochten und im Nacken aufgesteckt. Ohne den üblichen Rahmen schimmernder Locken trat die feine Knochenstruktur ihres ovalen Gesichts noch deutlicher hervor. Das Licht, das durch die jungen Efeublätter schien, war nicht grüner als ihre Augen.

»Nun«, sagte Antryg mit einem Lächeln freudiger Erleichterung, »daß man mich verfolgt, zum Beispiel. Ich bin außerordentlich froh, dich zu sehen, Rosie. Du hast doch nicht wirklich geglaubt, ich würde mich aus dem Staub machen, oder?«

»Solange das Geis auf dir liegt, nein.« Sie schaute kalt auf ihn hinunter, als er an der untersten Treppenstufe stehenblieb. »Ich weiß, wenn du fliehst, wirst du zurückkommen müssen.«

»Aus Hunger, wenn schon aus keinem anderen Grund«, stimmte er gutwillig zu. »Hat es romantische Gründe, daß du mir gefolgt bist? Oder war dir einfach nicht danach, in einem Raum mit Daurannon zu frühstücken, nach eurer kleinen Aussprache heute morgen?«

Sie erwiderte nichts. Antryg sah ihren Kopf als Silhouette vor dem transparenten Blau des Himmels. Schließlich meinte sie: »Ich bin dir gefolgt, um dich zu bitten, mich diesen Zauber ausführen zu lassen, den du entworfen hast, statt Tante Min.«

Die Nüchternheit ihrer Stimme war ein Schutzschild, und Antryg hörte deutlich heraus, daß sie sich unter anderen Umständen lieber die Zunge abgebissen hätte, als ihn um den kleinsten Gefallen zu bitten. »Aha«, sagte er leise.

»Ich bin der Ansicht, die Formeln selbst sind lächerlich und werden keine Wirkung haben, aber sie zehren an den Kräften eines Magiers. Sie ist nicht stark, Antryg. In letzter Zeit kränkelt sie oft.« Die stolze Frau reichte ihm die Worte wie blutende Stücke ihres eigenen Fleisches und wartete mit zusammengepreßten Lippen auf seine Antwort.

Antryg holte tief Atem. »Hinter dem Altar gab es immer besonders schöne Veilchen«, erzählte er und stieg an ihr vorbei die Treppe hinauf, in die vom Himmel überwölbte Arena der Kapelle. »Die Herzogin von Purlex pflegte die Blüten zu kandieren und machte einen Sirup aus den Blättern, der ihre Hunde vom Zwingerhusten kurierte.«

Lady Rosamund folgte ihm, als er leichtfüßig auf den eingesunkenen Podest sprang, wo der Granitblock, nahezu glattgeschliffen von Wind und Wetter, immer noch unter den Resten eines altehrwürdigen Baldachins stand. Er kniete sich hin, griff hinter den Altar, und tatsächlich, wie in früheren Jahren wuchsen die Veilchen dicht an dicht. »Es ist etwas spät im Jahr für wirklich schöne, aber man sagt, wenn ein Mädchen bei Neumond ein Sträußchen unter die Matratze eines Burschen legt und dreimal seinen Namen sagt, wird er sich mit dem zunehmenden Mond immer stärker zu ihr hingezogen fühlen, was ihr zwei Wochen Zeit gibt, die Sache unter Dach und Fach zu bringen. Wenn sie Pech hat, ist sie nach dem Vollmond wieder allein. Darf ich dir dies bescheidene Angebinde verehren?«

Er hielt ihr den Strauß hin, rührende kleine Elfengesichter, violett und blau und weiß in ihrem Blätternest. Sie ließ sich nicht dazu herab, die Blumen zu berühren, oder vielleicht wollte sie aus seiner Hand kein Geschenk entgegennehmen.

»Nein? Dann bringe ich sie Kitty. Manchmal denke ich, niemand hat ihr je im Frühling Veilchen geschenkt, und das ist wirklich schade.« Er saß auf dem Rand des Altarsteins und angelte in seiner Tasche nach einem Gummiband, um die Stiele zusammenzuhalten. »Ich nehme an, du bist mir nachgekommen, weil Tantchen dir gesagt hat, du sollst dich nicht aufführen wie eine besorgte Glucke?«

»Es sind deine Formeln. Du könntest mit einer plausiblen Begründung aufwarten, weshalb es besser ist, wenn ich sie umsetze.«

Antryg stemmte die Schulter gegen die holzigen Efeustämme in der Türöffnung und schob mit dem freien Arm das Rankengewirr beiseite. Lady Rosamund trat gebückt ins Freie. Obwohl sie ausnahmsweise darauf verzichtet hatte, die Purpurstola des Inneren Zirkels anzulegen, war ihre Haltung die einer Königin.

»Würde sie mir glauben?«

Ihre Antwort war die anklagende Bitterkeit in ihren Augen.

Er schob die Stiefelspitze unter einen Kiefernzapfen und katapultierte ihn durch die sonnentrunkene Luft. »Rosamund, sie wäre nicht die, die sie ist, wenn sie nicht Freude daran hätte, etwas Neues zu probieren; zu versuchen, ob sie nicht Beschwörungen, die verrückt und chaotisch sind und gegen sämtliche Gesetze von Physik, Logik und orthodoxer Magie verstoßen, doch dazu bringen kann, daß sie funktionieren. Du weißt das.«

»Ich weiß, daß *du* es weißt«, entgegnete sie ruhig. »Und daß du immer verstanden hast, sie um den Finger zu wikkeln.« Ihr schöner Mund wurde zu einem harten, dünnen Strich. »Oder war das deine Absicht?«

»Was? Meine einzige Beschützerin zu schwächen?«

»Den Achsnagel des Geis' zu schwächen.«

Hinter den dicken Brillengläsern blickten seine Augen ernst. »Ich finde, du läßt uns beiden keine Gerechtigkeit widerfahren.«

»Gerechtigkeit ist mir nicht wichtig, wenn ich fürchten muß, sie zu verlieren.« Ihre Stimme schwankte, dann klang sie wieder hart und spröde. »Und warum bist du nicht in der Zitadelle, um ihr wenigstens zu helfen?«

Er grinste. »Weil ich unter dem Geis nichts weiter tun könnte, als ihr zwischen den Füßen herumzulaufen, und ich kann es mir nicht leisten, auch bei ihr in Ungnade zu fallen. Ich bin hier, um nach Joanna zu suchen; mir sind einige ziemlich merkwürdige Nachrichten zu Ohren gekommen ...«

»Du behauptest immer noch, einer von uns hätte sie entführt?« fiel Lady Rosamund ihm ungeduldig ins Wort. »Daß einer vom Inneren Zirkel hinter dem Chaos in den Kavernen steckt?«

Antryg zuckte die Schultern. Er ging neben ihr durch den raschelnden Ginster. »Nun, ich habe mir den Kopf nach einem Grund zerbrochen, weshalb Ruth mir vorlügen sollte, einen Zauberer gesehen zu haben. Sie ist im allgemeinen durchaus wahrheitsliebend, außer natürlich, wenn sie, tropfnaß und in ein Badetuch gewickelt, Leuten am Telefon weismacht, sie wäre schon auf dem Sprung zur Tür gewesen, um sich mit ihnen zum Abendessen zu treffen.«

»Und warum hat sich die Person dann nicht mit dir in Verbindung gesetzt? Warum wurden keine Forderungen gestellt, keine Drohungen ausgesprochen, kein Austausch vereinbart?« Ihre Augen wurden schmal. »Oder ist das alles bereits über die Bühne gegangen? *Wenn* es im Kollegium einen Renegaten gibt – von dir abgesehen –, arbeitest du bereits für ihn?«

Antryg blieb stehen und schob mit dem Zeigefinger die Brille nach oben. Das Blitzen eines Dolchs im Mondlicht fiel ihm ein, das Wehen einer langen schwarzen Robe in der sich schließenden Tür eines Geheimgangs, der Druck des Todeszaubers auf seiner Brust. *Sie hat ihn geschickt. Er ist ihr Handlanger* ... Und dann war da noch die merkwürdige Sache mit Toms Geschichte heute morgen.

»Unsinn«, antwortete er. »Aber die gleichen Fragen habe ich mir auch schon gestellt. Selbst wenn das Geis in ihren Plänen nicht einkalkuliert war, sollte man annehmen, sie hätten Joanna als Druckmittel benutzt, um mich von meinen Nachforschungen abzubringen. Und vielleicht finde ich ja noch eine entsprechende Botschaft mit dem Dolch an meine Tür geheftet. Doch mir kommt das alles ziemlich schleierhaft vor.«

Er setzte sich wieder in Bewegung. Lady Rosamund, weniger an Fußmärsche querfeldein gewöhnt, stolperte einige Male, verzichtete jedoch darauf, seine helfend ausgestreckte Hand zu ergreifen.

»Jemanden gefangenzuhalten ist lästig«, fuhr er fort, »außer man hat einen Komplizen, obwohl ein Magier es natürlich leichter hat, sein Opfer ruhig zu halten. Ich denke mir, gesetzt den Fall, unser hypothetischer Entführer gehört dem Inneren Zirkel an, ist er stark genug, Joanna in einen Kanarienvogel zu verwandeln, womit eine Menge logistischer Probleme gelöst wären. Haben Phormion oder Bentick vor kurzem überraschend einen Kanarienvogel angeschafft? Wenn ich auch meine Zweifel habe, ob ein Kanarienvogel die angemessene Gestalt für Joanna wäre. Eine Katze vielleicht, und die bliebe zudem völlig unbemerkt.«

Lady Rosamund hob verärgert die Augenbrauen. »Traust du wirklich Bentick zu, dermaßen gegen seine Gelübde zu verstoßen? Oder Nandiharrow? Oder Iassay oder Phormion …?«

»Einen von ihnen haben jedenfalls seine Gelübde nicht daran gehindert, gestern den Versuch zu machen, mich zu ermorden«, sagte er, und auf Rosamunds Zügen malte sich eine allem Anschein nach aufrichtige Bestürzung.

»Wer?«

»Keine Ahnung. Ich konnte nichts erkennen. Es passierte im Keller der Burg, also fällt der erste Verdacht natürlich auf Bentick und Phormion, aber in Anbetracht der Schleichpfade, die sich dort kreuzen, käme ebensogut unser Freund Daur in Betracht. Wer immer es gewesen sein mag, scheint zu glauben …«

Wie ein Donnerschlag aus heiterem Himmel zerriß der Schußknall einer Muskete die Luft, gefolgt von beißendem Pulvergestank. Lady Rosamund schrie auf und sank zu Boden, beide Hände in den schwarzen Stoff über ihrem Bein gekrallt und plötzlich rot von dem Blut, das aus ihrem zerrissenen Fleisch quoll, während aus dem Wald hinter ihnen eine Stimme schrie: »Da sind sie!«

Besser unter Wölfen zu schlafen, als in eines Magiers Haus.

SPRICHWORT IN SYKERST

14. KAPITEL

Antryg fing Lady Rosamund auf, als sie fiel. Obwohl ihre Augen geschlossen waren, hatte sie nicht die Besinnung verloren, denn sie schlang ihm haltsuchend den Arm um den Hals. Er zerrte sie mit sich, in eine unkrautüberwucherte Mulde, durch ein Dickicht aus jung aufgeschossenen Erlen und Dornenhecken und dann in den Schutz eines Felshökkers, etwa vierzig Schritte entfernt.

»Seht ihr sie?« rief ein Mann irgendwo, und ein anderer erwiderte: »Zwei von ihnen, sah aus wie ...«

»Der große Graue mit den drei weißen Pfoten ...«

»Ist Blut auf dem Boden? Ich könnte schwören, ich habe einen erwischt ...«

Ich ... stille die Blutung ... so gut ich kann«, stieß Rosamund hervor, ihre Stimme war kaum mehr als ein Hauch an seinem Ohr. »Kalt ... Lieber Gott, so kalt ...«

»Kannst du einen Tarnzauber aufrechterhalten?« Antryg riß sich Tante Mins lappigen alten Schal vom Hals, breitete ihn mit einer Hand notdürftig auf dem Boden aus, ließ sie darauf niedergleiten und deckte sie mit seinem Rock zu, nachdem er einen Streifen Futterstoff abgerissen hatte, um ihr Bein abzubinden. Farn und Schachtelhalm zwischen den Steinen boten spärliche Deckung; mit etwas Glück durchkämmten die Jäger Hecken und Gehölze und schenkten dieser weniger als Versteck geeigneten Stelle keine Beachtung.

Der dunkle Kopf drehte sich auf der in matten Farben bunt gemusterten Unterlage verneinend von einer Seite zur anderen. Rosamunds Lippen färbten sich grau, trotz seines provisorischen Druckverbands verlor sie Blut. Wenn sie die Besinnung verlor, war das Schlimmste zu befürchten.

»Durchhalten«, raunte er beschwörend und schnellte aus der Deckung hervor; seine Ohrringe und die Glasperlen um seinen Hals funkelten grell in der Sonne. Wieder krachte ein Schuß – die Jäger hatten Zeit gehabt nachzuladen –, fast gleichzeitig bohrte sich mit einem dumpfen Schlag der Bolzen einer Armbrust in einen Baumstamm nur wenige Zentimeter neben seiner Schulter. Er wußte, für die Jagd auf Raubzeug tauchten Gru Gwidion und seine Männer ihre Pfeile in Datura; ohne den Schutz seiner Magie genügte ein Kratzer, um ihn zu töten.

Ein zweiter Bolzen blitzte im Sonnenlicht. Wie ein gehetztes Wild setzte Antryg in weiten Fluchten durch Farne und Unterholz, die Jäger dicht auf den Fersen. Sie kannten die Wälder so gut wie er – besser, denn ihr Wissen war frisch und mußte nicht nach neun oder zehn Jahren aus den Winkeln des Gedächtnisses hervorgekramt werden, ganz zu schweigen von dem, was sich inzwischen alles verändert hatte. Wie auch immer, er durfte sie vorläufig nicht abhängen, sie befanden sich noch viel zu nah bei Lady Rosamunds Versteck.

Drei Formeln, dachte er, sprang in ein unter hohem Gras fast verborgenes Bachbett und kletterte auf der anderen Seite die Uferböschung hinauf. Ein primärer Heilzauber, um Blutverlust und Schock in Grenzen zu halten, ein Tarnzauber, um die Augen der Verfolger zu täuschen, und ein Ruf an Helfer in der Zitadelle – kein Wunder, daß Lady Rosamund keine Kraft übrig hatte für einen direkten Gegenangriff. Erneut wurde geschossen, und die Blätter des Weißdorndikkichts, in das er sich hineinwarf, zitterten wie von einem Peitschenhieb getroffen. *Das wird sie lehren, potentielle Beschützer mit einem Geis außer Gefecht zu setzen.*

Er kroch ein Stück durch Gras und Kraut in der Nähe des Baches, dann zeigte er sich wieder und zog die Männer hinter sich her. Gru Gwidion rief etwas von: » ...der große Graue mit den drei weißen Pfoten.« Bei der genauen Wiederholung der Worte stutzte Antryg.

»Verflucht!« Keuchend sprang er über einen umgestürzten Baumstamm, nur einen halben Schritt vor dem nächsten Pfeil. »Ich glaube, jemand hat ihnen eine Illusion auferlegt, und sie sehen mich als Wolf.«

Illusionen waren ein Kinderspiel. Absolut illegal natürlich, aber Suraklin hatte sich ihrer oft bedient. Antryg erinnerte sich an den jüngeren Sohn eines Kaufmanns aus Kymil, der seinen eigenen Vater erschoß, in dem Glauben, er sei ein Hirsch, nachdem der Vater Suraklin bei einem lukrativen Geschäft ins Gehege gekommen war, und an eine zweite Begebenheit, als der alte Magier eine Frau ins Unglück stürzte, die nicht wollte, daß er mit ihrem Kind sprach. Er schlug sie mit einer Illusion, die sie glauben machte, ein anderer Mann wäre ihr Gatte.

In beiden Fällen, mußte Antryg sich eingestehen, hatte er geholfen, obwohl er schon damals wußte, es war unrecht – und das, nahm er an, war eine Illusion an sich.

Er konnte sich entsinnen, daß beide Opfer nach einiger Zeit Selbstmord begangen hatten. Doch Suraklin hatte ihm sogar den Mut zu diesem Ausweg genommen.

Das Unterholz lichtete sich. Antryg bahnte sich mit aller Vorsicht einen Weg durch den Ginster, bemüht, auf felsigem Untergrund zu bleiben, der keine Spuren aufnahm. Hatten die Jäger auch Lady Rosamund als Wolf gesehen? *›Illusionen, die mit einem Kleidungsstück der Zielperson verknüpft sind, werfen oft einen Schatten‹, hatte Suraklin erklärt und den langen schwarzen Strumpf des Kaufmanns durch die Finger gezogen, den Antryg von der Wäscheleine hinter dessen Landhaus gestohlen hatte. ›In der Nähe befindliche Menschen oder Gegenstände werden davon in Mitleidenschaft gezogen. Also halte dich fern von dem alten Gauner. Es ist die gebräuchliche Form des Zaubers, aber primitiv. Ich persönlich bevorzuge die Parfümmethode.‹*

Die Männer hinter ihm waren still geworden, doch mit seinen magischen Sinnen konnte er sie hören: das Rascheln in den Haselsträuchern, das Schlurfen der Stiefel in dem Teppich aus Tannennadeln und Farn.

Oder war Lady Rosamund das ausersehene Opfer gewesen und er selbst nur der Köder? Wer immer die Sache eingefädelt hatte, er konnte davon ausgehen, daß Lady Rosamund ihm folgte, wenn er die Zitadelle verließ.

Die Tannen standen hier dichter, ihre Nadeln verhinderten das Aufkommen von Unterholz und machten seine Spuren deutlich sichtbar. Schnell, wachsam, huschte er von Baum zu Baum. Nach Möglichkeit hielt er sich auf festem Boden oder am Ufer der schnell fließenden, eiskalten Bäche, wo die Vegetation üppiger war. *Diese magische Zone,* dachte er verzweifelt, *ist hoffentlich noch da, wenn ich hinkomme.*

Kurz vor den *Drei Tanten Beim Tee* erspähten ihn die Verfolger. Er hatte sie die ganze Zeit hinter sich gehört, einmal näher, einmal weiter entfernt: das Rascheln im Dornengestrüpp, die gedämpften, trillernden Vogelrufe, mit denen sie sich verständigten. Hin und wieder, wenn der Wind umsprang, drang ihm der typische Dung- und Rauchgeruch ihrer Kleidung in die Nase. Deshalb war er nicht völlig unvorbereitet, als das Schnappen einer Armbrust ihn aufschreckte, und konnte den geschenkten Sekundenbruchteil nutzen, um sich fallenzulassen und weiterzurollen. Der Bolzen zog eine fünf Zentimeter lange Schmarre durch das Leder seines Stiefels, dann war er aufgesprungen und lief um sein Leben, geduckt, hakenschlagend; er sprang über Findlinge und umgestürzte Bäume wie eine linkische Gazelle, so sehr darauf konzentriert, nicht zu stolpern, daß er kein Ohr für die Geräusche hinter sich hatte, und er betete, daß nicht schon einer auf der Lauer lag, um ihm den Weg abzuschneiden. Die Muskete krachte, aber er konnte nicht sehen, wohin der Schuß ging, registrierte nur, daß er nicht getroffen war. Sonnenlicht auf dem Kiefernnadelteppich; Eichhörnchen, die wie rote Flämmchen die Bäume hinaufzüngelten; der vom Blitz gespaltene Stamm, Haselnußhecken ...

Dann stolperte er doch und visualisierte im Fallen den Zauber zum Aufheben der Illusion. Nichts, das Geis lag wie ein Schraubstock um seinen benommenen Verstand. Ein Bolzen surrte vorüber wie eine riesige Hornisse, während er in Richtung der Straße humpelte, der Luftzug streifte seinen zerrissenen Ärmel. Er sammelte seine magischen Kräfte, versuchte nochmals sein Glück.

Diesmal gelang es. Er fühlte die Magie, warf sie hinter sich wie ein funkelndes Netz und betete, daß sie wirkte. Einer der Männer schrie: »Verdammtes Mistvieh!« und ein anderer: »Was, zum ...«

Antryg blieb taumelnd stehen und sank nach Atem ringend auf die Knie. Schweiß lief ihm über das Gesicht, und zum ersten Mal bemerkte er die Kratzer von Stechpalmen und Dornenranken, die Risse in seinem Hemd und die Abschürfungen an seinen Schultern und Knien.

»Verflucht, nicht schießen!« rief er und warf die Hände in die Höhe. Als er sich herumdrehte, sah er die Männer hinter sich stehen, ebenfalls schweratmend, ratlos und erschreckt.

»Er ist ein Magier!« sagte Gru Gwidion und rieb sich die Augen. »Meister Antryg ...«

»*Er* war der Wolf.« Einer der Jäger hob die Armbrust und legte auf Antryg an. »Er hat sich in einen – in einen ...« Seine Stimme brach. Er ließ die Waffe sinken und schaute verwirrt seinen Führer an, Schweißtropfen rannen über sein hageres, rotbärtiges Gesicht. »Wir – wird sind hinter einem Wolf hergewesen. Aber dieses Frühjahr waren kaum Wölfe hier in der Gegend. Deshalb haben wir geglaubt ...«

»Nein.« Antryg stand steifbeinig auf, klopfte Erde und altes Laub von seinen Jeans und schüttelte die langen Haare aus dem Gesicht. »Und ich bin sicher, wenn ihr eure Schafe zählt, werdet ihr feststellen, daß kein einziges fehlt.«

»Ihr habt recht, ich weiß, daß keins fehlt.« Gru Gwidion trat vor, hinter dem schwarzen Bartgestrüpp drückte seine Miene Verwirrtheit und Beschämung aus. »Wir haben sie noch gar nicht auf die Sommerweiden getrieben. Aber – heute morgen waren wir so sicher. Als hätten wir gestern die Jagd geplant, doch jetzt, wenn ich darüber nachdenke, verstehe ich nicht ...«

Seine Männer schauten ebenso drein: bestürzt, wie sie dermaßen blind hatten sein können, beschämt, verwirrt und im Begriff – wie Trinker, die immer wieder eine hieb- und stichfeste Rechtfertigung für ihre Ausschweifungen finden – nach Gründen zu suchen, weshalb sie keine Schuld an dem unglückseligen Vorfall traf.

»Ihr habt unter einem Bann gestanden, alle«, erklärte er hastig. »Man hat euch dazu gebracht zu glauben, ein Wolf mache die Gegend unsicher, und dann, als ich vorbeikam – was jemand zuvorkommenderweise arrangiert hat –, zu glauben, ich wäre der Wolf. Das ist alles. Kann einer von euch sich erinnern, gestern in der Zitadelle mit einem Magier gesprochen zu haben?«

Gru kratzte sich am Kopf. Aus der Nähe war sein Hautgout penetrant, aber auf seltsame Art eins mit den natürlichen Gerüchen von Erde und Wasser, Gras und Wald. »Nein, ich – ich weiß nicht«, meinte er und blickte zu Antryg auf. Das Mißtrauen und etwas von dem unbehaglichen Schuldbewußtsein war aus seinen Augen geschwunden, sie hatten wieder den scharfen, wachsamen Blick eines Mannes, der darauf angewiesen ist, jedes Detail seiner Umgebung wahrzunehmen. »Aber wenn es ein Magier war, wird er dafür gesorgt haben, daß keiner sich mehr an was erinnert. Es tut mir leid, Herr und –«, er warf einen bedeutungsvollen Blick auf seine Männer, »das gilt für uns alle. Aber seid ihr nicht zu zweit gewesen? Ich könnte schwören, Cappy hier hätte etwas getroffen, was für mich aussah wie ein zweiter Wolf.«

»Er hat getroffen«, nickte Antryg grimmig. »Lady Rosamund. Sie liegt dahinten, mit einer bösen Wunde im Oberschenkel. Ich weiß, sie hat versucht, die Magier aus der Zitadelle zur Hilfe zu rufen, doch ob es ihr gelungen ist – aha!«

Noch weit entfernt, auf der Straße, hörte man das schnelle Klappern von Hufen. »Wunderbar. Sie liegt im Farn, hinter den zwei Findlingen. Ihr müßt genau hinsehen, sie wird sich unter einem Tarnzauber versteckt haben ...«

»Davy, Crin, das übernehmt ihr«, befahl Gru und deutete auf zwei seiner Männer. »Es wird erst ein großes Hin und Her geben, und sie braucht schnell Hilfe.«

Der rothaarige Jäger und ein zweiter schulterten ihre Waffen und trabten davon; im Nu waren sie im Schatten zwischen den düsteren Nadelbäumen verschwunden. Antryg stieg bereits die Böschung zur Straße hinauf und schwenkte die Arme. »Hier!« rief er laut. »Hierher ...«

Und biß sich auf die Zunge. Denn die Reiter unten auf dem Weg waren nicht, wie er erwartet hatte, Daurannon, Issay Bel-Caire und ein Trupp Sasenna aus der Zitadelle.

Die meisten waren Sasenna, allerdings hatte ihre traditionell schwarze Uniform einen sehr viel moderneren Schnitt als die der geschworenen Kämpen des Kollegiums. Ihre Röcke waren enganliegend und knielang, die Hosen aus feinem Wollstoff paßten sich jeder Bewegung des Trägers an. Unter ihnen befanden sich zwei Hasu, kenntlich an ihren langen, blutroten Gewändern – Nigromanten, die sich dem kleinen, aber mächtigen Officium Magicum der Kirche selbst verschworen und auch dort ihre Ausbildung erhalten hatten.

An der Spitze ritt ein kleiner, breitschultriger Mann ganz in Grau, auf dem Rockkragen, klein und diskret, die vielhändige rote Sonne des Wahren Glaubens.

»Verflucht!« Antryg duckte sich in die Deckung von Erlen und Schierling im selben Moment, als die Reiter unter ihm die Zügel anzogen. In zwei, drei Sprüngen war er wieder bei Gru und seinen Männern, packte ihn am Arm und winkte die anderen heran. »Führt sie zu Lady Rosamund und bringt sie dazu, ihr zu helfen – es sind Magier bei ihnen. Wenn sie fragen, erzählt ihnen die Geschichte von den Wölfen und einer verirrten Kugel.« Mit einer unauffälligen Bewegung sammelte er die Magie, die immer noch über der Stelle hing, und warf sie als einen dünnen Schleier über ihre Augen und bestimmte Teile ihres Bewußtseins. »Mich habt ihr nicht gesehen.«

Soviel, dachte er ironisch, *zum Verzicht auf die Nutzbarmachung fremder Magie und dazu, daß man seine Gelübde halten soll.*

Er war außer Sicht, bevor die Jäger die Böschung erklommen hatten, um die Reiter unten anzurufen.

Als jemand, der zu dieser oder jener Zeit mit den meisten Repräsentanten der Inquisition in Ferryth zu tun gehabt hatte, war es Antryg nicht schwergefallen, in dem Anführer des Trupps Yarak Silvorglim zu erkennen, Hexenjäger Extraordinarius von Kymil und Sykerst.

»Dann hast du nie wirkliche Magie studiert?«

»Unsinn, meine Liebe.« Der schlanke, samtbekleidete Arm des Magister Magus bewegte sich zwischen Joannas Schultern und der Wand, an der sie saßen. »Was heißt wirkliche Magie? Die Akademiker – die Nigromanten des Kollegiums – hüten eifersüchtig ihr Monopol auf die reine Lehre und horten seit sechshundert Jahren jeden Schnipsel Pergament und jedes magische Gerät, das sie in die Finger kriegen können. Aber meine magischen Kräfte, so stark oder so gering sie sein mögen, sind so wirklich wie ihre.«

Stunden waren vergangen, Tage? – Joanna konnte es nicht sagen. Die Dunkelheit war unverändert und unveränderlich. Sie war fast greifbar, ein erstickendes Tuch, und verursachte ein Gefühl der Klaustrophobie, das in Wellen kam und ging. Aus einem anderen Gang hörte sie das wirre, monotone Gemurmel der Lady Irina, doch obwohl ihre gedämpften Stimmen auch für sie vernehmbar sein mußten, hatte sie keine Anstalten gemacht, sich zu ihnen zu gesellen. Joanna selbst verspürte weder Hunger noch Durst, nur ihre Kehle war wund vom stundenlangen Reden.

Reden erschien ihr das einzig Sinnvolle. Selbst in den Pausen existierte eine Art Kommunikation, es lag Trost in dem Arm des kleinen Hochstaplers um ihre Schultern, dem Geräusch seines Atems, dem kostbaren Duft, der seinem Hausmantel entströmte, und dem gelegentlichen Druck seiner schmalen, manikürten Hand.

Das Warten trieb sie fast zum Wahnsinn, aber es gab buchstäblich nichts, was man tun konnte. Herumwandern aufs Geratewohl, hatte Joanna sich überlegt, vergrößerte nur die Gefahr, dem *tsaeati* ins Netz zu geraten oder etwas noch Schlimmerem. Sie hatte noch einmal geweint, geweint bis zur Erschöpfung – vor Angst, Hoffnungslosigkeit und der Gewißheit, daß Antryg diesmal seinen Meister gefunden hatte und niemals kommen würde, um sie zu befreien ... Sie weinte an der Schulter des Magus', und er tröstete sie, mit all den bedeutungslosen Worten, die er auch den reichen Damen sagte, wenn sie zu ihm kamen, um sich Liebeszauber und Abtreibungsmittel zu kaufen und Talismane für

Würfel- und Kartenglück (bei Hofe wurde mit hohem Einsatz gespielt). Später, sie fühlte sich flau und wie zerschlagen, kam ihr der Gedanke, daß der Magus wahrscheinlich nicht weniger Angst hatte als sie. Aber weil sie keine Liebenden waren und auch keine diesbezüglichen Absichten bestanden, verboten *ihm* die tiefverwurzelten Konventionen der Geschlechter, sich an *ihrer* Schulter auszuweinen.

Und so hatten sie geredet, um nicht daran zu denken, wie in der Außenwelt die Zeit verging.

Joanna redete über Antryg, über ihre Mutter und den kalifornischen Immobilienmarkt, über das Leben als Außenseiterin in der High School, wie man ein normales Laufwerk für CD-ROM umrüstet und über Kunden, die von ihr verlangten, funktionstüchtige Programme für antiquierte CP/M-Systeme zu entwerfen, die sie gebraucht in irgendeinem Ramschladen gekauft hatten. Über die Schwierigkeit, *überhaupt* eine zweite Person in ein Leben zu integrieren, das bisher ganz mit Büchern, Katzen und Computermagazinen ausgefüllt gewesen war, erst recht so etwas Fremdartiges wie einen Mann, noch dazu so unberechenbar wie ein Magier.

»Lange Zeit habe ich – habe ich sehr abgeschottet gelebt«, sagte sie leise. »Und es gefiel mir nicht, da herausgerissen zu werden und in einen Strudel von Ereignissen hineinzugeraten, die ich gar nicht verstand. Und danach, als ich die Vorbereitungen traf, ihn aus dem Turm des Schweigens zu befreien, zwang ich mich, all dieses Zeug zu lernen, woran ich früher nicht im Traum gedacht hätte: mit Revolvern und Gewehren zu schießen, ich nahm einen Kurs in Selbstverteidigung und übte, mit Stahl und Feuerstein Funken zu schlagen – eine echte Schinderei – und wie man mit einer Armbrust umgeht. Dabei hatte ich eine hundsgemeine Angst. Angst, was mir alles passieren könnte, und Angst, daß ich alles verpatze. Aber Spaß hat es auch gemacht. Nur jetzt ...« Sie schüttelte den Kopf. »Ich frage mich, ob es nicht Irrsinn war, sich darauf einzulassen. Ob ihn zu kennen – ihn zu lieben – das hier aufwiegt. Gefangen zu sein in dieser

Dunkelheit, dahinzuvegetieren bis in alle Ewigkeit. Mein Leben war gut ohne ihn, ruhig und komfortabel.«

»Liebes Kind«, die Stimme des Magus hörte sich an, als ob er lächelte, »mir scheint es und bitte nimm mir die Interpretation nicht übel, daß du nach einem Grund suchst, ihn nicht zu brauchen.«

»Das tue ich«, antwortete Joanna niedergeschlagen. »Das heißt ... Ich *brauche* ihn nicht. Nicht wirklich. ...«

»Du meinst, du willst ihn nicht brauchen müssen.«

Sie schwieg. An der Enge in ihrer Brust, dem plötzlichen Schmerz in der Kehle, spürte sie, daß er recht hatte. »Weder ihn«, gestand sie tonlos, als die Stimme ihr wieder gehorchte, »noch sonst jemanden.«

Der samtene Arm legte sich fester um ihre Schultern, die wohlklingende Bühnenstimme fragte aus der Dunkelheit: »Warum nicht?«

»Weil ich Angst habe, daß er mich ganz vereinnahmt, daß mein ganzes Leben sich nur noch um ihn dreht. Weil ich Angst habe, ich tauge nicht für sowas, ich bin einfach nicht der Typ. Und hauptsächlich, weil ich immer befürchten muß, daß er wieder fortgeht.«

»Aber Joanna.« Der kleine Magier seufzte. »Mein liebes Kind. Hältst du dich wirklich für so töricht oder so schwach?«

Sie schüttelte den Kopf, das Gesicht an seiner Schulter vergraben und den Geruch von Veilchenwurzel, Cetaceumöl und Samt in der Nase. »Ich weiß nicht mehr, was ich bin. Nicht mehr, seit ich ihn kenne. Und ich fürchte, ich bin nur das Opfer einer – einer Art von hormoneller Verrücktheit.«

»Wenn Liebe uns nicht verrückt machen würde«, bemerkte der Magus sanft, »wer brächte den Mut auf, aus den Mauern herauszukommen, die wir um uns errichten, als Schutzwall gegen das Leben? Ich rate dir, dich nicht vorschnell zu entscheiden. So, wie eine Frau keine wichtigen Entscheidungen treffen sollte, wenn sie unter dem Einfluß des Mondes steht, und niemand von uns, wenn er hungrig ist, zornig, einsam oder müde – oder, möchte ich hinzufügen, sich in einer derart absonderlichen Situation befindet wie wir jetzt. Wenn du wieder die Wahl hast, dann wähle, nicht vorher. Und dann wirst du keine Zweifel haben.«

Joanna hob den Kopf und schnupfte auf. »Schon möglich. Aber …«

»Kein Aber.«

Sie lehnte sich wieder an die tröstliche Schulter. »Weißt du, ich habe nicht damit gerechnet. Aber du bist sehr weise.«

Der Magus lachte verhalten. »Das ist mein Beruf.«

Dann mußten beide lachen.

Wie in Anbetracht seiner Lebensumstände nicht anders zu erwarten, berichtete der Magister Magus von Caris und Pella und den Magiern aus seinem Bekanntenkreis; erzählte von Hofintrigen, wußte den neusten Hofklatsch über den Prinzregenten, der anscheinend von Tag zu Tag mißtrauischer, sadistischer und verrückter wurde, und verriet, wie man es anstellte, den Leuten weiszumachen, man wüßte mehr über ihre persönlichen Probleme, als in Wirklichkeit der Fall war. »Es macht einen immensen Eindruck, wenn man den Namen der neuesten Liebschaft aus den Karten liest, bevor sie ihn genannt haben, aber dazu gehört nichts weiter, als daß man auf gutem Fuß mit den Kammerzofen steht.«

Doch unter der Scharlatanerie, mit der er seinen Lebensunterhalt verdiente, lag die samtene Unterströmung nicht nur von Welterfahrenheit und gesundem Menschenverstand, sondern von wahrer Magie: die Kraft, die sein Geburtsrecht war, und das Wissen, das er sich mühsam angeeignet hatte, von einer alten Kartenschlägerin in Kymil und verschiedenen Mirabiliten, die sich, widerwillig oder auch gern, bereitfanden, ihn hier ein paar Tricks und da ein paar Geheimnisse zu lehren.

»Nicht, daß einer von uns Gelegenheit hätte, ein umfangreiches Wissen anzuhäufen«, sagte er mit einem seltsamen Unterton von Bedauern und Bitterkeit in der Stimme. »Die Inquisition bemächtigt sich unfehlbar eines jeden Magiers, dessen Macht das Maß übersteigt, das sie zu tolerieren bereit ist – ein Freund von mir pflegte zu sagen, sie bekämen ihre Informationen vom Kollegium. Und man muß nicht ein Suraklin sein oder ein Vorkhedne der Graue – er war noch einer von den wirklich Bösen, mußt du wissen –, um der Versuchung zu erliegen, mit Hilfe der angeborenen Kräfte etwas Geld zu machen oder sich und den Kindern ein anständiges Leben zu ermöglichen. Aber wie schon gesagt, das Kollegium sorgt dafür, daß jedes konfiszierte Zauberbuch in ihren Besitz übergeht – außer das Officium Magicum war schneller – und daß kaum solche Dinge wie Seherkristalle und Wasserschalen, *hemmerteyrne* und Teles im Umlauf sind …«

»*Hemmerteyrne?*«

»Magische Spiegel. Künstliche Seelen, im Volksmund. Sie sind rund und ungefähr so groß wie ein Taler – höhere Magie. Man kann durch sie dem darin Gesehenen seinen Willen aufzwingen. Und die Teles haben natürlich mit den magischen Kräften selbst zu tun.«

»Ich weiß.« Joanna erinnerte sich an den Ring aus Teleskugeln um Suraklins Computer, ihren unheiligen Quecksilberglanz, das Gefühl, beobachtet zu werden. »Antryg hält sie für gefährlich.«

»Nun, das sind sie natürlich, für jemanden, der nicht damit umzugehen versteht. Dasselbe kann man über ein Gewehr sagen. Aber wir benutzen Teles seit Jahrhunderten, ohne daß irgendwelche Nebeneffekte aufgetreten wären. Antryg ist überempfindlich, was dieses Thema angeht, glaub mir. Der Braune Stern ist ein weiteres der Artefakte, die das Kollegium gerne in seiner Privatsammlung hätte.«

»Dir hat er jedenfalls nicht viel Glück gebracht.«

»Was geschehen ist, wäre nie geschehen«, verwahrte sich der Magus mit gekränkter Würde, »hätte ich das Versteck besser abgesichert. Schuld ist der Effektenschrank in meinem Arbeitszimmer und nicht Unkenntnis oder Unwissenheit meinerseits.«

Joanna schwieg. Das Weinen und Klagen von Lady Irinia war zu einer schon gar nicht mehr bewußt wahrgenommenen Geräuschkulisse geworden; lauter, obwohl aus größerer Entfernung, tönte das kreischende, irre Gelächter von

Dämonen zu ihr her, wie der Geist eines launischen Windes. Sie fragte sich, wer diese Geschöpfe in den Kristall gebannt hatte und wann und aus welchem Grund. Einfach, weil man keinen besseren Weg wußte, sie loszuwerden – wie man es mit dem *tsaeati* gemacht hatte, mit Lady Irina, dem Mann neben ihr und ihr selbst? Und mit Gott weiß wie vielen anderen im Lauf der Jahre – im Lauf der Jahrhunderte ... Sie versuchte ihrem Gedankengang einen Riegel vorzuschieben – er bewegte sich auf einen Punkt zu, an dem Lady Irina bereits war. Doch die Litanei des Grauens spulte sich unerbittlich weiter ab: wie viele andere, gefangen und in Vergessenheit geraten, während der Kristall von einer Hand zu anderen wanderte, und wieviele alte Besitzer vergaßen den neuen Besitzern die Namen der Unglücklichen zu nennen und das *Mutabor,* um sie zu erlösen? Wieviele Male war der Kristall gestohlen worden, wie der Magister Magus ihn gestohlen hatte, und die Namen der Gefangenen gingen samt und sonders verloren, als wäre irgendeine Datei gelöscht worden?

Denk nicht daran, rief sie sich zur Ordnung. *Antryg wird kommen und dich herausholen.*

Und wenn er's tut?

Der Magus hat recht. Warte, bis du eine Wahl hast, bevor du eine Wahl triffst.

»Eins interessiert mich, Magus«, sagte sie mit erzwungener Munterkeit, »wer war dieser Vorkhedne der Graue, und was hat er so Schreckliches getan? Und was hat das Kollegium gegen ihn unternommen?«

»Die Sache verhält sich folgendermaßen«, hub der Magister Magus an zu erzählen, »in manchen Geschichten heißt es, er wäre gar kein Mensch gewesen, sondern das Ergebnis eines widernatürlichen Experiments mit einer Katze, von einem Zauberer namens Czyram ...«

Nachdem die Truppen von Crinias dem Starken die Armeen der Zauberer und ihrer Verbündeten bei den Klippen von Stellith in die Enge getrieben hatten, tat der Erzmagus Isar Chelladin den bitteren Gang ins Lager der Feinde, um von Crinias Gnade zu erbitten …

FIRTEK BRENNAN
Gespräche über Nigromantie

Am Ende der blutigen Schlacht auf den Feldern vor den Klippen von Stellith stand Isar Chelladin nachts über der Walstatt und hörte das Wehklagen der Verwundeten in der Dunkelheit. Da überkam ihn Erbarmen mit den Truppen der Kirche, denn er wußte, sie würden im Morgengrauen erneut anstürmen und so den Tod finden, also verhüllte er sein Haupt mit dem Umhang und begab sich unerkannt ins Lager der Besiegten, um ihnen ein letztes Mal Gelegenheit zu Verhandlungen zu geben …

GANTRE SILVAS
Das Buch von Isar Chelladin

Dann ließ Crinias der Starke, General der Streitmacht der Kirche, die gefangenen Zauberer in Ketten vor sich bringen und sprach: »Ich will euch eine Möglichkeit geben, euer Leben zu retten …«

INQUISITOR BERON VON KYMIL
Die Unterwerfung des Bösen

15. KAPITEL

Weil ihm außerordentlich daran gelegen war, unbemerkt zu bleiben, brauchte Antryg mehrere Stunden, um wieder in die Zitadelle zu gelangen. Er nahm den Weg zur Küche, durch die alte Schute, die seinerzeit angelegt worden war, um Baumaterial für die Kokotte und die Loggia heraufzuschaffen. Pothatch machte große Augen und stieß warnend hervor: »Meister Antryg ...« Antryg hielt bedeutungsvoll den Finger an die Lippen.

»Du hast mich nicht gesehen«, flüsterte er, nicht als Beschwörung – außerhalb der Enklave im Wald hatte er ohnehin nicht die Macht, einen Zauber zu wirken –, sondern als Bitte.

Der kleine dicke Koch schüttelte heftig den Kopf. »Natürlich, natürlich ...«

Antryg ließ sich im Schneidersitz auf der Topfbank nieder und bediente sich von den Haferkuchen, die zum Abkühlen auf einem Teller lagen. Bevor er durch die Seitentür hereinschlüpfte, hatte er auf Stimmen gelauscht, aber nichts weiter gehört als Pothatchs Schnaufen, wenn er zwischen Herd und Spülbecken und Schrank hin und her wieselte. »Haben deine Küchenjungen sich verkrümelt?«

»Nicht einer von den unnützen Bengeln hat sich heute blicken lassen. Wären nicht Tom und Lady Q'iin, Gott segne sie, ich hätte schon den Verstand verloren. Erst recht mit denen da.« Sein Nicken in Richtung der Tür zum Refektoriums galt dem Inquisitor und seinen Männern. Er senkte die Stimme, als könnten die Hexenjäger ihn durch die Mauern hören. »Die meisten von ihnen sind im Ratsgemach mit Meister Daurannon, während die anderen Meister sich um Lady Rosamund kümmern. Aber ihre Sasenna sitzen draußen und essen, an einem Tisch für sich, hat Tom erzählt. Möchte wissen, was Meister Daurannon und die anderen sich gedacht haben, sie den Weg zur Zitadelle finden zu lassen ...«

»Früher oder später mußten wir uns mit ihnen befassen«, sagte Antryg, verteilte mit dem Zeigefinger Marmelade auf einem vierten Haferkuchen und krönte alles mit einem Schlag süßen Rahm. »Wissen sie, daß ich hier bin?«

Pothatch schüttelte den Kopf. »Ich glaube nicht, Herr, nein. Man bindet der Kirche nichts auf die Nase, was nicht unbedingt sein muß. Dieser Silvorglim, er palaverte schon von Abominationen in den Straßen von Engelshand, bevor er überhaupt zum Tor herein war, aber von Euch? Ich denke mir, sie glauben immer noch, Ihr seid tot.«

»Nun, hoffen wir, niemand fühlt sich bemüßigt, sie über ihren Irrtum aufzuklären. Das Todesurteil des Regenten war ziemlich detailliert und ganz unverhältnismäßig garstig. Bist du so gut und läßt heute abend für mich die Tür offen?« Er faltete seine langen Beine auseinander und stellte die Füße auf den Boden. »Etwas sagt mir, ich muß mich für die nächste Zeit in einen Küchengeist verwandeln und mein Essen stehlen, wo ich kann.«

Er machte sich auf den Weg zur Spülküche, einem langen schmalen Raum, wo Messer und Stiefel gereinigt und zwischen den Mahlzeiten das bemalte Steingutgeschirr gestapelt wurde. Eine kleine Tür führte von dort zu einer in den Fels getriebenen Treppe, die im Unterkeller der Kokotte mündete, von wo er zum Hypokaustum unter der Nordhalle gelangen konnte. Dort, dessen war er sicher, unberührt von dem Eindringen der Feinde der Magie, würde Tante Min zu finden sein. An der Schwelle legte ihm Pothatch eine fleischige, rote Hand auf den Arm und schaute aus besorgten haselnußbraunen Augen zu ihm auf.

»Fühlt Ihr Euch gut, Herr?«

Antryg seufzte und fuhr sich mit der Hand über das Gesicht. »Ausgezeichnet«, behauptete er, obwohl eher das Gegenteil der Fall war. Seine Knochen taten noch weh von den Todeszaubern, denen er nur um Haaresbreite entronnen war, dazu kamen Erschöpfung, Schlafmangel, Alpträume und der ständige, nagende, unterschwellige Schmerz des Geis'. »Das heißt, es läßt sich aushalten.« Er nahm eine Handvoll Datteln aus der Holzschale auf einem Tisch und machte sein Exeunt.

Wie vermutet, fand Antryg Tante Min in der Nordhalle, wo sie, von allen vergessen, damit beschäftigt war, den Grundriß für eine Beschwörung Ersten Grades vorzubereiten. Als er durch die eisenbeschlagene Flügeltür vom Vestibül hereintrat, stellte er fest, daß das Tetragon ungefähr Dreiviertel des Raumes einnahm, ein Platz vor der Tür blieb frei, so daß man eintreten und hinausgehen konnte, ohne automatisch Begrenzungen zu beschädigen und die Bahn des Energieflusses zu unterbrechen, der später dort strömen sollte. Die anderen Eingänge – eine schmale Pforte und eine unauffällige Seitentür in einem Alkoven am hinteren Ende – waren von innen verriegelt. In der unteren Grenzlinie hatte sie eine Lücke gelassen, durch die andere das Feld betreten und verlassen konnten, bis zu dem Zeitpunkt, wenn es ›versiegelt‹ wurde, wenn die eigentliche Beschwörung begann.

Antryg verschränkte die Arme und beobachtete, an einen Sandsteinpilaster gelehnt, wie die schmächtige alte Frau die Winkelzauber und die grundlegenden Alignements vornahm. Jede Linie, obwohl freihändig gezogen, war schnurgerade, die Kreise wie mit einem Zirkel ausgeführt. So zittrig die Hände der greisen Erzmagierin bei anderen Tätigkeiten sein mochten, jede Rune, jedes Signum, jede Glyphe war ein kalligraphisches Kunstwerk.

»Du hast dir Zeit gelassen«, tadelte sie, als sie sich nach Fertigstellung der Nordwestecke zu ihm herumdrehte. Er war sicher gewesen, lautlos hereingekommen zu sein, aber vielleicht hatte sie wirklich Augen im Hinterkopf, wie die Novizen steif und fest behaupteten.

»Ich fürchte, ich wurde aufgehalten.«

Sie suchte ihren Stock und den überquellenden Handarbeitskorb zusammen und kam tatterig auf ihn zu. Er kannte Tante Min nicht anders als tatterig, schon als er sie das erste Mal gesehen hatte, anläßlich ihres Besuches bei Suraklin in Kymil, war sie so gewesen. Doch als er ihr jetzt entgegensah und die tastende Langsamkeit ihrer Schritte bemerkte, den Ausdruck einer tiefen Müdigkeit auf dem runzligen, feinknochigen Gesicht, war ihm, als drehte sich ein Dolch in seinem Herzen herum. Er fröstelte – nach der von Kochdunstschwaden erfüllten Hitze der Küche empfand er die Luft in der Nordhalle als unangenehm kalt, zumal er Rock und Schal bei Lady Rosamund gelassen hatte – und trat unwillkürlich einen Schritt vor, um sie zu stützen, blieb aber gleich wieder stehen: die symbolische Tür war verschlossen. Die dünne Zeile der Runen zu überqueren, die die Schwelle markierte, hätte die alte Dame zu weiteren zwei Stunden mühsamer Wiederherstellungsarbeit verurteilt.

Obwohl er das Messer aus Meteoreisen zwischen den

Wollknäueln in ihrem Korb stecken sah, machte sie keine Anstalten, die Sperre zu öffnen und ihn einzulassen. Statt dessen stand sie auf ihrer Seite der Grenze und sah mit geneigtem Kopf an ihm hinauf.

»Ich brauche dich hier nicht.« Die hohe, brüchige Stimme klang wie die eines kleinen Kindes. »Ich verstehe sehr gut die Zauber, die du erdacht hast, um die Steine glauben zu machen, sie wären, was sie nicht sind, und ich bin sehr wohl imstande, alleine fertigzuwerden *und* um Punkt Mitternacht die Magie zu erwecken.« In den porzellanblauen Augen blitzte ein kämpferischer Funke. »Noch dulde ich, daß du hier sitzt und auf das da starrst«, ein Finger wie ein knorriger Zweig deutete auf die Uhr des Toten Gottes an seinem Handgelenk, »wie ein Zeitnehmer bei einem Wettlauf, um zu prüfen, wann Mitternacht ist, als könnte ich es nicht im Pulsschlag der Erde und dem Hauch des Mondes spüren.«

»Nun«, Antryg hob Vergebung heischend die Hände, »es wäre doch sehr ungezogen von mir gewesen, Euch die Arbeit aufzuhalsen und mich davonzumachen.«

»Wie du es der armen Seldes Katne zugemutet hast.« Tante Min schüttelte mißbilligend den Kopf, während sie in ihrem Korb wühlte, aus dem ein purpurnes Wollknäuel und ein Tütchen Heilkräuter auf den blankgescheuerten Dielenboden fielen. »Wie ein Maulwurf führt sie sich auf, gräbt in Diarien und Memoiren und Katalogen längst vergessener Magier, auf der Suche nach Hinweisen darauf, welcher Teles wem gehörte und von wem er stammte. Und ich weiß auch, warum. Immer Steine umdrehen und Unruhe stiften – ich kenne dich! Nicht, daß sie nicht schon früher gestöbert, gegraben und geforscht hätte wie eine Frau auf der Suche nach einer verlorenen Stecknadel im Heuhaufen, ihr ganzes Leben lang. Hier solltest du helfen oder dich bei Pothatch in der Küche nützlich machen und das Geschirr abwaschen.«

Sie zeichnete mit dem eisernen Messer die entsprechenden Zeichen auf den Boden, um die symbolische Tür zu öffnen. Antryg trat hindurch, und sie schloß sie hinter ihm wieder.

»Hier.« Sie drückte ihm den Korb in die Hand. »Es ist eine

große Arbeit, die vor uns liegt, mit dem Zeichnen der großen Kreise und den Signa der Macht und dem Leiten der magischen Kraft in das Labyrinth unter uns. Ich brauche einen Helfer, der hinter mir geht und die Bögen in Kalk nachzieht, während ich zaubere. Das kannst du übernehmen.«

»Ich fühle mich geehrt.« Antryg lächelte.

»Mehr, als du es verdienst«, murmelte die alte Dame. »Immer bist du ein Unruhestifter gewesen. Auf jeden Fall wird es dich vor einem Malheur mit den Hexenjägern bewahren. Gib acht, daß du nicht auf die Linien trittst.«

Die langen Streifen Sonnenlicht von den Lichtgadenfenstern wanderten über den Boden; auf dem weißen Verputz der Wände verschoben sich die Schatten der Gitter von überspitzten Rhomben zu Quadraten, die fast zu grell waren, um hinsehen zu können. Zu Antrygs Bericht von den Vorfällen der letzten Nacht schüttelte Tante Min nur den Kopf und schnalzte mit der Zunge. »Ja nun. Wenn es nicht das eine ist, dann ist es das andere, und man wird sich darum kümmern müssen, wenn alles gesagt und getan ist.« Antryg wußte, daß sie danach die Angelegenheit vollkommen aus ihren Gedanken verbannte, um sich mit ungeteilter Konzentration dem komplexen Diagramm zuzuwenden, das sie nach Antrygs Entwurf auf den Fußboden der Nordhalle übertrug.

Spät am Nachmittag hörte Antryg Schritte im Vestibül, von der Kolonnade im Nordflügel kommend. Da er mittlerweile arbeitslos in der Ecke saß, in die Tante Min ihn geschickt hatte, während sie die schwierigen Bahnen der Macht entlang einer der großen Biegungen des Tetragons ausführte, stellte er ihren Handarbeitskorb beiseite, den er aufzuräumen versuchte, und stand auf. Er ahnte, um wen es sich handelte.

Daurannon trat schweigend ein, Antrygs narrenbunten Rock und Schal unter dem Arm. Beides ließ er in einem Haufen neben der Tür liegen und ging zu der Grenzlinie, wo Antryg wartete.

»Ich dachte mir, daß ich dich hier finde.« Er sprach mit gedämpfter Stimme, seine Miene war grimmig.

»Wird sie gesund?«

Der jüngere Magier nickte, doch Antryg konnte ihm ansehen, daß es auf Messers Schneide gestanden hatte. »Die Jäger sagen, sie hätten sie für einen Wolf gehalten – eine schwer verständliche Verwechslung. Sie können auch nicht genau erklären, wie es zu dem Unglück gekommen ist.«

»Gru und seine Männer standen unter einem Bann«, erklärte Antryg ungeduldig. »Ich vermute, es ging nur um mich, aber wie das Unglück es wollte, ist Rosamund mir gefolgt.«

»Ich weiß. War das dein Plan?«

»Mein Plan? Wie hätte ich das bewerkstelligen sollen? Auf mir liegt ein Geis, wie du am besten wissen solltest.«

»Ich weiß nichts«, antwortete Daurannon, »wenn es um deine Ränke geht. Die Jäger behaupten, sie hätten nur sie gesehen, aber dein Rock und dein Schal wurden bei ihr gefunden.«

»Ich habe sie ihr gelassen. Sie verfiel in Schock, sie mußte warmgehalten werden.«

»Sie könnte sie selbst gefunden und sich aus dem Futter einen Verband angelegt haben.«

»Aus deinen Worten entnehme ich, daß sie das Bewußtsein noch nicht wiedererlangt hat. Sobald sie zu sich kommt, wird sie dir sagen, wie es gewesen ist.«

»Sie ist für ein paar Augenblicke erwacht, sagt mir Issay. Ich bin den ganzen Nachmittag mit den Hexenjägern zusammengewesen und habe versucht, die Wogen so weit zu glätten, daß sie nicht mehr davon reden, die Zitadelle zu schleifen und uns alle in Ketten nach Engelshand zu führen.«

»Du bist nicht etwa in die Versuchung gekommen, ihnen mich auszuliefern, um sie loszuwerden?« Antryg verschränkte die Arme vor der Brust und musterte ihn blinzelnd durch seine dicken Brillengläser.

Daurannon warf einen Blick auf Tante Min, die wie ein Kind auf den Knien schaukelte und leise flüsternd entlang der Linien der Macht aus Licht das verschlungene Filigranmuster der Sigel knüpfte. Dann sah er wieder Antryg an, das Funkeln in seinen Augen verriet Unmut über den versteckten Hinweis, daß die Erzmagierin einen solchen Verrat nicht geduldet hätte.

»Rosamund hat nach Tante Min gefragt«, sprach er weiter, ohne auf die ironische Frage einzugehen. »Es war das erste, was sie sagte: ›Laßt nicht zu, daß sie ihre Kräfte verausgabt. Antrygs Vorhaben wird sie töten.‹« Er verschränkte ebenfalls die Arme – eine offene Herausforderung.

Antryg schwieg.

»Oder ist das deine Absicht?«

»Rosie zur Erzmagierin zu befördern, während das Geis des Kollegiums noch auf mir liegt?« Er registrierte, wie sehr Daurannon die Andeutung mißfiel, das Machtwort könnte an seine Rivalin fallen, statt an ihn.

»Das könntest du im Sinn gehabt haben.«

»Oder du.«

Einen langen Moment standen die beiden Magier sich auf entgegengesetzten Seiten der Grenzlinie gegenüber und maßen sich mit Blicken, zwei Männer, wie sie unterschiedlicher nicht sein konnten: Antryg mit seinen glitzenden bunten Glasperlen, kristallenen Ohrringen und in der Abendsonne funkelnden Brillengläsern; Daurannon feierlich und elegant, nur der Schwertgurt um seine Taille störte den Eindruck eines Bilderbuchscholaren.

»Du weißt, das Machtwort könnte ebensogut an Bentick fallen.«

Daurannon winkte unwillig ab. »Er hat nicht die Kraft.«

»Er hat mehr davon, als du ihm zutraust«, widersprach Antryg. »Auf jeden Fall hat mich jemand zur Kapelle des Grünen Königs hinausgelockt, in eine ziemlich raffinierte Falle, und wenn sie zu sich kommt, wird Rosamund dir erzählen, daß ich sie aus der Gefahrenzone gebracht und die Jäger von ihr weggelockt habe.«

»Oder dich einfach mit ihnen aus dem Staub gemacht hast«, entgegnete Daur. »Um in einem passenden Moment zu verschwinden, was zumindest für eine größere Fähigkeit, Magie zu wirken spricht, als mit dem Geis möglich sein sollte. Warum schläfst du nicht in deinem Zimmer in der Pfeffermühle?«

»Warum läßt du mich überwachen?«

»Weil du unser Gefangener bist.« Daurannons Blick richtete sich auf das braune Mal an Antrygs Kehle, das das Siegel der Finsternis in seine Haut geätzt hatte. »Und weil man dir nicht trauen kann.«

»Ich schlafe nicht dort, weil ich fürchte, Kyra mit meinen Träumen zu beunruhigen«, erklärte Antryg sanft und Daurannon blickte zu Seite.

»Wo hast du statt dessen dein Nachtlager aufgeschlagen?«

»Na, na, alter Freund, das zu fragen ziemt sich aber nicht unter Gentlemen.« Antryg griente und schob die Brille nach oben auf die Nase. »Was die Hexenjäger angeht, so möchte ich sagen, daß wir in vierundzwanzig Stunden das Problem mehr oder weniger im Griff haben dürften. Silvorglims Sasenna können sich sogar nützlich machen und unsere Suchtrupps verstärken. Ich brauche einen Plan, auf dem jeder Gang und jeder Raum eingezeichnet ist, vom tiefsten Keller bis zum Observatorium, mit der Position und Typifizierung von jedem Tor, Wurmloch, Magiefeld, Realitätsknick und fremdartig aussehendem Moospolster, sobald die ganze Geschichte stabilisiert ist und die Phänomene an Ort und Stelle bleiben.«

»Warum die Zitadelle?«

Antryg war überrascht. »Warum nicht? Je mehr Informationen, desto größer die Wahrscheinlichkeit einer korrekten Schlußfolgerung. Doch wir müssen schnell sein.« Er nickte über die Schulter zu Tante Min, die ein Stück weiter an der Biegung entlanggerückt war und dort vorgebeugt saß wie eine Netzflickerin über ihrer Arbeit.

»Die Zitadelle steht auf einem Nodus der Energieadern, auf wahrscheinlich dem größten Kollektor-Labyrinth in der westlichen Welt, auch wenn ich von einem Höhlensystem in Djovangg gehört habe, das noch ausgedehnter sein soll. Heutzutage dient es als Schafpferch, denn die Festung, zu der es gehörte, ist natürlich längst verfallen und vergessen. Aber wo Energie einer solchen Größenordnung im Spiel ist, möchte ich, wenn erst die Verbindung zwischen den magischen Kreisen und dem elektronischen Stabilisatorfeld etabliert ist, dieser Art von einer Doppelfeedbackschleife nicht allzuviel Zeit geben, um sich aufzubauen.«

Daurannon stieß die Luft durch die Nase. »Und du glaubst tatsächlich, dieser Unsinn, den du zusammenfabuliert hast, wird überhaupt irgendeinen Effekt haben? Außer die arme Tante Min an den Rand des Grabes zu bringen, weil sie ihre Kräfte an das hinrissige thaumaturgische Rattenloch verschwendet, das du ausgebrütet hast?«

»An den Rand des Grabes bringen?« Tante Min kam entrüstet auf sie zugetrippelt. »Glaubst du, ich wüßte nicht meine eigenen Kräfte einzuschätzen oder die Formeln eines anderen Magiers? Glaubst du, nur weil ich eine alte Frau bin, kann man mich beschwatzen und hinter's Licht führen? Schsch!« Sie machte scheuchende Bewegungen mit der Hand und dem Stock. »Hinaus mit dir, dummer Junge. Lächle mit deinen weißen Zähnen und sei nett zu den Inquisitoren. Um Mitternacht kannst du wiederkommen, wenn das Werk vollbracht ist. Fort mir dir!« Wieder schwenkte sie den Stock wie eine Bauersfrau, die die Enten aus dem Salat vertreiben will. »Fort!«

Daurannon wandte sich zum Gehen, in der Tür wäre er fast mit Seldes Katne zusammengestoßen. Die Bibliothekarin wich hastig zur Seite, ein Bündel Papiere an den stattlichen Busen gedrückt. Ihr Blick folgte ihm durch das Vestibül und nach draußen, deshalb sah nur Antryg, wie Tante Mins Gesicht plötzlich verfiel und grau wurde, während sie mit der freien Hand haltsuchend nach seinem Arm tastete.

Er stützte sie, aber schon einen Atemzug später, als Seldes Katne hereinkam, machte sie sich von ihm frei. »Nein, nein, es geht mir gut, ich muß nur ein wenig ausruhen. Ein wenig ausruhen. Hier ...« Sie hob das Messer auf, das neben dem symbolischen Eingang lag, und löste mit zitternder Hand die Verknüpfung der Siegel. »Geh hin und rede mit ihr. Ich brauche nur ein wenig Ruhe.« Damit ging sie langsam und schwankend zu der Stelle zurück, wo ihr Handarbeitskorb stand, und setzte sich daneben hin, ruckartig, als hätte plötzlich alle Kraft sie verlassen.

Beunruhigt verließ Antryg das Tetragon und ging zur Tür,

wo Seldes Katne mit ihren Notizen neben dem Haufen seiner von Daurannon zurückgelassenen Kleidungsstücke wartete.

»Ich habe dir alles gebracht, was ich in der kurzen Zeit herausfinden konnte«, sagte sie, als er dankbar in den abgewetzten Samtrock schlüpfte. Obwohl die Sonne immer noch ein Fries grellweißer Quadrate ins obere Drittel der Wand malte, bewahrte das Mauerwerk hartnäckig die Kälte des Winters. Die feuchte, drückende Hitze der Sommer in Sykerst war noch einige Wochen entfernt, und in den schlecht verheilten Knochen seiner Finger spürte Antryg, daß Regen bevorstand. »Es ist kein vollständiges Verzeichnis, bei weitem nicht.«

»Hmmm.« Er blätterte rasch durch die von Seldes Katnes winziger, präziser Handschrift bedeckten Palimpseste. »Otaro hat zwei, Issay einen, Nandiharrow einen ... ›angeblich der, der zuvor Spurentas dem Blinden gehörte ...‹ Aber der von Spurentas war derjenige, den man Wolperth nannte, in dem angeblich ›ein purpurner Dämon‹ hauste und der bei seinem Tod spurlos verschwand. Bei dem von Nandiharrow handelt es sich, glaube ich, um Varverne, früher Eigentum von Berengis dem Schwarzen, welcher um sich das Phantasma seines Meisters erschaffen konnte, derart lebensecht, daß es mit Besuchern redete und sogar für sie zauberte. Ach ja, Malvidne die Kräuterfrau, vier Jahrhunderte vor ihm, besaß einen Teles mit ähnlichen Kräften, wenn auch kleiner als der von Berengis, nach allen Aufzeichnungen zu urteilen, und den hat man, wenn ich mich recht entsinne, in Tiamats Zeit in den Kavernen eingemauert, weil in den Räumen, wo man ihn aufbewahrte, regelmäßig Feuer auszubrechen pflegte. Und soweit ich weiß, hat Bentick zwei, und ich finde hier keinen Hinweis auf Vyrayana, den Phormion von Simon dem Lahmen bekommen hat. Eigenartig – Vyrayana war einer der stärksten, aber vielleicht hat Phormion ebenfalls auf die altbewährte Methode zurückgegriffen und das gute Stück irgendwo eingemauert. Es waren immer die alten, die unberechenbar wurden, und ich kann mich erinnern, einige recht sonderbare Geschichten über

Vyrayana gehört zu haben. Trotzdem«, er lächelte aufmunternd, »es ist ein Anfang, und wenn man bedenkt, wie spärlich und verstreut die Informationen sind, ist es erstaunlich, wieviel du ausgegraben hast. Die sieben, die Suraklin hatte, können wir vergessen – ich weiß, was daraus geworden ist. Ich werde es dir eines Tages aufschreiben, wenn ich Zeit habe und falls Daurannon mich nicht vorher an die Inquisition verschachert.«

Ihre dunklen Augen weiteten sich erschrocken. »Würde er das tun?«

»Nicht, so lange Tante Min lebt.« Er warf einen Blick über die Schulter und sah, daß die greise Erzmagierin sich ein loses Bündel Wolle und Seide aus dem Korb genommen hatte, um es als Kissen zu benutzen. Den Kopf auf diese Unterlage gebettet, lag sie schlafend zwischen den Runen und Linien der Macht.

Antryg seufzte. Er wußte nur zu gut, wieviel Konzentration, wieviel reine Macht für die Vollendung des Zaubers aufgewendet werden mußte, und die Blässe im Gesicht der alten Frau machte ihm Sorgen. Die Stellung der Sonnenflekken an der Wand verriet ihm, daß es gegen abend ging; wegen der für Sykerst typischen langen Dämmerung würde es erst ungefähr zwei Stunden vor Mitternacht richtig dunkel werden, und danach, rief er sich ins Gedächtnis, stand noch die Suche bevor. Wenigstens, dachte er, ein guter Vorwand, um nicht schlafen zu müssen.

»Kitty ...« Sie zuckte zusammen, auch ihr Blick hatte auf der Erzmagierin geruht. »Könntest du uns aus der Küche etwas Brot bringen und Honig und Kaffee – und vielleicht einen Tropfen Brandy für Tante Min?«

»Natürlich.«

»Und wenn du Hauptmann Implek oder Sergeantin Hathen siehst, könntest du veranlassen, daß im Vestibül hier und um die Rotunde und am Kellereingang zu den Kavernen Wachen aufgestellt werden? Sobald nach Mitternacht die Kreise der Macht mit NeunZehnZweis Stabilisierungsfeld synchron sind, möchte ich nicht, daß irgend etwas das Gleichgewicht stört.«

Als sie die schweren Flügeltüren hinter sich geschlossen hatte, hörte er ihren schweren Schritt das kleine Vestibül durchqueren und das gedämpfte Knirschen der eisernen Scharniere des Portals. Müde sank Antryg auf den Boden, den Rücken an die Pilaster neben der Tür gelehnt. Was immer geschah, dachte er, es würde eine verflucht lange Nacht werden.

Nach ungefähr einer Stunde erwachte Tante Min. Mittlerweile verblaßten die Schatten der Fenstergitter an der Wand. Der Himmel bewahrte noch die Helligkeit des Tages, aber in dem großen Raum herrschte ein dämmriges Zwielicht. Min und Antryg arbeiteten in dem zunehmenden Halbdunkel, weil die Erzmagierin nicht die Konzentration entbehren konnte, um Licht herbeizurufen; die einzige Beleuchtung stammte von dem phosphorblauen Flimmern der Lichtkreise, die die alte Frau mit den Fingerspitzen auf den Boden malte. Sie breiteten sich in schimmernden, konzentrischen Wellen zwischen den großen Kreisen der Macht aus – des Wassers, des Rauchs, des Silbers, der Erde, des Blutes – und verbanden sie alle zu einem leuchtenden Labyrinth, auf mysteriöse Weise dem der Finsternis unter ihren Füßen ähnlich. Die Magie, die den ganzen Tag knisternd in der Luft über der Zitadelle gehangen hatte, verdichtete sich wie der Geruch von Heu in einer heißen Nacht; hin und wieder bemerkte Antryg Adern aus Licht unter dem Verputz der Wände oder glänzend wie Verästelungen von Salpeter in den Pfosten und dem Holz der Tür.

Macht wurde beschworen und konzentriert, von den Pfaden unter der Erde und den Bahnen der Sterne am Himmel. Macht verteilte sich, langsam, durch die Steine der Zitadelle, durch Fliesen und Granit, durch Terrazzo, Marmor und Glas, durchdrang als Netz aus Silber den gewachsenen Fels des Kulms. Antryg wußte, in der Tiefe der Kavernen überprüfte jetzt NeunZehnZwei, der Tote Gott, seine Ausrüstung, verkabelte Oszillatoren, Feldgeneratoren, Reservebatterien und Resonsanzschirme, richtete sie aus, als wäre Energie vorhanden, die man polarisieren könnte, justierte sie entsprechend der fremdartigen Frequenzen des Labyrinths, der Reaktionspunkte von lange vergrabenem Glas und Knochen. Vor seinem inneren Auge sah er die riesenhafte, groteske Gestalt, vergleichbar dem mumifizierten Skelett eines Drachen, grauenhafter als die Ausgeburten der Phantasie des begnadetsten Geschichtenerzählers, zwischen den Säulen der schwarzen Gerätekomponenten umhergehen; das Licht der Skalen und Lämpchen blinkte auf Atemschläuchen, Waffengurten und der nichtmenschlichen, glänzenden Haut.

Eine ungeheure Spannung vibrierte in der Atmosphäre.

Im Vestibül fühlten es jene Sasenna, die auch Novizen der Magie waren. Wenn er die Augen schloß und lauschte, hörte Antryg das Raunen und Flüstern ihrer Stimmen. Wenn er seine Sinne auf die ganze Zitadelle ausdehnte, nahm er noch andere Laute, andere Stimmen wahr: Silvorglim, der Hexenjäger, sagte: »Es ist abscheulich! Abscheulich!« Goldhand: » ...hat seit zwei Tagen keinen Bissen gegessen und rührt nicht an, was ich ihm bringe ...« Ein verlorenes Klagen in der Dunkelheit: »Lieber Gott, was soll ich tun?« Und irgendwo, tief in den Kavernen, ein schriller, verzweifelter Schrei. Das Dämmerlicht in dem Saal vertiefte sich, der Himmel hinter den Fenstern war von dem merkwürdigen, heiligen Blau, das tiefer wirkte als die sternenübersäte Schwärze der Nacht. Mins Gesicht schien im irrlichternden Widerschein der Runen zum Kopf einer Mumie zu schrumpfen, umrahmt von dem Nimbus ihrer weißen Haare. Die gichtigen Finger griffen nach der Macht, verwoben sie mit dem Geschick einer Spitzenklöpplerin zu einem leuchtenden Netz. In seiner Vorstellung sah Antryg wieder den uralten Baum ihrer Seele, dessen Wurzeln eins waren mit den Wurzeln der Berge und mit denen er Kraft aus dem erzenen Herzen der Erde trank.

Draußen tauchten die ersten Sterne am Himmel auf. Irgendwo in der Zitadelle hörte er undeutlich ein heiseres, kehliges Wispern von Gift, Verrat und Tod – dann verwehte es wie Rauch, wenn der Wind sich dreht. Im Vestibül sagte Kyra leise: »Kannst du es fühlen?«, und obwohl Antryg selbst in jeder Faser das Näherrücken der Mitternacht spürte, warf er dennoch einen Blick auf seine Uhr und zählte die Sekunden, während er hoffte, daß die Instrumente des Toten Gottes es ebenfalls taten.

Tante Min, dachte er, wäre sie nicht so ausschließlich in Anspruch genommen von der horrenden Anstrengung des Beschwörens und Lenkens der Macht, hätte ihm auf die Finger geklopft für die Respektlosigkeit.

Mit dem hellen, durchdringenden Schrei der magischen Vollendung richtete die Erzmagierin den Oberkörper auf und breitete die knochigen Arme aus, manifestierte Macht umhüllte sie wie ein glitzernder Nebel aus Diamantenstaub. Gleichzeitig fühlte Antryg unter den flach an die Wand gelegten Händen (diesmal ohne Handschuhe) die Energien in den Steinen aufwallen und sich verwandeln ...

Ein Beben schien die Mauern zu durchlaufen, so fundamental, daß es ihm Angst einflößte. Im nächsten Augenblick riß er die Finger zurück, als die neugeschaffene Energie wie eine Guitarrensaite beim Glissando in seine Fingerspitzen zu schneiden schien.

Mit einem Gefühl, als hätte eine düstere Last sich doppelt schwer auf seine Schultern gesenkt, spürte er die drückende Ausstrahlung des Abyssus', während im Hof unterhalb der Loggia die Uhr den letzten von zwölf metallischen Schlägen tat.

Was den schimpflichen Brauch angeht, Kindlein auszusetzen, sogleich nachdem sie geboren, so ist es verboten, bei Strafe des Anathemas, daß Eltern ein Kind ihres Leibes aussetzen oder leiden lassen, daß es stirbt, von dem Augenblick an, da es in diese Welt gekommen.

Doch im Falle, daß das Kind an seiner Seele mißgeraten sei – das heißt, widernatürlichem Treiben zugeneigt oder grausam gegen andere Kinder oder gegen Tiere, oder wenn sich erweist, daß das Kind mit magischen Kräften geboren ist – wenn die Eltern das Kind aussetzen oder leiden lassen, daß es stirbt, soll man sie nicht verfolgen und kein Urteil über sie fällen, sondern sie frei ausgehen lassen.

INQUISITION IN KYMIL
Empfehlung an die Priesterschaft

16. KAPITEL

»In dieser Zitadelle liegt etwas verborgen, sage ich Euch – ein finsteres Übel oder ein Geheimnis, dessen widerwärtiger Hauch die Luft vergiftet.«

Beim Klang von Silvorglims Stimme verlangsamte Antryg seinen Schritt. »Was um alles in der Welt treibst du hier zu dieser nächtlichen Stunde?« Die gehauchten Worte waren nicht lauter als das Flattern der riesigen braunen Motten, die beharrlich gegen die Fenster des Stiegenhauses stießen. »Du solltest im Bett sein, wie alle anderen anständigen Leute auch.«

Auf Zehenspitzen ging er weiter, ein abgerissener Schloßgeist im ehemals prächtigen Staatsrock aus purpurnem Samt. Zwischen den schweren Portieren, die gegen Zugluft schützten und noch nicht für den Sommer abgenommen worden waren, blieb er stehen. Wenn er den Hals lang machte, konnte er den Gang hinuntersehen und eine erleuchtete Ecke vom Arbeitszimmer des Majordomus.'

Das gesamte Polygon war Feindesland für ihn. Die Dunkelheit der Treppen und Gänge bot ihm keinen Schutz vor den Hasu, den rotgewandeten Kirchennigromanten in Silvorglims Truppe, und es stand mindestens Fünfzig zu Fünfzig, daß sie wußten, wen sie vor sich hatten. Die Bischöfin von Kymil hatte die Wachen im Turm des Schweigens häufig genug austauschen lassen, daß er bei sämtlichen Angehörigen des Officium Magicum bekannt war wie ein bunter Hund, schon allein wegen seiner Körpergröße und seiner Brille. Ungeachtet der umständlichen Prozedur des Streckens, Räderns, Häutens und Vierteilens, die der Regent in seinem Todesurteil für ihn ausersehen hatte, hegte er den Verdacht, daß Silvorglim sich damit zufriedengeben würde, ihm die Gurgel durchzuschneiden, statt zu riskieren, daß er ihm auf dem Transport nach Engelshand abhanden kam. An sich schon ein unangenehmer Gedanke, aber in dieser speziellen Situation, während sich auf der Basis einer Feedbackschleife eines Kollektorlabyrinths ein künstliches Energiefeld aufbaute, konnte es verhängnisvolle Auswirkungen haben, wenn er nicht zur Stelle war, um den fachgerechten Abbau zu überwachen, bevor die Desintegration einsetzte.

Selbst durch seine Schulter an der Wandtäfelung konnte er es fühlen. Als er die Finger auf das Holz legte und sein Bewußtsein in den Sandstein darunter dringen ließ, empfand er es noch deutlicher: die schneidende Kälte, als würde seine Haut von tausend Rasierklingen aufgeschlitzt, und unterschwellig eine sich stauende Hitze.

Eine Suche mußte organisiert werden, und zwar bald. Daß Bentick offenbar nichts in der Richtung unternommen hatte oder falls doch, es nicht für nötig hielt, Antryg davon in Kenntnis zu setzen, war Grund genug, das Risiko auf sich zu nehmen, den Majordomus in seinem Arbeitszimmer aufzusuchen, trotz der Gefahr, auf dem Weg dorthin gesehen und ergriffen zu werden.

»Die Zitadelle ist ein Hort des Arkanen«, erwiderte Daurannon in verbindlichem Ton. »Deshalb wurde sie gebaut –

um Geheimnisse sinistrer Art sicher zu bewahren, damit durch ihren Mißbrauch der Menschheit kein Unheil widerfährt.«

In dem safrangelben Rhombus des Kerzenscheins konnte Antryg sie sehen: Bentick an seinem Schreibtisch, auf dessen polierter Oberfläche Tintenfaß, Federn, Bimsstein und Anspitzer sich reihten wie schneidige Soldaten in Habachtstellung. Daurannon stand neben ihm, elegant, Herr der Lage, in seiner Gestik so kalkuliert und ausdrucksvoll wie ein Schauspieler. Ihnen gegenüber der Antagonist Silvorglim, lauerndes Mißtrauen in den fahlbraunen Augen.

»Ein stolzer Anspruch, den sie nur in höchst unzureichendem Maße erfüllt«, sagte der graugekleidete Hexenjäger. »Hexen und Zauberer treiben nach wie vor ihr Unwesen in jeder größeren Stadt des Reiches.«

»Mirabiliten nur«, wiegelte Daurannon ab, »die sich in unverschämter Anmaßung Zauberer nennen, aus Neid auf die Kräfte, die zu beherrschen ihnen ohne unser Wissen versagt bleibt.«

»Dennoch Zauberer.« Silvorglim hatte die Arme vor der breiten Brust verschränkt, sein Blick wanderte über die Buchrücken in den Regalen, die vom Boden bis zur Decke das ganze kreisrunde Zimmer auskleideten. Antryg wußte, es handelte sich lediglich um die Wirtschaftsbücher der Zitadelle, aber für Silvorglim waren es eindeutig Schriften des Teufels, verbotenes Wissen, das nur darauf wartete, seine verderbliche Wirkung zu entfalten – wie diese Kugeln aus in Teig gehüllten Beeren des Nachtschattens, die berufsmäßige Giftmörder in Brunnen warfen, um längst über alle Berge zu sein, wenn die Tat offenbar wurde. »Und dieses Unheil, diese Kreaturen, die unsere Stadt heimsuchen – Ihr könnt nicht behaupten, das wäre das Werk von denen ohne Macht. Und jetzt weigert Eure Erzmagierin sich, mich zu empfangen, Ihr weigert Euch, mich darüber aufzuklären, was in diesen Mauern vorgeht ...«

»Innerhalb dieser Mauern«, warf Bentick schroff ein, »schulden wir Euch keine Erklärungen. Nach der Schlacht auf den Feldern von Stellith wurde beschlossen, daß Ihr von der Kirche Euren Weg geht und wir den unseren, ohne fürderhin in die Belange der Menschen einzugreifen.«

»Mit unserer Duldung!« Silvorglim senkte die Stimme, aber die beherrschte Wut darin verlieh den halblaut gesprochenen Worten größeren Nachdruck, als wenn er geschrien hätte. »Mit unserer Duldung und mit unserer Zustimmung wurde den Magiern erlaubt, unbehelligt abzuziehen.«

»Davon kann nicht die Rede sein ...«

»Meine Herren ...« Daurannon hob beschwichtigend die Hände, dann trat er neben den Hexenjäger und schlug ihm leutselig auf die Schulter. »Es ist zu spät in der Nacht, um darüber zu streiten, wer an einem Nachmittag vor sechshundertzwölf Jahren was zu wem gesagt hat. Und ebenso gewiß ist es zu spät, um auf einer Audienz bei der Erzmagierin zu bestehen.« Antryg sah, wie sein Blick sich mit dem Benticks kreuzte und dann wieder zu Silvorglim zurückkehrte. »Sie wird schlafen, nachdem sie ihre Meditationen und Studien abgeschlossen hat.«

»Studien und Meditationen!« Die tiefe Stimme bildete einen bemerkenswerten Kontrast zu Silvorglims drahtiger Gestalt. »In dieser Zitadelle ist etwas im Gange. Um die Stunde der Mitternacht wurde eine Macht beschworen – Elberhard und Tolbin, die Geretteten, die mich im Auftrag des Bischofs von Engelshand begleiten, haben es gespürt.«

»Selbstverständlich.« Daurannon zog die Augenbrauen hoch, scheinbar maßlos verwundert, daß der Hexenjäger dies der Erwähnung für wert hielt – er machte seine Sache recht gut, fand Antryg. »Jeder hier hätte Euch sagen können, daß man die Macht des universalen Equilibriums zur Vollendung großer magischer Unterfangen heranziehen kann, gewöhnlich und am wirkungsvollsten um Mitternacht. Aber ich versichere Euch, der Vorgang steht in keinem wie auch immer gearteten Zusammenhang mit irgendwelchen weltlichen Belangen. Und hat nichts mit dem Grund Eures Besuchs zu tun. Kommt.«

Er umfaßte jovial den Ellenbogen des Hexenjägers – ganz so, erinnerte Antryg sich schmunzelnd, wie er es an jenem ersten Tag bei ihm gemacht hatte – und bugsierte ihn mit der gleichen unwiderstehlichen Höflichkeit zur Tür. »Die Erzmagierin wird am Morgen Eure Fragen beantworten.«

Nicht, wenn Rosie da ein Wörtchen mitzureden hat, dachte Antryg und zog sich tiefer in den Schutz der Portieren zurück, als sein alter Freund Silvorglim auf den Flur geleitete.

»Das will ich hoffen.« Im Gehen hatte sich Silvorglim einen der beiden fünfarmigen Bronzekandelaber von Benticks Schreibtisch genommen, in absichtlicher Brüskierung Daurannons, der ihnen von einem Feenlicht voranleuchten ließ. Die Augen des Hexenjägers, von einem farblosen Braun, das beinahe gelblich wirkte, glitzerten tückisch. »Falls sie sich nicht bequemt, mich zu empfangen, laßt Euch warnen, daß ich meinen Sasenna befehlen werde, diese Zitadelle Stein um Stein niederzureißen, bis ich herausfinde, was Ihr vor mir verbergt.«

»Hört«, Daurannon neigte sich vertraulich zu ihm herunter, »wenn sie Euch nicht empfängt, wendet Euch an mich. Ich kenne die Geheimnisse dieser Zitadelle besser als jeder andere, und ich verspreche Euch, was immer geschieht, Ihr sollt die Wahrheit erfahren:«

Oder wenigstens ein überzeugendes Märchen, das Euch davon abhält, weiter lästige Fragen zu stellen, dachte Antryg, während sein Blick den beiden Männern zum Ende des Ganges folgte. Dann schaute er zurück zu Bentick, der an seinem Schreibtisch sitzen geblieben war.

Der Majordomus hatte das Gesicht in den Händen vergraben, die hohe, blanke Wölbung seiner kahlen Stirn glänzte wie poliert im Licht der Lampe; nach einer Weile holte er tief, mühsam und stockend Atem, wie jemand, der sich bemüht, ein Schluchzen zu unterdrücken, um ihn dann wieder auszustoßen, abgemessen und kontrolliert, wie er alle Dinge abmaß und kontrollierte.

Mit wehender schwarzer Robe kehrte Daurannon ins Zimmer zurück.

»Ist sie in ihr Haus gegangen?« Bentick sprach, ohne aufzublicken.

Daurannon nickte. »Kurz nach Mitternacht habe ich sie

zusammen durch den Garten gehen sehen. Ich wollte ihn abfangen, sobald sie drinnen war, aber dann tauchte ausgerechnet Silvorglim auf.«

»Verflucht.« Die langen, fahrigen Hände des Majordomus' ballten sich zu Fäusten. Er hob ruckartig den Kopf. »Und jetzt steckt er wieder werweißwo.«

»Ich habe nach den Wachen geschickt«, beruhigte ihn Daurannon. »Einen Vorteil wenigstens hat dieses Stabilisierungsfeld – falls das Ding existiert, nach all dem Aufhebens –, wir brauchen uns keine Sorgen machen, daß sich plötzlich ein Tor in seiner Zelle öffnet und er spurlos verschwindet. Aber natürlich«, fügte er hinzu, als Bentick Miene machte, etwas zu sagen, »trotzdem Ketten und Drogen, zur Sicherheit.«

Der alte Mann nickte befriedigt. Antryg registrierte mit Interesse, wie seine Hände zitterten, während er die goldene Uhr zwischen den Fingern drehte, und wie sein Blick dem seines Gesprächspartners auswich. »Was ist mit Rosamund?«

»Sie schläft. Sie wird noch einige Tage ans Bett gefesselt sein, und ich berichte ihr natürlich, daß alles in bester Ordnung ist. Bevor sie wieder ins Spiel kommt, ist alles in unserem Sinne geregelt.«

»Daurannon ...« Bentick bekam seinen Ärmel zu fassen, als der jüngere Magier sich grußlos abwandte, um hinauszugehen.

Daurannon hob fragend die Brauen. Antryg konnte ihn fast sagen hören: *Ich? Die Plätzchen stiebitzen, Pothatch?*

»Du willst ihn nicht zufällig den Hexenjägern ausliefern?«

»Wenn das Feld stabilisiert ist«, antwortete Daurannon nüchtern, »brauchen wir ihn nicht mehr. Wir wissen jetzt, wonach wir suchen müssen: Kreise der Macht in Verbindung mit einem Teles. Und im Hinblick auf die Abominationen, die Engelshand heimsuchen, brauchen wir unter Umständen einen besonderen Beweis guten Willens, um den Regenten versöhnlich zu stimmen.«

»Du wirst doch nicht jetzt eine Suche veranlassen?« fragte Bentick entsetzt. »Während die Männer des Hexenjägers überall herumschnüffeln, um bei dem geringsten Hinweis darauf, daß etwas nicht stimmt, Alarm zu schlagen?« Seine Stimme überschlug sich fast, und als er den Kopf zur Seite drehte, um Daurannons plötzlich forschendem Blick auszuweichen, sah Antryg den silbrigen Schimmer von Bartstoppeln auf dem langen, gewöhnlich glattrasierten Kinn. Hastig erklärte er: »Ich meine, sie würden durch jedes Zimmer, jeden Werkraum und jeden Vorlesungssaal trampeln und sämtliche Studien und Experimente stören.«

»Dann warten wir eben, bis sie abgezogen sind.« Daurannon zuckte die Schultern. »Und wenn wir ihnen Antryg ausliefern, tun sie das um so eher.«

Bentick brachte stammelnd einen unzusammenhängenden Protest hervor, aber Daurannon schüttelte den Kopf. »Wir müssen unseren Frieden im Kurant des Reiches erkaufen«, sagte er. »Im wahrsten Sinne des Wortes: du weißt so gut wie ich, woher die Mittel kommen, um diese Zufluchtsstätte zu unterhalten, und der Regent und die Inquisition könnten uns sehr viel ernsteren Schaden zufügen, indem sie uns den Geldhahn abdrehen, als jemals mit Ketten und glühenden Zangen. Auch mir gefällt es nicht, einen von uns der Inquisition zu übergeben – so schafft man Präzendenzfälle –, doch genaugenommen ist er ja nicht mehr einer von uns, oder? Nur ein Mirabilit.« Die Andeutung eines sarkastischen Lächelns kräuselte seine Lippen. Er legte verschwörerisch eine Hand auf Benticks Unterarm. »Und mach dir keine Gedanken«, fügte er sanft hinzu. »Ich kenne Antryg gut genug, um dafür zu sorgen, daß er, wenn sie ihn mitnehmen, nicht reden kann.«

Weil er Daurannons Patrouillen aus dem Weg gehen mußte, brauchte Antryg etwas mehr als eine Stunde, um einen halbwegs ausreichenden Suchtrupp auf die Beine zu stellen. Tom und Pothatch fand er schlafend in ihren jeweiligen Kammern neben der Küche; Q'iin, die Kräuterfrau, und ihre Schülerin Gilda im Kräutergarten am Fuß des Kulms, wo sie im Licht des Mondes Arnika pflückten. Kyra und Nye waren auf Wache im Vestibül der Nordhalle; Cylin und Mick tranken Tee in der ansonsten leeren Kalmäuserklause und diskutierten leidenschaftlich über diverse Techniken bei Beschwörungen Dritten Grades. Brunus fouragierte in der Küche, und Goldhand, vor Übermüdung nur mehr ein Schatten seiner selbst, brütete über einem Stapel Bücher im Erdgeschoß der Insel der Schmetterlinge.

Mit diesen zehn Getreuen durchkämmte Antryg bis zum Morgen die Kavernen, markierte auf einer provisorischen Skizze jedes Tor in der Dunkelheit, jede Anomalie von Zeit und Raum, jede von fremdartigen Moosen eroberte Sackgasse, jedes Kältenest, jede Wolke unerklärlicher Dämpfe, jedes Feld prickelnder, anderweltlicher Magie. Wasser floß mittlerweile zwei der Haupttreppen hinunter, schwappte plätschernd und murmelnd unter einem Schleier aus waberndem Dunst in den unteren Felskammern. Das Gewicht des Abyssus' war überall spürbar, ein ständiger Druck, ein unsichtbarer Verfolger in den Schatten, in Fesseln jetzt, aber geduldig.

Auf der vierten Ebene machte Antryg Cylin und Mick mit dem Toten Gott bekannt und gab ihnen den Auftrag, den runden, mit Wandmalereien geschmückten Raum zu bewachen, wo dieser im Schein von vier kleinen, mit der gläsernen Säule in der Mitte verkabelten Leuchtpaneele seine Oszillatoren und Reflektorschirme aufgebaut hatte. »Morgen früh kommen wir mit neuen Suchtrupps wieder«, versprach er seinem Freund aus einer anderen Welt, an den Türrahmen gelehnt, hohlwangig, die Augen von dunklen Ringen umgeben. »Niemand darf sich an den Maschinen zu schaffen machen und ihnen erlauben«, er warf über die Schulter einen Blick auf Kyra und Nye, »die Nordhalle zu betreten oder die Kreise der Macht zu manipulieren, die das magische Ende der Gleichung in der Balance halten.«

Er strich mit den Fingerspitzen über die Felswand. Unter dem glatten Verputz und den seltsamen, grellen Bildern von Gericht, Folter und Tod fühlte er noch deutlicher das Fließen der kanalisierten Energien und die langsam zunehmende Hitze, die nichts Gutes verhieß.

»Habt ihr je Ringelreihen gespielt?« fragte er und schaute von der gigantischen, insektenähnlichen Gestalt des Toten Gottes zu den Gesichtern der jungen Leute hinter ihm im Gang. »Wißt ihr noch, wie es immer schneller im Kreis herumgeht, bis einer losläßt? Wir haben die Energie gesteigert und stabilisiert, und wir müssen den richtigen Moment abpassen, um sie wieder zu reduzieren.«

»Was geschieht, wenn der Kreis bricht?« Goldhand reckte den Kopf zur Seite, um an ihm vorbeizusehen, fasziniert von den düsteren Säulen der blinkenden Apparatur im geheimnisvollen Halbdunkel des Raums.

»Das können wir nicht mit Sicherheit wissen«, sagte Antryg und kratzte sich an der Nase. »Vertrauen wir einfach darauf, daß es nicht dazu kommt.«

Bevor er einschlief – auf dem Heuboden des Maultierstalls, wohin man ihm, hoffte er inständig, nicht gefolgt war – überflog Antryg die skizzierten Pläne, die seine Freiwilligen ihm von ihrem Sektor der Kavernen angefertigt hatten. Einige der Anomalien waren als dunkle, verschwommene Flecken auf dem Multiscanner des Toten Gottes erschienen, andere – Realitätsknicke, kalte Zonen, Stellen, wo merkwürdige, scheppernde Geräusch zu hören waren – nicht, doch ob das an einem Fehler im Scanner lag oder an alten magischen Feldern in den Wänden, konnte er nicht beurteilen. Da er inzwischen wußte, daß jeder in der Zitadelle, nicht nur die Angehörigen des Inneren Zirkels, hinter dem Ganzen stecken konnte (ganz am Ende der Liste auch jemand wie Pothatch oder Tom), mußte er die Möglichkeit in Betracht ziehen, daß eine der Karten falsch war. Dennoch, bei einem Dutzend Leute, die suchten, und alle, bis auf drei, gefeit gegen Illusionen, standen die Chancen gut, daß man sich auf die Pläne verlassen konnte.

Er runzelte die Stirn. Keine Spur bis jetzt von den Kreisen der Macht, die nötig waren, um ein Tor offenzuhalten, das Wandernde oder ein anderes. Zugegeben, es konnte sich auf den unteren Ebenen befinden, unbeeinträchtigt von dem Wasser, das langsam, aber stetig anstieg.

Auch hatte niemand einen starken Duft von Rosen gemeldet. Seine Helfer waren instruiert worden, sobald dieser Geruch sich bemerkbar machte, auf der Stelle umzukehren und ihn zu rufen. Und obwohl vier kleine Tore – Wurmlöcher, von höchstens einem halben oder einem Meter Durchmesser – gesichtet worden waren, von dem Stabilisierungsfeld in den finsteren Regionen des Labyrinths in einer labilen Stasis gehalten, hatte keiner seiner Kundschafter ein Tor des Ausmaßes entdeckt, wie die Bibliothekarin, Phormion oder Otaro es gesehen haben wollten, noch war ihm von den akustischen Phänomenen berichtet worden, die alle drei im Zusammenhang mit dem Tor erlebt hatten.

Eine rufende Stimme, hatte Phormion gesagt. *Ich hörte jemanden etwas rufen ... Ich habe die Worte nicht verstanden, aber ich erinnere mich an das Gefühl der Angst ...*

Ob es etwas zu bedeuten hatte, daß weder Phormion noch Otaro sich erinnern konnten, was die Stimmen riefen? Und Otaro hatte er schon seit längerem nicht mehr gesehen.

Auf der nächsten Skizze entdeckte er einen Realitätsknick zwischen dem Stollen, der zu einer kleinen Spiraltreppe auf der fünften Ebene führte, und dem langen Tunnel auf der zweiten. Sein Späher – Tom, nach der krakeligen, fehlerhaften Schrift zu urteilen – war nicht in der Lage gewesen, die Treppe genauer zu untersuchen. In der Nähe verzeichnete er einen Nebelteich, knietief.

Antryg schüttelte den Kopf, um die Müdigkeit zu vertreiben, die über ihn hinwegflutete. In den Verschlägen unten prustete ein Maultier, wässrige Morgenhelligkeit sickerte durch die großen Fenster. Am anderen Ende des langen Speicherraums stolzierte eine Katze über die Heuballen, graziös, hoffärtig – nicht auf der Pirsch nach etwas Eßbarem, wie Antryg wußte, denn Bannzauber gegen Nager und anderes Ungeziefer zwangen die Katzen der Zitadelle, auf den Weiden und Feldern der Umgebung zu jagen. Irgendwo mußte es ein Schema geben, eine Lösung des Rätsels.

Seine Augen brannten, er nahm die Brille ab und legte die Stirn auf die gekreuzten Handgelenke, obwohl seine innere Stimme ihn einen Narren schalt, dem Schlaf leichtsinnig Tür und Tor zu öffnen. Und wie befürchtet, nahte sich der Schlaf aus den Schatten, ein Meuchelmörder mit einer Keule, und schlug ihn nieder.

»Existiert überhaupt ein Maßstab, nach dem wir schätzen können, wie lange wir hier sind?« fragte Joanna und hob den Kopf von der Schulter des Magisters Magus, an der sie gelehnt hatte – Minuten? Ein Jahr? Sie schloß die Augen, zu ausgebrannt, um in Panik zu geraten. »Ich meine, wenn dieser Ort eine Art von Energiestasis darstellt, dann könnten draußen Jahre vergangen sein. Gibt es keine Geschichten über dieses Ding?«

»Einige«, antwortete der Magus zurückhaltend. »Aber sie handeln meistens von solchen Fällen, wo Freunde und Familie die Opfer zu guter Letzt befreien konnten.«

»Nach wie langer Zeit?«

»Nun – daran kann ich mich nicht mehr genau erinnern«, wich er aus. »Die meisten Geschichten berichten von Wesen, die für immer hier eingesperrt wurden, wie die Dämonen.«

Joanna seufzte. »Eine Party mit lauter guten Freunden. Großartig. Und ich glaube ...« Das Panikgefühl regte sich, aber es war schon zu abgenutzt, um noch große Vehemenz zu entwickeln. »Ich glaube, ich will auch lieber gar nichts hören über Leute, die zwanzig Jahre hier eingekerkert waren. Es ist derselbe Fehler, wie zum Haus des Jungen zu fahren, mit dem man geht, wenn er gesagt hat, er muß heute arbeiten und kann nicht kommen. Gewißheit ist schlimmer als Ungewißheit, aber das begreift man erst, wenn es zu spät ist.«

In dem entstehenden Schweigen plätscherte der Strom von Lady Irinas endlosen, unverständlichen Monologen durch die Gänge. Joanna preßte die Lippen zusammen, als all die alten Fragen aus der Dunkelheit herankrochen: Wie lange, bis Ruth die Hoffnung aufgab und ihre Miete nicht mehr weiterbezahlte? Bis ihre Freunde aus L.A. weggezogen waren? Bis das Wissen, mit dem sie ihren Lebensunterhalt verdiente, veraltet war? Wie sah ihre Rückkehr aus, wenn sie auch nur ein oder zwei Jahre hier verbrachte?

HÖR AUF, JOANNA! Es wird schon gutgehen. Und wenn es nicht gutgeht, kannst du, verdammt noch mal, nichts dran ändern, und außer die Security National Bank geht in der Zwischenzeit pleite, brauchst du auch keine Angst zu haben, am Ende brotlos und ohne Geld dazustehen – im Gegenteil, auf deinem Konto sammelt sich ein Vermögen an Zinsen an, wenn du die nächsten fünfzig Jahre mietfrei hier wohnen kannst, also HÖR AUF, DICH SELBST VERRÜCKT ZU MACHEN!

Das Heulen und Zähneklappern hilft nicht. Du kannst nichts tun, außer warten.

Und gerade das war so unerträglich.

Etwas, nicht ein Geräusch, sondern ein Gefühl, ein Ziehen irgendwo in ihrer Brust, veranlaßte sie, den Kopf zu heben, und neben sich konnte sie spüren, wie der Magus zusammenzuckte.

Eine Stille breitete sich aus, eine furchtbare Stille und eine schleichende Kälte, als tränke ein grausiger Vortex die ganze Wärme ihres Blutes.

»Der *tsaeati.*« *Schweiß brach ihr aus allen Poren.* »*Er kommt hierher.*«

Er kann uns nichts anhaben, dachte sie. Wenn an diesem Ort eine Art Energiestasis herrschte, konnte er ihnen nicht das Leben aussaugen, nicht das elektrochemische Flackern ihrer Gedanken, nicht ihre materielle Substanz.

Trotzdem ergriff sie die Hand des Magisters, und wie Hänsel und Gretel wanderten sie tiefer hinein in den finsteren Wald.

»Tut mir leid«, sagte der kleine Mann in der offenen Tür, »aber Sie können hier nicht bleiben. Wir haben mindestens vierhundert Anwärter auf die frei werdenden Plätze, und wir können es uns einfach nicht leisten, einen von ihnen zurückzuweisen für jemanden, der nicht zahlt.« Hinter ihm, auf der breiten, schnurgeraden Straße, drängten sich Scharen von Fußgängern, in der Luft hing zum Schneiden dick der eigenartig beißende Geruch von billiger Kunstfaser und altem Schweiß, vermischt mit einem schwer auf der Brust lastenden Smogalarm der Stufe Drei. Ungeachtet dessen war sein Traum beherrscht von leuchtenden Farben, recht hübsch – Polyesterhemden in Bonbonrosa und Orange, fröhlich bunte Neoprenlaufschuhe, pistaziengrüne und neongelbe Hauswände. Auf den zweiten Blick entpuppte sich alles als unglaublich schmutzig, Abfall trudelte mit dem Schlurfen und Schlüren der eiligen Füße am Bordstein entlang oder sammelte sich zu nassen grauen Klumpen in der Gosse. Die glänzend rot-blauen Busse, die mitten durch die Menge pflügten, spuckten schwarze Dieselwolken aus, die man in den trüben Schwaden kaum mehr wahrnahm. Die meisten Menschen, die sich an ihm vorbeischoben, ohne einen Blick für ihn oder die anderen Passanten, sahen nicht eben gesund aus; sie husteten, schnüffelten oder rieben sich die Augen.

Er sagte zu dem Mann in seinem Traum: »Gibt es einen Platz, wo ich für die Nacht unterkommen kann? Oder wo ich Arbeit kriege? Ich bin ein anständiger Mensch.«

»Selbstverständlich sind Sie das«, antwortete der Mann in demselben angestrengt höflichen Ton und drückte ihm ein paar Blätter in die Hand, ameisenklein bedruckt mit einer Liste von staatlichen Agenturen, noch dazu in einer fremden Sprache, die er nicht hätte lesen können, selbst wenn die Liste nicht die sechste oder siebte Kopie einer Kopie gewesen wäre, dann schlug er ihm die Tür vor der Nase zu. Im Strom der Vorübergehenden mitgeschoben, fühlte er sich allein und müde, so müde, daß er kaum seine Beine dazu bringen konnte, ihn von der geschlossenen Tür wegzutragen. In dem Traum wußte er, daß er schon lange allein und müde war, ständig auf der Wanderschaft, unfähig einen Ort zu finden, der ihm erlaubte auszuruhen.

Die trostlose Völkerwanderung schwemmte ihn weiter.

Der Traum veränderte sich, zerbröckelte zu einer Serie impressionistischer Fragmente: er stand ungeduldig in einer Schlange nach der anderen, um sich sagen zu lassen, er habe keinerlei brauchbare Qualifikationen, außer zum Schieferbrechen (wieso ausgerechnet Schieferbrechen?), oder war auf der Flucht, drängte sich durch diese kitschigbunten, stumpfsinnigen, unsauberen Menschenmassen, um etwas oder jemandem zu entkommen, das/der ihn mit unsäglicher Angst erfüllte. Einmal erspähte er sein eigenes Gesicht in dem trüben Spiegel eines Schaufensters und sah, daß er alt war. Schmuddelig und zerlumpt und unrasiert und alt, einen Ausdruck resignierter Hoffnungslosigkeit in den Augen. Weshalb er nicht eine Tür öffnete und dieser Welt den Rücken kehrte, wußte er nicht, nur, daß es nicht möglich war – entweder, weil er sich damit dem Kollegium verriet oder weil nicht die Voraussetzungen bestanden oder weil er die Fähigkeit verloren hatte. Oder vielleicht, weil eine innere Stimme ihm sagte, daß die nächste Welt, die er betrat, noch schlimmer sein würde.

Niemand redete mit ihm, niemand wollte sein Freund sein. Während er matt gegen das bleierne Gewicht des Schlafs ankämpfte, ahnte er in seinem Traum, daß er seit Jahren so verlassen dahinvegetierte. Alles, was er einst gekannt hatte, war hinter ihm versunken, vor sich sah er nur Alter und dumpfe Erschöpfung und das langsame Aufkeimen tückischer Schmerzen.

In einer Gasse erhaschte er einen Blick auf etwas Braunes, Gewölbtes hinter einer Mülltonne, wo Männer und Frauen in seinem Alter nach Eßbarem wühlten. Sie knurrten ihn an wie zahnlose Hunde, und er wich zurück, aber nicht ohne gesehen zu haben, daß hinter der Tonne der geborstene Panzer einer Schildkröte lag, gesplittert und von Ratten benagt.

Joanna, dachte er und sehnte sich nach ihr mehr als je nach etwas anderem in seinem Leben. Sehnte sich danach, jemanden zu berühren, mit jemandem zu sprechen – es war Jahre her, seit er mit einem anderen Menschen gesprochen hatte, abgesehen von höflichen Beamten wie dem Mann an der Tür. Aber Joanna war tot. Wie ein Blatt im Wind, verdorrt und spröde, bewegte er sich weiter, ein ewiger Wanderer ohne Ziel.

Einer der mächtigsten Gönner der Nigromanten in den ersten zweihundert Jahren nach dem Vertrag von Stellith war König Plugard II. von Senterwing. Er lud sie an seinen Hof und überhäufte sie mit Geschenken, und mit Geld aus seiner Privatschatulle baute er in ihrer nördlichen Festung die Baracken aus farbigen Ziegeln, in denen heute ihre Sasenna untergebracht sind.

Als Plugards Neffe Bardeleys, unterstützt von reaktionären Edlen, eine Palastrevolte anzettelte und ihn stürzte, bat der König die Nigromanten um Hilfe gegen den Usurpator. Darauf erwiderte der Erzmagus: ›Es ist gegen unsere Gelöbnisse, mit unseren Kräften zum Guten oder Schlechten in die Belange der Menschen einzugreifen. Wir werden dir in unseren Mauern Zuflucht gewähren, solange du es wünschst, doch wir können nicht dir dabei helfen, deinen Thron zurückzugewinnen.‹

Aus diesem Grund, als es Plugard gelungen war, das Volk für seine Sache zu gewinnen (denn Bardeleys war nicht nur ein Tyrann, sondern auch grausam und bei allen verhaßt), vertrieb er sämtliche Zauberer aus seinem Reich, auch jene, die seine vertrauten Freunde gewesen waren, und danach dauerte es viele Jahre, bis irgendein Magier es wagte, den Boden Senterwings zu betreten.

GANTRE SILVAS
Annalen

17. KAPITEL

Antryg erwachte viel später am Nachmittag, als er vorgehabt hatte, von dem lautlosen Huschen einer Katze, die an seinem Bein vorbeiflitzte. Er bewegte sich probeweise und stöhnte, wie zerschlagen von dem unruhigen Schlaf. Das Licht auf dem Heuboden war milchig, durchtanzt von feinem Staub; Regen trommelte leise, stetig auf das Schindeldach. Wegen der Feuchtigkeit schmerzten seine Hände – dieser Schmerz war es, der ihn bis in seinen Traum verfolgt hatte.

Von der Erinnerung geleitet, tastete er nach seiner Brille und setzte sie auf, dann gönnte er sich einen Moment der Untätigkeit, zupfte die Grasspelzen aus seinem Haar und lauschte dem Regen. Die Katze identifizierte er als Fysshe, Tante Mins großen grauen Stubentiger. Nach dem Lärm zu urteilen, war eine fidele Mäusejagd im Gange, über, unter und zwischen den Heuhaufen, die sich ringsum türmten.

Schmunzelnd lehnte Antryg sich zurück und machte seine vorherigen Bemühen, Halme und Spelzen von seinem Rock abzusammeln, zunichte. Der Regengeruch spukte im Gebälk wie ein liebeskranker Geist auf der Suche nach verblaßten Erinnerungen und versetzte ihn in eine nostalgische Stimmung. Er hatte fast vergessen, wie sehr er dieses Land liebte, mit seiner lastenden, leeren Stille, den kühlen Wäldern und der heißen, schwülen, stechmückenverseuchten Magie seiner Sonnenuntergänge.

Nicht, dachte er, bequem auf seinem duftenden Bett ruhend, daß man innerhalb der Mauern der Zitadelle Stechmücken duldete.

Ruckartig setzte er sich auf.

Genau wie gegen Stechmücken, war die Zitadelle natürlich auch gegen Mäuse gefeit.

Auf was also machte Fysshe Jagd?

Neugierig kroch Antryg zum Kamm der Heudüne hinauf und schaute in das nächste Tal. Es waren vier Katzen – Fysshe, Ru, Paddywinkle und Klitzekatz –, die im Heu kapriolten und kobolzten, auf der Jagd nach ...

Winzigen Abominationen? Atemlos beobachtete Antryg das Treiben, bis Paddywinkle sein Wild aufscheuchte und hinterdrein geschossen kam.

Es war das Trugbild einer Maus. Mehr noch, dieses Trugbild hatte etwas Eigenartiges: das Fell war länger und weicher, die Farbe erinnerte mehr an alte Schwarzweißfilme als an das bräunliche Schiefergrau einer Feldmaus. Auch der

Geruch war stärker, eine prägnante Mischung aus Blut und unterirdischen Nestern und ...Kitbits?

Ihm ging ein Licht auf: Das Trugbild war eine *Schöpfung der Katzen*.

Paddy schnellte über Antrygs Füße hinweg, tatzte nach der Beute – und die Trugmaus verschwand. Die Katze kam schlitternd zum Halten, drehte verdutzt die Ohren nach vorn und schaute sich dann nach ihren drei Gefährten um, die immer noch Jagd auf das von ihnen geschaffene Phantom machten. Ihr langer Schwanz peitschte – aus dem Nichts erschien wieder die Maus und huschte davon (die Bewegungen waren so echt wie bei Walt Disney), von dem Jäger mit lustvoller Wildheit verfolgt.

Antryg lächelte glücklich und streckte erwartungsvoll die Hand aus, aber keine tanzenden Simulaten von Fred und Ginger materialisierten sich. Er zuckte die Schultern »Na, einen Versuch war's wert.« Offenbar hatten in der Realität, die die Quelle dieses Feldes war, Katzen Zauberkräfte, Menschen aber nicht.

»Und hoffen wir, daß der kleine Spaß nicht ernste Nebeneffekte hat«, brummte er beim Zusammensuchen seiner Habseligkeiten. Irgendwo in der Zitadelle mußte ein Feld existieren, wie klein auch immer, das ihm erlaubte, wenigstens einen Seherkristall zu benutzen.

Er schaute durch die offene Luke in den stetig fallenden Regen, der Koppeln und Melkgatter in ein Meer aus gelbem Schlamm verwandelte. Nach den Lichtverhältnissen zu urteilen, war es Mittnachmittag – ihn ärgerte die vergeudete Zeit, noch dazu hatte der Schlaf ihn nicht erfrischt.

Wer bewachte das Vestibül der Nordhalle? fragte er sich und zog die letzten Halme aus seinem zerzausten Schopf. Und hatte Tante Min sich soweit erholt, um Silvorglim zu empfangen, bevor der Hexenjäger entweder einer Herzattacke oder der Versuchung erlag, ein Pogrom zu veranstalten? Die greise Erzmagierin war unsäglich erschöpft gewesen, am Ende ihrer Kräfte, als er sie um Mitternacht durch den Kräutergarten zu ihrer kleine Kate geleitete und dafür sorgte, daß sie sich hinlegte. Nur gut, dachte er ironisch, daß auch Lady Rosamund noch ans Bett gefesselt war und nicht gesehen hatte, wie schlecht es der alten Dame ging. Mit einigem Glück war Min vor ihrer Nachfolgerin wieder auf den Beinen, wenn nicht – er seufzte, während er die Leiter vom Heuboden hinunterstieg – standen ihm haarige Zeiten bevor.

Es gab einen Brunnen in der Ecke der großen Scheune, einen tiefen Schacht in eine hallende, schwarze Tiefe; zehn Meter unter dem Rand führte ein winziger Durchschlupf in einen mit dem Vorratsraum unter der Küche verborgenen Gang. Pothatch sprang fast einen Meter hoch, als Antryg lautlos durch die kleine Tür der Speisekammer trat und ihm auf die Schulter tippte.

»Liebe Güte, Meister Antryg, ich fürchtete, man hätte Euch ergriffen!« Er warf einen ängstlichen Blick über die Schulter, bevor er Antryg wieder in die Kammer zurückschob. »Dieser Silvorglim, er ist schon den ganzen Vormittag in einer fürchterlichen Stimmung.«

»Was ist ihm denn für eine Laus über die Leber gelaufen?« Antryg legte die Hand an die Mauer, wo der rauhe Verputz den Fels des Kulms verdeckte, und die Hitze der Energieströme verbrannte ihm fast die Fingerkuppen. Die Kletterpartie in dem Brunnenschacht war fast unerträglich gewesen. Sie mußten sich verflucht beeilen, mit der Durchsuchung fertig zu werden und das Feld aufzulösen, dachte er fröstelnd. Es baute sich einfach zuviel Energie auf, wo die Adern durch das Labyrinth verliefen – die Hasu des Hexenjägers mußten es gemerkt haben. Wegen der drückenden Nähe des Abyssus' lief die Hälfte der Katzen in der Zitadelle sozusagen auf Zehenspitzen, die andere Hälfte war vorübergehend in die Felder und Scheunen ausgewandert.

»Ich weiß nicht genau.« Der Koch kratzte sich das schütter werdende rote Haar. »Doch er tauchte heute bei Meister Daurannon auf und krakeelte, er wolle Lady Min sprechen, auf der Stelle, und natürlich war Lady Rosamund auch da, auf eine Krücke gestützt. Sie sah aus wie der leibhaftige Tod und hat ihm ganz gehörig die Leviten gelesen.«

»Er ist in ein Feld geraten, das ihm magische Kräfte verlieh, und das hat ihn umgehauen.« Die Speisekammertür hatte sich geöffnet, und Goldhand kam herein. Sein Gesicht schien noch schmaler geworden zu sein, man sah ihm an, daß er wenig geschlafen hatte. *Warum?* fragte sich Antryg. Es konnte doch nicht daran liegen, daß er letzte Nacht durch das Labyrinth patroulliert war?

»Silvorglim?«

»Ja.« Er grinste schief. »Er wollte nicht damit rausrücken, wo's gewesen ist, aber bestimmt in einem der Tunnel zu den Unterkellern der Bibliothek, weil es so dunkel war, daß sie Fackeln hatten. Einer von seinen Jungs wird wohl auf der Treppe gestolpert sein und hat seine Fackel fallen lassen und sich den Rock angekokelt. Silvorglim hat das Feuerchen gelöscht, ohne zu überlegen, was er macht« – Goldhand gebrauchte den Ausdruck *qu'iya,* für spontane Magie aus Panik oder Reflex – »und kriegte einen Koller, als er kapierte, was passiert war.«

Er grinste wieder. Antryg beobachtete fasziniert, wie er beim Reden mit der größten Selbstverständlichkeit Brötchen, Äpfel und Käse in den Taschen seiner Kutte verschwinden ließ.

»Keine Ahnung, wo genau das Feld gewesen sein könnte?«

Der Junge schüttelte den Kopf. »Nur daß er fuchsteufelswild bei Meister Daurannon hereingeplatzt ist und Gift und Galle spuckte, als hätte das Feld ihn in einen Eunuchen statt in einen zeitweiligen Magier vewandelt.«

»Dann hat Silvorglim also die Zitadelle durchsucht?«

»Na, eher schnüffelt er überall rum. Aber Seldes Katne hat *Zutritt verboten* an jeder Tür zur Bibliothek, und Bentick hat sämtliche Zugänge zu den Kavernen versiegelt.«

Trotz des Ernstes der Lage grinste auch Antryg bei dem Gedanken an das Gesicht des schneidigen kleinen Hexenjägers, wenn er in diese Schutz- und Abwehrzauber hineinmarschierte. Die Zauber, die Seldes Katne vor den Eingängen zu ihrem Reich etabliert hatte, konnten der stärkeren Magie von Silvorglims Hasu wahrscheinlich nicht lange standhalten, aber Bentick war ein anderes Kaliber.

»Und von unserer Seite sind noch keine Patrouillen wieder unterwegs?« fragte er mit leichtem Vorwurf in der Stimme.

Goldhand beendete seine beiläufige Plünderung mit der Requirierung von einem kleinen Krug Honig. »Nur die, die nach Euch auf der Suche sind.«

Es gab zwei Möglichkeiten, um von der Küche bis auf Steinwurfweite an Tante Mins Kate heranzukommen, abgesehen natürlich von dem direkten Weg durch das Refektorium, an der Loggia vorbei, die Treppe hinauf und die Pfade zwischen den wildwuchernden Beeten des Kräutergartens entlang. Zu einer Route gehörte eine lange, steile Hintertreppe unter das Dach des Polygons, eine Geheimtür neben dem Kamin in der Kalmäuserklause (jedermann in der Zitadelle bekannt, außer den Milchmädchen und Silvorglim) und zuletzt die Brücke zum untersten Stockwerk der Kokotte; die zweite Route führte durch einen Verbindungsgang zwischen dem Heizkeller des Polygons und dem Hypokaustum unter der großen Versammlungshalle, durch Schlupftüren, über verschwiegene kleine Treppen und durch die Unterkeller der Meistermagier an der Nordwestseite des Kulms.

Obwohl der Weg durch die Kokotte der kürzere war, sprach dagegen, daß die Chancen, sowohl die Kalmäuserklause als auch die Brücke um diese Zeit am Nachmittag verlassen vorzufinden, astronomisch schlecht standen, besonders seit die Sasenna des Kollegiums – inzwischen Daurannon unterstellt – offiziell Jagd auf ihn machten. *Selbstverständlich Ketten und Drogen*, hatte Daurannon gesagt, kalt wie eine Hundeschnauze. Antryg begegnete nur einem dieser Trupps von Häschern – in dem niedrigen, schattigen Säulenlabyrinth unter der großen Versammlungshalle, und es gelang ihm, unentdeckt zu bleiben. Er wartete mit angehaltenem Atem in der dunklen Öffnung des Ganges, bis sie vorbei waren.

Da er nicht das Verlangen hatte, Bekanntschaft mit den Sperrzaubern Phormions zu machen, die vermutlich die

Kellerräume der Burg absicherten, kehrte Antryg vermittels einer schmalen Treppe unter dem Haus der Meermaid in die Oberwelt zurück und nahm sich ein paar Minuten Zeit, aus sicherer Deckung den Hang des Kräutergartens zu beobachten. Nichts regte sich unter den Pfirsich- und Apfelbäumen, die ihm den Blick auf die Kate am höchsten Punkt des Gartens versperrten; sämtliche Katzen der Zitadelle, aufgrund ihrer feinen Sinne die am stärksten betroffenen Opfer der gespannten Atmosphäre, hatten sich in irgendwelche Schlupfwinkel oder sogar vergrämt in die ruhigeren Gefilde außerhalb des Mauerrings zurückgezogen. Doch er wußte, daß Daurannon vor allem anderen daran gelegen war zu verhindern, daß er sich in Tante Mins Schutz flüchtete. Nach kurzem Überlegen kramte er in der Hosentasche nach einem Gummiband – kein sehr gutes, nur eins von den spillerigen roten, mit denen die Werbeblättchen vom Supermarkt gebündelt waren –, legte eine von seinen zukunftsoffenbarenden Haselnüssen in die improvisierte Schlinge und schnelzte sie in das graugrüne Dickicht der Rosmarinsträucher. Doch seine Aufmerksamkeit galt dem Weißdorn- und Lorbeergebüsch näher an der Kate, und wahrhaftig, beim Rascheln des Geschosses im Laub bemerkte er Bewegung an zwei Stellen und zwischen den Blättern den schwarzen Fleck eines Kuttenärmels.

»Verflixt und zugenäht!« Mit aller Vorsicht schlüpfte er zurück in den Keller und begab sich via eine ausgetrocknete Zisterne im Unterkeller und eine Klapptür hinter einem Schrank voll altem Geschirr zum Porzellanhaus, wo Lady Rosamund wohnte.

Das Porzellanhaus hatte diesen Namen wegen der glasierten weißen Kacheln des Windfangs und der zierlichen Fayencekapitelle sowohl als Krönung der schlanken Säulen links und rechts neben der Tür, als auch auf fünf von den sieben Säulen, die den Balkon des kleinen Hauses stützten. Es waren auffällige Plastiken, Greife und Chrysanthemen in bunten Farben – Kardamom, Kobalt, Gelb und das charakteristische Zinnweiß. Antryg hegte den unschönen Verdacht, sie wären ursprünglich von irgendeinem adligen

Herrn geordert worden, der seine Meinung über die getroffene Wahl änderte und die verworfenen Muster den Nigromanten stiftete, in der Hoffnung auf eine Gefälligkeit. Jedenfalls handelte es sich um einen Stil, der vor hundertfünfzig Jahren in Mellidane en vogue gewesen war, bevor der Geschmack sich wandelte und man weichere Formen und Farben zu bevorzugen begann.

Die Sommertür, die vom Balkon ins Haus führte, stand offen, und Antryg machte sich den Umstand zunutze. Im ersten Moment, als er Rosamund schlafend auf dem einfachen schmalen Bett liegen sah, fürchtete er, Daurannon hätte Issay dazu überredet, ihr ein Schlafmittel zu verabreichen. Es wäre nicht schwierig gewesen, wenn man den Schock bedachte, den sie erlitten hatte, und den Blutverlust. Aber die schwarze Katze Imp, zusammengerollt wie ein vergessener Muff in der von Rosamunds Bein unter der Decke gebildeten Mulde, hob den Kopf und fixierte Antryg mit einem mystischen goldenen Blick; bei der Bewegung drehte die Gräfin sich ein wenig in den Kissen und schlug die Augen auf.

»Was willst du?« Mühsam richtete sie sich auf. Sie trug ein schlichtes rotes Nachthemd aus verwaschenem Baumwollstoff, der schwarze Zopf über ihrer Schulter war so lang und dick wie der Unterarm eines Kindes. »Wie lange habe ich geschlafen?«

»Imp ...« Antryg wandte sich an die Katze. »Wie lange hat deine Zimmergenossin geschlafen?«

»Laß den Unfug«, schnappte Rosamund gereizt. »Wo ist Daurannon?«

»Ich habe nicht die leiseste Ahnung – auf der Suche nach mir, nehme ich an, oder beim Tee mit den Hexenjägern. Und wenn du mir auch noch mein letztes bißchen Galgenhumor knebeln willst, dann adieu, schnöde Welt. Ich muß mit Tante Min reden, aber Freund Daur hat im Garten Wachen postiert.«

»*Ich* habe sie postiert.« Sie strich sich die Haarsträhnen aus dem Gesicht. Selbst blaß und verhärmt und die Augen von dunklen Schatten umgeben, war ihre Schönheit ungemindert. »Das habe ich veranlaßt, als erstes heute morgen. Ich will nicht, daß sie gestört wird, nicht von diesen Hexenjägern und nicht von dir. Du hast schon genug Unheil angerichtet. Und was Daurannon sich gedacht hat, diese Fanatiker unseren Verteidigungsring passieren zu lassen ...«

»Was er sich gedacht hat, ist sonnenklar.« Antryg trat an den kleinen, gekachelten Herd des Zimmers, um einen Blick in die Teekanne zu werfen, die neben dem Feuer warmgehalten wurde. »Ob er nicht mit einem netten Präsent die Akzeptanz von Magie im Reich verbessern könnte, und nämliches Präsent dürfte aus meinem Kopf und einem Silbertablett bestehen. Er hat Pothatch nach der Silberpolitur gefragt, fällt mir ein. Tee?«

»Das ist dummes Zeug.« Ihre Hände zitterten leicht, als sie den roten Keramikbecher entgegennahm, aber ihr Blick hatte wieder den alten herrischen Glanz. »Du bist der Gefangene des Kollegiums, und er ist noch weit davon entfernt, das Haupt des Kollegiums zu sein. Allein der Gedanke, er könnte einen Nigromanten der Inquisition ausliefern ...«

»Unser Freund mag nicht Oberhaupt des Kollegiums sein ...« Antryg saß mit gekreuzten Beinen auf dem Flickenteppich vor dem Herd und nahm einen Schluck aus seinem Becher, » ...aber die Erzmagierin liegt in einem tiefen Erschöpfungsschlaf, und dein ›Unfall‹ muß ihm wie gerufen gekommen sein. Oh, nicht daß ich glaube, Daurannon hätte etwa den Überfall auf uns organisiert – oder wenigstens«, korrigierte er sich und runzelte die Stirn, »glaube ich nicht, daß ich es glaube ...«

Er stand auf, nahm ihr den leeren Becher aus der Hand und studierte den Bodensatz aus Teeblättern, dann seufzte er erleichtert und schüttelte den Kopf. »Nein. Aber er ist Opportunist genug, um seine Chance zu erkennen. Und weil Daurannon mich aus dem Weg haben will, damit ich nicht an irgendwelche alten Geheimnisse in den Kavernen herankomme, und Bentick entschlossen ist, den Deckel auf dem Topf zu halten, solange die Gefahr besteht, daß unbefugte Nasen Wind davon bekommen, was auf unserem Herd brodelt, scheint für die nähere Zukunft keinerlei Expedition auf der Tagesordnung zu stehen.« Er stellte den Becher neben dem Bett auf den Boden, als Lady Rosamund sein Angebot, nachzuschenken, mit einem Kopfschütteln ablehnte.

»Das Stabilisierungsfeld besteht jetzt seit fast achtzehn Stunden.« Hinter seinen Brillengläsern blickten die grauen Augen todernst. »Die Zeit drängt. In zwei, höchstens drei Tagen werden die Zauber, die die Energietransformation bewirken, anfangen zu zerfallen, und lange bevor das geschieht, müssen wir beginnen, die gesamte metaphysische Konstruktion aus Magie und Polarisationsfeld mit größter Vorsicht zu demontieren, um ein Ungleichgewicht zu vermeiden, das Gott weiß für welche Folgen haben könnte. Die Zitadelle muß durchsucht und im Hinblick auf Anomalien kartographiert werden, ganz egal, was für eine Gefahr besteht oder wer die Ergebnisse zu Gesicht bekommen könnte. Ginge es nach mir, würde auch die Umgebung durchforstet, wenigstens entlang der Energieadern.«

Er beugte sich vor, die Glasperlen um seinen Hals reflektierten das kalte graue Licht von der Balkontür her. »Rosamund, wir dürfen das nicht auf die leichte Schulter nehmen. Die Geschwindigkeit, mit der der Zerfall fortgeschritten ist, bevor das Stabilisierungsfeld etabliert wurde ...«

Im Korridor unten schlug eine Tür, die Eichenstufen knarrten unter schweren Schritten. Antryg hörte eine tiefe Stimme sagen: »Lügt mich nicht an, gleisnerischer Teufelsjünger, und versucht nicht, mir Sand in die Augen zu streuen! Etwas Ungeheuerliches braut sich hier zusammen, ein verbrecherisches Komplott, um das Reich ins Chaos zu stürzen.«

Die Stimmen näherten sich; Antryg wollte auf den Balkon flüchten, aber Rosamund hob warnend den Finger – nun ja, dort stand er für die Wachen im Garten wie auf dem Präsentierteller. Sie machte eine rasche Handbewegung, Antryg zog sich in eine Ecke zurück und gab sich alle Mühe, wie eine Stehlampe auszusehen, als Daurannon, Bentick, Silvorglim und einer der rotgewandeten Kirchennigromanten zur Tür hereinkamen.

»Und welchem Umstand«, verlangte Lady Rosamund zu wissen, setzte sich im Bett kerzengerade auf und warf den schwarzen Zopf über die Schulter zurück, »verdanke ich die fragwürdige Ehre dieses unverschämten Eindringens?«

Ihre Stimme wirkte wie ein Schlag ins Gesicht – die Besucher blieben unwillkürlich stehen, sogar Silvorglim und sogar Daurannon, der seit mehr als zwanzig Jahren daran arbeitete, sich nicht von ihrem aristokratischen Hauteur ins Bockshorn jagen zu lassen. Antryg fühlte die graublauen Augen des Hasu kurz auf sich ruhen und dann weiterwandern; Bentick und Daurannon, Magier von erheblich höheren Graden, schauten zweimal hin und so auffällig, daß sein Schicksal wahrscheinlich besiegelt gewesen wäre, hätte nicht Silvorglim alle Aufmerksamkeit auf sich gelenkt, indem er militärisch forsch an das Bett der Gräfin trat.

»Gestern abend wurde mir gesagt, die Erzmagierin und nur die Erzmagierin könnte und würde meine Fragen bezüglich der Rechtmäßigkeit – der Legalität – dessen beantworten, was in diesen Mauern vorgeht.« Seine tiefe Stimme klang beherrscht, aber sie hatte einen schartigen Unterton, und in seinen blassen Augen flackerte die Angst eines Mannes, der über einen ungeahnten Abgrund in seiner Seele erschrocken ist. »Heute morgen bin ich erneut vertröstet worden ...«

»Sie ruht immer noch«, warf Lady Rosamund frostig ein.

»*Wie* ich Euer Exzellenz gesagt habe«, fügte Daurannon hinzu.

»Ihre *Meditationen*« – Antryg wußte, die Spitze galt ihm – »von letzter Nacht waren mehr, als eine Frau in ihrem Alter sich zumuten sollte.« Splitter aus Jade hätten nicht schärfer sein können als der Blick, der ihn in seiner Ecke flüchtig streifte. Daurannon und Bentick sahen sich an, aber beide hüteten sich wohlweislich, Rosamund ins Gehege zu kommen.

»Wie die Posten erklärt haben.« Daurannon trat beschwichtigend an die Seite des Hexenjägers. »Sie hatten ihre Anweisungen.«

»Wenn die Erzmagierin mich nicht empfangen kann –

empfangen will« – aus Silvorgloms Stimme troff Sarkasmus wie Schlangengift – »dann ist es vielleicht an der Zeit, daß das Kollegium eine neue Repräsentantin ernennt. Man hat mich vertröstet, belogen, genau wie der Regent, die Edlen, sogar die Kirche für unsere Warnungen nur taube Ohren haben.«

»Seht«, Daurannon kam Lady Rosamunds eisiger Riposte und Benticks Aufbrausen zuvor, »wenn wir vorhätten, Euch Lügen aufzutischen, dann würden wir es doch geschickter anstellen.«

»Ihr seid eine Brut von Lügnern«, erwiderte der Hexenjäger, ein fanatisches Glitzern trat in seine lohfarbenen Augen. »Eure Gabe ist der Stoff von Lügen, der ekle Auswurf von Teufeln, um die menschliche Seele ins Verderben zu locken, durch den Wahn einer Macht, die Gott allein zusteht.«

»Gott?« Lady Rosamund richtete sich auf, ganz die Tochter des kaiserlichen Flottenadmirals, Stolz und Unmut strömten von ihr aus wie der Nimbus um einen Berg aus Eis. »Meint Ihr nicht vielmehr Gottes Kirche, die im Besitz der einzigen Wahrheit zu sein vorgibt und keine Macht duldet, außer der ihren?«

»Und zu Recht«, nickte der Hexenjäger steif. »Die Kirche und allein die Kirche ist das Sprachrohr des Einzigen Gottes. Alle die anderen habt ihr korrumpiert, selbst den Kaiser. Also betreibe keine Wortklauberei mit mir, Ketzerin, und versuche nicht, mir einzureden, hier wäre nichts Böses am Werke, dazu angetan, redliche Menschen zu versuchen und vom rechten Wege abzubringen. Du wirst erfahren, daß es dir nicht gelingt.« Aber sein flackernder Blick strafte die Worte Lügen, und Antryg dachte: *Bist du denn versucht worden, du redlicher Mensch?* Draußen, unter dem Balkon, verriet das Scharren von Stiefeln und das Klingeln von Wehrgehenken, wo die Eskorte des Hexenjägers wartete. Der Hasu, der mit verschränkten Armen hinter Silvorglim Aufstellung genommen hatte, schaute müßig in seine Richtung – Antryg spürte, wie ihm der Schweiß ausbrach und prompt die Brille zu rutschen begann.

»Ich verlange, daß man mir volle Handlungsfreiheit gewährt, die Handlungsfreiheit, die meine Vollmacht mir garantiert, um eine Durchsuchung ...«

»Nein!« rief Lady Rosamund aus.

Bentick grollte: »Es wird keine Durchsuchung der Zitadelle geben, außer durch Angehörige des Kollegiums.«

»Dann hütet euch, daß ich nicht mit der vollen Macht der Kirche zurückkehre ...«

»Hütet *Ihr* Euch«, schrie Bentick, »falls Ihr töricht genug seid, um ...«

»Bitte!« Daurannon schob sich elegant zwischen den Hexenjäger und den Majordomus, die beide Miene machten, sich gegenseitig an die Kehle zu springen. Auch der Hasu trat einen Schritt vor, zögerte jedoch einzugreifen – sehr vernünftig, dachte Antryg, weil er nicht mehr als ein mittelmäßig begabter Magier sein konnte, keinesfalls das Format, um es mit drei Angehörigen des Kollegiums aufzunehmen. Auch wenn er wußte, daß Bewegung den schützenden Tarnzauber zerstörte, sah Antryg seine Chance – niemand achtete auf ihn, und die Tür war frei. Auf Zehenspitzen schob er sich an dem rotgewandeteten Kirchenmagier vorbei und nach draußen. Daurannon und Rosamund waren beide zu sehr damit beschäftigt, Silvorglim die einzelnen Punkte des Vertrags von Stellith entgegenzuschleudern, um ihn aufzuhalten, als er die Treppe hinunterschlich. Unten blieb er einen Moment stehen.

Durch die Tür konnte er die Sasenna des Hexenjägers sehen, die unter dem Balkon Zuflucht vor dem Regen gesucht hatten. Am anderen Ende des Gartens kam Seldes Katne aus dem Polygon, ein Bündel Papiere unter den Arm geklemmt. An der Abzweigung zur Bibliothek blieb sie stehen und spähte aus dem Schutz der Wachstuchkapuze hervor, als hielte sie nach jemandem Ausschau – vermutlich, dachte Antryg, nach ihm.

Er hatte die Möglichkeit, durch die Keller in die Bibliothek hinaufzusteigen und sie dort abzufangen, um zu erfahren, was sie ihm mitteilen wollte. Aber die Türen in der Bibliothek waren mit ihren Formeln versperrt, und selbst der

Abwehrzauber einer Magierin mit so geringen Kräften wie Seldes Katne genügte, um ihm den Zutritt zu verwehren – oder den Fluchtweg, sollten die Sasenna entweder des Hexenjägers oder des Kollegiums ihn dort in die Enge treiben.

Außerdem, mit dem Verdämmern des Nachmittags hatte er immer deutlicher das Gefühl von verrinnender Zeit, ihre Frist lief ab. Deshalb wandte er sich in die entgegengesetzte Richtung und nahm den Weg nach unten, durch die Keller des Brotkastens und des Auditoriums, durch das Hypokaustum und schließlich durch einen Schacht im Untergeschoß der Insel der Schmetterlinge, der Benticks Aufmerksamkeit entgangen war. Seine Hände hörten erst auf zu zittern, als die Dunkelheit der Kavernen ihn umgab.

Unten, auf der vierten Ebene, hielten Mick und Cylin immer noch getreulich Wacht im Gemach der Gläsernen Säule. Beide sahen müde aus und ziemlich erschüttert von all dem, was sie im Finstern gehört und schattenhaft vorüberhuschen gesehen hatten. Auch sie fühlten, dachte Antryg, während er ihrem Rapport von den Ereignissen der Nacht lauschte, den zunehmenden Druck des Abyssus', das Vibrieren der Energieströme, polarisiert und in sich selbst zurückgeleitet, in einer ewigen Schleife.

Trotz allem, keiner der beiden jungen Männer wollte in die Zitadelle zurückkehren, statt dessen machten sie sich erbötig, das Kartographieren der mittleren Ebenen zu übernehmen, solange es noch nicht so weit war, daß sie im Stehen einschliefen. »Ich weiß das zu schätzen.« Antryg leerte seine in der Küche gefüllten Taschen und teilte Brötchen, Obst und Käse mit ihnen. »Wenn ihr den Duft von Rosen wahrnehmt, schützt euch auf der Stelle mit einem Windzauber und kehrt um. Kommt zu mir und beschreibt die Stelle, wo es gewesen ist. Und wenn ihr jemandem vom Kollegium über den Weg lauft oder welchen von unseren Sasenna, habt ihr mich nicht gesehen.« Sobald die beiden jungen Männer um eine Biegung der Treppenspirale verschwunden waren, fügte er an NeunZehnZwei gewandt halblaut hinzu: »Mir gefällt diese Situation nicht, sie gefällt mir ganz und gar nicht.« Er strich über die Wand neben ihm – der Energieflux unter seinen Fingerspitzen fühlte sich stabil an, aber besorgniserregend heiß.

»Mir ebensowenig«, summte der Tote Gott. »Dieses Wandernde Tor, das deine Freunde beschrieben haben – je länger ich darüber nachdenke, desto abwegiger kommt es mir vor. Nach allem, was meine Experimente ergeben haben, dürfte es nicht existieren.«

»Nun, um ein abgedroschenes Beispiel erneut zu strapazieren: viele Jahre lang galt der Flug der Himmel als aerodynamische Unmöglichkeit, bis man schließlich herausfand, daß man nicht alle Faktoren in Betracht gezogen hatte. Sankt Vespaluus, wie ich mich erinnere, ist der Schutzheilige der Honigbiene, doch aus irgendeinem Grund haben die Hummeln ihren eigenen Patron, Sankt Olpo, zu dem man auch betet, er möge den Garten von der Kaninchenplage befreien. Sonst alles ruhig?«

Der gigantische Arachnodrache nickte, aber seine Hände tasteten gedankenverloren über das Duraplast der Schußwaffe an seiner Schulter. »Gemäß meiner Informationen steht die sechste Ebene fast ganz unter Wasser, das immer noch steigt.«

»Verflucht.« Antryg warf einen unbehaglichen Blick auf die dunkel gähnende Türöffnung am anderen Ende des Raums und fragte sich, ob er tatsächlich in der Schwärze einen sich bewegenden Funken Licht gesehen hatte. Die an der Säule befestigten Strahler verströmten ein grünliches, futuristisches Leuchten über einen kleinen Berg von Ersatzgeräten, Reserveatemflaschen, Erste-Hilfe-Ausrüstung und einen flachen Kasten, der nach einem tragbaren Computer aussah; der gläserne Pfeiler selbst warf frostige Splitter Helligkeit an Wände und Decke und verlieh den Generatoren und Monitoren mit silbernen Reflexen eine mythische Dimension.

»Das Tor zu meiner eigenen Welt befindet sich auf der Ebene über dieser.« Die Atemschläuche bewegten sich wie obszöne Muskelstränge, als der Tote Gott auf das dicke Kabelbündel wies, das sich aus der Tür schlängelte. »Ich habe eine Leitung hinaufgelegt, um die Batterien für Notfälle zu schonen. Jede Batterie hält eine Stunde, nach unserer Zeitrechnung, das sind ungefähr zwei von euren. Ein Kommunikatonskabel habe ich ebenfalls durchgelegt und die Nachrichten, die mich aus meiner eigenen Welt erreichen, sind in höchstem Maße beunruhigend.«

Antryg fröstelte bei dem Gedanken an die emotionslosen, halbgeformten Bewußtseine der Teleskugeln, die im Lauf der Jahre, während sie durch das von geheimnisvollen Energien durchströmte Labyrinth schwebten, ›verdorben‹ waren; an die Macht, die er durch die Moleküle des Felsgesteins pulsieren fühlen konnte; an das finstere Aufbegehren des Abyssus', der wider die Magie löckte, die ihn bändigen sollte. Die Erschöpfung aus seinen Träumen schien ihn auch im Wachen zu verfolgen, er konnte sich nicht entsinnen, wann er sich derart ausgebrannt gefühlt hatte, und der Schmerz des Geis' nagte wie eine Ratte an der Substanz seines Willens.

Doch irgendwo in den lichtlosen Gängen der Kavernen, irgendwo in dem verschachtelten Labyrinth von Gruben und Fallen und blinden Türen, lag die Antwort: das Tor mit dem Duft nach Rosen und den Stimmen, an deren Worte man sich später nicht erinnerte – und die Kreise der Macht, die dieses Tor offenhielten.

Die Antwort, dachte Antryg müde, und alles in ihm sträubte sich gegen die Zumutung, noch weiter durch diese spukhafte Unterwelt mit den schmierigen Moosen, unsichtbaren Dämonen und wabernden Nebelphantomen zu wandern. Die Antwort war nicht das Problem – es war die Frage, deretwegen er begann, sich Sorgen zu machen.

»Es wird mir nicht erspart bleiben«, sagte er schließlich, »wieder nach oben zu gehen und einen Weg zu finden, um mit Tante Min zu sprechen. Ich hoffe, Rosi hat inzwischen die Bluthunde zurückgepfiffen und Silvorglim und seine Getreuen überredet, sich in eine andere Wade zu verbeißen – besser gesagt, ich hoffe, es gelingt ihr, bevor es Zeit wird, das Polarisationsfeld zu demontieren, weil dazu die gesamte Kraft des Kollegiums gebraucht wird, wenn wir kein Risiko eingehen wollen. Und in mir rührt sich eine Art akademischer Neugier betreffs der Frage, was man mit mir vorhat, wenn das hier alles vorbei ist.«

Der goldene Schimmer von NeunZehnZweis Spinnenaugen fiel auf ihn, als der Tote Gott den mächtigen Schädel zur Seite neigte. »Vielleicht fragen sie sich das auch.«

Pothatch und Tom räumten gerade Besteck und Geschirr vom Abendessen in die Schränke, als Antryg aus den Kavernen auftauchte. Es war Nacht geworden, und der Regen hielt an, man hörte das stetige Trommeln auf dem Ziegeldach über den verräucherten Deckenbalken. Essenszeit war längst vorbei, aber die Sasenna, die unter normalen Umständen für die pflichtvergessenen Küchenjungen eingesprungen wären, gingen immer noch Wache. Tom setzte Antryg, der ausnahmsweise fast zu müde zum Essen war, eine Schüssel vom übriggebliebenen Lammragout vor, während Pothatch schnaufend den Hang zum Brotkasten hinaufhastete, um Q'iin um ein weiteres Päckchen Traumkräuter zu bitten. In dem verlassenen Badehaus, erfüllt von den Gerüchen nach feuchtem Stein, Kräutern und Seife, befand sich in den Kesseln noch soviel heißes Wasser, daß Antryg baden konnte. Anschließend stieg er eine Leiter im Hintergrund einer Vorratskammer zum Dachboden hinauf, um die letzten Stunden der Nacht etwas Schlaf nachzuholen.

Besser eine Hure als ein Zauberer, denn wenigstens kriegst du von der Hure was für dein Geld.

ELLIE BRUE
Mätresse von König Pharidon II.
und eine der berüchtigtsten Prostituierten in Engelshand

18. KAPITEL

»Laß mich in Ruhe ...geh weg ...ich habe keine Schuld an deinem Tod.«

Zentimeter über dem giftigen Sumpf der Träume hängend, schlug Antryg die Augen auf und lauschte. Hier oben unter dem Dach war der Regen sehr laut; es roch nach feuchtem Staub, wo sich unter schadhaften Ziegeln auf den Holzdielen kleine Pfützen bildeten, und nach Melisse, Hopfen und Wacholderholzöl aus dem Badesaal unten.

Als hätte er nur geträumt, herrschte jetzt wieder Stille, doch weil ziemlich alles besser war als das, was hinter der Mauer das Schlafs seiner harrte, stand er auf und zog seinen Rock an. Auf dem Weg zum Kopf der Leiter hörte er ein leises Poltern, das Scharren von Tischbeinen, und eine brüchige Stimme klagte:

»Bitte ... *bitte* ... ich habe es nicht so gemeint. Ich wollte dir nie wehtun.«

Otaros Stimme.

So leise wie möglich stieg Antryg die Leiter hinunter und schob den Vorhang zur Seite, der das kleine Gelaß mit den Regalen voller Tonkrüge vom Hauptraum abtrennte.

Der Sänger aus der Stadt der Kraniche stand wie ein Geist in der Mitte des großen Saals; er schwankte und suchte an der Tischkante Halt. Das gelbe Baumwollnachthemd schlotterte um eine in den letzten Tagen erschreckend abgemagerte Gestalt, die schulterlangen schwarzen Locken waren strähnig und verfilzt. Bei dem Geräusch von Antrygs Schritten fuhr er taumelnd herum und streckte die Hand aus. »Weiche von mir!« schrie er mit einer vor Entsetzen überschnappenden Stimme.

Antryg erstarrte, als er die blinde Panik in den weitaufgerissenen dunklen Augen des alten Mannes gewahrte. Magier wurden darauf gedrillt, sich, wenn sie angegriffen wurden, mit einem Blitz- oder Feuerzauber zu verteidigen – eine unvorsichtige Bewegung, und er war ein Häufchen Asche, bevor er entweder Otaro oder die Tür erreichen konnte. Das Gesicht des Sängers wirkte aufgeschwemmt und grau, Bartstoppeln wucherten wie ein schmutziger Pelz auf Wangen, Kinn und Hals, Schweiß perlte auf der Haut, als hätte er den Kopf in einen der Zuber getaucht; sein Atem ging röchelnd.

»Ich bin nicht dein Feind, Otaro«, sagte Antryg in begütigendem Ton. »Ich bin nur gekommen, um dir dein Vergrößerungsglas zu bringen, das ich in den Kavernen gefunden habe, sonst nichts.« Sehr vorsichtig streifte er das Band mit der Lupe über den Kopf und hob es hoch. »Und ich wußte, du brauchst Hilfe.«

Der Sänger wich zurück. Er zitterte an allen Gliedern. Antryg konnte nicht wissen, wohin sein Geist sich verirrt hatte, aber ganz bestimmt nahm er seine reale Umgebung nicht wahr. »Ich brauche keine Hilfe.«

»Selbstverständlich nicht«, beeilte Antryg sich, ihm beizupflichten. »Ich bin hier, um dich zu beschützen, Otaro – dich zu beschützen, damit du schlafen kannst.« In dem starren Blick des Mannes sah er seine eigenen Ängste, seinen eigenen Wahnsinn gespiegelt. »Du bist in Sicherheit, und solange du dein Vergrößerungsglas hast, kann er nicht kommen, um dich zu holen, darf er sich nicht an dich heranwagen. Er wird bleiben, was er ist – tot und begraben.« Otaros Gebaren deutete darauf hin, daß er von einem Gespenst verfolgt wurde, dem ruhelosen Geist eines Menschen, dem er zu Lebzeiten vermeintliches Unrecht zugefügt hatte. »Nimm es, und dann bist du sicher.«

Eine Lüge, dachte er – er selbst hatte sich nie sicher gefühlt –, aber eine Lüge, nach der der kleine Orientale ebenso begierig griff wie nach der Aussicht auf Schlaf. Die braune Hand senkte sich, und Otaro schlang die Arme um den Leib wie ein geschlagenes Kind. Der Widerschein der Glut unter dem Kessel tauchte die verstörte Gestalt in ein dramatisches, blutrotes Licht.

»Es gibt keine Sicherheit.« Die magische Schönheit der Stimme war zu einem brüchigen Flüstern erstorben. »Nirgendwo. Niemals.«

»Du bist sicher, solange du dies hier trägst.« Antryg tat ein, zwei Schritte und hielt ihm das Vergrößerungsglas hin. Er wußte, selbst das kleinste Ding konnte für einen von Grauen und Erschöpfung entwurzelten Verstand als Rettungsanker dienen. »Hier«, sagte er beschwörend. »Nimm das, und ich bringe dich zurück in dein Zimmer. Dort bist du in Sicherheit.«

»Du hast ihn nicht gekannt«, wisperte Otaro, ohne seine Haltung zu verändern, ohne den Blick zu heben. »Ich war sein einziger Sohn, sein einziges Kind. Er hat – so viel von mir erwartet.«

»Ja.« Antryg dachte an das Glitzern schwefelgelber Augen. »Ja, ich weiß.«

»Das Geld waren seine Ersparnisse. Aber ich mußte weggehen. Ich mußte hierher kommen, um zu lernen, um zu entfliehen. Er hätte mich nie gelassen. Später schickte ich es ihm zurück, wieder und wieder ...«Tränen, rot wie Blut im Schein der glimmenden Kohlen, rannen über seine Wangen und versickerten in den grauen Bartstoppeln. »Er hat mich verflucht. Er hat gesagt ...«

»Ich weiß, was er gesagt hat.« Antryg streckte ihm die Hand entgegen, das Vergrößerungsglas an dem Band hing von einem verkrümmten Finger. »Du brauchst es mir nicht erzählen. Ich weiß es.«

»Ich glaubte, ich wäre ihm entkommen«, flüsterte Otaro, »damals, vor all den vielen Jahren.«

Aber du kannst ihnen nicht entkommen, dachte Antryg. *Nicht, wenn sie in deiner Seele lebendig sind.*

»Es war deines Vaters Stimme, habe ich recht?« fragte er sanft. »Die aus dem Tor zu dir gesprochen hat?«

Der geniale Musiker nickte kraftlos. Er riß Antryg die Lupe aus der Hand und drückte sie an sich. »Das Tor – ich sehe es wieder, jedesmal, wenn ich die Augen schließe. In meinem Zimmer, es verfolgte mich, wollte mich verschlingen. Dann war es fort, aber es kommt zurück ...«

Verzweifelt krallte er die Hände – die begnadeten Hände, die der Harfe Töne entlockten, daß die Vögel des Himmels und die Tiere des Waldes herbeikamen, um zu lauschen – in die Aufschläge von Antrygs Rock, als fürchtete er, von einer schwarzen Flut hinweggeschwemmt zu werden.

»Oh, Vater ...«

Dann krümmte er sich zusammen, preßte die Hände an seine Schläfen, als wollte er seinen eigenen Schädel zerdrükken wie eine Eierschale.

Mit einem Stoßgebet, Rosamund möge es gelungen sein, Daurannons Befehl, ihn zu ergreifen, außer Kraft zu setzen, führte Antryg den stolpernden, schluchzenden kleinen Mann aus dem Badehaus, an der dunklen Loggia vorbei und die Treppe hinauf, dann einen Pfad unter Birken entlang, durch Türen und Keller zum Pavillon, dem Haus an der Nordseite des Kulms, in dem der Sänger lebte. Obwohl er ziemlich sicher war, daß Otaro verrückt war, durchsuchte Antryg trotzdem die Räume nach Hinweisen auf eine kürzliche Manifestation des Wandernden Tores, fand aber nichts. Kein Beweis allerdings, daß es nicht doch in den letzten drei Tagen bei jedem Stundenschlag der Uhr dort erschienen war: das Haus lag über der Pensyklinie.

Währenddessen kauerte Otaro verängstigt in einer Ecke, drückte die Hände an den Kopf, und manchmal wimmerte er leise. Die Luft in den beiden Zimmern – dem größeren im Erdgeschoß und dem kleineren oben, wo er schlief – roch muffig, schal, abgestanden, als wäre seit Tagen nicht gelüftet worden. Die Laken auf dem Bett waren verschwitzt und zusammengeknüllt, die Schriftrollen und Pergamente auf dem Schreibtisch verstreut, zerknittert und zerrissen. Nicht, weil jemand nach etwas gesucht hätte, dachte Antryg, während er einzelne Blätter aufhob und betrachtete. Sie waren einem Tobsuchtsanfall zum Opfer gefallen.

In seinen Phasen geistiger Umnachtung im Turm des Schweigens hatte er ähnliche Verwüstungen angerichtet.

»Meister ...«

Antryg blickte über das geschnitzte Geländer des Hängebodens. Zake Goldhand stand in der offenen Tür, seine Kutte war fleckig vom Regen.

»Er ist oben.« Antryg eilte die enge Spirale eichener Stufen hinunter, während der Junge hereinkam und sich verständnislos in dem Durcheinander umschaute. Sein Blick drückte Schreck und Sorge aus, aber kaum Überraschung; er benahm sich wie jemand, der endlich den Mut aufbringt, eine Tür zu öffnen, hinter der es nach Tod und Verderben riecht. »Wann hast du ihn das letzte Mal gesehen?«

»Gestern.« Goldhand schüttelte den Kopf, das lange Haar klebte naß an seinen Wangen. »Er schwor hoch und heilig, es ginge ihm gut, nur hätten sich alle gegen ihn verschworen, und wenn ich mit jemandem rede, dann wäre er seines Lebens nicht mehr sicher. Er sah schrecklich aus; ich wollte, daß er zu Issay oder Min oder einem der anderen Heiler geht. Dann, als ich ihm gestern abend etwas zu essen brachte, war die Tür verschlossen und verriegelt. Ich wußte nicht, was ich tun sollte.«

»Er hat den Verstand verloren.«

Goldhand wandte das Gesicht ab und biß sich auf die Lippen. Er hatte es wahrscheinlich längst geahnt, aber nicht wahrhaben wollen. »Das Tor?« fragte der Junge nach einem tiefen Atemzug.

»Mag sein. Ich fand ihn im Badehaus ...«

»Er schwor, es ging ihm gut«, wiederholte der Adept. »Ich bin alle paar Stunden hergekommen, um nach ihm zu sehen, um ihn zu überreden, daß er sich hinlegt oder etwas ißt. Wenn ich auch diesmal die Tür verschlossen gefunden hätte, hätte ich Hilfe geholt, auch gegen seinen Willen.«

»Bleib jetzt bei ihm«, sagte Antryg freundlich. »Ich schicke Issay her.«

Er legte die Hand auf die Klinke der Tür zum Keller. »Er hat Schmerzen und ist nicht Herr seiner selbst – er könnte Blitze oder Feuer gegen dich schleudern, also sei vorsichtig.«

Goldhand nickte. Antryg konnte an seiner Miene ablesen, wie er in Gedanken die entsprechenden Verteidigungsalternativen durchging. Er war vielleicht noch ein unerfahrener Adept und seine theoretischen Kenntnisse gering, doch Antryg spürte sein magisches Potential und hatte wenig Sorge, daß ihm etwas zustoßen könnte.

»Er sprach davon, das Wandernde Tor hier gesehen zu haben, in diesen Räumen, was eine Halluzination gewesen sein mag – oder auch nicht. Übrigens, weißt du zufällig, ob Mick und Cylin aus den Kavernen zurückgekommen sind?«

»Aber ja, vor Stunden.« Goldhand blieb auf halber Treppe stehen. »Rechtzeitig zum Essen jedenfalls.«

»Die Glücklichen.« Antryg seufzte und ging.

Auf dem Weg durch Mansarden und Keller über obskure kleine Stiegen und Brücken gelangte er zum Maulwurfshügel auf der westlichen Flanke des Kulms, Issay Bel-Caires Wohnstatt.

Der Heiler war noch wach und damit beschäftigt, Formeln über einen Ptisane zur Stärkung der Lebenskraft zu sprechen; der ganze Fußboden des einzigen Zimmers im Maulwurfshügel war ein Labyrinth aus Kreisen der Macht, Kreidespiralen und Siegeln aus Licht und Silber. Der kleine Physikus saß im Schneidersitz, die langen grauen Haarsträhnen im Nacken geflochten.

Nach einem kurzen Gespräch, in dem Issay ihn vor den Patrouillen warnte und seinerseits wissen wollte, was es mit den ungewöhnlichen Energien auf sich hatte, die raunend durch jeden Stein der Zitadelle strömten, schickte Antryg ihn zum Pavillon, um nach Otaro zu sehen. Während die schmale Gestalt des Heilers in der regnerischen Dunkelheit verschwand, lehnte Antryg sich für einen Moment an den Türrahmen und dachte darüber nach, wie er es anstellen sollte, genügend Freiwillige für eine kurzfristige, gründliche Rekognoszierung zusammenzutrommeln, ohne daß Daurannon oder Silvorglim davon Wind bekamen.

Es mußte bald passieren und schnell durchgeführt werden – in Anbetracht der rapiden Energiemaximierung durfte das Stabilisierungsfeld höchstens noch zwölf Stunden bestehen bleiben.

Aber Bentick schien entschlossen zu sein, nichts zu unternehmen, solange die Hexenjäger in der Zitadelle waren. Diese Tatsache verursachte Antryg Kopfzerbrechen, derweil er im Maulwurfshügel nach Jelgeth suchte, denn Issay hatte sich garantiert für sein abendliches Werk eine Stärkung gebraut. (Im Kollegium runzelte man über diese Praktik die Stirn, aber sie war gang und gäbe.) Was in drei Teufels Namen, fürchtete Bentick – oder Phormion – könnte dabei zutage kommen? Alte Geheimnisse in den Kavernen? Man konnte Daurannon zutrauen, daß er prekäre Entdeckungen vor den Hexenjägern abschirmte, wie er sie auch gegen Antrygs Zugriff abgeschirmt hätte.

Andererseits, grübelte er und bemühte sich, auf der knarrenden Holztreppe zwischen dem Unterkeller der Insel der Schmetterlinge und der Dachkammer der Wäscherei möglichst leise aufzutreten, wenn Bentick oder Phormion hinter der ganzen Sache steckten, warum spielten sie nicht ihre Trumpfkarte Joanna aus? Weshalb versuchen, ihn zu ermorden? Er hatte Min von zwei Anschlägen auf sein Leben erzählt – einmal im Keller der Burg und wieder bei der Kapelle des Grünen Königs –, aber der zweite Versuch konnte ebensogut Rosamund gegolten haben, mit ihm als Köder.

Als er sich durch eine Klapptür in die Wäscherei schwang und an einem Trockengestell nach unten kletterte, warf er einen Blick auf die drei mit schweren Läden gesicherten Fenster. Sollte er den Versuch wagen und einen Abstecher zum Porzellanhaus machen, um Rosamund zu warnen? Oder durch den Kräutergarten schleichen, um Tante Min zu wekken?

Und was, fragte er sich, als er eine eiserne Spindeltreppe zum Heizraum zwischen der Wäscherei und den Bädern hinunterstieg, hatte das alles mit dem Wandernden Tor zu tun?

Außer, natürlich, jemand war durchgedreht.

Nachdem er soeben mit einem durchgedrehten Zauberer

zu tun gehabt hatte, fror ihn bei der Vorstellung, was einem hilflosen Gefangenen in so einer Situation zustoßen konnte.

In der stillen Wärme des Heizraums erreichte ihn das Geräusch halblauter Stimmen aus dem Badesaal, Scharren von Füßen, das Knarren von Schwertgurten und das leise Klirren von Waffen.

»Das ist unverschämt!« hörte er Nandiharrow schnauben.

»Schweigt!« erwiderte Silvorglim, und Antryg stahl sich zu dem Durchgang, der den Heizraum von dem langen Badesaal trennte. »Ich habe Beweise, daß das Kollegium einem verurteilten Zauberer Unterschlupf gewährt, einem Renegaten, vom Kollegium ausgestoßen und der staatlichen Jurisdiktion überliefert.«

»*Kein* Magier des Kollegiums wird *jemals* der staatlichen Jurisdiktion überliefert«, protestierte der neunfingrige Uhrmacher hitzig, aber Daurannon, der ruhig neben dem Hexenjäger stand, während die rotgekleideten Hasu und ein Dutzend Kirchensasenna die Stiegenleiter im Vorratsraum hinaufpolterten, schwieg sich aus; auf seinem Chorknabengesicht lag ein entrückter, versonnener Ausdruck. Eine kleine Gruppe aus Meistern und Adepten – um diese Stunde noch wach und gekommen, um nach dem Grund für die Unruhe zu forschen – stand um Nandiharrow geschart: im blakenden Fackelschein erkannte Antryg Whitwell Simm, Q'iin und ihre Schülerin Gilda, Seldes Katne, Kyra die Rote und Bentick, den Majordomus.

»In Anbetracht der Tatsache, daß das Kollegium uns vor vier Monaten bezüglich seines Schicksals belogen hat ...«

»Es war keine Lüge!« fuhr Bentick auf. »Wir selbst sind getäuscht worden.«

Stiefel dröhnten auf dem Dielenboden über ihren Köpfen. Wegen des Regenrauschens war Antryg nicht ganz sicher, doch er glaubte in der Arkade den Marschtritt von einem weiteren Trupp Sasenna hören zu können. Hatte man ihn verraten oder war ihm unbemerkt jemand gefolgt, als er die Küche verließ? Jeder hätte sich Pothatch an die Fersen heften können, als er vorhin zu Q'iin hinaufgestiegen war.

»Niemand hier oben, Mylord ...«

»Genug davon!« Silvorglims blaßbraune Augen hatten einen verstörten Glanz; Antryg konnte sehen, wie er vor unterdrückter Erregung zitterte. »Von dem Augenblick an, da wird die Tore dieser Festung des Bösen durchschritten habe, ist uns nichts anderes begegnet als Täuschung und Lügen. Hauptmann, laßt Eure Männer die Zitadelle durchsuchen, von oben bis unten, jeden Gang, jedes Zimmer ...«

»Mit welchem Recht?« brauste Nandiharrow auf.

»Das könnt Ihr nicht tun!« stieß Seldes Katne hervor.

»Ich werde es nicht dulden«, rief Bentick. »Es gibt Bereiche, die nicht gestört werden dürfen.«

»Wenn Ihr wißt, was gut für Euch ist, steigt Ihr nicht in die Kavernen hinunter«, bemerkte Daurannon sachlich.

»Mit anderen Worten: ›geht nur dahin, wohin wir euch lassen‹?« Der Hexenjäger stach mit dem Zeigefinger in seine Richtung. »Was ist es, das ihr verborgen haltet, abgesehen von einem Verbrecher, der seine magischen Kräfte mißbraucht, um Unschuldige zu ermorden? Ein frevelhaftes Komplott, um Verstand und Seele eines jeden Mannes zu verführen, der ...«

Antryg hastete zur Treppe, um sich in Sicherheit zu bringen. Er hatte sie fast erreicht, als ein kaum wahrnehmbares Wehen von Stoff ihn veranlaßte, einen Blick über die Schulter zu werfen – Bentick war durch den Vorhang geschlüpft und eilte mit geschürzter Robe im Sturmschritt ebenfalls auf die Treppe zu. Er sah Antryg und blieb verdutzt stehen. Antryg hob den Zeigefinger an die Lippen, als stumme Bitte, ihn nicht zu verraten, aber seine Glückssträhne war vorüber – Daurannon tauchte ebenfalls im Türbogen auf.

»Da ist er!« rief er, und Antryg rannte auf die Treppe zu wie ein aufgestörtes Wild. »Schneidet ihm den Weg ab!«

Mit einem heftigen Ruck riß Antryg die winzige Falltür unter der Treppe auf und hangelte sich in das von Kletterpflanzen berankte Gerüst aus Pfählen und Querstreben hinunter, auf dem dieser Teil des Badehauses ruhte. Kaum hatte er die Klappe hinter sich geschlossen, erzitterte der Bretterboden unter dem Getrampel seiner Verfolger, die die Stufen hinaufdrängten. Gewandt schwang er sich in die Gabelung der Stützbalken und ließ sich von dort ungefähr zwei Meter tief in das Gestrüpp fallen. Das Badehaus ragte über die in dieser Stelle fast senkrecht abfallende Bergflanke hinaus. Der Boden war steil, die Nacht stockfinster, und Nieselregen durchnäßte Antrygs langes Haar und die Schultern seines Rocks, als er sich an der Mauer des Magazins entlangtastete. Sein Ziel waren die großen Fenster der Küche.

Während er das große, düstere Gewölbe durchquerte, überlegte er, wohin genau Bentick wohl unterwegs gewesen war, als er sich verdrücken wollte. Zu Phormion, um ihr Bericht zu erstatten? Schritte dröhnten im Refektorium – Antryg verschob alles andere auf später, hetzte durch die Speisekammer, die schmale Treppe zu den Vorratsräumen hinunter und ...

Und blieb stehen wie gegen eine Wand gelaufen, eine Wand aus Schmerzen und Angst.

Er *wußte*, die Angst war nur eine Folge von Benticks Sperrzaubern, die schimmernden Runen säumten akkurat wie eine Schönschreibübung Pfosten und Sturz der kleinen Tür, die zum Unterkeller führte – Runen, die Qual und Grauen erzeugten, Runen zum Schutz und zur Wehr. Runen, an denen nicht vorbeizukommen war. Schweißperlen standen Antryg auf der Stirn, er ballte die Fäuste. »Das ist alles nur in deinem Kopf, dir kann nichts passieren ...«

Doch er brachte es nicht fertig, auch nur die Hand durch die Öffnung zu strecken. Ihn hielt eine Angst gepackt, die sich wie schleichende Glut zu seinem Herzen fraß. Ein simpler Konterzauber hätte diese Angst hinweggefegt, aber seine Kräfte wurden von dem Geis gelähmt, und es nützte gar nichts, sich einzureden, der Schmerz wäre nur Illusion und in den Händen der Hexenjäger erwartete ihn ein tausendmal schlimmeres Schicksal.

Er konnte sich nicht überwinden, ebensowenig wie er sich hätte überwinden können, nach dem Blatt einer laufenden Kreissäge zu greifen.

Männerstimmen auf der Treppe, bestimmt waren die Hasu dabei. Mit vier Schritten war er bei der Tür des seit langem unbenutzten Schachts, durch den man früher Baumaterial heraufgehievt hatte. Die Tür davor sah alt und morsch aus, war jedoch immer noch stabil und öffnete sich ins Zimmer. Sie war nie verschlossen, aber wenn er sie hinter sich zumachte, konnte er die Finger unter den Kreuzbeschlag schieben und so gleichzeitig die Tür zuhalten und verhindern, daß er den steilen Schacht hinunterrutschte.

Die Hitzeausstrahlung der Energieströme im Fels war erstickend in dieser Enge. Mit geschlossenen Augen lauschte er in der Dunkelheit auf die leisen, raschen Schritte im Vorratsraum, die knappen Meldungen. Einmal wurde an der Tür gerüttelt, aber man nahm wohl an, sie sei abgeschlossen, und kam nicht auf die Idee, sie könnte von ihnen zugehalten werden. Er hörte einen der Hasu sagen: »Niemand hat diese Runen passiert« und gleich darauf entfernten sich die Schritte.

Der Brunnenschacht im Maultierstall, dachte Antryg. Er reichte noch tiefer in das Herz des Kulms als der Gang in dem Vorratsraum, und niemand hatte es für nötig gehalten, dort ein Siegel anzubringen. Er mußte vor den Hexenjägern den Saal der Gläsernen Säule erreichen, um sie irgendwie von den Apparaten des Toten Gottes fernzuhalten. Bei dem labilen Gleichgewicht zwischen den magischen Kreisen in der Nordhalle und dem elektronischen Polarisationsfeld in den Kavernen überlief es Antryg eiskalt, wenn er sich die Folgen ausmalte, falls die eine oder die andere Seite der Gleichung außer Funktion gesetzt wurde. Auf dem Weg durch das verlassene Refektorium und hinaus in die Dunkelheit unter der Kolonnade des Nordflügels überdachte er seine Optionen.

Er hatte immer die Möglichkeit, auf ihr Kommen zu lauschen oder auf dem Multiscanner des Toten Gottes nach ihnen Ausschau zu halten, und wenn sie zu nahe kamen, konnte er sich ihnen zeigen, um sie hinter sich her in das Labyrinth zu locken, in dem er sich viel besser auskannte als sie. Die Knochen taten ihm weh bei der Aussicht auf ein weiteres Katz- und Mausspiel in den Kavernen, aber was half's. Früher oder später mußte auch einer seiner Sympathisanten auf die Idee kommen, daß er dort unten Zuflucht gesucht hatte, und ihm zur Hilfe eilen.

Dann aber machte er eine Entdeckung, die all seine Sorgen zur absoluten Belanglosigkeit degradierte.

Der Regen trommelte auf das Ziegeldach der Arkaden, ließ aus den Pfützen silbrige Fontänen aufspritzen und ergoß sich als glitzernder Vorhang aus den Traufen des Säulengangs. Unter dem Dach war der Boden natürlich trocken, um so auffälliger eine einzelne Fußspur, die vom Hof zur offenstehenden Tür der Nordhalle führte.

Von bösen Ahnungen erfüllt, folgte Antryg den feuchten Abdrücken weicher Schuhe ins Vestibül. Im ruhigen, gelben Schein der Lampe hoch oben an der Wand sah er zwei Wachposten in der schwarzen Tracht der Sasenna des Kollegiums auf den Bänken an beiden Längsseiten des Vorraums sitzen, ein dritter lag auf dem Boden. Ihre Gesichter waren im Schlaf entspannt. Die Spuren führten zwischen ihnen hindurch zu der geschlossenen, eisenbeschlagenen Flügeltür zum Saal.

Mit einem Gefühl, als würde sein Herz zu Eis, stürzte Antryg darauf zu und rüttelte an der geschmiedeten Klinke. Der Widerstand innen vorgeschobener Riegel verhöhnte ihn. Er preßte ein Ohr an die fast zehn Zentimeter dicken Eichenbohlen und hörte mit den überscharfen Sinnen des Magiers das unverkennbare insektenbeinige Kratzen eines Reisigbesens und eine zischelnde Stimme, die Runen der Auflösung und des Zerfalls flüsterte.

»NEIN!« Er spürte die Schmerzen in seinen geschundenen Händen nicht, als er mit geballten Fäusten gegen die Tür schlug. »Verdammt, tu's nicht! Tu das nicht ...«

Er trat mit dem Fuß gegen das Holz, griff mit den Gedanken zu, um den Riegel beiseitezuschieben, und fühlte selbst den simpelsten aller Zauber unter der schwarzen Kälte des Geis' verdorren. »Hör auf ...«

Noch während ihm seine eigene Stimme in den Ohren gellte, vernahm er hinter sich das Klirren von Wehrgehenken und Schwertern, das Quietschen feuchter Stiefelsohlen auf dem Fliesenboden. Er stürzte sich auf das fallengelassene Schwert eines der schlafenden Wächter, aber zu spät. Hände umklammerten seine Arme, rissen ihn zurück, zwangen ihn auf die Knie.

»Brecht die Tür auf!« befahl er und in solchem Ton, daß drei der Männer Anstalten machten zu gehorchen, bevor Silverglim sie zurückhielt.

»Haltet ihn fest, ihr Holzköpfe! Du wirst uns nicht zum Narren machen mit deinen Gauklertricks.«

»Verflucht, brecht die Tür auf!« wiederholte Antryg verzweifelt. »Die Zauber in dem Raum sind das einzige Bollwerk gegen das Chaos, das uns bedroht.«

»Hört nicht auf ihn!« fauchte der Hexenjäger. Er schritt durch das Portal, Regentropfen glitzerten in seinem rötlichen Haar.

Antryg sträubte sich verbissen gegen die Fäuste, die ihn niederdrückten, und versuchte, sich hochzustemmen; einer der Männer drehte ihm den Arm auf den Rücken, und der Schmerz lähmte ihn. »Bitte«, flehte er. »Geht hinein und verhindert, daß es eine Katastrophe gibt.«

»Dies ist also die Brutstätte des Bösen?« Silvorglims blickte zu der verschlossenen Tür. »Das Herz der geheimen Verschwörung des Kollegiums ...«

»Nein ... Ja ...« Jemand krallte die Finger in sein langes Haar und riß ihm den Kopf nach hinten, er fühlte die rasiermesserscharfe Schneide einer Schwertklinge an der gespannten Haut seiner Kehle. »Es ist keine Verschwörung, aber falls man die Person dort drinnen gewähren läßt, besteht die Gefahr, daß die gesamte Zitadelle zerstört wird!«

Der Hexenjäger runzelte die Stirn und drehte sich zu ihm herum. »Ist das so?« flüsterte er vor sich hin und fügte lauter hinzu: »Ein geringer Preis, wenn es stimmt, was du sagst.« Sein Blick wanderte von Antryg zu dem Gesicht des Mannes mit dem Schwert. Mit einem knappen Kopfnicken gab er ihm ein Zeichen.

Antryg spürte, wie die Muskeln des Sasenna sich spannten, spürte den ersten haarfeinen Schmerz und schrie: »Nein ...!« Mehr aus Wut über ihre Dummheit als aus Angst vor dem Sterben.

Was dann geschah, war unmöglich zu beschreiben. Nicht ein Laut, nicht ein Luftzug, kein Wandel in Licht und Dunkelheit, nur die Flammen der Fackeln in den Händen der Sasenna und der kleinen Lampe an der Wand schienen sich einen Augenblick lang zu ducken.

Eine Veränderung im Luftdruck ließ die Außentür zuschlagen. Aber diese Trivialität ging unter in dem Dröhnen, das kein Donner war, der lautlosen Schallwelle wie von einer gewaltigen Explosion, die im Bewußtsein eines jeden einzelnen widerhallte.

Der Sasenna hinter Antryg ließ sein Schwert fallen und hob die Hände, um seine Ohren zu bedecken. Antryg sank im Griff der beiden anderen in sich zusammen, er fühlte nicht einmal den Faden Blut aus der kaum geritzten Ader heiß über seinen Hals rinnen.

Nicht einmal ein Atemzug unterbrach die furchtbare, nicht enden wollende tönende Stille, als jeder im Raum, bis auf einen, sich fragte, was geschehen war.

Der Geruch nach Regen, nach Erde und nassem Gras, den man durch die geschlossene Tür wahrgenommen hatte – verschwunden.

Das Trommeln auf dem Dach – verstummt.

Silvorglims Stimme, dünn und unheilverkündend ruhig, brach den Bann. »Was hast du getan, Elender?«

Antryg hockte auf den Knien zwischen seinen Häschern, deren Griff um seine Arme sich allmählich lockerte, als sie begriffen – so gut sie es begreifen konnten –, daß etwas Ungeheuerliches geschehen war. Er gab keine Antwort und die Fassade eisiger Selbstbeherrschung zerbröckelte. In unvermittelt hervorbrechender hysterischer Wut riß der Hexenjäger das Schwert aus der Scheide, die Spitze bohrte sich in Antrygs Hals. »*Was hast du getan?*«

Antryg befreite sich von den Sasenna und schob die Klinge zur Seite. Langsam stand er auf, wischte sich mit einem Zipfel von Tante Mins Schal das Blut vom Hals und ging zum Portal. Erschüttert, ratlos, streckte Silvorglim die Hand aus, um einen der Türflügel zu öffnen, doch Antryg schüttelte leicht den Kopf. »Laß es sein, Yarak.« Nach einem langen Moment des Zögerns sank die schwielige Hand des Hexenjägers herab.

»Tobin ...« Antryg winkte dem Hasu, der kreidebleich zwischen den Sasenna stand. Der Mann zuckte zusammen, dann trat er vor und legte die Hände an die Tür.

Eine der Wachen war zu dem einzigen, winzigen Fenster des Vestibüls gegangen und drückte das Gesicht an die Scheibe. »Da draußen ist alles dunkel, Mylord«, sagte er und drehte den Kopf erst nach links, dann nach rechts. »Ich kann's nicht beschwören, aber von hier aus müßten die Lichter des Refektoriums zu sehen sein.«

Der Hasu Tobin wich zurück, seine Hände zitterten und sein Gesicht war noch blasser als zuvor, die braunen Altersflecken auf seinem kahlgeschorenen Schädel stachen so deutlich von der Haut ab wie aufgemalt. Als Antryg prüfend die Türklinke berührte, war das Metall eiskalt.

»Da draußen ist nichts«, flüsterte der Hasu. Er starrte den Magier mit seinen Glasperlenketten und der spiegelnden Nickelbrille an. »Nichts ...«

»Nein.« Antryg drehte sich zu den anderen herum: zu Silvorglim, das blanke Schwert vergessen in der Faust; dem Kirchennigromanten, der am ganzen Körper zitterte wie Espenlaub; den Kirchensasenna in ihren knielangen schwarzen Röcken und den drei aus dem magischen Schlaf erwachten Sasenna des Kollegiums. Alle drängten sich brüderlich zusammen, wie zum Schutz vor einer schrecklichen, gestaltlosen Bedrohung.

In sachlichem Ton erklärte er: »Jeder Angehörige des Kollegiums kann dir sagen, Yarak, daß ich unter dem Geis unfähig bin, Magie zu praktizieren. Übrigens werde ich den erlauchten Mitgliedern des Inneren Zirkels vorschlagen – falls wir sie finden können –, daß man mich von diesem Handicap befreit, denn so auf Anhieb will mir scheinen, daß wir alle bis zum Hals in beachtlichen Schwierigkeiten stekken.«

Der Kirchennigromant fragte tonlos: »Was ist geschehen?«

»Nun«, erläuterte Antryg ruhig, »wer immer es war, der

die magischen Kreise des Tetragons im Nebenraum ausgelöscht hat, der Betreffende zerstörte einen Stützpfeiler einer ziemlich komplizierten Konstruktion zur Erzeugung eines Stabilisierungsfeldes. Ich habe euch gebeten, die Tür aufzubrechen, wenn man geruht sich zu erinnern.« Er rieb sich den Hals und betrachtete eine Weile den Blutfleck an seinen Fingern, bevor er den Kopf hob und sie alle der Reihe nach ansah.

»Ich fürchte sehr, daß infolgedessen die Zitadelle in den Abyssus geschleudert worden ist.«

Es wird erzählt, Clovis II., Großvater des jetzigen Kaisers, habe in jungen Jahren einem skandalösen Lebenswandel gehuldigt. Als er sich später mit Nerri d'Arrantsan vermählte, der Tochter des Königs von Trusand, kam es während der Hochzeitsfeierlichkeiten zu einem peinlichen Eklat. In toller Fahrt und mit fliegendem Haar lenkte eine berüchtigte, blutjunge Tänzerin aus dem Hafenviertel, mit der er liiert gewesen war, ihren offenen Einspänner zu dem großen Springbrunnen vor der Freitreppe des Palastes, und vor den Augen der illustren Gästeschar – eingeschlossen der Vater der Braut – warf sie der Reihe nach Clovis' sämtliche Röcke, Hemden und Beinkleider, die er in ihrer Wohnung aufbewahrt hatte, in den Brunnen hinein.

VYRLAINE
Imperiale Chroniken

19. KAPITEL

»Magus!«

»Joanna!«

»Was war das?«

In tintenschwarzer Dunkelheit tastete Hand nach Hand.

»Es hat sich etwas verändert«, sagte Joanna nach einer Weile. »Die Luft bewegt sich, fühlst du's?« Nach der absoluten Stasis empfand sie selbst den schwachen Luftzug wie das Einstürzen von Gefängnismauern. Auch die Stille war anders, auf eine kaum wahrnehmbare Art hatte sie plötzlich Dimension bekommen, ein Echo.

»Komm, wir gehen weiter!«

Sie sprang auf, dann schaute sie sich ungeduldig um, als ihr Gefährte keine Anstalten machte, ihr zu folgen. Kurzentschlossen zog sie ihn auf die Füße und energisch hinter sich her, in die Richtung dieser hoffnungsvollen, lockenden Brise. »Was ist denn los mit dir?«

»Hast du keine Angst vor – vor dem, was da sein könnte?« Selbst seine Stimme klang anders unter den neuen Bedingungen.

»Willst du hierbleiben und der armen Irina Gesellschaft leisten?« Die Frische der Luft wirkte berauschend; Joanna war sich überdeutlich der Plüschigkeit des Samtärmels unter ihrer Hand bewußt und der feinen Struktur des Atlasstoffes am Aufschlag. Der weiche Baumwollstoff des Pyjamas auf ihrer Haut schien neu zu sein, *neu geschaffen*, wie auch die kühle Glätte des Bodens unter ihren Füßen, das Streicheln ihrer halblangen blonden Locken an den Wangen. Sogar die Moleküle der Luft waren von einer prickelnden Lebendigkeit, ›wie Chamapgner‹, hatte ihre Mutter zu sagen gepflegt. Merkwürdig, nach so vielen Jahren, in denen sie genervt die Augen verdreht hatte, festzustellen, daß der Vergleich durchaus treffend war. Es fiel ihr schwer, nicht einfach loszulaufen, die Arme zu schwenken und laut zu rufen.

Halb trunken vor Hoffnung, stürzten im nächsten Augenblick tausend Ängst auf sie ein. *Wie lange? Zehn Jahre? Hundert Jahre? Bitte, Gott, nicht hundert Jahre. Gib, daß nicht alles fremd geworden ist. Gib, daß ich nicht wieder alleine bin.*

Ein kalter Schauer lief ihr über den Rücken, und einen Moment fragte sie sich, ob der Magister Magus nicht vielleicht recht hatte. Wer weiß, was sie erwartete, und so übel war es hier gar nicht, wenn man sich erst daran gewöhnt hatte, und vorausgesetzt, man hielt sich fern von den Dämonen.

Weit weg sah sie ein Licht.

Winzig und verschwommen, ockerfarben und wabernd wie Feuer- oder Fackelschein, aber nach der langen Dunkelheit so hell, daß ihre Augen schmerzten. Sie umklammerte die Hand des Magus' fester und setzte sich in Trab, die schwere Tasche schlug bei jedem Schritt gegen ihre Oberschenkel. Erst als sie in den Raum am Ende des langen Tunnels stolperte, wagte sie sich umzusehen, in das bleiche, schmale Gesicht ihres Leidensgefährten.

Dann schaute sie sich den Ort an, zu dem das Licht sie geführt hatte.

Der Raum war nicht größer als das kombinierte Eß-/Arbeitszimmer in ihrer Wohnung. Regale an den Wänden, angefüllt mit ordentlichen Bücherreihen; auf einem weißgescheuerten Tisch ein Sortiment tönerner Kräutertöpfchen, daneben ein paar Gartengeräte. Ein Handarbeitskorb aus Weidengeflecht, vollgestopft mit kunterbunten Wollknäueln, stand auf dem Fußschemel vor einem schlichten Stuhl, und in einer Ecke befand sich ein gedrungener Webrahmen wie ein bizarrer hölzerner Roboter, daneben stand ein Spinnrad.

Auf einem kleinen Regal über dem Tisch entdeckte sie ein Paar puppenhafter Tanzschühchen aus rosafarbenem Satin, ausgefranst und staubbedeckt. Kohlen glosten auf einem gemauerten Herd, nicht viel größer als ein normales Waschbecken. Eine rote Teekanne, eine weiße Tasse.

Hinter dem Fenster Dunkelheit, so absolut wie in den Gängen ihres Gefängnisses. Um sie herum die vertraute tiefe Stille, hier aber wenigstens in Schranken gehalten vom leisen Zischeln der Glut.

»Ein Magier«, flüsterte der Magus hinter ihr. Er hatte das Buch aufgehoben, das zwischen den Topfpflanzen auf dem Tisch lag, und blätterte die steifen, vergilbten Seiten um. »Und in meiner eigenen Welt. Dies ist in Hoch-Trebin geschrieben.«

Die Stille war schrecklich, eine Totenstille. Joanna ging auf Zehenspitzen zur Tür, um die schwere weiße Portiere zur Seite zu schieben. Das Zimmer dahinter war noch kleiner, auch dort Bücherregale vom Boden bis zur Decke. In einem Alkoven ein Bett, halb verborgen hinter weißen Vorhängen. Katzen wanderten ruhelos umher, die größte rieb den flachen grauen Kopf an Joannas Wade und maunzte verhalten, als hätte auch sie Angst, das lastende Schweigen zu durchbrechen.

Rötlicher Feuerschein zeigte ihr das Gesicht der Frau in dem Bett, rosig und verhutzelt, unvorstellbar alt in dem spinnwebfeinen Fächer weißer Haare auf dem Kissen.

»Es ist Tante Min.« Sie sprach mit gedämpfter Stimme, um die betagte Erzmagierin nicht zu wecken, obwohl sie wegen der Reglosigkeit der an einen runzligen Winterapfel erinnernden Züge fast befürchtete, daß die alte Dame über ein Erwachen hinaus war. Eine tiefe Traurigkeit ergriff von ihr Besitz, weil Minhyrdin die Schöne so müde aussah, so abgeschieden von der Welt ihrer jungen Jahre, eine Zeitreisende in ihrem eigenen Körper, jenseits von allem, was sie als Mädchen gekannt hatte.

»Gut«, sagte der Magus, und bei dem forschen Ton seiner Stimme drehte Joanna sich erstaunt herum. »Nun«, er breitete die Hände aus, »wenn sie noch lebt, können wir nicht sehr lange gefangen gewesen sein. Sie *lebt* doch noch?«

Joanna bückte sich, um die von Arthritis verkrümmte Hand zu berühren, aber dann wagte sie es nicht. »Ich glaube schon.« Eine Katze sprang auf das Bett und knetete mit sanften Pfoten das Bein der alten Frau. Durch das kleine Fenster an einer Seite des Alkovens – durch sämtliche Fenster der Kammer – war nur Schwärze zu sehen, undurchdringlich und mysteriös. »Da draußen ist nichts«, meinte sie verzagt, »oder?«

Der Magus war an ein größeres Fenster getreten und bemühte sich, die Dunkelheit zu durchdringen. »Nein«, antwortete er leise. »Nichts ...« Er drehte sich zu ihr herum, ein Muskel an seiner Wange zuckte. »Dann ist dies also auch kein Weg hinaus.«

»Es bedeutet nur, daß der Luftzug nicht von hier gekommen sein kann«, argumentierte Joanna. »Als wir das Licht entdeckten, sind wir darauf zugelaufen – wir brauchen nichts weiter tun, als zu der Stelle zurückzukehren und von da aus weiterzugehen.« Sie wandte sich um. Durch die halb zur Seite geschobene Portiere konnte sie in den anderen Raum sehen und darin den schmalen, senkrechten Streifen Dunkelheit, der einen Schritt vor der gegenüberliegenden Wand zu schweben schien: ein Nadelöhr zur Hölle, ein Türspalt in den Limbus, aus dem sie eben erst entkommen waren. Resolut ging sie in das größere Zimmer zurück und suchte die zwei dicksten Wollknäuel aus dem Handarbeitskorb, knotete das Ende von einem an das Tischbein, das zweite Knäuel verstaute sie in ihrer Tasche.

»Komm schon«, sagte sie drängend, als sie den Magus zögern sah, hin- und hergerissen zwischen der sicheren Gefangenschaft in dieser heimeligen Sackgasse und der möglichen Freiheit. »Es muß einen anderen Weg nach draußen geben, und wir finden ihn.«

Der größte Teil der Nigromanten war bereits im Refektorium versammelt, als Antryg, Silvorglim und dessen Sasenna eintrafen. Man hatte Antryg die Hände auf den Rücken gefesselt und nicht darauf verzichtet, die Ketten mit Zauberschnur zu durchflechten, trotz Antrygs wiederholten Versicherungen, unter dem Geis sei es ihm unmöglich, von seinen magischen Kräften Gebrauch zu machen. »Und ich habe auch ganz gewiß nicht die Absicht zu fliehen«, fügte er hinzu und schritt weit aus, so daß der kleinere Mann fast laufen mußte, um nicht zurückzubleiben. »Hier geht's nach links und eine Treppe hinunter in den Hauptkeller des Polygons. Wohin auch, frage ich dich?«

»Dafür habe ich keine Garantie.« Silvorglim knirschte mit den Zähnen, seine lohgelben Augen glitzerten gefährlich im Fackelschein. »Ich bin auch nicht gewillt zu glauben, was du behauptest nicht tun zu können oder nicht tun zu wollen, falls sich die Gelegenheit bietet.« Nur mit größter Mühe hatte Antryg Silvorglim davon abbringen können, ihm doch noch den Garaus zu machen, weil der Hexenjäger ganz richtig annahm, wenn er mit seinem Gefangenen wieder zu den anderen Magiern stieß, werde man ihn nicht gewähren lassen.

Doch er war auf Widerspruch gestoßen, nicht nur von Seiten der drei Sasenna des Kollegiums, sondern – unerwartet – auch bei seinen eigenen Männern. »Er kennt die Zitadelle wie den Rücken seiner Hand, Euer Gnaden«, hatte ihr Hauptmann zu bedenken gegeben, mit einem unbehaglichen Blick auf das Portal, als könnte er durch das Holz die unheilvolle, lauernde Dunkelheit dahinter sehen. »Und er weiß vielleicht, was geschehen ist. Außerdem«, hatte er hinzugefügt und mit dem Kinn auf den hochgewachsenen

Magier gezeigt, der immer noch in dem Dornenkreis gezückter Schwerter stand, »können wir ihn später immer noch töten.«

»Das eben bezweifle ich«, erwiderte Silvorglim verdrossen. »Wenn wir ihn jetzt schonen, ist die Gelegenheit vertan. Diese Zauberbrut steckt unter einer Decke, und dieser da ist der schlimmste von allen. Ich kenne ihn.«

»Larifari!« Antryg hatte ihn strafend angesehen. »Wir sind uns genau zweimal begegnet, und ich wette, du kannst mir keinen Maitre d'etiquette bringen, der sagt, daß die Fußsohlen eines Mannes mit rotglühenden Eisen zu traktieren mehr bedingt als eine flüchtige Bekanntschaft.«

Silvorglim hatte die Bemerkung ignoriert, mußte sich aber schließlich geschlagen geben. Auf Antrygs erneute Bitte öffnete der Kirchennigromant die innere Flügeltür, aber natürlich war mittlerweile der Vogel längst ausgeflogen. Die kleine Pforte an der hinteren Wand stand offen, von dort hatte man Zugang zu Kellern, Verbindungsstollen und Treppen, die überallhin führen konnten. Die Kreise der Macht, die verschlungene Galaxie aus Kreidelinien und -spiralen, die Tante Min mit ihrer Magie erfüllt hatte, waren ausgelöscht, bis auf ein paar verwischte, undeutbare Fragmente.

Bei jedem Schritt entlang der Schleichpfade zum Polygon konnte Antryg die versprengten Energien des Polarisationsfeldes spüren, flackernde Kometenschweife in den Mauern, an anderen Stellen als Wetterleuchten in den fast greifbaren Schatten. Die akkumulierten Kräfte, befreit von der aufoktroyierten Gleichrichtung, waren längst nicht verbraucht. Als Tsunami hatten sie die Zitadelle in den Abyssus geschleudert, und dessen Einfluß wirkte immer noch auf die strudelnden Trümmer des magischen Feldes. Selbst die Sasenna ohne Geburtsrecht fühlten es, und während Antryg sie durch Rumpelkammern, Heizungsräume, treppauf und treppab lotste, schauten sie immer wieder über die Schulter, als ahnten sie im Unterbewußtsein den Spuk, den Antryg mit jeder Faser seines Wesens wahrnahm.

Trotz seiner scheinbaren Ruhe lag ihm die Angst wie ein Klumpen Eis im Magen, wenn er die verästelten, bläulichen

Adern sah, die in manchen Rissen der Wände entlangliefen, und rätselhafte Geräusche hörte, an Orten, wo es keine Geräusche hätte geben dürfen. Er war erleichtert, als sie das prosaische Refektorium mit den geschnitzten Deckenbalken und dem rußgeschwärzten riesigen Kamin erreichten, und zum ersten Mal froh, ausgerechnet Lady Rosamund zu sehen, die auf eine Krücke gestützt herangehumpelt kam. Ihre Augen schossen Blitze.

»Sollte dies dein Werk sein, Antryg Windrose, schwöre ich bei allen Hörnern der Hölle, ich werde ...«

»Du wirst dich mit einem Platz am Ende einer ziemlich langen Schlange begnügen müssen, fürchte ich«, dämpfte Antryg ihren Zorn, »und bis du an die Reihe kommst, wird nicht mehr viel übrig sein, außer traurigen Resten. Jemand hat sich Zugang zur Nordhalle verschafft«, er schaute auf die Gräfin hinunter, die unschlüssig zu sein schien, ob sie seine Exekution anordnen oder ihm eine Backpfeife geben sollte. »Ich wollte es verhindern, aber die Tür war verriegelt. Die Posten waren mit einem simplen ›Gute Nacht‹ in Schlaf versetzt worden – jeder hätte das tun können. Glaubst du übrigens, du könntest ein gutes Wort für mich einlegen, damit man mir die Fesseln abnimmt? Sie sind äußerst unbequem, und schließlich kann ich nirgends hin.«

»Gebt ihn frei«, befahl Lady Rosamund knapp, und als Silvorglim den Mund aufmachte, um zu protestieren, fuhr sie dazwischen: »Auf der Stelle! Todesurteil oder nicht, wir brauchen sein Wissen, seine Dienste, bis diese Krise gemeistert ist.«

»Und wenn er der Mann ist, der die Krise herbeigeführt hat?« Die Physiognomie des Hexenjägers erinnerte an einen Hund, der gleich zubeißen wird. »Wie sollen wir beurteilen, was von seinen Worten Wahrheit ist und was Lüge?«

»*Wir* können es beurteilen«, entgegnete die Fürstin schroff, »weil *wir* etwas mehr von Magie verstehen als unsere von Propaganda verblendeten Feinde. Nun gebt ihn frei.«

»Ich danke dir.« Antryg massierte sich die Handgelenke, der Blick seiner grauen Augen wanderte bereits zu der

Gruppe von Adepten, die unter dem großen Kronleuchter in der Mitte des Speisesaals standen. Die Kerzen auf dem massiven Dreifachring aus Eisen waren nicht angezündet, stattdessen saßen bläuliche Feenlichter auf den kalten Dochten und übergossen die Gesichter der um den Tisch Versammelten mit einer weichen, unwirklichen Helligkeit.

Kyra die Rote war da und Mick und Cylin. Gilda, die Schülerin von Q'iin, der Kräuerfrau, überprüfte eine Art Liste auf einem schmalen Streifen Papier. Seherkristalle funkelten und blitzten in dem blassen Licht. Antryg konnte Cylin sagen hören: » ...Falltür zum Hypokaustum kommst du zur ersten Ebene der Kavernen am hinteren Ende vom Magazin, von dort erreicht man die Küche.«

»Wer ist das?« erkundigte sich Gilda. »Nye?« Und als der hochaufgeschossene Junge nickte, machte sie einen Haken auf ihrer Liste. »Wir haben immer noch nichts von Bentick oder Phormion gehört.«

»Zake Goldhand hat sich gemeldet«, verkündete Mick und hob den Blick von seinem gelben Turmalin. »Er ist im Pavillon, mit Otaro und Issay. Otaro ist krank, sagte er.«

»Otaro, Goldhand, Issay – können sie sich vom Pavillon hierher durchschlagen? Von Implek und seiner Patrouille kam bisher kein Wort – dieser andere Hasu Silvorglims scheint auf der anderen Seite des Kulms festzusitzen, er hat sich verirrt.«

»Na, dazu braucht's nicht eigens eine Krise«, bemerkte Antryg. »Das passiert den Novizen ständig.«

»Brunus, kannst du mich hören?« Kyra hielt ihren blauen Topas in der hohlen Hand. »Brunus, antworte – Brunus, sieh in deinen Kristall«, unterdessen sprach in einem anderen Teil des Zimmers Daurannon mit gedämpfter Stimme zu einer ziemlich großen Runde schwarzgewandeter Meistermagier, die sich zusammengeschart hatten.

»Antryg, warum?« Lady Rosamund wischte sich die Haare aus dem Gesicht – zum ersten Mal in all den Jahren ihrer Bekanntschaft sah er sie unfrisiert. Spinnweben hafteten an dem halb aufgelösten Zopf, an ihren Ärmeln und dem Saum der Kutte – sie mußte durch das Hypokaustum der

Nordhalle gekommen sein, wie er auch. »Weshalb sollte jemand die Kreise zerstören? Lassen wir beiseite, ob diejenigen glaubten, die Störung des Equilibriums würde eine solche Katastrophe zur Folge haben. Ich hätte es selbst nicht geglaubt. Doch welchen Grund könnte jemand haben, das Netz zu zerreißen, das eine prekäre Situation stabilisiert? Weshalb diesen chaotischen Zustand verlängern? Es war offensichtlich ein Magier, der wußte ...«

»Es war eine Panikhandlung«, sagte Antryg leise. »Dieser Jemand wollte um jeden Preis eine Durchsuchung der Zitadelle verhindern. Wir reden später noch darüber, wer es gewesen sein könnte. Momentan ist von größter Wichtigkeit, daß ich die Lage in den Kavernen überprüfe – Silvorglim kann mir so viele von seinen Männern zur Bewachung mitgeben, wie er möchte, je mehr, desto besser. Wir brauchen viele fleißige Hände, um die Apparate des Toten Gottes hierher zu schaffen, falls das Wasser steigt.«

»Der Tote Gott?« Silvorglims hageres Gesicht wurde bleich. »Was sind das für heidnische Lästereien?«

»Selbstverständlich nicht der wirkliche Tote Gott«, stellte Antryg richtig. »Doch bei unserer ersten Begegnung wurde er mir als der Tote Gott präsentiert, und man weiß, der erste Eindruck ist prägend. Sein richtiger Name lautet LTRX2-449-9102-CF60913, und ich hoffe, niemand hier wird wegen seines Aussehens Vorurteile gegen ihn hegen. Seine Apparate sind höchstwahrscheinlich der einzige Grund, weshalb die Zitadelle nicht völlig auseinandergebrochen ist, als das Gleichgewicht zwischen den beiden Polen zerstört wurde, und wenn damit ein Mißgeschick passieren sollte, stecken wir in echten Schwierigkeiten.«

»Jetzt etwa nicht?«

Antryg lächelte. »Nun, das ist eine Frage der Definition. Ich habe jahrelang herumgerätselt, ob ich nun in echten Schwierigkeiten bin oder nicht.«

»Wie wir anderen auch«, murmelte Daurannon, der unauffällig herzugetreten war, eine blasse Seldes Katne sowie einige Sasenna im Schlepptau. »Rosamund, wir brauchen dich im magischen Kreis.«

»Und wenn du glaubst«, mischte Silvorglim sich drohend ein, »ich lasse dich in euren unterirdischen Kaninchenbau entschlüpfen, Mirabilit ...«

»Nein, nein, du bist sogar herzlich eingeladen, mich zu begleiten, und bring ein Dutzend deiner kräftigsten Männer mit. Zusätzlich könnten wir die Hilfe von ein oder zwei Meistermagiern brauchen, falls sie abkömmlich sind. Der Himmel weiß, was da unten los ist.«

»Ich komme mit«, erbot sich die Bibliothekarin.

Antryg zögerte, dann sagte er behutsam: »Kitty, ich danke dir, besonders weil ich weiß, daß du weißt, wie gefährlich es jetzt in den Kavernen ist. Doch ich brauche jemanden mit zumindest Anwartschaft auf den Inneren Zirkel.«

Schwacher Trost – er wußte es noch während er sprach; wußte es, als sie sich mit zusammengepreßten Lippen abwendete und gegen Tränen der Wut und Enttäuschung ankämpfte. Aber die Zeit drängte, und er konnte sich nicht mit jemandem belasten, der den Gefahren, die ihnen möglicherweise begegneten, nichts entgegenzusetzen hatte. Durch die Sohlen seiner Schuhe, im Mark seiner Knochen, in der Luft spürte er das Anbranden des Abyssus' gegen die Mauern der Zitadelle, das Tosen unbezähmbarer Energien im Fels, den Sog fremder Welten. Sämtliche Tore in den Kavernen gingen wahrscheinlich auf und zu wie bei Dienstschluß die Aufzugtüren in einem Bürohochhaus, und wer weiß, was alles hindurchkam, freiwillig oder unfreiwillig.

»Rosie«, er wandte sich der Gräfin zu und legte ihr brüderlich den Arm um die Schultern, »ein Wort unter vier Augen. Entschuldige uns, Freund Yarak«, fügte er hinzu, als Silvorglim versuchte, sich näher heranzuschieben, um verstehen zu können, was gesprochen wurde. »Ich stehe im Begriff, diese Dame um ihre Hand zu bitten, und dazu bedarf es eines Augenblicks der Ungestörtheit.«

»Besteht die Möglichkeit, die geringste Möglichkeit, mich von diesem Geis zu befreien?« fragte er halblaut, als sie im Schatten der breiten Tür standen, durch die man in die Küche gelangte. »Ich – wir alle – werden meine Kräfte brauchen, wenn wir aus dieser Sache ungeschoren herauskommen wollen.«

Sie musterte argwöhnisch sein Gesicht. Selbst der stärkste Heilungszauber vermochte nicht die Folgen einer Schußwunde gänzlich zu beheben und sie hatte sich aus eigener Kraft hergeschleppt. Ihr Gesicht sah aus wie eine aus Elfenbein geschnitzte Maske.

»Ich schwöre bei allem, was mir heilig ist, ich habe diese Situation nicht herbeigeführt, um dich zu zwingen, mich von dem Geis zu entbinden.«

»Ich glaube dir.« Mit einer diskreten Bewegung, die sie als Debütantin gelernt haben mußte, befreite sie sich von seiner Hand auf ihrer Schulter.

»Heiliger Strohsack!« Er starrte sie mit großen Augen an.

»Du brauchst mir kein Theater vorzuspielen, Mirabilit. Zwar könnte man dir zutrauen, daß du eine Katastrophe wie diese als gewaltiges Blendwerk inszenierst, nur um deinen Willen zu bekommen, aber wäre dies eine Illusion, hätten ich und der gesamte Innere Zirkel es gewußt. Ich habe mit dem Kristall jeden Zentimeter der Zitadelle überprüft und versucht, Kontakt mit Novizen, Meistern, Sasenna und Dienern in den entferntesten Winkeln aufzunehmen – ich kenne das Ausmaß der Gefahr, in der wir uns befinden. Einer derart kolossalen Dramaturgie halte ich dich nicht für fähig.«

»Und ich dachte, du traust mir alles zu.«

»Außer einer klaren Antwort.«

»Touché.« Antryg lächelte.

»Dann werde ich dir eine geben. Nein.« Ihre Hand umklammerte den Ebenholzgriff des Stocks, und ihre Stimme klang nicht ganz fest. »Tante Min und ich könnten es aufheben, aber Tante Min – wir wissen nicht, wo sie ist.« Sie schüttelte den Kopf. »Oder wir anderen gemeinsam könnten es tun, aber ich bezweifle, daß Daurannon sich überreden ließe.«

Mit einem Blick deutete sie auf ihren Jugendfeind, der zur Gruppe der Meister zurückgekehrt war – Nandiharrow, Q'iin, Idrix von Thray, Whitwell Simm und Pentilla Riverwych, jeder greifbare Magier mit halbwegs erwähnenswerten Kräften. An den mit Kreide auf den Boden gemalten Zeichen erkannte Antryg, daß sie im Begriff waren, einen Stabilisierungszauber zu konstruieren, um die Grenzen der Zitadelle gegen den Sog des Abyssus' zu stärken. »Und ich weiß, Bentick würde sein Veto einlegen, wenn er hier wäre. Keiner von beiden traut dir über den Weg ...«

»Das beruht auf Gegenseitigkeit, kann ich dir versichern. Ich habe dir von Anfang an gesagt, das Geis wäre eine schlechte Idee.«

»Ich bin nicht zu Späßen aufgelegt, Windrose.« Der Augenblick der Schwäche war vorüber. »Vorläufig spreche ich dich frei von bösem Willen, und ich habe nie Dauranons Gefasel geglaubt, du könntest der Dunkle Magus sein. Doch was deine geistige Gesundheit angeht und deine Verantwortung für die Situation, in der wir uns befinden, mache ich keinerlei Zugeständnisse. Ich weiß nicht, wen man bei den Stabilisierungszaubern entbehren kann. Ich gebe dir Bescheid.«

»Ich werde deine Hände und Füße küssen, sobald die Welt wieder im Lot ist und wir beide Muße haben, die Erfahrung zu genießen«, verprach er. »Bis dahin dürfen wir keine Zeit verlieren. Übrigens, ist Pothatch aufgetaucht?«

»Er ist unterwegs. Offenbar war er mit Tom im alten Trokkenraum, und sie sind abgeschnitten.«

»Eine Falltür führt nach oben zum Dachboden, der an den Unterkeller des Badehauses grenzt, und vom Kesselhaus gelangt er ins Magazin. Wenn er kommt, könnte man ihn eventuell bitten, Teewasser aufzusetzen – ich glaube, wir alle wüßten das zu schätzen. Und Muffins könnte er backen, falls Teig fertig ist. Silvorglim!« Er drehte sich herum, schnippte mit den Fingern und erhob die Stimme, als riefe er nach dem Kammerdiener. »Komm her, mein Guter, bring deine Männer auf Trab und avanti, wenn ich bitten darf. Nicht immer so gemächlich.«

Den zornbebenden Hexenjäger auf den Fersen, gefolgt von einem Dutzend Sasenna beider Couleur und dem alten Whitwell Simm mit seiner langen silbernen Haarmähne, marschierte er durch die Tür zur Küche, durch Speisekammer und Vorratsraum und stieg wieder einmal in den dunklen Schlund der Kavernen hinunter.

Unterhalb der dritten Ebene regierte das Chaos. Fremde Energien sickerten wie Blut an den Wänden des alten Kollektorlabyrinths hinunter und raunten in der Finsternis der Schächte und Treppen. Antrygs Rockschöße und Haare flatterten im Wind fremder Welten, als er an der Spitze seiner kleinen Schar durch Gänge schritt, in denen gräßliche Laute widerhallten. Zweimal nahm er lange Umwege über vergessene Treppen und rostige Sprossenleitern in Kauf, um Stellen zu meiden, wo die Dunkelheit allzu undurchdringlich zu sein schien oder wo sich ihm bei einem Geräusch oder Geruch die Nackenhaare sträubten, ohne daß die Gefahr ihr Gesicht gezeigt hätte.

Der Druck, der Atem des Abyssus' war allgegenwärtig, er spürte ihn, als hätte man ihm die Haut abgezogen und jeder Nerv läge bloß, schutzlos dem Gluthauch der Angst preisgegeben. Salpeter und Moose glänzten schleimig an den Wänden; hier und dort gab es in der Dunkelheit Passagen, wo das Gewebe des Universums dünner zu werden schien und die grauenhafte Schwärze dahinter durch die überdehnte Materie schimmerte; die Luft war erfüllt von seltsamen Gerüchen, Spurenelementen und Gasen, Nebelschwaden, statischem Knistern. Er trug über der Schulter die Schläuche der Sauerstoffmaske, die er versteckt auf der ersten Ebene zurückgelassen hatte. Whitwell Simm am Ende der Gruppe hatte Anweisung, mit Wind- und Läuterungszaubern bei der Hand zu sein, doch Antryg hatte in Joannas Welt genug gelernt, um zu wissen, daß diese Vorkehrungen unter Umständen nicht ausreichten.

Dicht hinter ihm schritt im Schein der Fackeln Silvorglim mit gezücktem Schwert. In seinen Augen loderte der selbstgerechte Haß des religiösen Fanatikers. Plötzlich schrie eine der Kirchensasenna in panischem Entsetzen auf, krümmte sich zusammen und grub sich die Fingernägel ins Gesicht.

Antryg zog ihr die Hände weg und sah, daß die Knochen anfingen, sich zu verformen. Aus der Haut sproß graues Tierhaar hervor. Während die anderen Wachen dastanden wie gelähmt, packte er die Sasenna am Genick und zerrte sie im Laufschritt weiter den Gang entlang, bis sie aufhörte zu schreien und sich keuchend an ihm festklammerte.

»Es war nur ein Nischenfeld, weiter nichts«, erklärte er, als sie stehenblieben und die Frau neben ihm zu Boden sank. »In dem Universum, dessen Enklave wir durchquert haben, wäre diese Frau ein Lycanthropus gewesen, ein Werwolf; so, wie in einigen anderen Enklaven manche von uns ihrer Macht beraubt wären und andere, die hier keine Macht besitzen, plötzlich welche hätten.«

Neben der verstörten Soldatin blickte er von einem Gesicht zum anderen und sah die Angst in den Augen der Sasenna – überwiegend junge Männer und Frauen, doch einige von ihnen, darunter auch die Betroffene, hartgesottene, erfahrene Veteranen, narbenbedeckt wie Kampfhunde. Einer oder zwei betrachteten verstohlen ihre Handrücken. »Weiter nichts«, betonte er. »Mehr ist nicht dran. Es hat nichts zu tun mit unserer Welt oder der Realität.«

»Behauptest du!« Silvorglims Lippen zuckten. »Und ihr – ihr alle«, er blickte zu Whitwell Simm, der schweigend ihre Truppe nach hinten absicherte, »habt uns aus unserer Welt, unserer Wirklichkeit hinausgeführt, nicht wahr? Damit ihr uns so etwas antun könnt und vielleicht noch Schlimmeres.«

Die Sasenna neben Antryg tastete mit beiden Händen über Wangen und Kinn. Das sprießende Fell war verschwunden, Knochen und Zähne hatten ihr früheres Aussehen zurückgewonnen, obwohl Antryg vermutete, daß die Frau noch tagelang starke Schmerzen haben würde und sogar noch länger ein von Blutergüssen entstelltes Gesicht. Einer ihrer Kameraden trat vor und streckte die Hand aus, um ihr aufzuhelfen: »Wir haben immer gesagt, du wärst eine reißende Wölfin, stimmt's, Gandy?« Die Frau grinste, schlug seine Hand weg und stand ohne Hilfe auf.

»Und was machen wir, wenn ein Feld kommt, das *deine* wahre Gestalt sichtbar macht, Venk? Möhren kaufen?«

»Hüte deine Tugend ...«

Im Weitergehen überspielten die Sasenna mit zotigem und anzüglichem Wortgeplänkel die Nachwehen des Schrecks, aber Antryg konnte Silvorglims Blick auf seinem Rücken spüren.

Einmal, als sie an einem Schacht vorbeikamen, der senkrecht in scheinbar bodenlose Tiefen führte, schaute Antryg hinein und sah weit unten schwarze Wasser brausen und schäumen, aber nach seiner Schätzung reichte es noch nicht bis zur Höhe der siebten Ebene. Etwas Langes, Feuchtglänzendes reckte sich aus dem Abgrund, wie ein segmentierter Wurm, der jedoch nicht in einem Kopf endete, sondern in einer kleinen pechschwarzen Hand, die über den Fels des Brunnenschachts tastete und wieder im Wasser versank.

Der Tote Gott erwartete sie im Saal der Gläsernen Säule. Knietiefer Bodennebel waberte in den Gängen dieser Ebene, strömte durch die Türöffnungen und schwappte träge um die schimmernden Monolithen der Oszillatoren und Recorder, umwallte die gigantische Gestalt des Gottes und reflektierte gespenstisch das Licht seiner Stirnampel. Ein Dutzend Schwerter flogen singend aus der Scheide.

»Ach, steckt die Dinger weg«, sagte Antryg forsch und watete mit ausgestreckten Händen durch den Nebel. »NeunZehnZwo, mein Guter, ich bin entzückt und erleichtert ...«

»Ich bin entzückt und erleichtert, daß sich nicht ein Feld in diesem Raum etabliert hat, das Elektrizität neutralisiert«, entgegnete der Tote Gott beißend und fixierte ihn mit seinen orange-goldenen Spinnenaugen. »Um nicht zu sagen, erstaunt. Es übersteigt mein Begriffsvermögen, welchem Umstand wir verdanken, daß die Batterien durch den ersten Schock nicht ausgefallen sind.«

»Deshalb meine munteren Mannen.« Antryg deutete mit einer großartigen Armbewegung auf die sprachlosen Sasenna hinter dem Hexenjäger und dem verblüfften Whitwell Simm. Lang und dünn und linkisch, mit seiner im Phosphorschein der Leuchttafeln funkelnden Brille und den glitzernden Perlen um den Hals, wirkte er kaum weniger exotisch als die Kreatur, die vor ihm stand. »Der schlimmste Energieflux scheint sich in den Kavernen zu konzentrieren. Wenn wir die Feldgeneratoren nach oben schaffen, haben wir vielleicht eine reelle Chance, die Zitadelle lange genug zu stabilisieren, um das Wandernde Tor zu finden – oder die Energiequelle, die es offen hält –, und die Lage zu retten, indem wir es schließen. Du,du,du und du – ihr tragt diese Reservebatterien ins Refektorium. Whitwell, geh mit und zeig ihnen den Weg. Wieviel Zeit verschaffen sie uns?«

»Je zwei Stunden – nach der Rechnung meiner Welt. Antryg, was ist geschehen?« Zwei der krallenbewehrten Pranken rückten an der Waffe, die er über der Schulter trug, und seine leuchtende Stirnampel wippte wie eine kleine Angel. »Das Stromkabel, das ich durch das Tor in meine eigene Welt gelegt hatte, wurde wie von einem Laser durchtrennt – keine Leistungsschwankung, nichts. Einfach tot. Meine Sensoren zeigen mir Tore, die sich öffnen und schließen, absonderliche Phänomene, Energien und Konzentrationen von Hitze und Kälte, die sich durch die Kavernen bewegen.«

»Merde.« Antryg verfiel sträflicherweise in den Jargon seiner Kollegen hinter der Bar vom *Enyart's*. Müde kämmte er sich mit den gespreizten Fingern durch's Haar. Die aufputschende Wirkung des Jelgeth, den er in Issays Haus getrunken hatte, begann nachzulassen, und die Erschöpfung überfiel ihn doppelt stark, die typische Nebenwirkung des Krauts.

»Gott weiß, was anderswo noch alles los ist, aber ich bin sicher, man wird mir die Schuld in die Schuhe schieben. Jemand hat mit voller Absicht die Kreise ausgelöscht, die die Energieströme im Zaum hielten. Durch die Feedbackschleifen gab es einen Kummulationseffekt – den Rest kannst du dir denken.«

Der Tote Gott nickte. »Aber weshalb um alles in der Welt ...«

»Weshalb zerstört jemand die Ökologie seines Planeten, um Fernsehschränke und Haarspray herzustellen? Oder verübt ein Attentat auf ein Staatsoberhaupt zu Beginn einer kritischen Phase des Wierderaufbaus nach einem verheerenden Bürgerkrieg? Oder heiratet eine Person, mit der er sich seit fünf Jahren nur gestritten hat, oder weiß am Abend vor einer wichtigen Konferenz nichts Besseres zu tun, als durch die Kneipen zu ziehen und sich vollzuschütten? Weil es zum jeweiligen Zeitpunkt genau das Richtige zu sein schien. Wenn ich genau wüßte, *weshalb*, mein Freund, könnte ich mir wahrscheinlich auch denken, wer – wenn ich nicht so erschöpft wäre.«

Am anderen Ende des Raums jubelte eine Stimme: »ANTRYG!« und er wirbelte herum, fassungslos, die Müdigkeit für den Moment vergessen.

Joanna und – ausgerechnet! – der Magister Magus standen in der schmalen dunklen Türöffnung, die aus den tiefergelegenen Kavernen heraufführte.

Man erzählt, der Magier Simon der Lahme hätte fünf Jahre in den Verliesen des Herzogs von Deghan gelebt und wäre nach Belieben ein- und ausgegangen, während die Wachen glaubten, er säße in seiner Zelle. Erst als der Herzog ihm auf dem öffentlichen Marktplatz begegnete, erkannte er, daß der Erzmagus eher sein Gast gewesen war als sein Gefangener.

GANTRE SILVAS
Annalen

20. KAPITEL

In diesem allerersten Moment war Antryg alles, was sie sehen konnte – dünn und lang und unendlich müde; ein schäbiger purpurner Samtrock hing formlos über den verwaschenen Jeans und dem ehemals grünen Kalikohemd, darüber trug er einen Schal, der aussah, als hätte eine Spinne unter Einfluß von LSD ihn fabriziert. Sie war nicht einmal sonderlich überrascht – *Selbstverständlich ist er hier.*

Die Erleichterung fühlte sich an wie die seltsame, rauschhafte Euphorie nach dem Abklingen unerträglicher Kopfschmerzen. Ihr kam erst jetzt zu Bewußtsein, welche Angst sie um ihn gehabt hatte.

Alles andere nahm sie nur am Rande wahr, als sie durch den Felsensaal lief: Nebel, der um ihre nackten Füße wallte, brennende Fackeln und die starren grünen und bernsteingelben Lichtpunkte an den eckigen schwarzen Kästen der elektronischen Geräte. Dann war er ihr entgegengekommen und drückte sie an die Brust, daß sie glaubte, ihre Rippen knacken zu hören; kein Boden mehr unter den Füßen, auf den Lippen der Geschmack von Tee und Honig und bitteren Kräutern.

Sie war in Sicherheit.

Nicht ganz, sagte sie sich einen Moment später, halbzerdrückt in seiner Umarmung und auf die Zehenspitzen hochgereckt, während er sich zu ihr hinunterbeugte. Die flutende, alptraumhafte Finsternis der Kavernen sprach dagegen, die schwebenden Lichter und fernen Schreie, die furchtbare, bedrohliche Atmosphäre des geöffneten Abyssus'.

Nicht wirklich in Sicherheit.

Aber Antryg vermittelte immer den Eindruck, daß er wußte, was los war, und auch die Lösung des jeweiligen Problems schon parat hatte.

»Liebe Güte«, flüsterte er und in seinem Gesicht malte sich Schuldbewußtsein. »Du warst also doch hier unten?«

Sie erinnerte sich daran, daß sie ernsthaft erwogen hatte, diesen Mann ein- für allemal aus ihrem Leben zu verbannen, und konnte nicht mehr begreifen, wie sie darauf gekommen war. Über seine Schulter hinweg schaute sie in den Hintergrund des unterirdischen Saals. Im Schein von einem halben Dutzend Fackeln erkannte sie Sasenna in den strengen schwarzen Uniformen der Kirche, damit beschäftigt, vorsichtig elektronische Komponenten aufzunehmen, um die Verbindungen zwischen ihnen nicht zu kappen. Wenige Meter hinter Antryg stand ein terrierhafter kleiner Mann im enggeschnittenen grauen Anzug eines Hexenjägers, das blanke Schwert in der Hand und mit einem Ausdruck von verbohrtem Grimm auf den Zügen. Halb verborgen in den Schatten, von Dunstschleiern umwallt, entdeckte sie eine turmhoch aufragende Gestalt, die Erinnerungen an das monströse Gebilde aus verwesendem Fleisch weckte, mit dem sie in einer entweihten Kirche in Sykerst ein fast verhängnisvolles Zusammentreffen gehabt hatten.

»Ist das – der Tote Gott?« Sie sah Antryg fragend an. »Was, zum Teufel, hat das alles zu bedeuten?«

»Nun ja ...« Er schob die Brille in die Stirn und rieb sich den Nasenrücken. »Ich stehe unter Arrest – alle diese Herren sind meine Aufpasser. Joanna Sheraton, der ehrenwerte Yarak Silvorglim, Hexenjäger Extraordinarius von Kymil und Sykerst.«

Benommen schüttelte sie die Hand des Mannes, der nicht

viel größer als sie selbst war. Wie Caris, ihr Sasenna-Freund aus früheren Tagen, bot er ihr die Linke, um das Schwert nicht loslassen zu müssen. Er hatte braune Augen mit einem häßlichen Gelbstich, unangenehm kalt und jetzt mit abschätzendem Mißtrauen auf sie gerichtet.

»Und Magister Magus! Alter Freund und Kupferstecher, nie im Leben hätte ich erwartet ...«

»Ich versichere dir«, der Mirabilit und Grandseigneur richtete sich würdevoll auf und zog die Atlasrevers seines Hausmantels über der Brust zusammen, »dieser Mangel an Erwartung ist absolut gegenseitig.«

»Antryg ...« Die Stimme des Toten Gottes war ein tiefes, vibrierendes Summen, die Worte formten sich in Joannas Kopf mit dem vertrauten Echo des Verständigungszaubers, der, seit sie Antryg kannte, zur ständigen Einrichtung geworden war. »Es gibt hier Schwierigkeiten, während des Transports das Feld aufrechtzuerhalten.«

»Komme sofort. Joanna«, Antryg legte ihr den Arm um die Schultern, und nebeneinander gingen sie zu dem Kreis der Stabilisierungsoszillatoren, »ich habe nach dir gesucht, glaub mir. Jeden Zentimeter der Kavernen habe ich abgesucht.«

»In den Kavernen war ich nur mittelbar.« Sie überprüfte routiniert die Verbindungen zwischen den Batterien und den übrigen Apparaten. Die Konfigurationen waren fremd, aber im großen und ganzen doch ähnlich. »Ist dies hier ein Aux für denselben Stromkreis? Wenn ja, können wir die Verbindung aufrechterhalten, während wir ein Verlängerungskabel anschließen.«

»Richtig, aber diese drei hier müssen in Reihe geschaltet bleiben.«

»Es existiert ein internes Backup«, gab der Tote Gott zu verstehen. »Die Verbindungen können fünf Sekunden lang unterbrochen werden, ohne daß Schwierigkeiten zu befürchten sind. Nur diese Gleichrichtungsindikatoren dürfen nicht außer Phase geraten.«

»Wenn es stimmt, was der Magister Magus sagt, waren

wir in einen magischen Kristall gebannt, den Braunen Stern, den er in Salteris' Haus gefunden hat.«

»Heiliger Strohsack!« Antrygs Brillengläser funkelten, als er sich aufrichtete. »Da ist er also abgeblieben. Ich hatte mich schon gewundert, was aus ihm geworden sein könnte.« Seine deformierten Hände in den fingerlosen Handschuhen arbeiteten schnell und geschickt, während er sprach, stöpselten ein, aus und um. Derweil befaßte sich der Tote Gott mit der Neujustierung der Skalen, die amdenähnlichen Tentakel in seinen Handinnenflächen bewegten sich wie zusätzliche Finger. »Wir benötigen eine Art Tragbahre, um die Geräte zu transportieren, wenn wir die Konfiguration halten wollen.«

»Ich habe einen Antigravlifter ...«

»Aber wie seid ihr herausgekommen?«

Joanna zuckte die Schultern. Neben dem gläsernen Pfeiler standen Silvorglim und ein Sasenna, der nicht als Möbelpakker eingeteilt war, finster entschlossen Wache über dem unglücklichen Magister Magus, der einzigen anderen Person, die nicht für die Elektroniksafari gebraucht wurde.

»Kann ich dir nicht sagen. Es gab eine Veränderung, Tore öffneten sich.«

»Als das Stabilisierungsfeld beinahe kollabiert wäre, möchte ich wetten.« Antryg steckte seine Nase wieder in das Gewirr der Drähte. »Ich habe schon lange vermutet, daß der Braune Stern die Tür zu einer Dimensionsenklave sei. Er muß sich noch irgendwo in der Zitadelle befinden und die enorme Schwankung ...« Er unterbrach sich und schaute sie groß an. »Du meinst, die Türen in dem Braunen Stern *stehen einfach offen?*«

»Ja.« Sie stutzte. »Oh, verflixt.«

Aus dem Dunkel hinter dem Türbogen, durch den Joanna und der Magus gekommen waren, ertönte plötzlich das irre Gelächter von Dämonen. Antryg war schon unterwegs, bevor Joanna sich besonnen hatte, und nahm etwas von der Schulter, das für sie aussah wie eine altmodische Giftspritze, bestehend aus Kanister und Pumpe, die er in die Schwärze richtete. Als die Dämonen auftauchten – und

Joanna war entsetzt über die flatternden, mondbleichen Gestalten mit dem fliegenden Spinnwebhaar und den langen, gebogenen Krallen – besprühte Antryg sie mit dem Inhalt des Kanisters. Eine Wolke aus feinem, schwärzlichem Dunst hüllte die Wesen ein, die kreischend, winselnd und um sich schlagend in die ewige Nacht zurückwichen, der sie entsprungen waren.

»Was ist das?« fragte Joanna. »Exorzist in der Dose?«

»Silberchlorid«, erklärte der Tote Gott, der zu ihnen getreten war. In der einen Hand hielt er einen tragbaren Sonographen, in einer anderen ein Überbrückungskabel; die Stirnampel warf huschende Reflexe auf sein schimmerndes Haupt. »Er behauptet, die meisten immateriellen Manifestationen wären dagegen allergisch – ich weiß es nicht. Solche Dinge sind in meiner Welt nicht bekannt.«

»Nicht einmal in der Überlieferung?« Sie blickte an der riesigen Gestalt empor, behangen mit Werkzeugen, Sensoren, Waffen und Atemschläuchen. »Hast du übrigens noch Ersatzflaschen mit Luft?«

Der mächtige Schädel senkte sich anmutig. »Deine Anteilnahme wird dankend zur Kenntnis genommen. Der Antigravlifter funktioniert nicht. Es könnte sein, daß es ihm in dieser Dimension nicht möglich ist – oder aber, weil es sich um Technologie der jüngsten Generation handelt, die Störung wird durch eine nicht ganz ausgereifte Konstruktion bedingt.« Die Schwanzspitze schlug ungehalten hin und her, wie bei einer Katze; Joanna hätte gerne gewußt, was für eine absonderliche Biosphäre wohl für seine genetische Ahnentafel verantwortlich war.

»Wie lange dauert es, bis der Kundendienst kommt?« Mit Hilfe von drei Sasenna des Kollegiums machten sie sich daran, die schweren Kästen auf die aus Piken konstruierte Trage zu wuchten, zusätzlich behindert von dem wogenden Dunst, in dem sich Fußangeln aus überflüssig gewordenen Kabeln verbargen. »Nicht hierher, natürlich – generell.«

»Vierzig Tage. Das einzige Service Center befindet sich in Sechs-Neunzig.«

»Kenne ich. Die Firma, die meine CD-ROMs herstellt, schickt ihre Techniker auch zu Fuß auf Tour.«

Ich sollte einen hysterischen Anfall haben, dachte sie philosophisch, *statt hier das ewige Leid mit den Handwerkern zu diskutieren – mit einem Wesen, das aussieht wie Alien I, II und III zusammen. Wahrscheinlich suche ich unbewußt immer noch nach einem Reißverschluß auf seinem Rücken. Und außerdem, keiner wüßte hier zur Zeit einen ordentlichen hysterischen Anfall zu schätzen.* In Gedanken machte sie eine Notiz, später ein ausgewachsenes Exemplar der Gattung auf die Tagesordnung zu setzen, nach einer Mahlzeit, einer Dusche, falls möglich, und einem Kleiderwechsel in etwas Würdevolleres als einen ausgebeulten blauen Pyjama.

Antryg kam aus der dunklen Öffnung zum Vorschein, sein Gesicht wirkte angespannt und im Fackelschein sehr blaß. Beim Gehen wirbelte er den grünlichen Dunst auf, der einen schwach metallischen Verwesungsgeruch verströmte. »Wir haben keine Zeit zu verlieren«, mahnte er. »Nichts wie raus hier. Wenn das richtig ist, was du erzählt hast, Joanna, sind wir in ungleich größeren Schwierigkeiten als ich dachte.«

»Das ist *möglich?*« fragte sie ungläubig.

Antryg zwinkerte verschwörerisch. »Leider, alles ist möglich.« Damit hängte er den Riemen seiner ungewöhnlichen Waffe über die Schulter und bückte sich nach den Griffen der behelfsmäßigen Trage.

Genau das war der Grund, dachte Joanna, weshalb eine vernünftige junge Frau ernsthaft erwägen sollte, die Verbindung zu diesem Mann abzubrechen – immer vorausgesetzt, er und sie kamen heil aus dieser Bredouille heraus.

Aber weshalb muß ich dann jedesmal lächeln, wenn ich ihn sehe?

»Piano, piano.« Antryg hob die Hand, dann leckte er eine Fingerspitze an und reckte sie in die Höhe, wie um den Wind zu prüfen, während er auf seine Uhr schaute.

Joanna hörte Silvorglim zischen: »Das ist absurd.« Aber die meisten anderen der schwitzenden Sasenna beobachteten das Gesicht des Magiers mit angespannter Erwartung, weil sie wußten, nur er allein kannte sich in diesen Irrgängen gut genug aus, um sie wieder hinauszubringen.

Fast eine Stunde war vergangen. Die Atmosphäre von Gefahr, von Instabilität, von Chaos verstärkte sich. Joanna wußte nicht genau, ob es an ihrer Wahrnehmung lag, oder schwankte tatsächlich der Boden, weil der Fokalpunkt der Gravitation langsam durch den gewachsenen Fels des Berges wanderte. Sie fragte sich, ob das ohne die Beschwörungen der Magier in der Zitadelle oben überhaupt möglich war. Sie hielten das Gewebe des Universums zusammen wie Klebeband.

Einmal befahl Antryg, der sich an die Spitze gesetzt hatte, der ganzen Gesellschaft, umzukehren und einen Umweg durch einen Seitenstollen zu machen, an dessen Wänden purpurne Moospolster wucherten; ein anderes Mal führte er sie durch ein Netz gewundener Tunnel zu einer Treppe, die sie vorher vom Ende eines kurzen, schnurgeraden Ganges aus schon gesehen hatten. Joanna vermutete, daß entweder das gesamte Energiefeld sich ständig verlagerte und Antryg bemüht war, es so stabil wie möglich zu halten, oder daß er einen sechsten Sinn für Gefahren besaß, der den anderen abging. Wie auch immer, die Sasenna, schwer bepackt mit dem sperrigen Gerät, das sie – namentlich die Kirchensasenna – für Teufelszeug halten mußten, wußten seine Fürsorge nicht recht zu schätzen und fluchten mehr oder weniger leise vor sich hin.

»Liebe Güte«, sagte der Magister Magus, zum Dienst an einem Ende der Bahre gepreßt, leise zu Joanna, »ich glaube, im Braunen Stern waren wir sicherer als hier.«

»Ja, da muß ich dir recht geben«, stimmte Antryg ihm fröhlich zu. Auf sein Zeichen setzte die ganze Karawane sich wieder in Bewegung, aber mit erhöhter Wachsamkeit. »Erheblich sicherer. Traust du dir zu, den Rückweg zu finden?«

»Stracks wie ein Pfeil von der Sehne, mein lieber Antryg, hätte ich eine genügend große Leibwache.«

»Ich werde sehen, was sich tun läßt.«

Ein schrilles Kreischen zerriß die Stille hinter ihnen. Antryg wirbelte herum, und bei einem Blick über die Schulter konnte Joanna in einiger Entfernung den Schein der wenigen noch brennenden Fackeln auf gebleckten, schleimtriefenden Reißzähnen glitzern sehen. Ein Körper war nicht zu erkennen, aber das Etwas näherte sich in schwerfälligem, wiegendem Lauf – *ein Bipede* –, und hinter diesem Angreifer ahnte sie vage noch eine Bewegung, ein amorphes Grauen, begleitet von einem Gestank nach verfaultem Fisch.

»Schießt!« schrie Antryg. »JETZT!«

Die Kreatur war noch gut vierzig Meter entfernt. Die Frau neben ihm, eine nicht mehr junge Kirchensasenna, deren Mund- und Nasenpartie von violetten Schwellungen entstellt war, hob die gespannte Armbrust, visierte kurz und zog den Abzugsbügel nach hinten. Ein verteufelt schwieriger Schuß ohne ein erkennbares Ziel, dachte Joanna.

Man hörte das weiche, schlurrende Geräusch eines massigen, stürzenden Körpers, gleichzeitig machte sich ein fremdartiger, stechender Geruch bemerkbar, der vom Blut des Monsters stammen mußte. Joanna bemühte sich, in den pechschwarzen Schatten dahinter etwas zu erkennen. Dieser irrationale Eindruck, daß der Fußboden Wellen schlug, mußte eine optische Täuschung sein.

»Magus!« Antryg bekam den kleinen Mirabiliten am Kragen seines Hausmantels zu fassen und zog ihn von seinem Platz an der Trage weg. »Ein Trugbildzauber, eine Illusion, schnell! Quer vor das Endes dieses Ganges ...«

»Wie? Aber da ist nichts ...«

»Natürlich ist da was – Stein, Wasser, Schlamm und totes Fleisch unter anderem, also frisch ans Werk. Es muß wie ein Vorhang sein.«

Der Magus hockte sich hin und suchte in seinen Taschen. Stillschweigend kramte Joanna ein Stück Kreide aus ihrem Beutel und gab es ihm.

»Und bitte«, sagte Antryg eindringlich, »nimm die besten Zutaten und an nichts sparen. Der Zauber muß stark sein und auch der Wahrnehmung sämtlicher Sinne standhalten. Gandy, Perle deiner Zunft«, er legte die Hand auf den Arm der Sasenna, die geschossen hatte, »bist du bereit, unserem Magus Gesellschaft zu leisten, bis er fertig ist? Und ihn unversehrt ins Refektorium zu geleiten? Vielen Dank. Magus, tut mir aufrichtig leid, daß wir nicht bleiben können.«

Der Mirabilit blickte auf und wollte protestieren, aber die Sasenna grinste nur und salutierte, und Antryg war schon dabei, seine kleine Trägerkolonne weiterzutreiben. Er zog abwechselnd Uhr und Kompaß zu Rate, schnupperte mit der hektischen Zerstreutheit eines nicht ganz zurechnungsfähigen Vorstehhundes in die Luft und berührte hin und wieder prüfend die Wand, nur um zurückzuzucken, als hätte er sich die Finger verbrannt.

»Was ist das gewesen?« fragte Joanna leise den Toten Gott. Aus den engen, stickigen Gängen waren sie in staubige Kellergewölbe gelangt, angefüllt mit Ölkrügen, getrockneten Früchten in Tonnen, Kartoffelkisten und Kräutertöpfen. Antryg machte das Schlußlicht, wachsam, lauschend, nur mit dieser altertümlichen Giftspitze bewaffnet. Der einzige, der sich weigerte, dieser Nachhut zu vertrauen, war der Hexenjäger Silvorglim, der hinter dem Zauberer ging, das blanke Schwert in der Faust. »Hast du irgend etwas auf deinem Sensor gesehen?«

»Nicht, solange die Kreatur noch lebte und in Bewegung war«, antwortete NeunZehnZwei. Er mußte sich bücken, um sein Ende der Bahre zu tragen, in einer der anderen Hände hielt er schußbereit seine Waffe, die aussah wie eine Bazooka in Leichtbauweise. »Es ging sehr schnell. Als ich mich eingeschaltet hatte«, er gestikulierte mit dem rechteckigen Kasten des Sensors in seiner vierten Hand, »war das Geschöpf tot, und registriert wurden nur noch postmortale synaptische Aktivitäten. Es bewegen sich derzeit so viele fremdartige Energien in den Kavernen, daß exakte Daten kaum zu erhalten sind.«

»Werden wir *jetzt* verfolgt?«

Der Tote Gott aktivierte den Schirm, während sie darauf warteten, daß die Sasenna mit den Reflektoren ihre sperrige Bürde durch die Türöffnung am oberen Ende einer kurzen

Treppe manövrierten. Die kleinen weißen Tentakel zwischen den langen Fingern seiner Hand manipulierten die beiden Skalenknöpfe. Joanna sah die verschwommenen weißen Kleckse der Ausstrahlungen ihrer Gruppe verschwinden, während die Rezeptoren das Spektrum möglicher Energien abcheckten. Farben waberten und wogten über den Schirm. Einmal schien sich zu ihrem Entsetzen ein ganzer Fluß aus blauem Plasma zu manifestieren, das aus den Wänden ringsum sickerte, aber die Tentakel steuerten die Skalen langsam darüber hinaus.

»Du siehst, es ist schwer zu sagen«, meinte der Tote Gott. »Kein tierisches Leben.«

Joanna, die zu Antryg zurückschaute und das Flackern in seinen Augen bemerkte, konnte dieser Information nicht soviel Trost abgewinnen, wie möglicherweise gerechtfertigt gewesen wäre.

Fackelschein zuckte über einen riesigen schwarzen Eisenherd auf Löwenfüßen, eine offene Feuerstelle, verkrustet vom Fett und Saft unzähliger Braten, spiegelte sich in den Augen nervös umherwandernder Katzen. Ein Türbogen, ein paar flache Stufen, die blauweiße, spukhafte Helligkeit von Feenlicht, das durch eine zweite Tür strömte, und ein Posten rief: »Sie sind da!«

Dann standen sie in einem großen Raum, allem Anschein nach ein Speisesaal, bevölkert von kleinen Gruppen schwarzgekleideter Sasenna, junge Männer und Frauen in grauen oder mehligbraunen Kutten und würdevolle Magier.

Joanna reckte die schmerzenden Schultern, nachdem sie geholfen hatte, die Trage neben dem Stapel Ersatzbatterien abzusetzen. Das also waren Antrygs Kollegen. Seine Kerkermeister, seine Freunde, seine Feinde – die Menschen, mit denen er den größten Teil seines Lebens verbracht hatte. Die Menschen, die ihn kannten, wie sie ihn möglicherweise nie kennen würde.

Einige Gesichter kamen ihr bekannt vor, von flüchtigen Begegnungen im Turm des Schweigens: Whitwell Simm, weißhaarig und gütig; der strenge, hagere Nandiharrow, die verstümmelten Hände in schwarzen Handschuhen verborgen. Andere hatte der Magister Magus ihr bei den Gesprächen in den endlosen Stunden ihrer Gefangenschaft beschrieben. Und da war auch Lady Rosamund Kentacre, deren königliche Haltung auch durch die Krücke, auf die sie sich stützte, nicht beeinträchtigt wurde. Die Flut schwarzer Haare hing in einem halb aufgelösten Zopf über ihrer Schulter, die klassischen Züge ihres Gesichts waren von der ernsten Strenge einer Pallas Athene. Beim Anblick des Toten Gottes stutzte sie, aber dann trat sie zu Antryg.

»Wir haben inzwischen Nachricht aus fast allen Teilen der Zitadelle«, sagte die Gräfin, während die letzten Sasenna ihre Last zu der Stelle schleppten, wo der Tote Gott sich häuslich einrichtete. Mehrere Halbwüchsige in bräunlichen Kutten und ein kleiner Mann im blauen Kittel und den derben Stiefeln eines Laien schoben Tische an die Wand, um Platz zu schaffen; ein zweiter Laie, ein dicker, kleiner, rothaariger Mann mit Küchenschürze, gab Tee und Muffins aus, deren warmer Duft trostreich in der Luft hing.

»Wir haben unser Möglichstes getan, um die Grenzen der Zitadelle zu stabilisieren, obwohl Gott allein weiß, ob es auf Dauer genug ist. Implek ist immer noch vermißt, er könnte unten in der Molkerei gewesen sein, um nach dir zu suchen. Pordanches und Selim und Shippona – du erinnerst dich an Nandiharrows Schülerin? Das kleine Mädchen mit den Zöpfen? – scheinen im oberen Stockwerk der Vier Brüder gefangen zu sein, belagert von irgendwelchen Kreaturen im Parterre. Pordanches hat ein halbes Dutzend Bannsprüche versucht, um sie loszuwerden, ohne Erfolg. Kein Wort von Bentick oder Phormion; Kyra ist gegangen, um nachzusehen.«

»Verdammt«, flüsterte Antryg.

»Joanna«, sagte der Tote Gott, und sie drehte sich herum. »Ich brauche deine Hilfe, oder die Hilfe von irgend jemandem, der sich mit Elektronik auskennt.«

»Nun«, sie ging hinüber zu den aufgestapelten Batterieblöcken, Oszillatoren und Monitoren. »Ich kann einen Videorecorder programmieren und einen Computer ans Laufen bringen.«

»Das genügt. Weißt du noch, wie die Verbindungen

zusammengesteckt waren? Diese drei müssen parallel dazu geschaltet werden.«

»Müssen wir die Eingänge neu justieren?«

Jemand besaß die weise Voraussicht, ihnen einen Sternenreigen aus Feenlichtern zu schicken, die eine kühle, gleichmäßige Helligkeit spendeten. Einige Magier, die nicht an den Stabilisierungszaubern beteiligt waren, kamen herüber, teils Meister in schwarzen Roben, teils Studiosi in kürzeren, grauen Kutten, und besichtigten die fremdartigen Gerätschaften, dabei hielten sie die Hände in den Kuttenärmeln verborgen, um nicht der Versuchung zu erliegen und etwas zu berühren. Eine stämmige kleine Frau übertrug die arkanen Symbole an den Seiten der Geräte (nach Joannas Erfahrung handelte es sich um Seriennummern, Voltzahlen und Firmennamen) peinlich exakt auf ein Wachstäfelchen.

Erhobene Stimmen hinter ihnen: »Mein lieber Silvorglim, ich war ...«

»Versucht nicht, mir etwas vorzumachen, Daurannon Stapler!« ereiferte sich der Hexenjäger. Joanna blickte auf und sah den Nigromanten, mit dem er sprach, einen stattlichen Mann mit weißgesträhntem schwarzem Haar und femininen Zügen, vor dem Gift im Blick des Handlangers der Inquisition zurückprallen. »Ich habe genug von dem Bösen gesehen, das Ihr gerufen habt, um mich zu überzeugen, daß Ihr und alle Eure Werke des Teufels seid! Ihr sagt, Ihr hättet nichts zu schaffen mit den Belangen der Menschen, aber wenn dem so ist, was tut dieser Mann in Eurer Mitte?« Sein Finger stieß anklagend in Richtung des Magister Magus, der eben hereingekommen und auf eine Bank gesunken war, wo er sich von dem Dicken mit der Schürze Tee einschenken ließ. »Er ist der Schoßhund und Ohrenbläser eines jeden Ketzers am Hof und treibt sein Gaukelspiel im Haus von Prinz Cerdic, des Erben unseres Regenten, um ein paar Brosamen von dessen Tische zu erhaschen ...«

»Also wirklich!« protestierte der Magus und richtete sich indigniert auf.

Daurannon konnte sein Erstaunen nicht verhehlen. »Wie

um alles in der Welt seid *Ihr* hierher gekommen, Magister Magus?«

»Glaubt mir, mein Lieber, hätten wir Stunden Zeit und einen Atlas der Welt, könnte ich Euch alle Plätze aufzeigen, an denen ich lieber wäre als hier. Vielen Dank, ein Stück Zucker bitte, falls vorhanden.«

»Spielt nicht den Ahnungslosen!« sagte Silvorglim mit leiser, drohender Stimme. »Ich erkenne jetzt die Verbindung zwischen ...«

»Habt ihr von Goldhand und Otaro gehört?« Antryg ignorierte das Geschehen auf dem Nebenschauplatz, sein Interesse galt dem dampfenden Becher Tee, den der melancholisch aussehende Mann in den derben Stiefeln ihm brachte. »Ich danke dir, Tom.«

»Es hat sich eine – Falte, ein Realitätsknick, wie du es nennst, gebildet, auf der Brücke, die vom Keller des Pavillons zum Haus der Rosen führt«, erklärte Lady Rosamund. »Goldhand und Issay haben zweimal den Versuch unternommen, Otaro hinüberzubringen, und fanden sich beide Male im Wintersolarium wieder. Sie machen einen Umweg durch die Bibliothek, um über die Brücke in die Kalmäuserklause und von dort hierher zu gelangen. Issay hat Otaro mit Schlafmohn betäubt – er phantasiert von dem Wandernden Tor, das ihn verfolgt, und behauptet, es würde von seinem Vater gelenkt, sein Vater wäre gekommen, um ihn zu holen.«

Antryg senkte die Stimme noch weiter. »Und Tante Min?«

Lady Rosamunds Züge erstarrten zu einer eisigen Maske.

»Ich habe sie gesehen«, meldete Joanna sich zu Wort.

Sowohl Rosamund als auch Daurannon drehten sich überrascht zu ihr herum. Sie stand auf, ein Bündel verschiedenfarbiger Drähte in der Hand.

»Der Magister Magus und ich – als wir einen Weg aus dem Braunen Stern zu finden versuchten. Da war ein Spalt, eine Tür zu diesen beiden Zimmern. Tante Min lag im Bett und schlief.«

»Das stimmt.« Der Magister Magus gesellte sich zu den anderen Magiern, nicht ohne einen weiten Bogen um Silvorglim geschlagen zu haben. Er hielt mit feinem Anstand die Teeschale in der einen und die Untertasse in der anderen Hand, wie bei einem Stehempfang am kaiserlichen Hof, sein Hausmantel aus tiefschwarzem Sammet hätte eine luxuriöse Parodie ihrer schwarzen Roben sein können.

»Bist du sicher, daß sie geschlafen hat?« Zum erstenmal erlebte Joanna, daß eine menschliche Regung die makellose Perfektion von Lady Rosamunds Gesicht durchbrach. Die Furcht in ihren Augen, die Verzweiflung und die aufkeimende Hoffnung waren schmerzlich anzusehen.

»Ich habe mich vergewissert«, antwortete sie ein wenig eingeschüchtert. »Und die Katzen waren unruhig, aber nicht als ob – als ob ihr etwas zugestoßen wäre. Das war – ich weiß nicht genau. Vor zwei Stunden? Es ist schwierig, die Zeit zu schätzen.«

»Es sind nicht mehr als drei Stunden vergangen, seit das Equilibrium zerstört wurde«, sagte Lady Rosamund ruhig. »Wenn sie noch in der Kate ist ...«

Sie atmete tief ein, wandte sich plötzlich ab und preßte die Fingerspitzen in die inneren Augenwinkel, als hätte sie Kopfschmerzen, doch Joanna vermutete, daß sie einen Moment brauchte, um ihre Fassung wiederzugewinnen. Als sie wieder aufblickte, war ihr keine Bewegung mehr anzumerken. »Kannst du mich hinführen, Joanna? Findest du den Weg?«

»Das kommt nicht in Frage.« Der Tote Gott erhob sich hinter den Zinnen seiner Batterien und Oszillatoren und legte alle vier Hände wie eine Familie großer grüner Taranteln auf den Generator. »Ich brauche jemanden, der mir hilft. Wir haben noch mindestens eine Stunde Arbeit vor uns.«

»Im Inneren des Steins ist der Weg nicht zu verfehlen«, erklärte Joanna. »Ich habe ihn mit einem Wollfaden markiert. Aber durch das Labyrinth hat uns der Magus geführt.«

»Nun«, meinte der Mirabilit bescheiden, ohne die Falle zu bemerken, »jemand – allem Anschein nach ein Novize – hatte vor kurzem den Weg genommen und überall an den Wänden Zeichen hinterlassen.«

»Und ich bin sicher, er wird mit Freuden auch dein Führer sein, Rosie.« Antryg legte dem Magister Magus freundschaftlich den Arm um die Schultern und verhinderte so, daß er wie ein aufgeschreckter Hase sein Heil in der Flucht suchte.

»Was bringt dich auf diesen Gedanken?« verlangte der Magus zu wissen und versuchte unauffällig, sich zu befreien. Doch Antryg, trotz seiner Hagerkeit und den Spuren tiefer Erschöpfung in seinem hohlwangigen Gesicht, verfügte über eine bemerkenswerte Körperkraft.

»Weil es mittlerweile von größter Wichtigkeit ist, daß ich von dem Geis befreit werde.« Von einem Augenblick zum anderen wirkte Antryg sehr ernst. »Und ohne Bentick, Phormion oder Issay – fast der halbe Innere Zirkel –, ist Tante Min unsere einzige Hoffnung, das zu bewerkstelligen, bevor die letzten Reste des Energiepolarisierungsfeldes sich auflösen und wir von den Gewalten des Abyssus' zerrissen werden.«

»Woher wußte der Magister Magus, daß es der Braune Stern war, in dem ihr euch befandet?«

Überrascht hob Joanna den Blick von den langen Datenreihen, die sie auf dem zweifarbigen, geteilten Bildschirm miteinander verglich – von rechts nach links und mit einer Overlay-Kapazität, deren Fixigkeit mehr als genug für die Tatsache entschädigte, daß sie keinen blassen Schimmer hatte, was all die Symbole bedeuteten. Neben ihr ging Daurannon in die Hocke.

Der tragbare Computer des Toten Gottes, gespeist von einer internen Kraftquelle, hatte in etwa die Größe eines ultramodernen Laptops mit immensem Speichervermögen. NeunZehnZwo hatte mit Kreide eine Mustertastatur auf den Boden gemalt, und Joanna, im Schneidersitz inmitten der Bastion aus Oszillatoren und Fluxkapazitoren, war nicht darüber erhaben gewesen, sich ausführliche Notizen zu machen, welche Tasten genau betätigt werden mußten, um die Alignierungsprogramme auf den acht Schirmen des Oszillators laufen zu lassen.

»Es war sein Kristall.« Sie mußte lächeln bei der Erinnerung an die Indignation des Magus' über seine Berührung mit schlechtem Karma. Außer einer abgetragenen Hose und einem verwaschenen Männerhemd aus der Kleiderkiste der Zitadelle hatte Pothatch der Koch auch ihr Tee und Haferkuchen gebracht, aber hinter ihren Schläfen brütete immer noch ein dumpfer Schmerz – kein Wunder, wenn man darüber nachdachte. Bei den vielen Magiern in Reichweite hätte sie wahrscheinlich nur fragen brauchen und wäre davon erlöst gewesen. Selbst in ihrer eigenen, magielosen Welt besaß Antryg die Fähigkeit, das zu tun.

»*Sein* Kristall?« Die schwarzen Brauen senkten sich finster, und ein ganzes Netzwerk kleiner Falten bildete sich um die berechnend seelenvollen Augen.

Sie nippte an ihrem Tee, geräuchert und fast so stark wie Kaffee, aber ausgezeichnet. »Nun – er hat ihn aus Salteris' Haus sozusagen mitgehen heißen.«

»Aus *Salteris'* Haus?«

Am anderen Ende des Refektoriums standen Silvorglim und seine Sasenna in einem kleinen Teich aus qualmendem Fackelschein und steckten die Köpfe zusammen. Der Hexenjäger hatte wortreich dagegen protestiert, daß man den Magister Magus seinem Zugriff entzog, ganz zu schweigen von Antryg, den er immer noch als seinen Gefangenen bezeichnete, und war rundweg ignoriert worden. Die Magier hatten sich zum größten Teil um den runden Tisch unmittelbar unter dem großen Kronleuchter mit seinen von Feenlichtern gekrönten Kerzen zusammengefunden, wo sie über ihren Seherkristallen hockten wie frierende Menschen um ein Feuer. Sie versuchten, mit denen Kontakt aufzunehmen, die in abgelegenen Bereichen der Zitadelle gestrandet waren.

Nach kurzem Schweigen fragte Daurannon: »Das hat er gesagt?«

Sie nickte.

»Ich wüßte gerne, warum er nie ...« Er sagte es leise, wie

zu sich selbst, dann holte er tief Atem und schüttelte den Kopf. »Ich nehme an, Salteris hat ihn bei der Plünderung von Suraklins Zitadelle gefunden. Aber in dem Fall, weshalb hat er das Kollegium nicht davon unterrichtet?« Seine Augen wirkten verschleiert, als er darüber nachgrübelte, wie sein alter Mentor in den Besitz eines solchen Gegenstandes gekommen sein könnte. »Es kann nicht zwei gegeben haben ...«

»Es war Suraklins, stimmt.« Joanna erzählte ihm von Irina aus Kymil, die in der Dunkelheit endlose Selbstgespräche führte. Daurannon lehnte sich mit einer Schulter gegen den Oszillator hinter ihm, dabei kaute er nachdenklich an der Unterlippe.

»Ich verstehe nicht«, meinte er nach einer Weile. »Wenn Salteris den Kristall in Suraklins Zitadelle gefunden hat, warum hat er diese Frau nicht befreit? Alle Welt hat gewußt, daß sie verschollen war.«

»Vielleicht war es nicht *Salteris*, der ihn fand?« Joanna wandte sich wieder dem Computerschirm zu und legte behutsam den nächsten Testwafer ein. Zu ihrer Überraschung leerte sich als Antwort auf die neuen Daten die linke Hälfte des Schirms. Sie studierte ihre Notizen, dann gab sie den Befehl für einen Overlap ein. Ungeachtet der wärmeren Kleidung, die man ihr gegeben hatte, fror sie. Sie überlegte, ob es Einbildung war oder ob es tatsächlich kälter wurde.

»Vielleicht war er versteckt, und erst nachdem Suraklin Salteris' Geist und Körper übernommen hatte, brachte er ihn wieder an sich?«

»Ihr glaubt dieses Märchen, das Antryg sich aus den Fingern gesogen hat?« Die Bitterkeit in seiner Stimme veranlaßte sie, ihn anzusehen. Es *war* kälter geworden: sein Atem hing als feiner weißer Schleier in der Luft.

Sie blickte wieder auf den Schirm, um den stählernen Zorn in seinen Augen nicht sehen zu müssen. »Ich glaube, daß sämtliche Manierismen, der Idiolekt des Mannes, den ich – kurz – als Salteris kannte, später bei jemandem wieder auftauchten, den ich lange und gut kannte und der bis zu dem Moment eine hundertprozentig andere Persönlichkeit hatte. Ich glaube, daß all die Computerprogramme mit Informationen, mit den Daten für einen Persönlichkeitstransfer, von Suraklin geschrieben wurden, als Teil seines Plans, ewig zu leben.«

»Ich weiß nichts von diesen *Computern*.« Daurannon benutzte das englische Wort, da es in der Sprache von Ferryth keinen äquivalenten Terminus gab. »Aber ich weiß, daß Antryg – wie sein Meister vor ihm – unglaublich überzeugend sein kann. Man bedenke nur, wie ihm gelungen ist zu erreichen, was er seit seiner Ankunft erreichen wollte, nämlich Rosamund dazu zu bringen, daß sie das Geis von ihm nimmt und er wieder uneingeschränkt über seine magischen Kräfte verfügt. Oder wie er Euch auf seine Seite gezogen hat.«

Joanna sah ihn wieder an, diesmal waren ihre braunen Augen hart. »Einmal außer acht gelassen, daß ich diesen Mann liebe, hat Antryg mir das Leben gerettet, mich aus dem Kerker der Inquisition befreit, mich beschützt und behütet. Und es war Salteris, von dem er als seinem Meister sprach.« Ihre eigenen Worte erstaunten sie, mehr noch ihr Ton – sie versuchte erfolglos, sich zu erinnern, wann sie das letzte Mal einer Autoritätsperson Kontra gegeben hatte. In der Vergangenheit war schon einiges nötig gewesen, damit sie überhaupt den Mund aufmachte, ohne sich gleich darauf eine halbe Stunde lang in Entschuldigungen zu ergehen.

Entgegen ihrer Erwartung äußerte Daurannon sich nicht spöttisch über die Verführbarkeit des weiblichen Herzens, sondern bemerkte nur schroff: »Den er ermordete.«

»Falls es Salteris war.« Ihre Hände auf der Tastatur zitterten kein bißchen; eigentlich hätte sie unter dem Anprall seines Unmuts und seines Willens zusammenbrechen müssen, aber seltsamerweise fühlte sie kaum etwas, außer einem leichten Flattern in der Brust. »Und wenn es Salteris war, glaubst du nicht, in den sechzehn Jahren als Antrygs Lehrer und Freund hätte er ihn gut genug kennengelernt, um zu merken, daß Suraklin ihn aus seinen Augen ansah? Um zu erraten, was geschehen sein könnte?«

»Antryg ist verrückt.« Es klang starrsinnig. »Er war schon immer verrückt und als Salteris ihn fand, ging es ihm sogar noch schlimmer. Es ist eine gute Tarnung.«

»Also gut«, meinte Joanna vernünftig. »Dann beantwortet mir zwei Fragen. Erstens: Wie nahe seid Ihr Salteris in den letzten vier Jahren gewesen, zwischen dem Zeitpunkt, als der Kaiser wahnsinnig wurde – Antrygs Theorie besagt, Suraklin hätte sich nach seiner fingierten Hinrichtung in Körper und Geist des Kaisers eingenistet – und Salteris' Tod?«

»Salteris lebte während dieser Jahre in Engelshand«, erwiderte Daurannon kalt. »Ich war hier. Und der Tod seiner Frau hatte ihn verändert. Aber die wenigen Male, die ich ihn getroffen habe, hätte ich schwören können, er war der Mann, den ich kannte.«

»Und zweitens: Wie ist Salteris in den Besitz des Braunen Sterns gelangt?«

Daurannon schwieg eine Weile. Wie sie herausstellte, sollte Joanna nie erfahren, was er gesagt haben würde, denn als er den Mund aufmachte, um zu antworten, ertönte aus der Dunkelheit hinter dem Eingang des Refektoriums ein langgezogener Schrei aus der Kehle eines Mannes: »Nein! NEIN!« Dem folgte ein Krachen, das sich anhörte wie ein Donnerschlag und in den Gängen endlos widerhallte. Schwere Schritte, laufend, stolpernd. Die zwei Posten an der Tür riefen etwas und Licht strömte in den Gang dahinter, der helle, kalte Strahlenglanz der Magie. Silvorglim und seine Männer stürmten mit der blanken Klinge in der Faust zum Ort des Geschehens, die Sasenna des Kollegiums ebenfalls, geführt von Sergeantin Hathen.

Daurannon sprang auf und rief: »Bentick!«, als ein alter Mann, dem Blut aus den weißen Haaren über das Gesicht strömte, durch den Eingang stolperte und schluchzend auf dem Boden zusammenbrach.

Wenn du einen Magier bezahlst, Dunkelheit heraufzubeschwören, solltest du Kerzen zur Hand haben.

BERENGIS DER SCHWARZE
Hofmagier der Grafen Caeline

21. KAPITEL

»Sie hat den Verstand verloren.« Benticks tintenfleckige Finger griffen zitternd nach dem Becher, den Pothatch ihm an die Lippen halten mußte. »Gott helfe mir, ich habe versucht, sie zu heilen. Als sie Antryg töten wollte, im Keller unter der Burg, wußte ich, daß sie wahnsinnig ist, und ich versuchte sie zu heilen. Aber dann kamen die Hexenjäger.«

Ein schockiertes Flüstern lief durch die Reihen des halben Hunderts Zauberer und Sasenna, die einen Kreis um den Majordomus, Daurannon und den dicken kleinen Koch mit seinem Tee und seinen Kräuterkompressen bildeten.

Der alte Mann hielt den Atem an, als Daurannon ihm mit einem der feuchten Tücher, in ein Adstringens getaucht, das Blut abwischte. Stockend redete er schließlich weiter. »Ich dachte, ich könnte sie heilen, wie ich schon andere geheilt habe und nichts wäre an den Tag gekommen. Diese Hexenjäger – er hätte ihr die Schuld gegeben und gesagt, sie wäre eine Irre ... Bestenfalls hätte man sie aus dem Inneren Zirkel ausgeschlossen. Phormion ...«

Er schüttelte verzweifelt den Kopf, als wüßte er, man würde ihn nicht verstehen. »Phormion ist stolz. Ich war es ihr schuldig, sie vor ihnen zu schützen. Dann beschuldigte sie mich, ich hätte versucht, sie zu vergiften – sagte, Rosamund ließe sie bespitzeln, sie wollte ihre Rivalen um die Nachfolge aus dem Weg räumen, sollte Minhyrdin sterben. Ich konnte nicht zulassen, daß man sie entdeckte. Ich dachte nicht, daß sie mich angreifen würde.«

»Und wann genau hat das angefangen?« fragte Silvorglim leise. »Wer kann sagen, wann jemand anfängt, den Verstand zu verlieren? Vor einem Monat vielleicht, als die Abominationen auftauchen ...?«

Sergeantin Hathen beugte sich vor, die Hand am Schwertgriff. »Es gibt noch sechs andere Mitglieder des Inneren Zirkels, die dir sagen können, daß es nicht so war, Kumpel.«

Die Nasenflügel des schmächtigen Hexenjägers blähten sich verächtlich. »Und die tausend Eide schwören werden, kein Zweifel.«

»In jedem Fall« – Daurannon, der Diplomat, ergriff das Wort. Er stand auf, legte Silvorglim die Hand auf den Arm und schob sich unauffällig zwischen ihn und die wutschnaubende Sergeantin – »ist es eine Angelegenheit des Kollegiums. Warum setzt Ihr Euch nicht da drüben hin und macht's Euch gemütlich?«

»Joanna ...«

Bei dem scharfen Summen von NeunZehnZweis Stimme drehte Joanna sich alarmiert herum. Sie löste sich aus der Gruppe und ging wieder zu dem vierarmigen Monster im Kreis des elektronischen Equipments.

»Ob ein Zauberer den Verstand verliert und einen anderen mit seinen Krallen traktiert – oder mit den armseligen kleinen Dingern, die ihr Menschlein als Krallen bezeichnet – ist nicht unser Problem.« Sein langer Schweif peitschte unruhig hin und her, und während er redete, wanderte er von Monitor zu Monitor und hantierte konzentriert an Schaltern und Reglern. »Die Zauber von Daurannon und seinen Helfern können das Feld nicht mehr viel länger stabilisieren. Wenn wir unser Setup nicht schleunigst beenden, verlieren wir Teile der Zitadelle. Die Instrumente zeigen mir Wurmlöcher und Störfelder überall. Wenn die äußeren Parameter der Schutzhülle lückenhaft werden, besteht die Gefahr, daß Luft abfließt.«

»Jesses, das hatte ich vergessen.« Joanna ging zu dem nächsten Reflektorschirm, zog den kleinen Chip heraus und schob ihn in den Dateneingang des Computers. Sie machte die inzwischen auswendig gelernte Starteingabe und überlagerte das neue Datenfeld mit der Schablone. »Wir haben hier eine fehlerhafte Abgleichung.«

Der Tote Gott kam zu ihr herüber, um die Entdeckung zu überprüfen, produzierte ein klickendes Geräusch in der Tiefe seines mächtigen Schädels und nahm die erforderlichen Einstellungen vor. Dabei beugte er sich über ihre zierliche Gestalt wie ein Alptraumwesen aus dem Fundus der Spezialeffekte. Die Schöne und das Biest.

»Selbst wenn es kein Leck gibt«, hakte Joanna nach, nahm den Chip vom letzten Schirm und ließ den Test laufen, »was passiert, wenn der Sauerstoff verbraucht ist?«

»Das ist eine Entwicklung, über die wir uns keine Gedanken zu machen brauchen.«

Sie schüttelte die Haare zurück und seufzte vor Erleichterung. »Gott sei Dank für kleine ...«

»Lange bevor das geschieht«, fuhr NeunZehnZwei unerbittlich fort, »und falls das zutrifft, was Antryg sagt, werden die Polarisierungsenergien sich auflösen, und die vom äußersten Interface der Zitadelle umschlossene Enklave – die ursprünglichen Parameter des Zaubers – wird in sich zusammenbrechen.«

Er kam zurück, legte den korrigierten Chip ein und sah auf den Schirm, um sich zu vergewissern, daß der Fehler behoben war. Dabei stützte er sich mit zwei Händen auf ihren Schultern ab. Sie nutzte die Gelegenheit, um seine mehr als ungewöhnlichen Gliedmaßen unauffällig einer genaueren Betrachtung zu unterziehen und stellte fest, daß die kräftige Muskulatur des oberen Armpaares sich aus der Tatsache erklärte, daß es eigentlich *Hälse* waren und die Tentakel Zungen, die aus Mündern in den Innenflächen der krallenbewehrten Pranken herauskamen. *Es gibt nichts, was es nicht gibt*, dachte sie leise gerührt.

»Obwohl aller Voraussicht nach die Verwerfungen entlang der Energieadern in den diversen Welten aufhören werden, sobald die Zitadelle selbst im Abyssus zerstört worden ist«, bemerkte er. Ihr unwillkürliches Zurückzucken schien er nicht bemerkt zu haben. »Der Gedanke, daß wir unsere Universen vor Abominationen bewahren, wird mich im

Moment der Implosion nur wenig trösten. Bis dahin dauert es«, er konsultierte eine Digitalanzeige, »schätzungsweise zwei Stunden.«

»Zwei Stunden?« Joanna starrte ihn an. Das maskenhafte Insektenantlitz war ausdruckslos. Nach einem kurzen Augenblick wandte er sich ab, um die Einstellung des Oszillators zu überprüfen.

»Sieh mal«, meinte Joanna, als er wenig später die letzte Justierung vorgenommen hatte. »Wie Antryg sagt, wird das ganze Problem von einem permanent offengehaltenen Tor in den Kavernen verusacht, richtig?«

»Korrekt.« Der Schein der Stirnlampe irrlichterte über seine riesigen oberen Hände, die eine der Luftflaschen des Atemgeräts auswechselten. Joanna entdeckte zwei weitere Behälter in dem unordentlichen Haufen aus Werkzeugen, aufgerollten Kabeln und Reservemunition hinter den Batteriequadern. »Seine Theorie beruht darauf, daß, wenn diese Verbindung gekappt wird, die Zitadelle an ihren angestammten Platz im Raum/Zeit Kontinuum zurückkehrt und gleichzeitig das gesamte Kontinuum wieder innerhalb normaler Parameter zu funktionieren beginnt. Da einiges darauf hindeutete, daß wir es mit einem nicht ortsfesten Tor zu tun hatten, womöglich weil es offengehalten wurde, etablierte er das Stabilisierungsfeld und versuchte, einen Plan der Kavernen anfertigen zu lassen, wo das Phänomen gesichtet worden war, doch man hinderte ihn erfolgreich daran, selbst diesen Teil seines Vorhabens auszuführen.«

Joanna ging neben dem grotesken Außerirdischen in die Hocke und schlang die Arme um die Knie, in unbewußter Nachahmung seiner Haltung. »Doch wenn dein Forschungsgebiet der Xchipartikel-Flux ist – der Energien, die polarisiert wurden, um das Feld zu stabilisieren –, hast du vor der Phase der Stabilisation Messungen vorgenommen?«

»Selbstverständlich. Das war das erste, woran wir gedacht haben. Aber sie haben uns nicht gezeigt, welcher der Loci im Flux mit dem Wandernden Tor identisch sein könnte.«

Joanna nickte. »Aber etwas könnten sie uns zeigen, nämlich, daß es vielleicht eine Art Muster gibt, das erst offenbar wird, wenn man eine Übersicht erstellt. Und von Tom, dem Gärtner, weiß ich, daß Antryg von einigen Sektoren der Kavernen Pläne hat anfertigen lassen. Also haben wir die Möglichkeit, deine Aufzeichnungen mit seinen zu vergleichen und zu sehen, was dabei herauskommt. Kann dein Computer dreidimensionale Grafiken erstellen?«

»Vierdimensional, wenn du willst – aber kein Drucker.«

»Verflixt.« Joanna starrte auf den winzigen Monitor. »Sieht aus, als müßten wir uns wieder als Pflastermaler betätigen.« *Wenigstens*, überlegte sie, als sie aufstand und ihre Tasche nach einem Stück Kreide durchsuchte, *habe ich etwas zu tun, bis Antryg zurückkommt oder dieser Ort sich in seine Bestandteile auflöst.*

Sie brauchte nur wenige Minuten, um die meisten von Antrygs Plänen zusammenzubekommen. Die beiden Adepten Mick und Cylin hatten ein paar; Tom fiel ein, daß Antryg im Badehaus einen zerknüllten Batzen Papier aus der Rocktasche gezogen hatte, nahm sich eine Kerze und machte sich auf den Weg, um sie zu holen. Nach einiger Überredung rückte Seldes Katne ihren Teil heraus. »Sie sind nicht komplett«, erklärte sie und schaute besorgt zu, wie Joanna die vorläufigen Umrisse der verschiedenen Ebenen der Kavernen mit Kreide auf den Dielenboden zeichnete. »Goldhand hatte welche, und andere liegen noch in meiner Wohnung in der Bibliothek.«

»Genau, was wir brauchen.« Joanna drehte die flüchtigen Skizzen hin und her, um festzustellen, wie sie zusammengehörten. Es wurde einfacher, als Tom zurückkam, ziemlich blaß und erschüttert, aber mit einem Bündel zerknitterter Blätter, bekritzelt mit Antrygs eigenwilliger, unleserlicher Schrift. Er bot sich an, sie für sie zu entziffern. Der Tote Gott brachte einen ellenlangen Leporello aus einem transparenten, grünen Folienmaterial zum Vorschein, mit sämtlichen Meßdaten aus dem Zeitraum vor der Etablierung des Feldes – Blatt um Blatt von etwas, das aussah wie eine miserabel fotokopierte Schwarzweißversion von Van Goghs ›Sternennacht‹ – und Joanna machte sich auf der Rückseite Notizen, während der Physiker auf dem Monitor die neueren Daten überprüfte.

»Wie du siehst«, bemerkte er, »hat der Multiscanner nicht alles registriert, und einiges von dem, was er registriert hat, war für menschliche Sinne nicht wahrzunehmen. Wir wissen immer noch nicht, was dies für eine Störung war oder das.« Die furchteinflößende Pranke berührte den Schirm mit unerwarteter Feinfühligkeit.

Sie machte sich verbissen ans Werk, um nicht ständig auf die Uhr zu starren und auszurechnen, wie wenig von den zwei Stunden noch übrig war.

Es wurde kälter, eindeutig.

Na großartig. Wir verlieren zwar keine Luft, aber wir verlieren Hitze. Ich frage mich, wie es kommt, daß die Schwerkraft noch wirkt?

Daurannon hatte die Magier zu einer Konferenz zusammengerufen, ihre Stimmen, obwohl gedämpft, waren in der lastenden Stille des halbdunklen Raums deutlich zu verstehen. »Unsere Seherkristalle zeigen, daß das Wasser bis zur fünften Ebene der Kavernen gestiegen ist«, berichtete er.

Aus dem finsteren Schlund der Küche ertönte ein dünnes, sonderbares Pfeifen und das Trippeln unsichtbarer Füße. Die Magier sahen sich an. Etwas blasser geworden, fuhr Daurannon fort: »Nandiharrow, nimm dir zwölf von den Sasenna ...«

Am nördlichen Eingang entstand Unruhe. Joanna wandte den Kopf und sah die Wachen dort zurücktreten. Zwei graugekleidete Adepten – ein grobknochiges Mädchen und ein Junge mit dunklen Augen – stützten einen taumelnden kleinen Mann in einem gelben Nachthemd, dem das schwarze, strähnige Haar lang über die Schultern fiel. Hinter ihm, in einer Aureole aus Feenlicht, bewegte sich die androgyne Silhouette von Issay Bel-Caire.

»Goldhand – Otaro.« Daurannon ging ihnen entgegen.

Joanna beugte sich wieder über ihre Arbeit. Dieser Fleck und jenes Wurmloch korrespondierten in dieser Konfiguration miteinander, daraus folgte, daß diese Skizze wahrscheinlich so herum gehörte, und aus dem Grund hatte jenes Tor sich zweimal geöffnet – oder zwei verschiedene Tore hatten sich geöffnet, im Abstand von anderthalb Tagen.

»Was heißt die Anmerkung da?«

»›Kältezone‹«, las Tom vor.

»Sie scheinen eine Linie zu bilden.«

»Entlang der Energieadern, die durch den Abyssus laufen.« Die schmalere, kleinere untere Hand des Toten Gottes schob sich an Tom vorbei und deutete auf das Kartenfragment. »Dieser Raum ist der mit der Gläsernen Säule, an einem Punkt der Feldachse. Tore – Fluxkonzentrationen – befinden sich hier und hier, außerhalb der Kavernen, sogar außerhalb der Zitadelle.«

»Ist die Kältezone auf der nächsten Skizze? Und was ist mit dem Feld, wo angemerkt ist ›Katzenmagie‹?«

»Das ist hier – nicht in den Kavernen ...«

Ihr Blick huschte verstohlen zur Uhr. Fünfundvierzig Minuten waren vergangen.

»Daurannon ...!«

Die Posten an der Tür zwischen Küche und Refektorium traten zur Seite. Nandiharrow, groß und finster und imposant in seiner wallenden schwarzen Robe, kam herein, gefolgt von einem arg mitgenommenen Pothatch und zwölf Sasenna. Daurannon steckte den Seherkristall an, über dem er die letzten zehn Minuten gebrütet hatte, und beeilte sich, ihm entgegenzugehen. Vermutlich, dachte Joanna, um zu verhindern, daß alle die schlechte Nachricht hörten – man konnte Nandiharrow ansehen, daß er nichts Gutes zu berichten hatte – und womöglich Panik ausbrach. Silvorglim wanderte schon eine ganze Weile unruhig auf und ab und starrte mit einem Blick, der Joanna nicht gefiel, abwechselnd auf die versammelten Nigromanten und den schwärzlich schimmernden Ring aus Oszillatoren und Monitorschirmen am anderem Ende des Raums.

Daurannon hätte sich die Mühe sparen können. Die Aufmerksamkeit jeder Person im Zimmer, mit Ausnahme von Bentick und dem schwer sedierten Otaro, konzentrierte sich seit Nandiharrows Eintreffen auf die beiden Mitglieder des Inneren Zirkels.

»Etwas regt sich da unten«, berichtete Nandiharrow leise. »Überall in den Kellern treiben sich – Kreaturen herum, aber das scheint aus den Kavernen zu kommen. Ich habe nachgesehen und kann nicht genau sagen, was es ist, aber wir alle fühlten es. Ein Sog, eine Kälte, das Mark in den Knochen schien zu Eis zu erstarren ...«

»Jesus Christus«, hauchte Joanna. Sie wußte sofort, was er gesehen hatte. Etwas schnürte ihr die Kehle zu und ihr Herz schlug wie wild.

Daurannon kehrte schweigend zu seinem Stuhl zurück, und das Licht, das über seinem Kopf geschienen hatte, während er mittels des Kristalls die Kavernen durchforschte, strahlte heller, als er den Stein erneut hervorholte. Lange Zeit verging, und die um ihn versammelten Magier wurden sehr still.

»Miss Sheraton ...«

Sie trat zu ihm. Geistesabwesend staubte sie sich die Kreide von den Händen. »Der *tsacati*.« Sie sprach das Wort aus, wie sie es von dem Magister Magus gehört hatte. »Das ist es, nicht wahr?«

Der Magier schloß kurz die Augen, nicht überrascht, aber ungefähr wie ein zwei-Päckchen-pro-Tag Mann, der gehofft hatte, der Arzt würde sagen: ›Ach nein, der Husten ist nur eine Sommergrippe ...‹

»Ich weiß es nicht«, meinte er schließlich. Joanna blickte über seine Schulter auf den graugelben Quarzbrocken von der Größe und Dicke eines Avocadokerns, der in seinen Händen lag. Sie konnte in den polierten Facetten nicht das Geringste erkennen.

»In den Kavernen«, sagte sie leise, »hat uns einer von diesen zweibeinigen Kreischern verfolgt, und ich glaubte, dahinter hätte sich etwas bewegt – oder es war nur die Ahnung einer Bewegung, fast als hätte – als hätte der Boden Wellen geschlagen. Als wäre der Fels lebendig geworden.«

An Daurannons Wange zuckte ein Muskel, sonst war ihm keine Gemütsbewegung anzumerken.

»Antryg ließ den Magister Magus zurück, um den Gang

mit der stärksten Illusion, die zu schaffen er fähig war, zu verschließen, damit ein möglicher Verfolger an dem Ende nicht sehen konnte, was sich an diesem Ende befand. Wir mußten die Maschinen herbringen.«

»Und der Dämon ist euch gefolgt«, flüsterte er. »Oder vielleicht hat er aus der Ferne unser Blut, unsere Seelen gewittert.«

Er drehte den Kristall zwischen den Fingern, die seltsamerweise nicht zitterten. »Ich sehe die Wände sich bewegen«, raunte er. Nur wegen der Totenstille, die sich über den Raum gesenkt hatte, konnte man seine Worte verstehen. »Ich sehe in schwarzen Schatten einen Berg aus Wasser und Schlamm, aus dem die zerrisenen Leiber und Gliedmaßen unbekannter Wesen ragen, von gräßlichem Leben beseelt. Und hinter diesen Schatten sehe ich die Gewölbe und Mauern der Vorratskeller.«

Einige Sasenna kamen von der Küche herein und machten atemlos Meldung: »Wir konnten es nicht aufhalten. Wir mußten fliehen. Es ist auf dem Weg hierher.«

Daurannon erhob sich und musterte seine Streitmacht. Ohne einen Befehl erhalten zu haben, begaben sich sämtliche Sasenna, auch die der Kirche, geschlossen zur östlichen Tür und nahmen dort Aufstellung, nur die Wache am Eingang blieb auf ihrem Posten. Ihre Gesichter waren grimmig. Die Sasenna trainierten ihr ganzes Leben lang für den Ernstfall, doch in diesen friedlichen Zeiten hatten nur die wenigsten von ihnen – Kirche, Kollegium oder die private Leibwache von Adligen oder des Kaisers – je einen wirklichen Kampf erlebt. In seiner Ecke regte sich Otaro in seinem Opiumtraum, murmelte etwas, das sich anhörte wie ›Vater …‹ und fing an zu schreien, mit einer schrecklichen, gebrochenen Stimme. Goldhand und Issay, die sich zu der Gruppe um Daurannons Stuhl gesellt hatten, eilten zu ihm, bevor er sich trotz der gefesselten Hände das Gesicht zerkratzen konnte. Wangen und Stirne waren bereits von verschorften Striemen überzogen. Bald darauf ging das Schreien in ein leises Weinen über, und er sank wieder in Schlaf.

Doch als hätte jemand einen Stein ins Wasser geworfen,

bildeten sich Kreise auf der trügerisch ruhigen Oberfläche der Atmosphäre im Refektorium.

»Nandiharrow, Issay, Goldhand ...« Daurannon ging auf und ab wie ein Feldherr, der seine Truppen ordnet. »Gilda, nimm mit Q'iin Kontakt auf und ruf sie zurück. Sie und ihre Leute sollen versuchen, sich zum Nordeingang durchzuschlagen. Whitwell ...«

Seldes Katne, die neben der Decke saß, auf die man Bentick gebettet hatte, stand auf, als fühlte sie sich ebenfalls angesprochen, doch Daurannon winkte ab. Auch Bentick erhob sich mühsam. Er suchte an der Tischkante Halt.

»Leg dich hin«, befahl die stämmige Bibliothekarin. »Du holst dir den Tod ...«

»Unfug. Sie brauchen jeden, der auch nur ein Jota Kraft beisteuern kann.«

Die Meistermagier sowie einige von den Adepten – Goldhand und Kyra – versammelten sich, folgten Daurannons in ruhigem Ton gegebenen Anordnungen. »Wenn es der *tsaeati* ist«, sagte er, »so steht von ihm geschrieben, er werde von Leben angezogen, er habe Leben getrunken, absorbiert. Deshalb müssen wir einen Blutsbund schließen, um unser Leben und unsere Kräfte gegen diesen Dämon zu vereinen.«

Während die Magier sich daran machten, ihre Ärmel aufzukrempeln und in einem rituellen Kreis Aufstellung zu nehmen, suchte Joanna Zuflucht in der Festung der Transmitterschirme und Generatoren – Compu-Henge, nannte sie es bei sich – und kniete neben dem Toten Gott und Tom nieder, die sich immer noch damit abmühten, einen halbwegs brauchbaren Plan der Kavernen zu erstellen. »Du solltest deine Daten sichern und den Computer dicht machen«, sagte sie halblaut. »In ein paar Minuten werden wir uns in der denkbar unangenehmsten Gesellschaft befinden, und ich möchte nicht, daß die Platte den Geist aufgibt.«

Der Tote Gott fluchte. Übermittelt von dem Verständigungszauber, waren einige der Bilder recht erstaunlich. »Was kommt?« fragte er, während die Daten auf dem Schirm verblaßten.

»Etwas, das Lebenskraft absorbiert.«

»Das tun wir *alle*.« Er schraubte sich in die Höhe und angelte seine Waffe hinter dem Hauptgenerator hervor. »Wie können die Monitore in den Kreis schaffen und die Konfiguration aufrechterhalten, aber wenn dein Etwas in die Nähe von Oszillator oder Batterien kommt – siehst du?« Er zeigte ihr den Visier- und Auslösemechanismus der Schußwaffe, die eindeutig für die Bedienung durch eine obere und eine untere Hand konstruiert worden war. »Sie hat so gut wie keinen Rückschlag, aber du mußt sie festhalten, so.«

Joanna überprüfte das Laservisier und fand es fremdartig, aber hantierbar. Als sie vor einiger Zeit verlegen ihr Interesse an Schußwaffen eingestand, hatte ihr Lehrer einige ziemliche exotische Exemplare präsentiert. Während Antryg sich hauptsächlich für den Mechanismus und die Funktionsweise interessierte, war Joanna – von Natur aus praktisch veranlagt – mehr daran gelegen, dem Ding klarzumachen, daß sie der Chef war und bestimmte, wohin geschossen wurde. Trotz der sperrigen Konstruktion dieses Gewehrs war der Auslöser nur ein Knopf wie bei einem Fotoapparat, geschaffen für NeunZehnZweis winzige Zungenfinger und bestens geeignet für ihre eigene kleine Hand.

Wenige Meter entfernt standen die ungefähr fünfzehn Meistermagier und Adepten in einem mit Kreide gezogenen Kreis der Macht. Sie hatten die Unterarme aneinandergelegt, hier und dort quollen ein paar Tropfen Blut hervor. Zwischen dem Grau und Schwarz ihrer Roben leuchtete Tobin, der Hasu, wie eine Flamme aus der Asche. Obwohl Joanna die Worte nicht verstehen konnte, wußte sie, daß Magie beschworen wurde, sah es in der entrückten Stille dieser so verschiedenen Gesichter. Halbwüchsige wie Zake Goldhand oder verknöcherte Hagestolze wie Bentick – was immer sie dachten, die Alten über die Jungen und umgekehrt, über die Rolle der Magie in der Welt und die Verhältnisse in der Zitadelle, wenn es hart auf hart ging, hielten sie zusammen bis in den Tod und darüber hinaus. Sie waren von einer Art, einer besonderen Art, und selbst wer ihnen nahestand – sie selbst, ihr Freund Caris, der Sasenna und

Salteris' Enkelsohn; Pothatch, Hathen und Tom –, konnte sie nie ganz verstehen.

Silvorglim, der Hexenjäger, der hoch aufgerichtet und mit vor der Brust verschränkten Armen stehengeblieben war, während seine Männer sich den Verteidigern anschlossen, näherte sich der Gruppe, um Protest einzulegen, aber Pothatch hielt ihn am Arm fest. »Nicht jetzt.«

»Mylord!« rief Sergeantin Hathen von der Osttür her.

Daurannon hob den Kopf und schlug die Augen auf. Wie schon einmal während ihrer kurzen Unterhaltung sah Joanna den alternden Mann unter der glatten Fassade und bemerkte, mit einiger Überraschung, das nackte Grauen in seinem Blick. Er straffte die Schultern und wappnete sich für das, was ihnen bevorstand, dann trat er zu den Soldaten.

Der Kreis der Magier zog sich zu einer Linie auseinander. Daurannon bedeutete der Sergeantin mit einem Kopfnikken, ihre Männer abzuziehen. Sie gab ihnen ein Zeichen, doch selbst blieb sie stehen – Joanna beobachtete, wie ihr und Daurannons Blick sich trafen, eine stumme Frage; der Magier holte tief Atem, dann gab er ihr ein Zeichen zu gehen. Nach kurzem Zögern gehorchte sie. Joanna kauerte neben dem Toten Gott hinter den Batterietürmen und dachte, daß dieses Zögern, diese Unschlüssigkeit, ob sie nicht doch an der Seite ihres Herrn bleiben sollte, angesichts der schleichenden Kälte, der Ahnung von etwas unvorstellbar Bösem, die bewunderungswürdigste Demonstration von Tapferkeit gewesen war, die sie je erlebt hatte.

Präzise und sehr schnell zeichnete Daurannon mit dem linken Zeigefinger Symbole auf die Tür – glaubte Joanna, denn in der weißen Helligkeit, die sich im Refektorium ausbreitete, konnte sie kaum etwas erkennen. Die wartende Reihe der Nigromanten rückte dichter zusammen. Sie hielten die Köpfe gesenkt, und ihre Augen waren geschlossen wie in Trance. Ein oder zwei von ihnen hielten sich an den Händen gefaßt. Blut aus den Schnittwunden an den Armen rann über die verschränkten Finger.

Verstohlen sickerte eine rötliche Flüssigkeit unter der Tür hervor, die aussah wie blutiges Wasser.

Daurannon trat zurück. Er rang nach Atem, als hätte er eine ungeheure Anstrengung vollbracht, und jetzt zitterten seine Hände. Schweiß bedeckte sein Gesicht uind tropfte von den Spitzen der langen Haare. Seine Lippen bewegten sich lautlos. Das Feenlicht, nach einem letzten Aufleuchten, begann zu verblassen, und Dunkelheit sank herab.

Der Riegel vor der Tür bebte, die Eisenkrampen knirschten unter einem ungeheuren Druck, darauf folgte ein Scharren und Kratzen am Holz. Die mächtigen Eichenbohlen im unteren Drittel erzitterten und bogen sich nach außen. Daurannon trat einen weiteren Schritt zurück, breitete die Arme aus und sammelte die verbliebene Helligkeit um sich, bis ein flimmernder Strahlenkranz ihn umhüllte. Laut rief er: »*Tsacati, tsacrat, anambo mishia tathet!*« Dampf stieg von dem Wasser auf, das sich als schmale Zunge über den Fußboden schob.

Das Kratzen hörte auf.

Otaro stöhnte im Schlaf vor namenlosem Entsetzen.

Dann erschütterte ein gewaltiger Schlag die Tür, wie von einem Dampfhammer oder einem brausenden Güterzug, und daumendicke Holzspäne flogen wie Geschosse nach allen Richtungen. Ein Höllenspaktakel kreischender und heulender Stimmen brach los, Krallen schoben sich durch den Zwischenraum in der Tür, zogen tiefe Furchen in das Holz, während in immer breiterem Schwall Wasser, Schlamm und Blut in das Refektorium strömten. Daurannon und einige andere in der Reihe vollführten eine abrupte Handbewegung, und ein Blitz schlug in den Boden, ließ das Wasser verdampfen und versengte die scharrenden Krallen. Aber der Dampf stieg auf und verwandelte sich in einen Zyklon, der auf Daurannon zuraste. Er warf die Arme hoch, um seine Augen zu schützen, gleichzeitig bogen die Eichenbohlen der Tür sich nach außen, wölbten sich zu einem ungeheuren Bauch, als wären die Moleküle des Holzes zu Kautschuk geworden.

Mit einem Knall wie ein Kanonenschuß barst die Tür, und ein monströses Ungetüm, schleimtriefend, nach Verwesung stinkend und eingehüllt in einen wogenden Schleier aus

Wasserdunst, aus dem zappelnd und zähnefletschend die Arme, Beine und Köpfe unvorstellbarer Kreaturen ragten, wälzte sich durch die Bresche.

Die Druckwelle hatte Daurannon zurückgestoßen, ein Holzsplitter durchschlug wie ein Wurfspeer seinen Arm. Goldhand stieß einen hellen Schrei aus, und wieder traf ein Blitz die Kreatur. Die Finsternis, die ihr folgte wie giftiger Nebel, wurde hinweggefegt von einer gleißenden Entladung grellweißer Elektrizität. Issay Bel-Caire nutzte den Augenblick, um sich nach vorne zu werfen und den verletzten Daurannon aus dem Pfad des *tsaeati* zu ziehen. Joanna hielt schützend die Hand vor die Augen, als die Nigromanten den nächsten Blitz schleuderten und das Ding vor ihnen Feuer fing und sich als formlose, lodernde Walze aus Dampf und Flammen und brennendem Fleisch auf seine Widersacher zuschob.

Sie wichen zurück, Daurannon zwischen sich. Ein Blitzstrahl aus dem wallenden Nebel traf die Kräuterfrau Q'iin; sie stolperte, der Hügel aus brennendem Schlamm ergoß sich über sie und schleifte sie mit. Ihre Schreie waren das Grauenhafteste, was Joanna je gehört hatte. Der Gestank von Blut und versengtem Fleisch hing als erstickende Wolke über der wogenden Masse.

»Kälte!« schrie Daurannon, der sich schwankend auf den Beinen hielt. Blut schoß pulsierend aus einer durchtrennten Arterie und besprühte Issay und jeden in seiner Nähe mit einem Schauer roter Tropfen. »Nicht Feuer – KÄLTE!«

Der Magier Whitwell Simm und zwei Sasenna waren nach vorn gesprungen und hieben mit Schwertern auf die geifernden Schlangenhäupter und krallenbewehrten Pranken ein, um zu der Stelle zu gelangen, wo Q'iin gewesen war. Schon überzogen Eiskristalle den Hügel aus Schlamm, weißer Dunst stieg auf, als die Temperatur unter den Gefrierpunkt sank. Einen Augenblick lang stockten die Bewegungen des *tsaeati*. Er schien zu erstarren …

Und dann, wie die Tür und wie der Steinboden im Gang, was Joanna für eine Halluzination gehalten hatte, setzte er sich wieder in Bewegung. Ein Knirschen, ein dünnes, gräßliches Klingeln von splitterndem Eis, aus einem tastenden Vorwärtsschieben entwickelte die Kreatur von einer Sekunde zur anderen eine furchteinflößende Geschwindigkeit und ergoß die zähen Körpermassen über die Füße des zunächststehenden Sasenna. Der Mann tat einen Satz nach hinten und stach mit dem Schwert zu, aber der haarige Arm eines Kreischers reckte sich nach ihm, zerrte ihn auf die Knie und dann schreiend über den Boden, mit dem Kopf voran in den halbgefrorenen Modder. Whitwell Simm bückte sich, um den jungen Mann zu befreien, doch plötzlich schoß die Hand des Sasenna heraus, umklammerte den Arm des gebrechlichen alten Zauberers und zog ihn unerbittlich in den Hügel aus Schlamm, der sich ihm gierig entgegenwölbte. Das Wasser war zu einer Eishaut gefroren, geschmeidig wie trübe, schmutzige Gelatine – an ihrem Platz hinter den Batterien konnte Joanna den Kältehauch spüren, der von der ekelhaften Kreatur ausging –, aber die Hände und Köpfe der Abominationen, mit Reifgirlanden behangen, verbissen und verkrallten sich in Simms Fleisch, während er sich zu befreien versuchte. Brunus und die übrigen Sasenna durchtrennten die Tentakel und die Krallenfinger – der Arm ihres Kameraden war verschwunden – und schleppten den alten Mann, an dessen verstümmeltem Arm noch Klumpen der ekelregenden Substanz hingen, in den hinteren Teil des Raums. Aus dem Inneren des Dämons hörte man Q'iins Stimme schreien und schreien, während er den Schritt um Schritt zurückweichenden Magiern folgte.

Plötzlich, in Höhe der elektronischen Insel des Toten Gottes, verharrte er.

Und wandte sich um.

Eine unwirkliche Sekunde lang kam es Joanna vor wie ein böser Traum, daß dieses Ding, dieses personifizierte Grauen, sich malmend und schlürfend in ihre Richtung bewegte.

Dann begriff sie, was geschah und rief: »Die Batterien! Es will die Batterien!« Im selben Augenblick hob der Tote Gott das Gewehr und schoß. Eissplitter und Schlammbrocken spritzten, als das Geschoß tief in der breiigen Masse explodierte. Q'iins Stimme brach mit einem schrecklichen, würgenden Röcheln ab.

Jeder einzelne Klumpen, eingeschlossen der, aus dem immer noch Rumpf und Beine des Sasenna ragten, setzte sich wieder in Bewegung.

»Verdammt, es frißt Energie!« schrie Joanna. »Wenn es die Batterien verschlingt, wird die ganze Zitadelle implodieren!«

Worüber, zum Teufel, rege ich mich so auf? fragte sie sich hysterisch. In zwanzig Minuten ist sowieso alles vorbei.

Daurannon rief etwas in der tönenden Stimme der Macht. Sie riß die Augen von der Monstrosität los und sah zu ihm hin – totenblaß, auf Goldhand und Ossay gestützt, kämpfte er gegen die Schwäche, die ihn zu übermannen drohte. Die Luft in dem großen, rechteckigen Raum knisterte, und sie fühlte die Elektrizität in ihrem Haar.

Hinter der Kreatur, genau gegenüber dem Turm der Batterien, hinter dem sie kauerte, erschien ein zweiter Turm, doppelt so groß und gesäumt von bläulich flackernder Statik.

Ein zweiter Blick zeigte ihr, daß es eine Illusion war. Antryg hatte ihr einmal erzählt, es gäbe Grenzen für das, was man mit einem Trugbildzauber erreichen konnte, und dieser, obwohl wirklich sehr, sehr gut, wirkte falsch, auf eine undefinierbare Art. Doch für einen Versuch in letzter Minute war es ausgezeichnet, und der *tsaeati* schien kein sonderlich ausgeprägtes Urteilsvermögen zu besitzen. Er zögerte einen Moment lang, die einzelnen Teile verschmolzen wieder mit dem Hauptkörper, und kroch dann auf das zu, was er für den größeren Happen zu halten schien.

Daurs Stimme war ein tonloses Ächzen. »Die Tür nach draußen aufmachen ...«

Seldes Katne, aus ihrer Lähmung gerissen, huschte an der Monstrosität vorbei und stieß die Türflügel weit auf. Der falsche Turm – Joanna registierte, daß sogar die Firmenlogos stimmten – flackerte, verschwand und materialisierte sich im Korridor.

Der *tsaeati* wälzte sich darauf zu. Er hinterließ eine widerwärtige Spur aus blutigem, reifüberzogenem Wasser und

Schleim. Daurannon und Goldhand knieten aneinandergeklammert wie Ertrinkende, im Kreis der übrigen Magier auf dem Boden, Fokus und Lenker ihrer Macht. Joanna sah, wie die Lippen der Adepten sich bewegten, hörte Nandiharrow wiederholen: »Die Bibliothek. Das obere Stockwerk der Bibliothek. Der am weitesten entfernte Platz ...«

»Nein!« protestierte Seldes Katne verzweifelt, aber niemand schenkte ihr Beachtung. Die Magier des Blutsbundes schienen alle mit ihren Kräften am Ende zu sein. Sie stützten sich gegenseitig und sanken nieder wie die Ruinen eines ausgebrannten Hauses. Die Augen geschlossen, verströmten sie den letzten Rest ihrer Magie in die Aufrechterhaltung der Illusion.

Daurs Kopf fiel gegen Goldhands Schulter, unter den Fingern des Jungen, der versuchte, die Ader zu verschließen, quoll Blut hervor, zäh und stinkend und röter als alles, was Joanna sich je vorgestellt hatte. »Issay ...Barriere ...Illusion. Es darf nicht den Weg zurückfinden.« Der Magier eilte mit fliegenden Haaren zur Tür und begann mit fließenden Bewegungen, eine ungleich mächtigere Version der gleichen Symbole zu weben, die der Magister Magus vor nicht einmal drei Stunden quer über das Ende des Ganges in den Kavernen geschrieben hatte.

»Nicht die Bibliothek!« jammerte Seldes Katne. »Sie können nicht ...«

In der Ecke stöhnte und schluchzte Whitwell Simm, als die schmierigen Fetzen des *tsacati* sich von seinem Arm lösten und wie nackte Würmer zur Tür krochen. Issay trat einfach zur Seite und ließ sie vorbei. Der Tote Gott, neben Joanna, setzte die Waffe ab und fragte: »Wie lange wird diese Illusion den Instinkt des Wesens täuschen und es davon abhalten, sich eine nahrhaftere Beute zu suchen?«

Vor Joannas Augen drehte sich alles, sie mußte sich auf den Turm der Batterien stützen. Die Reaktion setzte ein, Hoffnungslosigkeit im Schlepptau, sie fühlte sich merkwürdig schwerelos und kurzatmig. Ihre eigene Stimme hörte sich für sie befremdlich nüchtern an, als sie sagte: »In fünfzehn Minuten wird das eine rein akademische Frage sein ...«

»Wie?« Der Tote Gott machte einen Satz und überprüfte eine Digitalanzeige. »Unsinn! Kaum eine Stunde ist vergangen!«

Joanna sah auf ihre Uhr, dann zu der riesigen Gestalt, die über ihr aufragte. »Fast zwei, nach meiner Uhr.« Dann ging ihr ein Licht auf, und sie kam sich plötzlich unglaublich dumm vor. »Oh. Ihr habt andere Stunden als wir, nicht wahr?«

Damit wurden ihre Knie weich, und sie rutschte langsam zu Boden.

Krallenhände griffen nach ihr, hoben sie auf, als hätte sie kein Gewicht und trugen sie zu einem Deckenstapel an der Wand. Obwohl sie nicht ohnmächtig wurde, nahm Joanna in ihrer Benommenheit alle Dinge in Form kleiner Vignetten wahr, Stilleben ohne Bedeutung. Daurannons Gesicht, eine Maske aus weißem Porzellan, umrahmt von schwarzem Haar, während Pothatch seinen Ärmel aufriß und Sergeantin Hathen einen Verband anlegte; die übrigen Magier des Blutsbundes saßen betäubt und erschöpft auf dem Boden wie die Überlebenden einer Schlacht, zu erschüttert, um sich zu bewegen; zwei von den Novizen hinderten Otaro daran, sich den Kopf an der Mauer einzuschlagen; Whitwell Simm starrte auf den grünlich-grauen Schleim, der auf Fleischfetzen und Knochen seines halb skelettierten Arms gelierte; eine winzige Abomination, einer glubschäugigen, purpurnen Ratte ähnlich, lief verängstigt an der gegenüberliegenden Wand hin und her.

Verschwommen kam ihr zu Bewußtsein, daß alles Licht im Raum erstorben war, bis auf die Fackeln und Laternen von Silvorglims Sasenna, die sich auf einen Wink des Hexenjägers um ihn scharten.

Und merkwürdig, daß Seldes Katne von niemandem bemerkt zur Tür hinausschlüpfte.

Dann rief Goldhand: »Langsam, was soll das?!« Er sprang auf, als Silvorglim und seine Bewaffneten Anstalten machten, gegen die Burg des Toten Gottes vorzurücken. Zwei der

Kirchensasenna packten den jungen Mann grob bei den Armen, ein dritter schlug ihm den Schwertknauf gegen den Hinterkopf. Der Tote Gott, der neben Joanna kniete, schnellte empor und sprang wie ein skelettierter Raubsaurier auf die Hexenjäger zu. Zwei Armbrüste flogen in die Höhe, das bösartige Schwirren von Sehne und Bolzen, und die groteske Gestalt stürzte zu Boden, die Arme den Apparaten entgegengestreckt, die ihrer aller Leben bedeuteten.

Ein Augenblick entsetzter Stille. Den Silvorglims Stimme durchbrach.

»Was das soll?« fragte er leise. »Ich rette die Welt vor dem Verderben. Ich tue, was schon vor sechshundert Jahren hätte getan werden sollen, ohne Rücksicht auf den Blutzoll, den es gekostet hätte.« In Silvorglims monotoner Stimme schwang etwas wie Verzückung mit.

»Statt dessen ließ man sich auf einen Handel mit den Zauberern ein, glaubte man ihren Versprechungen, sich zu beschränken und nicht in die Belange der Menschen einzugreifen. Man schenkte ihnen das Leben, man schenkte ihnen Geld, arbeitete sogar mit ihnen, hörte auf ihren Rat, ohne zu begreifen, daß kein Zauberer des Guten fähig ist, daß der Gebrauch dieser widernatürlichen Kräfte, auch im geringsten Maße, nichts anderes bewirken kann als Unheil, Verrat und Katastrophen. Ihr behauptet, wenn diese Artefakte des Teufels zerstört sind, ist die Zitadelle dem Untergang geweiht. So sei es. Ich vernichte die Zitadelle der Nigromanten, die Brutstätte des Bösen. Ich tilge sie aus, diese verfluchte Zauberkraft, und bewahre die Welt vor dieser Pest, ein- für allemal.«

Im großen und ganzen kann man sagen, je älter ein Teles, desto größer seine Kapazität für Magie, doch müssen solche Hilfsmittel aufmerksam beobachtet und oft überprüft werden. Denn wann immer beim Beschwören magischer Kräfte ungewollt Felder von Hitze oder Kälte entstanden oder Gegenstände sich im Zimmer bewegten, geschah es nach meiner Erfahrung, wenn der Teles zu den sehr alten gehörte.

EINTRAG IM GRIMOIRE VON GANTRE SILVAS

22. KAPITEL

Joanna schrie: »NEIN!« und sprang auf, als der Hexenjäger auf den Kreis der Oszillatoren zuging, eine stille, blinkende Festung in der flackernden Düsternis. Ein Sasenna stellte sich ihr in den Weg.

Im nächsten Augenblick zerriß blendende Helligkeit das Dunkel, als knisternd ein Blitz aufzuckte und Ozon die Luft von dem Gestank nach Qualm und Blut reinigte. Wieder schrie Joanna »NEIN!« und merkte, daß im selben Moment auch Silvorglim geschrien hatte – vor Schreck und wütender Enttäuschung.

Als der Hexenjäger vor dem zischenden Vorhang aus purpurnem und weißem Feuer zurücksprang, der zwischen ihm und den Apparaten aus dem Boden lohte, tadelte eine tiefe, wohlbekannte Stimme aus der Richtung der östlichen Tür: »Wirklich, Yarak, ich hatte keine Ahnung, daß deine Hingabe an die gute Sache so groß ist.«

Silvorglim fuhr herum wie ein versengtes Wiesel, als Antryg über die Trümmer der Tür hinwegschritt, umflattert von seinem Vogelscheuchenkostüm aus Schal und Rockschößen und glitzernden Ketten, ein langes Schwert lässig in den Gürtel gesteckt. Drei weitere Gestalten materialisierten sich hinter ihm in den Schatten: Lady Rosamund, auf ihre Krücke gestützt, aber ein blankes Schwert in der Hand, und Tante Min, am Arm des Magus', die sich aus wachen Augen umschaute.

Der Hexenjäger zischte: »Du ...«

»Nun«, sagte Antryg, »es gibt zwei Lehrmeinungen über dieses Thema. Findest du nicht, du solltest ein kleines Nikkerchen machen?« Er hatte Silvorglim erreicht – die Kirchensasenna waren zu verwirrt, um zu wissen, ob oder wen sie angreifen sollten – und legte die Fingerspitzen der rechten Hand an die Stirn des kleineren Mannes.

Silvorglim schlug die Hand weg, aber schon zerrte ein unwiderstehliches Gähnen an seinen Kinnbacken. »Du kannst mich nicht mit einem solchen ...«, er mußte wieder gähnen und starrte ihn aus schwefelgelb lodernden Augen, die er kaum noch offenhalten konnte, haßerfüllt an, » ...Firlefanz außer Gefecht setzen.« Seine Hand tastete fahrig nach dem Schwert an seiner Seite.

»Das weiß ich natürlich.« Beinahe freundschaftlich legte Antryg ihm die Hand auf den Schwertarm und verpaßte ihm mit dem knochigen Ellenbogen einen saftigen Zwölfer ans Kinn, um ihn dann sanft zu Boden gleiten zu lassen. Die Sasenna, überrumpelt, wollten eingreifen, aber das Zwischenspiel hatte Sergeantin Hathen und ihren Leuten Zeit gegeben, sich zu besinnen und auszuschwärmen. Waffen klirrten, dann hing die unbehagliche, spannungsgeladene Stille einer Pattsituation im Raum.

»Nein, nein, nein.« Tante Min zog die Hand aus der Armbeuge des Magisters Magus und trippelte zielbewußt dorthin, wo Antryg stand. »Du und du«, sie zeigte auf zwei beliebige Kirchensasenna, »tragt euren armen Herrn zu den Decken. Kyra, gutes Kind, sieh zu, was du gegen seine Kopfschmerzen tun kannst. Q'iin ...« Sie verstummte, und Joanna erkannte, daß sie wußte, was der beeindruckenden Frau mit den meerblauen Augen zugestoßen war. »Ach, Q'iin.« Die alte Frau seufzte und neigte den weißhaarigen Kopf. »Mein armes kleines Mädchen.« An der anderen Seite des Refektoriums kauerte die Novizin Gilda in einer Ecke, den Kopf an die Wand gelehnt, und weinte lautlos in sich hinein.

Lady Rosamund trat humpelnd neben Tante Min. Nachdem Silvorglims Männer schachmatt gesetzt waren, hatte sie das Schwert weggesteckt, jetzt legte sie den freien Arm schützend um die Schultern der greisen Erzmagierin, während sie zu Antryg aufschaute. »Und was nun?« Ihr Haar war dunkel und strähnig vor Schweiß, das schwarze Gewand zerrissen und fleckig: offenbar hatten sie sich den Weg zum Tor des Braunen Sterns freikämpfen müssen. Trotz eines provisorischen Verbands an der linken Hand und dunkler Ringe unter den Augen sah Antryg besser aus als vorher, ihm schien eine ungeheure Last von den Schultern genommen worden zu sein. Der Magister Magus sank wortlos in einer Ecke nieder und vergrub das Gesicht in den Händen.

»Der Kampf mit dem *tsaeati* hat die magischen Kräfte von so gut wie jedem im Kollegium erschöpft, ohne daß die Kreatur besiegt worden wäre, und wir stehen genau da, wo wir angefangen haben.«

»Nun, das stimmt nicht so ganz.« Goldhand hob den Blick von seinem schlafenden Meister. »Wenn das Biest oben in der Bibliothek ankommt und nichts da findet, was nach seinem Geschmack wäre, kommt es zurück.«

»Hättest du das nicht für dich behalten können?« beschwerte sich Tom seufzend.

Doch Antryg hatte sich bereits abgewendet und kniete zusammen mit Issay Bel-Caire neben dem riesigen, ausgestreckten Körper des Toten Gottes. »NeunZehnZwei«, flüsterte er und strich behutsam über die länglichen Knochenplatten der Schläfen seines Freundes aus einem fremden Universum, über die mit gewaltigen Krallen bewehrten Hände und sehnigen Arme. Joanna überprüfte die Anzeigen an den Luftflaschen. Sie schienen noch halb voll zu sein, und die grünen Lichter flackerten im Rhythmus langsamer Atemzüge.

Sie überließ es Antryg und Issay, die von den Armbrustbolzen verursachten Wunden zu verbinden, kehrte zu den Geräten zurück und überprüfte systematisch jeden Anzeiger, jede Skala. Soweit sie es beurteilen konnte, waren sämtliche Lämpchen, die bernsteingelb sein sollten, immer noch bernsteingelb, nichts blinkte oder leuchtete weiß – das Äquivalent zu Warnrot. Glücklicherweise hatten die Skalenfenster und Schirme ihre eigene Beleuchtung, denn das Feenlicht, von der Macht des *tsaeati* aufgesogen, war nicht zurückgekehrt, und der Raum lag fast völlig im Dunkeln. Nur die Fackeln und Laternen von Silvorglims Sasenna verbreiteten eine verqualmte, düstere Helligkeit, die flackernd über die Gesichter der Nigromanten geisterte, während ihre Schatten über die Wände schwankten und wanderten wie zerfetzte Schlachtenfahnen, getragen von sterbenden Männern.

Mühselig folgte sie NeunZehnZweis ursprünglichen Instruktionen, fütterte die Waferchips in den Computer und überlagerte die Schablonen mit den aktuellen Daten, um sicherzustellen, daß sich nichts verändert hatte. Aus den Augenwinkeln nahm sie wahr, daß Antryg in dem Stapel Reserveequipment hinter dem Hauptoszillator herumwühlte und einen schwarzen Plastikkasten mittlerer Größe hervorkramte. Wahrscheinlich die Erste-Hilfe-Box, mit den auf NeunZehnZweis Physiologie abgestimmten Medikamenten und Stimulantien. *Er hätte nicht gewußt, was es war oder wo zu finden, also muß NeunZehnZwei es ihm gesagt haben,* dachte sie, während er zu Issay und dem Patienten zurückkehrte, und erlaubte sich ein zaghaftes Aufatmen.

Gildas Schluchzen war verstummt. Joanna hob den Kopf und sah, daß Kyra sich zu ihr gesetzt und sie tröstend in den Arm genommen hatte. Brunus, dick und tüchtig und ernsthaft, legte heiße Tücher auf Whitwell Simms verstümmelten Arm; Dampf aus dem Wasserbecken neben ihm wogte um sein pausbäckiges, freundliches Gesicht. Nicht weit davon hielt ein verstört aussehender Goldhand Otaros gefesselte Hände umfaßt und sprach mit gedämpfter Stimme Heilzauber, während der Kranke sich von Träumen verfolgt auf der Decke wand und unverständliche Worte ausstieß. Lady Rosamund und Tante Min knieten neben Daurannon. Die Gräfin nähte und verband die Wunde beim Schein einer Unschlittkerze, während die Erzmagierin Daurannons schmerzgepreßtem Bericht von den Ereignissen der letzten anderthalb Stunden lauschte.

Sie hörte Tante Min leise fragen: »Dann war es nicht so arg, dem Tod ins Angesicht zu schauen?«

Daurannons gehauchtes Lachen schien sich auf eine früher geführte Unterhaltung zu beziehen. Er wisperte: »Glaub mir, Tantchen, wäre da ein Ort gewesen, an dem ich mich hätte verkriechen können, würdest du immer noch versuchen, mich wieder herauszulocken.« Aber die alte Frau lächelte nur.

Der Magister Magus, stellte Joanna fest, hatte sich nicht aus seiner Ecke in der Nähe der östlichen Tür weggerührt. Er trank geistesabwesend einen Becher Tee, unter den wachsamen Augen von zwei der Kirchensasenna. Silvorglim selbst schlummerte auf einem Deckenlager.

Trotz allem erfüllte eine lauernde Spannung den Raum, als hätte das Schicksal den Atem angehalten. Joanna wußte – sie alle wußten –, Goldhand hatte recht. Es war noch längst nicht vorbei.

»Er wird gesund«, sagte Antryg dicht an Joannas Ohr. Sie drehte sich herum und sah, daß er und Issay den Toten Gott in seine Bastion elektrischer Geräte zurückgebracht und auf eine Decke gebettet hatten. Die schillernden orangefarbenen Augen waren offen, aber da Joanna sie noch nie geschlossen gesehen hatte, konnte sie daraus keine Rückschlüsse ziehen. Dampf kräuselte sich aus den Mündern in den Innenflächen der riesigen Hände und über seinem Brustbein.

»Ich hoffe es«, meinte sie nervös. »Abgesehen von der Tatsache, daß er der einzige ist, der wirklich Ahnung hat, ob der Kram hier funktioniert ... Verflixt, das hier ist ja eigentlich nicht sein Kampf. Ich meine ...« Sie schaute bekümmert in Antrygs Gesicht. »Er hätte in seiner eigenen Welt bleiben können.«

»Rede keinen Unfug.« Das Summen aus dem Schädel des Toten Gottes war nicht viel lauter als das eines Moskitos in einer lauen Sommernacht. »Wenn sich dir die vage Gelegenheit böte, dein Wissen zu vermehren, indem du durch ein

Tor in eine andere Welt springst, würdest du nicht eine Luftflasche greifen und springen?«

»Nicht für Kuchen!« antwortete Joanna spontan, dann kam ihr zu Bewußtsein, daß sie genau das getan hatte, als sie im letzten Herbst in diese Welt zurückkehrte, um Antryg aus den Klauen von Kollegium und Inquisition zu retten.

Antryg hob die Augenbrauen in fragender Überraschung, vielleicht sogar Bestürzung und sie begriff, daß nicht nur sie die Implikationen ihrer Liebe im Licht der Gefahr betrachtet hatte, die damit einherging.

Der Magister Magus hatte sie gewarnt, keine vorschnelle Wahl zu treffen. Doch ihre Freude, eine Wahl zu haben – ihn hier zu haben und wählen zu können –, war schon die Entscheidung.

Leise fügte sie hinzu: »Nicht, um mein Wissen zu vermehren.«

Die von dunklen Schatten umgebenen Augen leuchteten auf. Er seufzte und berührte ihre Wange mit dem Rücken seiner Finger. »Es tut gut, dich wiederzusehen.«

»Du weißt nicht, wie gut.«

»Joanna, es tut mir so leid ...«

Sie faßte nach seinen Rockärmeln und zog ihn an sich. Dieser Kuß war bedächtiger und inniger, ohne die erste wilde Euphorie und Verzweiflung.

»Komm rüber und sieh dir das an«, sagte sie dann.

»Unanständige französische Postkarten?« fragte er hoffnungsvoll, und sie stieß ihm den Ellenbogen in die Rippen.

»Ich gebe dir unanständige französische Postkarten. Wie wäre es mit einer durch und durch anständigen Karte der Kavernen, mit deinen sämtlichen Informationen und was ich aus den Grafiken des Toten Gottes herauslesen konnte? Und ich hoffe, du bist imstande, in dem Ganzen eine Gesetzmäßigkeit zu erkennen, weil ich es nicht kann. Abgesehen von der offensichtlichen – daß die Phänomene sich nämlich an den Energieadern entlangziehen.«

»Ja, aber das wußten wir von Anfang an.« Er setzte sich hin, um die neun mit Kreide auf den Boden gezeichneten

Pläne zu studieren. »Das Problem ist ... Wo steckt übrigens Kitty, fällt mir ein? Sie war noch hier, als ich wegging.«

Joanna runzelte die Stirn, als sie in Gedanken die verworrenen Ereignisse der letzten halben Stunde durchging. »Sie ist hinausgeschlüpft, gleich nach der Konfrontation mit dem *tsacati* – der, wie Goldhand so treffend bemerkte, wieder zurückkommen wird, sobald er in der Bibliothek ankommt und merkt, daß da kein supersonischer Dauerlutscher auf ihn wartet. Vielleicht wollte sie die Bücher beschützen, auch wenn ich nicht glaube, daß er sich daran vergreifen wird. Sie sind doch keine Energiequelle, oder?«

»Nun, einige davon schon, aber das ist eine andere Geschichte. Was mir Sorgen macht, ist die Tatsache, daß sich aller Wahrscheinlichkeit nach zwei oder drei Teles in der Bibliothek befinden. Welche und wie stark, weiß ich nicht, da Kitty nicht mehr dazu gekommen ist, mir die Ergebisse ihrer Recherchen zu geben. Was ist das?«

»Nur meine Notizen.«

»Nein, auf der Rückseite.«

»NeunZehnZweis Daten aus dem Zeitraum, bevor das Stabilisierungsfeld zu wirken begann. Du siehst die zunehmende Dichte im Bereich der Kavernen ...«

»Ja.« Er nickte und ließ den Leporello auffächern wie ein Daumenkino, so daß die Grafiken zum Leben erwachten. »Wie hat Kitty sich benommen?«

Joanna sah ihn verwundert an, dann antwortete sie: »Als hätte sie Angst, wie wir anderen auch. Warum?«

»Nun ...« Stirnrunzelnd wiederholte er das Spiel und beobachtete die täuschende Bewegung all der Tore durch die lückenhaften Diagramme. Dann schaute er sie an. Der Fakkelschein zuckte spiegelnd über seine Brillengläser, dann sah man wieder seine Augen, ernst und besorgt. »Du mußt wissen, zwei von den drei Leuten, die das Wandernde Tor wirklich gesehen haben, sind wahnsinnig geworden.«

»Du meinst, durch etwas in dem Tor selbst?«

Antryg nickte. »Kitty hat es nicht so aus der Nähe gesehen wie die anderen und deshalb nicht die volle Dosis abbekommen – ich tippe auf ein gasförmiges Halluzinogen. Ganz verschont geblieben ist sie nicht, denn auch sie glaubte, das Tor käme auf sie zu. Also, es könnten durchaus irgendwelche Geräusche und Lichtphänomene aufgetreten sein, aber …«

»Warte mal«, unterbrach ihn Joanna und hielt seine Hände fest, als er wieder die Grafiken durchzublättern begann. »Willst du sagen, das Wandernde Tor hat sich gar nicht bewegt?«

»Zu dem Schluß bin ich gekommen. Ich hatte gleich meine Zweifel, du erinnerst dich – nein, du erinnerst dich nicht, du warst nicht dabei. Jedenfalls, nach allem, was ich von den physikalischen Gegebenheiten des Abyssus' weiß, daß sich ein Tor auf diese Art dort bewegt, ist äußerst unwahrscheinlich. Wahrscheinlicher ist, daß die Halluzinationen anfangs den Eindruck vermittelten, die Schwärze in dem Tor käme auf das Opfer zu – oder in Kittys Fall, entfernte sich –, verfolgte sie, wie Otaro es beschrieben hat. Später treten Schmerzen und progressive Paranoia auf: Phormions Überzeugung, Lady Rosamund benutzte mich, um ihr zu schaden; Otaros Visionen von dem Wandernden Tor, das sich in seinem Haus materialisierte.«

Sein Blick suchte Bentick, der Brunus bei der Versogung von Whitwell Simm zur Hand ging. Der Majordomus legte die gleiche Schreckhaftigkeit an den Tag wie die Katzen, die, scheinbar aus dem Nichts aufgetaucht, die schattigen Regionen des Refektoriums patroullierten; sein Gesicht, von den gezackten roten Wunden entstellt, war hager und blaß.

»Ich fing an, mich zu wundern, nachdem ich mit Otaro gesprochen hatte, aber es kam zuviel anderes dazwischen. Es war eine ziemlich abwechslungsreiche Nacht. Doch wenn ich die Fakten überdenke, ist mir klar, was eine Anomalie zu sein schien, war in Wirklichkeit keine Anomalie und darum nicht von größerer Bedeutung als jedes andere Tor. In anderen Worten, ich und wir alle sind einer Chimäre nachgejagt.«

Joanna ließ den Blick durch das Refektorium gleiten, über die erschöpften, bleichen Gesichter, die Verwüstungen, die

Verwundeten. Ihre Stimme zitterte. »Also müssen wir wieder ganz von vorne anfangen?«

»Versuch und Irrtum, eine altbewährte Methode.« Antryg ließ wieder die Blätter aufschnurren. »Doch wenn auch Kitty die Symptome zeigt ...«

Plötzlich hielt er inne und starrte auf das oberste Blatt der Folienzieharmonika, nahm den Block, hielt ihn diesmal weiter am äußeren Rand und ließ ihn so auffächern, daß diesmal nicht nur der engere Bereich der Kavernen zu sehen war, sondern hier und da dunklere Flecken von Phänomenen anderswo auftauchten und verschwanden.

Joanna, die ihm über die Schulter sah, wartete schweigend ab.

Dann sagte er gedehnt: »Ja ...«

»Der eine Punkt bewegt sich überhaupt nicht.«

»Nein.«

»Aber er befindet sich nicht einmal in den Kavernen. Ich habe ihn auf den Skizzen gesehen und dachte, das ist bei der Kapelle des Grünen Königs.«

Antryg schüttelte den Kopf. »Die Entfernung stimmt nicht. Nach der Position zu urteilen, muß er in der Zitadelle sein.«

»Aber dann müßte doch jemand etwas bemerkt haben.«

»Nicht unbedingt. Kitty und ich haben auf der Suche nach dir sämtliche Orte in der Zitadelle durchstöbert, wo sonst nie jemand hinkommt, aber es ist denkbar, daß wir einige übersehen haben ...«

»NeunZehnZwei ...« Joanna beugte sich über die ausgestreckte Gestalt des Fremdweltlers. Die Stirnampel flakkerte, erhellte sich wie ein schwacher Stern. »Könntest du mir erklären, wie ich eine 3D Projektion der Zitadelle auf den Schirm bringe, unter Berücksichtigung dieser Daten?«

»Könnte ich«, vernahm sie die Antwort des Toten Gottes, durch den Verständigungszauber übersetzt, in ihrem Kopf. »Aber das würde viermal so lange dauern, als wenn ich es selbst tue. Bring mir den Computer.«

»Antryg ...« Lady Rosamund stand im unsteten Zwielicht außerhalb des Kreises der elektronischen Geräte.

Antryg stand auf und trat zu ihr. Als er sie ansah, bemerkte er die tief eingeprägten Linien um den schön geschwungenen Mund, die schmerzliche Steifheit ihrer Bewegungen. Ihre Hand umklammerte den Griff des Stocks mit weißen Knöcheln.

»Goldhand hatte recht«, sagte sie. »Der *tsaeati* wird zurückkommen, und zwar bald. Ich besitze einige Macht und du auch wieder, und allein die Tatsache, daß er fähig war, die Zeichen in den Kavernen zu lesen, sagt mir, der Magister Magus ist mehr als der Scharlatan, der er zu sein vorgibt. Aber der *tsaeati* ... In allen Sagen von Berengis und seinem Ringen mit ihm wird berichtet, der Dämon könne nicht besiegt werden. Daß er absorbiert, was immer man ihm entgegenschleudert, was immer er berührt, wie der arme Whitwell erfahren mußte. Und wie das Unglück es wollte, besitzt er nun auch noch Q'iins magische Kräfte.«

»Ja.« Antryg stützte die Ellenbogen auf den Generator, der sie trennte, wie bei einem Plausch über den Gartenzaun. »Und das Schlimmste an dem *tsaeati* ist, daß er nicht die größte Gefahr darstellt. Wir müssen das Tor lokalisieren, das sich weder bewegt noch in den Kavernen befindet, und zwar innerhalb der nächsten Stunde, bevor das Stabilisierungsfeld anfängt, sich aufzulösen.«

»Nicht in den Kavernen?« Rosamunds schwarze Augenbrauen zogen sich zusammen. »Aber was Phormion und Otaro und Seldes Katne gesehen haben ...«

»War eine Halluzination, die signifikanter zu sein schien, als sie tatsächlich war. Bentick ...«

Der Majordomus, der neben Otaro kniete, zuckte zusammen wie unter einem Schlag. Mit einer Art trotziger Beschämung hielt er Antrygs Blick stand, endlich seufzte er, stand auf und kam herüber.

»Ich habe dir nie gedankt, weil du mich vor Phormion beschützt hast«, sagte Antryg ruhig. »Ich weiß es zu schätzen, trotz allem, und nachdem du gemerkt hattest, daß sie wahnsinnig war, kann ich dir nicht übelnehmen, daß du alles getan hast, um die Inquisition von ihr fernzuhalten. Ist sie noch in ihrer Wohnung?«

Der alte Mann schüttelte bedrückt den Kopf. »Sie irrt umher. Ich ... Sie – sie sagt, ich würde versuchen, sie zu töten. Wir alle hätten uns verschworen, sie zu vergiften.« Seine Hand wanderte zu den tiefen Kratzwunden an seinem Kopf. »Sie sagte, das Wandernde Tor erschiene in ihrem Zimmer, sie hörte Stimmen darin, die ihren Tod planten.« Er neigte den Kopf, seine Hände strebten fahrig zu der Uhr, die er um seinen Hals trug. »Sie hat nicht gegessen oder geschlafen ...«

»Nun«, seufzte Antryg wehmütig, »wenn's darum geht, das habe ich auch nicht. Aber unglücklicherweise ist sie eine der wenigen von uns, die noch über ihre ungeminderten Kräfte verfügt. Während sie in deiner Obhut war, bist du in allen Räumen der Burg gewesen?«

»Ja. Sie fühlte sich beobachtet und zwang mich, mit ihr zusammen jeden Winkel zu durchsuchen.«

»Hmmm. Dann ist die Burg aus dem Spiel. Ich dachte ...«

»Antryg ...« Joanna blickte vom Schirm auf. »Wir haben es.«

Antryg überließ Rosamund und Bentick, die leise miteinander sprachen, sich selbst und kniete neben ihr in dem kleinen Tümpel aus grünlichem Licht vor dem Computerschirm nieder.

»Ich habe als Parameter das äußere Limit deines magischen Feldes eingegeben.« Die dünnen Krallenfinger von NeunZehnZweis linker unterer Hand – die einzige, deren Beweglichkeit nicht von Verletzungen oder Bandagen eingeschränkt wurde – spielten flink über die Tastatur. »Der grüne Punkt bezeichnet die fragliche Stelle. Es ist kein Tor, wie aus den Daten ersichtlich, sondern eine Art Kraftfeld um ein kleines Wurmloch. Das Wurmloch erscheint in Intervallen als ein schwebender schwarzer Fleck, nicht groß genug für einen Menschen.«

»Ja«, murmelte Antryg, während der Tote Gott die Knöpfe manipulierte, um die digitalisierte Darstellung der Zitadelle hierhin und dorthin zu drehen, »so welche habe ich schon gesehen.«

»Mir kommt es immer noch komisch vor, daß keiner es

bemerkt haben soll«, meinte Joanna. »Erst recht, wenn du mit Seldes Katne überall nach mir gesucht hast.«

Sie schaute in Antrygs Gesicht. Die Grafik der Zitadelle spiegelte sich en miniature in den Gläsern seiner Brille, der Reflex des einen grünen Pixels brannte wie ein Verrätermal. Er schob die Hand unter die Brille und rieb sich die Augen – eine Geste der Resignation, enttäuschten Begreifens.

»Was ist denn?« fragte Joanna beunruhigt. »Wo ist das Feld?«

»Im alten Tepidarium.« Seine Stimme war ausdruckslos. »Neben Seldes Katnes Wohnung.«

»Aber hätte nicht Seldes Katne ...« Sie ließ den Rest unausgesprochen in der Luft hängen. »Aber Seldes Katne hat keine Macht. Wenigstens hält man sie für die schwächste Magierin in der Zitadelle, wie der Magister Magus sagt.«

»Ich weiß.« Er rieb sich wieder die Augen und schob die Brille zurecht, um sie anzusehen, mit einem Blick voller unendlicher Müdigkeit. »Und deshalb hat sie Teles benutzt, um die magischen Kreise zu speisen, die es offenhalten. Deshalb hätte sie alles getan, von dem diskreten Schüren von Benticks Ängsten bis zu dem Versuch, mich zu ermorden und bis zur Auslöschung des Stabilisierungsfeldes, um zu verhindern, daß die Zitadelle durchsucht wird, sobald sie wußte, daß ich ihr nicht helfen wollte oder konnte.«

Schwerfällig stand er auf und schaute auf die paradoxe quadratische, blinkende Uhr an seinem Handgelenk. »Und ich habe große Angst, daß der *tsaeati* inzwischen genügend Zeit gehabt hat, in die Bibliothek und das Tepidarium einzudringen und die Energien der Teles zu konsumieren. Technisch gesehen *ist* er jetzt ein Teles, was bedeutet, wir *müssen* ihn zerstören, um das Tor zu schließen.«

»Nur leider«, Lady Rosamunds klare, kühle Stimme durchschnitt die Stille wie ein Silberfaden, »ist seit langem bekannt, daß nichts ihn zerstören *kann*.«

Eine unbehagliche Stimme. Schließlich sagte Joanna: »Wenn nichts ihn zerstören kann, ist möglicherweise Nichts genau das, was wir brauchen.«

Sie stand auf – mit weichen Knien nach dem langen Hokken vor dem Bildschirm –, schlang frierend die Arme um den Leib und trat zu ihnen.

»Da *nichts* auch das ist, was wir im Moment tun«, entgegnete Bentick ätzend, »darf ich für die nächste Zukunft einen großen Sieg prophezeien?«

Aber Antryg und Lady Rosamund sahen sich an, bedeutungsvoll und nachdenklich.

Neben Lady Rosamund fistelte eine dünne Stimme: »Nichts«, und Joanna sah Tante Min gebeugt und mit glänzenden Augen wie eine pfiffige Hexe aus dem Märchen im Schatten stehen.

»Antryg«, sagte Joanna langsam, »du hast mir einmal gesagt, der Tote Gott – der *richtige* Tote Gott, nicht NeunZehnZwei – wäre die Verkörperung des Nichts. Das Gegenteil sogar von Entropie – eine Art von Antimaterie oder Antienergie, das absolute Nichts. Ist es möglich, das zu beschwören?«

Antryg fuhr sich mit allen zehn Fingern durch das lange graue Haar. In seinem Kopf überschlugen sich die Gedanken. »Theoretisch ist es möglich, alles zu beschwören, was vorstellbar ist.« Er setzte zum Weitersprechen an, zögerte, dann sagte er: »Ich glaube, es würde mich umbringen.«

»Du glaubst?« Lady Rosamund rümpfte aristikratisch die Nase. »Ich kann dir versichern, Windrose, wenn du einen Deut der – der *Essenz* des Toten Gottes beschwören wolltest, der Leere, der Kälte, es würde dich vernichten, bevor die Worte über deine Lippen gekommen wären. Und während das Schaupsiel deiner extravaganten Art, Selbstmord zu begehen, den *tsaeati* vielleicht für einen Augenblick verwirrt ...«

»Nicht, wenn er sich mit einem Schutzzauber umgibt.« Tante Min zupfte an dem zerrissenen Ärmel ihres Schützlings.

»Alles dummes Zeug!« schnappte Bentick. »Das Nichts zu beschwören übersteigt schon die Kräfte der meisten Zauberer. Einen Schutzzauber zu wirken und aufrechtzuerhalten, der stark genug ist, diese nihilistische Macht in Schach zu halten – diese Anstrengung würde den töten, der es versucht. Und beides nur halbherzig zu tun hätte zur Folge, daß dem *tsaeati* genügend Kraft bleibt, um dich zu verschlingen, samt Schutzzauber und allem. Aber wie gesagt, es wäre ein vermessenes Unterfangen.«

»Bentick, Bentick«, tadelte Antryg, »wo bleibt deine Phantasie?«

»Am kurzen Zügel meiner Vernunft, vielen Dank«, gab der Majordomus zurück und reckte hochmütig das Kinn vor.

Joanna blickte von einem zum anderen. Das Herz schlug ihr bis zum Hals. Vom Tisch her, wo man ein paar Kerzen angezündet hatte, sagte Nandiharrow leise: »Antryg ... Lady Rosamund ...« Als Joanna zu ihm hinsah, bemerkte sie einen Seherkristall in seinen verstümmelten Händen. Er sah erschöpft aus, getrocknete Streifen von Schleim und Schmutz und Daurannons Blut überzogen sein Gesicht. »Eine Bewegung im oberen Stockwerk der Kokotte. Kommt in diese Richtung.«

Antryg holte stockend Atem. »Ich werde warten müssen«, meinte er leise, »bis diese Kreatur dicht bei mir ist.«

Joanna schauderte, sie wollte nicht daran denken. Die Vorstellung, in der Dunkelheit zu stehen, auf diese Kreatur zu warten, deren dumpfe, unersättliche Gier sie im Labyrinth der Braunen Sterns gespürt hatte, erfüllte sie mit unaussprechlichem Grauen. »Nein ...«, flüsterte sie, auch wenn sie wußte, er hörte es nicht.

»Zwei von uns könnten es vollbringen«, sagte Tante Min mit ihrer dünnen, brüchigen Stimme.

Lady Rosamund fuhr zu ihr herum: »Nein! Du darfst nicht ...«

»Das will ich nicht hören, Rosie!« fuhr ihr die alte Frau über den Mund. »Soll ich mir von dir sagen lassen, wie weit meine Kräfte reichen?«

Jede andere Frau, überlegte Joanna, hätte Tränen in den Augen gehabt, die der Gräfin waren trocken und kalt und bitter. »Ich werde es tun.«

»Weil deine Magie stärker ist als die meine oder weil du, mit einer Wunde am Bein und von Schmerzen gequält, besser geeignet bist als ich, dies zu überleben? Nein!« Als Rosamund protestieren wollte, tätschelte die greise Erzmagierin ihr begütigend die Hand. »Nein«, wiederholte sie leise. »Was getan werden muß, ist meine Aufgabe.« Der Fackel- und Kerzenschein verwandelte die weiße Aura ihrer Haare für einen Moment in honigfarbenes Gold, und ihre Augen waren wieder die des wilden Mädchens, das weder Götter noch Menschen fürchtete.

Sie sah mit schiefgelegtem Kopf zu Antryg auf. »Es müßte ein Blutsband geschlossen werden.«

Antrygs graue Augen waren traurig und erfüllt von einer bitteren Wehmut. »Ja«, antwortete er sanft und machte sich los, als Lady Rosamunds Finger sich in seinen Arm gruben. »Es ist die einzige Möglichkeit«, sagte er zu dem weißen, starren Gesicht im launischen Fackelschein. »Der *tsaeati* muß in die Enge getrieben und vernichtet werden, wenn das Tor geschlossen werden soll, und uns bleibt nur noch sehr wenig Zeit.«

»Dann tu das gleiche, was Berengis getan hat, und banne ihn in den Braunen Stern. Es ist unnötig ...«

Er schüttelte den Kopf. »Da der Braune Stern sich vermutlich oben in der Bibliothek befindet, müßten wir an dem *tsaeati* vorbei, um an ihn heranzukommen und außerdem ist auch er kein sicherer Gewahrsam mehr. Wenn wir jetzt handeln, können wir den *tsaeati* an der Brücke zwischen der Kokotte und der Kalmäuserkate abfangen – den Weg hat er vorhin genommen, und auf dem Weg scheint er zurückzukommen.«

Angst und Panik waren zu einem grauen Tosen in Joannas Ohren angewachsen. Sie wunderte sich, daß sie nicht längst einen hysterischen Anfall hatte, und kam zu dem Schluß, daß sie vermutlich immer noch damit rechnete aufzuwachen. *Nun mach schon, Wecker, zum ersten Mal wäre mir dein Klingeln willkommen!* Auf dem dunklen Hintergrund des Computerschirms sah sie die grafische Darstellung der Zitadelle, den massigen, schweren Bau der Zitadelle mit dem facettierten Tepidarium an der Seite. Die senkrechte Plätteisensilhouette des Gebäudes, dem man den Namen Kokotte gegeben hatte (warum?); die schmale, überdachte

Brücke, die zum Tambour des tiefer am Hang gelegenen Polygons führte.

Wenn es Antryg nicht gelang, die Kreatur zu töten, würden diese Linien, diese letzten Parameter des Lebens im Vakuum des Abyssus', sich auflösen wie nie gewesen.

Als hätte eine fremde Person sich ihres Körpers bemächtigt, ging sie dorthin, wo der Tote Gott lag und hob die schwere Waffe vom Boden auf, dann kehrte sie zu den vier Nigromanten zurück. Dabei zitterten ihre Knie so stark, daß sie Angst hatte hinzufallen.

»Ich weiß«, sagte sie und schluckte, »ich weiß, wenn ich auf den *tsaeati* schieße, schadet ihm das nicht, sondern verleiht ihm nur zusätzliche Kraft – aber wenn dieses Ding sich mitten auf einer überdachten Brücke befindet und ihr zwei es mit Magie nicht aufhalten könnt, wie stehen die Chancen, es in den Abyssus zu schleudern, indem man die Brücke sprengt?«

Antryg blickte sie an. »Mein Liebes ...«

»Ich weiß, was mit der Luft passieren würde.« Joanna blickte in das müde Gesicht. »Und ich weiß, ich würde – ich würde von dem Sog mitgerissen, genau wie du und der *tsaeati*. Aber würde ihn das vernichten?«

Es entstand ein langes Schweigen, während sie an Antrygs Mienenspiel ablesen konnte, wie er die Möglichkeit erwog, sie zu belügen, sie davon abzuhalten, sich zu opfern, wie er es vorhatte. Endlich stieß er einen ergebenen Seufzer aus. »Ja. Ja, es würde ihn vernichten.«

»Er kommt jetzt die Treppen der Kokotte herunter«, berichtete Nandiharrow mit ruhiger Stimme.

Antryg zog fröstelnd die Schultern hoch und wandte für einen Moment das Gesicht ab, der breite, ausdrucksvolle Mund preßte sich zu einem schmalen Strich zusammen.

»Antryg«, sagte sie eindringlich, »wenn du getötet wirst, sterbe ich ohnehin, wenn die Zitadelle implodiert.«

»Meine liebe Joanna«, antwortete er flüsternd, »habe ich dir je gesagt, wie verhängnisvoll Logik für jene von uns ist, die versuchen, ritterlich zu sein?«

Eine Howard Hawks Heroine, nahm sie an, hätte eine

nervtötend geistreiche Antwort darauf parat gehabt, sie jedoch schlang nur den Gewehrriemen über die Schulter, legte die Arme um seine Hüften und vergrub das Gesicht in dem schäbigen roten Samtstoff seines ehemals prächtigen Rocks, der durchtränkt war von Holz- und Kerzenrauch und dem Salpetergeruch der Kavernen. Einen Moment drückte er sie fest an sich, dann sagte er: »Rosamund, du und der Magister Magus, ihr fertigt einen Präservationszauber an – du mußt ihm helfen, Rosie –, für den Fall, daß es tatsächlich zum Äußersten kommt. Wenn wir die Brücke sprengen und der *tsaeati* in den Abyssus geschleudert wird, kehrt die Zitadelle an ihren Platz in unserer Welt zurück, aber falls dabei die Lufthülle verlorengeht, wird sie für euch alle zum Grab. Mit dem Zauber könnt ihr vielleicht bewahren, was in diesem Raum ist. Hathen, du Zierde deines Standes ...«

Die Sergeantin trat zu ihm. Ihr kantiges Gesicht war ernst.

»Ich werde eine Hellebarde brauchen – nicht die gewöhnliche Art, sondern mit Spießeisen und Kreuz, wie eine Saufeder ... Vielen Dank, meine Liebe. Tante Min ...« Er schob Joanna sanft von sich und ergriff die Hand der greisen Erzmagierin. Otaro hatte wieder angefangen zu wimmern, ein hohes, dünnes, schmerzvolles Winseln. Die Bazooka des Toten Gottes hing bleischwer an Joannas Schulter, und wenn sie in die Schwärze hinter der Eingangstür des Refektoriums schaute, fiel es ihr schwer zu atmen.

Bevor sie sich anschickten zu gehen, trat Lady Rosamund Antryg in den Weg und legte eine weiße Hand auf seinen Arm.

Sie sprach sehr leise, aber in der abgrundtiefen Stille konnte Joanna jedes ihrer Worte verstehen: »Wenn sie stirbt, Antryg Windrose, schwöre ich dir, wer immer das Machtwort erbt und nach ihr Oberhaupt des Kollegiums wird, ich oder Daurannon oder ein anderer – du bist ein toter Mann. Aber nicht, ehe du begriffen hast, weshalb es Magiern verboten ist, ihre Kräfte aus Haß zu gebrauchen, um Vergeltung zu üben oder Schmerz zu bereiten. Verstehst du, was ich meine?«

Der Schatten eines ironischen Lächelns flog um Antrygs

Lippen. Noch leiser als sie antwortete er: »Glaub mir, ich weiß, weshalb es Magiern veboten ist, ihre Kräfte unter diesen Vorzeichen zu gebrauchen. Es gab nichts, was Suraklin mich nicht gelehrt hätte, auf die eine oder andere Art. Du solltest uns Glück wünschen.«

Aber Lady Rosamund hatte sich abgewendet, um ihre mütterliche Freundin zu küssen und zu umarmen, bevor sie sich in die dunkelste Ecke des Refektoriums zurückzog und in bitteres Schweigen hüllte.

Es gibt jene, die sagen, Magier wären Versuchungen und Verlokkungen ausgeliefert, die über das Verstehen gewöhnlicher Menschen hinausgehen: sei es Gestaltwandlung, Meditation unter dem Einfluß bestimmter Kräuter und Sternenkonstellationen, die Sucht nach Wissen oder das Gelüsten nach Macht. Doch sie irren. Denn so einer in Versuchung geführt wird, hat er auch die Wahl.

ISAR CHELLADIN
Gebote der Nigromantie

23. KAPITEL

Dem *tsaeati* zu folgen war kein schwieriges Unterfangen. Eine Spur aus Schleim und Verwesung zog sich durch die Eingangstür und das kleine Proanon dahinter, die eichene Treppe mit dem Eisengeländer hinauf und durch die Kalmäuserklause, über die drei Stufen zur Brücke und hinein in den hallenden schwarzen Schlund. Bis auf den schmalen Lichtkegel von Joannas Taschenlampe, mit Klebeband am Gewehrlauf befestigt, war die Dunkelheit absolut, und es herrschte eisige Kälte. Sie konnte ihren Atem als weiße Wolke aufsteigen sehen. Am anderen Ende der Brücke, in den oberen Stockwerken der Kokotte, ertönten Geräusche.

»Bekommst du Daten aus dem Tepidarium?« fragte Antryg und ging zu dem gemauerten Torbogen. »Ist da oben noch etwas?«

Zögernd befragte Joanna den Sensor des Toten Gottes, den der außerirdische Physiker für sie mit Klebeband präpariert hatte. »Ja«, sagte sie nach einem Moment», es werden Xchipartikel angezeigt.« Die Bohlen unter ihren Füßen knarrten alarmierend. Wo der *tsaeati* sich entlangbewegt hatte, war das Holz zerfressen und von Moderfurchen durchzogen. Salpeter und Schleim troffen von korrodiertem

Metall, trübe Wasserlachen standen auf dem Boden. Joaana fröstelte und überprüfte ihre Munition.

»Schade, daß Magie selbst nicht von dem Sensor registriert wird«, meinte Antryg. »Ich wüßte gerne, warum. Ist dir übrigens bekannt, mein Herzblatt, daß die im Muster von Schildkrötenpanzern enthaltenen Informationen in deiner Welt gänzlich anderer Natur sind als in meiner? Ich wünschte, ich hätte Zeit gehabt, Munden Myndrex' Reibekopien ausfindig zu machen. Wir müssen also einfach annehmen, daß der *tsaeati* im Refektorium gewesen ist und den Teles dort absorbiert hat.«

»Ja, das hat er getan.« Tante Mins hohe, brüchige Stimme klang bestimmt. »Er hat all seine Energien in sich aufgenommen. Jetzt kehrt er zurück, seelenlos und gierig wie der Geist, der ihn bewohnte, bösartig wie ein Dämon. Es ist Zeit.« Sie kramte in ihrem Weidenkorb nach einem Stück Kreide.

Bereits in der schneidenden Kälte der oberen Stockwerke des Polygons hatte Antryg Joanna seinen Schal gegeben. Jetzt zog er seinen Rock aus, nahm fröstelnd die Brille ab und verstaute sie sorgsam in einer Innentasche. In dem gelben Finger der Taschenlampe sah Joanna die alten Narben zwischen Handgelenk und Ellenbogen, winzige Punkte und Striche und hier und dort lange höckerige Schlangenlinien, wo die Adern wiederholt aufgeschlitzt worden waren. Tante Min zeichnete einen Kreis um sie beide, dann rollte sie ihre schwarzen Kuttenärmel auf wie eine Hausfrau, die sich zum Abwasch rüstet, und Antryg zog das Schwert aus dem Gürtel. Das trübe Licht schimmerte auf der Klinge, dann rotschwarz auf hervorquellendem Blut. Als die alte Frau die Male auf Antrygs Stirn und Handrücken zeichnete, schien sie zu wachsen, und hinter den runzligen Zügen ahnte man wieder das wilde Tanzmädchen von einst. Aus irgendeinem Grund mußte Joanna an ein Paar rosafarbener Satinschuhe auf einem verstaubten Wandregal denken. *Jeder, der sie tanzen gesehen hat, ist tot, und vielleicht auch schon alle, denen sie zum ersten Mal begeistert davon erzählten.*

Obwohl sie normalerweise kein Gespür für Magie besaß,

konnte sie sie diesmal fühlen wie ein exotisches Parfum, ein feuriges Prickeln in der Luft.

Antryg, der niedergekniet war, um die Male des Blutsbundes von der alten Frau zu empfangen, erhob sich wieder, seine Stimme klang vollkommen ruhig.

»Ich bitte dich, den Schutzzauber um mich so lange aufrechtzuerhalten wie irgend möglich. Wenn das Wagnis gelingen soll, muß ich warten, bis er dicht bei mir ist, bevor ich die Beschwörung spreche – dann wird er sich auf mich stürzen und das Feld des Nichts auf sich lenken, und wenn noch etwas davon übrig ist, nachdem er alles absorbiert hat, was ich herbeirufen kann, helfe Gott uns allen.«

»Gott hat uns immer geholfen, Söhnchen«, erwiderte Tante Min heiter. Sie griff nach seinen Händen und schrieb ein letztes unsichtbares Zeichen auf die Spitzen seiner Finger. »So wir uns selber helfen.«

In der Dunkelheit am Ende der Brücke ertönte ein plötzliches knirschendes Bersten, das Geräusch von brechendem Holz und Stuck; dann, lauter, ein massiges, gallertiges Schlittern, wie von einem ungeheuren Klumpen verludertem Fleisch, der aus großer Höhe herunterrutschte. Im selben Moment quoll eine unbeschreibliche Gestankwolke aus der Öffnung der Brücke: Gipsstaub, Aas, der kalte feuchte Brodem von Moder und Fäulnis unter der Erde.

Leise und grauenerregend setzte ein dünnes, an- und abschwellendes Heulen ein, nicht Mensch nicht Tier, durchdringend und hirnlos.

Antryg umklammerte mit zitternden Händen die Hellebarde, Tante Min stieß ein helles, abgehacktes Kichern aus.

»Wenn ich dich die ganze Zeit vor Rosie und Daur beschützt habe, soll ich dich nicht auch vor einem Schlammpudding beschützen können?«

Er antwortete ihr mit einem Lächeln. Dann wandte er sich ab und betrat die Brücke.

Min folgte ihm bis auf die oberste Stufe, dort ließ sie sich umständlich auf die Knie nieder, kramte das Stück Kreide zwischen den bunten Wollknäueln hervor und zeichnete um sich herum einen makellos runden Kreis auf den Boden.

Joanna kniete am hinteren Ende der Kalmäuserklause nieder, stemmte NeunZehnZweis Waffe gegen die Schulter und klappte das Visier auf. Sie sah Antryg als dunkle Silhouette vor einem rötlichen Glühen, das den Überbau der Brücke erfüllte wie der Widerschein von Höllenfeuer.

Und in dem flackernden Schein eine Bewegung. Wo der *tsaeati* eine Ausgeburt der Finsternis gewesen war, leuchtete er jetzt: jede einzelne Kralle, jedes Auge, jeder trunken pendelnde fleischlose Schädel war gesäumt von einem obszönen Leuchten, kränklich gelb und diffus hinter dem Dunstschleier, der immer noch die Kreatur umhüllte, und genährt von der Lavaglut, die in dem geschwollenen Embolus aus Wasser und Jauche pulsierte wie ein monströses, grausiges Herz.

Antryg rief etwas mit einer Stimme, wie Joanna sie nur einmal bisher von ihm gehört hatte: die tönende, gewaltige Stimme eines einsamen, vergessenen Gottes. Den Kopf zurückgeworfen, die Arme ausgebreitet, stand er einen Moment lang im Torbogen der Brücke, sein Körper war ein Gefäß des Lichts, das durch das Gewebe seiner Kleidung drang und aus seinen Fingerspitzen strömte. Die Atmosphäre veränderte sich, Joanna konnte es fühlen: schreckliche, bleierne Kälte, eine lähmende Stille; Dunkelheit, jenseits aller Vorstellungskraft, Stasis, unberührt und unberührbar von Wärme des Blutes oder Synapse oder Körperchemie. *Nichts*. Selbst im Abyssus, so dicht vor dem zerbrechlichen Glas der Fenster, herrschte Wandel, Magie und Chaos. Er war zu einem Toten Gott geworden, und um ihn herum schienen die Moleküle der Luft nach innen zu fallen wie die Masse eines kollabierenden Sterns.

Antryg, halb unsichtbar in dem leuchtenden Nebel, wich zurück und wehrte mit der Hellebarde die Klauen ab, die aus den Schatten nach ihm griffen. Joanna hörte Tante Min am Fuß der Treppe einen unterdrückten Wehlaut ausstoßen. Selbst als er im Inneren des Braunen Sterns seiner Macht beraubt gewesen war, hatte Joanna den unheiligen Hunger des *tsaeati* gespürt; die Vorstellung, wie es für Antryg sein mußte, wenn der Dämon seine magischen Kräfte in sich aufsaugte, war mehr, als sie ertragen konnte. Sie fühlte es bis zu ihrem Platz – Hitze oder Kälte, nicht zu unterscheiden, ein Wind peitschte den Nebel zu einem Malstrom aus Phosphor und Finsternis, zerrte an ihrem Haar, trieb ihr Tränen in die Augen und riß ihr den Atem vom Mund.

Auf der Brücke gebrauchte Antryg seine Hellebarde, versuchte Zeit zu gewinnen, hinderte die physischen Elemente – Klauen, giftspeiende Schlangenköpfe und hier und da, furchtbar, eine menschliche Hand mit einem Schwert –, ihm körperliche Wunden zuzufügen und damit seine Konzentration zu schwächen. Aber trotz der Kälte lief ihm der Schweiß über das Gesicht, und seine Haltung und seine Bewegungen drückten Verzweiflung aus.

Langsam zehrte Dunkelheit den Nebel auf, die Luft begann zu vibrieren und zu brennen. Ein Geräusch machte sich bemerkbar, wenn es nicht nur Einbildung war, eine Art Zischen, fast ein metallisches Kreischen, das ihr den Schädel zersägte, sich steigerte wie Wind, wie entweichende Luft, wie Treibgas aus einer Spraydose, hunderttausendmal verstärkt. Joanna fühlte einen zunehmenden Druck hinter den Augen, roch und schmeckte Blut, das ihr aus der Nase lief. Sie sah, als Schattenriß vor dem Chaos der Brücke, Tante Mins schwarze Robe flattern.

Die schweflige Glut in dem gallertigen Leib des *tsaeati* leuchtete auf, dann begann sie langsam, stetig zu verblassen.

Blut strömte über Antrygs Gesicht, aus seiner Nase und aus einem Schnitt, wo eine scharfe Kralle ihn gestreift hatte. Es sah aus, als hielte er mit dem Spießeisen der Hellebarde etwas von sich weg, der obere Teil der Waffe war von wirbelnden schwarzen Schatten eingehüllt. Ein halbverwester Schlangenkopf schnellte am Schaft entlang auf ihn zu, er wich aus, und als das Reptil die Giftzähne in sein Bein schlagen wollte, zerstampfte er den mürben Schädel unter dem Stiefelabsatz. Tante Mins Stimme erhob sich über das zischende Brausen wie das schrille, durchdringende Schreien einer Möwe im Sturm. Ein geisterhafter Lichtschein entströmte ihren ausgestreckten Händen und umhüllte die gebrechliche Gestalt. Joanna rückte das schwere Gewicht der Waffe auf der Schulter zurecht, eine Gänsehaut überzog ihre Arme, ihre Hände waren schweißnaß. *Komm schon, Antryg, halt es dir vom Leib. Ich habe keine Lust, in die Dunkelheit hinausgerissen zu werden.*

Sie sah Antryg stolpern, als hätte sich sein Widersacher ruckartig nach unten geworfen. Sofort setzte er nach, ließ die Hellebarde fallen und griff mit beiden Händen blind in die brodelnden Schwaden, bekam etwas zu fassen und zerrte mit aller Kraft daran.

Es hat begriffen, was geschieht, dachte Joanna. *Dämon, Geist, Fokus entarteter magischer Energie – es weiß, daß es nicht anders kann, als das Feld absorbieren, das es umgibt; das Feld, das ihn vernichten wird. Es versucht zu fliehen.*

Das tosende Fauchen der Dunkelheit steigerte sich zu einer heulenden, winselnden Kakophonie all der halb lebendigen Abominationen, die in dem Wasser und Schleim gefangen waren. Bei dem wachsenden Druck in ihrem Kopf fragte Joanna sich dumpf, wie lange sie durchhalten konnte, ohne vor Schmerzen oder Sauerstoffmangel das Bewußtsein zu verlieren. Antryg stand noch aufrecht, Blut quoll aus Bissen und Kratzspuren an seinem Rücken. Er hielt den Kopf gesenkt und bemühte sich, durch Körperbewegungen den wütenden Attacken der Monstrositäten auszuweichen. Ein Wesen wie ein Barracuda, von wucherndem Schimmel und Fäulnis zerfressen, stieß aus den Schatten hervor und schlug die spitzen Zähne in seine Schulter, nur um Haaresbreite neben der Halsschlagader, doch es war Tante Min, die aufschrie.

Das Geräusch hatte sich zu einem ohrenbetäubenden Dröhnen gesteigert, der wabernde, schweflige Glanz um die kämpfenden Gestalten begann nach einem letzten Aufflakkern stetig zu verblassen.

Verdammt, nicht aufgeben! Du gewinnst!

Antryg brüllte, als das Geschöpf ihn von den Füßen riß. Blitze zuckten aus der Dunkelheit, etwas wie glühender Nebel senkte sich auf ihn, aber es gab keinen Zweifel, die Finsternis war auf dem Rückzug begriffen. Im Hintergrund konnte Joanna Stücke von Knochen und Fleisch und namenlosen Dingen auf dem Boden liegen sehen, achtlos verstreut und leblos wie die Tische und Stühle im Raum. Der Wind, zum Sturm geworden, benahm ihr den Atem, schien ihr das Fleisch von den Knochen zu raspeln. Tante Min lag in ihrem Kreidekreis, regungslos, wie tot. Im Herzen des *tsaeati* glühte das gelbe Licht mit schwefliger Intensität, und Antryg schrie erneut auf, als ein Blitzstrahl seine Brust traf und ihn auf die Knie zwang, Tentakel aus Dunkelheit umschlangen ihn wie eine zupackende Faust. »Die Brücke!« schrie er heiser. »Joanna, du mußt die Brücke sprengen!«

Sie erstarrte. Deshalb war sie mitgekommen, um das zu tun, aber jetzt, im Augenblick der Wahrheit, war sie nicht fähig, den Finger am Abzug krumm zu machen.

Sie konnte Antryg nicht töten. Und der Gedanke, die schützenden Mauern bersten zu sehen, hinausgerissen zu werden in das schwarze Vakuum, der Todeskampf, selbst wenn er nur Sekunden dauerte …

»JOANNA …!«

Dunkelheit verschlang ihn.

In der nächsten Sekunde bewegte sich etwas außerhalb der Dunkelheit. Joanna erhaschte nur einen vagen Blick auf eine stämmige schwarze Gestalt am anderen Ende der Brücke, sah etwas gläsern Schimmerndes durch die Luft fliegen …

… das mit ohrenbetäubend grellem Klirren auf dem Boden zersplitterte, inmitten der sich zusammenballenden Dunkelheit. Eine gleißende Lichtfontäne löschte die düsteren Schatten aus: in dem kurzen Aufblitzen sah Joanna scherenschnittartig Antrygs Silhouette, die Körper der wimmelnden Abominationen und um das Tableau herum überdeutlich die Maserung der Bodendielen, den Mörtel zwischen den Steinen.

Dann war alles anders.

Die ersten paar Sekunden hatte Joanna den verrückten Eindruck, daß nichts von alledem je passiert war. Ihr Verstand tastete betäubt nach einem Halt, als wäre ein Fotonegativ plötzlich umgekehrt worden, transponiert in ein anderes Medium, eine andere Tonart – als wäre ein Licht angeknipst worden.

Als sie langsam aufstand und die plötzliche Stille ihr in den Ohren dröhnte, erkannte sie, es *war* ein Licht angeknipst worden, sozusagen.

Hell und silberglänzend strömte Mondlicht durch die kleinen Fenster der Brücke und breitete sich schimmernd über das Schlachtfeld.

Sie hörte kaum die laufenden Schritte, die sich die Treppe hinauf entfernten, zurück in die Sicherheit der Bibliothek. Das Gewehr unter dem Arm, ging sie durch die Kalmäuserklause zum Eingang der Brücke, wo Wasser und Blut die Stufen hinuntertropften, ein kleines Rinnsal, das die Finger von Tante Mins ausgestreckter knochiger Hand berührte.

Antryg lag auf der obersten Stufe, in den Schlingen von etwas, das aussah wie eine vielbeinige Seeschlange, mindestens sechs Meter lang. Seine Hände umklammerten immer noch die Arme von zwei halb verwesten Kreischern in einem stinkenden Abfallhaufen aus Teilen all der Lebewesen, die der *tsaeati* sich einverleibt hatte. Die Hellebarde, der Schaft verkohlt, das Spießeisen geschmolzen, lag in einiger Entfernung von ihm. Der Boden war übersät mit glitzernden Glassplittern.

Joanna warf einen kurzen Blick auf den Sensor und stellte fest, daß die Energieanzeigen, die die Bewegungen des *tsaeati* bezeichnet hatten, verschwunden waren. Das bedeutete nicht notwendigerweise, daß auch der *tsaeati* verschwunden war, dachte sie und hatte ein flaues Gefühl in der Magengrube, als sie das Gewehr weglegte, um neben Antryg niederzuknien.

Seine Haut war kalt. Seine Wunden schienen oberflächlich zu sein, selbst die hufeisenförmige Bißstelle an seiner Schulter, aber sie fühlte keinen Puls, weder an seinem Handgelenk, noch an der Halsschlagader. Der Blitz des *tsaeati* hatte eine schwarze Spur hinterlassen, von der Schläfe bis zur Kehlgrube; seine geschlossenen Augen wirkten gelöst, verletzlich, wie im Schlaf.

»Verdammt, verdammt!« flüsterte sie, suchte zaghaft

nach dem Druckpunkt am unteren Drittel des Brustbeins und begann mit Wiederbelebungsmaßnahmen.

Nach weniger als einer Minute begannen Antrygs Augenlider zu flattern, er stöhnte und mußte sich übergeben. Joanna half ihm, sich auf die Seite zu drehen, dann setzte sie sich hin, um zu warten, bis es ihm besser ging. Ihre Hände waren eiskalt und zitterten; für den Moment fühlte sie nichts anderes als Erstaunen, daß die Prozedur tatsächlich so funktionierte, wie man es ihr im Erste-Hilfe Kurs gesagt hatte. Nach einer Weile richtete Antryg sich auf. Sein Kinn lag auf der Brust, die tropfnassen grauen Haare verdeckten sein Gesicht. Im Mondschein glitzerten seine Ohrringe so hell wie die Glasscherben auf dem Boden.

»Hier ist deine Brille.« Sie zog sie aus der Innentasche seines Rocks. Ihre Stimme klang ungehörig laut in der tiefen Stille.

Seine Hände zitterten so sehr, daß er das Nickelgestell kaum aufsetzen konnte.

Draußen sang eine Nachtigall ein trauriges Lied, wie die Klage um eine längst vergangene Liebe. Aus weiterer Ferne hörte man eine Windharfe klingen.

Mit dem Zeigefinger drehte Antryg einen der Splitter um, die überall verstreut lagen und sagte leise: »Guter Gott, ich hätte nicht geglaubt, daß es möglich wäre, sie zu zerbrechen.«

»War das der Teles?«

Er nickte. Langsam, schwerfällig setzte er sich auf. Einen Moment sah er aus, als müßte er sich nochmals übergeben, dann wischte er sich mit der Hand über das Gesicht. »Daß er seiner Energie beraubt worden ist, hat ihn wahrscheinlich spröde gemacht. Dieser Wurf war ein absolutes va banque Spiel – die Verbindung zwischen der halbbewußten Magie des Teles und seinem ursprünglichen Gehäuse muß gerade eben so groß gewesen sein, um den letzten Zusammenhalt seiner Energien zu sprengen, als er zersplitterte.« Schwer auf Joannas Arm gestützt, stand er auf und humpelte zum offenen Fenster. Süß und berauschend strömte der Geruch von Regen und wilden Rosen herein, der segenspendende Friede einer Frühlingsnacht.

Langsam und steifbeinig wie ein alter Mann ging er die Stufen hinunter und dorthin, wo die Erzmagierin lag.

»Tante Min?«

Als er sie an der Schulter berührte, zuckte ihre Hand ein wenig, behutsam griff er danach und hielt sie fest. In dem silbrigen Mondlicht war ihr Gesicht grau, die Lippen bläulich unter dem getrockneten Blut. Sie wisperte: »Rosie ...«

»Rosamund ist nicht hier, Tantchen.«

Die alte Frau lächelte matt, die pergamentdünnen Lider hoben sich von den eingesunkenen Augen, deren Blick schon in eine andere Welt gerichtet zu sein schien. »Mein liebes Mädchen«, murmelte sie. Ihre Hand hob sich, wie um einige der Blutspuren von Antrygs Gesicht zu wischen, fiel jedoch kraftlos wieder zurück. »Es wird schwer für sie. Es ist immer schwerer für jene, die zurückbleiben. Sag ihr, daß sie meinem Herzen am nächsten war.«

»Das werde ich.«

»Sag ihr ...« – ein Hauch – » ...vergeben.« Und ihre Augen schlossen sich.

Antryg blieb auf dem Boden knien, hielt den ausgezehrten Körper in den Armen und wiegte sich mit gesenketem Kopf vor und zurück. Obwohl sie die greise Erzmagierin kaum gekannt hatte, fühlte Joanna, wie ihr die Kehle eng wurde. Etwas Großes, Besonderes, ein spektakuläres Märchen aus Feuer und Magie und Leidenschaft war zu Ende, und künftig würde man nur noch davon erzählen hören, wie sie Teile des Ganzen von dem Magister Magus gehört hatte. *Eine Hexe mit güldenem Haar/ein Engel, zur Sünde gemacht ...*

Und nun war sie gegangen.

Ein Schauder überlief Antrygs Körper, seine Schultern beugten sich wie unter einer plötzlichen, furchtbaren Erkenntnis. »Oh, lieber Gott!« flüsterte er. Als er den Kopf hob, erkannte Joanna Schreck und Bestürzung in seinen Augen. »Lieber Gott ...«

»Was ist denn?«

Er schrak zusammen, als hätte er vorübergehend ihre Anwesenheit vergessen, dann schüttelte er den Kopf. »Nur – ach, nichts weiter. Jetzt ist nicht die Zeit dafür. Liebes, ich kann nicht bleiben.« Sanft ließ er den Leichnam von Tante Min zu Boden gleiten. »Sie sagte *vergeben*«, meinte er und blickte in das zahnlose Greisinnengesicht mit dem Netzwerk von Runzeln und Falten, im Mondlicht weiß wie Elfenbein. »Aber Lady Rosamund wird mir niemals vergeben. Nicht – das.«

Mühsam stand er auf und griff nach Joannas Händen. Sie sah durch die Risse in seinem grünen Baumwollhemd Blut auf seiner Haut schimmern und sein Gesicht war eine hagere Maske der Erschöpfung. Er fröstelte, vor Kälte oder etwas anderem. »Ich fürchte, ich kann mir nicht einmal die Zeit nehmen, dich in deine eigene Welt zurückzubringen, bevor ich diese Geschichte zu einem Abschluß bringe. Später ...«

»Ich denke, Lady Rosamund wird mir helfen, nach Hause zu kommen«, sagte sie leise.

»Und wenn nicht, NeunZehnZwei sagte, er hätte einen Xchi-Flux Generator in den Kavernen, der ein Tor öffnen kann. Mein Herz ...« Er zögerte, und sie merkte an dem Schmerz in seiner Stimme, daß er im Begriff war, ihr Lebwohl zu wünschen.

»Kommst du zurück nach L.A.?«

Er sah zu ihr hinunter, seine grauen Augen hinter den dikken Brillengläsern waren müde und resigniert. »Nach allem, was du meinetwegen durchgemacht hast«, antwortete er tonlos, »nachdem du meinetwegen beinahe den Tod gefunden hättest«, seine Armbewegung umfaßte das stinkende Trümmerfeld der Brücke, »oder Schlimmeres als den Tod, halte ich das nicht für eine besonders gut Idee.«

Sie hielt seine Hände fest. »Antryg, ich setze jedesmal mein Leben aufs Spiel, wenn ich mich auf den vierhundertfünf hinauswage, weil irgendein Börsenmakler in Westwood mit fünf Scheinen winkt, damit ich zu ihm komme, um ein Wörtchen mit seinem Mainframe zu reden, und ich zögere keine Minute.«

Er lächelte. »Mit fünf Scheinen bezahlst du deine Miete.«

»Du …« Das Wissen, daß es jetzt auf jedes Wort ankam, daß sie das Richtige sagen mußte, damit er wiederkam, machte sie stumm. Sie durfte ihn nicht verlieren, nicht all die vielen Jahre, die sie gemeinsam haben konnten. Aber das einzige, was ihr in den Sinn kam, war: »Du bringst mich zum Lachen.«

Er schaute zur Seite und antwortete nicht.

Kaum hörbar flüsterte sie: »Laß mich nicht allein.«

Er seufzte, und ein Anflug von Sarkasmus kräuselte den breiten Mund. »Ich sollte wirklich mehr Rückgrat in dieser Sache zeigen.«

Zum zweiten Mal durchflutete sie Erleichterung, ebenso groß, wie der Schmerz der Angst gewesen war.

»Ach was«, sagte sie mit schwankender Stimme, »ob du in L.A. bist oder nicht, wenn das Kollegium dich haben will, kommen sie auf jeden Fall erst zu mir. So können wir wenigstens die Kopfkissen zerwühlen, während wir auf das nächste Desaster warten.«

Er zwinkerte die Traurigkeit aus seinen Augen. »Meine liebe Joanna«, sagte er, »das ist ein Argument. Wenn es mir irgend möglich ist …« Er hob seinen Rock vom Boden auf, der Saum war feucht von Wasser und Blut. »Wenn ich drüben bin, spreng die Brücke. Sie werden dir nicht glauben, wenn du ihnen erzählst, ich wäre bei dem Kampf getötet worden. Also sag ihnen, ich hätte dich im Stich gelassen und wäre geflohen. Gott helfe mir, es ist die Wahrheit.«

Er beugte sich nieder und küßte sie, dann wandte er sich ab, und sie blickte ihm nach, wie er durch die Kaskaden aus Frühlingsmondschein schritt, und noch einmal blitzten seine Ohrringe auf, bevor er in die Dunkelheit am Ende der Brücke tauchte.

Unendlich müde, mit schwerem Herzen, trat Joanna ein paar Schritte zurück und hob das Gewehr des Toten Gottes an die Schulter. Wie NeunZehnZwei versprochen hatte, war der Rückschlag minimal. Die Nachtigall draußen verstummte, erschreckt von der dröhnenden Explosion und dem Krachen, mit dem die Trümmer von Stützbalken und

Wänden und Ziegeldach in das Dickicht aus Lorbeer und Jelängerjelieber tief unten stürzten.

Kühle Nachtluft strich über Joannas schweißbedecktes Gesicht. Eine Weile stand sie in dem gemauerten Bogen, der jetzt ins Leere führte, das Gewehr unter dem Arm, atmete in tiefen Zügen und dachte darüber nach, wie lange es her war, seit sie frische Luft gerochen hatte, ganz zu schweigen von dieser köstlichen Mischung aus feuchtem Efeu und Regen und Weite.

Endlich bückte sie sich und deckte Tante Min mit ihrem schäbigen Schal zu. Dann machte sie kehrt, ging zur Tür der Kalmäuserklause, stieg die lange Treppe hinunter und kehrte zurück ins Refektorium, wo die anderen warteten.

Jenen, die mit der Gabe der Magie geboren sind, ist es verboten, sich zu vermählen. Erstens, weil die Kinder von denen mit dem Geburtsrecht häufig ebenfalls mit Magie begabt sind und deshalb in den Augen der Kirche und des Gesetzes verdammt und ohne Seele. Zweitens, weil, mögen seine Absichten noch so lauter sein, das natürliche Gefühl einen Magier bewegen würde, seine Kräfte zum Wohl der Seinen zu gebrauchen, auf Kosten von anderen. Drittens, weil Magier in ihrem Hunger nach Wissen oftmals ihre Familien verlassen, um auf Reisen zu gehen, und nie zurückzukehren. Gleichermaßen ist bekannt, daß keine Person, sei es Gatte, Gattin, oder Kind, jenen mit dem Geburtsrecht so kostbar ist wie die Suche nach Wissen und Macht, deshalb bringt ein Bund mit ihnen nur Kummer und Leid über alle.

FIRTEK BRENNAN
Dialoge

24. KAPITEL

»Kitty?«

Nichts rührte sich den Schatten des verwüsteten Gemachs, als Antryg langsam durch die geborstene Tür trat.

Es war nicht zu übersehen, daß der *tsaeati* durch eine verlockendere Witterung von der Fährte seiner ursprünglichen Beute, dem Turm der Reservebatterien im obersten Stock der Bibliothek, abgelenkt worden war und diesen Weg eingeschlagen hatte. Zähflüssige Sekrete und Salpeter tropften die Treppe vom Lesesaal herunter, Wasser sammelte sich in den Pockennarben der Sandsteinplatten des Fußbodens. Wie eine Schlammlawine hatte sich die Kreatur durch Seldes Katnes privates Arbeitszimmer gewälzt, auf die gläsernen Flügeltüren zu, die in das unbenutzte Tepidarium führten.

Die Rahmen waren verbogen, die Glasscheiben zerbrochen, Scherben glitzerten frostig im schmeichelnden Mondlicht, das von draußen hereinfiel. Auf dem Fußboden im ganzen Zimmer lagen durchweichte Blätterhaufen wie zusammengeharktes Herbstlaub in der Schleimspur des *tsaeati* und zwischen den Büchern mit gebrochenem Rücken, die an tote Vögel erinnerten. Notizen, dachte er, betreffend die Natur und Geschichte der Teles in der Zitadelle – nicht, daß sie je vorgehabt hätte, ihm die Informationen zugänglich zu machen, erst recht nicht, nachdem sie erriet, weshalb er daran interessiert war.

Er schüttelte den Kopf. Was für ein Narr er gewesen war, ihr zu vertrauen.

Doch erst nach seinem Ausflug zur Kapelle des Grünen Königs war ihm klar geworden, daß der Schuldige nicht unbedingt ein Angehöriger des Inneren Zirkels sein mußte; noch als seine Zweifel an der Realität des Wandernden Tores immer größer wurden, hatte er um Kittys Verstand gefürchtet und nicht die Wahrheit ihrer Behauptungen in Frage gestellt.

Und überdies, er war schon immer zu vertrauensselig gewesen.

Seltsam genug, er fühlte keinen Zorn. Nur eine überwältigende Traurigkeit, denn er wußte genau, was ihr Beweggrund gewesen war.

Trotzdem war er auf der Hut. Sie besaß immer noch den Braunen Stern – ein faustgroßer Klumpen aus melassebraunem Kristall, den Suraklin in einer eisernen Schatulle in seinem Arbeitszimmer aufbewahrt hatte. Nachdem die Zitadelle wieder in den Normalzustand versetzt war, mußten auch die Tore in dem Kristall sich erneut geschlossen haben, und er fühlte sich zu schwach und ausgelaugt, um sich gegen seine bindende Macht zu wehren.

Mondlicht, das aus dem Tepidarium hereinströmte, zeigte ihm eine Linie feuchter Fußabdrücke durch den Modder und die Glassplitter. Er folgte ihr mit schleppenden Schritten; die Wunden an seinen Schultern schmerzten unter dem reibenden Stoff von Hemd und Rock, und die Nachwirkungen des Jelgeth vermittelten ihm ein Gefühl, als hätte man das Mark seiner Knochen mit einem Pfeifenreiniger ausgeputzt.

Durch die geborstenen Scheiben wehte ihm die Luft aus

dem alten Tepidarium entgegen, feucht, eisig, aber immer noch schwer vom satten, grünen Geruch der Pflanzen, die man achtlos in den alten Anzuchttöpfen hatte wachsen lassen. Weinranken begruben einen alten Tisch unter sich, um die angelaufenen Bronzekübel mit verkrüppelten, nie gestutzten Zitronen- und Orangenbäumen türmten Blätter sich zu solchen Verwehungen, daß sie eigene kleine Ökosysteme unterhielten – Pilze, Schimmel, Buntnesseln, oder vielleicht wurzelten diese in Töpfen, die längst in der üppigen Vegetation untergegangen waren. Eine Reihe dieser Bäume war umgestürzt worden, sie lagen auf der Seite, Zweige und Wurzelwerk von klebrigem Seim überzogen und verätzt; orangenes Moos überzog Ranken und wucherndes Grün und verwandelte alles in einen übelriechenden schwarzen Brei.

Irgendwo gurgelte Wasser, die alten Leitungen pumpten immer noch das lebensspendende Naß in Bassins und Berieselungssysteme.

Wind strich durch sein Haar, kalt und scharf, ein silbernes Messer in dem atemberaubenden Miasma aus gärender Vegetation, Aas und Salpeter. Jemand hatte eins der hohen Fenster am nördlichen Ende des Tepidariums geöffnet.

Antryg straffte die schmerzenden Schultern und suchte sich einen Weg durch den Dschungel.

Seldes Katne stand dort, wo man einen kleinen Erker ausgebaut hatte: eine halbrunde Bank in einer Muschel aus facettiertem Glas. Vor ihr hatte man einen freien Platz geschaffen und den Urwald ringsum noch undurchdringlicher gemacht. Verfremdet vom Gittermuster des Mondlichts, sah er die verschlungenen Linien eines großen Kreises der Macht, jetzt verwischt und besudelt von den Absonderungen des *tsaeati*. Der Erker hatte drei Fenster, die über die schroffe Nordflanke des Kulms schauten, im Rahmen des mittleren hob sich die Silhouette der kleinen Bibliothekarin ab. Sie stand mit ausgebreiteten Armen wie gekreuzigt vor dem opalisierenden Hintergrund des nächtlichen Himmels.

Das Mondlicht zeigte ihr Gesicht, aller Farbe beraubt, und

betroffen sah Antryg, wie verfallen es wirkte. Die dunklen Augen lagen tief in den Höhlen, das eisengraue Haar, von den widerstreitenden Energien der Brücke aus dem Zopf gelöst, hing als zerzauste Mähne über ihre runden Schultern. Er hatte nie bemerkt, wie lang es war und wie dicht.

Hinter ihr trieben Wolkenfetzen über den Himmel, eine Erinnerung an den vorhergegangenen Regen, obwohl der Rest des Wetters sich am Horizont ballte wie schlecht zusammengekehrte Staubflocken, weiß bereift. Unter dem Fenster ging es zweihundert Meter lotrecht in die Tiefe, bis zum Fuß des Kulms.

Der Wind spielte mit den Spitzen ihrer Haare.

Sie seufzte, sagte aber nur: »Sie ist tot, nicht wahr? Die Erzmagierin ...«

»Ja.«

Schweigen.

Dann: »Ich vermute, als Daurannon anfing mit dem Öffnen des Abyssus' zu experimentieren – wie lange ist es her, fast zwei Monate, bevor die Abominationen auftauchten? –, manifestierte sich hier oben ein Feld, das jemandem mit geringer Magie Kräfte verleihen konnte ...«

»... die wir alle uns wünschen«, beendete sie den Satz, ließ die Arme sinken und verschränkte die dicklichen Hände vor dem Leib. Sie wich seinem Blick nicht aus. »Ja.«

»Und du hast einen Teles benutzt, um es offenzuhalten.«

Sie nickte. »Ich hatte zwei hier oben – Freath und Nicarynko. Später holte ich den stärksten aus der Schatzkammer. Ich ging nach Engelshand, um mehr über den Abyssus in Erfahrung zu bringen. Ob es einen Weg gibt, das Feld permanent zu etablieren oder seine Wirkung in die reale Welt zu übertragen, die Welt außerhalb dieses Zimmers. Ich mußte sicher sein können, daß der Teles stark genug war, um die Kreise bis zu meiner Rückkehr intakt zu halten.«

»Ich verstehe.« Antryg nickte.

»Als ich in Salteris' Aufzeichnungen von dem Braunen Stern las, als ich hörte, daß er ihn besessen hatte und daß er noch in seinem Haus in Engelshand liegen mußte, kam ich auf die Idee, dich herzuholen, und wie ich dich zwingen konnte, mir zu helfen. Es war nicht schwer, selbst für mich nicht, den Mann ausfindig zu machen, der den Kristall gestohlen hatte, und ihn zurückzuholen. Ich wußte da noch nicht, was du – was du fühltest. Oder daß die Gräfin die gleiche Absicht hegte. Oder daß das Kollegium dir deine Kräfte nehmen würde. Nur daß du im Herzen ein Mirabilit warst – nicht einer von ihnen.«

»Du hast für mich gesprochen«, sagte Antryg. »Als sie sich anschickten, mir das Geis aufzuerlegen, hast du Einspruch erhoben – ich war dankbar.«

Seldes Katne schlug die Augen nieder. »Es war ehrlich gemeint«, wisperte sie. »Ich wußte, wie es ist, ohne Macht zu sein ...« Sie hob den Kopf, ihre Blicke trafen sich. »Ich mag dich, Antryg, glaub mir. Es ist nur, daß ...«

Antryg schaute sich um, auf die verwischten und verblaßten Linien der magischen Kreise. »Nachdem du aus Engelshand zurückgekommen warst, hattest du vermutlich keine Schwierigkeiten, von hier aus ein Tor durch den Abyssus zu öffnen.«

»Oh, nein«, sagte sie. »Nein, ich konnte alles tun, alles!« Ein Abglanz der Ekstase lag auf ihrem Gesicht, ein flüchtiger Widerschein von Glück. Er verflog, ihre Lippen wurden schmal. »Doch bei meiner Rückkehr merkte ich, daß der Teles sich – sich verändert hatte. Er besaß größere Macht, als ich angenommen hatte. Manchmal konnte ich ihn gar nicht mehr sehen. Als Daurannon mir von den Abominationen erzählte, wollte ich – wollte ich dich hier haben, schnell, um die Magie dauerhaft zu machen, bevor noch mehr Unheil geschah. Doch sie waren mir voraus. Phormion erzählte von einem Wandernden Tor, und mir blieb nichts anderes übrig, als zu behaupten, ich hätte es auch gesehen, um zu verhindern, daß du außerhalb der Kavernen danach suchst. Und dann, als sie dir das Geis auferlegten, wußte ich, daß ich mich deiner entledigen mußte. Mit deinem Wissen über den Abyssus hättest du irgendwann Verdacht geschöpft. Du hättest die Wahrheit erraten und ihnen davon erzählt.«

Sie wirkte sehr ruhig, aus ihrer Stimme und ihren Worten

sprach die unerbittliche Logik der Besessenheit, der äußersten Verzweiflung und das Wissen, daß er bis zu einem gewissen Grad fähig war, sie zu verstehen.

»Und nach allem, was sie dir angetan hatten, wußte ich, wenn sie von *meiner* Schuld erfuhren ...« Ihre Stimme versagte. »Antryg, wenn sie mir auch noch die geringen Kräfte genommen hätten, die ich besitze, es wäre unerträglich gewesen! Niemand durfte es erfahren! Niemand ...«

Ihre kleinen fleischigen Hände krallten sich um den morschen Rahmen des Fensters. »Nachdem Otaro das Wandernde Tor gesehen hatte und ich erfuhr, daß die Situation in den Kavernen sich verschlimmerte, wollte ich Vyrayana durch die beiden kleinen Teles ersetzen, die ich vorher benutzt hatte. Doch er – er wollte es nicht zulassen. Und du stelltest Fragen über die Teles. Früher oder später hättest du herausgefunden ...«

»Sag mir eins«, fragte Antryg ruhig, »wenn es dir gelungen wäre, mich zu töten – mit dem Dolch in meinem Zimmer in der Pfeffermühle oder mit der Hilfe eines ahnungslosen Gru Gwidion bei der Kapelle des Grünen Königs, wohin Tante Mins schützende Hand nicht reichte – was hättest du mit Joanna getan? Hättest du sie freigelassen?«

»Ja.« Seldes Katne schien über die Frage erstaunt zu sein. »Ja, selbstverständlich. Nicht sofort, weil – nun, weil der Abyssus so instabil wurde, daß ich Angst hatte, ihn wieder zu durchqueren. Beim ersten Mal hielt ich mich an Salteris' Anweisungen, aber ich fühlte mich nicht – nicht sicher dabei. Aber ich hätte sie freigelassen, sobald alles in – in geordneteren Bahnen lief.«

»Nur, daß es nie in geordneteren Bahnen gelaufen wäre«, murmelte Antryg. »Und derweil strömte die Macht des Abyssus' in den Teles, verzerrte und verstärkte *seine* Macht ...«

»Ich habe nachgeforscht«, verteidigte sich die Bibliothekarin. »Ich habe alle Aufzeichnungen studiert, alles gelesen, was irgend jemand irgendwann geschrieben hatte – über den Abyssus und wie man ihn durchquert, über die Teles, über Magie ...« Sie sank auf den Fenstersims und schaute auf ihre im Schoß gefalteten Hände. »Was ist Magie, Antryg? Warum werden manche in solchem Übermaß damit beschenkt, und andere haben gerade soviel, daß sie begreifen, was ihnen mangelt und immer mangeln wird? Mein ganzes Leben lang habe ich mir gewünscht, magische Kräfte zu besitzen, genau wie ich mir immer gewünscht habe, schön zu sein.«

Antryg lehnte eine Schulter gegen eine der gedrehten Säulen, die das Glasdach stützten. »Wärst du schön gewesen, hätte das ebenfalls schmerzliche Erfahrungen mit sich gebracht. Magie ist nur Magie, sie hat nichts mit Vernunft zu tun oder mit Güte oder mit der Fähigkeit, jemandes Freund zu sein oder ein anständiges Leben zu führen. Weil ich mit der Gabe der Magie geboren wurde, war ich ein Fremder in meiner eigenen Familie und ... Nun, ich will nicht sagen, ich wurde von Suraklin entführt, aber er hätte sich nie meiner bemächtigt, wenn ich ...« Er zögerte und wieder führte sie für ihn den Satz zu Ende.

»Wenn du so unbegabt gewesen wärst wie ich?«

»Ich wollte sagen, wenn ich von geringerem potentiellen Nutzen gewesen wäre. Denn im Grunde genommen war ich für ihn nur Mittel zum Zweck. Jahrelang habe ich mich bemüht zu glauben, es wäre nicht nur das. Daß er mich geliebt hätte, auch wenn ich nicht gewesen wäre, *was* ich war, sondern nur um meiner selbst willen. Kindliche Einfalt. Ich nehme an, wunderschönen Mädchen geht es ähnlich.«

»Mag sein«, antwortete Seldes Katne leise. »Aber das Wissen ist kein Trost für pummelige kleine Mauerblümchen, mit unseren großen Nasen und unserem struppigen Haar und unseren schiefen Zähnen. Ich wäre gern ein – ein Werkzeug gewesen, ein Gefäß, aus dem man trinkt, für Suraklin oder jeden beliebigen anderen, wäre mir dafür vergönnt gewesen, was anderen von unserer Art so freigiebig gewährt wird. Und als es geschah ...«

Sie schüttelte den Kopf, und wieder erhellte die staunende Erinnerung an jene kurze, überwältigende Glückseligkeit das runde Gesicht. »Begreifst du, daß ich es nicht aufgeben konnte?«

Wir geben alles dafür auf, hatte Suraklin gesagt. *Unsere Liebe, unsere Eltern, unsere Heim; die Kinder, die wir zeugen, die Menschen, die wir sein könnten. Und wir halten uns für Günstlinge der Götter, weil uns die Gnade zuteil wurde, diesen Tausch zu machen.*

»Ich dachte«, flüsterte sie, »ich dachte, wenn ich lange genug studiere, wenn ich gründlich genug suche, finde ich vielleicht doch noch einen Weg, um etwas von der Macht, die ich innerhalb des Feldes hatte, an mich zu binden, um auch außerhalb davon Gebrauch machen zu können. Aber die ganze Zeit über bist du der Wahrheit immer näher gekommen ...«

»Es wäre nie gelungen«, erklärte Antryg behutsam. »Das Feld war eine Enklave eines anderen Universums – eine Alternativrealität parallel zu der unseren, aber unerreichbar. Es ist unmöglich.«

Sie stieß einen Seufzer aus. »Ich weiß. Vielleicht wußte ich es von Anfang an. Aber, Antryg, innerhalb der Grenzen des Feldes war meine Macht so groß. Ich konnte Zauber über Meilen hinweg wirksam werden lassen, ich konnte andere Gestalt annehmen, den Wind lesen und Dunkelheit beschwören. Ich war mächtig genug, um – um eine von denen zu sein, die für die Nachfolge der Erzmagierin anstanden. Ich bin seit Jahrzehnten die Bibliothekarin der Zitadelle, Antryg. Ich sah Studenten, die jünger waren als ich, wie Nandiharrow, und dann Studenten, die ich *unterrichtet* hatte, wie Issay, ihren Platz im Inneren Zirkel einnehmen; Kinder wie Zake Goldhand oder Kyra die Rote lassen Magie wie Sonnenschein aus ihren Händen fließen. Derweil ich hier blieb, über Macht las, die mir verweigert war, Bücher sortierte, Listen führte, Wissen katalogisierte, das für mich nur Theorie bleiben konnte – während man von Daurannon und Rosamund als Kandidaten für den Posten als Oberhaupt des Kollegiums sprach. Und mein Haar wurde grau. Und ich wurde fett und alt, und ich begriff, ich würde nie diese Macht besitzen. Aber ich hatte Macht«, fügte sie träumerisch hinzu, »für eine kurze Weile.«

Sanft erinnerte er sie: »Nur innerhalb des Feldes.«

»Oh, ja.« Sie hob den Kopf und sah ihn aus ihren traurigen dunklen Augen an. »Ja. Aber welcher Unterschied besteht zu den anderen, die sich darauf beschränken, nur innerhalb der Zitadelle Magie zu praktizieren? Zu wissen, sie war mein, genügte. Zu wissen, endlich war ich euch ebenbürtig.«

Sie drehte sich zum Fenster herum und schaute in die Tiefe, auf den zottigen Pelz schwarzer Tannen, der die Felsen unten bedeckte. Hinter dem Glas schien der Himmel sich in die Unendlichkeit zu erstreckten, der sehnsuchtsvolle Himmel des hohen Nordens an der Schwelle des Sommers, selbst um Mitternacht durchwoben von flüssigem Licht. »Ich konnte sie mir das nicht wegnehmen lassen«, sagte sie kaum hörbar. »Und das hätten sie getan, sobald sie Bescheid wußten. Sobald du es ihnen gesagt hättest. Ich konnte den Gedanken nicht ertragen.« Sie drehte den Kopf und sah über die Schulter zu ihm hin. »Wissen sie Bescheid?«

»Joanna wird es ihnen gesagt haben.«

»Es tut mir – es tut mir leid wegen Joanna. Und weil du dir Sorgen gemacht hast. Aber sie wäre nicht zu Schaden gekommen in dem Braunen Stern.«

Nein, dachte er. *Weder zu Schaden noch zu sonst etwas. Sie hätte existiert, ewig, in endloser Monotonie, bis sie verrückt geworden wäre wie all die anderen …*

»Übrigens liegt er auf meinem Schreibtisch, im Nebenzimmer. Ich – ich nehme an, sie werden kommen, um mich zu holen?« Sie fing seinen Blick auf. »Uns beide.«

Antryg seufzte. »Ja«, murmelte er. Er fühlte sich ernsthaft versucht, den Braunen Stern einfach in die Tasche zu stecken und mitzunehmen – wenn Lady Rosamund ihn in die Hände bekam, standen die Chancen gut, daß er selbst sich eingekerkert in dem finsteren, endlosen Labyrinth wiederfand. Doch es war die Aufgabe von Rosamund und dem Kollegium, die Gefangenen, die sich noch im Inneren des Kristalls befanden, zu befreien und zu pflegen. Die Formeln der Erlösung waren in Salteris' Schriften enthalten. Er fragte sich, ob das Kollegium seiner in einem Brief niedergeschriebenen Bitte Folge leisten würde, künftig nicht wieder

Gebrauch von dem Stern zu machen, wenigstens nicht ohne zwingende Notwendigkeit.

Aber nein, überlegte er. Ihn einfach nur einzusperren – das Anrecht auf eine derart milde Strafe hatte er sich verscherzt.

Er hob den Kopf, die billigen Glasperlenketten glitzerten im Mondlicht. »Uns beide, allerdings«, bestätigte er lächelnd. Seldes Katne hob den Kopf und sah ihn erstaunt an, als er neben sie trat und ihr die Hand auf die Schulter legte.

Als Joanna das Refektorium betrat, stellte sie fest, daß man sämtliche Fenster an der Nordwestseite der kühlen Nachtluft geöffnet hatte. Silvorglim, seine Hasu und Sasenna schlummerten selig in einem stillen Winkel, von Kyra mit einer Miene gelinder Verachtung behütet; Joanna hatte das Gefühl, daß mit ihrem baldigen Erwachen nicht zu rechnen war. Nahebei hatte der Magister Magus in dem farbenfrohen Hemd und der weiten Hose eines Weizenbauern, beides unzweifelhaft der Kleiderkiste der Zitadelle entstammend, eine hitzige, im Flüsterton geführte Diskussion mit Nandiharrow und Pothatch. Tom, die Arme verschränkt und den für ihn typischen Ausdruck melancholischer Anteilnahme auf dem Gesicht, stand mit Deckenrollen und einem Proviantbeutel daneben.

»... unmöglich, in diesem Aufzug den ganzen Weg nach Engelshand reiten!«

»Nun«, antwortete der Koch eingeschnappt, »das ist das einzige in Eurer Größe, was noch da ist, nachdem wir Miss Joanna Toms zweites Hemd gegeben haben. Wir könnten Euch höchstens noch die Robe eines Meisters anbieten.«

»Bloß nicht!« Der Magus erbleichte. »Gute Güte, es ist schlimm genug, daß *die*«, er zeigte mit dem Daumen auf die schlafenden Hexenjäger, »hinter mir her sein werden wie der Teufel hinter der armen Seele, weil sie glauben, daß ich mit euch unter einer Decke stecke. Die sind imstande und hängen mich kurzerhand auf.«

Nandiharrow lächelte, ein Funkeln gutmütiger Ironie in den Augen. »Während Tom dabei ist, um Euch zu beschützen? Aber Ihr könnt natürlich auch in Eurem Hausmantel reiten ...«

»Sehr komisch. Es wäre wohl zuviel verlangt«, er dämpfte die Stimme noch weiter und beugte sich dicht zu dem hochgewachsenen grauhaarigen Mann, »es wäre wohl zuviel verlangt, wenn Ihr – nun, ich weiß, es gibt einen Zauber des Vergessens. Ihr könntet nicht dafür sorgen, daß keiner von ihnen sich daran erinnert, mich hier gesehen zu haben, oder?«

Nandiharrow schüttelte den Kopf. »Es ist bereits ein Verstoß gegen unsere Gelübde, daß wir sie schlafen lassen. Ihr seid ein Zauberer, Magus ...«

»Bin ich *nicht!*« widersprach der kleine Mann und richtete sich zur vollen Höhe seiner Einsfünfundsiebzig auf. »Ich bin ein spiritueller Berater, und der einzige Grund, weshalb ich sie nicht selbst mit einem solchen Zauber belege, ist der, daß Euer Monopol auf die reine Lehre es meinem Meister unmöglich machte, sich das dementsprechende Wissen anzueignen.«

»Na, wenn wir noch lange reden«, mischte Tom sich nun doch ein, »ist es Morgen, die Bande wacht auf, und die Frage, was Ihr auf die Reise anzieht, ist dann nicht mehr wichtig.«

Joanna ging an ihnen vorbei und warf einen raschen Blick in die Runde. Fackeln spendeten immer noch die meiste Helligkeit, obwohl hier und da Feenlichter wie kleine Glühwürmchen unter der Decke gaukelten. NeunZehnZwei schien sich erholt zu haben, stellte sie erfreut fest; riesig und trotzdem unauffällig, ein Schatten inmitten von Schatten, hantierte er mit den jetzt dunklen Oszillatoren, die Verbände an Schultern und Rücken hoben sich als weiße Streifen von seiner olivgrünen Lederhaut ab. Zwischen ihm und Joanna umstand eine kleine Gruppe von Magiern eine ältere Frau, hager und sehnig wie eine betagte Kriegerpriesterin, die in einem von Alpträumen heimgesuchten Schlaf zu liegen schien. Bentick hielt ihren Kopf auf seinem Schoß, und unter dem zerrauften weißen Haar entdeckte Joanna furchtbare Krallenspuren auf dem Gesicht der Frau und an den Nägeln ihrer zuckenden Finger getrocknetes Blut. Dem Majordomus rollten Tränen über die Wangen.

In einer Ecke, neben der schlafenden Gilda, saß der Junge Goldhand, den Kopf fast bis auf die Knie gebeugt. Er blickte auf, als Joanna seine Schulter berührte, und in den dunklen Augen erkannte sie die stumpfe Leere von jemandem, der sich gegen alles abgekapselt hat, jedes Gefühl, jeden Impuls von außen, um nicht den Schmerz ertragen zu müssen. Otaro, der Sänger, bewegte sich unruhig in seinem Schlaf. Goldhand sah nicht einmal zu ihm hin.

»Mit ihr ist es dasselbe wie mit deinem Meister, nicht wahr?« fragte sie flüsternd. Der Junge nickte; er wich ihrem Blick aus.

»Es muß etwas in dem Tor gewesen sein, das sie gesehen haben.« Seine Stimme klang unbeteiligt, als spräche er von Fremden. »Ich hätte früher Hilfe holen müssen«, fügte er leise hinzu, und in seinen Augen erkannte sie sein Schuldbewußtsein. »Auch gegen seinen Wunsch, ich hätte jemanden rufen müssen. Dann, heute nacht, als die Tore sich schlossen, als alles in der Zitadelle wieder zu sein schien, wie es gewesen war, hoffte ich ...«

Insgeheim bezweifelte Joanna, wenn sie sich in dem langen, unnatürlich stillen Raum umschaute, daß die Zitadelle je wieder sein würde, wie sie gewesen war.

»Das hätte eine Besserung bewirkt, wenn Magie der Grund für die Wahnvorstellungen wäre«, sagte sie und legte eine Hand auf die magere Schulter. Seine graue Kutte war mit braun eingetrockneten Blutflecken übersät. »Doch es hört sich an, als wäre ein Gas dafür verantwortlich, ein süßlich riechendes Toxin, das durch die Wurmlöcher in den Kavernen drang und die Halluzinationen von den Wandernden Toren, den Stimmen und all den anderen Dingen hervorrief.«

»Vielleicht.« Etwas sagte ihr, daß dieser Junge nicht alleine gelassen sein wollte, und wahrhaftig, nach einiger Zeit hob er den Kopf, und die Muskeln in seinem Gesicht bewegten sich kaum merklich, wie bei einer Marmorskulptur, die widerstrebend zum Leben erwacht.

»Du meinst, wie die Luft aus einer anderen Welt, zum Beispiel, was der alte NeunZehnZwei atmet?« Er deutete mit einer Kopfbewegung auf die groteske schemenhafte Gestalt, fremdartiger denn je in dem Kreis aus elektronischen Trilithen. Trotz seines Kummers war Goldhand immer noch ein Magier. Es war ihm angeboren, wie Antryg, alles zu registrieren und in Gedanken zu analysieren.

Sie nickte. »Wegen der auftretenden Schmerzen und der progressiven Art des Verfolgungswahns und der Halluzinationen würde ich vermuten, daß das Gas Läsionen verursacht, Blutgerinnsel im Gehirn. Der Druck bewirkt Schmerzen und geistige Störungen und weitere Halluzinationen. Ich weiß nicht, ob man etwas bewirken kann, wenn man die Blutgerinnsel lokalisiert hat ...«

Seine Augen wurden groß – die dunkelsten Augen, die sie je gesehen hatte, und das Leuchten aufkeimender Hoffnung darin war beinahe schmerzlich anzusehen. Sie hatte eine gewisse Scheu vor ihm empfunden, weil er ein Nigromant war und auch wegen ihrer alten, instinktiven Angst vor Männern. Erst jetzt erkannte sie, wie jung er war und wie verstört.

»Wie?« fragte er eifrig und sprang auf. »Wärme? Blutwärme?«

»Eher eine Störung irgendwelcher Art im elektrischen Feld des Gehirns. Das Gehirn besitzt eine Aura ...«

»Das wissen wir. Issay!«

Der kleine Physikus erhob sich von seinem Platz neben Phormion und kam zu ihnen. Goldhand griff mit neuerwachter Zuversicht nach dem knochigen Arm und beide vertieften sich in einen halblaut geführten Disput über medizinische Theurgie. Joanna zog sich unauffällig ein paar Schritte zurück. Das Gewehr hing ihr plötzlich zentnerschwer von der Schulter, und nichts hätte sie lieber getan, als sich wie Silvorglim und seine Männer auf einer Decke auszustrecken, um zu schlafen.

Jemand trat zu ihr. Sie wandte den Kopf und sah Daurannon, das Chorknabengesicht von Schmerzen gezeichnet, blaß und eingefallen, die silbernen Strähnen in seinem Haar glitzerten im Flackern der Feenlichter um Bentick, Phormion und die helfenden Magier. Trotz aller Heilungszauber, die man ihm hatte angedeihen lassen, sah er immer noch aus wie zehn Meilen sehr schlechter Straße.

Sie schwieg und schaute in dieses Gesicht – Antrygs Freund, erinnerte sie sich, vor vielen Jahren.

»Geht es dir gut?«

Sie nickte und das Gewehr rutschte ihr von der Schulter auf den Boden. »Er ist weggegangen«, sagte sie langsam. »Er sagte …« Sie versuchte Atem zu holen, aber plötzlich brach alles über sie herein: Trauer um Tante Min, die Nachwehen von Angst und Nervenanspannung, die Gewißheit, daß sie Antryg niemals wiedersehen würde. Völlig idiotisch brach sie in Tränen aus.

»Na …« Joanna fühlte sich in die tröstliche Geborgenheit eines starken Arms gezogen und eingehüllt von den vertrauten Gerüchen nach Kerzenwachs, Holzrauch und Heilkräutern. »Mädchen, du wirst uns doch nicht schlappmachen, jetzt, wo alles vorbei ist?«

Instinktiv wußte sie, daß Daurannon zu jenen Männern gehörte, die immer ein paar belanglose Trostworte für weinende Frauen auf Lager haben. Trotzdem war es gut, die Stirn an seine Schulter zu lehnen und zu weinen, zu einer Bank geführt und festgehalten zu werden. Wie Ruth zu sagen pflegte: *Gott hat Männern diese netten Brustmuskeln aus einem bestimmten Grund gegeben.*

»Und ich vermute«, bemerkte eine frostige, glockenklare Stimme über ihnen, »daß ein paar Tränen genug sind, um Minhyrdins Tod auszulöschen? Oder vergessen zu machen, wie nahe die gesamte Zitadelle der Vernichtung gewesen ist, nur wegen dieses *Mirabiliten* und seiner Machenschaften?«

Joanna richtete sich auf und schüttelte die Haare zurück. Lady Rosamunds Gesicht zeigte die Spuren der Nacht, die sie durchlitten hatte, die stählerne Schönheit war ausgelöscht. Die Augen waren von dunklen Ringen umgeben und gerötet von Tränen. In ihrem schwarzen Haar, zerrauft wie das einer Megäre – oder einer Amazone nach der Schlacht –, zeigten sich zum ersten Mal einzelne graue Strähnen. Auf merkwürdige Weise machte die Zerstörung der eiskalten Perfektion sie sehr viel menschlicher, und Joanna empfand Mitleid mit ihr.

Aus ihrer Stimme klang bitterer Sarkasmus, als sie fortfuhr: »Jetzt, da ich weiß, daß ein paar Tränen das Mittel sind, um dein Herz zu rühren, Daur«, sie benutzte das Pronomen für gesellschaftlich Tierferstehende, wie sie einen Hund angesprochen haben würde oder einen Lakaien, »werde ich es damit versuchen, wenn ich das nächste Mal bei einer Sitzung des Zirkels deine Stimme brauche.«

»Dann gebe ich dir einen probaten Zauber, um welche hervorzubringen«, entgegnete Daurannon und drückte Joanna fester an sich. »Du wirst ihn brauchen.«

Joanna schüttelte den Kopf und rieb sich mit dem Handrücken über die Augen. »Es tut mir leid«, sagte sie matt. »Es ist nur, weil ...«

Schroff wandte die Gräfin sich ab.

»Mach dir nichts draus.« Daurannon brachte aus dem Nichts ein sauberes Taschentuch zum Vorschein – *Ich nehme an, Taschentücher aus dem Nichts hervorzuholen ist das erste, was sie in der Zauberschule lernen,* dachte Joanna zusammenhanglos und hatte Mühe, ein hysterisches Lachen zu unterdrükken. »Sie ist ...«

»Nein.« Joanna sprang auf und folgte der Gräfin zum Fenster.

Der Mond ging über den frivolen Marmordächern des Vogelkäfigs und des Pavillons unter; im weiten Meer des Himmels verlieh der erste Hauch der Morgendämmerung ihm einen matten Perlenglanz. Unterhalb der Fenster konnte Joanna einen großen, gepflasterten Hof sehen, von dem zwei oder drei kleine Treppen abzweigten und eine Flucht hochherrschaftlicher Sandsteinstufen. Die Pfützen vom Regen der Nacht schimmerten bleigrau. Eine imposante Loggia folgte der Biegung des Berges. Unter den Arkaden rührten sich Fels- und Ringeltauben in ihren Nestern.

Aus einem Torbogen gegenüber kam ein kleiner Trupp

Sasenna zum Vorschein – Implek und seine verschollenen Männer. Eine Katze balancierte über eine Mauerkrone. Im Turm auf der anderen Hofseite schlug eine Uhr Fünf.

»Lady Rosamund ...«

Die Gräfin hielt den Kopf stolz erhoben. Sie schaute über die Zitadelle, die ihr Zuhause war, ihre Domäne, das Heim ihres Herzens und ihrer Seele. Ein Winkel ihres schöngeschwungenen Mundes zuckte ein wenig, aber ihre Augen waren trocken, als sie sich herumdrehte.

»Als Minhyrdin starb«, sagte Joanna, entschlossen, sich nicht einschüchtern zu lassen, »hat sie uns aufgetragen – Antryg und mir –, Euch zu sagen, Ihr wärt ihrem Herzen am nächsten gewesen.«

Rosamund schien eine scharfe Antwort geben zu wollen, die feinen Nasenflügel bebten. Aber sie sprach es nicht aus, und in diesem Augenblick des Schweigens löste sich die Starre des Hasses, und ihre Hände auf dem Fenstersims begannen zu zittern; Tränen verschleierten die Augen und liefen über die bleichen Wangen, als sie unter dem Ansturm der Erinnerungen die Augen schloß.

Ihre Lippen bewegten sich, aber es dauerte einen Moment, bevor sie ihre Stimme wieder in der Gewalt hatte. »Ich danke dir.«

»Sie sagte, sie wüßte, es wäre schwer für Euch«, fuhr Joanna mutiger fort. »Sie sagte, es wäre immer schwer für die, die zurückbleiben. Aber sie sagte, Ihr wärt ihrem Herzen am nächsten gewesen – und sie sagte, *vergebt*.«

Die Gräfin seufzte tief. Es sprach kein Zorn aus ihrer Stimme, kein Haß, nur etwas wie Trauer und Bedauern. »Nein«, sagte sie leise. »Nein. Ich werde nie vergeben.«

Joanna hörte Daurannons Schritte hinter sich und bemerkte, als sie sich umschaute, den Blick, der zwischen den beiden Nigromanten gewechselt wurde: Frage, Antwort, Vergewisserung, Entscheidung. Ihr kam der Gedanke, daß beide ungefähr gleichaltrig sein mußten, jung für Nigromanten, nicht über Vierzig. Ob die Feindschaft zwischen ihnen daher stammte, daß sie beide einmal Zwanzig gewesen waren und die größte Schönheit der Zitadelle sich nicht von dem oberflächlichen Charme des einfachen Wollhändlersohns beeindruckt zeigte?

»Komm«, meinte Daurannon väterlich. »Du bist müde, du mußt ausruhen. Immerhin warst du mutig wie eine Tigerin. Unser guter alter Pothatch wird dir zeigen, wo du schlafen kannst.«

»Nein.« Joanna schüttelte müde den Kopf und fröstelte leicht in ihren geliehenen Kleidern, obwohl die Luft, die durch die offenen Fenster hereinkam, nicht kühler war als die Frühlingsnachmittage in Kalifornien. »Nein, ich will nichts weiter als nach Hause.«

Sie konnte spüren, wie Lady Rosamund und Daurannon wieder einen Blick tauschten, spürte ihr verräterisches Schweigen.

Endlich holte Daurannon tief Atem und stieß ihn wieder aus. »Darüber werden wir uns unterhalten müssen. Dieser unglückselige Vorfall, der sich beinahe zur Katastrophe ausgewachsen hätte, wurde ausgelöst durch Herumpfuschen mit den Kräften des Abyssus', und ich für meine Person bin nicht bereit, mich so bald wieder darauf einzulassen.«

Und du brauchst eine Geisel, dachte Joanna, *um Antryg an den Haken deiner Angel zu kriegen.* Sie bemühte sich um einen vernünftigen Tonfall. »Und NeunZehnZwei? Er kann nicht in dieser Welt existieren, und sein Luftvorrat muß so gut wie erschöpft sein.«

»Nun, selbstverständlich werden wir für NeunZehnZwei tun, was in unseren Kräften steht.« Doch er vermied es, ihr in die Augen zu sehen.

Sie schaute zu Boden, ließ kraftlos die Schultern hängen und strich sich mit der Hand über die Stirn. »Bitte, können wir morgen darüber reden? Ich bin ...« Sie wich seiner tröstenden Berührung aus. »Ich muß unbedingt etwas schlafen.«

»Selbstverständlich«, sagte Daurannon. »Ruh dich nur aus. Wir werden einige Tage brauchen, um die Verwüstungen zu beseitigen und das Wasser aus den Kavernen herauszupumpen, aber das soll nicht deine Sorge sein. Wende dich an Pothatch, er zeigt dir einen Platz, wo du schlafen kannst.«

Doch als sie Lady Rosamund und Daurannon verließ, die ihr keine Beachtung mehr schenkten und über die Aufräumungsarbeiten sprachen, ging sie nicht dorthin, wo Pothatch und Tom immer noch mit dem Magister Magus diskutierten, sondern zu den schwarzen, schweigenden Monolithen der Festung des Toten Gottes.

»Man hat nicht vor, uns nach Hause zu lassen«, sagte sie leise und kniete neben ihm bei dem Hauptgenerator nieder, dessen Innenleben er überprüfte. »Sie sagen, es wäre gefährlich, wieder ein Tor im Abyssus zu öffnen, und vielleicht haben sie gar nicht so unrecht. Daurannon behauptet, er könnte etwas wegen deiner Atemluft tun.«

»Ich würde diese Bande von Regentänzern nicht einmal mein Gewicht schätzen lassen«, ertönte die tiefe, summende Stimme aus dem Schädel des Toten Gottes. »Aber sie haben in der Tat recht. Obwohl das Raum/Zeit Kontinuum – soweit ich es mit Hilfe meiner unzureichenden Ausrüstung hier beurteilen kann – zum Normalzustand zurückgekehrt ist, würde ich an ihrer Stelle ebenfalls zögern, erneut daran zu manipulieren.« Er hob seinen Computer auf, den er wieder in den schwarzen Kasten verpackt hatte, und richtete seine zweieinhalb Meter zu voller Höhe auf, steif wie ein morgenstarres Insekt, ein langesames Auseinanderfalten von Sehnen und Knochen und Atemschläuchen. Seine schillernden ockerfarbenen Augen glänzten rätselhaft im Zwielicht der heraufziehenden Morgendämmerung.

»Wie dem auch sei, ich bin nicht an ihrer Stelle und verspüre nicht die geringste Neigung, meinen Aufenthalt in dieser Welt über Gebühr auszudehnen, bis schließlich mein Körper verfällt und mein Verstand sich in einen psychokinetischen Malstrom des Irrsinns verwandelt, wie es damals geschehen ist.« Der segmentierte Schweif fegte über den Boden, und er deutete mit einer Neigung des gewaltigen Schädels auf die zertrümmerte östliche Tür, überkrustet mit trocknenden Schleimspuren des *tsaeati* und völlig unbewacht, weil Hathen und ihre Sasenna sich aufgeteilt hatten, um die Zitadelle nach Gefahren zu durchsuchen, die vielleicht noch in verborgenen Winkeln lauerten.

»Es sollte nicht schwierig sein, der Spur des *tsaeati* zurück in die Kavernen zu folgen, und ich habe daran gedacht, dort Zeichen an den Wänden anzubringen, damit ich den experimentellen Xchifluxgenerator wiederfinden kann. Es sollte mir gelingen, hoffe ich, ein Tor in meine eigene Welt zu öffnen und – bei den Koordinaten des Platzes, zu dem ich Antryg vor vier Monaten brachte – in deine.«

Großartig, dachte Joanna. *Ich werde um fünf Uhr früh auf dem Parkplatz des San Serano Missile Plant auftauchen.* Sie tröstete sich mit der Überlegung, daß um fünf Uhr früh Ruth noch auf sein würde und malen.

Sie konnten beim Feeding Frenzy in Reseda frühstücken.

Der Gedanke war so bizarr, daß sie sich einen Moment lang schwindelig fühlte.

Der Tote Gott bückte sich, um sein Gewehr und eine letzte Batterie aufzuheben. »Ich habe einen Timer programmiert, um die Schaltungen hier kurzzuschließen«, erklärte er. Seine Stirnampel zuckte. »Einen zweiten setze ich an das Hilfsrelais, das das Tor öffnet. Firmenequipment im Wert von dreißigtausend Eldacta«, fügte er bitter hinzu, während er Computer, Batterie und Gewehr unter seinen diversen Armen verstaute. »Aber wie Daurannon habe ich das Gefühl, daß viel Zeit vergehen wird, bevor ich mich erneut versucht fühle, die Geheimnisse des Abyssus' zu erforschen. Bist du bereit?«

Joanna schaute sich um. Die Helligkeit des Morgens drang in den großen Raum, dagegen wirkten das gelbliche Flakkern der wenigen Fackeln und der bläuliche Schimmer der Feenlichter trübe und schmuddelig. Sie verspürte die ängstliche Beklommenheit eines Gastes, der viel zu früh die Feier verläßt, Leute, die er eigentlich gerne näher kennengelernt hätte: Goldhand und Issay waren besorgt über die zum Skelett abgemagerte Phormion gebeugt und zeichneten mit den Fingern arkane Symbole auf ihre Stirn, während Bentick hoffnungsvoll zuschaute, den Schmerz der einzigen Liebe in seinem Leben unverhüllt in dem schmalen Gesicht; Nandiharrow und den dicken, gutmütigen Brunus, die Whitwell Simms Arm neu verbanden; Kyra die Rote stolperte über die aufgestapelten Waffen der schlafenden Hexenjäger und tauschte ein augenzwinkerndes Lächeln mit dem Freund – Mick oder Cylin, Joanna konnte sich nicht erinnern, welches Gesicht zu welchem Namen gehörte.

Daurannon und Lady Rosamund waren immer noch zu sehr in ihre frostig höfliche Unterhaltung vertieft, um auch nur einmal aufzublicken.

Antrygs Welt, dachte sie. Die Menschen, mit denen er aufgewachsen war, das Leben, der Ort, den er kannte. Sie werden Tante Mins Leichnam holen und ihn im Auditorium aufbahren – die gewichtslose, zerbrechliche Hülle, die einst so viel Kraft und Leben beherbergt hatte.

»Nur eine Minute«, sagte sie und ging zur Tür, wo Pothatch, Tom und der Magister Magus standen.

Sie legte dem kleinen Mirabiliten den Arm um den Hals und drückte ihm einen Kuß auf die Wange. Obwohl sie so lange im Braunen Stern gefangen gewesen waren, spürte sie erst jetzt einen Anflug von Bartstoppeln auf dem Stück Haut zwischen Van Dycks Bart und Ohr.

»Lebt wohl«, flüsterte sie.

Der Magus sah verwundert drein, Pothatch blinzelte ihr zu, und Tom nickte ernsthaft.

Mit etwas Glück, dachte sie, würde sie keinen von diesen Leuten je wieder zu Gesicht bekommen.

Aber sie hatte so eine Ahnung, daß ihr dieses Glück nicht beschieden sein würde.

Entschlossen wandte sie sich ab und ging zu dem Toten Gott, der im Schatten der zerschmetterten Tür wartete. »In Ordnung«, sagte sie und fröstelte bei dem Gedanken an den Schrecken der Durchquerung. »Lassen wir's gut sein. Ich will nach Hause.«

Bestimmt hat Gott einen Sinn für Humor – aber mir sind subtilere Arten in manchen Tavernen untergekommen, in denen ich war.

MINHYRDIN DIE SCHÖNE

25.
KAPITEL

An Freitagabenden platzte das *Enyart's* traditionell aus allen Nähten. Die gedämpfte, indirekte Beleuchtung schmeichelte den nach eines langen Tages Mühen gestreßten Physignomien und von Müdigkeit geröteten Augen. Der Boden bestand aus glattem Kunstmarmor, die Stühle waren italienisches Edeldesign. Die Klientel setzte sich überwiegend aus Anwälten, Maklern und Managern zusammen. Die Unterhaltungen rikoschettierten wie Pingpongbälle von den in verschiedenen Pastelltönen gestrichenen Wandfacetten. Im Hintergrund, laut genug, um den allgemeinen Geräuschpegel zu übertönen, jaulte eine heisere Reibeisenstimme mit Liverpooler Akzent Ben E. King's ›Stand By Me‹ aus dem modernen, hightech Äquivalent einer Music Box.

Joanna stand unschlüssig am Eingang und reckte den Hals, um über die Köpfe der Menge hinwegzusehen. Nach einigem Suchen bemerkte sie das Aufblitzen runder Brillengläser hinter der Bar, einen Schopf grauer Locken und den Umriß einer kühnen Hakennase.

Ruth neben ihr fragte: »Soll ich einen Tisch besorgen?«

»Nur falls du wirklich versessen darauf bist, runde anderthalb Stunden auf einen *coq au merde* zu warten.«

Ihre Stimme zitterte ein wenig. Obwohl sie seinen absurden purpurnen Rock und das blutige Kalikohemd auf dem Bett gefunden hatte, als sie an diesem Nachmittag von Galaxsongs zurückkehrte, und eine Notiz in seiner akkuraten, doch leider fast unleserlichen Blockschrift, hatte sie bis zu diesem Moment die Angst nicht verlassen, daß er trotz allem seinen Entschluß geändert haben könnte. Daß sie ihn niemals wiedersehen würde. Daß all die künftigen Jahre verloren waren.

»Ich weiß nicht«, meinte Ruth nachdenklich. »Dieser blonde Kellner sieht irre gut aus.«

»Sämtliche Kellner in Los Angeles sehen irre gut aus«, gab Joanna zurück. »Alles arbeitslose Schauspieler.«

»Der da nicht.« Ruth zeigte auf die unvermeidliche Ausnahme von der Regel.

»Der schreibt an einem Drehbuch. Komm schon.«

Während sie sich zur Bar durchkämpften, fühlte Joanna sich trotz ihres ledernen Minikleids sonderbar beschützt: alle Männer im Raum blickten automatisch auf Ruths spektakuläre Mähne gestylter schwarzer Locken und die exotische Perfektion ihres Gesichts. Joanna war nicht überrascht, daß Ruth auf halbem Weg abschwenkte.

»Also bist du heil zurückgekommen«, sagte sie zur Begrüßung, als Antryg sich ihr zuwandte.

Er kam um das Ende des Tresens herum und bückte sich, um sie zu küssen. Sein Kuß und die Umarmung verrieten eine ungeheure Erleichterung, als könnte auch er kaum fassen, daß er wirklich hier war. Stillschweigend übernahm sein Partner hinter der Bar, allgemein bekannt als der schöne Kevin, die verantwortungsvolle Aufgabe, Tequila und Chardonnay auszuschenken. »Es freut mich, das gleiche über dich sagen zu können.«

»Ich hatte nicht …« Sie stockte, von ihren eigenen Gefühlen in Verlegenheit gestürzt, obwohl sie wußte, es würde sie nicht auslachen. »Ich fürchtete, du hättest einen Anfall von Ritterlichkeit gehabt und deinen Entschluß geändert.«

»So war es auch.« Antryg blickte mit einem kleinen schiefen Lächeln auf sie hinunter. Er trug seine übliche verwaschene Levi's, ein schäbiges T-Shirt mit dem Aufdruck BROKEN GLASS WORLD TOUR und Ohrringe, die aus irgendeinem 70er Jahre Nostalgieshop stammen mußten. »Und dann stellte ich fest, daß ich es nicht durchhalten konnte.«

Sie mußte lächeln, nicht über ihn, sondern über sich selbst, wegen der Erkenntnis, wie ähnlich er ihr in mancher

Beziehung war. »Antryg, sag mir eins: Du hättest mir geglaubt, wenn ich gesagt hätte: ›Ich will, daß du gehst.‹ Weshalb kannst du mir nicht glauben, wenn ich sage: ›Ich wünsche mir, daß du bleibst, ganz egal was passiert?‹«

Er schüttelte den Kopf. »Ich vermute, weil es zu schön wäre, um wahr zu sein.« Würdevoll aufgerichtet, fügte er hinzu: »Und weil es edler ist, der Liebe Opfer zu bringen, statt sie unverfroren zu genießen wie der eingefleischte moralische Feigling, der ich bin.«

Sie gab ihm einen Rippenstoß, behutsam, weil sie die Verbände unter dem dünnen Stoff des T-Shirts fühlte. »Als jemand, der seine Herzallerliebste in einem fremden Universum zurückgelassen hat, umgeben von Leuten, die davon reden, ihn zu töten, mußt gerade du mit großen Worten um dich werfen.«

Er seufzte und drückte sie wieder an sich. Auch seine Arme und eine Hand waren verbunden. Dazwischen stach die Tätowierung hervor wie das Etikett auf einer Bierflasche. Sie fragte sich, was er seinen Kollegen erzählt haben mochte ... Die Wahrheit, was sonst.

»Davon haben sie geredet?« Ein Schatten fiel über sein Gesicht. »Das dachte ich mir.«

Sie blickte zu ihm auf. Über dem an- und abschwellenden Gemurmel – »Steven hat heute am Drehort gesagt ...« » ...der Firmenausverkauf wird in einem Massaker enden, sage ich dir ...« »Weißt du, Baby, ich kann dir wahrscheinlich Dinge über dich verraten, von denen du selbst nichts ahnst ...« – erhaschte sie einen Fetzen von Linda Ronstadt's Stimme: »Desperado«, ein Song, bei dem ihr immer die Kehle eng wurde.

»Du hast Seldes Katne gehen lassen«, sagte sie, »habe ich recht?«

Und fühlte wieder, wie gut sie ihn kannte, wie leicht sie ihn durchschaute, als er schuldbewußt den Kopf senkte.

»Joanna, ich konnte nicht den Stab über sie brechen«, sagte er. »Vielleicht, wenn ich nicht sieben Jahre im Turm des Schweigens eingekerkert gewesen wäre, unfähig, die Magie zu spüren, zu nutzen, von der ich wußte, daß ich sie besaß … Vielleicht, wenn das Kollegium mir nicht das Geis auferlegt hätte … Vielleicht, wenn ich nicht vier Monate hier gelebt und mich von Brosamen und Träumen ernährt hätte.« Er zuckte die Schultern. »Und sie mußte das fünfzig Jahre lang durchmachen, danebenstehen, zusehen, wie andere aus dem Vollen schöpfen, und wissen, daran würde sie *niemals* teilhaben können. Ich weiß nicht, was ich an ihrer Stelle getan hätte.«

Joanna schwieg und lehnte im Schutz seines Arms den Kopf an seine Brust. Die pulsierende Dunkelheit fiel ihr wieder ein, das entsetzte Begreifen, was mit ihr geschehen würde … Das hatte Seldes Katne ihr angetan. Seldes Katne verdankte sie diese grauenhaften Stunden – Tage – in dem lichtlosen Labyrinth des Braunen Sterns, die Angst, den Verstand zu verlieren; die Angst, für alle Ewigkeit dort eingesperrt zu sein.

Und doch, das einzige, woran sie sich im Zusammenhang mit der Bibliothekarin erinnern konnte, war die traurige Verzweiflung in ihren dunklen Augen. Das brachte Erinnerungen an ihre eigene Schulzeit zurück, als graue Maus zwischen all den hübschen Mädchen: den Mädchen, die sich ihrer selbst so sicher waren, ihrer Schönheit, ihrer Wortgewandtheit und Schlagfertigkeit und gesellschaftlichen Stellung, während sie sich mit ihren Büchern und Katzen und Computerspielen zurückzog, um die Welt draußen zu vergessen.

»Ich nehme an, du hast ihr ein Tor in die Welt geöffnet, wo sie über magische Kräfte verfügte? Wo sie eine mächtige Zauberin sein kann?«

Antryg nickte stumm.

Verspätet fiel ihr ein, daß Seldes Katne mehrfach versucht hatte, auch Antryg zu ermorden.

»Glaubst du, sie wird dort glücklich sein?«

»Nein, ich glaube nicht, daß Kitty eine große Begabung zum Glücklichsein hat. Vielleicht wird sie das dort erkennen – oder sie findet jemanden oder begegnet einer neuen Situation, wodurch sie diese Fähigkeit entwickelt … Wer weiß.

Die Zukunft ist, wie sie ist, Joanna – vielleicht haben wir alle es nötig, etwas Zeit in der Stadt der Träume zu verbringen.«

Er schüttelte den Kopf und lehnte sich mit der Schulter gegen die Wand. Ein blonder Muskelprotz mit Schultern wie ein Kleiderschrank und einem IQ, der wahrscheinlich in etwa seiner Schuhgröße entsprach, schwofte mit Ruth zu einer halblangsamen Reggaeversion von ›Do You Wanna Dance‹ auf der winzigen Tanzfläche der Bar. Das Lächeln auf ihren Gesichtern erinnerte an das Schnurren von Katzen, wenn man sie streichelt; animalische Zufriedenheit ohne intellektuellen Anspruch. Auf der High School, überlegte Joanna, hätte sie Ruth gehaßt, ohne je ein Wort mit ihr gewechselt zu haben.

In jenen Tagen hatte auch sie keine große Begabung zum Glücklichsein gehabt.

Antrygs Stimme war sehr leise. »Sie werden hinter mir her sein.«

»Daurannon sagte, sie würden nicht wieder versuchen, ein Tor im Abyssus zu öffnen – es wäre zu gefährlich. Natürlich kann er gelogen haben.«

»Nein. Daurannon glaubt meistens, was er sagt, während er es sagt. Doch wenn es um Dinge geht, die jemand sich wirklich wünscht, haben die Menschen ein erschreckend schlechtes Gedächtnis. Er liebte Salteris aufrichtig, wie Rosamund Tante Min geliebt hat – und keiner von beiden wird mir je verzeihen.«

Wenn sie stirbt, hatte Rosamund gesagt, *bist du ein toter Mann* ...

Aber das hatte Antryg von Anfang an gewußt.

»In dem ganzen Durcheinander habe ich vergessen zu fragen«, sagte sie, nachdem sie eine Weile den Tänzern zugesehen hatte. »Dabei wollte ich es gerne wissen – wer hat eigentlich nach Tante Mins Tod die Meisterzauber geerbt? Wer hat ihre Nachfolge angetreten? Nach der frostigen Höflichkeit zu urteilen, die Lady Rosamund und Daurannon gegenseitig an den Tag legten, habe ich das Gefühl, daß es keiner von ihnen gewesen sein kann. Du mußt es wissen.«

»Allerdings.« Antryg fröstelte, obwohl an der Bar mit den

dichtgedrängten Menschen und den Schwaden von Zigarettenqualm, Bierdunst und Parfümgeruch eine Hitze herrschte wie in der Sauna. Im diffusen Licht der Wandstrahler waren seine Augen hinter den Brillengläsern groß und verstört und erfüllt von einem tiefen Kummer.

»Es ist eine merkwürdige Sache mit diesen Meisterzaubern«, meinte er schließlich. »Niemand kann sagen, auf wen sie übergehen, bis es geschehen ist, aber dann wissen es die meisten von uns sofort, manche sogar, ohne der betreffenden Person je begegnet zu sein – obwohl heutzutage Magier mit einem solchen Potential durchweg einen Sitz im Inneren Zirkel innehaben. Ich hoffte eigentlich, sie würden an Zake Goldhand fallen, was eines Tages auch so sein wird. Er ist ein guter Junge und wird zu einem guten Mann heranwachsen, mit einem von der Harmonie seiner Musik geprägten Wesen – und er hegt keinen Groll gegen mich, eine Seltenheit unter Magiern neuerdings.«

»Gehe ich recht in der Annahme, sie sind *nicht* an ihn gefallen?«

»Leider.« Ein Ausdruck schmerzlichen Bedauerns huschte über sein Gesicht, und er schob mit dem Zeigefinger die Brille nach oben auf die Nase. »Sie sind nicht an ihn gefallen. Ich bin sicher, Rosie und Daur werden die Störungen, verursacht durch den Einfluß des Abyssus', dafür verantwortlich machen, daß keiner von ihnen Erzmagus geworden ist, oder die Felder fremder Magie, die sich überall in der Zitadelle manifestierten, und mich werden sie zum Sündenbock stempeln. Um ehrlich zu sein, ich wünschte, sie wären an einen von ihnen gefallen. Für mich wäre es besser.«

»Dann ist es jemand, der dich noch mehr haßt, als die beiden?« fragte Joanna zweifelnd. »Wer – doch nicht Bentick?« Die Erinnerung an die Energiefelder, die während der chaotischen letzten Stunden in der Zitadelle aufgetaucht und verschwunden waren, brachte sie auf einen neuen Gedanken. »Nicht ausgerechnet Seldes Katne? Oder – *Silvorglim?!*«

Am anderen Ende des Tresens rief jemand seinen Namen – Kevin übergab seinen Platz an eine platinblonde Kellnerin, die ebenfalls zur Riege derer gehörte, die noch auf ihren großen Durchbruch beim Film warteten. Antryg hob einen Finger, *Komme gleich*, und wandte sich wieder Joanna zu.

»Nein«, sagte er mit fast tonloser Stimme. »Selbst dann hätte ich die Chance gehabt, in Ruhe gelassen zu werden, das Kapitel abschließen zu können. Aber nein. Ich fürchte, sie sind an mich gefallen.«

Joanna starrte immer noch sprachlos in sein Gesicht, und er klappte ihr sanft mit dem gekrümmten Zeigefinger den offenstehenden Mund zu, bevor er sich bückte und ihr einen Kuß auf die Lippen drückte. Dann holte er augenzwinkernd eine Flasche Sauza Especial unter dem Tresen hervor und schritt von dannen, um die Durstigen zu erquicken.

ENDE

Anne McCaffrey:

Nancia/Helva

576 Seiten, Format 12,5 x 18,7 cm,
gebunden
Best.-Nr. 774 752
ISBN 3-8289-0136-0
Sonderausgabe nur DM 18,–

Dave Duncan:

Das Meer der Leiden

480 Seiten, Format 12,5 x 18,7 cm,
gebunden
Best.-Nr. 779 389
ISBN 3-8289-0185-9
Sonderausgabe nur DM 15,–

Dave Duncan:

Die Stadt der Götter

544 Seiten, Format 12,5 x 18,7 cm,
gebunden
Best.-Nr. 779 397
ISBN 3-8289-0186-7
Sonderausgabe nur DM 15,–

Dave Duncan:

Die Insel der Elben

480 Seiten, Format 12,5 x 18,7 cm,
gebunden
Best.-Nr. 774 745
ISBN 3-8289-0138-7
Sonderausgabe nur DM 15,–